Kerstin Ruhkieck

Was geschah mit Femke Star

Drachenmond Verlag

Drachenmond Verlag GmbH
Auf der Weide 6
50354 Hürth
http: www.drachenmond.de
E-Mail: info@drachenmond.de

Lektorat: Alexandra Fuchs
Korrektorat: Michaela Retetzki
Satz: Marlena Anders
Layout: Astrid Behrendt
Illustrationen: Nicole Homfeldt
Umschlagdesign: Alexander Kopainski
Bildmaterial: Shutterstock

Druck: Booksfactory

ISBN 978-3-95991-441-3

Die Geschichte von Femke und Anouk widme ich allen,
die dazu bereit sind, sich auf sie einzulassen.
Allen, die sie nachempfinden können.
Und allen, die verstehen,
warum sie so sein muss wie sie ist.

Dieses Buch ist für Euch.

Requiem

Tod einer Freundschaft

Ich erinnere mich gut an diesen letzten furchtlosen Tag. Jenen Tag, an dem noch alles in Ordnung war, bevor wir unserer Unschuld beraubt wurden und einander verloren. Wir wollten einen Neuanfang schaffen, ein gemeinsames Abenteuer erleben, das uns noch enger zusammenschweißen würde. Ein Aufbegehren gegen den gängigen Lauf der Dinge, gegen das ungeschriebene Gesetz, dass das Verfallsdatum einer Freundschaft in sichtbare Nähe kommt, sobald ein neuer Lebensabschnitt beginnt. Dieses Abenteuer sollte etwas sein, an das wir uns erinnern konnten, sobald wir auf unterschiedlichen Wellen davongetragen wurden. Wir würden gegen den Strom schwimmen, der uns auseinanderzubringen versuchte, bis wir wieder die Freundinnen waren, die das Wesen der anderen verstanden.

Doch stattdessen war unser Versuch, etwas Unzerstörbares zu erschaffen, der Anfang vom Ende. Wir liefen mit offenen Augen auf einen Abgrund zu, und nichts konnte uns stoppen. Noch wussten wir das nicht, woher auch? Wir waren jung, unbedarft und ein Stück weit unverwundbar. Und wir glaubten, ewig zu leben. Zumindest damals.

Das Ende war ein unbekanntes, es würde plötzlich und ohne Vorwarnung kommen, kaum Tage nach diesem letzten furchtlosen Abenteuer. Unvorbereitet würde das Unwetter über uns hereinbrechen, obwohl wir sämtliche Vorkehrungen getroffen hatten, so glaubten wir.

Jede Verbindung besitzt eine Schwachstelle – irgendwo.

Wir waren Anouk und Femke. Beste Freundinnen seit dem Kindergarten. Wir kannten einander besser als uns selbst und manchmal kam mir der absurde Gedanke, dass nicht mehr viel fehlte, bis wir zu einer Person verschmolzen. Wir hatten keine Geheimnisse voreinander, ich vertraute Femke bedingungslos. Und manchmal, in den einsamen Jahren nach Femke, versuchte ich mir weiszumachen, dass auch sie mir vertraut hatte.

Einer meiner traurigsten Irrtümer.

Prolog

Als wir am Tag unseres furchtlosen Abenteuers kichernd zusammen in Femkes Zimmer saßen, waren wir die glücklichsten Mädchen der Welt. Wir hatten es wirklich getan, aus einer albernen Idee war eine Mutprobe geworden und schließlich ein Zeichen unserer Freundschaft. Nun waren sie unter unserer Haut, untrennbare Symbole, die ebenso wie wir für immer zusammengehörten. Es war das Ende unseres Sommers, der ausgefüllt gewesen war mit tropfendem Schokoeis, verbotenen Streifzügen durch die Nacht und unbedarfter Schwärmerei. Uns blieben nur wenige Tage, ehe wir nicht mehr die *kleinen Mädchen* sein würden und von der Unter- in die Mittelstufe wechselten. Mittelstufe bedeutete, endlich nicht mehr von den Älteren als *Babys* gepiesackt, sondern von den coolen Typen der Schule mit anderen Augen wahrgenommen zu werden – in unserem Fall aber auch getrennte Klassen, unterschiedliche Hausaufgaben und ein anderer Freundeskreis. Wir würden uns voneinander lösen müssen, und das schien uns unvorstellbar.

Nein, nicht unvorstellbar.

Unmöglich.

Gegen Gefahren, so banal wie neue Freundschaften und unterschiedliche Interessen, waren wir gefeit, mit unserem neuesten Freundschaftsbeweis konnte uns nichts passieren.

Wir waren stärker als sämtliche äußeren Umstände der Welt.

Da gab es keine Zweifel.

»Tut deins auch weh?« Femke hatte ihre Shorts ausgezogen und saß im Schneidersitz auf ihrem Bett, das Bündchen ihres Slips ein Stück nach unten geschoben, und begutachtete vornübergebeugt ihr frisches Tattoo.

Ich kniete neben dem Bett auf dem Fußboden, meinen linken Knöchel von mir gestreckt, und stützte mich auf der Matratze ab, während ich Femke zusah.

Es fehlte ihr mal wieder an jeglicher Form von Geduld, weshalb sie sich die Klarsichtfolie von der geschwollenen Wunde puhlte, obwohl der Typ aus dem Tattooladen gesagt hatte, wir sollten damit ein paar Stunden warten.

Femke liebte ihre kleine Blüte, kaum größer als ein Fünfcentstück, die mit feinen schwarzen Linien gestochen knapp über ihrem Schambein prangte.

»Ein bisschen, ist aber nicht schlimm«, antwortete ich und zeitgleich zuckte ein fieses Brennen durch meinen Knöchel. Anders als Femke ließ ich die Folie lieber dran. »Und bei dir?«

»Fühlt sich feucht an«, sagte Femke nachdenklich. Ihr blondes Haar hing ihr vor das Gesicht und verbarg die Sicht darauf.

»Feucht?« Stirnrunzelnd warf ich einen Blick auf meinen Knöchel. Die Wunde unter der Folie pochte empfindlich, feucht fühlte sie sich jedoch nicht an. Womöglich lag das an der Körperstelle. Bei diesem Gedanken kam ich mir auf einmal total verklemmt vor. Mein Tattoo war nicht ansatzweise so aufreizend wie das meiner besten Freundin.

Femke sprang von ihrem Bett und huschte zu dem bodentiefen Spiegel an ihrem Kleiderschrank. Wieder schob sie ihren Slip ein Stück hinunter, um aus dieser neuen Perspektive ihre Blume zu betrachten. Es war nicht ungewöhnlich, aber an diesem Tag bewunderte ich sie noch mehr als sonst. Wie selbstbewusst sie mit ihrem Körper umging.

Die Tatsache hingegen, dass sie seit einigen Wochen penibel darauf achtete, ihn durch Enthaarung und gezielten Sport zu perfektionieren, beobachtete ich mit gemischten Gefühlen. Ein wenig fürchtete ich, sie könnte mir entgleiten, selbst wenn ich nicht erklären konnte, auf welche Art und Weise. Also war ich dazu übergegangen, meine Sorge zu ignorieren.

»Ich kann immer noch nicht glauben, dass der Typ uns für volljährig gehalten hat«, lachte Femke und positionierte sich in unterschiedlichen sexy Posen vor dem Spiegel.

Die Erinnerung an den Tätowierer war mir unheimlich. Er war nett gewesen, wenn auch ein wenig einsilbig, aber als wir ihm mit unseren Namen die Erlaubnis für eine Körperverletzung geben sollten, hatte er mich ziemlich nervös gemacht.

Einverständniserklärung für eine Körperverletzung.

Wer unterschrieb denn so was?

Offensichtlich wir, wie die Farbe unter unserer Haut bewies.

Femke grinste bei der Erwähnung des Mannes, der ihr an einer sehr intimen Stelle eine verlangte Körperverletzung zugefügt hatte. »Ich glaube, der war ein Pädophiler oder so.«

»Das ist echt nicht witzig, Fem«, schimpfte ich, während ich mich angewidert schüttelte, konnte jedoch nicht verhindern, trotzdem zu lachen.

Und es stimmte. Irgendwas hatte mit dem nicht gestimmt. Niemals konnte der ernsthaft geglaubt haben, dass wir achtzehn waren, gefälschte Ausweise hin oder her. Immerhin waren wir erst dreizehn! Er hatte sicher erkannt, wie jung wir waren und der Versuchung nicht widerstehen können. Insbesondere als er gehört hatte, *wohin* Femke ihre Blüte haben wollte.

Wieder schüttelte es mich. Das war definitiv eine Erfahrung gewesen, die man nur einmal im Leben brauchte.

»Ich finde es so krass, dass du ein Tattoo direkt über deiner Muschi hast.« Ich kicherte über meine eigenen Worte.

Femke unterbrach ihr Gepose und hüpfte mit zwei leichtfüßigen Schritten zurück auf ihr Bett, wo sie erneut die Beine im Schneidersitz vor sich kreuzte. »Ja, oder? Und das Beste ist, dass ich vor meinen Eltern im Bikini rumlaufen kann und sie trotzdem nie davon erfahren werden. Das ist so geil!« Sie grinste mich breit an und ich erwiderte es.

Schritte auf der Treppe übertönten unser Lachen und Stimmengewirr drang durch Femkes geschlossene Zimmertür zu uns. Sofort verzog meine Freundin das Gesicht und verdrehte die Augen.

»Ätzend, Konstantin hat schon wieder seine Kumpels mitgebracht. Ich hasse es, wenn sie die ganze Nacht zocken und dabei rumgrölen wie Affen. *Rücksichtnahme* hat für die echt zu viele Silben.«

Ich grinste. Konstantin war ihr älterer Bruder. Er ging in die Oberstufe und Femke machte kein Geheimnis daraus, was für eine Zumutung es sein würde, wenn sie ihm nach den Ferien auch noch in der Schule regelmäßig über den Weg lief.

Wir lauschten dem Lärm und warteten darauf, dass die wilde Meute an Femkes Tür vorbeigepoltert war und sich zum Zocken in Konstantins Zimmer verbarrikadierte.

Dann hörte ich es. Unvorbereitet traf sie mich.

Seine Stimme.

Alles an meinem Körper verkrampfte, mein Herz beschleunigte sich und ich hielt angespannt die Luft an. Aber ich musste atmen. Ich *musste*! Mein Blick huschte zu Femke, die mich stumm beobachtete, und ich fühlte mich ertappt.

Natürlich. Sie wusste es. Erst vor ein paar Tagen hatte ich es ihr erzählt. Nachdenklich sah sie mich an, vielleicht sogar besorgt, obwohl es dafür keinen Grund gab.

Ich würde schon nicht das Bewusstsein verlieren. Vermutlich.

»Anouk, vergiss nicht zu atmen! Du bist ganz blass«, flüsterte Femke, und ich nickte, wagte es aber nicht, auch nur einen Ton von mir zu geben.

Schließlich holte ich Luft und horchte weiter auf die Stimmen, verstand aber keine Worte. Ob ich *ihn* noch einmal heraushören konnte? Konstantin und seine Freunde machten Krach, dumpfes Klopfen und Scheuern, Schritte, Lachen. Wieder musste ich mich daran erinnern, Luft zu holen. Das war Traum und Albtraum, ich stellte mir vor, was ich tun würde, wenn Konstantin die Zimmertür aufriss und uns aufforderte, ihnen Gesellschaft zu leisten. Das würde nicht passieren, niemals, aber allein die Möglichkeit kostete mich Nerven. Meine Muskeln zitterten vor Anspannung.

Als die Jungs von Konstantins Zimmer verschluckt wurden und die Tür krachend zuschlug, zwang ich mich zur Ruhe. Kein Grund, die Fassung zu verlieren! Ich sah zu Femke, die mich mitfühlend anlächelte. Niemand anderem hätte ich erlaubt, mich in diesem Zustand zu sehen, und selbst ihr gegenüber fühlte ich mich bloßgestellt. Nackt.

Beschämt vergrub ich mein Gesicht in den Händen. »O Gott«, jammerte ich theatralisch und hörte Femke lachen.

Ja, irgendwie war das ziemlich komisch.

»Nouk!«, grinste Femke so liebevoll, dass ich es ihr nicht übel nehmen konnte. »Ist doch nicht schlimm! Du bist in ihn verknallt! Na und? Ich bin ständig in jemanden verschossen und mir ist das nie peinlich.«

Das stimmte. Aber ich war nicht Femke und auch nicht bloß *verknallt*. Manchmal glaubte ich, meine Zukunft wäre leer und bedeutungslos, wenn ich diesen Jungen nicht bekäme. Einfach alles an ihm war perfekt. Sein Aussehen, seine Figur. Die Art, wie er sprach und sich bewegte. Mein Körper drohte jedes Mal vor Kribbeln und Prickeln zu zerspringen, sobald ich ihn von Weitem sah. Kaum auszudenken, was passierte, wenn ich das erste Mal mit ihm redete.

Ich war nicht nur verknallt in ihn. Das war Liebe.

Schließlich hob ich den Kopf und blickte zu Femke auf. »Warum hast du mir nicht gesagt, dass er mit Konstantin befreundet ist?« Es sollte kein Vorwurf sein, und doch klang es wie einer. Mir wäre es einfach lieber gewesen, ich hätte gewusst, dass so ein *Zwischenfall* möglich war.

Femke zuckte entschuldigend mit den Schultern. »Ich wusste bis neulich nicht einmal, dass du dich für ihn interessierst.«

Heißes Blut pulsierte in meinen Wangen. »Tue ich nicht.«

Femke verdrehte die Augen und hüpfte leichtfüßig von ihrem Bett. Als sie sich neben mich auf den Boden setzte und einen Arm um meine Schulter schlang, kam ich mir albern vor. Sie war meine beste Freundin. Dass mir meine Gefühle vor mir selbst peinlich waren, konnte ich nachvollziehen. Aber doch nicht vor Femke! Ich wusste, dass sie mich verstehen würde.

»Nouk, warum schämst du dich denn deswegen?«, wollte sie ruhig wissen und kuschelte sich an mich. Vielleicht konnte sie meine Gedanken lesen.

Das war eine gute Frage und der wahre Grund wollte sich mir nicht erschließen. »Weil … ich viel zu viel über ihn nachdenke und er nicht einmal weiß, wer ich bin. Was wahrscheinlich sogar besser ist, weil ich … ich weiß auch nicht. Zu langweilig bin?«

Femke rückte ein Stückchen von mir ab und sah mich ungläubig an. »Quatsch! Du bist nicht langweilig«, schimpfte sie und deutete auf den Knöchel am Ende meines ausgestreckten Beins. »Du hast ein Tattoo! Wie cool ist das bitte?«

Eine Weile betrachtete ich das von Folie unkenntlich gemachte Bild auf meiner Haut. »Nicht so cool wie deins«, sagte ich geknickt.

Femke schüttelte langsam den Kopf. »Meins ist nicht cool, meins ist feige.« Dann lehnte sie sich wieder an mich und legte ihren Kopf auf meine Schulter. Aus dem Nebenzimmer kamen die dumpfen Stimmen der Jungs, sie waren dazu übergegangen, einander mit wildem Geschrei anzufeuern. Irgendein Game, das sie spielten, vermutete ich. Trotz der Wand zwischen uns kam es mir vor, als säßen sie direkt in Femkes Zimmer.

»Ist er oft hier?«, überwand ich mich schließlich zu fragen.

Femke atmete heftig aus. »Keine Ahnung, ich blende das aus, wenn Konstantins Kumpels wieder da sind.«

»Habt ihr mal … über mich gesprochen? Ich meine, du und er?«, fragte ich weiter und spürte abermals das Gefühl von Scham in meiner Brust brennen.

Ihr langes Haar kitzelte an meinem Oberarm, während sie sich enger an mich drückte. »Ich rede nicht mit seinen Kumpels, Nouk. Konstantin würde mich umbringen.«

Weitere Fragen brannten auf meiner Zunge, doch ich verbot es mir, sie zu stellen. Auf keine von ihnen könnte sie mir eine zufriedenstellende Antwort geben und würde mich nur noch trauriger machen. Wie sehr ich mir wünschte, ihn besser zu kennen! Oder dass er von meiner Existenz wusste.

Femke setzte sich auf und blickte mir fest in die Augen. »Du wirst nie wissen, ob du ihm gefällst, Nouk, wenn du dich vor ihm versteckst. Und wenn er schlau ist, wirst du ihm gefallen, weil du nämlich toll bist.«

Ich nickte und wusste nicht, was ich erwidern sollte. Femke hatte recht. Das hatte sie meistens. Eine tiefe Dankbarkeit überkam mich.

»Femke?«, flüsterte ich über das Gegröle von nebenan hinweg und sie strahlte mich an, weil sie wusste, was ich sagen würde. »Ich hab dich lieb.«

Sie nahm meine Hand und drückte sie. »Ich hab dich auch lieb, Nouk. Sehr.«

Kaum ein paar Wochen später war es vorbei. Anouk und Femke im Doppelpack, die Beinahe-Siamesischen-Zwillinge waren Geschichte. Ich *entfreundete* mich von ihr, in den Social Medias gleichermaßen wie im *Real Life*, blockte ihre Versuche der Kontaktaufnahme ab und erzählte jedem in der Schule, ob er es wissen wollte oder nicht, dass es allein ihre Schuld gewesen war.

Wie die in den Historienbüchern, hatte auch diese Geschichte tragisch geendet. Sie gipfelte in einem großen Knall, einem Schlachtfest der Gefühle, doch das emotionale Blut sickerte nicht aus Wunden des Körpers, sondern in ihn hinein. Innere Blutungen, nur knapp überlebt.

Die Verletzte:

ich.

TEIL 1

Kapitel 1

Hier stehe ich nun, dreieinhalb Jahre später, und warte auf Femke, die nicht mehr meine beste Freundin ist. Nicht einmal mehr irgendeine Freundin. Sie ist nichts, ich habe sie aus meinem Leben gestrichen wie einen Unglückstag aus dem Kalender. Nichts wird das jemals umkehren können, was tot ist, bleibt auch tot.

Ich habe mit dem Gedanken gespielt, nicht zu kommen, nicht auf ihren verzweifelten Anruf zu reagieren. Über die alte Wunde hat sich zwar eine neue Haut gelegt, doch ihre poröse Oberfläche ist brüchig. Aber Femke klang am Telefon so ängstlich und aufgewühlt, dass mich die Unvernunft gepackt hat.

Und nun stehe ich im heranziehenden Herbststurm, es ist der erste in diesem Jahr, und werde den Eindruck nicht los, dass Femke mich verarscht hat. Vor fast einer Stunde hat sie das erste Mal seit langer Zeit meine Nummer gewählt – immer noch im Handy gespeichert oder nie vergessen. Das hat mich ehrlich gewundert. Sie klang verwirrt und aufgebracht und sagte, es sei toll von mir, weil ich mich bereit erklärte, sie zu treffen. Aber in Wahrheit bin ich nicht toll. Meine Hilfsbereitschaft trägt einen anderen Namen: Neugier. Welches Leid hat sie zu klagen, und werde ich Genugtuung empfinden, weil Karma sie endlich heimgesucht hat?

Stattdessen friere ich mir den Arsch in der hereinbrechenden Dunkelheit ab, und es sieht so aus, als wäre Karma zu mir zurückgeeilt, um mich für meine Neugier abzustrafen.

Missgelaunt sehe ich mich um. Es ist nicht spät und trotzdem scheint der Tag vorbei zu sein. Sie werden wieder kürzer und der Herbst fordert seinen Tribut. Vertrocknete Blätter fegen an mir vorbei, werden aufgewirbelt und durch die Luft getragen. Ich will das nicht, will, dass der Sommer für immer bleibt, doch mich fragt niemand.

Ich gebe Femke noch drei Minuten, bevor ich verschwinde. Fröstelnd ziehe ich meine schwarze Stoffjacke enger und schlinge die Arme um meinen Körper, eine einsame Umarmung in einer trostlosen Umgebung. Eine

Erhöhung, ein angrenzendes Waldstück, eine gesicherte Böschung und an ihrem Ende ein Fluss, wilder und lauter als an jedem anderen Tag. Er lacht mich aus. Dieser Ort ist nichts Besonderes, kein geheimer Treffpunkt der Freundinnen aus einem anderen Leben, nichts dergleichen. Nur irgendeine Stelle auf irgendeinem Weg. Keine Ahnung, warum Femke mich hier treffen will. Ich bekomme eine Gänsehaut und es kribbelt in meinem Nacken. Unangenehm. Vermutlich sollte ich gehen, bevor Femke kommt und … zu spät.

Ich sehe sie die Anhöhe hochkommen, ihre Arme um ihren Körper gelegt genau wie ich, ihre Schritte fahrig und kraftlos. Ein Anflug von Wehmut überkommt mich und ich stelle mir die Frage, wer wir heute wären, hätte sie mich nicht hintergangen. Immer noch Freundinnen? Solche, die füreinander durchs Feuer gehen? Schwestern im Herzen? Wäre ich weniger ich und ein bisschen mehr wie sie? Wenn ich ihrem Ruf Glauben schenken will – und das will ich –, kann ich gut darauf verzichten. Einst kannte ich sie in- und auswendig, heute ist sie eine Fremde.

Eine Fremde, die ich ein bisschen mehr hasse als alle anderen Fremden.

Ja, ich bin ein Misanthrop.

Als sie näher kommt, schaudert es mich. Femke sieht schlecht aus. Ihr Haar ist strähnig, ihr Gesicht fahl und ihre Augen rot.

Sie hat geweint.

Eine schwarze Jeans und ein Sweatshirt schlackern um ihren dürren Körper, kein Minirock, kein enges Top. Sie hat abgenommen, das verbirgt selbst die weite Kleidung nicht. Die Flammen meiner alten Wut fangen an zu zischen, sie schrumpfen und werden erlöschen, als hätte ihr bemitleidenswerter Auftritt einen Eimer Wasser über das Feuer gekippt. Ich kämpfe dagegen an, will mich nicht von ihr täuschen lassen.

Nicht schon wieder.

Das äußere Erscheinungsbild lässt keinen Rückschluss auf ihr Inneres zu, es ist bloß ein Kostüm, um ihr wahres Ich zu verbergen. Ich setze einen abweisenden Gesichtsausdruck auf, sie soll nicht glauben, ich würde es ihr einfach machen.

Was auch immer sie von mir will.

Sie scheint ruhelos und sucht meinen Blick, doch ich weiche ihm aus. Aber als sie vor mir stehen bleibt, sehe ich doch in ihre Augen, und auf die Angst darin bin ich nicht vorbereitet. Ein ungutes Gefühl überkommt mich. Eine innere Stimme drängt mich, Femke stehen zu lassen, mich umzudrehen und wegzugehen. *Damit willst du nichts zu tun haben*, flüstert sie unheilvoll.

»Nouk«, sagt Femke vorsichtig und ich zucke bei dem Klang meines Spitznamens zusammen. So hat mich seit Jahren niemand mehr genannt. »Wie geht es dir?« Ihre Stimme ist rau und belegt. Sie hat wirklich geweint.

Es dauert genau zwei Atemzüge, ehe ich ihre Worte begreife, und die Wut flammt wieder auf. »Lass den Scheiß, Femke. Was willst du von mir?« Sie hat kein Recht, mich das zu fragen und es interessiert sie auch nicht. Die vier Worte, zusammengesetzt zu einem banalen Satz, sagt sie nur, weil sie etwas von mir will.

Femke zuckt zusammen, in ihrem Gesicht zittern mehrere Muskeln. Sie ist kurz davor, neuen Tränen nachzugeben.

»Ich wusste nicht ... ich weiß, du bist sauer auf mich ... aber ...« Sie bricht ab. Ihr verkümmerter Körper strahlt nichts als Hilflosigkeit aus und sie sieht flehend zu mir auf.

Es passiert wieder, ihr Anblick lässt mich nicht kalt. Etwas in mir zieht sich schmerzhaft zusammen und es macht mir Angst, sie anzusehen. »Was willst du?«, wiederhole ich schroff und lehne mich gegen das Geländer vor der Böschung. Ich suche Halt, etwas, das mich gleichgültig und locker erscheinen lässt, wenn ich es schon nicht bin.

»Ich wusste nicht, mit wem ich ... wer mir sonst ...«, stammelt sie und eine einzelne Träne verfängt sich in ihren unteren Wimpern. Ich weiß viele schlechte Dinge über sie, aus eigener Erfahrung oder auf den Schulfluren aufgeschnappt, aber sie ist nicht manipulativ, Gefühle zu heucheln hat sie nicht nötig.

Ihr entsetzlicher Anblick erschüttert mich immer mehr, wie sie dasteht und leise weint.

»Du hast mir wehgetan, Femke«, quäle ich hervor. Auch mir fällt es schwer zu sprechen. Ein Kloß in meinem Hals drückt mir die Luft ab, eine schmerzhafte Erinnerung an das Gefühl von damals. Als ihr Verrat mir den Sauerstoff aus der Lunge gedrückt und den Boden unter den Füßen weggerissen hat. Viele Jahre unter Wut begraben, ist nun die Traurigkeit zurück.

Sie sieht mich an, ihre bleichen Wangen glänzen feucht im Schein der Straßenlaterne ein paar Meter weiter. Ihre Arme sind so eng um ihren Oberkörper geschlungen, als versuche sie, ihre eigenen Rippen zu brechen. Oder sich zu wärmen, denn es wird immer kälter. Der beißende Wind reißt an unseren Haaren, an unseren Kleidern.

»Es tut mir so leid, Nouk! Ich ... ich wollte das nicht, ich habe das alles nicht gewollt«, bricht es aus Femke heraus und mit den Worten kommen weitere Tränen. Verzweifelte, hoffnungslose Tränen.

Ich blicke weg, will das nicht sehen und schüttle leicht den Kopf. »Das hat dich trotzdem nicht abgehalten«, wispere ich gegen den Sturm. Ich bin unsicher, was ich will. Ob sie meinen Vorwurf hören oder er vom Wind verschluckt und davongetragen werden soll. Deswegen lasse ich das Schicksal entscheiden.

Hilflos befreit Femke sich aus der eigenen Umklammerung und wischt ein paar Tränen aus ihren Augen, dreht sich dabei verschämt von mir weg.

Sie kann nicht aufhören zu weinen, also lässt sie die salzigen Tropfen laufen.

»Nouk, bitte …!«, fleht sie und tritt einen Schritt auf mich zu. Sie streckt einen Arm nach mir aus, doch ich weiche vor einer Berührung zurück, stoße mich von dem Geländer ab und gehe an ihr vorbei. Ich möchte weg, niemals hätte ich mich auf dieses Treffen einlassen dürfen.

»Nouk, bitte geh nicht«, heult sie noch heftiger.

Ich bleibe stehen und wirble herum. »Hör auf, mich so zu nennen!«, fahre ich sie an, dabei brennt nicht länger die Wut von früher in mir. Stattdessen hat sich ihre Hilflosigkeit auf mich übertragen. »So nennen mich nur meine *Freunde*«, lüge ich, um sie zu verletzen, doch die Genugtuung bleibt aus. Stattdessen tut es mir weh. So sehr, als würden wir unsere Freundschaft aufs Neue beenden.

Auf Femkes Gesicht legt sich ein kalter Ausdruck. »Dürfte dann überschaubar sein.«

Ich stolpere zurück, obwohl sie das Gesagte sofort zu bereuen scheint. Ihr Gesicht spricht Bände, doch ihr Mund bleibt stumm. Keine Entschuldigung, keine Erklärung.

»Immerhin tuschelt nicht die ganze Schule darüber, was für eine Schlampe ich bin«, kontere ich, dieses Mal mit der Absicht, sie zu verletzen.

Femke presst ihre Lippen aufeinander, ein resignierendes Nicken verbindet sich mit einem neuen Schluchzen. »Anouk, bitte! Geh nicht weg!«, bettelt sie. Ihre Augen sind blutrot, ihre Nase läuft. Niemals zuvor habe ich sie so aufgelöst gesehen. Als würde ihr zitternder Körper zu einem See aus Tränen und Rotze werden. Ich sollte ihr helfen, ganz gleich, was sie von mir will, aber ich kann nicht. Ich kann einfach nicht.

»Bitte doch eine deiner Leichtathletikfreundinnen um Hilfe, Femke. Ich bin echt nicht die Richtige dafür.«

Femke weint noch heftiger und schüttelt ununterbrochen den Kopf.

NeinNeinNein, scheint sie zu flehen, sie schluchzt und weint, verzweifelt und verloren, wie ein Baby, das gerade aus einem Albtraum erwacht ist.

»Bitte hilf mir!«, würgt sie zwischen all den Tränen und der Rotze hervor. Sie stürzt nach vorne und kurz glaube ich, sie wird vor mir auf die Knie gehen, um in meinem Schoß zu weinen. Stattdessen greift sie nach meiner Hand, hält sie fest, drückt sie. Ihre Finger sind kalt und klamm und ich erstarre. Ihr Anblick geht mir unter die Haut, ihre Verzweiflung, ihre rohen, ungefilterten Emotionen erschrecken mich.

»Lass mich los!« Ich befreie meine Hand und weiche zurück. Es ist mir unangenehm, von ihr in diesen Strudel der Verzweiflung gerissen zu werden.

Doch Femke gibt nicht nach, kommt erneut auf mich zu, vielleicht will sie mich erwürgen oder umarmen, ich weiß es nicht. Aber ich will ihre Nähe nicht, stoße sie von mir, ein Schubser, zu heftig, um neckisch zu sein. Femke, die zierliche, schmale Femke, stolpert rückwärts, und für den Bruchteil einer Sekunde empfinde ich endlich Genugtuung. Das ist der Befreiungsstoß, den ich gebraucht habe, um mich von meiner inneren Verletzung zu lösen.

Ja, ganz bestimmt.

Der kalte Wind zerrt an meinem Haar, wirbelt die langen silbergrau gefärbten Strähnen vor mein Gesicht. Ich muss sie bändigen, sie aus meinen Augen streichen, um zu sehen, was gleich passiert, aber im selben Moment wünsche ich, ich wäre auf ewig von meinem Haar verschleiert geblieben.

Femke ist gegen das Geländer gestoßen.

Sie hat ihr Gleichgewicht verloren, sucht Halt an dem Eisengestell, doch es gibt nach, löst sich aus der Erde wie aus Butter. Das Geländer stürzt ungebremst in die Tiefe unter sich.

Und mit ihm Femke.

Scheiße.

Kapitel 2

Scheiße.

Ich kann mich nicht bewegen, bin erstarrt. Das darf nicht sein, ich muss träumen. Vermutlich ist dieses Treffen mit Femke ein einziger langer Albtraum. So muss es sein! Denn solche Sachen, schlimme Unfälle, Tragödien, passieren nur den anderen, nicht mir.

Wenn das wirklich wahr ist, ist es eine verdammte Katastrophe!

Doch ich wache nicht auf. Das Geländer bleibt verschwunden, es gibt keinen *Rewind*-Knopf, der alles rückgängig macht.

Hätte ich sie bloß nicht geschubst. Scheiß auf Genugtuung, das ist sie nicht wert. Nicht für ein Menschenleben.

Aber ich habe es getan. Ich habe Femke von mir gestoßen und ich habe Genugtuung empfunden. Das Geländer ist weg, Femke ist gestürzt.

Kein Albtraum.

Eine Katastrophe.

Nach dem Bruch unserer Freundschaft laufen Femke und ich uns in der Schule beinahe jeden Tag über den Weg. Das lässt sich nicht vermeiden, immerhin sind wir im selben Jahrgang. Aber es ist eine ganz bestimmte Begegnung weit in der Vergangenheit, die mir nun in den Sinn kommt.

Ich stand an meinem Spind, kämpfte gegen Hefte und Schulbücher, die sich meinem Willen nicht beugen und aus dem Schrank verabschieden wollten, und fluchte leise vor mich hin. Amy und Robin lehnten an der Schrankreihe und sahen mir ungeduldig zu.

Ich bemerkte Femke aus dem Augenwinkel, die wenige Türen neben meinem an ihren Spind trat, und schenkte ihr keine Beachtung. Stattdessen drehte ich ihr den Rücken zu, wie ich es immer tat, wenn wir uns zufällig trafen.

»Wird's bald, Anouk?«, motzte Amy ungeduldig und verdrehte die Augen. Robin und ich tauschten irritierte Blicke.

»Welche Laus ist dir denn über die Leber gelaufen?«, regte Robin sich auf.

Amy kam nicht dazu, Robins Frage zu beantworten. Ein Knall ließ uns zusammenzucken. Natasha Muller hatte mit ihrer flachen Hand auf die geschlossene Tür neben Femkes Spind geschlagen und funkelte sie zornig an. Tasha war ausgesprochen hübsch, doch als Spielerin des Basketballteams der Mädchen besaß sie eine Körpergröße, mit der sie nicht nur die meisten Jungs überragte, sondern auch ein wenig angsteinflößend wirkte.

»Du Schlampe!«, fuhr sie Femke an und drängte sie mit ihrem Körper an die Schränke. Femke reagierte nicht, ließ Tashas Wutanfall über sich ergehen, als würde sie ihn nicht bemerken.

Ich konnte nicht anders, ich musste hinsehen. Wie bei einem Autounfall, nur viel persönlicher.

»Du hast mit meinem Freund geschlafen!« Tasha wurde lauter, Femkes Schweigen machte sie noch wütender. »Sag was, du Miststück!«, forderte sie und gab Femke einen Stoß gegen die Schulter.

Soso, Femke war also mit Tashas Freund im Bett gewesen. Das wunderte mich nicht.

Femke schien durch den Schubser wie aus ihrem Dornröschenschlaf der Gleichgültigkeit erwacht. »Lass mich in Ruhe.« Sie blickte zu Tasha auf, die entrüstet nach Luft schnappte. Femke zeigte keine Angst, eine unerklärliche Arroganz ging von ihr aus, die bis zu mir hinüberschwappte und mich ebenfalls erzürnte.

»Dann gibst du es zu?«, beharrte Tasha weiter, und wieder gab sie Femke einen Hieb gegen die Schulter.

Femke wandte sich ab, klemmte sich ein paar Bücher unter ihren Arm und knallte den Spind zu. »Du scheinst es doch schon längst zu wissen. Was willst du noch von mir?« Ihr Blick streifte meinen und ich sah ein Schmunzeln, das über ihre Lippen huschte. Sie zeigte es nicht offen, nur mir, wie sehr sie sich über Tashas Anschuldigungen amüsierte. Da war keine Reue, kein schlechtes Gewissen, nur Erheiterung. Tashas zorniger Auftritt war bloß dazu da, um sie zu unterhalten.

Ich sah zuerst weg. Bei ihrem Anblick wurde mir schlecht. Für sie war das ein Spiel, die Gefühle anderer interessierten sie einen Scheißdreck.

»Ich will, dass du es zugibst. Hast du mit meinem Freund geschlafen?« Anfänglich schien Tasha verwirrt von Femkes Mangel an Reue, doch das hatte sich gelegt. Nun wollte sie Femke bloßstellen, und ich konnte es verstehen. Sonst nervten mich diese klischeebehafteten Schuldramen mit ihren komplizierten Sozialgeflechten, aber in diesem Fall war ich ausnahmsweise sensationslustig.

Femke stemmte sich ihre freie Hand in die Hüfte und sah Tasha herausfordernd an. »Woher soll ich wissen, wer dein Freund ist?«, fragte sie herablassend.

Ich hörte Robin neben mir nach Luft schnappen, aber ich konnte mich nicht zu ihr umsehen, konnte meinen Blick nicht von Femkes unverschämtem Schauspiel nehmen.

Tasha glotzte sie fassungslos an. »Willst du mich verarschen?« Ihre Stimme hatte einen Tonfall angenommen, der meinen Puls vor Spannung in die Höhe trieb.

Anscheinend bemerkte auch Femke die Veränderung. Während die Stimmung eben angespannt gewesen war, knisterte nun die Luft gefährlich. Vorbeigehende Schüler blieben stehen und beobachteten neugierig, was als Nächstes geschah – genau wie ich.

»Lass mich in Ruhe«, sagte Femke genervt, doch als sie an Tasha vorbeiwollte, stieß diese sie erneut an der Schulter zurück, sodass Femke gegen die Spinde knallte.

»Sag es!«, forderte Tasha mit drohender Stimme.

Femke richtete sich auf und sortierte die Bücher unter ihrem Arm neu, während sie überheblich die Augen verdrehte.

»Von mir aus«, begann sie gelassen, richtete sich zu ihrer vollen Größe auf, mit der sie Tasha gerade bis zur Schulter reichte, und stöhnte theatralisch. »Ja, dein feiner Freund David hatte Sex mit mir. Zufrieden? Und jetzt lass mich vorbei!« Abermals versuchte Femke zu gehen, und wieder donnerte Tasha sie gegen die Schränke, diesmal noch grober. Immer mehr Schüler versammelten sich und ich hoffte, niemand würde eingreifen und für Femke Partei ergreifen. Was sich gerade vor unseren Augen abspielte, war längst überfällig.

»Du verdammte Hure!«, stieß Tasha aus und es war offensichtlich, dass sie mit sich rang. Sie wollte Femke schlagen, sie ihre Wut und ihre verletzten Gefühle physisch spüren lassen, aber noch beherrschte sie sich.

Nichts davon schüchterte Femke ein. Sie stellte sich dem großen Mädchen entgegen, die Nase erhoben, eine offensichtliche Provokation.

In Femkes Gesicht stand Verachtung. »Du kannst mich nennen, wie du willst, das ändert rein gar nichts. Statt mich mit deinem Beziehungsdrama zu belästigen, solltest du darüber nachdenken, warum du *mich* eine Hure nennst, und nicht deinen Freund. Du denkst, du bist das Opfer, weil er dich mit mir beschissen hat? Dann fang gefälligst bei ihm an.«

Tasha trat einen Schritt zurück und schüttelte den Kopf. »Du bist so billig! Du hast David in einem Moment der Schwäche ausgenutzt, das weiß ich. Er hat mir alles erzählt, weil er es nämlich bereut, auf dich hereingefallen zu sein.«

Femke lachte auf. »Wenn dein Freund es nötig hat, sich von einer *Schlampe* wie mir verführen zu lassen, obwohl er dich hat, ist das nicht meine verdammte Schuld. Anscheinend bringst du es einfach nicht.«

Ohne Vorwarnung knallte Tasha ihre flache Hand Femke ins Gesicht. Deren Kopf flog zur Seite, einige der Schüler quietschten überrascht auf und ich hielt die Luft an.

Femke strich sich ein paar Strähnen aus dem Gesicht, zeigte jedoch keinerlei Emotionen. »Geht es dir jetzt besser?«, fragte sie sarkastisch. »Dann hör mir gut zu: Du kannst mich schlagen, mich Schlampe und Hure nennen, das ist mir egal. Aber ich lasse mich von dir nicht zur Schuldigen machen. Hast du das verstanden? Und jetzt geh mir aus dem Weg!« Nun war Femke es, die Tasha einen groben Schubs gab, dann bahnte sie sich ihren Weg durch die Mitschüler und marschierte davon. Ich sah ihr sprachlos hinterher und war mir nicht sicher, was ich gerade beobachtet hatte.

Das war Femke. Das war in den letzten Jahren aus ihr geworden, und ich fühlte mich ihr so wenig verbunden, dass ich kaum glauben konnte, wie nahe wir uns einst gestanden hatten.

Früher war Femke ein Leuchten, sie war Glitzer, Gold und Pink. Sie war die Welt für mich, und sie hat nur für mich gestrahlt. Jetzt glitzert sie für jeden. Sie ist gleichgültig und egoistisch. Ein verzweifelter Auftritt und ein Schlabber-Outfit ändern daran nichts. Was ihre Verzweiflung auch hervorgerufen haben mag, vermutlich hat sie es sich selbst zuzuschreiben.

Aber solche Dinge spricht niemand laut aus. Jeder denkt es, keiner sagt es.

Das hier aber, das habe ich nicht gewollt, und das hat sie auch nicht verdient.

Scheiße!

»Femke!«, schreie ich. Ich springe nach vorn, um sie zu halten, am Sweatshirt, irgendwo, aber ich bin zu langsam, meine Arme zu kurz, meine Reaktionszeit durch den Schreck verzögert. Sie ist längst weg, nach hinten gestürzt, es ist nur mein Verstand, der das in den unendlichen Momenten der Starre nicht begriffen hat.

Jetzt begreift er.

Ich schreie, brülle ihren Namen und erreiche die Stelle, an der das Geländer weggebrochen ist. Ich sehe ihren Fall, sehe Femkes erschrockenen Blick, die aufgerissenen Augen, weil ihr bewusst wird, dass sie nicht bloß fliegt.

Als sie mit dem Rücken auf dem weichen Waldboden aufschlägt, sehe ich ihr Gesicht nicht mehr. Ich höre ihr Ächzen, schon rollt sie weiter. Der Abhang ist steil, Bäume verlangsamen ihren Fall. Immer wieder schlägt sie irgendwo an, mit dem Kopf, dem Rücken, den Beinen. Ihre Arme wedeln hilflos umher, sie versuchen, Halt zu finden, sich festzuhalten, doch es geht zu schnell, ist zu steil, zu überraschend. Der Sturm trägt ein Platschen zu mir hinauf, und bevor mein Verstand begreift, was das bedeutet, registriere ich, dass ich Femke nicht mehr sehe. Sie ist verschwunden, verschluckt von dem reißenden Fluss.

Scheiße.

Ich blicke mich Hilfe suchend um, aber es ist niemand in der Nähe. Niemand, der uns gesehen oder gehört hat. Panik überkommt mich. Was soll ich tun? Ohne nachzudenken, steige ich zu Femke in den Abgrund.

Meine Füße rutschen über den steilen Erdboden, während ich ihrer Fallspur folge. Ich schlittere mehr als dass ich laufe, und wiederholt muss ich mich an einem der Bäume festhalten, damit ich nicht stürze. Es ist schwierig, die Kontrolle über das Tempo zu behalten, und ich zwinge mich zur Vorsicht. Mein rasendes Herz treibt mich weiter, eine Stimme in meinem Kopf, unterschwellig, aber unnachgiebig, brüllt mich an, ich solle mich beeilen, bevor Femke von der Strömung mitgerissen wird. Vielleicht ist es ihr gelungen, sich irgendwo festzuhalten und sie ist noch da, wenn ich das Flussufer erreiche.

Einer meiner Füße verfängt sich und ich falle mit dem Kopf voran den Abhang hinunter, schreie erschrocken und lande auf meinem Bauch. Luft wird aus meiner Lunge gepresst, aber ich habe schnell die Kontrolle über meinen Körper zurück. Hastig rapple ich mich auf, mir ist schwindelig, aber Schmerz spüre ich keinen. Er hätte mich ohnehin nicht aufgehalten.

Ich nehme die Verfolgung wieder auf, vorbei an Bäumen und Sträuchern. Es ist nicht mehr weit, zum Glück, denn die Sonne ist bald verschwunden, die Finsternis wird mich umschließen, wie es die Angst bereits tut.

Endlich erreiche ich das Wasser. Ich muss abbremsen, um nicht hineinzustürzen. Am Horizont, da wo der breite Fluss den Himmel berührt, leuchtet ein warmes orangenes Licht, als stünde die Welt in Flammen. Ich japse nach Luft, bin es nicht gewohnt, derart schnell zu laufen, und sehe mich hektisch um.

Mit aller Kraft rufe ich Femkes Namen, genau einmal, aber sie ist nicht da.

Mit einem Mal bin ich ganz ruhig, als mir etwas klar wird.

Femke ist tot, von Bäumen erschlagen, vom Fluss mitgerissen und ertränkt. Doch das ist bloß die halbe Wahrheit.

Die ganze Wahrheit ist viel entsetzlicher.

Femke ist tot, und ich habe sie in den Abgrund gestoßen.

Kapitel 3

Erschöpft lehne ich mich an einen Baumstamm. Er ist kalt und unbequem, dennoch lasse ich mich an ihm herunterrutschen und setze mich auf den feuchten Boden. Noch immer geht mein Atem schnell, mein Herz rast, aber das ist nichts im Vergleich zu der Panik, die durch meinen Körper rollt und mich bewegungsunfähig macht.

Das darf nicht wahr sein, oh, bitte! Das darf einfach nicht passieren! Doch die Realität liegt in Gestalt des rauschenden Flusses und der Einsamkeit vor mir und deutet höhnisch auf mich.

Du hast Femke auf dem Gewissen!

Sie hat meine Hilfe gesucht und ich habe ihr den Tod gebracht.

Wenn das kein übler Scherz ist, hat mein Schubser eine Kettenreaktion ausgelöst, die zu Femkes Tod geführt hat. Welche Anklage wäre das vor Gericht? Fahrlässige Tötung? Komme ich ins Gefängnis? Und spielt bei alledem eine Rolle, dass ich das nicht gewollt habe?

Noch immer brennt der Himmel und ich sehe wie erstarrt dabei zu, wie die Sonne im Fluss versinkt. Bald wird der Mond am Himmel aufsteigen. Vielleicht bekommt Femke ihn zu fassen und wird von ihm ans Ufer getragen, trocken und geheilt von dem, was sie quälte.

Ich sitze eine ganze Weile im Verborgenen, die Beine an mich gezogen, weil ich sonst nichts habe, woran ich mich klammern kann, und zittere am ganzen Körper. Es ist kalt und ich muss geschwitzt haben, meine Kleider kleben an mir wie eine zweite Haut. Trotzdem bleibe ich und warte, ob Femke wieder auftaucht, aus einem Gebüsch springt und »Reingefallen!« schreit. »Du glaubst doch nicht, dass ich so einfach sterbe!«

Nein, das glaube ich nicht. Femke ist unverwüstlich.

Aber sie ist verschwunden. Niemand springt aus dem Gebüsch und macht sich über meine Leichtgläubigkeit lustig.

Als ich meine Füße und Finger nicht mehr spüre, zwinge ich mich auf die Beine. Der Mond hat seine Nachtschicht übernommen und Femke nicht mitgebracht. Die Finsternis des Waldes in meinem Rücken ist erdrückend. Was soll ich tun? Meine Leggings kleben eisig und klamm an meinem Po, ich werde mir sämtliche Organe verkühlen, die mein Körper zu bieten hat. Ich klopfe mir die Erde von der Brust, meine Hände sind zwei plumpe Stücke gefrorenes Fleisch. Mit meinem warmen Atem versuche ich, sie aufzutauen. Endlich wieder mit Gefühl in meinen Fingerspitzen, krame ich mein Handy aus der verdreckten Jackentasche. Ich spüre es kaum, als es in meiner Hand liegt, nur dem Licht des Displays verdanke ich, dass ich sehe, was meine ungeschickten Finger tun.

Femkes Nummer.

Vor ein paar Stunden hat sie mich angerufen, ich wusste nicht einmal, wer dran sein würde, da ich ihre Nummer längst gelöscht habe. Jetzt finde ich sie im Anrufprotokoll. Es ist sinnlos, ich weiß es, und trotzdem muss ich es probieren. Alles an mir zittert, ich brauche mehrere Versuche, meine Rufnummer zu unterdrücken, ehe es mir gelingt und mein Handy den Verbindungsversuch startet.

Das Telefon klingelt. Es ist nicht aus, nicht kaputt! Hoffnung steigt in mir auf. Unter Wasser hätte es keinen Empfang, wäre längst abgesoffen. Oder? Vielleicht hat Femke es geschafft! Vielleicht ist sie nur kurz ins Wasser gestürzt, konnte sich aber ans Ufer schleppen und lässt mich nun in dem Glauben, ihr sei etwas passiert, um es mir heimzuzahlen!

Doch je länger es klingelt, je länger mein Anruf unbeantwortet bleibt, desto mehr muss ich einsehen, dass es dabei bleiben wird.

Trotzdem lasse ich es läuten, bis mir eine elektronische Stimme mitteilt, dass der Teilnehmer im Augenblick nicht zu erreichen sei und ich es später noch einmal versuchen solle.

Das werde ich.

Meine Glieder sind steif und kalt, mein einziger Versuch, den Abhang zu erklimmen, scheitert kläglich und befördert mich beinahe ins kalte Wasser. Ich muss einen Umweg laufen, am Fluss entlang, bis ich zu der Brücke nahe der Hauptstraße komme. Es ist ein langer Weg, sicher fünf Kilometer, aber ich bin mit einer Gleichgültigkeit ausgefüllt, die diese Tatsache nicht weiter bejammert.

Und vielleicht finde ich unterwegs einen Hinweis auf Femkes Verbleib.

Als ich zu Hause ankomme, ist es kurz vor Mitternacht. Alles schmerzt, gleichzeitig fühle ich mich taub.

Unterwegs konnte ich keine Spur von Femke entdecken, als wäre sie niemals da gewesen. Doch die Sache mit ihrem Handy lässt mich nicht los. Es war an. Irgendwie kommt mir das seltsam vor.

Ich hole den Haustürschlüssel unter der Fußmatte hervor – ich bin zu chaotisch, um ihn bei mir zu tragen – und schließe mit bebenden Fingern und Kälte in der Brust die Tür auf.

In der Wohnung ist es dunkel. Alexa ist abgetaucht, bei ihrer Fernbeziehung irgendwo in Süddeutschland, und es ist gut möglich, dass ich sie erst in ein paar Wochen wieder sehe – Homeoffice macht es möglich. Obwohl meine ältere Schwester mein gesetzlicher Vormund ist, bin ich die meiste Zeit auf mich gestellt. Für gewöhnlich genieße ich meine Freiheit, und auch an diesem Abend bin ich froh, ihr nichts erklären zu müssen. Andererseits fühle ich mich unwohl bei dem Gedanken, nach diesem schrecklichen Abend allein zu sein. Obwohl ich Femke nicht gefunden habe, hat mich ein Schatten ihres Daseins bis nach Hause verfolgt und beobachtet mich bei jedem meiner Schritte. Die Schuld im Nacken wird mich um den Verstand bringen.

Ich schüttle diesen schaurigen Gedanken ab und quäle mich stattdessen mit realen Albträumen. Wie es aussieht, werde ich die nächsten Jahre im Jugend- oder Frauenknast verbringen und mit der Gewissheit leben müssen, ein Menschenleben ausgelöscht zu haben.

Femkes Leben …

Völlig durchgefroren streife ich meine Klamotten ab und stelle mich für die nächsten dreißig Minuten unter die Dusche. Mein ganzer Körper brennt, ein Vorgeschmack auf die Hölle.

Hart und heiß prasselt das Wasser über mein Haar, meine Schultern, meinen gekrümmten Rücken. Mein Kopf ist leer, Gedanken sind nicht möglich, nur Bilder tauchen auf. Der Moment, als Femke stürzt, eben noch da und nach einem Blinzeln verschwunden. Ein Schluchzen dringt aus meiner Kehle, doch niemand ist hier, niemand hat es gehört, also ist es nicht passiert.

Nach einer Weile habe ich das Gefühl, das Wasser hätte mir die Haut von den Knochen gekocht. Ich stelle es ab und trete aus der Duschkabine in mein mickriges Badezimmer. Sofort beginne ich zu frieren, obwohl der Spiegel direkt vor mir so heftig beschlagen ist, dass ich nichts darin erkenne.

Vielleicht ist das Bad leer, vielleicht bin ich gar nicht hier.

Vielleicht sehe ich deshalb nichts darin.

Ich wickle mich in ein Handtuch, doch auch das hilft nicht. Die Kälte ist in mir, breitet sich aus, bis ich zu einem Eisklotz werde. Ich trockne mein Haar und hole mir noch mehr Handtücher.

Wie eine Mumie verpackt husche ich ins Wohnzimmer, das gleichzeitig mein Schlafzimmer ist. Die Couch ist ausgezogen, Bettdecke und Kissen liegen so, wie ich sie zurückgelassen habe. Sofort krieche ich unter die Decke, kuschle mich bis zur Nasenspitze ein und warte schlotternd darauf, dass ich einschlafe.

Als die Müdigkeit kommt, fällt mir ein, dass ich Femke noch einmal anrufen wollte. Doch schon hat die bleierne Schwere mich im Griff und zieht mich in den Schlaf.

Morgen, denke ich, bevor ich verschwinde.

Ich bin in der Schule und fühle mich unwohl. Natürlich tue ich das. Immer wieder blicke ich mich um, und ich bin mir nicht sicher, ob ich nach Femke Ausschau halte oder darauf warte, dass ein Polizeiwagen vorfährt und mich verhaftet. Überhaupt habe ich das Gefühl, alle starren mich an. Anders als sonst, als könnten sie mir ansehen, was ich getan habe, als hätte ich Blut an meinen Händen.

Ich weiß, dass meine Schlampen am Hinterausgang sitzen und auf mich warten, also gehe ich mit gesenktem Kopf dorthin, obwohl ich es dann nicht mehr rechtzeitig zum Unterricht schaffe.

Ich sehe Amy und Robin von Weitem und bleibe zögerlich stehen. Noch haben sie mich nicht bemerkt und ich könnte einfach verschwinden. Nur wozu? Ich will mich nicht ewig verstecken. Je normaler ich mich verhalte, desto unverdächtiger bin ich.

So tun, als wäre nichts geschehen, kann ich nicht.

Ich atme tief durch und gehe auf sie zu. Während ich immer näher komme, fällt mir auf, dass Robin an diesem Tag einen schwarz-roten Petticoat trägt. Sie hat noch nie so etwas getragen, nicht in meiner Gegenwart und schon gar nicht in der Schule. Trotz der Irritation stelle ich fest, dass ihr der Look fantastisch steht, und bin ein bisschen neidisch.

»Hey«, begrüße ich sie befangen, meine Stimme kommt mir fremd vor. Sie klingt in meinem Kopf, als wäre dort ein Hohlraum, von dessen Wänden dieses eine Wort unaufhörlich zurückgeschleudert wird.

Beide blicken synchron auf und ihre Musterung ist seltsam. Ist etwas nicht in Ordnung? Ist an *mir* etwas falsch? Vielleicht habe ich es auf der Stirn stehen.

Ich habe Femke auf dem Gewissen!

Dann fällt mir der Grund für ihr distanziertes Verhalten ein und ich versuche verkrampft, mich zu entspannen.

»Sorry wegen gestern. Ich weiß, ich hab gesagt, ich komme vorbei, aber mir ist ...«, ich schlucke trocken, »... etwas dazwischengekommen.« *Nämlich der Tod meiner einst besten Freundin, den ich verursacht habe!*

Vielleicht sollte ich es ihnen sagen, sie würden mich nicht verraten, da bin ich mir sicher.

Bis ich ihre finsteren, wütenden Blicke bemerke. Etwas stimmt nicht, fühlt sich falsch an, doch ich kann nicht mit dem Finger drauf zeigen.

»Was machst du hier?«, fragt Amy mit aufgebrachter Wut, die mir entgegenschlägt und mich umzuschmeißen droht. Es ist ein unausgesprochener Vorwurf, und ich weiß nicht, was verkehrt gelaufen ist.

Ich öffne hilflos den Mund, aber Robin kommt mir zuvor.

»Wir wollen dich nicht haben, also verschwinde, Schlampe.« Ihre Stimme ist so tief wie immer, dennoch schmerzt sie schrill in meinen Ohren.

Die beiden kommen langsam auf mich zu und ich weiche eingeschüchtert zurück.

Was habe ich euch getan?, will ich fragen, kriege aber keinen Ton heraus. Erst jetzt fällt mir auf, dass sie etwas auf ihren Köpfen tragen, was ich im ersten Moment nicht zuordnen kann. Doch als sie synchron danach greifen und es vor ihre Gesichter ziehen, wird mir kotzübel.

Es sind Masken. Masken von Femkes Gesicht.

Meine Freundinnen beginnen, mich herumzuschubsen. Ich winde mich unter ihren Händen, versuche ihnen auszuweichen, doch sie haben zu viele Arme, mit denen sie mich von sich stoßen. Immer wieder stolpere ich rückwärts. Sobald ich mich wegdrehe, stehen sie wieder vor mir und die Femke-Masken auf ihren Gesichtern grinsen mich hämisch an. Als wären sie lebendig.

»Hört auf! Hört bitte auf!«, rufe ich hilflos, flehe geradezu und schlage ihre Hände von mir. Doch sie sind schneller – und sie sind wütend. Ich stoße gegen etwas hinter mir, verliere das Gleichgewicht und stürze auf meinen Hintern. Obwohl mir nichts wehtut, stöhne ich auf.

Als ich hochblicke, ist Robin verschwunden und Amy ... Amy ist nicht mehr Amy mit einer Femke-Maske, sondern es ist Femke selbst, die über mir steht und mich mit einem Gesicht anglotzt, das puren Wahnsinn widerspiegelt. Ihre Augen sind aufgerissen, ihr blondes Haar klebt klitschnass an ihrem aufgedunsenem Gesicht, feine blaue Äderchen ziehen sich wie die Linien auf einer Straßenkarte über ihre Haut und eine brachiale Platzwunde, aus der immerzu Blut sickert, ziert ihre Stirn.

Mir bleibt die Luft weg. Wo sind Amy und Robin? Warum empfinde ich keine Erleichterung, dass Femke nicht tot ist? Mein Blick wandert an ihr herab und ich entdecke den Baseballschläger in ihrer rechten Hand. Mir ist klar, was das bedeutet: entweder sie oder ich. Einer muss bezahlen.

Ich will aufspringen, mich in Sicherheit bringen, aber ich komme nicht hoch. Mit einem Mal beginnt es zu regnen. Harte Tropfen, die sich wie Tritte auf Rücken und Kopf anfühlen, prasseln auf mich herab und drücken mich zurück auf den Boden. Ich versuche, zu Femke aufzublicken, muss wissen, ob der Regen, der sich in Hagel verwandelt, sie aufzuhalten vermag. Doch Femke scheint völlig ungerührt. Blut läuft über ihr Auge, färbt das Weiße darin rosa und lässt sie rote Tränen weinen.

»Ich habe das nicht gewollt!«, rufe ich gegen den Lärm des Hagels, der auf den Asphalt donnert. Die Worte sind mir vertraut, ihre Bedeutung jedoch bleibt mir verborgen.

Femke schreitet weiter auf mich zu, und plötzlich höre ich Stimmen. Um uns herum stehen Menschen, ich erkenne keine Gesichter, aber ich weiß, dass ich sie kenne. Sie stehen nur da, tun nichts. Ich möchte sie um Hilfe bitten, doch als ich den Mund öffne, ertränkt mich der Regen. Ich gebe auf. Es würde ohnehin nichts nützen. Niemand wird mir helfen.

Erneut sehe ich zu Femke, flehe sie an, es nicht zu tun. Sie schüttelt stumm den Kopf und holt aus. Der Schläger trifft mich unter dem Ohr, ich schreie auf und bemerke verblüfft, dass mein Unterkiefer verschwunden ist …

Ich sitze aufrecht in meinem Couch-Bett, schreie und zittere am ganzen Körper. In Panik taste ich nach meinem Unterkiefer. Er ist da und ich habe keine Schmerzen, nur mein Herz schlägt brachial gegen meinen Brustkorb, meine Rippen. Ich habe geschwitzt, mein Haar ist nass, aber wieder ist mir bloß bitterkalt. Nur langsam finde ich in die Realität zurück und benommen wische ich mir ein paar Strähnen von der Stirn.

Bloß ein Albtraum!

Eine Weile bleibe ich sitzen, lasse meinen Körper zittern und starre auf mein blinkendes Handy. Ich will wissen, wer mich zu erreichen versucht, aber die Angst, es könnte nicht Femke sein, lässt mich zögern.

Schließlich nehme ich das Telefon in meine klammen Finger und schalte das Display ein.

Eine einzige Nachricht hat mich erreicht:

Wo steckst du?, hat Amy geschrieben, heute Morgen um 9 Uhr 14. Entsetzt huscht mein Blick zu der Uhrzeitanzeige in der oberen rechten Ecke. Es ist bereits nach 11 Uhr! Ich habe meinen eigenen Rekord im Verschlafen gebrochen!

Krank, antworte ich Amy kurz angebunden und wickle mich schlotternd enger in meine unzähligen Decken und Handtücher.

Ich behalte das Handy in der Hand, um eine Antwort abzuwarten, die nicht kommt. Vermutlich sitzt Amy gerade im Unterricht, was sie sonst allerdings nicht abhält. Doch mein Gehirn ist zu voll mit anderen Fragen, dass mir keine andere Erklärung einfällt.

Schließlich wähle ich erneut Femkes Nummer. Niemand geht dran. Frustriert werfe ich das Telefon auf den Boden und es landet unbeschädigt auf dem runden Teppich.

Schließlich stehe ich auf, quäle mich von der Couch und verschwinde im Bad. Mit frischen Klamotten, eigentlich warm genug, sollte ich endlich nicht mehr frieren, aber es macht keinen Unterschied. Die Kälte frisst mich von innen auf und ich bin ihr schutzlos ausgeliefert.

Ist das Schuld? Fühlt sie sich so an?

Die Kapuze meines Sweatshirts tief ins Gesicht gezogen, gehe ich in die Küche und suche mir etwas zusammen, was annähernd einem Frühstück gleichkommt. Einkaufen vermeide ich für gewöhnlich, bis Kühlschank und Magen leer sind und die Entscheidung zwischen Einkaufen und Verhungern nicht mehr schwer ist.

Es fehlt nicht viel, dann ist es wieder so weit. Ich hole das eigentlich leere Glas Marmelade aus dem Kühlschrank und kratze die verbliebenen Reste von den Seitenwänden. Es ist nicht viel, was ich auf die vorletzte Scheibe Toast schmiere, aber immerhin verzögert es das Verhungern ein wenig.

Während ich auf dem trockenen Brot herumkaue, wird mir klar, dass ich mir das eigentlich auch hätte sparen können. Ich bekomme nichts runter, der Geschmack der Kirschmarmelade, die sich in meinem Mund verteilt, ruft nur einen Brechreiz hervor. Ich spucke den klebrigen Klumpen in die Spüle und wasche mir den Mund aus.

Zurück im Wohnzimmer hebe ich mein Handy vom Teppich auf und starte einen neuen Versuch. Dieses Mal versuche ich es nicht auf Femkes mobilem Telefon, sondern bei ihr zu Hause. Zuvor stelle ich erneut die Rufnummer-Unterdrückung ein und speichere es als Standardeinstellung.

Ich bin überrascht, dass ich Femkes Festnetznummer noch im Kopf habe. Früher, bevor wir unsere ersten Smartphones bekamen, habe ich sie oft gewählt, doch das ist inzwischen viele Jahre her und ich hätte nicht gedacht, dass sie sich unwiderruflich in meinem Gedächtnis eingebrannt hat.

Mein Herz klopft wild und ich frage mich, was ich mit diesem Anruf eigentlich beabsichtige, was ich ihrer Familie sagen soll, wer auch immer ans Telefon geht. Doch noch bevor ich mir darüber Gedanken machen kann, hebt jemand am anderen Ende der Leitung ab. Direkt nach dem ersten Freizeichen.

Als hätte derjenige auf den Anruf gewartet.

»Femke? Bist du das?« Femkes Mutter Manuela klingt abgekämpft und verweint. Mir stockt der Atem und ich presse meine Lippen aufeinander, dann lege ich auf. Es gibt nichts, was ich sagen könnte. Und meine Frage ist beantwortet.

Femke ist letzte Nacht nicht nach Hause gekommen.

Kapitel 4

Zusammengekauert sitze ich auf dem Couch-Bett, die Arme um meine Beine geschlungen, und weiß nicht, was ich tun soll. Ich möchte so sehr weinen, dass es wehtut. Ich möchte schreien, heulen, schluchzen, bis sich das Schicksal erbarmt und die Zeit zurückdreht. Doch ich bin still, wippe vor und zurück und gehe meine Möglichkeiten durch.

Die Polizei.

Es wäre das Vernünftigste. Vor allen Dingen das Richtige. Aber die Wahrheit ist: Ich habe Angst.

Angst, sie könnten mir nicht glauben, dass es ein Unfall gewesen ist. Femke und ich waren allein, niemand hat uns gesehen, und ich habe nicht sofort Hilfe gerufen, sondern Femke ihrem Schicksal überlassen. Selbst wenn sie meiner Aussage Glauben schenken, ist mein Nichthandeln unterlassene Hilfeleistung. Ich habe mich schuldig gemacht, und das nicht nur durch einen kleinen Schubser.

O Gott. Femke! Was habe ich getan? Wir waren schon längst keine Freunde mehr, haben uns vor diesem Abend hässliche Dinge an den Kopf geworfen, aber das darf kein Grund sein, dich im Fluss elendig ertrinken zu lassen!

Entsetzt schlage ich mir die Hände vors Gesicht, wische die Tränen aus meinen Augen, die mich immerhin ein bisschen davor bewahren, das zu sein, was ich bin.

Ein herzloses Ungeheuer.

Aber ich bin lieber das, als mich von der Schuld auffressen zu lassen. Deswegen muss ich sachlich bleiben, das Problem analytisch lösen. Es ist im Moment der einzige Weg, mit meiner Tat umzugehen.

Femkes Leben ist vorbei, völlig gleichgültig, was ich jetzt unternehme. Oder? Mein Leben hingegen, das geht weiter und ich habe das, was passiert ist, nicht gewollt. Es war ein Unfall, im Grunde hat Femke selbst schuld. Warum also soll ich büßen?

Weitere Tränen kommen, die ich mit meinem Handrücken sofort verschwinden lasse, und treffe eine Entscheidung.

Keine Polizei.

Die würde es mir anhängen, so oder so. Ich bin bereits aktenkundig, nur wegen Alkohol und Vandalismus, aber ich weiß aus Erfahrung, dass denen das genügt, um ein voreiliges Urteil über mich zu fällen. Dazu mein gefärbtes Haar, der schwarze Nagellack – für die alles ein Beweis meiner böswilligen Absicht.

Nein.

Ich werde es aussitzen. Warten, bis Femke auftaucht – falls sie auftaucht –, und dann sehen, was passiert.

Auch wenn ich im Augenblick noch keine Ahnung habe, wie ich das mit meinem Gewissen vereinbaren soll. Trotzdem habe ich keine andere Wahl. Im Gefängnis würde ich qualvoll verenden.

Ich lege mich auf die Seite, zusammengerollt wie ein Embryo, und lasse mich zitternd in den Schlaf fallen. Vielleicht finde ich dort einen Ort, an dem ich mich für meine Entscheidung nicht verachte.

Ein brennender Schmerz lässt mich aus meinem unruhigen Schlaf aufschrecken. Sofort sitze ich aufrecht, bevor ich mich überhaupt orientiert habe, bevor die Erinnerung mich wie ein eiskalter Schlag ins Gesicht trifft, und greife mir an meinem Knöchel. Der Schmerz geht von dem Tattoo aus, zieht sich mein gesamtes Bein entlang bis in den Bauch, und als ich das Tattoo berühre, spüre ich Feuchtigkeit an meinen Fingerspitzen. Schmerz flammt unaufhörlich durch meine Nervenbahnen und ich presse die Lippen aufeinander. Ich halte mir die Finger vor die Augen, der festen Überzeugung, dass ich Blut an ihnen sehen werde, doch da ist nichts. Gar nichts.

Erst beim zweiten Blick, als ich die Haut näher betrachte, erkenne ich den feuchten Schimmer, den ich mir also nicht eingebildet habe. Mein Tattoo blutet nicht, dafür scheint es aus einem unerfindlichen Grund zu nässen.

Ich ziehe das Bein zu mir heran, um mir anzusehen, woher die Wundflüssigkeit kommt, und sofort dreht sich mir der leere Magen um.

Mein Tattoo, ein Blumenstängel mit einem herzförmigen Blatt, ist entzündet. Die Haut ist feuerrot und geschwollen, um das Motiv herum hat sich eine feine Linie gebildet, aus der die Feuchtigkeit an meinen Fingern sickert. Angeekelt komme ich auf die Füße und der brennende Schmerz pulsiert weiter durch mein Bein nach oben.

Ich bringe es nicht über mich, richtig aufzutreten, also humple ich ins Badezimmer, wo ich schließlich auf den Badewannenrand plumpse. Alles in mir sträubt sich dagegen, die Wunde noch einmal anzusehen, aber ich weiß auch, dass sie eine Behandlung braucht – waschen oder ein Pflaster, keine Ahnung.

Säubern, kommt es mir in den Sinn. Säubern sollte ich sie auf jeden Fall! Widerwillig stelle ich im Sitzen meinen nackten Fuß auf den Badewannenrand, beiße die Zähne zusammen und sehe hin.

Mir bleibt fast das Herz stehen. Das Tattoo, es wirkt irgendwie … verrutscht. Als befände es sich näher am Knöchel und wäre … schief.

Ich schüttle den Kopf, so ein Blödsinn! So was ist nicht möglich, sicher bin ich noch vom Schlaf verwirrt.

Auf einem Bein durchsuche ich das Spiegelschränkchen über dem Waschbecken nach etwas, mit dem ich die seltsame Wunde möglichst schonend säubern und anschließend verbinden kann. Doch ich finde bloß vorgeschnittene Pflaster, die viel zu klein sind, und einen abgenutzten Schwamm, den ich für kein Geld der Welt in die Nähe einer offenen Verletzung bringen würde.

Hilflos sehe ich mich um. Seit fast fünf Jahren wohne ich bei meiner Schwester, aber ich habe nicht die geringste Ahnung, wo sie in dieser Wohnung ein Erste-Hilfe-Set aufbewahrt – und ob sie überhaupt eins besitzt.

Also greife ich mir die Klopapierrolle von der Halterung, reiße ein paar Blätter ab und befeuchte sie unter dem Wasserhahn.

Das muss reichen. Hoffe ich.

Zögerlich wende ich mich der Wunde zu. Das wird vermutlich ziemlich wehtun, auch wenn ich nicht kapiere, was da eigentlich passiert ist. Das Tattoo ist mehrere Jahre alt, längst verheilt und hat nie irgendwelche Probleme gemacht. Habe ich mich in der vergangenen Nacht an einem Ast oder etwas anderem verletzt, während ich den Abhang hinuntergeschlittert bin? Das erscheint mir sehr unwahrscheinlich. Außerdem hat es noch nicht wehgetan, als ich in der letzten Nacht geduscht habe, und auch nicht heute Morgen. Oder habe ich wegen dieser inneren Kälte nichts bemerkt?

Ich hole tief Luft und lege los. Vorsichtig tupfe ich mit dem feuchten Toilettenpapier über die Wunde und schaue nur mit einem Auge hin, weil der Anblick ein unwohles Gefühl in meiner Brust entfesselt, und konzentriere mich auf meine Atmung.

Es tut nicht so schlimm weh wie befürchtet, doch nach ein paar Tupfern spüre ich, dass etwas nicht stimmt. Als wäre das Stück Toilettenpapier mit ätzender Säure getränkt, jagt ein Brennen durch meine Nervenbahnen. Angespannt presse ich die Lippen aufeinander, während ich weitermache. Das Papier wird erst blassrosa, dann verfärbt es sich tiefrot und ich bekomme es mit der Angst zu tun.

Entsetzt reiße ich den Mund auf. Meine Finger beginnen zu zittern und Schweiß bricht mir aus. Ungläubig starre ich genauer hin. Die Stelle sieht aus, als hätte sich das Tattoo vom Fleisch gelöst. Blutige Ränder, die Haut wirft unnatürliche Falten. Ich lasse das Toilettenpapier fallen und drücke mir beide Hände auf den Mund, um nicht aufzuschreien. Eben konnte ich nicht hinsehen, nun ist es mir unmöglich, wegzusehen. Was zur Hölle ist das? Es sieht aus, als würde mein Körper mein Tattoo abstoßen.

Das Tattoo, das ich mir mit Femke zusammen habe machen lassen. Ein Freundinnen-Tattoo, sie die hübsche Blüte, ich der starke Stängel, zusammen eine kräftige, wunderschöne Blume.

Eine Weile starre ich die Stelle an und weiß nicht, was ich damit anstellen soll. Die Haut zurück in Position zu schieben, erscheint mir surreal, noch nie habe ich davon gehört, dass etwas Ähnliches passiert ist. Aber so lassen kann ich es nicht.

Mein Magen macht ein gequältes Geräusch und ich bin froh, dass ich das Toastbrot heute Morgen ausgespuckt und nicht runtergewürgt habe.

Die ganze Situation erscheint mir unerträglich, also beschließe ich, etwas zu unternehmen. Nicht zu viel darüber nachdenken, einfach machen. Sonst sitze ich vermutlich noch in drei Wochen hier.

Ich stelle mein Bein in die Badewanne, kremple die Hose hoch und greife noch dem Duschkopf. Mal sehen, was passiert, wenn ich die Stelle abdusche.

Mit heftigem Herzklopfen beobachte ich, wie sich das Wasser rosa verfärbt. Die Stelle tut höllisch weh, aber vielleicht brauche ich den Schmerz, um mich zu vergewissern, dass ich nicht träume. Haut, die sich vom Körper ablöst – das ist wie aus einem verdammten Horrorfilm!

Die abstehende Hautfalte flattert unter dem kalten Wasserstrahl wie eine Fahne im Sturm, wird schließlich mitgerissen und in den Abfluss befördert. Ich gebe einen erschrockenen Laut von mir, und für einen Sekundenbruchteil verwandelt sich der Hautlappen in Femke, wie sie von der Strömung des Flusses davongetragen wird.

Wie in Trance stelle ich das Wasser ab. Mein starker Stängel hat sich über den Abfluss gelegt und behindert das Ablaufen des restlichen Wassers.

Ach. Du. Scheiße!

Alles in mir sträubt sich dagegen, und doch beuge ich mich vor, um die Haut, die aussieht wie ein Fetzen von einem alten Lappen, aus dem Wasser zu fischen. Meine Finger zittern und ich muss mich daran erinnern, regelmäßig zu atmen und nicht zu hyperventilieren, während ich auf das Tattoo in meiner Handfläche blicke.

Niemals hätte ich gedacht, dass ich es einmal aus dieser Perspektive betrachten würde. Die Welle des Ekels überkommt mich überraschend und heftig. Ich werfe den Hautfetzen von mir und er landet mit einem *Klatsch* auf dem Boden der Badewanne. Als wäre sie voller Piranhas, ziehe ich meinen Fuß zurück und krame erneut in den Badezimmerschränken nach einer Verbandsmöglichkeit. Ich weigere mich, mir die Stelle anzusehen, will nicht wissen, wie sie aussieht, will sie bloß schnell abdecken und niemals wieder darüber nachdenken.

Im hintersten Fach in der hintersten Ecke finde ich eine alte Packung Damenbinden. Perfekt. Ich nehme mir eine, hüpfe tropfend zum Sekretär im Wohnzimmer und finde sofort die Rolle Paketklebeband, die ich gesucht habe. Von einer plötzlichen Erschöpfung überrollt, lasse ich mich auf mein Couch-Bett fallen, presse blind die Binde auf die Stelle, die einst von meinem Tattoo verziert war, und befestige sie mit viel Klebeband.

Eigentlich sollte ich mich nun entspannen, aber die Tropfen auf dem alten Teppichboden ziehen meinen Blick auf sich. Was ich für Wasser gehalten habe, ist Blut. Eine Spur ist mir aus dem Badezimmer bis hierher gefolgt.

Es ist normal, dass so eine Wunde blutet, versuche ich mir einzureden, doch das täuscht nicht einmal annähernd darüber hinweg, dass ich diese Wunde eigentlich gar nicht haben dürfte. Etwas Seltsames ist mit mir passiert, und ich habe keine plausible Erklärung dafür.

Vielleicht war es wirklich ein Strauch oder Ast, der mich verletzt hat. Vielleicht ist es der emotionale Stress, dem ich seit Femkes Unfall ausgesetzt bin, der mein Immunsystem deaktiviert und mich für irgendwelche fleischfressenden Bakterien zum Abschuss freigegeben hat.

Oder vielleicht, wer weiß das schon, werde ich einfach verrückt.

Kapitel 5

Mit jedem Atemzug wächst mein Hunger, aber die Vorstellung, etwas zu essen, ist mir zuwider und ich lasse es sein. Es ist ohnehin nichts da.

Um mich etwas von meinen neu erweckten autoaggressiven Körperreaktionen abzulenken, starte ich einen neuen Versuch in Selbstbetrug und versuche herauszufinden, ob Femke aufgetaucht ist. Womöglich bin ich doch bloß auf einen ausgesprochen gut geplanten Prank reingefallen, was für mich, gemessen an der Alternative, inzwischen vollkommen in Ordnung wäre.

Mehr sogar. Ich würde meine linke Hand dafür geben, damit es so ist.

Auf meinem Smartphone öffne ich die Seite von Facebook und gebe in der Suchleiste Femkes Namen ein. Kurz frage ich mich, ob sie ihr Profil gelöscht hat, als es mir ihre Seite nicht ausspuckt. Dann erinnere ich mich, dass ich Femke vor einiger Zeit entfreundet und blockiert habe. Also gehe ich zu meinen persönlichen Einstellungen und hebe die Funktion auf. Prompt erscheint ihr Foto auf meinem Display, aber weil wir nicht befreundet sind, kann ich einen Großteil ihrer Posts nicht sehen.

Verdammt!

Ich schicke ihr eine Freundschaftsanfrage und öffne den Messenger in der Absicht, ihr eine Nachricht zu schreiben.

Doch das erweist sich als nicht so einfach. Denn sollte zutreffen, was ich befürchte, nämlich dass Femke tot ist, ertrunken im Fluss, und ich ihr eine Nachricht schicke, in der ich sie frage, ob sie am Leben ist, wird die Polizei schneller auf meiner Matte stehen, als ich »Unfall« sagen kann. Also muss ich es so klingen lassen, als wäre es ein Zufall, dass ich sie ausgerechnet jetzt nach langer Zeit der Funkstille kontaktiere.

Hey,
können wir reden? Können wir die Sache zwischen uns endlich klären? Bitte?

Die Nachricht ist vage gehalten, und ich kann unmöglich beurteilen, ob sie mich verdächtig macht oder nicht. Meine Wunde am Knöchel pocht und brennt, eine bleierne Müdigkeit zerrt an meinem Körper. Ich will schlafen, vergessen, am liebsten irgendwo völlig neu anfangen.

Gedanken einer Verlorenen.

Ich schicke die Nachricht ab und sehe nach, ob Amy sich noch einmal gemeldet hat. Hat sie nicht. Meine Antwort auf ihre Frage, wo ich sei, hat sie gelesen – doch anscheinend bin ich nicht wichtig genug, um sich weiter nach mir zu erkundigen.

Mit einem Gefühl der Enttäuschung lege ich mich hin, um kurz die Augen zu schließen.

Als ich das nächste Mal erwache, spüre ich, dass etwas nicht stimmt. Draußen ist es dunkel, dennoch kann ich die Uhrzeit nicht einschätzen. Woher kommt nur diese schreckliche Müdigkeit?

Ich setze mich auf, und sofort weiß ich, was mich geweckt hat.

Es juckt.

Meine Haut juckt. Überall. Noch ist es auszuhalten, doch ich will mich kratzen. Heftig und intensiv. Blind taste ich nach dem Schalter der Stehlampe, die neben der Couch steht, und knipse das Licht an. Ich muss blinzeln, meine Augen sind noch nicht an die Helligkeit gewöhnt, dennoch schiebe ich die Ärmel meines Oberteils hoch und reibe mit den Handflächen über meine Haut. Bloß nicht kratzen! Völlig egal, wie sehr ich es will. Wenn ich einmal anfange, kann ich erst wieder aufhören, sobald mir blutige Fetzen unter den Fingernägeln hängen.

Als das Licht nicht mehr in meinen Augäpfeln sticht, richte ich den Blick auf meine nackten Arme und bin mir sicher, dass ich träume. Schon wieder.

Was ist nur los mit mir?

Meine Unterarme sind gerötet und sehen aus, als hätte ich einen üblen Sonnenbrand. An den Stellen, die ich mit meinen Handflächen gerieben habe, löst sich eine dünne, weiße Hautschicht und gibt etwas darunter frei, was mich mit einer Welle des Entsetzens beinahe zu Boden reißt.

Rosa Haut, wie frisch gewachsen, zaghaft überzogen mit bronzefarbenen Sommersprossen.

Ich habe keine Sommersprossen, noch nie gehabt!

Mit einem flauen Gefühl schlage ich die Bettdecke zurück und betrachte meine Beine. Das gleiche verstörende Bild. Ich häute mich wie eine Schlange, und etwas kommt zum Vorschein, was nicht mehr nach mir aussieht.

Ich hebe mein Oberteil, überprüfe meinen Bauch, schaue von oben in den Ausschnitt auf meine Brüste.

Überall hängen Hautfetzen. Abgestorbene, tote Haut. Von meinem Körper abgestoßen, rieselt sie wie Schuppen aus meinem Oberteil und sprenkelt das dunkle Bettlaken.

Was passiert mit mir? Das … das kann nicht normal sein.

Widerwillig löse ich das Klebeband, zupfe ängstlich die Damenbinde von meiner Wunde am Knöchel. Sie ist verschlossen und hat bereits begonnen zu heilen – von dem Tattoo keine Spur. Es ist einfach weg.

Ich lache auf, viel zu laut, der Hysterie nahe.

Ich fürchte, ich verliere den Verstand.

Als ich aufstehe, fühle ich mich schmutzig, fühle ich mich falsch an. Überall diese weißen Fetzen, mein leerer Magen rebelliert. Im Badezimmer liegt das Stück Haut mit meinem Tattoo in der Wanne, aber für Ekel habe ich keinen Kopf. Mit spitzen Fingern greife ich es und werfe es in die Toilette – was ich sofort bereue! Ich brauche es! Wenn ich wissen will, ob ich durchdrehe oder träume oder ob das wirklich passiert, brauche ich einen Beweis. Ich werde es aus der Toilette fischen, sobald ich geduscht habe.

Ich reiße mir die Klamotten vom Körper und stelle das Wasser an. Zuerst kalt, dann immer wärmer prasselt es auf mich herab. Mit einem Schwamm rubble ich mir die Fetzen von der Haut. An einigen Stellen ist es dafür zu früh, da ist sie noch nicht verheilt und brennt wie unter Salzwasser. Doch das ist mir egal. Ich will dieses Zeug von mir haben.

Weg! Weg damit! Ich schrubbe weiter, meine Beine, Arme, Bauch. Dann drehe ich das Gesicht zum Wasserstrahl und reibe auch dort grob über die Haut. Kleine Würstchen aus toter Haut bilden sich unter meinen Fingerspitzen und mir ist nach Weinen zumute.

Als sich nichts mehr von mir löst, stelle ich das Wasser ab und trete aus der Wanne. Die Luft ist feucht, Nebelschwaden wabern durchs Bad, beschlagen den Spiegel. Mit einem großen Handtuch um meinen Körper geschlungen, setze ich mich auf den Badewannenrand und fürchte mich vor meinem Spiegelbild. Komplette Häutung innerhalb weniger Stunden – das gibt es nicht. Ich muss träumen oder fantasieren, alles andere ist unmöglich.

Der Wasserdampf verflüchtigt sich, gibt die Oberfläche des Spiegels frei und ich will einen Blick wagen. Ich muss es wissen, Angst darf mich nicht abhalten.

Mit weichen Knien stehe ich auf und eine klare Reflektion erscheint im Spiegel. Ein Mädchen glotzt mich mit großen Augen an. Ein Mädchen mit meinem Gesicht.

Ich sehe aus wie ich, und doch verändert. Die Haut ist gerötet, aber das ist nicht alles, was meinen Brustkorb regelrecht erschüttern lässt. Bebend und schlotternd, mit Zähnen, die aufeinanderschlagen, beuge ich mich näher an mein Spiegelbild.

Ich halte die Luft an.

Auf meiner Nase, meinen Wangen.

Sommersprossen.

Nicht viele, dafür ausgeprägt. Nicht zu leugnen. Und ihre Anordnung! Sie kommt mir bekannt vor. Erst gestern habe ich sie gesehen, mich an sie erinnert, obwohl ich sie nie vergessen habe.

In meinem Kopf dreht sich alles. Eine Ohnmacht würde ich nicht verschmähen, jeder Ausweg ist mir recht.

Stattdessen kommt mir etwas anderes in den Sinn. Ich trete einen Schritt zurück und öffne das Handtuch. Hole tief Luft. Presse meine Lippen zusammen. Sehe an mir runter.

Da ist es. Ich starre es an, als würde es verschwinden, wenn ich es nur genug will. Aber es bleibt. Direkt über meinem Schambein. Eine kleine Blüte.

Der dazugehörige Stängel mit dem herzförmigen Blatt schwimmt noch in der Toilette.

Femkes Tattoo. Auf meinem Körper.

So eine verdammte Scheiße!

Kapitel 6

In eine Decke gewickelt und mit dem Kopf auf einem Kissen ist es einfach, die letzten Stunden als einen Albtraum abzutun. Mein Verstand drängt mich dazu, mir selbst nicht mehr zu glauben. Doch ein Blick unter den Stoff meines Slips genügt, um ihm mit *dem* Beweis schlechthin den imaginären Stinkefinger zu zeigen.

Eine bleierne Müdigkeit ist über mich gekommen, und obwohl meine Augen immer wieder zufallen, zwinge ich mich, wach zu bleiben. Mein Handy hängt am Ladekabel und seit ewigen Augenblicken, jenen, die zu Stunden werden können, ohne dass ich es bemerke, starre ich auf das Suchfeld von Google.

Es muss eine Erklärung geben für das, was gerade mit mir passiert. Selbst wenn es nur eine Fußnote irgendwo ist, würde das genügen, um meinen Verstand zufriedenzustellen. Ich muss sie finden, denn es gibt sie, diese Fußnote mit der Erklärung, sonst wäre das mit meiner Haut und dem Tattoo nicht passiert.

Doch mein Gehirn gibt keine vernünftigen Suchbegriffe her, die ich bei Google eingeben könnte.

Sind Tattoos übertragbar?

Hautveränderungen nach Unfallmord?

Macht Schuld verrückt?

Sobald mich die Polizei wegen Femke verhaftet, wäre mein Suchverlauf bei Google praktisch mein Geständnis, sollte ich das jemals wirklich eintippen.

Aber das tue ich nicht. Weil alles nach totalem Blödsinn klingt. Frustriert lasse ich mein Handy sinken und beobachte, wie das Display erlischt. Ich sollte die Sache auf sich beruhen lassen, nur wie könnte ich das? Ich trage Femkes verdammte Haut an meinem Körper!

Das Jucken hat zum Glück aufgehört, und auch die Fleischwunde, die mein eigenes Tattoo hinterlassen hat, schmerzt nicht mehr allzu sehr. Mir fällt wieder ein, dass ich meine abgestoßene Haut aus der Toilette retten muss, und verschiebe es auf später. Ich bin zu träge und gerade nicht gewillt, in meinem eigenen Klo herumzufischen.

Unruhig drehe ich mich von der einen auf die andere Seite. Meine Gelenke fühlen sich steif an, Gliederschmerzen kriechen durch Arme, Beine, Finger, Nacken. Vielleicht ist das der Grund! Vielleicht bekomme ich eine Grippe – oder habe sie bereits, liege im Fieberdelirium und halte das hier für die Realität, obwohl sie es nicht ist.

Das muss es sein.

Oder nicht.

Ich weiß nicht mehr, was ich denken soll. Sämtliche Überlegungen fühlen sich alt und abgenutzt an, wie ein durchgekautes Kaugummi, und Klärung haben sie mir nicht gebracht. Also lasse ich es zu, schließe meine Lider, der Kampf gegen sie erscheint mir ohnehin sinnlos, und es dauert nicht lange, ehe mein Verstand in der Dunkelheit versinkt.

Ich schlage die Augen auf.

Um mich herum ist es dunkel.

Das Bett, in dem ich liege, ist mir vertraut, ich bin zu Hause. An dem Ort, der zu meinem Zuhause werden musste, wenngleich ich mich nur geduldet, nicht aber gewollt fühle.

Ich bin allein, wie so oft. Vorsichtig versuche ich, meinen Körper zu spüren, er scheint noch im Schlaf verloren, als meine Erinnerung zurückkommt. Meine Haut. Im Abfluss der Wanne und in der Toilette.

Da war noch mehr. Eine Erklärung.

Grippe. Fieber. Fieberträume.

Ich friere. Und mir tut alles weh.

Ist das gut oder schlecht? Ist es der Beweis für die Grippe? Dann stimmt es wirklich? Oder ist alles ein Irrtum?

Es ist zum Verrücktwerden! Oder zum längst verrückt geworden sein?

Mein Rücken fühlt sich an, als wäre jemand auf ihm spazieren gegangen. Ich versuche mich auf die Seite zu drehen und stöhne, bin furchtbar erschöpft und die kleinste Anstrengung bringt mich bereits an meine Grenze.

Gähnend drücke ich mein Gesicht ins Kissen, um das bemitleidenswerte Geräusch zu ersticken, das dabei entsteht. Eine große Ladung meines Haars bleibt an meinen Lippen kleben und wandert ungewollt in meinen Mund.

Sofort versuche ich, sie auszuspucken, unter größter Kraftanwendung hebe ich meinen Arm, um mir die Strähne aus dem Gesicht zu streichen, doch ich bekomme sie nicht zu fassen. Erst als ich sie mir direkt aus dem Mund puhle, erwische ich sie, ziehe sie zwischen meinen Lippen hervor – und erkenne mit entsetzt pochendem Herzen, dass die Haare nicht mehr an meinem Kopf sind.

Angeekelt setze ich mich auf, die Erschöpfung ist vergessen. Obwohl es dunkel ist und meine Finger zittern wie bei einem Parkinson-Patienten, starre ich auf das Büschel in meiner Hand.

Will ich es wissen? Will ich es wirklich wissen?

Ich löse meinen Blick von dem speichelnassen Büschel und suche die Stelle auf dem Kissen, in die ich eben mein Gesicht gedrückt habe. Dort liegt etwas … mit einem Fell? Ein heller Schatten, unbeweglich und deformiert.

Ohne es aus den Augen zu lassen, taste ich nach meinem Handy. Doch stattdessen erwische ich das einsame Ladekabel und erinnere mich, dass ich das Telefon blindlings auf die Matratze gepfeffert habe, bevor ich einschlief. Es muss unter der Decke sein, irgendwo in diesem Bett. Nur widerwillig nehme ich den Blick von dem dunklen Schatten in der finsteren Nacht … und streife dabei die Stelle, auf der mein Hinterkopf gelegen hat.

Ich fluche und zucke so heftig zurück, dass ich fast aus dem Bett stürze. Schmerz flammt in sämtlichen Gliedern auf und angeekelt schüttle ich die Haare von meiner Hand.

Dort auf dem Kissen liegt noch mehr von den hellen Schatten, viel mehr, und ich habe eine Ahnung, was es ist.

O Gott, bitte nicht!

Ich taste nach meinem Handy und finde es unter meinem Hintern. Inzwischen ist es fast drei Uhr, ich habe knapp zwei Stunden geschlafen. Auf dem Display wähle ich die Taschenlampe aus, hole tief Luft, als bestünde ein Zusammenhang zwischen Sauerstoff in der Lunge und Mut im Herzen, und knipse das Licht an.

Der zittrige Schein gibt die Bestätigung meiner bösen Ahnung zu erkennen. Auf dem Kissen, eigentlich überall auf dem Kopfteil, liegen Büschel von Haaren! Silbergraue lange Haare.

Meine.

Entsetzt lasse ich mein Handy fallen und drücke beide Hände auf den Mund. Ich bin kurz davor, zu hyperventilieren, vielleicht auch zu weinen, oder alles zusammen, mein Verstand steht vor einem Kurzschluss. Ich muss mich zwingen, die Nerven zu bewahren, konzentriere mich auf meine Atmung, damit ich nicht das Bewusstsein verliere. Die Panik, ich spüre sie in meiner Brust brodeln. Ich muss sie bezwingen, ich muss, doch ich werde scheitern.

Ich scheitere.

Mir fallen die Haare aus!

Mit lahmen, schmerzenden Gliedern springe ich aus dem Bett, verliere das Gleichgewicht, fange mich wieder und wanke ins Badezimmer. Dort schalte ich das Licht nicht ein, der Mond ist hell genug, oder zu hell, alles eine Frage der Perspektive. Ich muss es wissen. Der Spiegel, der mich vorhin bereits betrogen, mich mit einem unmöglichen Anblick getäuscht hat, soll nun mein Verbündeter sein. Meine letzte Gewissheit, was gerade mit meinem Körper passiert.

Mit wackeligen Knien, die Hände auf das Waschbecken gestützt, stehe ich vor ihm. Noch verweigern sich meine Augen, für einige tiefe Atemzüge bleiben sie geschlossen, ich fürchte mich vor dem Angesicht des Albtraums. Aber dann schlage ich die Lider auf und stelle mich ihm.

Meine Gesichtszüge zucken und in meiner Brust erwacht ein Lachen, das ich jedoch im Zaum halte. Alles sieht aus wie immer. Keine kahlen Stellen, keine glänzende Glatze erwarten mich in meiner Reflektion. Mein Haar, von Natur aus braun, habe ich erst vor Kurzem selbst gebleicht und in einem pastelligen Silbergrau gefärbt. Und genau so sieht es jetzt aus. Feucht und ein wenig zerzaust – aber vorhanden.

Erleichterung will jedoch nicht einkehren und mein Lachen zieht sich zurück. Ein ungutes Bauchgefühl überkommt mich und mit zusammengekniffenen Augenbrauen lehne ich mich näher an den Spiegel.

Kurz hinter der Stirn mache ich eine seltsame Locke aus, die nicht zu meinen glatten Haaren gehört. Ich sehe genauer hin, bis meine Nasenspitze beinahe die glatte Fläche berührt.

Haarwurzeln. Ich finde sie am Ende der mysteriösen Locke und ohne es zuvor zu überdenken, fahre ich mit meinen Fingern durch die Strähne.

O nein, bitte nicht! Zwischen ihnen hängen büschelweise Haare. Mit einem Wimmern schüttle ich sie von meiner Hand und sie landen im Waschbecken. Entsetzt starre ich sie an, meine silbergrauen Haare auf der schmuddeligen Emaille. Das muss ein Traum sein, ich bin sicher nicht wach. Ich sollte mich zurück auf mein Couch-Bett legen und morgen nach dem Aufwachen über diesen Irrsinn lachen!

Stattdessen wiederhole ich den Vorgang, greife in mein Haar, immer und immer wieder, und jedes Mal kleben zwischen meinen zitternden Fingern weitere Büschel, die im Abfluss landen.

Jetzt hält mich nichts mehr. Ich weine, schluchze wie ein Baby, während ich immer kahler werde, immer nackter, immer entblößter.

Ich weiß, woran es liegt, warum mir das passiert. Es ist wegen Femke. Wegen meiner Schuld. Femke ist vermutlich tot, und obwohl ich das nicht gewollt habe, habe ich es doch zu verantworten! Sie hat mich um Hilfe gebeten, auch wenn ich das bislang verdrängt habe. Das geht nun nicht mehr. Femke hat mich um Hilfe angefleht, und dann wurde ich zu ihrem Verhängnis. Das ist Karma! Ausgleichende Gerechtigkeit. Ich habe es verdient, das alles und viel mehr.

Ein verheultes, glatzköpfiges Wesen glotzt mich aus dem Spiegel an. Soeben ist das letzte Büschel im Waschbecken gelandet, und was bleibt, ist diese Kreatur, die ich nicht wiedererkenne.

Meine Tränen lassen einfach nicht nach, doch ich empfinde nichts.

Häufiges Färben schadet dem Haar, heißt es.

Die ehemals beste Freundin einen Abhang hinunterstoßen noch viel mehr.

Ich wende den Blick von mir ab, schleppe mich mechanisch ins Wohnzimmer und lasse mich gleichgültig von dem Couch-Bett auffangen. Mein Haar ist dort verstreut und ich lege meinen Kopf darauf, um die Illusion aufrechtzuerhalten, dass sie noch immer mein Gesicht umschmeicheln.

Ohne Decke liege ich da, mir ist ohnehin immerzu kalt, und empfinde nichts als Müdigkeit. Mein Entsetzen, die Angst, das alles ist zu erschöpfend. Und tatsächlich, die Müdigkeit siegt, ich lasse mich fallen in das dunkle Vergessen.

Kapitel 7

Der Samstag beginnt mit Schmerzen.

Unerträglichen Schmerzen.

Ich krümme mich unter der Decke zusammen, sperre das Licht und die Sonne aus, doch etwas scheint mich von innen zu zerreißen. Etwas Spitzes bohrt sich in meine Wange, und als ich den Kopf hebe und es wegwische, fällt es auf das Laken.

Eine schwarze Nagelplatte.

Ich bringe keine klaren Gedanken zustande, hebe bloß meine rechte Hand vor Augen und sehe verschwommen blassrosa Nagelbetten. Auch meine Fingernägel sind einfach ausgefallen. Während ich geschlafen habe, hat mein Körper sie regelrecht abgestoßen, wie schon in der Nacht mein Haar.

Mein Haar! Ich schlage die Decke von meinem Kopf und setze mich unter gequältem Stöhnen auf. Inzwischen sind die Strähnen nicht nur auf dem Kissen, sondern im ganzen Bett verstreut, und mit einem Mal habe ich mein Spiegelbild vor Augen, den fremden Menschen mit dem kahlen Kopf wie eine Nacktschnecke, der mich entsetzt und ungläubig angesehen hat. Ich erinnere mich an das Gefühl der Büschel in meinen Händen und mein leerer Magen beschwert sich angeekelt.

Vorsichtig lasse ich mich zurücksinken, krümme mich, wälze mich hin und her und möchte sterben. Mein Magen ist das Schlimmste, das sind kein Hunger und kein Ekel. Womöglich ein Virus, aber kein Magengrippe, kein Alkoholrausch war jemals so grauenvoll wie das, was mich momentan zu brechen versucht. Als würde darin eine Suppe aus Säure kochen und mich innerlich verätzen.

Und es wird nur schlimmer. Aus meinem gesamten Körper kommen verstörende Geräusche. Es quietscht und knurrt und grummelt, und schon bald ist der Moment gekommen, der das Unausweichliche offenbart.

Ich wälze mich in eine aufrechte Position, schnell, komme auf die Beine und schleppe mich abermals ins Badezimmer. Wimmernd und zitternd schaffe ich es eben noch rechtzeitig zur Toilette, in die ich mich hustend und würgend erbreche.

Tränen und Schweiß vermischen sich in meinem Gesicht zu einem klebrigen Film, schwallweise bricht immer neue Kotze aus meinem leeren Magen heraus, und ich muss nicht hinsehen, um zu wissen, dass es nicht die üppigen, wenn auch imaginären Mahlzeiten des vergangenen Tages sind, die er auf diese charmante Weise wieder hinausbefördert.

Ich schmecke es. Metallisch und bitter, wie eine alte Münze in meinem Mund.

Blut.

Immer mehr, dunkelrot und klumpig.

Nach meinem Wunsch zu sterben folgt die Angst, es wirklich zu tun. Sterbe ich? Ist das der Tod? Wird meine Schwester meinen keratinlosen, gepeinigten Körper finden, irgendwann, wenn der Verwesungsprozess bereits im fortgeschrittenen Stadium ist und Maden sich über ihn hergemacht haben?

Irgendwann ist es vorbei und ich schlottere am ganzen Leib. Mein Magen schmerzt bestialisch, krampft immer wieder, doch der Brechreiz hat nachgelassen. Mit meinen letzten verbliebenen Kräften versuche ich, mich am Waschbecken hochzuziehen und scheitere kläglich. Ich bin zu schwach und die Muskeln unter dieser fremden Haut scheinen über Nacht so dünn wie Zahnseide geworden zu sein.

Also verzichte ich darauf, meinen Mund auszuwaschen, und bleibe sitzen. Die Arme auf die Klobrille gestützt, spucke ich noch einmal aus, um den widerwärtigen Geschmack loszuwerden …

Ein verdächtiges Platschen lässt mich aufhorchen. Etwas Hartes ist ins Becken geplumpst und eine neue schreckliche Ahnung überkommt mich. Die dunkelrote Brühe in der Kloschüssel verhindert die Sicht auf den Toilettenboden, meine Hand stecke ich dort sicher nicht rein. Bleibt meine Zunge, mit der ich meinen Mundraum abtaste und über meine Zähne gleite. Ein vertrautes Gefühl – bis ich auf eine Lücke stoße.

Ein Zahn! Mir ist ein Zahn ausgefallen!

Entkräftet schluchze ich auf, fühle mich hilflos und verzweifelt. Als wäre ich schlagartig senil geworden, setzt ein Kopfschütteln ein, das nicht aufhören will.

Das kann nicht sein, nein, nein, das kann nicht sein, scheint es zu bedeuten, aber ich sage kein Wort. Ich brauche keine Stimme, um die stumme Botschaft zu hören.

Wie lange ich dort hocke, auf dem kalten Boden, den Kopf vor der Kloschüssel, weiß ich nicht. Irgendwann friere ich, als hätte ich eine Nacht im tiefsten Schnee verbracht, und richte mich auf. Meinen Beinen befehle ich wortlos, mich zu tragen, weil sie es müssen, weil ich nicht für immer auf dem Badezimmerboden bleiben kann, und stütze mich am Waschbeckenrand ab.

Der Blick in den Spiegel ist hysterischer Masochismus. Wie schon in der Nacht kehrt eine seltsame Gleichgültigkeit ein, während ich das Ergebnis körpereigener Folter anstarre. Mein Mund ist blutverschmiert, die blasse Haut sticht markant hervor.

Erst auf den zweiten Blick fällt mir auf, dass ich sehr wohl Haare auf dem Kopf habe. Aber sie sind falsch. Das sind nicht meine Strähnen, die mir schweißnass ins Gesicht fallen. Meine Haare liegen vor mir im Waschbecken. Die auf meinem Kopf sind schulterlang und blond. Blut klebt an ihnen, ich habe sie beim Kotzen nicht bemerkt. Mit meinen nagellosen Fingern streiche ich sie mir von der Stirn, wende meinen Blick ab, weil jede weitere Begutachtung zwangsläufig zu der Suche nach einer Erklärung führen würde, und öffne den Mund.

Von meinem Schneidezahn oben fehlt jede Spur. Eine schwarze Lücke springt mir entgegen und lacht mich höhnisch aus. Mein Zahn hat ein neues Zuhause gefunden. Auf dem Grund der Toilette, zwischen blutiger Kotze und abgefallenen Hautfetzen.

Es muss wirklich ein Traum sein, eine andere Möglichkeit gibt es nicht! Ich beuge mich vor, näher an den Spiegel, und wackle mit der Zungenspitze am nächsten Zahn. Er ist locker, es ist nur eine Frage der Gelegenheiten, bis er meinen Mund verlässt.

Nein! Ich werde nicht abwarten und mich nicht überraschen lassen. Wenn das hier ein verdammter Albtraum wäre, was würde ich tun?

Entschlossen nehme ich den wackelnden Zahn zwischen Daumen und Zeigefinger und ziehe ihn mit einem Ruck aus meinem Oberkiefer. Er saß in meinem Zahnfleisch wie ein Löffel in einem angeschmolzenen Sommereis. Ich betrachte ihn zwischen meinen Fingern und empfinde kurz so etwas wie Macht. Selbstbestimmung. Ich lasse nicht zu, dass sie mir einer nach dem anderen aus den Mund fallen. Ich selbst werde es tun, werde sie rausholen, Zahn für Zahn, weil es meine Entscheidung ist. Nur so habe ich einen vorgetäuschten Hauch von Kontrolle über diese groteske Situation und muss nicht darauf warten, bis das nächste Grauen über mich herfällt.

Der nächste Zahn ist ebenso schnell und problemlos entfernt wie der zuvor und landet mit einem Plumps in der Toilette. Zahn für Zahn entferne ich sie, greife tief in meinen Mund, um auch die hinteren Backenzähne zu erwischen, bis keiner mehr übrig ist.

Und wieder betrachte ich mich im Spiegel. Ein Anblick wie aus einem Horrorfilm, mit mir in der Hauptrolle.

Aber ich brauche keine Angst zu haben, denn es ist bloß ein Traum.

Schnell wasche ich mir das Gesicht, spüle die Spuren des Blutes von der Haut, dann betätige ich die Toilettenspülung. Alles verschwindet im Abfluss, aber das ist in Ordnung. Ich habe das Gefühl, dass ich keine Beweise für irgendwas brauchen werde.

Obwohl es mir irgendwann unvorstellbar geworden ist, geht es mir nach einer Weile besser. Die Gliederschmerzen lassen nach und meine Gedärme beruhigen sich.

Aus der Bettwäsche des Couch-Bettes habe ich neun weitere schwarz lackierte Fingernagelplatten gefischt. Sie lagen überall verteilt, und auch meine Fußnägel sind von meinem Körper abgestoßen worden.

Sofern es überhaupt noch mein Körper ist.

Dort, wo sich meine Nägel befunden haben, ist nun eine dünne rosafarbene Haut, die zwar empfindlich, nicht aber schmerzhaft ist. Wehmütig sammle ich meine Haare von Kissen und Laken und finde dabei unzählige Wimpern und Augenbrauenhaare.

Ich hole eine kleine Mülltüte aus der Küche und packe alles hinein, unsicher, ob es sich um Restmüll oder Biomüll handelt.

Der Gang ins Badezimmer fällt mir schwer. Wegen der Erinnerungen, die ich mit ihm verbinde, aber noch mehr, weil sich dort der Spiegel befindet. Ein Spiegel, der mir etwas zeigen wird, was ich nicht sehen will. Nicht wahrhaben will, denn es ist unmöglich. So etwas geschieht nicht, gibt es einfach nicht, und trotzdem kann ich nicht länger die Tatsache ignorieren, dass ich nicht träume. Was wären das für Träume, in denen man das Chaos aufräumt, das man hinterlassen hat?

Mit gesenktem Blick puhle ich die Haare aus dem Waschbecken. Abermals wollen Tränen kommen, doch in der letzten Nacht habe ich erkannt, dass sie überhaupt nichts ändern. Also kann ich mir das verdammte Rumheulen sparen.

Am Boden der Toilette liegen einige meiner Zähne. Ich muss mehrmals spülen, bis sie im Rohr der Vergessenheit verschwunden sind. Ich trauere ihnen kaum nach, denn ich weiß, dass ich neue bekommen werde. Alles an mir erneuert sich, und so werden es die Zähne auch tun. Schon jetzt spüre ich die ersten Spitzen in meinem Zahnfleisch, ich zahne wie ein Baby und es ist nicht so schmerzhaft, wie Säuglingsgeschrei einen glauben macht. Ein sanftes Drücken im Kiefer, etwas gereiztes Zahnfleisch, nichts im Vergleich zu den Magenkrämpfen und Gliederschmerzen der vergangenen Stunden.

Die neuen Zähne werden schöner sein als meine alten, weißer und nicht verfärbt von Zigaretten und Kaffee.

Erstaunlich, wie ruhig ich bin.

Vielleicht suche ich einen Arzt auf. Gar nicht wegen der Metamorphose, die mein Körper offensichtlich vollzieht, aber ich sollte mit einem Mediziner dringend über meinen Geisteszustand reden. Denn entweder spinne ich mir einen verdammt kranken Film zusammen oder die bereits einsetzende Akzeptanz einer echten, grundsätzlich unmöglichen Verwandlung deutet auf eine nicht gesunde Gefühlswelt hin.

Beides Kacke.

Die Wahrheit ist, dass ich nicht weiß, wie ich mit der Situation umgehen soll. Es ist eine große Sache, völlig verrückt, dessen bin ich mir bewusst, aber was bleibt mir anderes übrig, als abzuwarten? Ich kann mich nicht dagegen wehren, was gerade mit mir geschieht, kann niemanden um Hilfe bitten, bin allein. Was auch immer Femke dazu veranlasst hat, ausgerechnet mich in einem Stadium der puren Verzweiflung zu treffen, ich werde es nicht erfahren, und trotzdem stelle ich mir vor, dass sie sich so gefühlt hat wie ich mich jetzt.

Vielleicht ist das wirklich die Strafe des Universums dafür, dass ich Femke einen Stoß gegeben habe, anstatt sie in die Arme zu nehmen.

Und obwohl ich anderer Meinung bin als das Universum, werde ich diese Strafe aussitzen. Allein. Hilflos. Mit genug Zeit, um über meinen Fehler nachzudenken.

Ich sehe schließlich doch in den Spiegel. Mein Anblick ist schlimmer als befürchtet, erschreckt mich aber nicht. Es ist jemand Fremdes, der mich anstarrt, ein Mischwesen aus mir und Femke. Mein Gehirn erkennt nicht, was mein Verstand längst verdrängt.

Das ist mein Spiegelbild.

Noch immer kleben Blutreste um den Mund und dunkle Schatten der Erschöpfung liegen unter meinen Augen. Ich erkenne mich nicht wieder.

Das Haar, die Haut, Wimpern, Augenbrauen, irgendwann die Zähne … das alles bin nicht ich.

Trotzdem kenne ich sie, würde sie unter Millionen anderer immer identifizieren, so vertraut sind sie mir.

Ich weiß, wem sie gehören.

Es wird Zeit, das, was ich erlebe und nicht begreife, laut auszusprechen. Womöglich geht mir dann ein Licht auf, vielleicht erinnere ich mich daran, dass so ein Vorgang ganz normal ist und ständig passiert – und ich es nur für eine Weile vergessen habe.

Ich verwandle mich in Femke, will ich sagen, doch meine Stimmbänder verweigern sich den Worten. Keinen Ton bekomme ich heraus. Bloß ein Flüstern ohne Stimme, weniger als das. Lippen, die sich bewegen, aber nicht sprechen. Und was geflüstert wird, ist niemals gesagt worden.

Erneut bemühe ich mich, es müssen nicht einmal Worte sein, nur einen Ton will ich von mir geben. Aber es geht nicht, es sind nicht die Worte, die mich stumm machen, es sind die Stimmbänder selbst.

Es ist noch nicht vorbei. Noch ist die Veränderung mittendrin und ich erkenne weder mich noch Femke. Mit den empfindsamen Fingerspitzen ertaste ich die Gesichtszüge, spüre die zarte Haut, die festen Knochen. Wie kann das sein? Mein Gehirn steht in Flammen! Wer bin ich, wenn nicht mehr ich und noch nicht sie? Ein *wir?* Ist es das?

Und *wir* fürchten uns davor, was uns bevorsteht.

Kapitel 8

Nach einer weiteren Dusche haben wir uns wieder auf das Couch-Bett begeben. Als wir tropfend und frierend vor dem Kleiderschrank standen, wurde uns bewusst, dass wir ein weiteres Problem haben, das unsere Veränderung mit sich gebracht hat. Die Gliederschmerzen am Tag … Wir haben davon gehört, dass Kinder Wachstumsschmerz empfinden. Bislang schien die Frage überflüssig, ob auch das Schrumpfen wehtut.

Ja, tut es.

Wir haben die Statur von Femke, und Femkes kleiner Körper passt unmöglich in Anouks Klamotten. Ganz zu schweigen davon, dass Femke niemals ausschließlich Schwarz tragen würde. Wir werden aussehen, als hätten wir uns an dem Kleiderschrank unserer großen Schwester vergriffen, aber wir versuchen, es von der positiven Seite zu sehen: wären uns die Sachen zu klein, wäre es schlimmer.

Und so sitzen wir nun in einem zu großen Kapuzenpullover und einer rutschenden Jogginghose auf dem Couch-Bett und versuchen, uns mit Anouks Handy auf andere Gedanken zu bringen.

Facebook liefert keine neuen Erkenntnisse, auf die Nachricht hat Femke nicht geantwortet.

Natürlich nicht.

In unserem Kopf dreht sich alles, zu viele Gedanken, zu viel Wahnsinn, zu viele Möglichkeiten. Was ist mit Femkes Körper im Fluss passiert? Ist er gefunden worden? Verändert auch er sich, nimmt er die Gestalt von Anouk an oder wird er nie gefunden werden? Kann sich ein toter Körper verändern, oder wird es bald zwei Femkes geben, eine ertrunken und … uns?

Bei all diesen Überlegungen wird uns noch schwindeliger. Was sollen wir tun, wenn die Metamorphose vollendet ist? Sollten wir zu einem Arzt gehen? Zu einem Wunderheiler oder einem Hexenmeister?

Geschieht hier etwas Übernatürliches, hat uns jemand mit einem Fluch belegt oder haben wir uns gleichzeitig gewünscht, die jeweils andere zu sein? Wie können wir die Verwandlung rückgängig machen?

Wir kapieren es nicht.

Und wir wissen nichts.

Müssen wir für Albträume nicht mehr schlafen?

Ist das Anouks Strafe?

Oder ist es die Aufforderung des Universums, herauszufinden, warum Femke so verzweifelt um Hilfe gefleht hat?

Ist es das?

Gibt es eine höhere Macht, die uns das angetan hat? Anouk glaubt nicht an so etwas, eigentlich, aber wie ist es mit Femke? Und macht es überhaupt einen Unterschied, woran wir glauben? Denn das, was gerade passiert, ist keine Frage des Glaubens. Es geschieht einfach. Ohne unser Zutun, ohne die Möglichkeit, es aufzuhalten.

Zu dem Schwindel mischt sich ein Pochen unter der Kopfhaut. Erst in der Stirn, breitet es sich bis zum Hinterkopf aus. Als wäre unser Skalp eine viel zu enge Badekappe, die alles darunter zu zerquetschen vermag.

Dabei wollen wir bloß vergessen. Die Schmerzen, das Leben, nur schlafen. Wir torkeln ins Bad, halten uns den Kopf, aus Angst, er würde uns sonst vom Körper fallen.

Ein weiteres Mal durchwühlen wir den Spiegelschrank von Anouks Schwester. Immerhin Schmerztabletten hat sie im Haus, und schnell werfen wir uns zwei ein – eine für jede von uns.

Mit Wasser aus dem Hahn hinuntergewürgt, hoffen wir, dass sie diese Qual zumindest lindern können. Hätten wir die Packungsbeilage lesen sollen, um zu erfahren, ob das Medikament bei Metamorphose-Schmerz wirkt?

Wir schleppen uns zurück zur Bett-Couch und verkriechen uns unter der Decke.

Hollywood-Bodyswitch-Filme sind die reinste Verarsche! Als wäre es einfach, sich zu verwandeln! Wir wünschten, es wäre so! Allein dieser Gedanke bringt uns dazu, hysterisch zu lachen.

Wie es aussieht, beginnen die Tabletten zu wirken. Langsam dämmert unser Körper davon, was bleibt, sind wirre Gedanken und der flammende Schmerz.

Ob diese Filme wohl Erfahrungsberichte sind? Die hässlichen Wahrheiten durch Hollywoodfilme verzerrt? Vielleicht sollten wir auch über eine Verfilmung nachdenken. Unsere Geschichte, die ungeschönte Realität, mit uns in den Hauptrollen!

Wir sind unfassbar müde! Nicht lachen, nicht denken. Wir schließen die Augen, lassen verstörende Filme ablaufen und sinken fiebrig in ein qualvolles Nichts.

Anouk und Femke.

Femke und Anouk.

Was vor vielen Jahren begann, aussichtsreich und voller Erwartung, würde enden, noch bevor der Abend anfing.

Was keiner von ihnen wusste. Die eine fürchtete sich, bekam seit Tagen kein Auge mehr zu. Die andere traf es unvorbereitet, eine Katastrophe aus dem Nichts, was es für sie noch scherzhafter machen würde.

Das braunhaarige Mädchen stand an diesem Tag vor der Tür ihrer besten Freundin. Es war der ältere Bruder, der öffnete. Er sah besorgt aus und sprach mit gesenkter Stimme, erzählte dem braunhaarigen Mädchen etwas, das alles veränderte.

Ungläubig blickte das Mädchen den älteren Bruder an, die Stirn in Falten, die Augen glasig. Das war der Moment, in dem ihr pubertierendes Herz in Tausende kleine Scherben zersprang. Der ältere Junge sah sie erwartungsvoll an, nachdem sie gemeinsam die Treppe nach oben gestiegen waren. Das braunhaarige Mädchen nickte, das Gesicht zu einer Maske erstarrt. Zorn war darin zu lesen, Enttäuschung und Schmerz, das Ausmaß seiner Worte sackte langsam in die Tiefe ihres Verständnisses.

Dann ließ er das braunhaarige Mädchen zurück, vor einer geschlossenen Tür, und verschwand im Nebenzimmer, als müsse er sich verstecken vor dem, was er ins Rollen gebracht hatte.

Anouk blieb einige ungläubige Atemzüge vor der geschlossenen Tür stehen, noch bevor sie der Wahrheit in Person gegenüberstand, füllten sich ihre Augen mit Tränen, begannen die Splitter ihres Herzens in ihre Eingeweide zu schneiden. Sie klopfte nicht an, als sie die Tür öffnete und sich gleichzeitig das Tor ihrer Freundschaft für immer schloss.

Femke saß an ihrem Schreibtisch, die Arme auf die Tischplatte gelegt, hob den Kopf und sah Anouk schuldbewusst an.

»Ist es wahr?«, waren Anouks Worte zur Begrüßung.

»Wovon sprichst du?« Doch es war offensichtlich, dass sie längst wusste, was Anouk meinte.

Anouk stand in der offenen Tür zu Femkes Zimmer, die Arme verschränkt, die Stimme gekränkt und verletzt. »Bitte sag mir, dass es nicht stimmt! Nicht Henry!«

Femke war mit einem Mal blass, fast verschwand sie vor ihrer weißen Tapete. »Anouk«, wisperte sie. Mehr nicht.

»Wie konntest du nur?«

Femke blieb stumm, schüttelte energisch den Kopf. Niemand sprach ein Wort, die Scherben ihrer Freundschaft lagen zwischen ihnen und sie konnten nicht anders, als sie anzusehen und zu warten, sich zu fragen, ob sie sich irgendwie wieder zusammensetzen ließen.

Etwas geschah, eine Veränderung durchfuhr Femke. Eben voller Reue und Schuldbewusstsein, strahlte sie eine distanzierte Kälte aus. Eine Mauer aus Eis, die sie umgab.

»Ich erkenne dich nicht wieder! Wann bist du zu einer Schlampe geworden?«, flüsterte Anouk.

Es war endgültig vorbei. Anouks Worte besiegelten das Ende, schmerzhaft und bitter, wenige Minuten zuvor noch vollkommen unvorstellbar.

Femke zeigte keine Regung. Saß da und rührte sich nicht.

Schweigen, die jungen Mädchen starrten einander an, es gab nichts zu sagen.

Schließlich drehte Anouk sich um, noch immer im Türrahmen, nun auf der Flucht.

»Anouk!«, rief Femke ihr hinterher. Ihre Stimme war nicht zu deuten, ihre Mimik gab nichts preis.

Anouk hielt inne und drehte sich widerwillig um.

»Halte dich von Henry fern. Er gehört mir.«

Anouk wankte wie geschlagen, erst rückwärts, dann die Treppe runter und raus. Einst fast ein Zuhause, nun der Ort, an dem zwei Lieben zerbrachen.

Zu dem Jungen.

Und zu ihrer besten Freundin.

Was einmal niedergebrannt war, ließ sich nicht mehr retten.

Nie wieder.

Keine der beiden wusste von den Tränen der anderen, die an diesem Abend vergossen wurden, aber welchen Unterschied hätte das gemacht?

Wir öffnen die Augen, unsere Welt bleibt finster. Warme Tränen benetzen unsere Wangen, obwohl wir uns nicht erinnern, geweint zu haben. Verschwommene Bilder, die unser Gehirn abspielte, während wir geschlafen haben, hallen in uns nach und hinterlassen ein beklemmendes Gefühl. Unsere Glieder fühlen sich schwer an, als wären sie mit Blei gefüllt, und die Müdigkeit schwebt über uns, will uns zurück in die warme Decke des Schlafes hüllen. Doch etwas treibt uns hoch, hoch in einen bewussten Zustand, auch wenn wir ahnen, dass wir dem Drängen nach Erholung folgen sollten.

Mit Schlaf ist es leichter, alles zu ertragen, aber diese Sache, sie soll nicht leicht sein. Sie soll schwer sein, schmerzhaft und brachial, und das ist sie nur, wenn wir wach bleiben.

Also kämpfen wir uns hoch, immer noch blind, nicht einmal der Mond begleitet uns durch eines der Fenster. Ist überhaupt schon wieder Nacht? Wir haben jegliches Gefühl für Zeit verloren, ob Tag oder Nacht, Samstag oder Sonntag. Es könnte ein Tag irgendwo zwanzig Jahre in der Zukunft sein – oder drei Jahre in der Vergangenheit.

Mit schweren Beinen schleichen wir ins Bad, zum Spiegel, zur Wahrheit. Wir stoßen gegen verschiedene Gegenstände, haben vergessen, was wir auf der Strecke dorthin im Weg haben stehen lassen. Von Licht ist keine Spur, und allmählich dämmert uns, dass der nächste Schritt der Veränderung eingesetzt hat.

Vor dem Spiegel bleiben wir stehen. Tasten nach unseren Augen, klebrige Tränen besudeln unsere Finger.

Aber Tränen kleben nicht.

Das ist der Grund für die Dunkelheit. Unsere Augen sind geschlossen geblieben, lassen sich kaum öffnen, fühlen sich geschwollen an und brennen.

Wie Feuer.

Doch wir müssen es wissen. Vorsichtig waschen wir sie aus und mit der Hilfe unserer Finger lassen sich die verklebten Lider öffnen. Als hätte der Sandmann feine Körnchen unter sie gestreut, schaben sie über die wunden Augäpfel und wir wimmern wehleidig. Sofort beginnen die Augen zu tränen und hastig blicken wir unser Spiegelbild an, suchen uns, um uns zu finden, und obwohl wir es befürchtet haben, schockiert uns der Anblick bis auf die Knochen.

Blut. Schon wieder. Es läuft aus unseren Augen, wir weinen rote Tränen. Sie haben Spuren auf unserem Gesicht hinterlassen; dort, wo sie verlaufen sind, können wir mit unseren Fingern dem Weg folgen. Seitlich bis in unsere Ohren, die Wangen hinab bis zu unseren Mundwinkeln. In den Augenhöhlen steht ein Bluttränensee, wir sehen aus wie ein sterbender Waschbär.

Ist das unser Ende?

Der Schmerz kommt überraschend und heftig. Er reißt uns von den Füßen, wir stürzen, schreien, schlagen auf dem Boden auf – nicht zwingend in dieser Reihenfolge. Es fühlt sich an, als würde Unterdruck im Kopf unsere Augen nach innen saugen. Wir halten uns die Hände vor die Höhlen, doch wir können nichts dagegen tun.

Wir winden uns am Boden, jammern, wimmern, heulen Tränen, die wie Salz in offenen Wunden brennen.

Sind wir tot? Ist dies die Hölle?

Unser Gehirn fängt Feuer, wir halten uns den Kopf, aber das ändert nichts, er implodiert, Synapsen zerreißen aufs Brutalste, nur um sich neu zu formatieren.

Wir keuchen und flehen stumm um Hilfe.

Hilfe … Hilfe … Hilfe …

Das soll aufhören! Aufhö-

Kapitel 9

Augen auf.

Ein Kachelboden. Darauf eine Pfütze, ein kleiner See aus Speichel.

Schmerz.

Hüfte, Nacken, ein bisschen die Schulter, aber die ist nur verkrampft. Und unterkühlt.

Kalt.

Es ist kalt, der Boden hart, der Raum hell, ein Leib, der am Boden liegt und erwacht. Und mit ihm der Verstand.

Erinnerungen an einen Albtraum von blutenden Augen und ausfallenden Zähnen.

Verdammt.

Der Geschmack von Blut im Mund, ein schwerer Kopf, der sich kaum heben, ein Körper, der sich nicht bewegen lässt.

Unser Körper.

Verdammt.

Das muss ein Traum gewesen sein.

Dieser Gedanke, die Ungewissheit, die Hoffnung, dass er nun vorbei ist, ist der Antrieb, aufzustehen. Mühsam, quälend langsam. Bloß keine schnellen Bewegungen, Achtsamkeit ist das Zauberwort. Ein Knurren durchreißt die Stille im Badezimmer, ein leerer Magen, jemand hat Hunger. Und nicht nur das. Ein trockener Mund, eine verklebte Kehle, die das Schlucken unmöglich macht. Wann hat dieser Körper das letzte Mal etwas zu trinken bekommen?

Die Antwort hängt davon ab, welcher Tag heute ist.

Doch das muss warten. Mit zittrigen Beinen, die Hände auf das Waschbecken gestützt, wartet im Spiegel die Wahrheit.

Es ist eindeutig.

Kein Traum.

Helle Haut, die auffällige Anordnung der Sommersprossen auf der Nase. Das Gesicht ist schmaler, die Lippen nicht mehr so voll wie früher.

Zähne, strahlend und perfekt, wahrscheinlich nie in Kontakt gekommen mit Zigarettenqualm und Kaffeebohnen. Ein entschlossenes Kinn, die vor Kurzem noch weichen Linien nun kantig und energisch. Augenbrauen, Wimpern, ordentlich gezupft und feminin lang, das Haar, dunkelblond, reicht bis auf die Schultern. Und die Augen, natürlich auch die Augen. Weg sind die schimmernden Smaragde, aus den Tiefen einer blauen Lagune starren sie ihr Spiegelbild an.

Das ist nicht Anouk, nicht mehr.

Es ist Femke und ich trage ihr Gesicht. Ich bewohne ihren Körper. Das, was von Anouk einst war, ist nicht mehr da. Nur das, was niemand sieht, ist von mir übrig geblieben.

Femke?

Ich entkomme dir nicht, nicht einmal nach deinem Tod.

Was ist es, das einen Menschen ausmacht? Die Hülle, für jeden sichtbar, oder das Innere, der Verstand, die Erinnerungen, das Herz, auch wenn es niemand sieht?

Vor diesem Spiegel stehen zwei Personen.

Anouk und Femke.

Ich und sie.

Sie ist hier, ich kann sie spüren, als wäre ein Teil von ihr in mir. Als warte sie darauf, mir ihre Geheimnisse ins Gedächtnis zu flüstern, sich aber noch nicht traut, und das ist gut. Ich will ihre Geheimnisse nicht wissen.

Denn sobald Femke sich traut, verliere ich. Dann verschwinde ich, nichts wird von mir bleiben. Nicht einmal ein Körper, den meine Schwester begraben könnte.

Anouk und Femke.

Ich und du, meine einst beste Freundin.

Wir sind jetzt hier, zusammen, und ich bin nicht bereit, mich aufzugeben.

Doch das alles muss warten. Der Schock kann warten, ebenso die Identitätskrise.

Wir schleppen uns in die Küche, dieser Körper hat sehr gelitten, viel ertragen und fleht nach Wasser. Und nach etwas zu essen.

Eine Flasche stilles Wasser steht im Vorratsschrank, es ist die letzte, aber fürs Erste reicht sie. Mit gierigen kleinen Schlucken trinken wir, erst brennend, dann immer leichter fließt die Erlösung durch unsere Kehle, löscht den Durst, füllt den Magen und beseitigt den fahlen Geschmack nach Blut und Säure im Mund.

Wir müssen uns zwingen, nicht zu schnell zu trinken, um unseren Körper nicht zu überfordern. Unser Magen gibt unnatürliche Geräusche von sich und eine latente Übelkeit steigt auf. Wir machen lieber Pause und werfen einen Blick in den Kühlschrank, obwohl unsere Erinnerung uns zuflüstert, dass dort nichts zu finden ist. Und tatsächlich hat sich in der Zwischenzeit nichts geändert.

Erschöpft schleppen wir uns zurück ins Wohnzimmer, die Wasserflasche fest im Griff, und lassen uns auf das Couch-Bett sinken. Das Bettlaken und die Bezüge sehen unappetitlich aus, kein Wunder, wenn man bedenkt, was dieser Körper dort alles abgeworfen hat. Wir werden es neu beziehen, sobald wir die Energie dafür haben – ohne etwas zu essen also niemals.

Mein Handy liegt neben dem Kopfkissen, wir können uns nicht erinnern, wie es dort hingekommen ist, aber das ist egal. Mit zittrigen Fingern nehmen wir es und starren nervös aufs Display.

Es ist Sonntag, das Datum stimmt, wir haben nicht viel verpasst. Der Nachmittag ist fortgeschritten, der Bäcker um die Ecke hat bereits geschlossen und auch sonst hat nichts in der Nähe geöffnet.

Das Blinken des grünen Lämpchens am Handy weist uns darauf hin, dass ich eine Nachricht bekommen habe – vermutlich Amy, die mich endlich fragt, ob es mir besser geht.

Doch es ist nur eine Werbemail, die wir frustriert löschen. Dann interessiert es eben niemanden, wohin ich verschwunden bin. Ich wette, Femke wird von der ganzen Stadt gesucht.

Nachdem wir einige Schlucke getrunken haben, tritt der Hunger in den Hintergrund und wir beschließen, zu duschen. Dieser Körper, er fühlt sich fremd an, schmutzig und falsch, gequält und zerbrochen.

Zumindest an dem *schmutzig* können wir etwas ändern.

Es ist seltsam. Mein Leben lang habe ich denselben Anblick im Spiegel gesehen, dasselbe Körpergefühl gehabt, die gleiche Sinneswahrnehmung genossen. Als wir jetzt unter der Dusche stehen, ist alles anders. Der Blick an uns hinunter ist bizarr, das Wasser auf der Haut ist ein anderes Erlebnis, das nasse Haar beim Waschen zwischen den Fingern noch nie da gewesen. Selbst mein Duschgel riecht anders an uns. Und je mehr diese neuen Wahrnehmungen auf mich niederprasseln, desto deutlicher bricht das Gefühl von Schock hervor.

Unglaube.

Ich weiß nicht, was ich denken soll. Ich sehe immer nur dieses kleine Tattoo über meinem Schambein und denke, dass ich träume. Dass ich mich irre, dass ich verrückt geworden bin.

So etwas passiert nicht.

Niemand verwandelt sich einfach – auch wenn es nicht *einfach* gewesen ist – in eine andere Person.

So etwas gibt es nicht.

Aber ich träume nicht, da bin ich sicher. Dies ist keine Geschichte, in der seltsame Dinge passieren, das Leben außer Kontrolle gerät und am Ende wache ich auf, und alles ist so, wie ich es kenne.

Das wäre billig.

Also bleibt nur die andere Möglichkeit:

Ich spinne, bin komplett verrückt geworden. Femke ist nicht hier. Auf gar keinen Fall. Ich bilde mir das ein, warum auch immer. Vielleicht ein Trauma, entstanden durch Femkes Unfall. Womöglich versucht mein Verstand auf diese Weise, Femke zurückzuholen, sie zu retten, weil es auf dem anderen nicht ging.

Doch etwas passt bei dieser Theorie nicht. Wissen Verrückte, dass sie verrückt sind? Und wenn ja, sind sie dann trotzdem wahrhaft verrückt?

Im Internet suche ich nach einem Lieferdienst und bestelle Pizza, mit extravielen Oliven, Femke hasst Oliven, und noch mehr Wasser. Während ich darauf warte, schmiede ich einen Plan.

Denn das Gute an einer Metamorphose ist:

Es ist so verdammt simpel zu überprüfen, ob sie wirklich stattgefunden hat.

Kapitel 10

Es ist kurz vor acht, als ich am darauffolgenden Morgen am abgemachten Treffpunkt auf Robin warte. Ich hatte die Wahl zwischen ihr und Amy, habe mich aber für Robin entschieden, weil mich mit ihr gefühlsmäßig mehr verbindet. Dabei habe ich allerdings außer Acht gelassen, dass Robin ein schwerwiegendes Problem mit Pünktlichkeit hat. Ist sozusagen chronisch.

Die Kapuze meines schwarzen Hoodies tief ins Gesicht gezogen, hat mich auf dem Weg zur Schule niemand erkannt. Der Pulli ist viel zu groß, ebenso die schwarze Jogginghose, die ich nur deshalb gewählt habe, weil sie mit einem Gummizugbündchen für einen sicheren Halt auf den Hüften sorgt, der bei allen anderen Hosen nicht gewährleistet wäre. Sieht zwar Scheiße aus, aber immerhin habe ich nichts weiter zu befürchten.

Femke würde das niemals freiwillig anziehen, doch an der gesamten Situation ist nichts freiwillig. Bald beginnt der Unterricht und Robin ist fast eine halbe Stunde überfällig. Ich fühle mich unangenehm an das Treffen mit Femke erinnert.

Von Robins Reaktion hängt alles ab. Bin ich tatsächlich zu Femke geworden oder noch immer Anouk, die sich selbst für Femke hält? Sollte dem so sein, begebe ich mich ohne Umwege in die nächste psychiatrische Klinik.

Falls nicht … ich wage nicht einmal, darüber nachzudenken. Weil ich nicht den Hauch einer Ahnung habe, was ich dann tun soll. Irgendwie beunruhigend, wenn die bessere der zwei Varianten die ist, bei der ich am Ende des Tages aufgrund einer ernsten psychischen Erkrankung in der Klapse lande.

Die ganze Nacht lag ich wach – nicht erstaunlich, immerhin habe ich das Wochenende nur mit *Körperrenovierung* und Schlafen verbracht. Über Stunden hinweg habe ich mir den Kopf darüber zerbrochen, was ich als Nächstes tun soll, denn ich kann mich nicht ewig verstecken.

Nervös blicke ich auf mein Handy. Robin ist verdammt spät dran, und eine Nachricht hat sie mir auch nicht geschrieben.

Gerade überlege ich, nicht länger in dem kleinen Waldstück hinter der Schule zu warten, da sehe ich eine Gestalt, die sich mir nähert.

Ich erkenne Robin sofort. Sie ist etwas größer als alle anderen Mädchen, trägt für gewöhnlich ein bisschen zu enge Hosen und dunkles Make-up. Heute allerdings nicht.

Sie sieht verändert aus, ohne die verschmierte Farbe um ihre Augen, und ihre Hose erweckt den Anschein, man könne sich normal in ihr bewegen.

Vorsichtig hebe ich meine Hand, um ihre Aufmerksamkeit auf mich zu ziehen, bis ich mir sicher bin, dass sie mich gesehen hat. Mit ihren langen Beinen und ihren federnden Schritten kommt sie auf mich zu, und je deutlicher ihr Gesicht wird, desto offensichtlicher werden die Falten, die sich tief in ihre Stirn graben.

»Anouk?«

Ich weiß nicht, was ich darauf antworten soll. In meinem Bauch grummelt es nervös. Die Stunde der Wahrheit ist gekommen, und ich kann nicht behaupten, dass ich bereit bin. Aber ich muss es wissen.

Gewissheit ist mein Freund, rede ich mir ein.

Ich sehe mich flüchtig um, überprüfe, ob uns womöglich jemand beobachtet, was nicht der Fall ist. Schließlich beiße ich mir auf die Unterlippe, hole tief Luft und zähle in Gedanken bis drei.

Dann nehme ich die Kapuze vom Kopf.

Präsentiere mein Gesicht.

Robin bleibt abrupt stehen. Ihr Blick ist unergründlich, jedoch nur kurz. Schnell verändert sich ihr Ausdruck von überrascht über irritiert zu sauer.

Ich ahne Böses, widerstehe aber dem Impuls, mich unter der Kapuze zu verstecken und im nächstbesten Gehölz zu verschwinden.

Dann sagt sie es, spricht den Namen aus, der meine Befürchtung in Gewissheit verwandelt.

»Femke? Was machst du hier? Wo ist Anouk?«

Gewissheit ist doch nicht mein Freund.

Bittere Erkenntnis strömt durch meinen Körper, durch Venen und Arterien, und bringt alles, was ich über das Leben zu wissen glaubte, zum Einsturz.

Es ist offiziell, ich bin nicht verrückt. Die Welt ist es.

Meine Verwandlung ist real.

Robin verschränkt abwehrend die Arme vor der Brust und blickt abwartend zu mir hinab. Ich öffne verstört den Mund, will etwas sagen, schließe ihn wieder und öffne ihn erneut. Worte bleiben aus.

»Woher hast du Anouks Handy?«, will Robin wissen und hat diesen herausfordernden Ton drauf, um den ich sie sonst beneide. Heute hingegen fürchte ich mich davor.

Natürlich kenne ich den Grund für ihr Misstrauen. Nichts an mir passt zu Femke. Kein kurzer Rock, kein Make-up, ich muss aussehen wie sonst nach einer durchgemachten Nacht. Für Anouk – mich – ist das alles nicht ungewöhnlich, an Femke hingegen …

Und dann noch die Sache mit der Nachricht, die ich ihr von meinem – Anouks – Handy geschickt habe …

»Ich habe es gefunden.« Immerhin habe ich meine Stimme wieder – auch wenn es die von Femke ist. Sie klingt anders als in meiner Erinnerung. Weniger lebendig. »Ich wollte es dir geben, damit du es an sie weiterreichen kannst«, fahre ich unbedacht fort, während Robin mich ungeduldig ansieht, mich damit unter Druck setzt, dem ich in meiner Verfassung nicht gewachsen bin. Nun muss ich schnell eine Erklärung finden, denn ich habe nicht die Absicht, mein Handy abzugeben.

Robin zieht eine Augenbraue hoch und streckt ihre Hand aus. Ich weiche zurück. »Weißt du was? Ich gebe es ihr selbst. Mir gefällt deine herablassende Art nicht.« Würde Femke so etwas sagen? In meiner Vorstellung schon, doch die Wahrheit ist, ich bin mir nicht sicher. Dafür kenne ich sie nicht mehr gut genug.

Robin zieht ihre Hand zurück und sieht mich zweifelnd an. »Seid ihr jetzt Freunde, oder was? Bist du deshalb so eine Bitch zu deinen Eltern? Warst du bei Anouk?«

»Wieso bin ich eine Bitch zu ihnen?«, frage ich verärgert.

Aus Zweifel wird pure Ablehnung. »Was glaubst du denn? Du bist seit Donnerstag verschwunden! Noch nicht auf die Idee gekommen, dass sie sich vielleicht Sorgen machen? Sie haben alle deine Freunde angerufen, weil sie dich suchen.«

Verdammt! Daran habe ich nicht gedacht und Schuldgefühle kommen in mir hoch. Nicht weil ich mich nicht bei ihnen gemeldet habe. Sondern weil ich, wie es aussieht, ihre Tochter auf dem Gewissen habe! Die Stimme von Femkes Mutter am Telefon … sie klang so zwischen Angst und Hoffnung. Ich habe das übergangen und dabei nur an mich gedacht …

Femkes Familie war eine Zeit lang ein Teil meines Lebens. Mehr noch, sie haben mir für einige Monate ein Zuhause gegeben, als ich keins hatte. Durch das Zerwürfnis mit Femke hatte ich nie die Gelegenheit, ihnen angemessen zu danken, und wenn ich ehrlich bin, war mir das recht.

Aufgewühlt wende ich mich von Robin ab. Ich wünschte, ich könnte ihr erzählen, was geschehen ist, doch sie würde mir nicht glauben. Niemand wird das. Wir sind also keine Freundinnen mehr und Robin hat ihren Zweck erfüllt. Sie hat mich als Femke identifiziert, und darauf muss ich erst einmal klarkommen. Vielleicht sollte ich ihr danken.

»Tut mir leid, dass ich dich belästigt habe«, flüstere ich geistig abwesend, hebe die Hand zum Abschied und gehe.

»Du bist echt so eine egoistische Kuh geworden!«, ruft sie mir hinterher und ich bleibe stehen. Wie gern würde ich ihr sagen, dass ich ihr für die Zukunft alles Gute wünsche. Dass ich hoffe, dass sie eines Tages herausfindet, was sie möchte. Aber das wären meine Worte, nicht die von Femke. Dennoch drehe ich mich zu ihr um.

»Gib mir das Handy, ich kümmere mich darum, dass Anouk es bekommt«, fordert sie und kommt mit ausgestrecktem Arm erneut auf mich zu.

Ich weiche zurück, zum Loslaufen bereit, falls sie versucht, es mir abzunehmen. »Nein danke. Ich mache es lieber selbst«, sage ich hastig und wende mich abermals ab.

»Hey, Femke?«, ruft Robin mir hinterher.

Ich zögere, ob ich reagieren oder weitergehen soll. »Was?«, frage ich vorsichtig und werfe einen Blick über die Schulter.

Robin lächelt mich an und wenn sie so guckt, kann sie den Jungen, der irgendwo in ihr steckt, nicht leugnen.

»Ein gut gemeinter Tipp von mir«, beginnt sie. »Geh nach Hause, bevor deine Mutter zusammenbricht.«

Sie wirft mir einen abwertenden Blick zu, dann ist sie diejenige, die in Richtung Schulgebäude davoneilt.

Ich bleibe eine Weile stehen, bin wie erstarrt. Ich habe mich die ganze letzte Nacht gefragt, wie es mit mir weitergehen, was ich machen soll. Wie es aussieht, habe ich eine – dazu noch überaus offensichtliche – Antwort bekommen.

Ich werde es tun. Die Schule sausen lassen und mich überwinden.

Femke geht nach Hause.

Das niedliche Haus am Ende der Straße weckt warme Erinnerungen, die ich nicht erwartet habe. Früher, als unsere kleine Welt noch in Ordnung war und die Probleme überall Unheil brachten, nur nicht bei uns, bin ich oft hier gewesen. Nachdem meine Eltern abgehauen waren und nicht feststand, ob meine ältere Schwester Alexa die Vormundschaft für mich übernehmen kann, hat Femkes Familie mich aufgenommen und in ihrem Haus wohnen lassen.

Das Haus der Hansens ist nichts Besonderes, keine Villa und kein Schloss, dafür fühlt es sich auch jetzt noch ein kleines bisschen wie zu Hause an.

Mit weichen Knien laufe ich über die Einfahrt Richtung Haustür, vorbei an der kleinen Grünfläche mit dem Apfelbaum, und würde am liebsten sofort die Flucht ergreifen. Ich bin nicht bereit, jemandem aus Femkes engsten Kreis entgegenzutreten – in Femkes Körper. Die Mörderin ihrer Tochter, kein Käfer wie Gregor Samsa, und dennoch ein Insekt.

Doch weglaufen wird mir nicht helfen. Ihrer Mutter ins Gesicht zu sehen, ist das Mindeste, was ich tun sollte. Also werde ich es tun. Heute. Jetzt. Obwohl ich eine Täuschung bin.

Ob sie es merkt? Dass ich nicht ihre Tochter bin, sondern ein Parasit, der sich in Femkes Körper eingenistet hat? Wird sie in den Tiefen meiner Augen nicht Femkes, sondern meine Seele entdecken?

Ich werde es herausfinden.

Als ich vor der Tür stehe, die mir von früher so vertraut scheint, als wären seitdem nicht Jahre vergangen, lasse ich für einige hastige Atemzüge meine Hand über das Holz schweben. Es gibt eine Klingel, sogar einen alten Türklopfer, und trotzdem möchte ich es selbst machen. Will das Holz an meinen Fingerknöcheln spüren, um mir einmal mehr die Realität dieser Unmöglichkeit bewusst zu machen.

Dann tue ich es. Ich klopfe. Nicht zaghaft, sondern mit Nachdruck. Ungeduldig. Ich bin mir sicher, es ist nicht das erste Mal, dass Femke ihren Schlüssel vergessen oder verloren hat.

»Und du bist sicher, dass es für deine Eltern okay ist, wenn ich hierbleibe?«, fragte Anouk verlegen. Sie hatte eine Reisetasche dabei, die so voll gepackt war, dass sich der Reißverschluss nicht schließen ließ und die Spitze eines weißen Sportschuhs herausschaute. Als würde er einen vorsichtigen Blick wagen, um zu sehen, wo er gelandet war und ob es ihm hier gefallen würde.

Hier war in diesem Fall Femkes sehr kindliches Zimmer, mit Kuscheltieren in jeder Ecke und Postern von süßen Jungs an den Wänden. Aber sie war auch noch jung, Anouk und sie besuchten erst seit zwei Jahren das Gymnasium und befanden sich an der Grenze zum Teenagerdasein.

Femke schloss die Tür zu ihrem Zimmer. »Hat meine Mutter doch gesagt«, versuchte sie, Anouk zu beruhigen.

Anouk setzte langsam ihre Tasche ab und sah für drei Sekunden auf sie hinunter, als überlege sie, ob sie nicht einen besseren Platz dafür finden könnte. »Ja, hat sie. Weil ich direkt daneben stand. Viel wichtiger ist, was sie sagt, wenn ich nicht dabei bin«, erwiderte Anouk nachdenklich.

Femke machte eine wegwerfende Handbewegung und ließ sich auf ihr rosarotes Bett plumpsen. »Ich bin mir sicher, dass sie es meint, wie sie es sagt.« Es war ein Versuch, das verunsicherte Mädchen zu beruhigen, doch Anouk konnte ihre Befangenheit nicht aus ihrem Gesicht löschen. Verloren stand sie in einem luftleeren Raum, dort, wo sie seit Betreten des Zimmers verharrte, und schien der Schwerelosigkeit mit ihren schweren Sorgen zu trotzen.

»Und dein Vater?«

Eine seltsame Frage.

Femkes übertrieben unbesorgtes Gesicht sagte ihr sofort, dass auch diese Bedenken unbegründet waren. »Der mag dich. Glaub mir, es ist okay. Okay?«

Anouk nickte halbherzig. »Okay.«

Femke seufzte, dann sprang sie von ihrem Bett, nahm Anouk bei der Hand und zog sie mit auf die einladende Matratze.

Und während Anouk, das in Schwarz gekleidete Mädchen mit den dunklen Augenringen, zwischen rosa Plüsch und einer Herde Einhörner saß, schien sie sich tatsächlich ein wenig zu entspannen.

Nun war es Femke, die sie nachdenklich ansah. Sie strich ihrer Freundin eine braune Strähne hinters Ohr, die sich aus dem unordentlichen Zopf gelöst hatte. »Wie lange geht es bei dir zu Hause schon so?«

Die erste Erschrockenheit über die direkte Frage hielt nicht lange an und wurde zu blasser Verlegenheit. »Eigentlich schon immer«, erwiderte Anouk schulterzuckend, den Blick auf ihre schmerzhaft kurz geschnittenen Fingernägel. »Früher … früher haben sie es eher heimlich getan – dachten sie. Aber ich habe es immer gerochen. Und an ihrem Verhalten bemerkt.«

Mitleid legte sich auf Femkes Züge – sie würde erst später lernen, dass es etwas war, was die Menschen für gewöhnlich nicht sehen wollten. »Haben … haben sie dich …«

»Geschlagen?«, beendete sie Femkes abgebrochenen Satz. »Nein. Aber sie wurden hilfsbedürftig, verstehst du? Meine Schwester und ich ... es war zuletzt irgendwie so, als ... als wären wir die Erwachsenen und müssten uns um Kinder kümmern.«

»Das klingt schrecklich.«

Unbeholfen zuckte Anouk mit den Schultern. »Ist nicht schlimm. Immerhin weiß ich jetzt, wie man kocht und Wäsche wäscht.« Es klang wie ein Scherz, doch Anouks Gesicht war anzusehen, dass sie all das gern unter anderen Umständen gelernt hätte. Die Notwendigkeit, sich mit zwölf Jahren selbst versorgen zu müssen, weil ihre besoffenen Eltern es nicht mehr schafften, war kein guter Lehrer.

»Ich bewundere dich«, brach es aus Femke hervor, als hätte sie schon lange darauf gewartet, genau das loszuwerden.

Ein verstohlenes Lächeln huschte über Anouks Gesicht. »Echt? Du bewunderst mich, weil ich Wäsche waschen kann?«

Femke schüttelte energisch den Kopf, griff nach Anouks Händen und sah ihre Freundin liebevoll an. »Weil du das alles geschafft hast. Ich glaube, dafür muss man sehr stark sein. Also emotional und so. Wenn meine Eltern ... ich weiß echt nicht, wie ich das überleben würde.«

Anouks Wangen wurden rot, sie war verlegen, vermutlich kannte sie es nicht, solche netten Dinge gesagt zu bekommen. »Weißt du, ich denke, wenn man es muss, kann man mehr schaffen, als man selbst glaubt. Außerdem hatte ich meine Schwester.«

Femke lachte und verdrehte die Augen. »Und ich hab Konstantin.«

Beide kicherten, denn in ihrer Welt war Femkes älterer Bruder so selbstständig wie ein Säugling, der ständig betüddelt werden wollte.

»Du hast recht, Fem. Du wärst verloren«, sagte Anouk, nachdem sie aufgehört hatte zu lachen.

»Sag ich doch.«

Gut gelaunt drückte Femke die Hände ihrer Freundin, immer noch grinsend, dann sprang sie auf und lief zu ihrem Schreibtisch. Um den Spiegel an der Wand hatte sie unzählige Fotos geklebt, Postkarten und im Unterricht geschriebene Nachrichten. Verschiedene Gesichter waren darauf zu sehen, Handschriften und Orte, aber das meiste war von Anouk. Ihr Gesicht, das neben dem von Femke in die Kamera grinste, ihre Handschrift auf den zugesteckten Zettelchen, ihre Postkarten, die sie ihr einfach so schickte, obwohl sie nicht weit entfernt wohnten.

So etwas taten Freundinnen.

Dankbar sah Anouk dem anderen Mädchen hinterher. »Femke?«

Sie blieb stehen und drehte sich fragend zu Anouk um.

»Bitte lass uns für immer Freundinnen sein, ja?« Es war offensichtlich, dass es ihr nicht leichtfiel, Femke darum zu bitten. Dennoch hatte sie es getan, anscheinend war es ihr wichtig.

Femke legte ihren Kopf schräg und sah neckend zu ihr hinüber. »Freundinnen?«

»Die besten Freundinnen«, grinste Anouk, sichtlich erleichtert.

Femke strahlte über das ganze Gesicht, dann nickte sie. »Ganz bestimmt. Ich wüsste nicht, was uns jemals auseinanderbringen sollte.«

Inzwischen wissen sie es. Es wird ein Junge sein.

Die Frau, die mich über Monate hinweg wie eine Tochter behandelt hat, schlägt die Hände vor ihren Mund. »O mein Gott, Femke! Da bist du ja!« Sie zieht mich in eine Umarmung, drückt mich so fest an sich, dass meine Arme gefangen sind, und ich muss mich zwingen, es zuzulassen. »Wir haben uns Sorgen gemacht!«, schluchzt sie und das schlechte Gewissen brennt sich in meine Brust.

»Tut mir leid …«, stammle ich, weil ich nichts Besseres zu sagen weiß. Es ist seltsam. Sonst wird von einem erwartet, dass man ehrlich ist. Die Wahrheit sagt. Aber nicht immer ist die Wahrheit einfach, oftmals ist sie sehr schmerzvoll für alle Beteiligten – dennoch wird sie stets verlangt. In diesem Moment, wie noch nie zuvor in meinem Leben, möchte ich dieser Mutter die Wahrheit sagen. Irgendwie zum Ausdruck bringen, wie sehr mir alles leidtut, dass ich nicht gewollt habe, was ihrer Tochter zugestoßen ist und sie sich nun mit diesem Fake, dieser Attrappe, *mir*, zufriedengeben muss. Doch ich kann nicht. Weil sie mir nicht glauben würde. Weil die Wahrheit so unvorstellbar und unwahrscheinlich ist, dass sie nicht einmal in Betracht gezogen werden kann.

Femkes Mutter löst sich von mir, packt mich dann mit festem Griff an den Schultern. »Warum … wo bist du gewesen? Geht es dir gut?« Sie sieht mich durchdringend an, sucht in meinem Gesicht nach einem Anhaltspunkt, was mit mir los sein könnte, überprüft, ob sie dort ein Indiz dafür findet, dass mir Schreckliches widerfahren ist.

»Ja, alles okay. Wirklich!«, behaupte ich und frage mich, ob Femke das auch sagen würde. Es spielt keine Rolle, ich schätze, ich kann mich verhalten und reden, wie ich will. Auf die Idee, dass ich eigentlich jemand anderes bin, wird niemand kommen. Trotzdem will ich in diesem Moment versuchen, zu sein wie sie, womöglich eine bessere Version von ihr.

Die aufgewühlte Mutter bugsiert mich ins Haus und schließt die Tür. Dann kramt sie in der Tasche ihres unbefleckten Kittels und zieht ein Handy hervor. »Warte, ich muss deinen Vater anrufen und ihm sagen, dass du wieder da bist. Wir waren verrückt vor Sorge.« Sie bedeutet mir, ihr in die Küche zu folgen, und ich gehorche.

»Georg? Ja, ich bin's. Ja! Femke ist wieder da.« Sie lauscht der Stimme am anderen Ende der Leitung und lacht losgelöst auf. »Werde ich ihr sagen. Alles gut! Bis heute Abend!« Sie legt auf, behält das Handy jedoch in der Hand. »Dein Vater lässt ausrichten, du sollst froh sein, dass du zu alt dafür bist, übers Knie gelegt zu werden.«

Soll ich darüber lachen? Femkes Vater kam mir immer schon seltsam vor, irgendwie suspekt, daran erinnere ich mich, und seine Aussage bestätigt das.

Femkes Mutter bekommt anscheinend von meiner Irritation nichts mit, denn sie starrt auf ihr Handy.

»Was machst du?«, frage ich, als sie sich das Telefon wieder ans Ohr drückt.

»Ich sag Konstantin Bescheid«, flüstert sie und strahlt mich erleichtert an.

»Wo ist er?« Ich stelle mich ihr gegenüber an die schwarz gesprenkelte Arbeitsfläche und beobachte sie.

»Konstantin?« Sie ist überrascht und horcht gleichzeitig weiter darauf, ob jemand ans Telefon geht. »In der Uni, wo sonst? Aber er kommt dieses Wochenende nach Hause und wird ...« Sie bricht ab. Ich kann hören, dass jemand das Gespräch angenommen hat, auch wenn ich seine Worte nicht verstehe.

»Konstantin? Ja, Schatz, es ist alles gut. Deine Schwester ist wieder da!« Sie macht eine Pause. »In Ordnung, ich will nicht weiter stören.«

»Was sagt er?«, frage ich neugierig, während sie das Telefon zurück in ihren Kittel gleiten lässt, nachdem sie aufgelegt hat.

»Er freut sich, aber er ist gerade in einer Vorlesung, deswegen konnte er nicht viel sagen.«

Ich nicke und sehe mich in der Küche um. Sie hat sich in den letzten Jahren kaum verändert, was ich tröstlich finde. Plötzlich spüre ich weiche Hände auf meinen, die ich auf der Arbeitsfläche abgelegt habe. Femkes Mutter hat die ihren um meine geschlossen, und ich erinnere mich an den Tag meines Einzuges, als Femke das Gleiche gemacht hat, um mich aufzumuntern.

Anscheinend hat sie das von ihrer Mutter.

»Wo bist du gewesen?«, fragt diese mit einem Mal verzweifelt und ich begreife, dass es nicht genügt, bloß wieder aufzutauchen. Eine Erklärung. Doch die habe ich nicht.

»Hast du mich als vermisst gemeldet?«, will ich aus einem Impuls heraus wissen, und es kommt mir gelegen, dass ich sie mit meiner Gegenfrage ablenke.

Sie schüttelt den Kopf. Tiefe Augenringe zeichnen sich mit einem Mal in ihrem Gesicht ab und ich bereue meine Frage. Sie war nicht als Vorwurf gemeint, aber die bedrückte Stimmung in der Küche macht deutlich, dass sie es dennoch so aufgefasst hat. »Nein, noch nicht, Liebes. Wir wollten uns nicht schon wieder lächerlich machen, du weißt schon. Bis zum Wochenende hätten wir gewartet …« Sie klingt resigniert. Entkräftet. Sie wollten sich nicht *schon wieder* lächerlich machen, hat sie gesagt, und ich frage mich, was sie damit meint. Verschwindet Femke häufiger für mehrere Tage? Das wusste ich nicht. Danach fragen kann ich allerdings nicht, das wäre seltsam.

Ich versuche mich zu erinnern, was man in solchen Momenten zu der eigenen Mutter sagt, doch da ist nichts. Keine Erinnerung, weil es in unserer Familie solche Situationen nie gab. »Tut mir ehrlich leid«, versuche ich es reumütig. »Ich hätte anrufen sollen, aber ich habe mein Handy verloren.«

Femkes Mutter lächelt müde. »Hast du nicht, Schatz. Dein Telefon liegt in deinem Zimmer, du hast es wohl vergessen.«

Eine ungewöhnliche Aufregung fährt durch meinen neuen Körper, ein kribbeliges Gefühl, mein eigener hat selten so intensiv auf etwas reagiert.

»Hast du die Nachrichten auf meinem Handy gelesen?«, frage ich vorsichtig.

Femkes Mutter sieht mich überrascht an. »Es ist doch mit deinem Daumenabdruck gesichert. Schatz, was ist los mit dir? Du wirkst so … verloren. Ist wirklich alles in Ordnung?«

Verloren … Das Wort trifft mich. Bin ich verloren? War Femke verloren? Fremde Emotionen, die ich nicht zuordnen kann, rollen über mich hinweg, walzen mich nieder und ich möchte in Tränen ausbrechen. Verloren … werde ich für immer dieses Leben führen? Aber was ist mit mir? Mit Anouk? Das hier ist kein verdammter Film, ich habe Haare verloren und Blut gespuckt. Diese Verwandlung – sie ist für immer, ich spüre es, und ich muss mich nun in diesem Leben zurechtfinden.

Wenn ich nur wüsste, was in diesem Leben, in den Jahren seit unserer zerbrochenen Freundschaft, geschehen ist. Hat Femke einen Freund? War sie jemals verliebt? Wie verbringt sie ihre Freizeit, wie sind ihre Schulnoten?

Warum wollte sie meine Hilfe?

»Ja, es ist alles in Ordnung. Mir geht es … gut«, sage ich, doch ich lüge miserabel.

An ihrem Blick erkenne ich, dass auch Femkes Mutter mir nicht glaubt. Sie kämpft gegen die Tränen, sieht wahnsinnig erschöpft aus, abgekämpft und … verloren.

So wie ich.

Sie lacht verlegen und wischt sich ein paar Tränen aus dem Gesicht. Sofort kommen neue und sie gibt die Versuche auf, sie zu unterdrücken. Als sie mein Gesicht in ihre Hände nimmt, mit ihren Daumen über meine Wangen streicht, möchte ich mich losreißen. Aber das kann ich ihr nicht antun. Sie meint es gut, glaubt, ich sei ihre Tochter.

»Wo bist du gewesen?«, flüstert sie erneut und sucht in meinen Augen nach einer Antwort. »Ich verstehe nicht … was stimmt nicht mit dir? Wo ist meine Tochter? Ich habe das Gefühl, dich nicht mehr zu kennen und … das tut mir weh, verstehst du?«

Mein Herz beginnt zu rasen, Panik will mich verraten, und ich zwinge mich, meinen Gedanken mehr Glauben zu schenken. Femkes Mutter – sie meint nicht mich. Sie meint ihre Tochter, das, was sie in den letzten Tagen, Wochen, womöglich sogar Monaten getan hat. Ihr emotionaler Ausbruch hat nichts mit meiner Verwandlung zu tun.

»Ich war bei … bei Freunden. Wir haben nur ein bisschen … gequatscht und so … da haben wir die Zeit vergessen«, erkläre ich ungeschickt und weiß im selben Augenblick, dass es besser gewesen wäre, nichts zu sagen.

Femkes Mutter lässt von meinem Gesicht ab, Enttäuschung oder Wut tritt in ihre Züge, genau kann ich es nicht sagen. Vermutlich beides. »Die Zeit vergessen?«, wiederholt sie fassungslos und droht, die Kontrolle über ihre Stimme zu verlieren. »Du bist seit Donnerstag verschwunden! Wir sind fast gestorben vor Sorge. Und jetzt … trägst du diese Sachen. Gehören sie einem Jungen?«

Ich sehe an mir hinunter und bin entrüstet. Meine Klamotten sehen nicht aus, als gehörten sie einem Jungen!

»Das sind Sachen von … einer Freundin.« Um ein Haar hätte ich meinen Namen gesagt, doch es ist besser, wenn Femkes Mutter nicht erfährt, dass ihre Tochter Kontakt zu mir aufgenommen hat. Mir ist ohnehin nicht klar, wie Femke ihrer Mutter unsere zerbrochene Freundschaft erklärt hat. Womöglich hat sie mir die Schuld gegeben, gesagt, ich an ihrer Stelle hätte es getan. Immer noch besser als zuzugeben, dass sie mit dem Kumpel ihres Bruders gevögelt hat, in den ich verliebt war.

Bei dem Gedanken wird mir unwohl. Ich kann nicht einmal sagen, woran es liegt, aber ich fühle mich überfordert. »Darf ich nach oben gehen? Ich bin erschöpft.«

Femkes Mutter verschränkt die Arme vor der Brust. Dahin ist das hilflose, zerbrechliche Wesen. »Was ist mit Schule?«, fragt sie mit einer hochgezogenen Augenbraue.

Entsetzt starre ich sie an. »Du willst mich ernsthaft heute noch in die Schule schicken?«

Ihr strenger Blick wird weicher. »Nein, natürlich nicht. Heute darfst du hierbleiben, aber morgen musst du wieder hin. Verstanden?«

Ich nicke erleichtert, auch wenn ich nicht an morgen denken mag. »Verstanden.«

Sie lächelt mich liebevoll an und ich erwidere es verkrampft. Ein unbehagliches Schweigen fängt uns ein und ich weiß nicht, ob ich gehen oder irgendwas sagen soll. »Ich … ich verschwinde mal nach oben!« Verlegen deute ich an die Zimmerdecke.

Für den Fall, dass Femkes Mutter nicht weiß, was *oben* bedeutet.

Ich habe mich bereits umgedreht und peile die Treppe an, als ich sie noch einmal höre. »Femke?«

Es ist komisch, von nun an auf den Namen reagieren zu müssen, den ich früher selbst so häufig ausgesprochen habe.

Dennoch bleibe ich stehen und drehe mich um. »Ja?«

»Ich bin froh, dass du zurückgekommen bist. Aber tu uns das nie wieder an, hörst du? Wenigstens ein Anruf, versprich es!«

Ich nicke. Das ist wirklich nicht zu viel verlangt. »Versprochen.«

Hoffentlich kann ich dieses Versprechen halten.

Kapitel 11

Vor mir liegt ein Raum voller unaufgedeckter Geheimnisse und Wahrheiten, und ich weiß nicht, wo ich anfangen soll.

Oder warum mich Femkes Leben so verdammt interessiert. Abgesehen von der Tatsache, dass es jetzt mein Leben ist.

Bedächtig betrete ich ihr Zimmer und bin froh, dass es sich verändert hat. Wo einst Rosarot, Plüsch und Flausch den Raum dominierten, ist nun alles erwachsen und pragmatisch. Gedeckte Farben, beige und weiß, zeugen davon, dass hier kein Kind mehr wohnt.

Stattdessen hängt über diesem Raum der Geist einer Fremden und nicht das Mädchen, das über viele Jahre mit mir beinahe verwachsen war. Meine Femke liebte es verspielt, kitschig und romantisch. Und jetzt? Nichts dergleichen. Nicht einmal ein Lieblingsstofftier, das es auf ihr Bett geschafft hat. Kein *Guilty Pleasure* Poster von irgendeiner Band an der Wand. Keine persönlichen Fotos oder Postkarten.

Dieses Zimmer ist tot.

Ich muss zugeben, der Anblick erschreckt mich. Es fühlt sich falsch an. Lägen keine Kleidungsstücke auf dem Bett, Schulbücher auf dem Schreibtisch – ich würde schwören, ich wäre in einem Gästezimmer gelandet.

Jetzt verstehe ich, was Femkes Mutter gemeint hat, als sie sagte, sie kenne ihre Tochter nicht mehr. Etwas in Femke hat sich verändert, und ich weigere mich zu glauben, dass das Zerwürfnis mit mir schuld daran ist.

Benommen setze ich mich auf ihr Bett, das einen neuen Platz auf der gegenüberliegenden Seite der Tür gefunden hat, und sehe mich mit trockener Kehle weiter um. Dieses Zimmer macht mich traurig, obwohl es in hellen Farben gestrichen ist und die Möbel modern und freundlich wirken. Femke war früher fröhlich, spritzig, mit ihr schien das Leben ein kleines Stückchen leichter zu sein, und das hatte sich auch in ihrem Zimmer widergespiegelt. Nun ist alles irgendwie … steril, wie in einem Krankenhaus, kein Bunt mehr, nur eine unpersönliche Existenzunterkunft.

Auf dem Schreibtisch entdecke ich Femkes Handy. Ich springe auf, wie von der Angst getrieben, es könne verschwinden, und bin seltsam erleichtert, als ich es in der Hand halte. Das Display leuchtet auf und ich bin nicht überrascht, welche Flut an Nachrichten und Anrufen auf Femke warten. Ein kleines Blinken zieht meine Aufmerksamkeit auf sich und ich stelle fest, dass der Akku nur noch zwei Prozent hat. Ich muss es aufladen. Wenn es jetzt ausgeht, bekomme ich es ohne Pin nicht wieder an.

Eilig sehe ich mich im Zimmer um und finde das Ladekabel, das wie ein wirrer Klecks in der unpersönlichen Leere des Raums auffällt, neben dem Schreibtisch. Der Stecker hängt noch an der Steckdose, ein verlassenes Kabel auf dem cremefarbenen Teppich. Sofort schließe ich das Handy an und entspanne mich ein wenig, als es zu laden beginnt.

Vermutlich sollte ich es zur Seite legen, Femkes Privatsphäre respektieren, aber ich kann nicht. Stattdessen setze ich mich neben die Steckdose auf den Boden und entsperre das Handy mit meinem Daumenabdruck.

Die Fassungslosigkeit, dass es wirklich funktioniert, dass sich selbst die feinen Linien in der Haut verändert haben, lässt mich kurz innehalten. Dieser Daumen, wie alles andere, hat nichts mehr von mir und ich wette, dass selbst die DNS verändert ist.

Wie ist das möglich?

Noch bevor das Handy dunkel werden kann, schüttle ich mein ungläubiges Wundern ab und blicke auf das Smartphone in meiner Hand.

Femke hat das Hintergrundbild des Displays nicht personalisiert, kein Foto von sich und ihren Freundinnen oder etwas anderes mit emotionalem Wert. Nur ein einfacher grünlicher Wallpaper, als wäre das Handy bloß ein Vorführstück in einem Elektroladen. Aber ich will nicht zu viel in die Sache interpretieren. Muss ja nicht jeder sein Leben auf so etwas Banalem wie einem Mobiltelefon offenlegen. Früher hätte Femke es getan, ich wette, es wäre ein Foto von uns gewesen.

Das Handy ist überflutet mit Versuchen der Kontaktaufnahme. Über hundert WhatsApp Nachrichten in zwölf Chats, neunzehn Anrufe in Abwesenheit von fünf verschiedenen Nummern und Dutzende offene Fenster beim Messenger.

Zumindest kann Femke nicht behaupten, dass sich niemand wundert, wenn sie verschwindet.

Auch meine Anrufe sind dabei, gelistet als unbekannter Anrufer – natürlich. Neugierig wechsle ich zu ihrem Telefonbuch und finde mich darin, gespeichert unter meinem vollständigen Namen. Irgendwie kann ich den

Eindruck nicht abschütteln, dass sie die Nummer niemals gelöscht hat, und das stimmt mich wehmütig.

Die meisten Nachrichten sind von Leuten, deren Namen mir nichts sagen, mit Gesichtern, die mir vielleicht bekannt vorkommen – aber sicher bin ich mir nicht.

Ein Name taucht ausgesprochen häufig auf.

Sebastian. Ohne Nachnamen.

Dieser Name sagt mir gar nichts. Auch das Profilfoto seines Accounts gibt nur Aufschluss über seine Stirn und sein vermutlich helles Haar.

Sebastian hat mehrfach versucht, Femke zu erreichen – zehn Mal, verteilt über Samstag und Sonntag. Außerdem hielt er es offensichtlich für nötig, ihr siebenundzwanzig Nachrichten zu schicken, was mir etwas exzessiv vorkommt. Viel Inhalt haben seine Nachrichten nicht.

Wo bist du?

Kommst du noch?

Was zunächst fürsorglich klingt, wird immer aggressiver.

Mach keinen Scheiß, Femke!

Geh ans Telefon.

Geh an das verdammte Telefon!

Was soll das?

Tu das nicht, Femke. Du weißt, was das bedeutet.

Es folgen ein paar Nachrichten, die wie ein Code oder ein Countdown aussehen. Vielleicht symbolisieren sie seine Ungeduld. Dennoch bekomme ich eine Gänsehaut. Was für ein Arsch! Seine letzte Nachricht kam am Sonntag kurz vor Mitternacht. Drei Worte.

Wie du willst.

Ganz genau, Mr Sebastian-Arschloch. Wie Femke es wollte. Ich habe zwar keine Ahnung, worum es ging, aber sie hat gut daran getan, diesen Spinner zu versetzen.

Obwohl, kommt es mir in den Sinn, sie ist gestorben. Vermutlich war das Sterben die schlechtere Entscheidung.

Eine weitere Nachricht von jemandem namens Noel fällt mir ins Auge. Anscheinend besitzt auch er keinen Nachnamen.

Sebastian ist echt sauer. Überlege es dir gut!

Ich bin unsicher, ob er das als Warnung oder Drohung meint. Waren es die Probleme mit Sebastian und Noel, die Femke meine Hilfe suchen ließen? Ein besitzergreifender Typ, der sie nicht in Ruhe lässt? Womöglich ein oder zwei Stalker? Bei ihrem lockeren Umgang mit Jungs würde es mich nicht wundern.

Ansonsten sind da ein paar Nachrichten von irgendwelchen Mädchen aus der Schule, die ich höchstens vom Sehen kenne, die wissen wollen, wo Femke stecke. Eine richtig gute, eine beste Freundin scheint aber nicht dabei zu sein. Außerdem unzählige Nachrichten in einer WhatsApp-Gruppe, in der es um die Gruppenarbeit in einem Kurs geht, und eine Leichtathletik-Gruppe, die mich beide nicht sonderlich interessieren.

Zuletzt öffne ich den Ordner mit Femkes Fotos – Bilder auf dem Telefon eines Mädchens sind oft ausgesprochen aufschlussreich. Nicht jedoch bei meiner einst besten Freundin – ich bin regelrecht entrüstet, weil dieser Ordner leer ist.

Nicht ein einziges Foto befindet sich auf ihrem Mobiltelefon. Wieso nicht? Hat sie keine gemacht, oder alle gelöscht oder verschoben, bevor sie sich auf den Weg zu unserem Treffen gemacht hat?

Enttäuscht lege ich das Handy zurück auf den Schreibtisch und bleibe eine Weile auf dem Boden sitzen. Ich hatte mir mehr erhofft. Ein dunkles Geheimnis, das mir entgegenspringt, sobald ich ihr Zimmer betrete. Aber außer einem passiv-aggressiven Typen, der eventuell ihr Freund ist, hat Femke nichts zu bieten.

Das ist nun mein Leben.

Diese Vorstellung macht mich hilflos und wütend! Ich will ihr Leben, will ihr steriles Zimmer und ihren passiv-aggressiven Sebastian nicht. Meins ist es, das ich zurückhaben möchte! Meine Robin und meine Amy, unsere Hinterhofgespräche, unsere Partynächte. Ich habe all das in mein Leben gewählt, weil es mir gefällt. Weil das ich bin, und nun soll ich genau das tun, was ich nicht wollte? Soziales Schulleben? Sportvereine, Gruppenzwang?

Ich stöhne auf und lege meinen Kopf auf die Knie.

Es ist an mir, was ich daraus mache. Versuche ich, mich wie Femke zu benehmen, Femke zu sein? Oder bleibe ich Anouk? Immerhin sind es meine Gedanken, meine Bedürfnisse. Sie sind wichtiger als das, was nach außen präsentiert wird! Der Mensch braucht eine Hülle, einen Behälter, um das umzusetzen, was er will und um zu sein. Nur weil ich in einem anderen Behälter festsitze, werde ich nicht ändern, wer ich bin!

Oder?

Gibt es einen anderen Weg? Einen Weg zurück? Sollte ich noch einmal zum Ort des Unfalls gehen, vielleicht in Begleitung einer Hexe oder Wunderheilerin? Mir vor dem Schlafengehen heftig wünschen, dass alles wieder wird wie es einmal war?

Mein Kopf beginnt zu schmerzen und ich beschließe, mich hinzulegen. Ich ziehe nur die Schuhe aus und krieche unter die klinisch reine weiße Decke, ohne mir etwas zu wünschen.

Ich wache auf, als das Handy in meiner Tasche vibriert. Verwirrt setze ich mich im Bett auf und muss mich erst einmal orientieren, bis mir einfällt, dass dies Femkes *Krankenzimmer* ist. Wieder spüre ich das Vibrieren an meiner Hüfte und hole mein Handy aus der Tasche. Robin hat mir eine Nachricht geschickt und mir fällt ein, dass ich ihr noch schreiben wollte, um zu erklären, warum *Femke* mein Handy hatte.

Immer noch restverwirrt, streiche ich mir das zerzauste fremde Haar aus dem Gesicht und lese die Nachricht.

Hast du dein Handy wieder?

Ich lächle, froh darüber, dass zumindest Robin mich nicht vergessen hat, ganz im Gegensatz zu Amy, die sich nicht weiter nach meinem Befinden erkundigt hat.

Das Miststück hat mich gefunden und es mir zurückgegeben.

Genau das würde ich schreiben, wenn das wirklich so geschehen wäre. Femke, das Miststück. Die Schlampe. Meine Namen für sie in Gegenwart meiner Freunde. Nun bin ich selbst dieses Miststück.

Dann hatte das Miststück mehr Glück als wir.
Wo bist du?

Eine Welle der Zuneigung überkommt mich, während ich ihre Nachricht lese. Es wäre mir lieber, sie nicht anlügen zu müssen.

Bin spontan zu meiner Schwester gefahren und bleibe für ein paar Tage bei ihr.

Etwas Besseres fällt mir nicht ein und ich hoffe, es ist nicht zu weit hergeholt, immerhin habe ich meiner Schwester noch nie freiwillig einen Besuch abgestattet.

Alles in Ordnung?

Ihre Sorge rührt mich und für eine irre Sekunde überlege ich, ihr die Wahrheit zu sagen. Sie zu einer Mitwisserin und Unterstützerin zu machen, weil ich sie nicht an meiner Seite missen möchte. Aber das geht nicht. Wie um alles in der Welt sollte ich ihr meine Metamorphose erklären, ohne im Anschluss weggesperrt zu werden?

Mach dir keine Sorgen. Ich bin etwas angeschlagen und brauche Luft zum Atmen. Bin bald zurück.

Es fällt mir schwer, das zu schreiben. Besonders der letzte Satz ist angesichts der Umstände zu optimistisch, aber was wäre die Alternative? Ich bin in deiner Nähe, aber du wirst es nicht merken?

Okay.
Wieso hatte das Miststück eigentlich dein Handy?

Die Frage habe ich befürchtet und momentan bin ich zu erschöpft, um mir eine schlüssige Geschichte auszudenken. Schweren Herzens schalte ich das Handy aus, ohne zu antworten.

Ich versuche, wieder einzuschlafen. Wie es scheint, braucht dieser Körper sehr viel mehr Erholung als mein eigener – oder es liegt an der Verwandlung, die er erfahren hat.

Doch dieser Körper und meine Gedanken finden einfach nicht zueinander. Ich bin zu aufgewühlt, zu verstört und hilflos, und finde keine Ruhe. Es ist mir ein Furcht einflößendes Rätsel, wie ich Femkes Leben bewerkstelligen soll, ohne alles über sie zu wissen. Oder das Wichtigste. Stattdessen tappe ich blind durch einen Albtraum, der niemals enden wird. Ich spüre Tränen, die sich in meinen Augen sammeln, und blinzle sie wütend weg. Morgen muss ich in die Schule und habe keine Ahnung, welche Kurse sie besucht. Femke und ich hatten keine Überschneidungen, selbst in den Pflichtfächern sind wir bei unterschiedlichen Lehrern gelandet. Als wollte das Universum verhindern, dass wir irgendwelche Berührungspunkte haben. Nun rächt es sich, dass ich damals dem Universum dafür gedankt habe. Denn den oberflächlichen Schein muss ich wohl oder übel wahren, ihre Termine wahrnehmen, Verpflichtungen erfüllen. Ist Femke eigentlich noch immer Leichtathletikerin? Hoffentlich nicht!

Also zwinge ich diesem Körper meinen Willen auf, quäle ihn aus dem Bett und mache mich in Femkes Zimmer auf die Suche nach Informationen.

Ihre Schulunterlagen finde ich sofort, in einer Ablage mit der Aufschrift *Schule* auf dem Schreibtisch. Ich suche ihren Stundenplan heraus und lege ihn zur Seite, damit ich ihn mir später ansehen kann.

Die Suche geht weiter, aber ich entdecke nichts, was etwas über Femkes aktuelles Leben preisgibt. Keine Tagebücher, keine Notizen, absolut nichts. Als hätte sie versucht, sich selbst verschwinden zu lassen, indem sie alles entsorgte, was Aufschluss darüber geben könnte, wer sie wirklich war.

Bleibt nur das Handy. Vielleicht sollte ich noch einmal die Nachrichten checken. Und Facebook und die anderen SocialMedias. Irgendwo muss sie zu finden sein!

Doch als ich das Smartphone zur Hand nehmen will, klopft es an der Zimmertür.

Erschrocken zucke ich zusammen, fühle mich ertappt, obwohl ich theoretisch nichts Verbotenes gemacht habe.

»Jaha!«, rufe ich, wie Femke es früher getan hat, und schaue nervös, wer etwas von mir will.

Von Femke.

Die Tür öffnet sich einen Spalt und der Kopf von Femkes Vater scheint körperlos über dem Boden zu schweben. Für einen Moment starre ich ihn entsetzt an, erschrocken darüber, wie alt er in den letzten Jahren geworden ist. Sein dichtes braunes Haar ist von silbergrauen Strähnen durchzogen, seine Wangen sind eingefallen und er trägt eine randlose Brille. Insgesamt sieht er müde aus, genau wie Femkes Mutter. Vermutlich haben beide die letzten Nächte nicht besonders viel geschlafen – wenn überhaupt.

»Hey, Süße. Schön, dass du wieder da bist.«

Er betrachtet mich nachdenklich, dann betritt er das Zimmer und schließt die Tür hinter sich.

Mir wird mulmig zumute, als er auf mich zukommt. Ich weiß, er hält mich für seine Tochter, doch das ändert nichts daran, dass ich es nicht bin. Ich kenne ihn seit ein paar Jahren, dennoch wäre es mir unangenehm, wenn er mich umarmen oder küssen würde. Als er mich tatsächlich an sich zieht, lasse ich es über mich ergehen, alles andere wäre herzlos.

Seine Umarmung ist anders als die von Femkes Mutter. Während sie mich nur an sich gedrückt hat, dankbar und erleichtert, dass ihre Tochter wieder da ist, umfasst er mit einer Hand meinen Hinterkopf und streichelt mit der anderen über meinen Rücken. Er meint es gut, da bin ich sicher, aber es bereitet mir Unbehagen, wie er sein Gesicht in meinem Haar vergräbt und mehrfach ein- und ausatmet. Ich winde mich aus seinen Armen und weiche zurück. Es kostet mich Überwindung, mich nicht angeekelt zu schütteln.

»Tut mir leid, dass ihr euch Sorgen gemacht habt«, sage ich, um seine Reaktion auf mein verändertes Verhalten zu verhindern.

Er lacht müde und wischt sich eine Träne aus dem Auge. »Ach, weißt du, das gehört wohl dazu, wenn man eine siebzehnjährige Tochter hat.«

»Ja, meinst du?«, frage ich hilflos. Ich weiß nicht, was ich sagen soll, seit dieser übertriebenen Umarmung fühle ich mich unwohl in seiner Nähe.

Er setzt sich auf Femkes Bett und klopft neben sich auf die Matratze. Mit Bauchgrummeln folge ich seiner stummen Bitte, meine Muskeln zum Zerreißen gespannt.

»Femke … lass uns ehrlich miteinander sein«, bittet er mich, als ich neben ihm sitze.

Ich nicke ratlos. »Okay …«

Er senkt die Stimme und sieht mich forschend an. »Ist es … bist du die letzten Tage nicht nach Hause gekommen wegen dem, was zwischen uns vorgefallen ist?«

Verdammt! Auf so ein Gespräch bin ich nicht vorbereitet, ein Gespräch, für das ich Vorkenntnisse benötige. Unruhig huscht mein Blick umher, auf der Suche nach einer Antwort, mit der ich meine Ahnungslosigkeit nicht preisgebe. Was konnte schon groß zwischen ihnen vorgefallen sein? Niemals würde er sie schlagen oder sich an ihr vergehen, also muss es ein Streit gewesen sein.

»Nein«, sage ich schließlich zögerlich, in der Hoffnung, damit das Wort gefunden zu haben, das jede weitere Unterhaltung unnötig macht.

Was es natürlich nicht macht.

»Hast du deiner Mutter davon erzählt?«, fragt er weiter, sein Gesicht sichtlich angespannt.

Oh, oh! Ein Geheimnis zwischen Vater und Tochter, das Mama nicht erfahren soll. Das ist nicht gut.

»Wovon denn?«, stelle ich mich ahnungslos, tue so, als wäre das Thema schon vergessen.

Irritiert runzelt er die Stirn. »Von unserem Streit.«

Immerhin damit lag ich richtig. Dennoch ist seine Antwort so vage, dass ich genauso schlau bin wie vorher.

»Nein«, sage ich abermals und blicke auf meine Füße. Es ist das Logischste. Wenn er glaubt, Femkes Mutter wisse nichts von dem Streit, wird er es ihr gegenüber nicht ansprechen und alles ist gut. Und falls Femke es ihr doch gesagt hat … habe ich eben gelogen, weil ich ein Miststück bin.

Als ich aufsehe, nickt er und lächelt mich dankbar an. »Das ist gut, Süße. Sie muss das gar nicht wissen.« Er sucht nach Worten und ich würde sie ihm zu gern geben, damit er endlich verschwindet.

Noch immer nickt er, als hätte er, in Gedanken versunken, einfach vergessen, damit aufzuhören. Schließlich räuspert er sich. »Ich wollte nur … ich möchte, dass du weißt, wie leid es mir tut. Die Dinge, die ich gesagt habe … ich war so enttäuscht, verstehst du?« Er nimmt meine Hände und ich presse angespannt meine Lippen aufeinander.

»Ja, natürlich.« Ich würde alles verstehen, damit er mich loslässt.

»Dann bist du mir nicht böse?«, hakt er nach und klingt wahnsinnig verletzlich. Vermutlich sollte ich Mitleid haben, stattdessen geht er mir gewaltig auf die Nerven.

»Wenn du das niemals wieder … sagst, dann bin ich dir nicht böse.« Ich ziehe meine Hände zurück und setze mich schützend auf sie.

Er schüttelt den Kopf, glücklich sieht er mit meiner Antwort aber nicht aus. »Das werde ich nicht. Du bist alt genug, um deine eigenen Entscheidungen zu treffen. Und wenn du so leben möchtest … muss ich es akzeptieren. Auch wenn ich mir … na ja, was Besseres für dich gewünscht habe.«

Er sieht mir nicht ein einziges Mal in die Augen, und bevor ich etwas erwidern kann, ist er aufgestanden. Als könne er plötzlich nicht schnell genug von mir wegkommen.

»In Ordnung. Das … kann ich akzeptieren, schätze ich«, sage ich und verfluche ihn im Stillen dafür, dass er mich so verdammt neugierig gemacht hat.

»Siehst du? Wenn du beim letzten Mal so reagiert hättest, wären ich nicht so … ausfallend geworden.« Er grinst, doch seine Fröhlichkeit ist aufgesetzt, das sehe sogar ich.

»Tja … ich … lerne anscheinend aus meinen Fehlern«, meine ich zögerlich, werde aber das Gefühl nicht los, dass gerade etwas ziemlich falschläuft.

Ein weiteres Lächeln zuckt über seine Lippen, dann fordert er mich mit einer Handbewegung auf, aufzustehen. Widerwillig gehorche ich und zwinge mich auf die Füße.

Bevor ich mich's versehe, drückt er mich wieder an sich. »Du bist eben immer noch mein kleines Mädchen, und das wirst du auch immer sein.«

Diesmal gibt er mich schneller frei und geht zurück zur Zimmertür. Erst jetzt wird mir klar, warum er sie geschlossen hat, nachdem er reinkam:

Es war ein vertrauliches Gespräch, was es mir nur noch suspekter macht. »Kommst du gleich runter? Deine Mutter hat Essen für uns gemacht.«

Ich nicke verstört. »Ja, klar. Ich komme sofort«, sage ich und Femkes Vater lässt mich endlich allein.

Okay. Wow.

Das war *creepy*.

Das Abendessen ist an Befangenheit kaum zu übertreffen. Femkes Mutter hat Hähnchenbrust mit Maiskolben und Süßkartoffeln gemacht und ich weiß, dass zumindest Hähnchenbrust früher zu Femkes Lieblingsspeisen gehört hat. Ich finde Hähnchen okay, aber gerade fällt es mir wahnsinnig schwer, meine Begeisterung dafür vorzutäuschen.

»Ich habe vorhin noch einmal mit Konstantin telefoniert«, zerreißt Femkes Mutter die unerträgliche Stille aus Besteckgeklapper und Schmatzen. »Weil er ja vorhin spontan entschieden hat, uns am Wochenende zu besuchen.«

»Meinetwegen?«, entfährt es mir verblüfft. Seit Femkes und meinem Zerwürfnis habe ich ihn nur noch gelegentlich in der Schule gesehen und nach seinem Abi gar nicht mehr. Wir waren nie befreundet, er war immer nur Femkes bescheuerter älterer Bruder, der einen wahnsinnig süßen Kumpel hatte. Konstantin wiederzusehen ruft nicht unbedingt Begeisterungsstürme in mir hervor. Bestimmt wird seine Gegenwart einige Wunden aufreißen, außerdem bedeutet es, dass ich mir noch mehr Erklärungen für all meine *Gedächtnislücken* ausdenken muss.

»Er hat sich Sorgen gemacht«, erinnert mich Femkes Mutter, und ich bekomme eine Ahnung davon, was für eine Art Mutter sie ist. Ihre Fürsorge ist echt, doch sie lässt einen die eigenen Fehltritte nicht so leicht vergessen.

Das sollte ich mir merken.

»Wusste gar nicht, dass er so ein besorgter Bruder ist«, scherze ich und hoffe, dass ich damit zumindest halbwegs richtigliege.

Eine weitere unangenehme Pause entsteht, niemand reagiert auf meinen Kommentar, der nun mit uns am Tisch sitzt und doch von allen ignoriert wird.

Schweigen. Kauen, schlucken, Besteck, das klimpert, kauen, schlucken. Je länger das Schweigen dauert, desto lauter werden die anderen Geräusche.

Ich sehe verstohlen zu Femkes Vater, doch ihm scheint die lärmende Stille nichts auszumachen. Er bemerkt meine Musterung, lächelt mich an und es kommt mir vor, als würde selbst mein Blick vor ihm zurückzucken. War er früher auch so … seltsam? Schnell sehe ich zu Femkes Mutter, die meinen Blick anscheinend erwartet.

»Konstantin hat gefragt, ob es in Ordnung ist, wenn er Henry mitbringt«, sagt sie und schiebt sich eine Gabel mit Hühnchen in den Mund.

Henry.

Alles in mir wird in heller Aufruhr versetzt. Eine bislang unbekannte Aufregung steigt aus dem Nichts in mir empor und lässt in Bauch und Brust einen Schwarm ungewollter Insekten frei.

Ich hätte nicht gedacht, dass Henry in meinem Leben noch einmal eine Rolle spielen würde. Nachdem er die Schule abgeschlossen hatte und studierte, konnte ich ihm nicht einmal mehr in der Schule zufällig über den Weg laufen, und irgendwie war mit der Zeit die Zuneigung für ihn verpufft. Der Schmerz und die Enttäuschung über den Verrat jedoch, den Femke mit ihm begangen hat, sind geblieben.

Aber wie es scheint, waren die verpufften Gefühle nur temporär verschollen, denn die Erwähnung von Henrys Namen und die Aussicht, ihn wiederzusehen, setzen mich geradezu in Flammen.

»Und? Ist es okay?«, frage ich vorsichtig und so beiläufig wie möglich. Dummerweise habe ich keine Ahnung, wie es mit ihm und Femke damals weitergegangen war. Ich habe sie in der Zeit bis zu seinem Abschluss ein oder zwei Mal zusammen gesehen, was nichts zu heißen hat angesichts der Tatsache, dass ich mich nur zum Unterricht im Schulgebäude aufhalte.

Zudem weiß ich auch nicht, ob Femkes Eltern wissen, was zwischen Henry und ihrer Tochter gelaufen ist. Ob Femke und er es in diesem Haus getan haben? War es eine einmalige Sache oder kamen sie richtig zusammen?

»Natürlich bringt Konstantin ihn mit! Wir haben den Jungen gerne hier, wie du weißt«, scherzt Femkes Vater und zwinkert mir zu.

Warum tut er das?

Ich ignoriere es weitestgehend und höre mein dreizehnjähriges Ich jubeln, bleibe nach außen aber cool wie ein Eisblock.

»Mir egal«, sage ich und stopfe mir Hühnchen in den Mund, um beschäftigt und beiläufig zu wirken. Doch in Wahrheit beginnt meine Haut bei dem Gedanken, dass er uns bald einen Besuch abstattet, vor Aufregung zu prickeln.

Femkes Mutter sieht mich prüfend an. »Dann bist du einverstanden?«

»Ja«, rutscht es mir viel zu übereilt heraus. Verlegen blicke ich auf meinen Teller. Schon seltsam, dass Femkes Mutter explizit nachhakt, ob

Henrys Anwesenheit für mich ein Problem darstellt. Sie weiß es, ist meine Vermutung, womöglich war Henry sogar Femkes fester Freund und die Trennung unschön. Ich tappe völlig im Dunkeln und das stört mich.

Genervt lege ich mein Besteck zur Seite und lehne mich zurück. Irgendwie ist mir der Appetit vergangen.

Sofort spüre ich den Blick von Femkes Mutter auf mir. »Alles in Ordnung, Schatz?«, will sie wissen.

»Ja, natürlich. Ich habe nur gerade an etwas anderes gedacht.« Mir ist klar, dass ich mich albern verhalte. Kindisch. Aber es ist eine alte Wunde, die aufbricht, sobald sein Name fällt. Ich war dreizehn, Henry sechzehn oder siebzehn, ich wäre vermutlich ohnehin nicht bereit für ihn gewesen.

»Anouk?«

Erschrocken blicke ich auf. »Was?« Mein heftiges Herzklopfen pumpt Blut in meinen Kopf.

»Hast du an Anouk gedacht?«, wiederholt Femkes Mutter und irritiert glotze ich sie an.

Langsam schüttle ich den Kopf, dann lehne ich mich vor und esse weiter. »Nein, sicher nicht«, behaupte ich mit vollem Mund. »An die Schlampe habe ich schon lange nicht mehr gedacht.«

Kapitel 12

Es geschah noch am gleichen Tag, am Tag unseres Freudschafts-Tattoos. Nur ein paar Stunden nachdem ich meiner besten Freundin Femke meine Liebe zu dem Jungen im Nebenzimmer gestanden hatte.

In dieser Nacht – ich schlief mal wieder bei Femke, obwohl meine Schwester längst die Vormundschaft für mich übernommen hatte – hielt mich nicht nur der Lärm aus dem Nebenzimmer wach, sondern vielmehr der Gedanke, dass auch *er* sich dort aufhielt. Nur eine Wand, mehr lag nicht zwischen uns.

Irgendwann begann meine Blase zu drücken, also gab ich dem Druck nach und krabbelte leise unter meiner Decke hervor.

Vorsichtig öffnete ich die Tür einen Spalt, ein Lichtstreifen ergoss sich über meine nackten Füße. Ich warf einen prüfenden Blick auf den Flur, doch die Luft war rein und ich huschte hinaus, an einem leeren Gästezimmer vorbei, und verschwand schnell im Badezimmer.

Als ich fertig war und zurück in Femkes Zimmer flitzen wollte, stand er einfach da und sah mich an.

Henry.

Ich war so erschrocken darüber, dass ich mir beide Hände auf den Mund drücken musste, um einen seltsamen Ton zu ersticken. Der Junge meiner Träume blickte mich entschuldigend an, streckte seine Hand nach mir aus und berührte meinen Oberarm. »Sorry!« Auch er schien überrumpelt. »Ich wollte dich nicht erschrecken.«

Ich nahm die Hände von meinem Mund und legte sie stattdessen auf mein rasendes Herz. »Nichts passiert«, sagte ich atemlos. Obwohl der Schreck verflogen war, wollte es nicht aufhören, wild durch meinen Brustkorb zu toben. Ich war sonst nicht gut darin, Blickkontakt mit fremden Menschen zu halten, aber nicht bei diesem Jungen. Sein warmer hellbrauner Blick war so wunderschön, dass es mir unmöglich war, nicht darin einzutauchen und jeden Moment auszukosten, bevor diese zufällige Begegnung wieder vorbei war.

»Wer bist du denn? Noch eine Schwester?«, fragte er, grinste schüchtern und nahm die Hand von meinem Arm.

Meine Wangen brannten, und die Tatsache, dass ich errötete, war mir peinlich. »Nein, keine Schwester. Femke und ich sind Freundinnen«, erklärte ich und war stolz, dass ich nicht einmal ins Stottern geraten war.

Er nickte und lächelte, sagte allerdings nichts. Wir schwiegen kurz. Die Geräuschkulisse aus Konstantins Zimmer gab unserer Begegnung eine sonderbare Atmosphäre.

Meine Arme kamen mir vor wie nutzlose Fremdkörper, unfassbar, wie lästig diese Dinger auf einmal waren! Ich verschränkte sie vor der Brust und lehnte mich gegen den Türrahmen.

»Wie heißt du?«, fragte er plötzlich und ich tauchte wieder in seinen Augen ein.

»Ich? Anouk.«

Er lächelte noch immer und hielt mir seine Hand hin. Überrumpelt entknotete ich meine Arme und nahm nervös seinen Handschlag an.

»Ich bin Henry.« Er zwinkerte mir zu und ließ schließlich wieder los.

»Ich weiß … ich meine … also … Konstantin hat von dir erzählt«, log ich und erkannte an seinem Schmunzeln, dass er mich durchschaut hatte. Ich war mir in diesem Moment beinahe sicher, dass er von meiner Liebe zu ihm wusste, kein Wunder, immerhin hatte ich mich mit meinem sinnlosen Gestotter schließlich doch noch selbst bloßgestellt.

»War nett, dich kennenzulernen, Anouk. Hoffentlich sehen wir uns bald wieder«, sagte er schließlich und ging an mir vorbei ins Badezimmer.

Ich drehte mich mit ihm um. »Würde mich freuen … ich meine, hat mich auch gefreut.« Doch da war die Tür bereits geschlossen.

Auf Zehenspitzen hastete ich zurück in Femkes Zimmer. Kurz bevor ich unter die Decke auf der Luftmatratze kroch, überprüfte ich mit einen Blick meinen Pyjama. Weiß mit roten Herzchen. Echt super.

Ich schlief nicht sofort ein, lag eine ganze Weile wach und starrte meine Hand an. Es war, als würde ich Henry noch immer spüren, und ich fragte mich, ob er, nur eine Wand von mir getrennt, ebenfalls an unsere Begegnung dachte.

Am nächsten Morgen erzählte ich Femke haargenau, was passiert war. Sie hörte mir aufmerksam zu, schwieg jedoch, selbst als ich fertig war mit meinem Bericht. Sie hatte die ganze Zeit nicht gelächelt.

Das Abendessen mit Femkes Eltern zog sich so quälend lange hin, dass es einer körperlichen Erlösung nach langer Folter gleichkommt, als ich wieder in Femkes Zimmer bin. Ich sollte schlafen gehen, dieser Körper ist müde, doch mein Verstand lässt mir keine Ruhe.

Wobei in diesem Fall *Verstand* nicht der passende Ausdruck ist und *Gefühlschaos* die Vorgänge in meinem Kopf und der Brust besser beschreibt.

Ich bekomme Henrys Besuch am kommenden Wochenende nicht aus dem Kopf. Und da ich unter diesen Umständen ohnehin nicht schlafen kann, weiß ich nun, wonach ich als Nächstes suchen werde.

Abermals nehme ich Femkes Handy und überprüfe, ob sie die App zum *Messenger*, der mit *Facebook* verbunden ist, heruntergeladen hat. Zu meiner Überraschung hat sie die App tatsächlich deinstalliert, und selbst Facebook läuft nicht über eine App, sondern über die reguläre Homepage. Also hole ich es nach und installiere zumindest den Messenger, damit ich nicht auf Facebook angewiesen bin.

Ungeduldig sitze ich auf dem Bett und warte darauf, dass die Verbindung zustande kommt. Doch als die App das Passwort von Facebook abfragt, muss ich passen. Nur ein einziges Mal versuche ich es und gebe das alte Passwort ein, das Femke früher für praktisch alles verwendet hat. Offensichtlich tut sie das inzwischen nicht mehr. Frustriert lege ich das Smartphone zur Seite.

Henrys Besuch lässt mich nicht los. Schließlich nehme ich ihr Telefon abermals zur Hand und versuche es über die normale Homepage von Facebook. Und tatsächlich hat Femke sich vor unserem Treffen nicht abgemeldet und ich habe vollen Zugriff auf ihr Profil.

Ich wechsle auf Facebook von der mobilen Ansicht zur PC Ansicht, damit ich besser an die Nachrichten herankomme, und beginne mit der Recherche.

Femke hat fünf neue Freundschaftsanfragen – eine davon von mir –, 10+ Benachrichtigungen und sieben neue Nachrichten – ebenfalls eine von mir. Ich überfliege die Nachrichten, doch nichts davon ist wichtig. Namen und Gesichter, die mir womöglich bekannt vorkämen, würde ich nur aufmerksam genug hinsehen. Aber das Geschriebene ist so banal und unwichtig wie alles auf Facebook.

Ich atme kurz durch, dann beginne ich mit der entscheidenden Suche, wegen der es mich überhaupt erst hierher verschlagen hat.

Henry Westland.

Ich finde ihn sofort. Mein Herz bleibt kurz stehen, als ich sein Foto sehe und alte Gefühle hochkochen. Verlegen halte ich mir die Hand vor den Mund, damit niemand mein verklärtes Lächeln sehen kann, obwohl ich allein in Femkes Zimmer bin.

Henry hat sich kaum verändert, nur etwas reifer sieht er aus, erwachsener. Aber immer noch umwerfend, und sein Lächeln weckt die verdammten Insekten wieder auf. Er müsste jetzt einundzwanzig sein, kaum zu glauben.

Zu meiner Überraschung sind Femke und Henry auf Facebook nicht miteinander befreundet, weshalb die wirklich interessanten Dinge auf seiner Seite für mich verborgen bleiben. Nur Profil- und Titelbild sind sichtbar, letzteres ist ein Foto von einem barocken Gebäude, das ich nicht zuordnen kann. Vermutlich ist es seine Universität, theoretisch könnte es aber jedes beliebige Gemäuer sein.

Ein bisschen ratlos ziehe ich meine Augenbrauen zusammen und schaue Femkes Nachrichten durch. Doch dort finde ich nichts von ihm, auch im Spamordner ist er nicht gelandet.

Irgendwie finde ich das seltsam – und enttäuschend. Natürlich habe ich mir erhofft, mehr über Femkes Beziehung zu ihm – sowohl damals als auch aktuell – zu erfahren. Aber wie es aussieht, haben sie keinen Kontakt.

Unwillkürlich frage ich mich, wie Femke reagiert hätte, als ihre Mutter Henrys Besuch angekündigt hat.

Es ist traurig, aber es stimmt. Früher war ich ihre Vertraute und wusste alles über sie. Inzwischen sind mir sie und ihr Leben absolut fremd.

Ich sehe noch einmal auf WhatsApp nach, ein letzter Versuch, ob Henry dort zu finden ist. Doch es gibt keinen alten Chat, nicht einmal seine Nummer ist im Telefonbuch gespeichert. Wie es aussieht, hat sie ihn komplett aus ihrem Leben gestrichen und ich kann nicht anders, als meine alte Wut auf sie neu zu spüren. Er war der Grund für unser Ende, und nun ist keiner von uns mehr an ihrer Seite – das sagt ziemlich viel über sie aus, finde ich.

Schließlich gebe ich auf, lege das Telefon zur Seite und blicke mich hilflos in dem fremden Zimmer um. Draußen wird es bereits dunkel, und obwohl mir die Umgebung von früher bekannt vorkommt – der Geruch, die Atmosphäre, einfach alles –, bin ich doch nicht zu Hause.

Ich rolle mich auf dem Bett zusammen und versuche, die zerstörerischen Gedanken auszublenden. Keine Verzweiflung, kein Heimweh, keine Angst. Ich bin stark und ich werde das Beste aus dieser Situation machen – was auch immer das ist. Und womöglich gibt es einen Weg zurück, den ich erst finden muss.

Einen Weg zurück zu mir.

Bleierne Müdigkeit zieht abermals an meinen schweren Augenlidern, die sich geschlagen geben …

Meine Augen fliegen auf, als mich eine plötzliche Eingebung überkommt. Zwar bleibe ich liegen, nehme aber das Handy abermals und rufe die Facebook-Seite auf. Denn was ich nicht bedacht habe, ist die Möglichkeit, dass Femke zwar mal mit Henry befreundet gewesen ist, es dann aber nicht mehr sein wollte. In so einem Fall hätte ich an ihrer Stelle alles gelöscht, was mit ihm zu tun hat.

So habe ich es damals mit unseren Chats gemacht. Einfach gelöscht. Doch Facebook vergisst nicht, sondern verlagert die entfernten Verläufe lediglich. Also überprüfe ich den Ordner für die archivierten Nachrichten und werde nach einem bisschen Scrollen endlich fündig.

Ich setze mich im Bett auf und presse angespannt meine Lippen aufeinander. Keine Ahnung, warum ich so nervös bin, weshalb mein Herz klopft, meine Hände schwitzen.

Dann öffne ich die Unterhaltung.

Die letzte Nachricht kam von Henry und ist knapp über drei Jahre alt. *Wo bist du?*, hat er geschrieben. Femke hat es ihm anscheinend nie verraten.

Neugierig und mit einem Kloß im Hals gehe ich zum Anfang ihres Chats. Wirklich viel haben sie nicht miteinander geschrieben, vermutlich haben sie sich von Angesicht zu Angesicht getroffen und geredet … und andere Dinge getan.

Wieder spüre ich den Dorn der Eifersucht, der nach all der Zeit total lächerlich ist.

Ich schließe die Augen und hoffe, im Chatverlauf nichts zu erfahren, was mich verstören wird. Dann hebe ich die Lider, hebe den Blick und beginne zu lesen.

Kapitel 13

Der erste Chat fand etwa drei Wochen bevor Femke und ich in die Mittelstufe gekommen sind statt – als ich ihr noch nicht gestanden hatte, in Henry verliebt zu sein. Ein Grund mehr, weshalb ich nicht begreife, warum sie mir damals nicht von ihrem Kontakt zu ihm erzählt hat. Sie hatte Geheimnisse vor mir, lange bevor Henry zum Thema wurde, und ich muss zugeben, dass mich das im Augenblick am meisten trifft. Ich dachte, wir hätten einander alles erzählt, besonders unsere Schwärmereien. Ich habe es getan.

Sie offensichtlich nicht.

Mit einem schmerzhaften Kloß im Hals beginne ich, die Chatverlauf zu lesen.

Henry
Hey! Tut mir echt leid wegen neulich. Ich hätte das nicht sagen sollen.

Femke
Schon gut. Jedes Mädchen hört das gern.

Henry
Haha, stimmt. Aber du bist Konstantins kleine Schwester … wie alt bist du eigentlich? ;)

Femke
Ah, verstehe. Bei seiner Visage hast du das nicht erwartet? ;)

Henry
:D Du bist ja krass drauf! I like! ;) Aber du bist wirklich viel hübscher als er.

Meine Wangen pochen. In mir reißt etwas, reißt eine Wunde in mich, aus der Wut und Enttäuschung strömen, mich umgeben wie eine Wolke, mich immer enger einschnüren mit ihren hässlichen Fingern, bis ich mich nicht mehr rühren kann. Bis ich nicht mehr atmen kann.

Henry hat Femke gesagt, dass er sie hübsch findet? Und Femke hat mir nie, *nie* etwas davon erzählt, nicht einmal eine Andeutung gemacht, gar nichts. Ahnte sie schon, dass ich für ihn schwärmte? Ich kann mich nicht erinnern. Verdammt, ich weiß es nicht. Aber macht das einen Unterschied? Wollte sie meine Gefühle nicht verletzen? Ich verstehe nicht, was da falschlief. Wir waren beste Freundinnen! Jetzt habe ich das Gefühl, sie damals nicht wirklich gekannt zu haben, und das tut weh. Und obwohl ich es nicht will, obwohl ich mich vor weiteren Offenbarungen fürchte, muss ich die ganze Wahrheit wissen. Also lese ich weiter, doch immer wieder verschwimmen die Buchstaben, weil sich verräterische Tränen in meinen Augen sammeln.

Femke
Jetzt hast du es wieder gesagt. Du findest mich hübsch!

Henry
Das hab ich nicht gesagt.

Femke
Maaann, dann hast du es eben geschrieben. Das ist sogar schlimmer. Jetzt habe ich Beweise! Vielleicht sollte ich einen Screenshot machen! ;)

Henry
Ok, ich werde es nicht länger leugnen und gestehe. ;)

Femke
Gut :-)

Ich fühle mich verraten und hintergangen. Femke hat offen mit ihm geflirtet. Sicher, er hat angefangen, aber womöglich hat sie ihn irgendwie herausgefordert.

An dieser Stelle endet die Unterhaltung, geht aber nur zwei Tage bevor wir uns die Tattoos haben stechen lassen weiter. Dieses Mal hat Femke das Gespräch begonnen, und als ich ihren ersten Satz lese, möchte ich weinen.

Femke
Ich habe letzte Nacht von dir geträumt!

Henry
Ähm … sorry? ;)

Femke
lach Nein, keine Sorge. Musst dich nicht entschuldigen. War ein guter Traum.

Henry
Erzähl mal.

Femke
Aber du darfst nicht lachen!

Henry
Werde ich nicht (falls doch, wirst du es nie erfahren, hehe)

Femke
O Gott, ist ein bisschen peinlich.
Na gut, also genau bekomme ich das nicht mehr zusammen, aber irgendwie bist du bei uns gewesen - also eigentlich bei Konstantin, aber dann hast du dich in der Tür geirrt und … sagen wir, du hast etwas von mir gesehen. Doch statt zu gehen, bist du in mein Zimmer gekommen und hast die Tür geschlossen …

Henry
Das war's? Oder ging dein Traum noch weiter?

Femke
Wenn du ein kluger Junge bist, kommst du von allein drauf.

Henry
Oh. Ohhhh … :O

Femke
Ja, genau. :D

Ich drücke mir meine Hand auf den Mund, damit niemand mein Schluchzen hört. Sie war es! Sie hat ihn angemacht, ihn praktisch zu sich eingeladen. Und mir kein Wort davon erzählt. Verärgert wische ich mir die Tränen aus den Augen. Das ist ihr Körper, nicht meiner, der herumheult. Meinen eigenen hatte ich besser unter Kontrolle.

Henry
Ich weiß nicht, was ich sagen soll. Ich fühle mich geehrt …

Femke
Ja?

Henry
Ja.

Femke
Schön :D Solltest du nämlich auch!

Henry
Was habe ich denn gesehen, was ich nicht hätte sehen dürfen?

Femke
Das ist mir irgendwie peinlich.

Henry
Du musst es mir nicht sagen.

Femke
Meine Unterwäsche, okay? Du hast meine Unterwäsche gesehen.

Henry
Das finde ich gar nicht peinlich.

Femke
Willst du sie sehen?

Henry
OK.

Das Foto ist noch schlimmer, als ich befürchtet habe. Femke hat es selbst gemacht, sich selbst im Spiegel fotografiert, eine Pose im angedeuteten Profil, ein Bein leicht angewinkelt. Sie sieht aus, als hätte sie das schon hundert Mal gemacht. Eine Hand, die ihr Haar zurückstreicht, die andere, die das Handy auf ihre Reflektion richtet. Ich sehe zuerst nur die nackte Haut, ihren makellosen Mädchenkörper, der nicht mehr viel gemein hat mit dem, den ich nun bewohne. Erst auf den zweiten Blick finde ich die Unterwäsche, einen schwarzen Slip, der zu großen Teilen in ihrer Poritze verschwunden ist und auch sonst nicht viel verdeckt. Obenherum trägt sie ein fleischfarbenes Trägerhemd, das, wie es scheint, zufällig ein wenig hochgerutscht ist und ihren kleinen Bauchnabel freigibt. Überhaupt sitzt das knappe Hemdchen nicht so, wie es sitzen sollte. Der Träger ist zu nahe an ihren Hals gerutscht und der Armausschnitt entblößt die äußere Seite ihres kleine-Mädchen-Busens – sowie einen Teil ihrer karamellfarbenen Brustwarze.

Dieses Foto ist nicht dazu da, um jemandem Unterwäsche zu präsentieren.

Dieses Foto ist so aufreizend, dass selbst ich einen Ständer hätte, wäre ich ein Kerl.

Am liebsten würde ich ihr Handy an einer Wand zertrümmern, doch ich bin wie hypnotisiert von dem Bild, von seiner subtilen Erotik, und kann einfach nicht glauben, dass Femke so etwas an Henry verschickt hat. Die dumme Hoffnung in mir wächst, dass Henry sie zurückgewiesen, ihr geschrieben hat, dass sie ihm das nicht hätte zeigen sollen. Aber ich mache mich lächerlich, und so bleibt mir nichts anderes übrig, als weiterzulesen.

Henry
Das hab ich nicht erwartet! :O

Femke
Gefällt sie dir?

Henry
Schätze schon.

Femke
?

Henry
sprachlos

Femke
Ist das gut?

Henry
Machst du Witze? Du bist der Wahnsinn!

Femke
Holst du dir gerade einen runter?
Wäre okay, wenn du es tätest.

Henry
:O :O :O Das kannst du doch nicht einfach fragen!

Femke
Heißt das Ja? :D

Henry
Nein, natürlich nicht! Dein Bruder würde mich kaltmachen!

Femke
Scheiß auf Konstantin! Ich will, dass du dir einen runterholst! Tu es. Jetzt!

Henry
:O Ohh jaaa! :D

Ich hasse sie! Und ich hasse ihn! Ich fühle mich schmutzig, weil ich das gelesen, das Bild gesehen habe und nun weiß, wie es zu mehr kam. Ich hasse sie beide. Da können auch seine verzweifelten Versuche, nach dieser Unterhaltung wieder Kontakt mit ihr aufzunehmen, die sie allesamt ignoriert hat, kein Mitleid in mir wecken. Keine Sympathie für Femke, die eventuell, ganz vielleicht den Kontakt zu ihm abgebrochen hat, weil sie von meinen Gefühlen für ihn erfahren hat. Denn es war trotzdem zu mehr zwischen ihnen gekommen. Als Femke es wusste. Sie hat sich ihm schamlos angeboten, und ein paar Wochen später haben sie beendet, was sie im Chat begonnen haben.

Es ist mir egal, ob er womöglich echte Gefühle für sie hatte. Sollen sie beide in der Hölle schmoren!

Frustriert pfeffere ich das Handy auf die Matratze. Wut und Enttäuschung lodern in mir und ich habe das Gefühl, verraten worden zu sein. Ich reibe über meine Stirn und blonde Strähnen fallen mir ins Gesicht. Wieder wird mir bewusst, dass das nicht meine Stirn ist, nicht mein Haar, und am liebsten würde ich es von mir reißen, alles von Femke. Ich möchte diesem Körper wehtun, so wie Femke mir wehgetan hat, doch ich bin es, die die Schmerzen ertragen muss.

Immer ich.

Es ist, als würde ich die Strafe für das, was mir angetan wurde, auf diese Weise selbst bezahlen. Ich muss büßen, und ich hasse es. Ich will das nicht, will nichts mit Femke und ihrer falschen Freundschaft zu tun haben. Stattdessen will ich diese Haut vom Körper schälen, die Nägel herausreißen, Haare, Zähne, alles weg, bis ich, Anouk, wieder zum Vorschein komme. Mir wäre es egal, noch einmal Blut zu spucken oder Schmerzen zu leiden – solange ich Femke loswürde. Es ist unerträglich, die Person zu sein, die ich gerade so sehr hasse, dass es mich zerreißt. Ich drohe jeden Augenblick zu zerspringen, also stehe ich auf, gehe wie ferngesteuert zum Spiegel an ihrem Kleiderschrank und glotze in die Reflektion.

Das ist sie. Nur sie. Von mir ist nichts zu sehen, kein Glitzern in den Augen, kein gar nichts. Ich wurde physisch eliminiert und muss nun mein Dasein fristen.

Ich gehe näher, flüstere dem fremden Spiegelbild Worte zu, die für Femke bestimmt sind. Vielleicht ist sie irgendwo da drinnen, in dieser verhassten Hülle. Woher soll ich wissen, was möglich ist und was nicht? Also spreche ich mit ihr, wispere ihr meine Gedanken zu, damit sie erfährt, was ich von ihr halte.

»Ich hasse dich«, sage ich immer und immer wieder. »Ich hasse dich!« Ich kann nicht aufhören, es zu sagen, immer wieder stoße ich die Worte aus, heftiger, hilfloser. Das Gesicht im Spiegel, es grinst mich an. Als wolle es sagen: »Pech, Bitch.«

Femke ist gehässiger und böswilliger als jemals zuvor, und ich kämpfe den Wunsch nieder, den Spiegel einzuschlagen und mit einer großen Scherbe ihr Gesicht zu zerschneiden.

Mein Gesicht.

Ich hasse es.

Ich hasse das Mädchen, hasse Femke.

Hasse mich.

Kapitel 11

Völlig gleichgültig, welcher Körper mich beherbergt, gewisse Dinge sind immer grauenhaft. Frühes Aufstehen gehört eindeutig dazu.

Es fiel mir schon immer schwer, morgens die warme Höhle des Schlafes zu verlassen für so etwas Banales wie Schule. Und auch an diesem Morgen verfluche ich die Welt dafür, dass ich meine Zeit mit inhaltsleerem, lebensfernem Unterricht verschwende, noch nicht volljährig bin und der Herbst kommt, weswegen es morgens länger dunkel ist.

Zudem fühle ich mich nach den Offenbarungen der Chats zwischen Femke und Henry, als hätte ich einen fiesen Kater. Ich wünsche mir fast, es wäre so und ich hätte mir das alles im Alkoholrausch bloß zusammengesponnen.

Der Blick in den Spiegel ist ein Schock, daran werde ich mich garantiert nie gewöhnen. Das ist ohne Zweifel meine Strafe, und ich habe sie verdient.

Ich hätte Femke nicht schubsen dürfen.

Dennoch bin ich fest entschlossen, mein neues Äußeres meinem Inneren anzupassen. Wenn ich sie schon jeden Tag sehen muss, soll sie wenigstens ein paar Nuancen von Anouk haben. Ein bisschen Anouk wird Femke guttun, weshalb ich beschlossen habe, nach der Schule einkaufen zu gehen.

Die nächste Herausforderung begegnet mir nach dem Duschen mit der Kleiderwahl. Femkes Kleiderschrank ist vollgestopft mit Mädchensachen. Ich bin zwar ein Mädchen, aber selbst in Femkes Körper bekommt mich niemand in einen Miniminirock oder so ein trägerloses Dingsbums, bei dem ich ständig Angst haben muss, es rutscht mir über die Möpse.

Schließlich finde ich eine Hose. Sie ist hellblau und hat riesige Löcher, in denen meine Knie aussehen wie geschwollene Zungen in aufgerissenen Mäulern, aber immerhin ist mein Hintern bedeckt und ich werde keine Blasenentzündung bekommen.

Bei den Oberteilen werde ich schneller fündig, denn selbst eine Femke Hansen scheint im Winter Pullover zu tragen. Sie liegen viel zu eng an, doch für diesen einen Tag will ich mal nicht kleinlich sein.

Dann muss ich los. Schule. Immer ein Spießrutenlauf, ab heute unter erschwerten Bedingungen.

Ich spüre die Blicke auf mir, sobald ich das Schulgelände betrete. Dabei weiß ich nicht einmal, warum ich von allen begutachtet werde. Weil Femke ein paar Tage verschwunden war? Oder weil ihr Outfit anders ist als sonst?

Im Schulgebäude bin ich versucht, zu meinem eigenen Spind zu gehen, doch ich steuere rechtzeitig um und erreiche schließlich Femkes Schrank. Bis hierher habe ich jeden Blickkontakt gemieden und kann nur hoffen, dass mich niemand dabei beobachtet, wie ich einen Kampf gegen das Schloss ausfechte.

Ein Kampf gegen Zahlen.

Femke hat mir damals die Zahlenkombination für das Schloss an ihrem Schrank verraten. Ob sie auch jetzt, Jahre später, noch aktuell ist – ich werde es herausfinden.

Nach drei gescheiterten Versuchen muss ich mir eingestehen, dass ich die vierstellige Nummer nicht kenne. Frustriert knalle ich das Vorhängeschloss gegen die Metalltür und lehne meine Stirn an den Schrank. Ich habe schon jetzt keine Lust mehr auf dieses Verwirrspiel.

»Femke! Hast du mal wieder deine Kombination vergessen?«, höre ich die Stimme eines Mädchens, von dem ich glaube, dass es zu den Leichtathletikerinnen gehört, mit denen Femke immer herumhängt.

»Geh weg«, sage ich, ohne mich zu rühren. »Du störst mich bei einem intimen Moment mit meinem Spind. Wir wollen allein sein.«

»Objektophilie. Ich bin beeindruckt, Femke, das ist selbst für jemanden wie dich ziemlich krass.« Die Stimme des Mädchens ist bissig, als würde es ihm Freude bereiten, Femke niederzumachen. Ein paar Mädchen tuscheln. Nun sehe ich doch auf, löse mich von dem Schrank und begutachte das Mädchen vor mir. Leana, fällt es mir ein. Das ist ihr Name. Und ich finde ihre Worte ziemlich anmaßend.

Ablehnend verschränke ich die Arme vor der Brust. »Jemanden wie mich? Was soll das heißen?«

Mein Anblick lässt sie offenbar alles andere vergessen. »Scheiße, wie siehst du denn aus? Noch nie was von Concealer gehört?«

Ich nehme an, dass sie auf meine dunklen Augenringe anspielt, die ich praktisch zur schmerzhaften, äußerst stressigen und lebensverändernden Metamorphose gratis hinzubekommen habe. Ich wette, sie an meiner Stelle würde nicht auf einen Concealer verzichten.

»Doch, habe ich. Aber *jemand wie ich* legt keinen Wert darauf, die Spuren meines Lebens unter einer Schicht Abdeckcreme zu verbergen.«

Bei Leana stehen drei weitere Mädchen, und ich begreife nicht, wie man sich freiwillig mit *jemandem wie ihr* abgeben kann.

Femke jedenfalls hat es getan, hat sich mit ihr abgegeben, und auch diese drei Mädchen scheinen Leana zu ihrem Freundeskreis zu zählen. Ich hingegen kann es kaum erwarten, dass sie abzieht und mich in Ruhe lässt.

»Lassen wir das«, übergeht sie schnippisch meinen Kommentar und streicht sich vorsichtig eine blond gelockte Strähne aus dem Gesicht, als befürchte sie, mit einer falschen Bewegung die Anordnung der einzelnen Haare zu gefährden.

»Wo bist du gewesen?«, fragt eines der anderen Mädchen, Sheena, und ich unterbreche mein Glotzen auf Leanas perfekt liegendes Haar. »Wir haben uns echt Sorgen um dich gemacht.« Obwohl sie es vermutlich gut meint, kaufe ich ihr das nicht ab.

»Ehrlich? Wow!«, erwidere ich zynisch. »Ich war da, wo ich immer bin, wenn ich für ein paar Tage verschwinde.« Es ist ein erbärmlicher Versuch, mit einer inhaltslosen Aussage mehr aus den Mädchen herauszukitzeln.

»Eben nicht!«, fährt mich Leana an und macht ein Gesicht, als hätte ich sie gerade enttäuscht. »Fem, wir sind Freundinnen, oder?« Es ist eine rhetorische Frage, doch ich lasse es mir nicht nehmen, trotzdem darauf zu antworten.

»Ein Misthaufen bleibt ein Misthaufen, auch wenn du ihn Blumenwiese nennst.«

Sie wirkt irritiert, dann schüttelt sie den Kopf. »Was ich sagen will: Freundinnen erzählen sich alles.«

»Da kennst du mich schlecht«, widerspreche ich und der Schmerz über Femkes Schweigen bezüglich Henry flammt in meiner Brust auf.

Leana sieht mich noch immer fragend an, als sich Sheena wieder zu Wort meldet. »Sebastian sucht dich überall. Er ist ziemlich wütend.«

Dieser Sebastian wieder. Ich kann ihn nicht leiden, obwohl ich ihm bislang nicht einmal begegnet bin. So wie er Femke in den letzten drei Tagen mit Nachrichten und Anrufen bombardiert hat, scheint er ein echtes Problem mit passiver Aggressivität zu haben.

»Jetzt bin ich ja da, und wenn er mich sucht, wird er mich finden«, sage ich gleichgültig und zucke die Achseln. Fehlt noch, dass ich diesem Typen hinterherlaufe.

Leanas anfängliche Verwunderung über *Femkes* sonderbares Verhalten wird zu herablassendem Mitleid. »Oh, Fem. Wie es scheint, sind bei dir die letzten Lämpchen ausgegangen. Ich wünsche dir viel Glück!«

Das finde ich ganz und gar nicht akzeptabel. Mag ja sein, dass sie eigentlich Femke meint und nicht mich, aber eine Leana nennt weder mich noch Femke ungestraft dumm. Ich verschränke die Arme und drücke meinen Rücken durch, damit ich größer wirke.

»Kann sein, vielleicht hast du recht. Das Schöne an Dummheit ist, dass man sie selbst nicht bemerkt. Allerdings frage ich mich, warum du glaubst, so mit mir reden zu können. Wer bist du eigentlich?«

Mein Blick huscht zu einem der anderen Mädchen, Finja, die so hübsch ist, dass es mir den Atem raubt. Sie versucht, hinter vorgehaltener Hand ein Grinsen zu verstecken, ich habe den Eindruck, dass sie Leana auch gern das eine oder andere meiner Worte gesagt hätte. Ich mag sie.

»Was geht denn mit dir ab? Falls dich meine ungefilterte Meinung interessiert: Du warst bei uns ohnehin nur geduldet, aber das weißt du sicher. So dumm kannst nicht einmal du sein«, gibt Leana zum Besten. »Wir waren wirklich immer ... verständnisvoll, doch irgendwann ist auch unsere Geduld am Ende. Halte dich von uns fern, bis du wieder normal bist.«

Fassungslos sehe ich sie an. Das sind also Femkes Freundinnen? Muss ein nervenaufreibender Balanceakt gewesen sein, den Ansprüchen dieser Psycho-Barbie gerecht zu werden, wenn fehlender Concealer bereits ein Fass zum Überlaufen bringt.

Leana dreht sich mit fliegendem Haar um und marschiert davon.

»Deine Nummer ist 3579!«, flüstert Finja mir zu, bevor sie sich den anderen Mädchen anschließt.

Während ich mit der Zahlenkombination den Spind öffne, schmunzle ich in mich hinein. Nicht zu fassen, was für ein Klischee Leana ist.

Femkes Stundenplan folgend, verschlägt es mich in der ersten Stunde in den Geschichtsunterricht bei einem gewissen Herrn Barn, den ich bislang nur vom Sehen kenne. Doch sobald ich den Klassenraum betrete, wartet dort das nächste Problem auf mich: Wo ist mein verdammter Platz?

Ich seufze, weil ich weiß, dass ich das nur herausfinde, indem ich kopfüber in ein Fettnäpfchen springe. Unsicher stakse ich zwischen der ersten Tischreihe hindurch, links und rechts freie und besetzte Stühle. Ich spüre die Blicke, doch ich kann sie nicht deuten. Höre ihre Gespräche, die ein wenig leiser werden, sobald ich näher komme, als ob sie über mich sprechen würden.

Es nützt nichts, ich habe keinen Schimmer, wo Femke sitzt. Und da ich genauso gut raten kann, welcher ihr Platz ist, tue ich genau das, quetsche mich durch irgendeine Reihe und nehme einen freien Stuhl direkt am Fenster, einfach weil es mir dort am besten gefällt.

In einigen der fremden Gesichter erkenne ich Verwirrung. Ich habe also falsch geraten, wäre auch zu schön gewesen. Die sollen alle mal bitte nicht so unspontan sein.

Plötzlich bemerke ich die Blicke eines Mädchens etwas abseits in der Reihe direkt an der Wand, das versucht, mir mit ihren Augen etwas zu sagen. Ich drehe mich herum und sehe es ratlos an. Das Mädchen zieht eine Augenbraue hoch, was über seinen traurigen dunklen Augen seltsam deplatziert wirkt, und schaut immer wieder zu einem Stuhl in der Mitte, eine Reihe weiter.

Ich deute mit meinem Blick auf denselben Tisch, und als ich wieder zu ihr sehe, nickt sie. Mit meinen Lippen sage ich ein stummes Dankeschön, greife nach meinen Sachen und husche geduckt, als würde es mich unsichtbar machen, zu Femkes Platz. Als ich mich noch einmal zu dem Mädchen umwende, um ihm richtig zu danken, hat es sein Kinn auf die Arme am Tisch gestützt und starrt abwesend ins Nichts.

Kurz nach dem Klingeln stürmen noch zwei Jungs herein, die sich munter unterhalten, was sie auch fortsetzen, während sie hinter mir ihre Plätze gefunden haben.

»Ey, kennst du den schon?«, raunt einer von ihnen und kichert unterdrückt. »*Laut einer Statistik genießen neun von zehn Personen eine Massenvergewaltigung!*« Er lacht und mir dreht sich der Magen um. Angewidert verziehe ich das Gesicht und reiße mich zusammen, um mich nicht zu ihnen umzudrehen und ihnen von meiner Statistik erzähle, die besagt, dass nur jeder zweite Typ es genießt, von einem Mädchen einen Schlag auf die Nase zu bekommen.

Immerhin macht der andere Typ ein Geräusch der Abneigung, das jedoch in ein Lachen übergeht. »Alter, ist das krank! Langsam mache ich mir Sorgen um dich!«, flüstert er viel zu laut und lacht weiter.

»Ihr seid *beide* völlig krank!«, sagt ein Mädchen hinter mir voller Wut, und neugierig wende ich mich um. Meine Verbündete hat ein rot angelaufenes Gesicht und fixiert die Typen fassungslos.

»Mach dich mal locker, Tilda. Das ist bloß ein Witz«, sagt der Kerl hinter mir.

Der andere kichert und drückt sich die Faust vor den Mund. »Locker ist gut, dann flutscht es auch besser«, nuschelt er, doch ich verstehe ihn –

genau wie Tilda. Sie sieht entsetzt aus und will etwas sagen, als Herr Barn den Raum betritt.

»Geben Sie mir Ihre Handys und holen Sie die Stifte raus. Der Test dauert neunzig Minuten. Wer beim Schummeln erwischt wird, ist raus.«

Ich wirble auf meinem Stuhl herum. Ein Geschichtstest? Ich habe keine Ahnung von Geschichte! Das alles muss ein Traum sein, ich wette, ein Nachtmahr hat mich angefallen und flüstert mir diese schrecklichen Dinge ins schlafende Unterbewusstsein.

Doch als ich die erste Aufgabe auf dem Zettel sehe, wird mir klar, dass das kein Albtraum sein kann – mein Gehirn würde mir niemals solche Fragen stellen.

Mit einem Gefühl des Versagens trage ich meinen Kram zurück zu Femkes Spind und würde am liebsten schreien. Ein grauenvoller Test in meiner ersten Schulstunde als Femke, das grenzt an Mobbing!

Als Nächstes steht Englische Literatur auf dem Plan, damit kann ich eher etwas anfangen. Dafür darf ich wieder raten, welches Femkes Platz ist – das wird eine verdammt anstrengende Woche.

Doch als ich mich auf den Weg zum Unterrichtsraum mache, sehe ich einen Typen auf mich zukommen. Ich erkenne ihn, es ist mein guter Kumpel Sebastian, der Femke schon am Wochenende mit seiner Liebe überhäuft hat. Flüchten ist zwecklos, also stelle ich mich dem Dämon, vielleicht wird es interessant.

Sebastian bleibt vor mir stehen und sieht mich von oben bis unten an. Abneigung liegt in seinem Gesicht. Sicher fragt er sich, wer dieses Mädchen ist und was es mit Femke gemacht hat.

»Wir müssen reden«, sagt Sebastian, und ich bin überrascht, wie ruhig er ist. Irgendwie habe ich erwartet, dass er auf die Schulschränke einschlägt und mich so heftig anbrüllt, dass mir sein Speichel um die Ohren fliegt.

Vielleicht ist er doch ganz nett.

»Schieß los«, sage ich schulterzuckend und sehe erwartungsvoll zu ihm auf. Er mustert mich, sein Gesicht völlig neutral, doch seine Augen glitzern gefährlich. Überraschend packt er mich am Arm und zerrt mich über den Flur zu einer Tür, die er wie selbstverständlich öffnet und mit mir darin verschwindet.

So viel zum Thema *nett*.

»Lass mich!«, fordere ich energisch, um meinen Standpunkt klarzumachen. Ich reiße meinen Arm los und er lässt es zu, immerhin hat er mich da, wo er mich haben will. Mit seinen gut definierten Schultern versperrt er mir den Ausgang. Er scheint gut in Form zu sein, dafür, dass er mit seinem Polohemd und dem seitengescheitelten blonden Haar aussieht wie ein Superstreber. Ich ahne, dass der erste Eindruck täuscht.

Erneut starrt er mich in der dunklen Abstellkammer an und ich befürchte, er will mit mir knutschen, aber ich bin für diese verquere Putzlappenromantik mit einem Fremden einfach nicht zu haben.

»Wo bist du am Wochenende gewesen?«, fragt er, wieder ruhig, und langsam wird er mir unheimlich. Also richtig unheimlich.

»Anscheinend nicht da, wo ich hätte sein sollen«, antworte ich vorsichtig, was gleichzeitig eine Feststellung für mich selbst ist.

Ein Muskel unter seinem rechten Auge zuckt, aber er lacht zynisch auf. »Willst du mich verarschen?«

Ich versuche, einen entschuldigenden Blick aufzulegen. Mag sein, dass er ein Arsch und es nicht meine Art ist, ihm nach dem Mund zu reden, doch befinde ich mich mit ihm allein in einer Abstellkammer, der Ausgang ist versperrt – da muss ich ihn echt nicht auf dumme Gedanken bringen.

»Nein, ich verarsche dich nicht. Waren wir verabredet? Ich hatte Donnerstag einen Unfall, bei dem ich auf den Kopf gefallen bin, und seitdem habe ich Probleme, mich an alles zu erinnern.« Ich kann nicht einschätzen, wie glaubwürdig meine Ausrede ist, bekomme aber eine indirekte Antwort, als ich seinen Blick bemerke.

Er ist sauer.

Verdammt sauer.

Mein Herz rutscht mir in die Hose.

»Willst du mich verarschen?«, fragt er abermals, nur diesmal betont er jedes einzelne Wort, und ich bekomme eine Gänsehaut. Ob Femke seinetwegen Hilfe bei mir gesucht hat? Vielleicht hatte sie Angst vor ihm, das kann ich mir durchaus vorstellen.

»Nein! Hier, fühl mal. Ich habe immer noch eine Beule«, bluffe ich und strecke ihm meinen Kopf entgegen.

Sebastian stößt ihn zurück. »Lass den Scheiß! Ich weiß, dass du lügst!«

Mir schnürt sich der Hals zu. Ich kann nicht sagen, was mich an seinen Worten beunruhigt, oder ob es sein gefährlicher Tonfall ist, der mich einschüchtert.

Er streckt seine Hand nach mir aus und ich zucke zurück. Doch sein Arm ist lang genug, und so berührt er meine Wange mit seinen rauen Fingern, eine sanfte Geste, die ich nicht erwartet habe.

»Wirst du nächstes Wochenende kommen?«, fragt er beinahe versöhnlich.

Meine Gedanken rasen. Ich bin unsicher, weiß nicht, wie ich darauf reagieren soll, was klug wäre. Wenn ich bloß wüsste, was er vorhat.

Henry!

Es fällt mir wieder ein. »Tut mir leid, ich kann nicht. Mein Bruder kommt zu Besuch und bringt einen Freund der Familie mit.« Ich wähle die Worte mit Vorsicht, um Sebastian keinen Grund zur *Eifersucht* zu geben.

Erfolglos.

Seine Hand zuckt zurück. Jede Zärtlichkeit, jedes noch so gute Gefühl in ihm implodiert und fällt in sich zusammen.

Er scheint nicht einmal mehr wütend zu sein. Beinahe gleichgültig zuckt er die Schultern. »Von mir aus. Wie du willst, Fem. Du kennst unsere Abmachung. Alles, was ab jetzt passiert, hast du dir selbst zuzuschreiben.«

Abmachung? Klingt irgendwie spannend, nur seine Drohung bereitet mir Sorgen. So sehr, dass ich es in Erwägung ziehe, Henry sausen zu lassen und mich Sebastian zu fügen. Oder womöglich beides miteinander zu kombinieren. Dafür müsste ich jedoch wissen, wann und wie lange Sebastian meine Anwesenheit wobei auch immer erwartet.

Das ist mir alles zu kompliziert, also treffe ich eine Entscheidung. »Es geht nicht anders, fürchte ich. Meine Eltern haben mich das ganze Wochenende verplant.« Eine Übertreibung, eine notwendige, um Sebastian den Wind aus den Segeln zu nehmen. Gegen Anordnungen der Eltern kann selbst er nichts sagen.

Sebastian greift nach dem Türknauf neben sich. »Einen angenehmen Tod, Miststück.« Dann öffnet er die Tür und macht sich aus dem Staub.

Wie es scheint, ist er mit meiner Entscheidung nicht einverstanden. Ich will ihm etwas Beschwichtigendes hinterherrufen, doch in diesem Moment klingelt es zur Stunde.

Erleichtert husche auch ich aus der Kammer und blicke Sebastian irritiert hinterher, wie er in einem der Unterrichtszimmer verschwindet.

Allmählich entspanne ich mich, aber mir schwirrt der Kopf, als hätte ich zu wenig geatmet. Oder zu viel.

Diese Begegnung war unheimlich und ich werde nicht schlau daraus, was zwischen Sebastian und Femke läuft. Wie ein Paar wirken sie jedenfalls nicht – zumindest nicht gemessen an meinem Verständnis für eine Liebesbeziehung.

Und dann seine Worte.

Alles, was ab jetzt passiert, hast du dir selbst zuzuschreiben.

Einen angenehmen Tod, Miststück.

Mein ganzer Körper ist mit einer Gänsehaut überzogen, während ich meinen Unterrichtsraum suche. Mir ist unwohl, denn erneut muss ich herausfinden, wie ich Englische Literatur überstehe, ohne mich auf einen falschen Stuhl zu setzen.

Kapitel 15

Den Rest des Tages werde ich in Ruhe gelassen. Es ist mir unbegreiflich, wie Femke zu der Person werden konnte, die sie zuletzt gewesen ist. Sie war nicht immer so schwach, so nachgiebig und hilfsbedürftig, doch das Bild, das ich heute von ihr bekommen habe, ist das eines unterdrückten Mädchens ohne echte Freunde. Vielleicht irre ich mich auch, noch verstehe ich ihr Leben zu wenig.

Jedenfalls wird es Zeit, dass Femke ein neues Image verpasst bekommt – eines, mit dem ich leben kann.

Bis Femke jemand ist, der ich auch sein möchte, verkrieche ich mich unter der dunklen Kapuze von Femkes viel zu engem Pullover.

Nach dem Unterricht lege ich in der Bibliothek mein Buch zum Schein offen vor meine Nase. Ich kann mich nicht dazu aufraffen, in Femkes Zuhause zurückzukehren, deshalb schlage ich die Zeit mit einer Lektüre tot, die mich nicht interessiert. Außerdem ist es spannend, den Leuten zuzuhören, wenn sie glauben, sie seien unter sich.

So erfahre ich, dass Bianka und Jonas eine Beziehungspause einlegen, Maurice nicht zum Geschichtstest erschienen ist und Elias am Wochenende sturmfreie Bude hat und eine Party schmeißt. Schön für ihn.

Jetzt muss ich nur noch herausfinden, wer diese Leute sind. Amy, Robin und ich waren so in unserer eigenen Welt, jenseits von Klatsch, Intrigen und Gruppenzwang, dass nichts davon bis zu uns durchgedrungen ist.

Sie fehlen mir, ich vermisse es, mit ihnen abzuhängen und einen Scheiß darauf zu geben, was andere denken. Was sie wohl machen? Ich muss später unbedingt mein eigenes Handy einschalten. Um nicht als verschwunden zu gelten, sollte ich hin und wieder meine Nachrichten checken, sofern welche da sind.

Als ich das Interesse an den fremden Gesprächen verliere, krame ich meine Sachen zusammen und sehe zu, dass ich wegkomme. Doch ich stürme nicht zum Hauptausgang, wie ich es ursprünglich vorhatte, sondern schlage die Richtung des Hinterausgangs ein. Es zieht mich zu ihnen, zu meinen Freunden, auch wenn ich jetzt nicht mehr ihre Freundin bin. Ich möchte nur kurz einen Blick auf sie werfen, aus rein sentimentalen Gründen.

Wir treffen uns immer nach Schulschluss am Waldrand hinter dem Gebäude. Dort haben wir meistens unsere Ruhe und können wir selbst sein, ohne fürchten zu müssen, jeden Augenblick für etwas angemacht zu werden, was wir nicht sind. Nicht sozial genug, nicht cool genug, nicht normal genug. Den meisten fällt es schwer zu verstehen, dass wir nicht so sind wie sie, nicht weil wir es nicht können, sondern weil wir es nicht wollen – außer Robin vielleicht, sie will und kann nicht, aber das ist etwas anderes. Wir machen unsere eigenen Regeln mit unseren eigenen Werten.

Auch das fehlt mir.

Am Hinterausgang, ebendort hinter der Cafeteria, wo die Abfälle zwischengelagert werden, trete ich aus der Tür und kann die beiden bereits sehen. Noch sind sie in ein hitziges Gespräch vertieft, doch ich weiß, sobald ich mich ihnen nähere, werden sie mich bemerken und sich mir, Femkes Hülle und Anouks Bewusstsein, versperren. Ich wünschte, ich könnte es ihnen sagen. Ich wünschte, sie – nein, irgendwer würde mir glauben, wenn ich ihnen die Wahrheit erzählte. Aber ich mache mir da nichts vor.

Manchmal glaube ich mir ja selbst nicht.

Ich bleibe eine Weile stehen, der Gestank von Lebensmittelresten hinter mir, und blicke zu meinen Freunden hinüber. Sie wirken angespannt, ganz anders als sonst, wenn wir zusammen das Ende der Stumpfsinnigkeit zelebrieren.

Doch dann sieht Amy zu mir, so plötzlich, dass ich nicht mehr rechtzeitig reagieren und hinter einen der Müllcontainer springen kann. Stattdessen stehe ich da und wünsche mir, dass sie mich trotz der falschen Hülle erkennt.

Wie erwartet sieht sie nur Femke, sagt etwas zu Robin und dreht mir demonstrativ den Rücken zu.

Die Message könnte kaum klarer sein. Femke ist nicht willkommen. Vermutlich hat Robin ihr von unserem Treffen am gestrigen Morgen erzählt und beide halten mich nun nicht mehr nur für die hinterfotzige ehemals beste Freundin von Anouk, eine Verräterin und Lügnerin, sondern auch für ziemlich sonderbar.

Ich kann es ihnen nicht verübeln.

Als ich mich zum Gehen abwenden will, bemerke ich ihre Aufmerksamkeit. Robin sieht mich unverwandt an, ihr Ausdruck hat etwas Fragendes an sich. Etwas Abschätzendes. Als wolle sie mir sagen, dass sie mein Verhalten verdächtig findet und mich im Auge behält.

Das darf sie gern!

Unsere Blicke treffen kurz aufeinander, aber ich sehe bald weg, weil Robin nicht den Anschein erweckt, sie würde mir jemals die Chance geben, eine von ihnen zu werden.

Und auf einmal ist da diese Frage, die mich verunsichert. Welche Rolle hatte ich, Anouk, in dieser Verbindung? War ich der innere Kern, der die Gruppe, unser undynamisches Trio, zusammengehalten hat? Falls ja, zerbricht nun die Freundschaft von Amy und Robin, und werden sie dann zu ebenso gesellschaftsunkritischen Zombies wie alle anderen? Oder hinterlasse ich keine Lücke, werde nicht vermisst, schnell vergessen und womöglich durch jemand anderes ersetzt?

Mein Herz fühlt sich schwer an, während ich ungeschickt und schwer bepackt mit meinen Schulunterlagen flüchte. Ich spüre Robins Blick in meinem Rücken wie kleine Dartspitzen, die rücksichtslos meine Wirbel durchstoßen. Erst als ich abbiege und um die Hauswand des Schulgebäudes verschwinde, kann ich mich einigermaßen entspannen.

Die große Flut der Schulflüchtigen ist längst abgeebbt, nur noch vereinzelte Kids befinden sich auf dem Gelände, quatschen in kleinen Gruppen miteinander, warten darauf, abgeholt zu werden oder hocken auf dem Rasen und sortieren ihre Taschen um, damit alles reinpasst. Und irgendwie bin ich wie dieses letzte verdammte Buch. Egal, wie sehr ich es versuche, ich passe nicht hinein.

Nachdenklich bleibe ich stehen und spüre eine alte Melancholie, die ich längst besiegt glaubte. Es gab Zeiten, da befand ich mich an einem sehr finsteren Ort, ohne Freunde, ohne den Antrieb, etwas dagegen zu unternehmen. Ich kann nicht sagen, was mich damals aus diesem Tief geholt hat, aber manchmal ist diese unerklärliche Traurigkeit wieder da und lässt mich mein gesamtes Dasein infrage stellen. Aber ich schätze, jeder vernünftige Mensch würde angesichts der Situation in eine emotionale Krise geraten.

Mir fällt das Mädchen aus dem Geschichtsunterricht ins Auge. Es läuft über den Rasen, um in einen silbernen Wagen zu steigen. Mir hat gefallen, wie sie die Idioten im Unterricht nach ihrem geschmacklosen Witz die Meinung gesagt hat – und es hat mich nachdenklich gestimmt. Eigentlich wollte ich sie nach Geschichte ansprechen, keine Ahnung warum, doch dann kam dieser blöde Test dazwischen. Vielleicht werde ich es morgen nachholen.

Oder irgendwann.

Für heute habe ich jedenfalls genug Trübsal geblasen. Es wird Zeit, diesen Mist in die Hand zu nehmen und Farbe zu bekennen.

Als ich mich endlich auf den Weg mache, steuere ich nicht Femkes Zuhause an, sondern die nächste Drogerie.

Ich habe geschlagene zwanzig Minuten gebraucht, um mich in der Drogerie für eine Haarfarbe zu entscheiden, und dann an der Kasse festgestellt, dass ich nicht einen Cent in der Tasche habe. Gefrustet ziehe ich ohne Pastelltürkis ab, dafür mit zwei schier unüberwindbaren Aufgaben: Einen weiteren Tag als hundertprozentige Femke verbringen und ihre Eltern um ein wenig Taschengeld anbetteln.

Letzteres nehme ich am Abend in Angriff, auch wenn sich mir dabei sämtliche Innereien zusammenziehen.

Wir sitzen am Esstisch, links Femkes Mutter, auf der rechten Seite ihr Vater. Ich an der langen Seite und blicke auf den leeren Stuhl mir gegenüber, dessen Sitzfläche vermutlich sonst von Konstantin gewärmt wird. Es gibt Chickenwings, die wir sehr gesittet, aber völlig überfordert mit Messer und Gabel essen.

Wir schweigen, nur das übertrieben dominante Geräusch von Besteck, das von dem Federvieh abrutscht und vom Teller aufgefangen wird, erfüllt das Esszimmer. Leise Musik versucht uns aus der Küche zu erreichen, wird aber auf dem Weg teilweise verschluckt. Es läuft vermutlich Pop, mehr höre ich nicht heraus. Immerhin, die Spannung wäre ohne Hintergrundgeräusche nicht auszuhalten.

Ich frage mich, wann sich alles so verändert hat. Früher, als ich hier gewohnt habe, schien mir alles viel lockerer. Beim Essen wurde geredet, gelacht, es fühlte sich nach Leben an und nicht nach Leichenschmaus. Konstantin hat einen bedeutenden Unterschied gemacht, doch ich kann mir nicht vorstellen, dass mit ihm all das Ungezwungene das Haus verlassen hat.

Das angespannte Schweigen zu durchbrechen ist nicht einfach und ich zähle innerlich bis drei, ehe ich mich überwinde. »Ich brauche etwas Geld«, sage ich und blicke nach links zu Femkes Mutter.

Diese will sich gerade ein Mikrostück Fleisch in den Mund schieben, hält jedoch inne und sieht mich überrascht an. »Was fragst du mich? Das entscheidet dein Vater, wie du weißt«, erwidert sie nüchtern, zieht eine zynische Augenbraue hoch und deutet mit der Gabel quer über den Tisch zu ihrem Mann.

Irritiert runzle ich die Stirn, beschließe aber, nichts zu hinterfragen und das zu tun, was den geringsten Widerstand darstellt. Also wende ich mich an den Herrn des Hauses. »Okay … Paps …«, beginne ich zögerlich, weil ich es albern finde, die Frage noch einmal zu stellen, er hat sie ja bereits gehört.

»Ja?«, sagt er, legt sein Besteck zur Seite, seine Unterarme neben den Teller und sieht mich ernst an.

Na schön, geringster Widerstand, ermahne ich mich. »Ich brauche … ein bisschen Geld.«

Sein Gesicht bleibt ungerührt. »Was ist mit dem, das du bekommen hast?«, fragt er ruhig.

Die Tücken der Ahnungslosigkeit haben mich wieder an der Gurgel gepackt. »Das ist … weg«, druckse ich herum, weil mir so schnell keine passende Erklärung einfällt. Mir ist inzwischen der Appetit vergangen und auch ich lege Messer und Gabel auf den Teller.

»Weg?«

»Ausgegeben.«

»Wofür?« Seine Stimme klingt nun schärfer, und irgendwie kann ich es verstehen. Ich gehe mir selbst mit meinem Gefasel auf die Nerven. Doch welche andere Wahl habe ich?

»Das Übliche. Klamotten. Make-up. Schuhe?«, reime ich mir zusammen. Irgendwas Passendes wird schon dabei sein.

Femkes Vater runzelt die Stirn. Ich werfe schnell einen Blick zu Femkes Mutter, aber die scheint von meiner Antwort weniger verblüfft.

»Ist das so? Und was möchtest du mit dem Geld machen, wenn ich dir etwas gebe?« Ich sehe zu Femkes Vater, der inzwischen wieder zu essen begonnen hat und mich nicht mehr beachtet. Widerstand gegen den geringsten Widerstand überfällt mich.

»Entschuldige bitte, wenn ich das so sage, aber …« Ich presse die Lippen aufeinander, will mich bremsen, aber die Anouk, die ich bin, kann sich dem einfach nicht fügen. »Ist das ein Verhör? Ich möchte etwas kaufen. Keine Drogen, keine Zigaretten oder Alkohol. Und auch keinen Callboy. Ich bin jung. Ich möchte … was Neues ausprobieren.«

Nun schaut er auf und wirkt streng und traurig zugleich. Diesen Anblick habe ich nicht erwartet. »Ich habe Schwarz neu für mich entdeckt«, füge ich beschwichtigend hinzu und deute auf mein übergroßes Sweatshirt, das ich wieder angezogen habe, um mich ein kleines bisschen mehr wie ich selbst zu fühlen.

Doch Femkes Vater schweigt, sieht mich nachdenklich an und ich werde unter seiner Musterung auf meinem Stuhl immer kleiner.

»Nun gib ihr ein bisschen Geld«, wirft Femkes Mutter in den Raum, und ich will ihr für die Unterstützung danken, doch ein Ruck, der durch Femkes Vater geht, kommt mir zuvor.

Als wäre nichts gewesen, nimmt er einen seiner Chickenwings zwischen die Finger und beginnt, die Reste von den Knochen zu knabbern. »Wir reden später darüber. Ich möchte beim Abendessen nicht über Geld sprechen«, sagt er und sein Mund glänzt speckig vom Hühnerfett. So ein Pech, dass mir der Appetit inzwischen endgültig vergangen ist.

Ich liege im Bett, schlafbereit und doch hellwach. Mal wieder habe ich Femkes Handy in der Hand, mal wieder lese ich den Chatverlauf zwischen ihr und Henry. Noch immer fühlt es sich an wie ein Schlag ins Gesicht. Und in den Magen. Hätte ich Eier, würden die vermutlich auch schmerzen.

Ich verstehe einfach nicht, wieso sie das getan hat. Das Foto von ihr, beinahe ein Nacktbild, ihre Aufforderung, er solle sich darauf einen wichsen.

Ich frage mich, wo sie es getan haben. Hier, in diesem Bett? Oder waren sie bei ihm, haben sie sich in dem Bewusstsein verabredet, sich die Kleider vom Leib zu reißen und ihrer offensichtlichen Anziehung nachzugeben? Und hat es ihn nicht gestört, dass sie so jung war? Immerhin erst dreizehn und er bereits sechzehn. Oder siebzehn? Ich bin mir nicht sicher. Ob er wohl gewusst hat, dass sie Jungfrau war?

War sie überhaupt noch Jungfrau? Was weiß ich schon? Ich dachte damals, ich kenne sie.

Das glaube ich nun nicht mehr.

Und obwohl ich es mir verboten habe, weil es den Dorn des Betrugs noch tiefer ins Fleisch stößt, kommt mir wieder eine andere Frage in den Sinn.

Warum nicht ich? Weil ich ihm kein Foto von meinem Nippel geschickt habe? Oder ist es, wie Femke es mir damals an den Kopf geworfen hat? Weil er mich nicht wollte, weil ich nicht hübsch genug bin, weil ich nicht sie bin?

Bin ich vor der Sache mit Henry neidisch auf sie gewesen? Ich erinnere mich nicht. Ich weiß nur, dass, sollte ich mir jemals gewünscht haben, sie zu sein, ich von dieser Krankheit geheilt bin. Aber wie es scheint, ist das

Leben, in denen unmögliche Verwandlungen möglich sind, trotzdem kein Wunschkonzert.

Ein leises Klopfen reißt mich aus meiner Gedankenkette und schnell verstecke ich das Handy unter meinem Kissen.

Obwohl ich nicht geantwortet habe, öffnet sich die Tür einen Spalt und Femkes Vater schiebt seinen Kopf hindurch. »Darf ich reinkommen?«

Ein abendlicher Besuch von *Paps*. Das hat mir gerade noch gefehlt.

»Klar«, antworte ich trotzdem, denn ich ahne, es geht um das Geld, und ich bin nicht bereit, die Hoffnung darauf aufzugeben.

Mit einem zaghaften Lächeln tritt er in das Zimmer und schließt die Tür hinter sich. »Tut mir leid, dass ich es dir so schwer gemacht habe beim Abendessen. Aber du musst das verstehen. Ich mache mir Sorgen um dich.« Während er spricht, kommt er auf mich zu und lässt sich schließlich auf Hüfthöhe nieder. Mir ist nicht wohl bei der Sache, deshalb setze ich mich auf und lehne mich gegen das Kopfteil. Die Bettdecke ziehe ich mir bis unters Kinn und tue so, als wäre mir kalt.

»Ich weiß, dass du dich sorgst. Nur … das musst du nicht«, erwidere ich und überlege mir meine nächsten Worte sehr genau. »Da gibt es so einen schicken Pullover, den ich gern hätte, weißt du? Außerdem … ich möchte mal eine andere Haarfarbe ausprobieren.«

Er sieht mich ehrlich bestürzt an und greift nach einer meiner langen Strähnen. »Eine andere Haarfarbe? Wirklich? Du liebst doch dein goldenes Blond so sehr.«

Tu ich das? Tat Femke das? Wird wohl stimmen, wenn er das sagt. »Ja, früher mal. Jetzt entwickle ich mich weiter.«

Er lässt mein Haar los und lächelt mich wehmütig an. In diesem Moment ist er mir das erste Mal, seit ich hier bin, sympathisch. »Ich möchte dir gern meine Sorge erklären.« Er nimmt meine Hand in seine, und dahin ist das positive Gefühl. Warum muss er immer so touchy sein? Ist das normal? Mich jedenfalls verstört es ungemein.

»Das letzte Mal, als du nach zusätzlichem Geld gefragt hast, bist du einfach verschwunden«, fährt er nachdenklich fort. »Wir haben dich noch am selben Abend vom Busbahnhof einsammeln müssen. Du wolltest abhauen, einfach weg, ohne ein Wort, ohne eine Erklärung. Das und die vielen anderen Male, die du nicht nach Hause gekommen bist, haben unser Vertrauen in dich stark erschüttert.«

Ich muss mich zusammenreißen, um meine wahre Reaktion auf seine Worte zu verbergen. Denn ich bin, milde gesagt, geschockt. Ich wusste bereits, dass Femke häufiger nicht nach Hause kommt. Aber dass sie tatsächlich vorhatte, mit einem bisschen Geld die Stadt zu verlassen, finde ich geradezu verstörend. Warum wollte sie weg? Ganz allein, ohne ein Wort? Wie verzweifelt muss sie gewesen sein, um so einen drastischen Schritt zu wagen? Wollte sie tatsächlich davonlaufen, oder irgendwohin? War es das? Hatte sie ein Ziel, einen Typ vielleicht, den sie aus dem Internet kannte?

Am liebsten würde ich ihren Vater all diese Dinge fragen, herausfinden, was er weiß – doch das geht nicht. Also nicke ich bloß verständnisvoll und senke den Blick. Dennoch spüre ich, dass sich mein ganzer Körper verkrampft hat und auch die Muskeln in meinem Gesicht arbeiten.

»Das verstehe ich«, würge ich hervor, und es ist nicht einmal gelogen. Dabei verstehe ich momentan gar nichts, ein Paradoxon, dem ich nicht weiter auf den Grund gehen kann. Stattdessen suche ich nach Worten und entscheide mich für noch mehr Wahrheit. »Diesmal will ich mir nur eine Haarfarbe und einen Pulli kaufen, ehrlich. Vielleicht eine Hose, falls von dem Geld etwas übrig bleibt. Eine lange Hose, verstehst du?« Ich suche Augenkontakt, obwohl es mir schwerfällt und ich den Impuls habe, meine Hände aus seinen zu ziehen. »Ohne Löcher«, füge ich hinzu, als ich seinen skeptischen Blick bemerke.

Er schmunzelt halbherzig, dann wird seine Gesichtsausdruck wieder traurig. »Was ist nur los mit dir? Du hast dich verändert.«

Ich schlucke. Mein Puls stolpert und überschlägt sich. »Keine Ahnung. Ich bin halt etwas … durch den Wind«, sage ich hastig und viel zu übertrieben.

»Seit drei Jahren? Wo ist mein glückliches Mädchen hin?«

Erst jetzt begreife ich, dass er nicht *mich* meint, dass er nicht spürt, dass sich im Körper seiner Tochter jemand anderes befindet.

Er meint tatsächlich Femke.

Was sie angeht, bin ich noch ahnungsloser als er.

Sein Blick wird bitterer und seine Lippen zittern ein wenig, doch er reißt sich tapfer zusammen.

Nicht auszudenken, wenn er jetzt in Tränen ausbrechen würde!

Vorsichtig entziehe ich ihm meine Hand und lege sie ihm auf die Wange. Es soll ein Versuch sein, ihn zu trösten, gleichzeitig frage ich mich, was ich tue. Was es auch ist, ich fühle mich damit unwohl.

»Die Pubertät ist schuld«, sage ich leichtfertig und lasse meine Finger sinken. Das ist genug Angefasse.

Femkes Vater seufzt, dann nickt er und steht auf. Erleichtert entspannen sich ein paar meiner Muskeln. »Na gut«, sagt er resignierend und zieht aus seiner Gesäßtasche ein Portemonnaie. »Was kosten die Sachen, die du möchtest?«

Überrumpelt zucke ich die Achseln. Tatsächlich habe ich mir noch keine Gedanken gemacht. »Ich weiß nicht. Fünfzig vielleicht.«

Er hat seine Brieftasche geöffnet und zählt darin ein paar Scheine ab. »Mit oder ohne Hose?«

»Ohne«, entscheide ich spontan, da die Hose eigentlich eher als Mittel zum Zweck gedacht war. Aber inzwischen gefällt mir der Gedanke, mir eine eigene Garderobe zuzulegen.

Er zieht die Scheine aus der schwarzen Lederbörse und hält sie mir entgegen. »Hier sind siebzig. Hose ohne Löcher finde ich gut.« Er lächelt, und ich lehne mich im Bett nach vorne, um das Geld entgegenzunehmen. Doch dann zieht er es zurück und ich greife ins Leere. Überrascht sehe ich zu ihm auf. Über sein Gesicht hat sich eine starre Maske gelegt, die ihn streng und irgendwie bedrohlich wirken lässt.

»Beim nächsten Mal rufen wir die Polizei, hast du verstanden, Femke? Solltest du wieder abhauen, nehmen wir keine Rücksicht auf deine Wünsche und rufen die Polizei. Darüber solltest du dir im Klaren sein, wenn du das nächste Mal so eine Entscheidung triffst.«

Finde ich das nur seltsam, oder was ist das gerade? Hat Femke ihre Eltern gebeten, keine Polizei zu rufen, und die haben sich daran gehalten? Oder verstehe ich das falsch? Ich nicke seine Bedingung ab und halte schließlich die Scheine in der Hand.

»Danke, Paps.«

Eine Weile sieht er zu mir herab, traurig, nachdenklich, wehmütig, streng. Das alles lese ich in seinem Gesicht, doch das hat nichts zu bedeuten. Was weiß ich schon? Womöglich irre ich mich.

»Und jetzt gib mir einen Kuss!«, sagt er und hockt sich vor das Bett. Ich erstarre kurz, dann tue ich es. Kurz und schmerzlos. Mir egal, was Femke sonst mit ihm treibt – von mir bekommt er nur einen flüchtigen Kuss auf die Wange.

Er lächelt, steht auf und zwinkert mir zu. Dann schlendert er mit den Händen in den Hosentaschen aus dem Zimmer.

Erleichtert atme ich auf, als die Tür wieder geschlossen ist, und betrachte das Geld in meiner Hand.

Operation *Verwandelte Anouk ihrem optischen Selbst angleichen* kann beginnen!

Kapitel 16

Am nächsten Tag in der Schule bewege ich mich so gut es geht inkognito, drücke mich durch die Schatten der gesichtslosen Schülermassen und meide Blickkontakt. Die Kapuze im Unterricht wieder tief ins Gesicht gezogen, komme ich mir vor wie eine verdammte Gesetzeslose und schwanke zwischen Gereiztheit und Erheiterung über diesen albernen Zustand des Versteckspielens. So oder so kann ich es kaum erwarten, den Schultag hinter mich zu bringen und mein Auftreten in Femkes Körper meinen Bedürfnissen anzupassen. Besonders eine neue Haarfarbe erscheint mir notwendig, um möglichst wenig von der Femke, die alle kennen, übrig zu lassen.

Doch bis es so weit ist, liegen noch viele unerträgliche Stunden Unterricht vor mir, in denen ich vortäusche, nicht zu existieren.

Zum Glück deuten die meisten meiner Mitschüler meine Körpersprache richtig und lassen mich in Ruhe. Nur einige Lehrer sind der Meinung, mich in den Unterricht einbeziehen und mit meiner Unwissenheit bloßstellen zu müssen – mir ist es gleich. Selbst Sebastian, der abgesehen von seinem Überfall auf mich am Tag zuvor nur mit seinen zwei Kumpels Lukas und Noel anzutreffen ist, hält Abstand, was ihn jedoch nicht davon abhält, mich aus der Ferne zu beobachten. Er glaubt wohl, ich würde es nicht bemerken – aber ich muss dafür nicht einmal hinsehen. Ich bekomme eine Gänsehaut, sobald ich seinen Blick auf mir spüre wie drohende Finger in meinem Rücken. Etwas geht vor sich, ich weiß es und er weiß, dass ich es weiß. Dies ist lediglich die Ruhe vor dem Sturm, eine Verschnaufpause – ob für ihn oder für mich, da bin ich unsicher. Doch ich bin nicht bereit, mich einschüchtern zu lassen. Er macht mir Angst, aber Angst ist bloß eine Schutzmaßnahme. Ich lasse mich nicht von diesem Typen verunsichern oder herumschubsen, ebenso wenig wie von dem dunklen Nichts, das Femkes Vergangenheit für mich darstellt.

Vielleicht war Femke schwach, ich weiß es nicht, ich bin es jedenfalls nicht. An mir werden sie sich die Zähne ausbeißen, und das wird vermutlich eine nicht besonders erfreuliche Überraschung für sie werden.

Als das finale Klingeln der Schulglocke das Unterrichtsende einläutet, habe ich das erste Mal an diesem Tag das Gefühl, durchatmen zu können. Hastig suche ich meine Sachen zusammen, ignoriere die verzweifelten Versuche der Lehrerin, uns in das unruhige Gemurmel hinein eine Hausaufgabe mit auf den Weg zu geben, und eile zu meinem Spind. Ich werde heute alles hierlassen und mir einen Abend ganz nach meinem Geschmack gönnen. Das habe ich mir verdient und mein Plan steht seit der zweiten Stunde Geschichte fest.

Doch als ich meinen Spind zuschlage und den Ausgang anpeile, schiebt sich wie aus dem Nichts eine Gestalt durch die fliehende Schülermeute und bleibt vor mir stehen. Ich kann gerade noch rechtzeitig abbremsen, um einen Zusammenstoß zu verhindern. Im gleichen Moment erkenne ich das Mädchen, das mir den Weg in die Freiheit versperrt.

Es ist Finja, sie gehört zu den Mädchen aus Femkes Clique. Sie war am Tag zuvor so nett gewesen, mir meine Schranknummer zu verraten, und dafür werde ich ihr immer dankbar sein. Ihre Haut ist von einem sanften Braunton, kleine Sommersprossen tummeln sich auf ihrer Nase und ihre dunklen Augen haben diesen wissenden Glanz. Finja ist der schönste Mensch, dem ich jemals begegnet bin, und ich kann mir nicht vorstellen, dass es jemanden gibt, der nicht ein kleines bisschen in sie verknallt ist.

Einschließlich mir.

Ich starre sie irritiert an, und erst auf den zweiten Blick fällt mir auf, dass in ihrem Gesicht ein hilfloser Schmerz liegt, der sich in ihre Züge gegraben hat und niemals wieder verschwinden wird.

Sie sieht mich herausfordernd an, packt mich am Arm und zieht mich unsanft in Richtung der Mädchentoiletten. Finja ist mindestens einen halben Kopf größer als ich, und selbst wenn ich es gewollt hätte, mich aus ihrem Griff zu befreien – sie wäre vermutlich stärker. Was für ein Glück, dass ich mich nicht losreißen will. Denn ganz ehrlich: Jetzt bin ich neugierig.

Drei Mädchen stehen in dem Waschraum, ihre Gesichter kleben beinahe an den Spiegeln, während sie sich den Lidstrich oder sonst was nachziehen und tratschen, was anscheinend nicht für außenstehende Ohren bestimmt ist, da sie sofort verstummen, als wir zu ihnen stoßen.

Finja lässt mich los, sobald die Tür hinter uns zugefallen ist. Ich sehe sie fragend an, doch sie ignoriert mich, stattdessen betrachtet sie die Mädchen vor den Spiegeln, als würde sie die drei jeden Augenblick bei lebendigem Leibe verspeisen wollen.

»Verschwindet«, fährt Finja die Mädchen an. Sie tauschen herablassende Blicke und ich fürchte bereits, jeden Augenblick in einen lebensgefährlichen Zickenkrieg zu geraten. Statt sich mit Finja anzulegen, die wohl einen Ruf hat, von dem ich nichts weiß, verschwinden die Mädchen wortlos aus dem Waschraum. Finja blickt ihnen starr hinterher, dann überprüft sie jede einzelne Kabine, um sicherzugehen, dass wir allein sind.

Meine Neugier steigt ins Unermessliche.

Endlich wendet sich Finja mir zu.

»Was hast du getan?«, fragt sie und ihr stechender Blick durchlöchert mich. Sie verschränkt die Arme vor der Brust, eine Welle der Wut schwappt zu mir herüber und umspült meine Füße, doch da ist noch etwas anderes in ihrem Ton. Etwas, das mir sagt, obgleich ich natürlich nicht den leisesten Hauch einer Ahnung habe, worum es geht, dass sie darum bemüht ist, die Fassung zu bewahren. Nervös knibbelt sie mit ihrem Zeigefinger am Nagel ihres Daumens, was sie in ihrer Armbeuge vor mir zu verbergen versucht.

»Was meinst du?«, frage ich ratlos und muss mich zwingen, meinen Blick von ihren unruhigen Fingern zu nehmen. Auch in ihren Zügen steht die Anspannung geschrieben. Sie sieht mich wütend und herausfordernd an, irgendwie scheint unter ihrer Haut das Blut aus ihrem Gesicht gewichen zu sein.

»Du hast gesagt, du hättest es unter Kontrolle«, fährt sie mich an, aber ihre Stimme zittert.

»Unter Kontrolle? Hab ich. Alles unter Kontrolle!«, versuche ich, mich herauszureden, obwohl ich weiß, dass es zwecklos ist. Ich brauche dringend eine bessere Strategie, als meine *ich habe mir den Kopf gestoßen*-Ausrede, wenn ich mir nicht einen Haufen Feinde machen will.

Und damit meine ich noch mehr Feinde, als Femke offensichtlich bereits hat.

Finja macht ein abfälliges Geräusch, löst ihre Arme aus der Verschränkung und wendet sich von mir ab. »Scheiße, Femke! Du bist eine beschissene Lügnerin! Ich hab mich auf dich verlassen!« Es kommt mir vor, als würde sie mit meinem Spiegelbild reden, doch ich finde ihren Blick in der verschmierten Reflektion über den Waschbecken nicht. Sie sieht an mir vorbei, ebenso wie an sich selbst.

Ich mache ein entschuldigendes Gesicht, zumindest versuche ich es. »Tut mir leid, aber das hättest du nicht tun sollen. Also mir vertrauen, meine ich.«

Es ist mühselig, in völliger Dunkelheit zu stehen und mir Antworten aus den Fingern zu saugen.

Finja lacht auf, ein trockenes Husten ohne jegliches Amüsement. Nur Verachtung. Immer noch sieht sie an mir vorbei und jetzt bin ich froh darüber, denn ich ahne, was ich in ihrem Blick sehen würde.

»Scheiße, Femke, das waren deine Worte, nicht meine! Du hast mich verdammt noch mal aufgefordert, mich auf dich zu verlassen. Und ich dumme Pute habe dir geglaubt!« Sie spricht mit den kalten Kacheln, nicht mit mir. Ihre Worte prallen an der Waschraumwand ab und erreichen mich schließlich doch, noch bakterienverseuchter als zuvor.

Hilflos suche ich nach einer Erklärung. »Ich schätze, dass es so für dich aussehen muss, aber …«

»Dann irre ich mich? Bilde mir nur ein, dass alles von vorne losgeht? Du hast es immer noch im Griff und ich muss mir keine Sorgen machen?« Jetzt sieht sie mich an. Ihr Spott ist so bitter und ich spüre ihren Zorn, ihre Verzweiflung. Ihren Schmerz. Ich bin bereit, mich auf ihre Seite zu stellen, für sie Partei zu ergreifen, weil ich ihre Wut auf Femke teile.

Mein Mund öffnet sich wie von allein, doch nichts kommt heraus. Ich bin nicht Anouk, die ich in diesem Moment noch mehr sein möchte als sonst. Aber das geht nicht, denn ich bin Femke.

»Los, sag es, Femke!«, fährt Finja mich an und ihr Zynismus ist ihr letzter Anker, ohne ihn würde die Hilflosigkeit sie ertränken. Ihre Augen, sie schwimmen in Tränen. »Ich war immer ehrlich zu dir, wie du weißt, und ich ertrage das alles nicht, hörst du? Ich sterbe lieber, als noch einmal durch die Hölle gejagt zu werden.« Kein Spott mehr, die Tränen laufen über ihre Wangen und sie wischt sie sich aus dem Gesicht, während sie sich von mir abwendet. Finja ertrinkt.

Ich weiß nicht, was ich sagen soll und ihr Anblick tut mir weh. Aber ich kann sie nicht trösten, kann nur versuchen, mich zu erklären, obwohl ich damit alles schlimmer mache.

Vorsichtig trete ich einen Schritt auf sie zu, strecke eine Hand nach ihr aus, um sie zu berühren, doch dazu kommt es nicht. Finja weicht vor mir zurück, als würden meine Finger sie beschmutzen.

»Ich … ja, ich weiß nicht, was du von mir hören willst. Ich meine …«, stammle ich. Wie soll ich etwas ausdrücken, von dem ich keine Ahnung habe? Meine Lippen sind furchtbar trocken, also befeuchte ich sie.

Finja. Ich habe nur einen Versuch. »Es ist … Irgendwas ist mit mir passiert. Verstehst du? Ich habe … Gedächtnislücken und ich schätze, ich brauche … hilf mir, ja?«

Ihre Gesichtszüge verändern sich. Ihre Augen sind noch immer glasig, doch Verachtung scheint den Tränen eine andere Bedeutung zu geben. »Verarsch mich nicht!«, faucht sie.

Ich schaue zu ihr auf und weiß, dass ich es lassen sollte, aber ich kann nicht. Noch nicht. »Das tue ich nicht, Finja, ehrlich.« Erneut suche ich nach den richtigen Worten und spüre, wie ich unter ihrem Blick zu schrumpfen beginne. »Kannst du mir … also meinem Gedächtnis ein wenig … auf die Sprünge helfen?«

Sie sieht mich an, einfach so, mehr nicht. Sie will, dass ich mich für meine Bitte schäme, und irgendwie tue ich das. »Was soll das?«, fragt sie irgendwann, Sekunden oder Stunden später. Ihre Stimme ist weinerlich, nicht wütend, nicht vorwurfsvoll. Nur verloren. Finja ist verloren, und ich weiß nicht warum.

»Es ist, wie ich es gesagt habe. Ich brauche nur … einen kleinen … Erinnerungsanstoß.« Es fällt mir schwer, ihr in die Augen zu sehen, aber das muss ich, damit sie mir glaubt. Ob das überhaupt möglich ist? Mir zu glauben, wo die Wahrheit eine offensichtliche Lüge ist?

Die Antwort lautet: nein.

Finja gibt mir einen Stoß gegen die Schultern und ich stolpere rückwärts. »Du Miststück!«, schreit sie mich an. »Ich kann nicht fassen, dass ich auf dich reingefallen bin! Ich bin so dämlich!« Sie weint und sie ist wütend und schämt sich für irgendwas davon. Wieder wischt sie sich die Tränen aus dem Gesicht, dreht sie sich von mir weg und wandert in dem Waschraum auf und ab. Sie hält sich den Kopf, als würde er ohne ihren Halt von ihrem Körper stürzen. Als müsse sie ihn in Form bringen, weil in ihrem Gehirn Dinge vor sich gehen, die zu groß, zu massig sind für den menschlichen Schädel. »O Gott, und dir habe ich vertraut! Ich hätte es wissen müssen, schon als du mich überredet hast … die verständnisvolle Freundin, das war Theater … Und ich habe echt geglaubt …« Sie lässt ihren Satz unvollendet und weint stumm vor sich hin.

Ein schlimmes Gefühl frisst sich in meinen Magen. »Was? Wozu habe ich dich überredet?«

Sie sieht mich an und ich weiß sofort, dass ihre nächsten Worte schmerzhaft werden. Ich schlucke, erwidere ihren Blick und mache mich auf alles gefasst. »… dass du eine von uns bist.«

Ich bin kurz irritiert, dann begreife ich, dass sie nicht meine Frage beantwortet, sondern ihren unterbrochenen Satz vervollständigt hat.

Ich habe echt geglaubt, dass du eine von uns bist.

Keine Ahnung, wovon sie spricht, aber das ungute Bauchgefühl breitet sich aus. Wird heftiger. Bis ich es nicht mehr ignorieren kann.

»Eine von euch?«, wiederhole ich fassungslos. Femke war Finjas Vertraute, weil sie eine von ihnen war. Und ich, Anouk, im Körper von Femke gefangen, habe ihr mit einer unbedachten Aussage die Vertraute genommen.

»Das bin ich. Wirklich!«, versuche ich, die Bruchstücke zusammenzusetzen, aber Vertrauen … das ist etwas, das sich nicht kitten lässt. Und ich erkenne an Finjas Gesichtsausdruck, dass sie ebenso denkt. Ihr Blick spricht Bände, sie sieht mit verheulten Augen verachtend auf mich herab. Ich will mich erklären, immer noch, schon wieder, aber wie nur?

»Wie kann ich es dir begreiflich machen? Also wenn du geglaubt hast, dass ich eine … von euch bin, dann stimmt das. Du hast dich nicht in mir getäuscht. Es ist nur … ich habe mich verändert und …«

»Nein, Femke. Nein«, unterbricht sie mich harsch und ich höre auf zu reden. Ich wüsste ohnehin nichts, was nicht in der Bedeutungslosigkeit versinken würde. Irgendwie bin ich erleichtert und trotzdem tut es mir leid.

»Du bist keine von uns. Du bist ein … ein Wolf im Schafspelz! Du bist eine von ihnen!« Ihre Stimme hat sich verändert, sie passt nicht zu ihren Tränen, zu ihrem Schmerz und ihrer Hilflosigkeit. Sie ist eckig und hart und tut mir weh, aber das habe ich wohl verdient. Dennoch regt sich in mir der Widerstand, ein natürlicher Reflex, weil ich es nicht besser weiß. Vielleicht stimmt es sogar? Vielleicht hat Femke eine ganz fiese Nummer abgezogen.

Das alles macht mich noch wahnsinnig!

Finja wartet nicht länger auf meine Reaktion. Sie geht an mir vorbei, zur Tür, für sie ist das Treffen beendet, aber nicht ohne mich beim Vorbeigehen mit der Schulter anzurempeln.

»Wo gehst du hin?« Was für eine dämliche Frage. Ich drehe mich zu ihr um, reibe unbewusst meine schmerzende Schulter und sehe, wie Finja die Tür aufdrückt.

»Weg! Weg von dir! Ich ertrage deinen Anblick nicht mehr«, zischt sie, dann verschwindet sie und die Tür fällt ins Schloss.

Eine Weile bleibe ich in der Schultoilette stehen und weiß nichts mit mir anzufangen. Auch ich sage den klebrigen Kacheln Auf Wiedersehen und mache mich durch die stillen Gänge der Schule auf den Weg. Irgendwohin, wo mich niemand kennt.

Die Gedanken an das verstörende Gespräch mit Finja begleiten mich auf dem Weg zur Drogerie. Ich habe nicht die Absicht, mich von meinen Plänen für diesen Abend abbringen zu lassen, doch ich muss mir eingestehen, dass mich ihre Worte und ihr Entsetzen zum Nachdenken gebracht haben. Diese ganze Verwandlungssache ist schlimm genug, aber dass mir immer wieder vor Augen geführt wird, wie schlecht ich meine einst beste Freundin zuletzt kannte, stimmt mich traurig. Oder hat sie sich in den letzten Jahren erst verändert? Bin ich es vielleicht, die nicht mehr dieselbe ist, weil ich sie mit anderen Augen sehe? Was auch immer die Antwort ist, ich kann nicht leugnen, dass mich diese Unwissenheit über Femke und Finjas verzweifelter Vorwurf, ich wäre eine von *ihnen*, schwer verunsichern.

Du bist eine von ihnen!, hat sie Femke vorgeworfen, und obwohl ich nicht weiß, wen sie meint und was *sie* Schlimmes getan haben, bin ich mir sicher, dass ich das nicht sein will.

Eine von *denen.*

Mir bleibt nur zu hoffen, dass Femke das auch so sah.

Als ich nun vor dem Regal mit den Haarfärbemitteln stehe, tritt glücklicherweise das Gespräch mit Finja in den Hintergrund und ich befasse mich mit der Gegenwart.

Mit *meiner* Gegenwart.

Eine neue Haarfarbe. Die Entscheidung für eine Farbe sollte nicht leichtfertig getroffen werden – und es irritiert mich, dass meine Wahl von gestern heute nicht mehr meinem Geschmack entspricht.

Zum Glück bin ich nicht wankelmütig.

Ich stehe vor dem Regal mit der schier unendlichen Auswahl an Haarfarben, und es überfordert mich jedes Mal aufs Neue.

Wäre es mein eigener Körper, wäre es nicht so schwierig – ein pastelliges Silbergrau oder Blauschwarz waren bislang die Couleurs meines Vertrauens. Aber mit Femkes Körper? Ihr Teint verträgt sich wahrscheinlich nicht mit Schwarz, vermutlich würde ich käsig und krank aussehen. Ich bin nicht eitel, nie gewesen, dennoch kann ich darauf verzichten, dass mir ständig jemand eine Papiertüte vors Gesicht hält, weil alle glauben, ich müsste kotzen.

Ich greife beherzt ins Regal und beäuge eine Verpackung kritisch von allen Seiten, während ich den Typen, der ein paar Meter weiter im selben Gang bei den Shampoos steht und mich unübersehbar beobachtet, zu ignorieren versuche. Meine Wahl fällt auf ein dunkles Weinrot, eine Farbe, die zu meiner eigenen Überraschung meinem Geschmack entspricht und Femke nicht wie ein Norovirus-Opfer auszusehen lässt.

Als ich an der Kasse stehe, überkommt mich ein Anflug von echter Vorfreude. Ich werde Femke abstreifen, ich hole mir mit einer kleinen Flasche Farbe einen Teil meines Lebens zurück, ein erster Schritt, und ich kann es kaum erwarten, weitere folgen zu lassen. Vermutlich werde ich mich niemals wieder zurückverwandeln und jedes Mal, wenn ich in den Spiegel sehe, Femke darin erkennen, aber so immerhin eine veränderte Femke, die Anouk immer ähnlicher wird. Ein bisschen Zeit und Abstand, damit Femkes Freunde und Feinde vergessen, wer sie war, und dann trete ich an ihre Stelle, eine neue Anouk, eine verbesserte Femke, und hole mir zurück, was sie mir genommen hat.

Vielleicht werden Amy und Robin sogar wieder meine Freundinnen.

»Die Farbe? Ehrlich?«

Ich zucke zusammen und drehe mich zu der Stimme um. In Gedanken versunken habe ich nicht bemerkt, dass sich der Typ, der mich interessiert begutachtet hat, hinter mich in die Schlange gestellt hat.

Was für ein Zufall!

»Hm?«, mache ich, unwillig, mich auf ein Gespräch mit dem Kerl einzulassen. Er ist so unscheinbar, so gewöhnlich, dass ich sein Gesicht vermutlich vergessen habe, sobald ich meine Augen von ihm abwende. Mein Blick fällt auf seine Hände, in denen er seinen Einkauf hält.

Ein Zehnerpack Kondome.

Da hat jemand Pläne für heute Abend. Schön für ihn.

Er deutet mit seinem spitzen Kinn, das übersät ist mit Pickeln und ersten Bartstoppeln, auf das Haarfärbemittel auf dem Laufband. »Lass deine Haare blond. Das passt besser zu dir.«

Entrüstet verziehe ich mein Gesicht. »Ähm, nein. Blond passt ganz und gar nicht zu mir.« Ich gehe in der Schlange einen Schritt vorwärts, obwohl sich nichts bewegt hat, und starre über die Schulter der Frau vor mir zur Kasse, in der albernen Hoffnung, damit die Wartezeit zu verkürzen. Der Typ ist mir suspekt, den halte ich lieber auf Abstand.

Doch wie es aussieht, ist er kein Experte in Sachen Körpersprache. Sehr bedauerlich. »Na ja«, lässt er nicht locker, »dich wird die neue Farbe nicht entstellen.«

Ich verdrehe die Augen, was er nicht sehen kann, und wende mich ihm wieder zu. »Was?«, tue ich, als hätte ich ihm nicht zugehört. Ich wünschte, es wäre so. Meine Stimme ist ein wenig schroff und sein aufgesetztes Lächeln verschwindet.

»Tut mir leid«, sagt er holprig und sieht zu Boden, scheint sich aber zu besinnen, denn von seiner Verlegenheit ist nach einigen Sekunden nichts mehr übrig. »Was ich eigentlich sagen wollte: Ich finde dich sehr hübsch. Also … schön sogar.« Er hat seinen Blick wieder gehoben und mustert mich neugierig aus graublauen Augen.

Als wäre er gespannt, wie ich darauf reagiere.

Das weiß ich selbst nicht so genau. Weil sein Kompliment nicht mir gilt, sondern Femke.

Aber das ahnt er ja nicht. Er will nur flirten, sein Glück versuchen, und meine Ablehnung fällt in sich zusammen.

Komplimente sind das Kryptonit der Zurückweisung.

»Okay … danke«, sage ich und sehe ihn genauer an. Er ist groß und ich entdecke ein Grübchen in seinem spitzen Kinn, letzte Spuren einer vorangegangenen Akne an Schläfen und Stirn und ordentlich an einem Seitenscheitel zurückgegelte matschbraune Haare. Er weckt keinerlei Assoziationen oder Erinnerungen in mir.

»Kennen wir uns?«, frage ich, um mich nicht in eine peinliche Lage zu bringen.

Der Typ lacht erleichtert auf und schüttelt den Kopf. »Nein, nicht richtig, du bist mir schon häufiger aufgefallen …« Er kratzt an einem seiner Pickel, was ich ziemlich abstoßend finde, scheint meine Gedanken zu lesen oder sich zu erinnern, was sein Dermatologe gesagt hat, und lässt die Hand sinken. Flüchtig sieht er sich um und irritiert ziehe ich die Brauen zusammen.

»Du bist Femke, oder?«, fragt er mit gedämpfter Stimme.

»Femke, wie sie leibt und lebt«, erwidere ich müde. Ein wenig bedauere ich, dass er den Witz nicht versteht. Damit zumindest einer darüber lacht, denn ich kann es nicht.

Seine Lippen verziehen sich zu einem schiefen Grinsen. »Das ist toll!«, strahlt er und meine Irritation wächst.

Unser Gespräch wird jäh unterbrochen, als ich an der Kasse die Nächste bin und meine neue Haarfarbe bezahle.

Anschließend bleibe ich unschlüssig stehen, würde am liebsten das Weite suchen, denn es reizt mich nicht, mein Gespräch mit diesem seltsamen Typen fortzuführen. Wie er da steht und die Kondome bezahlt, bekomme ich ein komisches Bauchgefühl. Es ist zwar nicht *mein* Bauch, doch auf *meinen* konnte ich mich immer verlassen.

Dennoch bleibe ich abseits stehen und warte auf ihn. Keine Ahnung warum. Vielleicht, weil Femke nicht noch mehr Feinde braucht.

Er kommt auf mich zu, tut cool, aber seine Finger sind zittrig. Ich bemerke es, als er die Kondome in seine Gesäßtasche stopft. Trotzdem grinst er mich an, seine Wange zuckt nervös. Wir schweigen dieses verlegene Schweigen, das ganze Völker ausgerottet hat, und wenn er nicht bald etwas sagt, scheiße ich auf Femkes Beliebtheitsgrad und lasse ihn stehen. Immerhin habe ich Pläne.

»Hast du Lust … meine Eltern sind nicht da und … du könntest mit zu mir nach Hause kommen«, bringt er schließlich hervor. Erneut ist seine Stimme gesenkt und er kommt mir seltsam paranoid vor. Als müsse er befürchten, jemand könne uns zuhören. Als würde er etwas Verbotenes tun.

Und mit einem Mal ahne ich, worauf er hinauswill. Mein Bauchgefühl hat sich einmal mehr bestätigt. »Um was genau zu tun?«, hake ich nach und verschränke die Arme vor der Brust.

»Du weißt schon«, antwortet er und zwinkert mir zu.

Ernsthaft? Er zwinkert? Mir zu? Ich kann es nicht greifen, aber es macht mich sauer.

»Du glaubst echt, du kannst mich hier anquatschen und schon komme ich mit zu dir nach Hause, um mich von dir flachlegen zu lassen?«, motze ich ihn an.

Sein Grinsen verschwindet und mit ihm das oberflächliche Selbstbewusstsein. Fast könnte er mir leidtun – fast. »Nein, natürlich nicht, nur …«, stammelt er und bricht ab.

»Nur was?«, bohre ich weiter und funkle ihn wütend an.

Hilflos blickt er sich um, als hoffe er jetzt, jemand würde zu seiner Verteidigung aus dem Gebüsch springen. Erstaunlich, wie schnell sich seine Paranoia in etwas Gegensätzliches verwandelt hat. »Ein paar Jungs haben gesagt … und auf der Toilette …«, versucht er weiter, sich zu erklären.

Abwehrend hebe ich die Hände. »Ich verstehe kein Wort und ich glaube, das ist besser so.«

Ich will gar nicht wissen, was Femke getrieben hat. So eine Schlampe! Es wird wirklich Zeit, dass sie ein neues Image bekommt.

»Dann bist du nicht der *Star*?«, will er wissen und wirkt aufrichtig irritiert.

Abermals bekomme ich ein flaues Gefühl im Magen, eine dunkle Ahnung färbt meine Stimmung schwarz. »Der Star? Welcher Star? Nicht dass ich wüsste …«

Der Typ versucht den Schein zu wahren, doch er sagt nichts mehr, ist nur käsig geworden. Er bleibt stumm, als hätte er seine Stimme verloren – oder die Courage, sie zu benutzen –, und starrt mich verstört an. Vielleicht wartet er, dass ich ihm offenbare, einen Scherz gemacht zu haben – darauf kann er lange warten.

Irgendwann wird es mir zu doof. Ohne ein Wort drehe ich mich um und stapfe frustriert davon.

Verdammter Idiot.

Femke, der Star, wie lächerlich.

Ich spüre seinen Blick in meinem Rücken, dennoch muss ich mich nicht umdrehen, um zu wissen, dass er mir nicht folgt.

Kapitel 17

Das Kaff Lübbewirtz hat sich im letzten Jahrzehnt von einem Dorf zu einer mehr oder weniger prächtigen Kleinstadt gemausert. Das hat jedoch nichts daran geändert, dass für Jugendliche wie mich, Jugendliche mit speziellen Bedürfnissen, keine Möglichkeit zur freien Entfaltung existiert.

Es gibt zwei Kinos, eines davon in der Innenstadt, das andere am Grenzgebiet zum Nirgendwo. Außerdem zwei Clubs, das *Happy Savannah,* ein Salsa-Schuppen für eine in Lübbewirtz überproportional vorhandene Randgruppe und ein Indie-Rock-Club mit guter Mucke und coolen Leuten.

Das *Matchbox Music.*

Das Ziel meiner Realitätsflucht heute Abend.

In einer hautengen schwarzen Jeans, die ich mir an diesem Nachmittag von Paps' Geld organisiert habe. Außerdem trage ich ein silbernes Glitzerdingsoberteil aus Femkes Kleiderschrank, nicht meine erste Wahl und mit einem für meinen Geschmack zu tiefen Ausschnitt, aber für eine Club-Nacht akzeptabel. Auf Zehenspitzen, Femkes flachsten hochhackigen Schuhe in der Hand, schleiche ich die Treppe hinunter in Richtung Haustür. Es ist kurz vor zweiundzwanzig Uhr.

Bereits nach dem Abendessen habe ich durchsickern lassen, wie müde ich sei und mich zum Schlafengehen verabschiedet. Femkes Mutter hat sich in der Zwischenzeit ins elterliche Schlafzimmer zurückgezogen und nur Femkes Vater sitzt im Wohnzimmer und schaut sich irgendeine wichtige Nachrichtensendung an.

Ich lasse die letzte Stufe der Treppe aus, da sie knarzt, und husche eilig, aber möglichst geräuschlos über den weißen Kachelboden des Flurs zur Haustür und bin beeindruckt, wie geschickt sich dieser schmächtige Körper dabei anstellt. Ich lausche erneut, ob Femkes Vater sich regt, doch von ihm ist nichts zu hören.

Femkes Eltern die neue Haarfarbe zu erklären, wird vermutlich schwerer werden, als mich aus dem Haus zu stehlen.

Mir fehlt die Selbstständigkeit, die ich bei meiner Schwester gezwungenermaßen entwickelt habe. Für alles um Erlaubnis zu fragen ist lästig und fühlt sich an wie ein Rückschritt in meiner Entwicklung.

Tatsächlich denke ich über solche Dinge nach.

Ich öffne die Tür weit genug, um mich hindurchzuquetschen, lasse sie so leise wie möglich zurück ins Schloss einrasten und nehme die Beine in die Hand. Erst hinter der nächsten Ecke bleibe ich stehen und schlüpfe mit kalten Füßen in die unbequemen Schuhe.

Aus dem Haus, dessen Dachgiebel ich über dem Gebüsch ausmachen kann, dringt kein Geschrei, niemand stürmt mir hinterher und hält mich fest, damit ich nicht entwische.

Das war echt einfacher als gedacht.

Bloß nicht daran gewöhnen!

Der Weg zur Bushaltestelle liegt dunkel und einsam vor mir. Niemand ist unterwegs und ich spüre eine gewisse Euphorie in mir aufsteigen. Weil mich niemand sieht, weil ich mich in diesem Augenblick nicht in einem falschen Haus aufhalte, nicht die Tochter falscher Eltern sein muss. Hier und jetzt, in diesem unbeobachteten Moment, bin ich Anouk und niemand anderes. Ich wünschte, ich könnte in diesem Gefühl der Sicherheit verweilen, müsste nicht in Femkes Leben zurückkehren. Ich bin nur ganz ich, wenn ich einsam bin, allein, und die Erwartungen, die auf jedem Mensch liegt, nur meine eigenen sind.

Die Bushaltestelle ist wie ausgestorben und mit verschränkten Armen stelle ich mich in das hölzerne Wartehäuschen. Die Luft ist mild und es ist einer dieser Tage, an denen die letzten Geruchsnuancen des Sommers in der Luft liegen. Fast könnte ich diesen Moment der Ruhe genießen, wenn nicht alles so verdammt beschissen wäre. Aber ich arbeite daran, dass sich das heute Abend ändert.

Auf den letzten Schritten zum *Matchbox Music* befällt mich Nervosität. Es wird komisch sein, mich ohne Robin und Amy durch die abgedunkelten, von Indie Musik erfüllten Räume treiben zu lassen, aber ich bin fest entschlossen, mir das Chaos von der Seele zu tanzen und diesen Albtraum auszuschwitzen.

»Ausweis!«, blökt mich der breite Türsteher an.

Scheiße.

Eigentlich habe ich einen gefälschten Ausweis und darüber hinaus kennt mich hier jeder, aber das alles trifft natürlich nicht auf Femke zu.

»Komm schon, ich bin achtzehn, ich habe bloß meinen verdammten Ausweis vergessen«, versuche ich es trotzdem, weil ich nicht schon wieder abziehen will, und schenke dem Türsteher ein Lächeln. Zumindest ist das meine Intention. Flirten ist nicht mein Ding, und wie es aussieht, genügt Femkes hübsches Gesicht dafür nicht.

»Ausweis«, wiederholt er ungerührt und ich kann ihn verstehen. Femke mit ihrer mädchenhaften Gestalt und dem engelsgleichen Gesicht sieht nicht annähernd volljährig aus – was auch daran liegen könnte, dass sie es nicht ist.

Mit einem brennenden Gefühl von Demütigung mache ich mich davon. Ich spüre die Blicke der anderen Clubbesucher, höre sie tuscheln und kichern und könnte mir selbst in den Hintern beißen, weil ich so einen billigen Anfängerfehler gemacht habe.

Ohne gefälschten Ausweis zum Club! Verärgert und beschämt verdrehe ich die Augen über mich selbst. Das hat wirklich fantastisch geklappt!

Alles in mir sträubt sich dagegen, doch mir fällt nichts anderes ein, als den Rückweg anzutreten. Vielleicht habe ich Glück und Femkes Eltern ist nicht aufgefallen, dass ich mich rausgeschlichen habe.

Ich sehe nur noch die Rücklichter des Busses, als ich außer Atem und die Hände in den Seiten die Haltestelle erreiche. Den Fahrplan benötige ich nicht, ich weiß auch so, dass der nächste Bus in einer Stunde fährt. Vorsichtshalber überprüfe ich trotzdem den Aushang mit den Fahrzeiten und finde heraus, dass ich um diese Uhrzeit sogar für zwei Stunden gestrandet bin.

Wie der letzte Vollidiot stehe ich da und glotze auf das mit Graffiti beschmierte Papier hinter der Hartplastikscheibe. Jemand hat mit einem Feuerzeug ein Loch hineingebrannt und mit krakeliger Schrift werde ich darüber informiert, dass *Anna* eine Schlampe ist.

Gut zu wissen.

Und was mache ich nun?

Auf keinen Fall werde ich zwei Stunden hier stehen und auf diesen dämlichen Bus warten. Theatralisch stöhne ich auf, nur für mich, weil sonst niemand da ist, der es hören könnte, und mache mich zu Fuß auf den Rückweg. Ich habe mich gehäutet, Zähne, Haare und Nägel verloren und aus den Augen geblutet, da werde ich ein paar Kilometer Fußweg auch schaffen.

Doch je länger ich laufe, desto mehr wird mir bewusst, dass nicht die Strecke das Problem ist und auch nicht die Schuhe, sondern die Dunkelheit. Die Straßenlaternen spenden gerade genug Licht, um nicht die Orientierung zu verlieren, aber wohl fühle ich mich nicht. Ich bleibe an der Straße, doch nur selten kommen Autos vorbei. Nur Idioten sind an einem Wochentag um diese Uhrzeit unterwegs.

Ich halt.

Allmählich wird mir kalt und meine Stimmung sinkt weiter Richtung Erdmittelpunkt. Das ist zum Kotzen! Will mir das Universum auf diese Weise sagen, dass ich gefälligst aufhören soll, Anouk zu bleiben, und mich nicht länger gegen Femke wehren darf? Ist es das? Weil das kann dieses verdammte Universum vergessen! Ich bin Anouk, und ich werde um mich kämpfen, bis ich tot umfalle.

Als ich die dritte Bushaltestelle passiere, hat mich bleierne Müdigkeit befallen. Meine Gedanken machen mich kirre, und sobald ich Scheinwerfer im Rücken spüre, kurz bevor die Autos an mir vorbeibrettern, reißt mich der Schreck zurück in die Gegenwart.

Verdammt.

Werde ich für immer Femke bleiben? Gibt es nichts, was ich tun kann? Sollte ich einen Priester aufsuchen, einen Exorzisten? Wie um alles in der Welt konnte ich sämtliche Naturkräfte aushebeln und etwas tun, was unmöglich ist?

Sollte ich die Presse informieren? Wenn das alles schon so beschissen ist, vielleicht kann ich wenigstens Geld damit machen?

Und dann trifft es mich wie ein Schlag. Ich bleibe stehen, kann nicht mehr atmen, meine Gedanken drehen sich im Kreis und kommen immer wieder zu dieser einen bitteren Erkenntnis: Ich habe Femke umgebracht! Ich bin eine Mörderin! Ist das meine Strafe?

Ein Hupen hinter mir lässt mich zusammenfahren. Ich drehe mich um, kann vor lauter Scheinwerferlicht nichts sehen und bekomme Herzklopfen.

Herzklopfen der übelsten Sorte.

Schnell blicke ich nach vorne und gehe weiter. Zügig, aber nicht hastig. Ich will nicht ängstlich wirken, es gibt Kreaturen auf diesem Planeten, die Furcht riechen können.

Von ihr angezogen werden …

Unter keinen Umständen will ich mich angreifbar machen oder wie leichte Beute aussehen.

Ich höre das Geräusch des Motors näher kommen und beiße mir angespannt auf die Unterlippe.

Bitte fahr weiter.

Einen angenehmen Tod, Miststück.

Noch bevor ich den Wagen im Augenwinkel sehen kann, tritt der Fahrer auf die Bremse. Das Auto wird langsamer. Warum mache ich mir Sorgen? Sicher ein netter Mensch, der sich vergewissern will, dass alles in Ordnung ist. Wir sind hier nicht in Berlin oder Frankfurt, sondern in Lübbewirtz. Hier passiert nichts. Das letzte Verbrechen, an das ich mich erinnern kann, ist Jahre her, ein junges Mädchen, das von ihrem Onkel umgebracht und im Waldsee entsorgt wurde. Oder war es ihr Freund? Es ist schon so lange her, dass ich die Details nicht mehr weiß.

Stine war ihr Name.

Sie war das letzte Opfer von Lübbewirtz.

Lüge!

Femke war das letzte Opfer. Mein Opfer. Vielleicht sollte sich der Autofahrer eher vor mir fürchten, als ich mich vor ihm.

Doch mein Bauchgefühl schlägt Alarm.

Neben mir taucht der Wagen auf, fährt an meiner Seite im Schritttempo weiter und ich höre, wie sich eine elektrische Fensterscheibe öffnet. Ich starre geradeaus, tue so, als würde ich das Auto nicht bemerken. Meine Knie zittern.

»Hey! Alles in Ordnung?«, ruft eine Stimme, irgendein Typ, vielleicht ein Mann, aus dem Inneren des Wagens.

Ich gehe weiter, beschleunige meine Schritte und flehe innerlich, dass er meine Körpersprache richtig deutet. Wie ein anhänglicher Hund bleibt er neben mir, und sollte er meine Ablehnung bemerken, scheint er entschlossen, sie zu übergehen.

»Hey! Lauf doch nicht weg, ich tue dir nichts«, ruft er abermals durch das Fahrzeuginnere aus dem Fenster. Irgendwie finde ich seine Worte witzig, schließlich würde kaum jemand sagen *Hey Mädchen, bleib mal stehen, damit ich dich ermorden kann!* Glaubt er wirklich, er würde mich damit beruhigen?

Dennoch riskiere ich einen Blick, auch weil ich mir albern vorkomme, wie ein Roboter starr geradeaus zu gucken.

Der Typ fährt einen Kombi, die Farbe kann ich bei diesem Licht nur schwer ausmachen. Blau oder schwarz, keine Ahnung. Auf den Typen selbst kann ich keinen Blick werfen, ich müsste mich dafür vorbeugen und tief in das Fahrzeug sehen, aber das sieht für meinen Geschmack nach zu viel Interesse aus.

»Alles in Ordnung, ich gehe nur zur nächsten Bushaltestelle«, lüge ich und hoffe, dass er meinen Wink verstanden hat. Ich blicke wieder geradeaus auf die dunkle Straße, die ins Nichts zu führen scheint, sobald die Scheinwerfer des Wagens darin verenden.

Der Fahrer denkt offenbar nicht daran, aufs Gas zu drücken. Einige Meter fährt er neben mir her und ich bekomme es mit der Angst zu tun. Mit schwitzenden Fingern umschließe ich das Handy in meiner Jackentasche, obwohl mir bewusst ist, dass es sich dabei nicht um eine hilfreiche Waffe handelt.

Aber immerhin könnte ich ein Foto von ihm machen, während er mich ermordet, kommt es mir in den Sinn.

»Warte mal! Bist du nicht Femke?«

Überrascht sehe ich zum Wagen, beuge mich nun doch ein Stückchen vor, ohne dabei stehen zu bleiben. Im Inneren ist es dunkel, ich erkenne nichts.

»Was hast du mit deinen Haaren gemacht?«

»Gefärbt«, erwidere ich genervt und blicke wieder auf den Asphalt vor mir.

»Femke«, meint er seltsam amüsiert. »Mit einem F«, fügt er hinzu und ich runzle die Stirn. Wenn er glaubt, er könne mich damit beeindrucken, dass er des Buchstabierens mächtig ist, erwartet ihn eine bittere Enttäuschung.

»Kennen wir uns?«, frage ich irritiert und hasse es, dass ich sein Gesicht nicht sehen kann. Ich bin mir inzwischen sicher, dass er noch nicht erwachsen ist. Volljährig offensichtlich, aber kein Mann. Wahrscheinlich kennt er Femke aus der Schule.

»Bist du ein Star, Femke?«

Mir stellen sich die Nackenhaare auf, eine dunkle Ahnung, tief verborgen in meinem Unterbewusstsein. *Bist du ein Star?*

Eine seltsame Frage. »Keine Macht den Drogen«, erwidere ich kühl, doch in mir wütet die Angst.

Ich kann mir nicht erklären, ob er versucht witzig zu sein oder nicht all seine Sinne beisammen hat, aber sein Verhalten verunsichert mich. Sind das die Anmachsprüche, die bei Mädchen wie Femke funktionieren? Mein Bauch jedenfalls läuft Amok, ein ganz fieses Gefühl, und es drängt sich mir der Eindruck auf, dass ich gut daran tue, nicht stehen zu bleiben.

Noch immer fährt er neben mir her und jeder meiner Muskeln ist angespannt. Ich weiß nicht, was ich tun soll, warum er mich nicht in Ruhe lässt.

»Tut mir leid, war ein blöder Spruch«, ruft er plötzlich. Ich verdrehe die Augen, will mich selbst damit beruhigen, ihn und die Situation ins

Lächerliche ziehen, doch es gelingt mir nicht. »Ich würde dir wirklich gern helfen, du solltest nicht allein im Dunkeln herumlaufen.«

»Wieso? Weil ich Typen wie dir begegnen könnte?«

»Ich will nur helfen.«

Vielleicht tue ich ihm unrecht, vielleicht will er mir wirklich nur helfen, aber dann stellt er sich verdammt dämlich an. Hat er keinen Funken Empathie in seinem Leib? Er muss sich doch denken können, wie beunruhigend sein Verhalten wirkt.

»Danke«, erwidere ich versöhnlich, bleibe aber nicht stehen. Mein Puls hat sich nur wenig beruhigt, und auch mein Bauch rät mir weiterhin zur Vorsicht. »Meine Bushaltestelle ist da vorn, ist also nicht nötig.« Und es stimmt. In der Ferne kann ich ein Wartehäuschen direkt neben einer Straßenlaterne ausmachen, und notfalls werde ich mich dort hinsetzen und den Bus herbeisehnen, solange nur dieser gruselige Typ verschwindet.

»Du erinnerst dich nicht an mich, oder?«, fragt er und ich kann an seiner Stimme hören, dass er grinst.

»Wie denn? Ich erkenne dich da im Auto nicht.« Diese Form des Rätselratens macht mich echt sauer.

»Dann steig ein«, schlägt er vor, doch seine Stimme hat etwas Drängendes.

Verdammt! Mein Herz beginnt erneut zu rasen. »Ich verzichte«, sage ich so gleichgültig wie ich kann, und vermeide es, in die Dunkelheit des Wageninneren zu blicken. Stattdessen habe ich das Wartehäuschen fest im Auge, mein Rettungsanker auf dieser wilden See.

Warum eigentlich? Was erhoffe ich mir davon?

»Undankbare Kuh«, motzt er mit einem Mal und drückt aufs Gaspedal. Er ist schneller abgehauen, als ich hätte *Tschüss* sagen können – wenn ich denn gewollt hätte. Das Auto verschwindet hinter einer Kurve und ich atme erleichtert auf.

So ein Stress! Vermutlich bin ich gerade um zehn Jahre gealtert. Vielleicht sollte ich umkehren und es noch einmal mit dem Club probieren.

Ich habe keine Ahnung, wie weit es noch ist, und am liebsten würde ich sofort ins Bett fallen. Was für eine beschissene Idee, mitten in der Woche in den Club zu gehen!

Ich will gerade tiefer in meinen Selbsthass eintauchen, als ich abermals Motorgeräusche höre. Reflexartig drehe ich mich um, doch hinter mir ist kein Auto zu sehen. Als ich mich wieder nach vorne wende, treffen gleißende Scheinwerfer auf mein Gesicht und geblendet halte ich einen Arm vor meine Augen. Wie ein erschrockenes Reh bleibe ich stehen. In meinem Magen grummelt es, wie immer, seit ich Femke bin, als hätte sie dort seit einiger Zeit ein Geschwür herangezüchtet. Obwohl ich nicht erkennen kann, was für ein Fahrzeug mir entgegenkommt, weiß ich es.

Der Wagen braust an mir vorbei, dann ist eine Bremsung zu hören.

Er ist zurück.

Um mich zu holen.

Kapitel 12

»Komm schon, steig ein«, höre ich ihn über das Autodach rufen. Er ist ausgestiegen, ich spüre seine drängende Ungeduld und muss den Impuls unterdrücken, vor ihm zu fliehen. Er ist auf der Jagd, auf der Jagd nach mir, und sobald ich zu laufen beginne, wird er mich hetzen, bis er mich hat.

»Nein«, sage ich entschieden, laut genug, damit er mich hört, den Blick auf den Weg vor mir gerichtet und gehe mit immer schnelleren Schritten weiter.

Ich vernehme seine Schuhe auf dem Asphalt hinter mir … neben mir, er folgt mir, er kommt immer näher. »Komm schon! Ich kann dich nicht allein zurücklassen. Es ist meine Bürgerpflicht, dich mitzunehmen.«

Er muss mich für dumm halten, wenn er ernsthaft glaubt, er könne mich mit Worten überzeugen, in denen eine so unterschwellige Aggression liegt, dass ich eine Gänsehaut bekomme. Seine Schritte klingen laut und schwer, ich will mir die Ohren zuhalten, doch ich lasse es, weil das Geräusch die Macht hat, durch meine Finger hindurch bis in meinen Verstand vorzudringen.

Das würde bloß mein Tempo drosseln.

»Lass mich in Ruhe«, rufe ich und blicke zur Seite in sein Gesicht. Ich kenne ihn nicht, kann mich nicht erinnern, ihn jemals gesehen zu haben, aber das gilt nur für mich. Für Femke kann ich es nicht ausschließen, und das erste Mal empfinde ich diese Unwissenheit nicht nur als lästig, sondern als echte Gefahr.

Er ist kräftig, ein Sportler mit breiten Schultern und schmalen Hüften. Ein Schwimmer vielleicht. Sein Gesicht … ich will nicht in sein Gesicht sehen, nicht starren, auch wenn ich mich später vielleicht daran erinnern muss.

Später.

Wann ist das? Wenn er mit mir fertig ist?

Ich wende mich ab, er soll die Angst in meinem Gesicht nicht lesen, es genügt, dass mein Körper sie ausstrahlt. Es ist ohnehin egal, es interessiert ihn nicht.

»Jetzt stell dich nicht so an«, drängt er weiter. Er kommt näher, pirscht sich von der Seite an und ich kann nichts dagegen tun.

»Hörst du schlecht? Lass mich in Ruhe!«, schreie ich. Laut. Meine Stimme kippt und ich spüre die Hysterie in meiner Brust, wie sie mich zu zerreißen droht. Aber es ist niemand hier, der mich hören könnte. Keine Häuser, keine anderen Autos. Nur er und ich. Das bedeutet, ich bin auf mich allein gestellt.

Und genau das weiß er. Er geht schneller und springt auf mich zu wie ein Maskenmann aus seinem Versteck, um sich mir in den Weg zu stellen. Mein Herz pocht dramatisch und ich bremse ab. Gerade noch rechtzeitig komme ich zum Stehen, bevor ich gegen seine Brust stoße.

»Was soll das?« Ich fühle mich atemlos und mir wird bewusst, wie schnell ich gegangen bin. In meinen Seiten schmerzt es und ich muss mich zusammenreißen, nicht in Tränen auszubrechen.

Ich habe Angst.

Und obwohl ich nicht weiß wieso, kommt mir dieses Gefühl vertraut vor.

Angst.

Der Typ sieht mich wütend an, kommt auf mich zu. »Ich nehme dich jetzt mit.«

Ich weiche zurück, versuche ihm zu entkommen, und erhasche einen Blick auf die Bushaltestelle unweit von uns entfernt. Nun ist es mir unbegreiflich, wie ich jemals glauben konnte, sie würde mich retten.

Sie bringt mir gar nichts.

Ich bin ein Idiot.

»Fass mich nicht an!«, warne ich ihn scharf. Es wundert mich nicht, als er mich am Handgelenk packt, denn ich klang erbärmlich. Jämmerlich und schwach. Sein Griff ist zu fest, um mich loszumachen, ohne mir den Arm auszureißen.

»Nun tu schon, was ich dir sage«, befiehlt er und zieht mich zu sich. Bevor ich begreife, was er vorhat, packt er mich an den Beinen und wirft mich über seine Schulter.

Ich fasse es nicht! Er behandelt mich wie einen Sack Mehl, und plötzlich überwiegt die Wut. Nur weil er größer und stärker ist als ich, hat er kein Recht, mich wie eine verdammte Puppe zu behandeln!

»Finger weg!«, brülle ich, als ich seine Hände an meinem Hintern spüre, und verliere die letzten Hemmungen.

Hemmungen, ihm wehzutun.

Ich lasse mich hängen, mache mich auf seinem Rücken lang und schwer und strecke meine Arme nach dem Saum seines schwarzen T-Shirts aus. Während er wankend beginnt, mich zu seinem Wagen zu tragen, greife ich in seine Hose, bekomme das Bündchen seiner Unterhose zu fassen und ziehe so fest wie ich kann. Der Typ schreit auf, als ich seine Eier quetsche. Er lässt mich los und krümmt sich zusammen, während er einen erbärmlichen Laut von sich gibt und seine Hände schützend auf seinen Schritt legt.

Ich stürze zu Boden, lande schmerzhaft auf der Seite, meine Hüfte hat Erstkontakt mit dem Asphalt und ich stöhne auf. Mit meinem Arm fange ich den Sturz ab und verhindere somit die Kollision meines Schädels mit dem Stein.

»Du verdammte Fotze!« Er hat sich schnell erholt und kommt auf mich zu, während ich auf dem Boden liege und den Schmerz wegatme.

»Verpiss dich!« Ich versuche, auf die Füße zu kommen, doch die weichen Knie machen meine Beine unbrauchbar. Der Typ bleibt über mir stehen, blickt auf mich herab, als wäre ich verletztes Wild, das er versehentlich überfahren hat, und beginnt, seine Hose zu öffnen.

»Hörst du schlecht? Du sollst sie in Ruhe lassen!«

Mit rasendem Herzen sehe ich mich um. Jemand ist erschienen, noch ein Typ, ich kann in der Dunkelheit nicht viel von ihm erkennen, aber seine Stimme hat eine beruhigende Wirkung auf mich. Mein Angreifer sieht auf, wirkt genervt, doch schlagartig verändert sich sein Ausdruck. Seine Finger zucken von seiner Hose, als hätte sie ihm einen Schlag versetzt, und er zieht sich zurück.

»Von mir aus, sie gehört dir. Viel Erfolg, du Penner. Die ist sowieso voll frigide!«, sagt er verächtlich, dreht sich um und läuft zu seinem Wagen. Die Genugtuung bei dem Anblick seines ungewöhnlich breitbeinigen Gangs kann ich nicht leugnen.

Hättest eh keinen hochgekriegt, du Wichser.

Ich warte, bis er mit seiner Karre davongebraust ist, bevor ich auf die Füße komme. Der Typ, der mir quasi aus dem Nichts zu Hilfe geeilt ist, beobachtet mich besorgt, was mich rührt. Immerhin kennt er mich nicht.

Vermutlich.

Ich verdrehe die Augen und versuche, meine Fassung zu wahren. »Jetzt guck nicht so. Alles gut, ich bin nicht so zerbrechlich, wie ich aussehe.« Ob das wirklich stimmt, werde ich erst morgen wissen. Im Moment tut mir zwar jeder verdammte Knochen weh, doch die Erleichterung, dass der Wichser verschwunden ist, macht mich taub für Schmerzen.

Mein Retter zuckt mit den Achseln, plötzlich gleichgültig, dreht sich um und schlendert davon.

Das Wartehäuschen! Da kam er her, und ich habe mich schon gewundert, aus welcher Dimension er sich materialisiert hat.

Missgelaunt klopfe ich den Dreck von meinen Klamotten und sehe dabei immer wieder verstohlen zu dem Typen. Er ist nicht besonders groß, eher schmächtig als kräftig, und hat rabenschwarzes Chaoshaar, das selbst aus der Entfernung weich und samtig aussieht. Er erreicht das Häuschen und lässt sich auf die abgenagte Holzbank fallen.

Hilflos sehe ich mich um.

Ganz sicher werde ich nicht weiter zu Fuß den Rückweg beschreiten. Es wundert mich, wie gefasst ich nach dieser bedrohlichen Begegnung bin, aber noch habe ich nicht richtig begriffen, was passiert ist.

Was der Wichser tun wollte.

Drecksack. Ich hoffe, seine Eier werden blau und schwellen auf die doppelte Größe an.

Unentschlossen folge ich dem schwarzhaarigen Typen zu dem Haltestellenhäuschen. Ich werde einfach auf den Bus warten, immerhin bin ich dann nicht mehr allein, und nicht alle Typen, die nachts unterwegs sind, stellen eine Gefahr dar.

Er blickt auf, als er mich bemerkt. Ich lächle verlegen und er nickt. Mir fallen sofort seine Augen auf. Sie sind hellbraun und wirken asiatisch, obwohl er sonst nicht wie ein Asiate aussieht.

Noch auffälliger als seine Augenform ist die Größe seiner Pupillen, und ich weiß, was das bedeutet.

Unschlüssig setze ich mich neben ihn und kurz fröstelt es mich. Es ist besser, wenn ich nicht darüber nachdenke, was passiert ist, auch wenn die Schmerzen an Hüfte und Knie inzwischen alles andere als taub sind.

Verlegen blicke ich zu dem Typen neben mir. Ich sollte mich bei ihm bedanken, doch das ist nicht einfach.

Er hat seinen Kopf gegen die Rückwand des Häuschens gelegt, seine Augen geschlossen, das Gesicht vollkommen entspannt. Aber er schläft nicht, da bin ich mir sicher.

Ich betrachte seine Züge, die kantig und ausgeprägt sind. Seine Kieferknochen ragen unter der blassen Haut hervor und auch seine Wangen fallen mir auf. Sein Haar ist ein wenig strähnig und hängt über seine Ohren und in die Stirn. Er sieht dehydriert aus, seine Lippen sind ein bisschen rissig.

Ich bin unentschlossen, was ich von ihm halte, auf jeden Fall scheint er harmlos zu sein.

Wenn du dich da mal nicht täuschst, liebe Anouk.

Plötzlich öffnet er seine Augen und schmunzelt amüsiert. »Du gehörst jetzt also mir?«

Ich bin verlegen, weil ich ihn so offensichtlich angestarrt habe, halte seinem Blick jedoch stand. Obwohl er sich auf die Worte meines Angreifers bezieht, habe ich keine Angst vor ihm. »Vergiss es. Ich bin frigide, hast du doch gehört.« Ich lehne mich ebenfalls gegen die Holzwand hinter mir und verschränke die Arme vor der Brust. Es ist seltsam, aber ich fühle mich bereits nach diesen wenigen Minuten wohl in seiner Gegenwart.

»Milo«, sagt er und streckt mir seine Hand entgegen.

Kurz bin ich versucht, ihm meinen richtigen Namen zu sagen, denn er scheint Femke nicht zu kennen, tue es aber nicht. Ich bin zwar Anouk, doch in diesem Körper fühlt es sich falsch an, mich so zu nennen. Wir sind, was andere sehen und nicht das, was in unserem Inneren steckt.

»Femke«, erwidere ich schnell, damit er mein anfängliches Zögern nicht fehlinterpretiert, und schüttle seine Hand. Sie ist kälter als meine und er tut mir deswegen leid.

Verrückt.

Milo zieht seine Hand zuerst zurück und blickt auf seine Schuhe, schmunzelt aber weiter. Mir gefällt dieser Anblick, irgendwie geht seine Belustigung auf mich über.

»Du weißt, dass der Bus erst in über einer Stunde kommt, oder?«, fragt er und sieht mich an. Seit ich hier sitze, habe ich nicht ein einziges Mal meinen Blick von ihm genommen.

Er ist schön. Besonders.

»Du sitzt doch auch hier«, erwidere ich schulterzuckend. Vielleicht hat er das gesagt, um mich loszuwerden, aber das glaube ich nicht.

»Ich habe fast die Hälfte meiner Wartezeit hinter mir, du hingegen fängst gerade erst an mit Warten. Ich bin also klar im Vorteil.«

Interessanter Gedankengang, vermutlich von den Stoffen in seinem Gehirn beeinflusst. Er reibt sich die Ohren, sie müssen eiskalt sein wie seine Hände.

Eine Weile schweigen wir. Ich sehe ihn nicht mehr an, das wäre seltsam. Worte brennen in meinem Mund, ich will mich bedanken für das, was er getan hat, weiß nur nicht wie. Denn eigentlich möchte ich nicht darüber sprechen, nicht daran denken. Eben noch habe ich Scherze gemacht, mich selbst *frigide* genannt, wie mein Angreifer es getan hat, aber jetzt finde ich es nicht mehr lustig.

Echt nicht.

»Ist es in Ordnung, wenn ich hier mit dir warte?« Kein Danke. Immerhin dränge ich mich nicht auf. Erbärmlich, aber entgegenkommend.

»Ist eine öffentliche Haltestelle.« Er klingt gleichgültig, doch als ich zur Seite blicke, huscht ein Lächeln über sein Gesicht.

»Stimmt.«

Er sieht mich an und seine uneingeschränkte Aufmerksamkeit trifft mich unerwartet. »Etwas Gesellschaft finde ich gut.« Milo lächelt immer noch und es springt zu mir hinüber, das Lächeln fliegt zwischen uns hin und her, schaukelt sich gegenseitig auf unseren Lippen hoch, bis er lacht und mir seine Zähne zeigt. Selbst die finde ich gut, gerade und nicht zu weiß.

Dann hört er auf, lässt den Blickkontakt abreißen, aber ein seltsames Strahlen bleibt auf seinem Gesicht zurück.

»Ungewöhnliche Uhrzeit, um auf einen Bus zu warten«, stelle ich fest, um nicht dem Schweigen zu verfallen.

Er verschränkt die Arme vor der Brust, vergräbt die Hände darunter und zieht ein wenig die Nase hoch. »Hab den davor verpasst und war zu faul zum Laufen.«

Mein Magen krampft sich schmerzhaft zusammen. »Ich hätte vermutlich auch faul sein sollen«, murmle ich.

Er nickt, lächelt nicht mehr und hat seine Augenbrauen nachdenklich zusammengezogen. »Bekommst du häufiger solche zweifelhaften Angebote?«

Ich bin versucht, darauf mit Nein zu antworten, doch dann fällt mir der Typ in der Drogerie ein. Der mit den Kondomen. Zufall?

»Wenn ich genauer darüber nachdenke … ja, irgendwie schon. Ich bin eine Schlampe.« Natürlich weiß ich von Femkes Ruf, habe viele Dinge selbst über sie verbreitet. Sie hat mit Henry gevögelt und mit diesem David, obwohl er eine Freundin hatte, womit sie nach meiner Definition von Schlampe diese Bezeichnung durchaus verdient. Vielleicht hat sie sich das Verhalten dieser Typen selbst zuzuschreiben, und wenn ich genau darüber nachdenke, kotzt es mich ziemlich an, dass ich nun die sogenannten Früchte dafür ernten muss.

»Hm«, macht Milo. Mehr sagt er nicht, sieht aber nicht so aus, als wäre er mit meinen Worten einverstanden.

»Was?«, frage ich vorsichtig.

Er zuckt mit den Achseln. »Frauenrechtler würden das ziemlich scheiße finden.«

Sein Einwand überrascht mich. »Wieso?«

»Frauen sollten herumvögeln dürfen, ohne Schlampe genannt zu werden. Männer tun das auch und niemand verurteilt sie. Ist dir das schon mal aufgefallen?«

»Klar.« Ich antworte viel zu schnell.

»Und trotzdem nennst du dich eine Schlampe?«

Er hat recht und die Erkenntnis trifft mich schwer. Ich habe mich nie als Feministin betrachtet, einfach getan, was ich wollte, mit so vielen Typen geschlafen, wie ich wollte, auch auf der Discotoilette, wenn es nicht anders ging. Weil es meine Entscheidung ist und nicht die der Gesellschaft. Oder die von irgendwelchen Typen. Anscheinend urteile ich bei Femke schneller, und das nur bei ihr, als gelten für sie andere Regeln, weil sie mich mit ihrem Verhalten verletzt hat. Aber warum nenne ich dann auch meine Freundinnen so, Robin und Amy? Was meine ich überhaupt damit? Kann *Schlampe* auch nett gemeint sein, denn es käme mir grundsätzlich niemals in den Sinn, sie mit Femke auf eine Stufe zu stellen. Ehrlich, darüber habe ich nie nachgedacht.

»Das nennt man wohl Doppelmoral.« Obwohl er mir diese vor Augen geführt hat, finde ich Milo jetzt noch cooler.

»Ich kann dir nicht folgen.« Er sieht mich fragend an.

Eine Windböe findet ihren Weg in unser Häuschen und wirbelt braune Blätter um unsere kalten Füße. Ich nutze die Ablenkung, eine Idee auszuprobieren, die der Wind mitgebracht hat.

Die Böe zieht sich zurück und lässt die Blätter für uns da. Ich starre sie an, als stiege aus ihnen ein neues Bewusstsein auf, ebenjene Erkenntnis, dass jeder, auch Anouk in Femkes Körper, jemanden zum Reden braucht. Und das, was mir in den letzten Tagen passiert ist, frisst mich allmählich auf, wenn ich es nicht bald ausspucke.

»Das ist vielleicht eine dumme Frage, aber kennen wir uns?«, taste ich mich vorsichtig heran.

In seinen hellbraunen Augen mit den riesigen Pupillen, die sich langsam normalisieren, blitzt Neugier auf.

Mir fällt seine kalte Hand bei der Begrüßung ein und ich verdrehe die Augen. »Nein, Quatsch. Du hast dich ja vorgestellt. Dann kennen wir uns nicht?«

Er lacht, aber er lacht mich nicht aus. Das weiß ich, weil er mich ansieht, als wäre ich ein Wunder. Als wäre ich eine längst verloren geglaubte Verbündete. Eine Sehende unter diesen ganzen Äffchen, die sich die Augen zuhalten.

Schön wär's.

»Du bist seltsam«, sagt er.

»Ich weiß.«

»Das macht mich neugierig.«

Seine Offenheit gefällt mir, sie ist erfrischend und anders und eine willkommene Ablenkung von Femkes Leben.

»Ich steig voll ein in dieses bizarre Gespräch«, schiebt er nach und sieht mich an, kann seinen Blick kaum von mir abwenden, als wolle er mich entschlüsseln. *Noch hat er keine Ahnung, was auf ihn zukommt,* kann ich nur denken, lächle und nicke.

Milo kratzt sich nachdenklich an der Schläfe und sein schwarzes Haar federt unter seinen Fingern auf und ab. Aber er überlegt nicht wirklich, er nimmt mich nur auf den Arm. Sein Verhalten ist so unverkrampft, er lockert die Situation auf, macht sie für mich leichter.

»Nope, wir kennen uns nicht. Niemals begegnet«, erklärt er schließlich. »Also nicht direkt. Ich habe dich ein paar Mal gesehen, meine Schwester ist in deinem Jahrgang, glaube ich. Bis vor zwei Jahren waren wir auf der gleichen Schule, aber da sind deine Haare irgendwie anders gewesen. Stimmt's?«

»Wer ist deine Schwester?«, hake ich besorgt nach.

»Mia Abraham, kennst du sie?«

Milo und Mia? Irgendwie gefällt mir das. Ich wippe meinen Kopf hin und her, wäge ab, was ich darauf antworten soll. »Nee, glaub nicht. Aber vielleicht hab ich sie mal gesehen.«

Wir schweigen. Erwartungsvoll sieht er mich an.

»Und nun?« Er grinst. Ich fühle mich lebendig, spüre den Herzschlag dieses Körpers und akzeptiere ihn als meinen eigenen.

»Weißt du was? Scheiß drauf!« Ich will es, ich will es tun. Er kennt mich nicht, kennt Femke nicht und ich muss es loswerden. Wenn nicht jetzt, dann niemals. Meine Angst, die Zweifel – was außer denen habe ich zu verlieren?

Milo zieht seine kräftigen Augenbrauen zusammen, sie haben die gleiche Farbe wie sein Haar. »Worauf genau scheißt du?«, fragt er irritiert, doch sein Gesicht strahlt.

Ich räuspere mich, krame Worte und Stimme zusammen und wende mich ihm mit meinem ganzen Körper zu. »Ich kenne da dieses Mädchen …«, beginne ich.

»Bist du schwanger?«

Entsetzt starre ich ihn an. »Was? Wie kommst du darauf?« Allein die Vorstellung ist grauenvoll und für eine Sekunde frage ich mich, ob das womöglich der Grund für Femkes Verzweiflung gewesen ist … Sofort verwerfe ich diesen Gedanken wieder.

Meine übertriebene Reaktion scheint Milo zu amüsieren. »Wenn ein Mädchen sagt: *Ich kenne da dieses Mädchen …* redet es über sich selbst und hat gerade herausgefunden, dass es schwanger ist.«

»O Gott, nein! Ich hoffe nicht«, entfährt es mir und ich sammle meine Gesichtszüge zusammen, die mir allesamt entglitten sind. Ich muss ihn angesehen haben wie ein Pferd.

Ein panisches Pferd.

»Du müsstest es am besten wissen«, unterbricht Milo meinen Gedanken.

Resigniert schüttle ich den Kopf. »Du hast keine Ahnung …«

Milo lacht und ich verstehe nicht warum. Vielleicht denkt er, ich scherze. Ich wünschte, es wäre so.

»Erzähl weiter, ich lasse dich jetzt auch aussprechen.«

Ich befeuchte meine Lippen und atme tief durch. »Da ist dieses Mädchen, das etwas ziemlich Dummes getan hat. Das ist nicht ungewöhnlich, aber das war so richtig, richtig schlimm.«

Auf seinem Gesicht zeichnet sich noch immer ein Lächeln ab und ich schiebe sein Amüsement auf die bewusstseinsverändernde Substanz in seinem Körper.

»Und jetzt … es ist fast, als würde das Universum sie für ihr Vergehen bestrafen. Etwas ist mit ihr passiert. Sie hat sich verändert.« Es auszusprechen, hat etwas Befreiendes, obwohl sich die Worte nicht richtig anfühlen. »Verwandelt passt besser.« *Verwandelt.* Es klingt verrückt, nach Märchen oder Fantasy, und wieder schwirrt mir der Käfer durch den Kopf, der auf dem Rücken liegt und hilflos mit den Beinen zappelt.

Das bin ich.

»Sie hat sich in jemand anderen verwandelt, in ein anderes Mädchen. Ich meine, nicht innerlich oder so. Sondern körperlich.«

Milo wirkt nun ernster. Seine Stirn hat eine lange Falte bekommen und er streicht sich das Haar zurück. Als wolle er, dass ich sie sehe. »Wie meinst du das? Hat sie abgenommen? Einen anderen Haarschnitt?«

Ein Anflug von Genugtuung huscht durch meine Brust, als ich an die neue Haarfarbe denke, dunkelrote Strähnen, die um Femkes Kopf flattern und meine Sicht behindern. Aber das ist es nicht, wovon ich spreche. »Ich meine … richtig verwandelt.« Ich suche nach einer passenden Erklärung und eigentlich ist sie da, liegt vor meinen Füßen, steckt in meinem Körper, aber es scheint mir unmöglich, sie auszusprechen. Ich befeuchte meine Lippen, Durst und Kälte haben sie ausgetrocknet. Wie die von Milo.

Küssen ist heute Abend nicht drin.

Ich darf nicht zulassen, mich von meinen eigenen Gedanken ablenken zu lassen.

»Sie ist … kleiner geworden … hat ihre Zähne verloren, die Haare sind ihr büschelweise ausgefallen. Sie hat sich gehäutet wie eine verdammte Schlange. Scheiße, sogar ihre Augen haben sich verändert. Sie haben geblutet, verstehst du? Sie ist zu einem anderen Menschen geworden, zu einem Mädchen, das es wirklich gibt … oder gab. Jetzt muss sie dessen Leben führen.«

Ich sehe ihn an, nervös, abwartend. Ich merke erst, dass ich die ganze Zeit Femkes kleine Hände geknetet habe, als sie zu schmerzen beginnen, und höre auf.

»Verstehst du?«, frage ich nachdrücklich, und mir wird klar, dass ich genau diesen Tonfall an Femke gehasst habe. Diese kleinkindliche Stimme, mit der sie den Beschützerinstinkt eines jeden wecken konnte – nur um alle um den Finger zu wickeln.

Nun bin ich es, die mit dieser Stimme spricht. Will ich also Milos Helfersyndrom beschwören, ihn für meine Zwecke manipulieren?

Eigentlich nicht. Wollte Femke es dann auch nie? Habe ich ihr mit meiner nie ausgesprochenen Abneigung gegen dieses Verhalten unrecht getan?

»Ehrlich gesagt bin ich mir nicht sicher«, reißt Milo mich aus meinem Gedankenkarussell und ich fokussiere sein Gesicht, denn mein Blick ist schwammig geworden.

»Was ist mit dem anderen Mädchen passiert? Also das … du weißt schon.« Er kratzt sich an der Stirn, sieht ratlos aus, doch ich warte ab. Ich weiß, was er meint, er meint Femke, nicht mich, aber ich bin neugierig, welches Wort er für mich in ihrem Körper verwenden wird. »Das Mädchen, das ersetzt wurde.«

Ersetzt. Bin ich Femkes Ersatz? Habe ich die Jahre meines Lebens nur in meinem Körper auf der Ersatzbank gesessen und darauf gewartet, dass etwas Schlimmes passiert, damit ich endlich zum Einsatz komme? Etwas Schlimmes, das ich schließlich selbst herbeigeführt habe?

Mir schwirrt der Kopf.

»Sie ist verschwunden. Ihre Eltern haben nicht einmal bemerkt, dass ihre Tochter ausgetauscht wurde«, sage ich ruhig.

»Wie in *Die Körperfresser kommen*?«, fragt er schmunzelnd. Während ich langsam glaube, den Verstand zu verlieren, löst sich seine Anspannung also in Wohlgefallen auf.

»Keine Ahnung. Hab ich nicht gesehen«, sage ich schulterzuckend und wende mich ab. Ich bin enttäuscht, nicht von ihm, vielmehr von meinen falschen Erwartungen. Habe ich, irgendwo verborgen im Rest meines Ichs, echt geglaubt, von ihm so etwas zu hören wie: *Oh, ich kenne jemanden, dem ist das auch passiert! Das lässt sich schnell rückgängig machen* und dass er mir dann einen Zauberspruch oder Potpourri in die Hand drückt, das mein Problem behebt?

Dummes Ich.

Stattdessen nur ein Film. Vielleicht sollte ich ihn mir bei Gelegenheit ansehen.

Er lacht. »Warum erzählst du mir das? Schreibst du ein Buch?«

Ich bin nicht sauer auf ihn. Wirklich nicht. Es ist nicht seine Schuld. Hätte mir ein Wildfremder an einer Bushaltestelle die gleiche Geschichte erzählt, vermutlich wäre meine Reaktion drastischer ausgefallen.

»Ja, ein Buch. Völlig abgefahrene Geschichte. Ich meine, darauf muss man erst einmal kommen«, grinse ich ihn an. Es ist okay. Ich bin mit meinem Problem allein, trotzdem interessieren mich seine Gedanken dazu. Dann eben, weil es ein Buch wird. Ist ja egal.

Er nickt. Vermutlich ist er stolz, dass er mich durchschaut hat. »Na ja, ganz neu ist die Idee nicht …«, beginnt er, doch er will mich nur necken, hoffe ich.

Femkes Hülle gefällt ihm. Wie er sich wohl verhalten würde, wenn ich hier säße?

Anouk.

Ich.

Ich lasse mich nicht auf seinen Flirt ein. Nicht bei diesem Thema. »Was würdest du ihr raten? Ich meine, wenn du in diesem Buch wärst und sie sich dir anvertraut. Was würdest du sagen?«, frage ich weiter.

Sein Grinsen verschwindet und er scheint nachzudenken. »Keine Ahnung. Vermutlich, dass sie einen Therapeuten aufsuchen soll.«

Genau das will ich nicht hören. »Das ist ein Buch. Eine Geschichte. Da ist alles möglich. Und in dieser Geschichte hat sie sich wirklich verwandelt. Wie Gregor Samsa.«

Er scheint den Käfer zu kennen, denn er nickt. »Und sie hat Beweise, dass sie nicht spinnt?«

Spinne ich? Träume ich? Ist das alles ein langer Traum, aus dem ich erwachen muss?

Blödsinn.

»Es bestehen keine Zweifel«, sage ich entschieden.

Dennoch habe ich sie. Wo ist der Fehler in meinem Denken, die Lösung, die alles aufklärt, die ich einfach nicht sehe? Meine letzte Hoffnung ruht auf Milo. Einem Fremden. An einer Bushaltestelle.

Ich bin nicht verrückt.

Er mustert mich eine Weile, und trotz meines inneren Tumults wird mir warm unter seinen Blick. Mir gefällt, wie er mich ansieht, auch wenn es nicht ich bin, die er sieht.

»Ich weiß nicht, was ich ihr raten würde«, sagt er und lächelt entschuldigend. »Vermutlich würde ich sagen, dass sie das Beste daraus machen soll. Wenn keine Chance besteht, die Metamorphose rückgängig zu machen, sollte sie sich damit arrangieren.«

Also genau das, was ich versuche. Was mir nicht gelingt. Aber hey, mir bleibt ein Leben lang Zeit.

Ob ich mich vermissen werde?

»Könntest du es? Dich damit arrangieren?«, will ich wissen. Keine Ahnung, warum. Will ich Bestätigung, dass es schwer ist, oder stelle ich mich an?

Er schlingt die Arme fester um seinen Körper, ihm ist kalt, er spürt nichts von seiner eigenen Wärme, die er mir sendet. »Eigentlich bin ich gerne ich. Aber wenn ich mich in … Jason Momoa verwandle, wäre es okay für mich.«

Ich lache verblüfft. »Ehrlich? Der wärst du gern?«

»Er hat ziemlich coole Muskeln.«

»Es gibt da so eine verrückte Sache, nennt man Training. Ich habe gehört, damit soll selbst der dünnste Hänfling Muskeln bekommen.«

Er verzieht das Gesicht, offenbar hält er nichts von Sport und Bewegung. Geht mir genauso. »Er ist über einen Meter neunzig groß«, fügt er hinzu.

»Schachmatt.«

Mir gefällt die Richtung, in die sich unser Gespräch entwickelt. Dieses losgelöste Spinnen, ich kann ganz ich sein, auch weil er Femke nicht kennt.

Ich möchte ihn behalten. Für immer mit ihm an dieser Bushaltestelle sitzen. Aber vermutlich kommt gleich der Bus. Ist doch immer so.

»Außerdem ist er mit Lisa Bonet verheiratet, die fand ich in der *Cosby Show* echt heiß.«

Theatralisch verdrehe ich die Augen und überspiele die Tatsache, dass bei der Erwähnung von Cosby etwas in mir aufschreit. Ich gebe ihm einen leichten Hieb mit dem Ellenbogen, einfach weil ich keine dunkelhäutige Schönheit bin. »Ist gut, ich hab es verstanden.«

Er lacht auf und ich grinse. Das hier ist viel besser als das blöde *Matchbox Music.* »Danke, dass ich es dir erzählen durfte«, flutscht es nach einigen Momenten des Schweigens in einem Atemzug aus meinem Mund.

Er betrachtet mich eingehend und ich erwidere seinen Blick. Es sieht mich. Mich, nicht Femke. Als hätte er irgendwo tief in sich begriffen, dass ich kein Buch schreibe, dass ich nicht über eine Freundin gesprochen habe. Dass ich diejenige mit diesem Problem bin.

Dass es real ist.

»Geholfen hat es dir aber nicht, oder?«

Ich zucke mit den Schultern, nehme jedoch meinen Blick nicht von ihm. »Keine Ahnung. Mir kann niemand helfen, schätze ich.«

Er sieht mich fragend an, seine Brauen zusammengezogen, mit Neugier in den Augen. Eindeutig. Er will mehr über mich wissen, will mich erforschen und studieren und herausfinden, wer ich bin. Ich bekomme eine Gänsehaut, weil er *mich* sieht. Die Hülle interessiert ihn nicht.

Tu es, denke ich.

Lüfte das Geheimnis.

Das Geräusch eines Fahrzeuges zerreißt die Stille, unser Band, und Milo sieht zur Straße. »Der Bus kommt!«

Hab ich es nicht gesagt?

»Finally.« Ich klinge so unerfreut, wie ich mich fühle. Von mir aus könnten wir sitzen bleiben und auf den nächsten Bus warten.

Wir erheben uns und erst jetzt spüre ich die Steifheit meiner Glieder. Die Kälte der Nacht hat den Körper fest im Griff, Milos Wärme ist nur in mein Inneres gedrungen.

Als der Bus hält, steigen wir ein, zeigen unsere Fahrkarten und suchen uns Plätze im hinteren Teil. Wir haben freie Auswahl, der Bus ist leer.

Ich setze mich ans Fenster in Fahrtrichtung, bin gespannt, welchen Platz er wählt, denn es ist ein Vierer. Neben mir oder vor mich. Ich will ihn ansehen können, aber es ist seine Entscheidung. Er zögert nicht, lässt sich auf den Sitz mir gegenüber fallen und mein Herz freut sich darüber.

Verrücktes Herz.

Eine Weile schweigen wir und nur der Motor des Busses und die Reifen auf dem Asphalt dringen als monotone Geräuschkulisse zu mir durch. Ich versuche, etwas auf der Straße zu erkennen, doch das Licht im Fahrzeug lässt mich nichts sehen außer der Reflexion des Gesichts, das ich trage. Ich werde mich niemals daran gewöhnen.

Niemals. Das fühlt sich nach einer verdammt langen Zeit an.

Ich wende den Blick von mir ab und bemerke, dass Milo mich beobachtet. Ich lächle ihn fragend an, fühle mich seltsam verlegen und spüre die Wärme wieder, die in meinen Körper zurückkehrt. Als er weiter schweigt, nehme ich das Gespräch wieder auf.

»Wie weit musst du fahren?«

Ein Lächeln zieht an seinem rechten Mundwinkel. »Rosenhof.«

Das sind nicht mehr viele Stationen. Uns bleibt kaum Zeit. Nicht so viel, wie ich gern hätte. »Und du?«

»Bis zum bitteren Ende, schätze ich.« Ich spüre eine schwere Sentimentalität bei dieser Erkenntnis.

Abermals mustert er mich. »Du bist wirklich … sonderbar.«

Sonderbar, was für ein ungewöhnliches Wort. Ich weiß, was es bedeutet, was es meint, aber das stellt mich nicht zufrieden. Ich nehme es auseinander, zerpflücke es gedanklich und komme doch auf kein anderes Ergebnis.

»Wem sagst du das!«

Wahrhaftig sonderbar.

»Was hast du um diese Zeit da draußen getrieben?«, fragt er. Wir fahren an einer Haltestelle vorbei, der Bus hält nicht an, niemand will rein und wir wollen nicht raus. Er gehört uns allein und tut, was wir uns wünschen.

»Die Idee war, ein bisschen zu feiern.« Die Erinnerung an den vergangenen Tag ist in weite Ferne gerückt, wie in ein anderes Leben, nicht mehr greifbar, nur noch der Schatten einer falschen Realität. Sie hat nichts mehr mit dem zu tun, was mich jetzt beschäftigt.

Noch fünf Stationen bis Rosenhof.

»*Matchbox Music*?«, tippt er, aber das war nicht wirklich schwer.

»Ja.«

»Woran ist es gescheitert?«

»Hab meinen Ausweis vergessen.«

Er zieht eine Augenbraue hoch und ich kann mir vorstellen, den Rest meines Lebens nichts anderes zu tun, als ihm bei dieser kleinen Bewegung zuzusehen. »Dann bist du achtzehn?«

Ich sehe an seinem Blick, dass er mir nicht glaubt. »Das habe ich nicht gesagt«, schmunzle ich. Femke sieht so jung aus, vielleicht sollte ich es mal mit einer Kinderfahrkarte versuchen.

»Und du? Warum bist du unterwegs? Wohl kaum, um zur Stelle zu sein, wenn irgendwo Unrecht geschieht.« Ich kann es nicht lassen, wieder spreche ich den Überfall an, obwohl ich nicht darüber reden will.

Milo scheint zu sehen, wie ich mit mir hadere. »Aber doch! Ich bin ein von der Stadt bezahlter Superheld. Ich rette *Damsels in Distress* und meine Superheldenkraft ist es, zur rechten Zeit am rechten Ort zu sein.«

Ich nicke schwach. Mir wird flau im Magen, als läge darin ein Stein in einem schleimigen Sumpf aus Blut. »Die Kraft hast du wirklich.«

Mein Angreifer. Er ist vor Milo zurückgewichen, als hätte er Angst. Vorhin war es mir nicht besonders erschienen, da wusste ich noch nicht, welch schmächtiges Kerlchen mir zur Seite gestanden hat. Jetzt weiß ich es und finde es seltsam.

»Geht es dir gut?« Milo hat sich etwas nach vorne gebeugt und sieht mich besorgt an.

Ich lächle, will das Thema damit abtun, doch es fällt mir schwer. »Ja, klar. Ist ja nichts passiert.« Und das meine ich auch. Milos Gesichtsausdruck hat etwas Zweifelndes, aber ich will echt nicht darüber reden.

»Wie ist dein Superheldenname?«, frage ich stattdessen.

Er bleibt in dieser Position, will mir nahe sein, mich im Blick behalten. Seine Pupillen sehen immer noch unnatürlich aus, vielleicht lässt ihn das so besonders fürsorglich erscheinen. Schwer zu sagen, ob er tatsächlich so ist.

»Gute Frage.« Er schmunzelt. Das Thema gefällt ihm. Mir auch. »Ich denke, Milo-Man wird sich aufgrund der Einfachheit schnell etablieren.«

Ich nicke. Die Anzeige im Bus springt auf eine neue Station, wir haben inzwischen drei hinter uns gelassen.

Jetzt sind es noch zwei, die vor uns liegen. Das Licht im Bus flackert. Eine Erinnerung für uns. Für mich, dass unsere Zeit abläuft, und für ihn, dass er gleich das Stoppsignal betätigen muss. Bin ich ein schlechter Mensch, weil ich ihn nicht daran erinnern möchte? Spürt das Fahrzeug meinen Egoismus und erinnert Milo deshalb mit einem Flackern ans Drücken, damit er nicht zu weit fährt?

Die Nacht macht komische Dinge mit mir. Man könnte meinen, *ich* hätte bewusstseinsverändernde Stoffe im Blut.

Metamorphose – der Rausch der etwas anderen Art.

Schweigen.

Motorgeräusche, Räder brettern über Asphalt.

Die letzte Haltestelle vor Rosenhof wird ignoriert, einfach vorbeigefahren. Milo schaut nach draußen, versucht es zumindest, und ich werde nervös. Er weiß es. Als Bestätigung drückt er den Knopf. Haltewunsch. Müde reibt er sich über das Gesicht, er ist froh, dass er es gleich geschafft hat.

Ich bin es nicht.

»Und, willst du mir nicht verraten, warum du nicht längst zu Hause in deinem Bettchen liegst?«, scherze ich hilflos. Vielleicht überschreite ich eine Grenze, vielleicht dringe ich mit meiner Frage in seine Privatsphäre ein, die mich faktisch betrachtet absolut nichts angeht, und wenn ich könnte, würde ich die Worte zurücknehmen. Aber gesagt ist gesagt.

Doch Milo scheint sich nicht belästigt zu fühlen. Er grinst mich an, ein wenig ungläubig. »In meinem Bettchen? Bin ich fünf, oder was?«

Ich lache, nervös, unruhig, und höre Femkes Lachen, mit dem sie die Menschen um sich herum in willenlose weiche Butter verwandelt hat. Es wird wieder still zwischen uns und Milo zuckt mit den Achseln.

»Dahinter verbirgt sich kein großes Geheimnis. Ich war bei einer Freundin. Wir haben ein bisschen gechillt, du weißt schon.«

Du weißt schon. Das stimmt, seine Pupillen verraten es.

»*Deine* Freundin?«, hake ich nach, werfe meine Skrupel über Bord, keine Zeit mehr für Herumgeplänkel, gleich hält der Bus, gleich ist Milo weg.

Er sieht mich überrascht an, lächelt, und je länger er die Antwort hinauszögert, desto breiter wird sein Lächeln. »Nein … meine lesbische beste Freundin.«

Mein Herz klopft. Mein Verstand, der es zum Pochen bringt. »Dann wäre es okay, wenn ich dich nach deiner Nummer frage?«

»Ich fühle mich geehrt.«

Das ist keine Antwort. Ich kenne die Strecke und weiß, dass der Bus gleich halten wird, um Milo auszuwerfen – verschwunden für immer. »Na ja, ich muss doch wissen, wo ich anrufen soll, wenn *Damsel in Distress* die Hilfe von *Milo-Man* benötige.«

»Das ist ein Argument«, sagt er, als hätte es wirklich eines guten Grundes bedurft, um ihn zu überzeugen. Er kramt in seiner Jackentasche und zieht einen Kugelschreiber hervor. Bewundernswert, wie gut vorbereitet er ist. Ohne Vorwarnung nimmt er meine Hand und beginnt, eine Nummer hineinzukritzeln. Wow, was für ein Klischee. »Außerdem finde ich es sehr fortschrittlich, dass du meine Nummer willst und mir nicht direkt deine gibst, damit wir das bekannte, aber inzwischen ausreichend durchgekaute *Drei-Tage-bis-er-anruft-Spiel* spielen müssen«, fährt er fort, während er schreibt.

»Danke«, sage ich und überprüfe, ob ich die Zahlen in meiner Handfläche lesen kann. Aus dem Augenwinkel sehe ich, dass er mir etwas hinhält. Den Kugelschreiber.

»Wir tauschen einfach.«

Ich nicke und nehme den Stift. Meine Finger sind ruhig und selbstsicher, als ich nach seiner Hand greife. »Das klingt fair.« Konzentriert schreibe ich. Es fällt mir schwer, mich an Femkes Handynummer zu erinnern, aber früher kannte ich sie in- und auswendig, und manche Dinge vergisst man nie.

Ich spüre, wie er mich beobachtet, während ich schreibe. »Ja. Gleiches Recht für alle.« Ein letztes Mal koste ich die Wärme aus, die sich von ihm auf mich überträgt, diesmal von seiner Hand, die so schön ist. Wie die eines Pianisten.

Verrückt.

Als ich fertig bin, gebe ich ihm den Stift zurück.

»Wer sich zuerst meldet, hat gewonnen«, sagt er und zwinkert mir zu. Im selben Augenblick wird der Bus langsamer, wir haben seine Station erreicht. Er zieht sich an einer der Stangen hoch und hebt die Hand zum Abschied.

»Werde ich mir merken«, reagiere ich auf seinen letzten Kommentar, doch mein Gehirn ist zu sehr mit der Tatsache beschäftigt, dass es gleich vorbei ist. Die Reifen des Busses quietschen, er bremst, will Milo ausspucken. Aber das darf er nicht. Ich schulde Milo noch etwas.

Er geht zur hinteren Tür des Busses und ich springe auf. »Danke«, rufe ich ihm hinterher und es ist mir egal, wie laut ich bin. »Ohne dich wäre ich am Arsch gewesen.«

Die Tür öffnet sich, doch Milo bleibt stehen und blickt zu mir.

Er lächelt besorgt, deutet dann eine theatralische Verbeugung an. »Stets zu Diensten.«

Ich wünsche mir, es wäre wahr.

»Dann schlaf gut«, sage ich, denn ich spüre die Ungeduld des Fahrers, der sich vermutlich nach seinem Feierabend sehnt und es lästig findet, diesen durch das ungelenke Balzverhalten junger Erwachsener verzögert zu sehen.

»Jaja, in meinem Bettchen. Ich weiß.« Er tritt über den großen Abstand zwischen Bus und Kantstein auf den Fußgängerweg und Enttäuschung macht es mir schwer, mich zu bewegen.

Plötzlich steckt Milo noch einmal seinen Kopf durch die Tür in den Bus. »Femke?«

»Ja?« Ich haste zur Tür, hangle mich von einer Stange zur nächsten, bis ich Milo vor dem Bus stehen sehe.

Sein Ausdruck ist ernst und mir zieht sich der Magen zusammen. »Du solltest zur Polizei gehen.«

Ich nicke. Die Tür schließt sich und der Bus fährt los, als hätte der Fahrer nicht bemerkt, dass er unser Gespräch unterbricht. Aber das hat er. Und es war Absicht.

Ich kann mich nicht rühren, während wir davonfahren. Milo ist längst aus meiner Sicht verschwunden, doch ich starre weiter zu der Stelle, wo er eben war, als stünde er noch immer dort.

Du solltest zur Polizei gehen.

Da war es wieder, der Vorfall, an den ich nicht denken will.

Zur Polizei gehen. Ich probiere den Gedanken aus, ohne mich für die restlichen Stationen hinzusetzen. Vielleicht sollte ich wirklich zur Polizei gehen. Anzeige erstatten. Werde ich aber nicht. Keine Polizei. Ich habe meine einst beste Freundin auf dem Gewissen. Bei den Gedanken an die Polizei bekomme ich Magenschmerzen und Schweißausbrüche. Aufmerksamkeit kann ich nicht gebrauchen. Außerdem ist ja nichts passiert.

Als ich in dieser Nacht in Femkes Bett liege, kommt die Panik. Die Stille, die Dunkelheit und die Einsamkeit haben sie gebracht, mich ausgelacht, weil ich wirklich geglaubt habe, ihr entkommen zu können. Typischer Anfängerfehler.

Der Schock, jetzt ist er da. Ich zittere am ganzen Körper und weine stumm in meine Decke, versuche die Dämonen mit Gedanken an Milo zu vertreiben, die sich seit dem Angriff in meinem Kopf eingenistet haben. Doch Milo ist nicht hier, er verblasst wie die Ziffern in meiner Handfläche, dafür brüllen die Dämonen umso lauter.

Weil sie es können.

Ein Gedanke setzt sich fest. Vertraut und doch kalt, füllt er nicht nur meinen Körper aus, sondern bläht das ganze Zimmer auf, als wäre es eine elastische Zelle:

Ich habe Angst. Bitte lass mich nicht allein!

Wütend wische ich mir die Tränen aus dem Gesicht, aber ich kann nicht aufhören zu zittern.

Dabei ist gar nichts passiert! *Nichts ist passiert*, mein Mantra, ich sage es immer wieder.

Es.

Ist.

Nichts.

Passiert.

Mein Unterbewusstsein scheint anderer Meinung zu sein. Die Schmerzen an Hüfte und Ellenbogen strafen mich Lügen.

Bist du ein Star?

Viele Dinge hat der Kerl zu mir gesagt, aber diese Frage ist hängen geblieben und hält mich wach. Sie ist der Grund für meine Tränen, Schuld an meiner Panik.

Dieses Leben von Femke, ich will es nicht. Milo glaubt, ich müsse mich damit arrangieren, aber das kann ich nicht.

Ich bin Anouk, nicht Femke.

Bist du ein Star?

Kapitel 19

Mit zwiespältigen Gefühlen kreuze ich am nächsten Tag in der Schule auf. Seit der Nacht sitzt mir ein unwohles Kribbeln im Nacken, ich habe kaum geschlafen und sehe mich immer wieder wie eine paranoide Irre um, ob ich meinen Angreifer irgendwo entdecke. Er hat Femke erkannt, also geht er bestimmt auf diese Schule. Sicher im Abi-Jahrgang, immerhin hatte er einen Führerschein.

Die Vorstellung, ihm zufällig über den Weg zu laufen, gefällt mir nicht. Ich habe keine Angst vor ihm, trotzdem will ich ihm nicht begegnen. Nichts soll mich an diesen schrecklichen Moment erinnern.

Wie erwartet, bleiben die Reaktionen auf meine neue Haarfarbe nicht aus. »Was hast du mit deinen Haaren gemacht?« Ich lächle in die Richtung eines Mädchens, fremd und gesichtslos. Immer diese dumme Frage.

»Wieder einen Weg gefunden, im Mittelpunkt zu stehen?«

Da macht jemand Bekanntschaft mit meinem Mittelfinger.

»Coole Farbe!«

Irgendwann wird es mir zu viel und ich reagiere nicht mehr. Haben die kein eigenes Leben?

»Du siehst aus wie ein völlig anderer Mensch«, ruft mir jemand zu. Ich drehe mich um, kann jedoch nicht entdecken, von wem die Worte kamen. Dieser Kommentar ist der beste, den ich an diesem Morgen bekommen habe.

Als ich jedoch Robins und Amys vernichtende Blicke in meine Richtung bemerke, verwandelt sich meine Gereiztheit in Unsicherheit. Die Aussicht, dass die neue, verbesserte Femke zu ihrer Clique gehören könnte, rutscht in weite Ferne.

Plötzlich rempelt mich jemand an und ich wende mich nach vorne.

Sebastian.

Meine Mitschuld an unserem Zusammenstoß kann ich kaum leugnen, aber ich weiß, dass er es darauf angelegt hat. Ich bleibe stehen, warte, dass er etwas sagt, sehe ihm nach, als er einfach weitergeht, gefolgt von seinen zwei

Kumpels. Er begutachtet mich von oben bis unten, und es hat etwas Anzügliches, was mich nach dem Angriff von letzter Nacht eher beunruhigt als wütend macht. Bei meinem Haar angekommen, zieht er eine Augenbraue hoch. Mehr nicht. Ich kapiere nicht, was das bedeutet, und es interessiert mich auch nicht. Sebastian war Femkes Problem. Nicht meins.

Ich laufe weiter, bevor einer von ihnen etwas zu mir sagen kann, und peile Femkes Spind an. Mit Herzklopfen lege ich meine Stirn gegen das kalte Metall der Tür und wünsche mich an einen anderen Ort.

Vorzugsweise ohne Menschen.

»Jetzt hat die Schlampe komplett den Verstand verloren.«

»Wundert mich ehrlich gesagt nicht.«

Ich erkenne die Stimmen nicht, die an mir vorbeiziehen, drehe mich nicht nach ihnen um. Sie haben keine Ahnung, genau wie ich.

Diese ganze verdammte Aufmerksamkeit ist für meine Paranoia nicht besonders förderlich. Ich reagiere schreckhaft auf Stimmen von älteren Jungs und wünsche mir, Milo wäre hier. Bei ihm habe ich mich sicher gefühlt, obwohl er in einer physischen Auseinandersetzung vermutlich den Kürzeren ziehen würde – und trotzdem hat er meinen Angreifer in die Flucht getrieben.

Um mich selbst von meiner Schreckhaftigkeit abzulenken, halte ich Ausschau nach Milos Schwester Mia, obwohl ich keine Ahnung habe, wie sie aussieht. Ich bilde mir ein, sie aufgrund ihrer Ähnlichkeit zu ihrem Bruder zu erkennen, doch in Wahrheit ist es Rätselraten.

Das Klingeln beendet meine letzte Stunde für diesen Tag und ich klaube träge mein Material zusammen, als mir das schwarzhaarige Mädchen, Tilda, wieder auffällt. Eigentlich würde ich es gerne ansprechen, nehme es mir aber für den nächsten Tag vor. Für heute habe ich genug.

Ich lasse mir Zeit, es sind definitiv zu viele Leute auf den Gängen, denen ich nicht begegnen möchte. Das wird auf Dauer nicht funktionieren, dennoch wähle ich heute einmal mehr den Weg des geringsten Widerstandes.

Die Gänge haben sich geleert, als ich aus dem Klassenzimmer trete. Viele haben Schulschluss oder sitzen schon in der nächsten Stunde. Alle, die es noch nicht an ihr Ziel geschafft haben, eilen gestresst an mir vorbei, mit Ausnahme der Person, die neben Femkes Spind steht und ungeduldig wartet.

Ich bin kurz versucht, mir ungläubig die Augen zu reiben. Mit nervösem Herzklopfen und plötzlich zittrigen Knien gehe ich auf sie zu. Es freut mich, sie zu sehen, doch die Angst vor dem, was sie von Femke wollen könnte, ist größer.

Sie hasst mich!

»Was machst du hier?«, frage ich gedämpft in ihre Richtung und sehe mich misstrauisch im Flur um. Mittlerweile sind nur noch sie und ich übrig geblieben.

Robin wartet, bis ich ihr gegenüberstehe, ehe sie auf mich reagiert. Ihr Gesicht ist starr, ihr Ausdruck verschlossen, sie wirkt ernst. Was es auch ist, weshalb sie Femke einen Besuch abstattet – es ist nichts Gutes.

»Ich wollte …« Sie scheint nach Worten zu suchen. Es schmerzt, wie sehr ich sie vermisse, den Klang ihrer tiefen Stimme, das Gefühl von Sicherheit. Stattdessen werde ich von ihr angesehen, als wäre ich nicht gut genug – das habe ich mir selbst zu verdanken.

»Glaub bloß nicht, dass wir deswegen jetzt Freunde sind.«

Ich kratze mich nachdenklich am Kopf. »Weswegen denn?«

Sie verschränkt die Arme vor der Brust und tritt einen Schritt auf mich zu. Nie habe ich sie so angespannt erlebt. »Ich sag es dir nur einmal, danach ist es dein Problem. Ich will mit dem ganzen Scheiß nichts zu tun haben«, wispert sie mit ihrer Jungenstimme, und das Gesagte macht mich nervös.

»Okay …«, erwidere ich gedehnt und bin völlig verwirrt.

Sie kommt einen weiteren Schritt auf mich zu, ihren Kopf gesenkt wie ihre Stimme. »Die Schmiererei ist wieder da. Wie immer im Schwarzen Loch. Scheint so, als wäre der Frieden vorbei.«

Ich spüre, wie sich eine unausgesprochene Frage auf mein Gesicht legt. Was sie sagt, klingt übel. Aber dass Robin über ihren Schatten gesprungen ist, um Femke darüber zu informieren, obwohl sie sie hasst, ist geradezu besorgniserregend.

»Ich habe es weggewischt, eine ganze verdammte Flasche Nagellackentferner habe ich dafür gebraucht, aber das wird dir nichts nützen«, fährt sie fort und ich bemerke, wie verändert sie wirkt. Ihre ganze Erscheinung hat nichts Feminines mehr an sich und ihre sonst fließenden und gewandten Bewegungen sind fahriger geworden.

»Spätestens morgen ist sie wieder da, ich glaube nicht, dass sich etwas ändern wird.«

Ich nicke schwach.

»Ich hab keinen verdammten Plan, was du getan hast, aber du solltest es echt in den Griff bekommen.« Robin sieht mich eindringlich an und erwartet irgendeine Reaktion von mir, doch ich fühle mich leer. Zu viele Informationen, die für mich keinen Sinn ergeben. Wo soll ich bloß anfangen?

Robin hat offenbar kein Verständnis für mein Zögern. Sie verdreht wütend die Augen, schüttelt den Kopf und will an mir vorbeigehen.

»Warte, Robin!« Ich berühre sie ganz kurz am Arm und sie zuckt nicht zurück. Sie bleibt sogar stehen und schenkt mir einen gereizten Blick.

»Schmierereien? Ich meine, wo sind sie?«

»Hab ich doch gesagt! Im Schwarzen Loch, genau wie sonst auch. Aber du kannst es dir sparen, nachzusehen. Sie sind weg. Hast du mir eigentlich gar nicht zugehört?«

»Ich habe dir zugehört. Ich war nur so ... überrumpelt«, erkläre ich mit belegter Stimme und blinzle nervös. Robin wird gleich gehen. Ich muss dringend mehr wissen, aber mein Mund ist zu trocken, meine Zunge klebt am Gaumen und ich starre Robin fragend an. Trotz ihrer Veränderung in den letzten Tagen ist sie schön, auf ihre eigene, ganz spezielle Weise. Der schlanke, hochgewachsene Körper, ohne Kurven und doch mit einer lockenden Ausstrahlung. Ihr dunkles Haar ist schulterlang, ihr Gesicht ungeschminkt und kantig, alles an ihr ist androgyn.

»Das war das letzte Mal«, reißt sie mich aus meiner Faszination. »Ich will von diesem Dreck nichts wissen, ich bin jetzt wieder blind und taub, kapiert? Das ist dein Problem, nicht meins. Ich wünsche dir ein schönes Leben – falls das überhaupt noch möglich ist.«

Sie lässt mich stehen und hastet in Richtung Ausgang. Ich bleibe da, wo ich bin, starr und unfähig, etwas zu unternehmen. »Robin, warte!«, höre ich jemanden rufen, es ist Femkes Stimme.

Robin verharrt kurz, dann wirbelt sie wütend zu mir herum. »Was denn noch, Femke? Wir haben uns für meinen Geschmack in den letzten Tagen viel zu häufig gesehen. Ich finde deinen Anblick unerträglich, kapier das endlich! Außerdem ... wenn Anouk herausbekommt, dass ich mit dir geredet habe, wird sie mir das nie verzeihen.«

Etwas in mir scheint an seinen rechten Platz zu rutschen. Meinen Namen aus Robins Mund zu hören, zu wissen, dass sie mich nicht vergessen hat, gibt mir das Gefühl, nicht gänzlich verschwunden zu sein. Nicht in Femke und nicht in den Köpfen meiner Freunde. Kleine Teile von Anouk existieren weiter, ich habe Spuren bei Menschen hinterlassen, die mir wichtig sind, und das ist ein Geschenk.

»Anouk hat echt Glück, dich als Freundin zu haben.« Ich muss aufpassen, dass ich nicht sentimental werde. »Bestimmt ist sie dir nicht böse, wenn sie erfährt, dass du mir geholfen hast.«

Doch die Erleichterung in Robins Gesicht bleibt aus. Stattdessen starrt sie mich fassungslos an, dann schüttelt sie den Kopf und kommt wieder auf mich zu. »Ich tu das nicht für dich, Femke. Ich tue das für Anouk«, sagt sie aufgebracht. »Sie ist der wichtigste Mensch in meinem Leben. Falls du also vorhast, ihr zu sagen, dass ich dir geholfen habe … Scheiße, ich wusste, dass ich es bereuen würde.«

»Robin, ich sag es ihr nicht, versprochen!«, rufe ich eilig.

»Lass mich in Ruhe!« Sie dreht mir den Rücken zu, steuert auf den Ausgang zu.

Letzte Chance, ohne Plan, ohne Vorbereitung.

»Erzähl mir alles, was du weißt!«, rufe ich ihr verzweifelt hinterher.

Robin bleibt abermals stehen. Dreht sich um. Sieht mich müde an. Ausgelaugt, wie ich mich fühle. Als sähe ich in mein Spiegelbild, das sich schon wieder verändert hat. »Was soll ich dir erzählen, Femke? Du hast doch selbst immer ein Geheimnis aus allem gemacht und mich wie eine dumme Marionette im Dunkeln tanzen lassen. Was willst du von mir?«

Ich gehe auf sie zu, schüttle den Kopf und spüre die Notwendigkeit, dieses Gespräch am Laufen zu halten. Robin und Amy, sie fehlen mir so sehr! Freunde, denen ich mich sonst immer anvertraut habe. »Robin, ich … ich bin dir sehr dankbar, ehrlich. Aber kannst du mir trotzdem alles erzählen, was du weißt? Es ist wichtig!«

Ihre Antwort ist unmissverständlich. Sie streckt ihren Arm in meine Richtung und zeigt mir den Mittelfinger, der kurze Nagel ist schwarz lackiert. Sie weicht zurück, dreht sich um und ich weiß, dass ich auf die Knie fallen und ihren Namen rufen könnte – sie würde es ignorieren.

Am Boden zerstört blicke ich ihr hinterher. Ich will sie nicht verlieren. Es kotzt mich an, die ganze verdammte Scheiße von Femke ausbaden zu müssen! Was hat sie bloß getan, um so viel Abneigung zu erfahren? Jetzt auch Robin verloren zu wissen, fühlt sich an, als stünde ich an einer Klippe und meine letzte Sicherungsleine ist gerissen.

Wenn ich stürze, gibt es niemanden, der mich hält.

Ich bleibe stehen, warte ab, bis der Drang meiner Tränen, der Druck hinter meinen Augen nachlässt, nehme nur aus der Ferne die letzten gesichtslosen Schüler wahr, die aus den Hallen des Wissens trotten, und horche bewusst auf den Schmerz in meiner Brust. Ist er ein anderer, als ich ihn mit meinem eigenen Herzen kenne? Dieses Herz, das Femke gehört, empfindet es wie ich? Oder ist es kälter, härter, gefühlloser? Ich finde keine Antwort, denn es ist mein Schmerz, der Femkes Herz quält. Wie werde ich jemals vergleichen können, wenn Femke diesen Körper komplett verlassen hat?

Schon bald bin ich meine Gedanken leid. Langsam setze ich mich in Bewegung. Doch der Weg nach Hause in mein fremdes Zimmer muss warten. Ich weiß, wovon Robin gesprochen hat. Das Schwarze Loch.

Robin wurde vor einiger Zeit von der Direktorin genötigt, weiterhin die Toilette der Jungen zu benutzen. Ein riesiger Aufschrei ging damals durch die Schülerschaft, niemand wollte sie in *ihrer* geschlechtsspezifischen Toilette wissen. Jungs wollten nicht, dass Robin auf ihre Schwänze starren konnte, Mädchen fürchteten, sie würde alle auf den Arm nehmen, um Mädchen in ihren Toiletten anzugraben. Als Robin noch als Junge zur Schule gekommen ist, hat sich niemand für sie interessiert. Da war sie nur der Goth-Typ, ein bisschen Emo vielleicht, der mit den Freaks bei den Mülltonnen herumhing. Seit sie sich jedoch so kleidet, wie es sich für sie richtig anfühlt, haben alle eine Meinung zu ihr, ohne jemals mit ihr gesprochen zu haben.

Irgendwann hat Robin beschlossen, nur noch die Jungentoilette neben den Notausgängen zu benutzen.

Das Schwarze Loch. Jeder in der Schule kennt die Toilette, alle wissen, warum sie so genannt wird – abgesehen von der Direktorin, die diesbezüglich zwei blinde Augen hat.

Das Schwarze Loch heißt so, weil es der Ort für die kleinen und großen illegalen Vorgänge der Schule ist. Drogen, Prüfungsunterlagen und gelegentlich Körperflüssigkeiten werden ausgetauscht – wegen der Toiletten geht dort niemand hin.

Außer Robin.

Es ist demütigend, sich wie eine Aussätzige dorthin verziehen zu müssen, wenn sie einen menschlichen Drang verspürt, gleichzeitig aber weiß sie ziemlich gut Bescheid über alles, was in dieser Schule vorgeht.

Mich hingegen hat es nie interessiert. Für mich waren weitere Beweise für die Dummheit der Menschen nicht nötig, ich wollte nichts davon wissen.

Jetzt erkenne ich meinen Fehler.

Robin hat gesagt, sie hätte es weggewischt, aber ich muss trotzdem nachsehen. Ich habe das Gefühl, es könnte wichtig sein. Sie schien so aufgewühlt deswegen, und etwas tief in mir sagt, dass sich auch das Gespräch mit Finja darauf bezogen hat – obwohl ich keinen offensichtlichen Zusammenhang erkenne.

Was ich bis vor ein paar Tagen über Femkes Leben wusste, war erbärmlich. Was ich inzwischen über sie in Erfahrung gebracht habe, verursacht das reinste Chaos in meinem Kopf, und während ich die besudelten Wände im Schwarzen Loch absuche, mache ich mir im Geiste eine Liste.

Etwas steht an den Wänden im Schwarzen Loch.

Die Worte sind *wieder da*, sie waren einige Zeit verschwunden.

Es nützt nichts, das Geschmiere wegzuwischen, es taucht wieder auf.

Femke hat behauptet, sie hätte alles im Griff.

Femke soll ihr Leben in den Griff bekommen.

Femke ist an allem schuld.

Als ich die Wände inklusive der in den Kabinen abgesucht habe, tappe ich noch immer im Dunkeln über die mysteriösen Worte, die dort standen und offensichtlich einige in Angst und Schrecken versetzen. Dennoch bin ich um eine Erkenntnis reicher: Die meisten Graffiti an den Wänden, Kacheln und über den Urinalen versuchen zu schockieren, scheitern aber kläglich. Infantile Zeichnungen von Penissen und die pseudoprovokanten Worte *Fuck Off* haben in den letzten Jahren an Wirkung eingebüßt. Andere hingegen sind lustig, doch über sie lachen kann ich nicht.

WAS ICH HASSE:
1. VANDALISMUS
2. IRONIE
3. LISTEN

Mit einem säuerlichen Geschmack im Mund, der mir aus dem Magen aufsteigt, lasse ich die Toilette hinter mir. Ich werde sie im Auge behalten, schließlich ist nach Robins Ausführungen damit zu rechnen, dass das geheimnisvolle Mysterium bald wieder die Wände zieren wird. Doch für heute habe ich genug von dem Gestank nach Pisse, Gras und faulen Eiern. Ich bin reif für eine Dusche.

Kapitel 20

Mir fehlt es an Antrieb, einen weiteren Tag durch die Gänge des Grauens zu wandern. In der vergangenen Nacht habe ich kein Auge zubekommen und entsprechend unausgeschlafen hinkt mein Geist bei allem hinterher, was ich beginne. Aufstehen. Kaffee trinken. Dann Unterricht. Mein Verstand kuschelt sich allerdings immer noch im Bett unter die Decke. Der Angriff vor zwei Tagen hat mir mehr zugesetzt, als ich erwartet habe, und die Blutergüsse an Hüfte und Unterarm erinnern mich daran, wie übel die Sache hätte ausgehen können – wäre Milo nicht gewesen.

Und dann die Sache mit Robin und dem Schwarzen Loch. Was dort geschrieben stand, muss ernst sein, sonst hätte sie sich nicht überwunden, Femke Bescheid zu sagen. Am liebsten wäre es mir, wenn mich alle in Ruhe ließen und sich um ihre eigenen Probleme kümmern würden.

Dennoch beuge ich mich meinem Schicksal, ich will in der Schule nicht noch einmal durch unentschuldigtes Fehlen auffallen. Ich bin froh, wenn die Woche vorbei ist und ich mich auf wichtigere Dinge konzentrieren kann.

Auf Henry zum Beispiel. Allein bei dem Gedanken, ihm an diesem Abend zu begegnen, als Femke zwar, was mich noch nervöser macht, vollführt mein Bauch die sonderbarsten Purzelbäume.

Während ich allein an einem Tisch in der Cafeteria sitze und ungesalzene Pommes herunterwürge, überlege ich, ob ich Milo anrufen soll. Seit Mittwoch sind zwei Tage vergangen und ich habe gehofft, er würde sich bei mir melden.

WhatsApp und den Messenger habe ich auf Femkes Handy deinstalliert, weil dort zu viele Nachrichten von Leuten reinkamen, die ich nicht kenne, was mich schnell überfordert hat. Aber WhatsApp ist ja nicht die einzige Möglichkeit, mit mir in Verbindung zu treten.

Ich entscheide mich dagegen, Milo anzurufen. Es wäre nicht fair, denn offensichtlich ist es Henry, der mir momentan durch den Verstand geistert. Dabei bin ich mir nicht einmal sicher, welche Gefühle das bevorstehende Wiedersehen in mir auslöst.

Missgelaunt schiebe ich den Teller mit den Ekelpommes von mir. Mein Magen ist ohnehin angesäuert, dann esse ich lieber nicht so viel.

Plötzlich setzt sich mir jemand gegenüber an den Tisch und überrascht blicke ich auf. Es ist einer von Sebastians Kumpels, auf dessen Namen ich nicht komme. Lukas ist der rothaarige mit den vielen Sommersprossen. Mein neuer Tischgenosse hingegen ist der große Gutaussehende mit der dunklen Haut und dem Irokesenschnitt.

Ich gebe mich gleichgültig, sehe nur kurz zu ihm und verziehe keine Miene. Vielleicht lässt er mich in Ruhe, wenn ich mich nur abweisend genug zeige.

»Hey, Fem«, sagt er mit gedämpfter Stimme und schiebt seine Hand über den Tisch zu mir, als wolle er mit mir Händchenhalten. Ich starre skeptisch zu seinen Fingern und zurück in sein ernstes Gesicht. Endlich begreift er, dass ich seine Geste nicht erwidere, und legt die Hand in seinen Schoß. Er wirkt nervös, während ich ihn mustere.

»Du solltest morgen wirklich kommen«, rückt er schließlich mit der Sprache raus.

Ungläubig blicke ich ihn an. »Was? Zu Sebastian?«

»Klar.« Er versucht lässig zu sein, doch etwas hindert ihn daran, mich zu überzeugen. Er ist angespannt, es fällt ihm schwer, mir länger als ein paar Sekunden in die Augen zu blicken. Mit diesem Gespräch tut er sich offensichtlich schwer, vermutlich hat Sebastian ihn geschickt.

»Ich denke nicht«, blocke ich weiter ab und schiebe demonstrativ die Pommes ein Stück von mir. Als hätten sie etwas mit seiner Aufforderung zu tun. Was nicht ganz falsch ist, denn ich finde sie ebenso ungenießbar wie Sebastian.

Der Typ sieht sich in der spärlich besuchten Schulcafeteria um, dann lehnt er sich vor. »Femke, Sebastian macht ernst. Er ist echt sauer«, wispert er, so intensiv, dass ich eine Gänsehaut bekomme.

»Sein Problem«, erwidere ich leichtfertig und bin mir unsicher, wen ich zu überzeugen versuche – ihn oder mich.

Vermutlich uns beide. Denn die Wahrheit ist: Ein ungutes Gefühl kriecht unaufhörlich meinen Rücken empor und meine Intuition lässt sämtliche Alarmglocken schrillen.

Sein nachdrückliches Kopfschütteln verstärkt mein Unwohlsein. Ich kann nicht wegsehen, als sich sein dunkler Blick in meine Augen bohrt, aber eine Antwort auf meine unausgesprochenen Fragen finde ich in ihm trotzdem nicht. »Du irrst dich. Es *ist* dein Problem.«

Mein Herz beginnt zu rasen und in meinem Verstand setzt sich etwas in Bewegung, eine Ahnung, wie eine bilderlose Erinnerung, aber das kann es nicht sein, schließlich bin ich nicht Femke. Meine Erinnerungen sind meine und gehören mir allein.

»Drohst du mir?«, frage ich mit belegter Stimme. Natürlich droht er mir nicht, tatsächlich scheint er mir sogar vertraut zu sein, aber ich bin trotz meiner ängstlichen Nervosität neugierig. Neugierig, ob ich mit meiner Frage etwas aus ihm herauslocken kann und wie er darauf reagiert.

Statt es abzustreiten oder zu bestätigen, legt er seine Stirn in Falten und mustert mich irritiert. »Alles in Ordnung? Du bist seltsam.«

Verdammt. Unwohl winde ich mich auf dem harten Cafeteria-Stuhl. »Das ist schwer zu erklären.«

Er nickt, sein Blick ist durch Unverständnis verschleiert. Mit verschränkten Armen lehnt er sich auf seinem Stuhl zurück, wirkt dabei aber nicht abweisend. Bloß besorgt. Eine Weile mustert er mich und ich bin versucht, ihm den Teller mit den Pommes ins Gesicht zu werfen, nur damit er aufhört. Aber irgendwie lodert ein kleines Licht in meiner Brust, und es fühlt sich an wie Dankbarkeit. Wofür nur? Vielleicht für sein Interesse an meinem Wohlergehen? Ich kann es nicht sagen.

»Bitte komm. Ich kümmere mich auch um dich, versprochen!«, versucht er wieder, mich zu überzeugen. Doch ich bin ein bisschen von dem abgelenkt, was er gesagt hat.

»Du …«, beginne ich und beiße mir sofort auf die Zunge. Zu gerne wüsste ich, was er damit meint, er würde sich um mich *kümmern*. Überhaupt kann ich nicht leugnen, dass mich diese seltsamen Wochenenden bei Sebastian neugierig machen. Für Femke waren sie so wichtig, dass sie die Sorge ihrer Eltern über ihre Abwesenheit in Kauf genommen hat. Ob wichtig aus Angst oder weil es ihr etwas bedeutete, weiß ich nicht, aber ich habe eine Tendenz.

»Ehrlich, ich kann nicht. Wir bekommen dieses Wochenende Besuch und da kann ich schlecht weg«, erkläre ich versöhnlich.

»Hast du ihm das gesagt?«, fragt er und wirkt überrumpelt. Nein, nicht überrumpelt. Entsetzt.

»Wem? Sebastian? Ja, habe ich. Es hat ihn nicht interessiert.«

Wieder schweigt er und beobachtet mich eingehend. Mir fällt es nicht schwer, seinen Blick zu erwidern, er hat sogar etwas Vertrautes. »Fem«, sagt er eindringlich. »Willst du wirklich … dass alles von vorne anfängt?«

»Was meinst du?« Er mag denken, ich würde mich dumm stellen, aber das stört mich nicht. Vielleicht bekomme ich so ein paar Informationen über diese ganze Angelegenheit, damit ich mir nicht länger wie eine Außenstehende vorkomme.

Seine Augenbrauen zucken und es ist, als würde er mir damit seinen Namen morsen, denn schlagartig fällt er mir ein.

Noel.

Glaube ich.

»Jetzt tu nicht so, es ist verdammt ernst«, sagt er, seine Stimme noch immer gesenkt, der Tonfall ein wenig ungeduldig. »Ich hab versucht, ihn davon abzuhalten, ihm vorgeschlagen, dir noch eine Chance zu geben, aber er ist echt sauer.«

Plötzlich begreife ich, was er zu sagen versucht, und wie von allein richte ich mich auf. »Warte … Dann ist die Schmiererei im Schwarzen Loch von ihm?« Es spielt keine Rolle, ob Femke diese Tatsache wusste oder nicht. Ich bin nicht Femke, und für mich es eine verdammt neue Erkenntnis. Endlich ergibt einiges einen Sinn. Zumindest Sebastians Drohungen, die er anscheinend mit der Schmiererei wahr gemacht hat.

»Was ist nur los mit dir?« Mein Verhalten scheint Noel ernsthaft zu verstören.

»Tut mir leid …«, ich zögere, aus Angst, mich mit seinem Namen vielleicht doch zu vertun, »… Noel, selbst wenn ich könnte, ich lasse mich von Sebastian nicht erpressen. Damit ist Schluss, ich hätte mich nie darauf einlassen sollen.« Größtenteils rate ich, und womöglich werde ich die Worte bereuen, wenn ich weiß, womit er mich erpresst und warum, aber in dieser Minute ist es ein verdammt gutes Gefühl, mich gegen all das zu wehren, was Femke in ihrem Leben verbockt hat. Als würde ich ihren Dreck wegräumen, um ein geordnetes Leben führen zu können.

Auch wenn mir klar ist, dass das vermutlich nicht so einfach ist.

»Femke … denk noch einmal darüber nach, ja?« Die Art, wie er mit mir spricht, zeigt, dass Femke ihm wichtig ist. Sein flehender Ton hat etwas Fürsorgliches, das mich beinahe rührt. »Es wäre für alle besser, wenn du am Wochenende zu Sebastian kommst, aber … ich mache mir vor allen Dingen Sorgen um dich! Willst du dir das wieder antun?«

Ich bekomme eine Gänsehaut und in meinem Magen beginnt ein Aufstand gegen die Pommes, die schwer in der Magensäure schwimmen.

Femke, was hast du nur getan?

»Das ist wirklich nett gemeint, Noel, und ich …«, ich suche nach den richtigen Worten, nach einer Erklärung, nach einer Antwort, warum ich mir etwas wieder antun will, von dem ich nicht weiß, was es ist und das mir, je länger wir darüber sprechen, immer mehr Angst macht, »… danke dir für alles, was du getan hast. Aber … ich kann nicht. Vielleicht nächstes Wochenende, okay?«

Noels Gesichtsausdruck lässt mich meine Entscheidung sofort bereuen. Er ist entsetzt, besorgt, ungläubig – und das sind nur die Emotionen, die sich in seinem Gesicht widerspiegeln. Ich versuche, mir nichts anmerken zu lassen, doch in Wahrheit klopft mir mein Herz bis in meinen Magen, mein Hals pocht hektisch und meine Hände beginnen zu schwitzen. Ich wische sie an meiner Hose ab.

Femke ist so aufgelöst gewesen, als sie mich um Hilfe bat. So verzweifelt und ängstlich. Sie hat deutlich abgenommen, war blass und ein Schatten ihrer selbst. Wird es mir bald auch so ergehen? Ist ein Wiedersehen mit Henry so essenziell, um diese unsichtbare Gefahr in Kauf zu nehmen?

Trotz meiner gesteigerten Unruhe und all der Warnungen komme ich nicht von meiner Spur ab. Henry und ich, Henry und Femke, es ist, als wären wir noch nicht miteinander fertig, und solange ich nicht weiß, was Sebastian an die Toilettenwand kritzelt, spüre ich nicht die Dringlichkeit der anderen. Das ist vielleicht dumm, andererseits stimmt, was ich zuvor zu Noel gesagt habe. Femke ließ sich vielleicht erpressen. Ich tue das nicht. Ich gebe nicht klein bei, sondern handle in meinem Interesse.

Noel zuckt mit den Achseln und ist sichtlich bemüht, seine Bedenken aus dem Gesicht zu verbannen. »Musst du wissen. Aber Fem …« Er macht eine Pause und blickt sich in der sich weiter leerenden Cafeteria um, bevor er gedämpft fortfährt. »… falls du es dir anders überlegst … ich bin für dich da, okay? Du hast mir sehr geholfen und … du weißt schon.«

Ich starre ihn an, blinzle einmal, zweimal. »Ja …«, sage ich und nicke. Nicht schlecht, ich werde immer besser darin, Wissen vorzutäuschen.

Noel springt auf und ich zucke überrascht zusammen. »Ich muss los.« Er kommt um den Tisch und drückt mir einen flüchtigen Kuss auf die Schläfe. Überrascht muss ich mich zusammenreißen, nicht vor ihm zurückzuweichen. »Pass auf dich auf«, flüstert er neben meinem Ohr, bevor er sich umdreht und davongeht.

»Ich werd's versuchen«, murmle ich zu mir selbst und wünsche, er hätte mir diesen letzten Tipp nicht gegeben. Mit einem rumorenden Magen schiebe ich die Pommes weiter von mir und lege meinen Kopf auf die schmierige Tischplatte. Ist mir egal, wenn ich später mit Essensresten auf der Stirn herumlaufe. Mir ist eigentlich so ziemlich alles egal, abgesehen davon, dass ich mein verdammtes Leben zurück will!

Am Abend liege ich in Femkes Bett und lausche auf die Geräusche im Haus. Noch ist es still, aber Femkes Mutter hat angekündigt, dass Konstantin und Henry spät in der Nacht kommen würden. Sie studieren in Göttingen und nach der ohnehin schon späten Zugfahrt wollten sie sich direkt mit einigen Kumpels aus der Schulzeit treffen.

Es bereitet mir Bauchschmerzen, dass ich rein gar nichts darüber weiß, was die beiden in den letzten Jahren getrieben haben. Was sie studieren, ob sie Freundinnen haben oder ob es sonst etwas gibt, das ich wissen sollte. Zumindest bei Konstantin wird es auffallen, dass ich absolut ahnungslos bin. Es wird immer schwerer, mein Nichtwissen zu vertuschen. Am besten halte ich den Mund und tue so, als wäre das alles unter meiner Würde. Mit dem Kopf in den Wolken, den Gedanken überall, bloß nicht hier.

Aber das will ich nicht. Ich will mich nicht raushalten. Das Wochenende bei Sebastian ist zwar nicht wirklich verlockend, dennoch würde ich mir einigen Stress ersparen, wenn ich hinginge. Aber ich habe abgesagt. Wegen Henry. Da kann ich mich nicht aus allem zurücknehmen und mich unnahbar geben. Ich will ihn, endlich, und das lasse ich mir nicht von Femkes komplizierten Leben kaputt machen.

Ob Henry eine Freundin hat? Die Vorstellung gefällt mir nicht, und der alte Schmerz flammt auf. Es ist so verdammt lange her, das Damals. Trotzdem brennt die Verletzung, innerlich zwar, dennoch mehr als zu viel, in meinem Magen und unter meiner Haut. Das alles nimmt mir die Luft, sitzt wie ein bleiernes Gewicht auf meiner Brust und lässt mich wissen, dass dieser Verrat niemals gleichgültig werden wird. Er ist es, der meinen Charakter geformt hat, die Enttäuschung, dieser unbegreifliche Verlust hat mich zu dem Menschen gemacht, der ich bin. Zynisch, gleichgültig, egozentrisch. Es hat meine Seele so schwarz gefärbt wie meine Kleidung, und niemals wird sich Lachen wieder so anfühlen wie zu der Zeit, als ich mit Femke gelacht habe. Unbeschwert und aus vollem Halse, in dem Glauben, dass die Welt im Kern ein guter Ort ist.

Schnaufend werfe ich mich auf meine andere Seite, verärgert über mich selbst. Schluss damit! Ich will mir nicht länger den Kopf zerbrechen, nicht denken, einfach tun, wonach mein Gefühl verlangt. Gedanken machen kann ich mir, wenn das Wochenende vorbei ist und ich mich wieder den Problemen stellen muss, die Femke mir vermacht hat.

Es ist kurz vor Mitternacht, als die Jungs die Treppe nach oben kommen.

Henry.

Er ist hier. Mein Herz pocht so heftig wie damals und ich fühle mich, als wäre ich wieder dreizehn.

Obwohl sie sich Mühe geben, leise zu sein, höre ich immer wieder Henrys Flüstern. Ich habe seine Stimme sofort erkannt, trotz des Rauschens in meinen Ohren, und das aufgeregte Vibrieren in meinem Bauch zeigt mir, dass auch Femkes Körper ihn wiedererkannt hat.

Dieser Körper, der mit seinem Kontakt hatte, so intim, wie es nur möglich ist. Er erinnert sich, es ist mein Verstand, der davon nichts mehr weiß. Auch mein Kopf hat eigene Momente mit Henry, an die er denken kann, die ich wieder vor Augen habe, durch die Zeit vielleicht verzerrte Bilder, aber immerhin sind es meine.

In den letzten Jahren habe ich peinlich oft an ihn gedacht. Er ist die erste Liebe, auf Lebzeiten unerreichbar und trägt Schuld an meinem gebrochenen Herzen. Und obwohl mir mit den Jahren bewusst geworden ist, wie albern und substanzlos meine Schwärmerei, meine Verliebtheit war, sind all die Gefühle geblieben, zur Seite gestellt und zwischengelagert, damit sie mir nun wie ein Clown in der Box entgegenspringen können.

Da seid ihr ja, ich habe euch wirklich nicht vermisst.

Tatsächlich ist mir das Bild seines Gesichts immer mehr abhandengekommen, doch jetzt, durch den Klang seiner Stimme, habe ich es vor mir, jünger zwar, aber ich *sehe* wieder, warum er diese Gefühle in mir ausgelöst hat. Die Art, wie er sich bewegte, die sanften Linien seines Gesichts. Ich glaube, er war kein Mädchenschwarm, aber für mich hat es seither niemanden gegeben, den ich hübscher fand als ihn.

Und nun ist er zurück in mein Leben getreten, über Umwege, so verrückt, dass sie mir niemand glauben würde, und schläft wenige Meter von mir entfernt. Unter einem Dach, nur eine Wand, die uns trennt.

Irgendwann wird es still im Nebenzimmer, und ich finde allmählich zur Vernunft zurück. Mir ist klar, dass meine Erwartungen zu hoch sind und meine Erinnerung aufgehübscht ist, aber ich erlaube mir diese Schwäche. Ich habe sie verdient, nach allem, was in der letzten Woche geschehen ist. Schlimm genug, mich damit abfinden zu müssen, dass er nicht mich ansehen wird, sondern Femke, und mit ihr alles, was sie miteinander verbindet und mich ausschließt. Es ist an der Zeit, Erinnerungen zu schaffen, die zumindest ich mit ihm teile.

Denn ich bin Anouk. Nicht Femke. Und das soll ihm auffallen!

Enttäusche mich nicht, Henry. Nicht noch einmal.

Ich lausche einige Zeit in die Stille, kuschle mich in die Decke und male mir aus, wie es sein wird, Henry zu begegnen. Jemand huscht über den Flur ins Badezimmer, und obwohl es vielleicht Konstantin ist, lächle ich in mich hinein. Das leichte Zittern meiner Muskeln, ein Zeichen meiner Aufregung, das Herzklopfen, viel zu heftig, um in den Schlaf zu finden – ich genieße es. Ich nehme mir vor, ein tolles Wochenende zu haben. Ich bin Femke, äußerlich, und Femke macht nun das, was *mir* gefällt.

Kapitel 21

Das ist so typisch!

Femke macht nun das, was Anouk will? Schön und gut. Dumm irgendwie, dass Anouk plötzlich ein feiges Hühnchen ist.

Ich kann mich nicht erinnern, geschlafen zu haben, und falls doch, dann in so einem verqueren Wachtraum-Schlaf. Es war, als würde über mir die Erkenntnis schweben, dass Henry in greifbarer Nähe ist, und mich davon abhalten, gänzlich in die Dunkelheit des Schlafes abzutauchen, aus Angst, er könnte verschwunden sein, sobald ich aus dem finsteren Nichts zurückkehre. Die letzten angestrengten Versuche, nur ein paar Minuten Tiefschlafphase zu erreichen, verpufften, als die Stimmen im Nebenzimmer erwachten.

Er ist wirklich hier. Der Tag ist gekommen, an dem ich ihm wieder gegenüberstehe. Albern, denn es ist erst das zweite Mal. Das erste und einzige Mal war am Tag unserer Tattoos. Dieser Tag hätte Femke und mir gehören sollen, aber es war Henry, der ihn unbewusst an sich gerissen hat. Damals, vor der Toilette.

Was mich in den letzten Tagen aufgeregt und vorfreudig gestimmt hat, macht mir nun Angst. In den vergangenen zwei Stunden war Leben ins Haus gekommen, aber nicht in diesen Körper. Henry und Konstantin haben miteinander geredet, worüber konnte ich nicht verstehen. Die Tür zum Badezimmer ist geöffnet und geschlossen worden, immer wieder. Es wurde geduscht, gesprochen, gelacht. Aus der Küche in der unteren Etage drang irgendwann Geschirrgeklapper bis zu Femkes Zimmer hoch. Bald folgte der Geruch von Kaffee und Brötchen und Hunger erwachte in meinem Bauch, mehr Leben zeigte mein Körper nicht.

Was, wenn Henry Femke hasst? Was auch immer zwischen ihnen gewesen ist, es hat nicht lange gedauert. Wie stehen sie jetzt zueinander? Und warum spielt das überhaupt so eine große Rolle für mich? Ich kenne ihn nicht, bin wie eine Dreizehnjährige verschossen in ein verschwommenes Gesicht und eine selbst kreierte Illusion. Und weil mir das mit den Geräuschen aus dem

Haus klar wird, bewege ich mich nicht. Ich bleibe liegen und warte darauf, dass etwas passiert. Auch wenn ich mich genau davor fürchte.

Irgendwann klopft es an der Zimmertür, doch ich gebe keinen Laut von mir. Zusammengekauert liege ich auf der Seite, mein Blick hängt an dem weiß lackierten Holz, dem Türgriff, die Einladung in ein neues Abenteuer. Mein Herz pocht heftig und ich ziehe mir die Decke bis unter das Kinn.

Ein Schlitz erscheint zwischen Tür und Wand und Femkes Mutter steckt ihren Kopf hindurch. Es sieht aus, als hätte sie nur ihren Kopf, den Sprechapparat, nach oben geschickt, damit Hände, Arme und Beine weiter den Tisch decken können.

»Schatz, kommst du zum Frühstück?«, fragt sie gut gelaunt, ihre Stimmung prallt an der Bettdecke ab, bevor sie zu mir gelangen kann.

»Frühstück?«, krächze ich und bemerke erst jetzt meinen trockenen Mund. Er ist wie ausgedörrt, mein ganzer Körper schreit nach Wasser, von innen und außen. Ich bin irritiert. Es ist Samstag, wer veranstaltet ein richtiges Frühstück an einem Samstag?

»Zur Feier des Tages, weil Konstantin und Henry da sind«, sagt sie, als könne sie die Frage von meinem Gesicht ablesen. Ihre Stimme ist seltsam melodisch, so gute Laune kenne ich nicht von ihr.

Aber was weiß ich schon?

Als ich nichts erwidere, mich nicht einmal rühre, verdreht sie die Augen und ich bin erstaunt, wie jugendlich sie das aussehen lässt. »Jetzt tu nicht so, als hättest du es vergessen.«

Ich weiß, ich sollte in meine Rolle schlüpfen. In die von Femke, ihrer Tochter, die vermutlich nie wie ein Geist in ihrem Bett gelegen hat. Also zwinge ich mich, beginne mit den Fingern, spüre meine Arme, diesen Körper, der mir immer noch so fremd erscheint.

Ich setze mich auf, strecke mich und streiche mir die zerzausten Haare aus dem Gesicht. Femkes Mutter, sie hat nichts zu der neuen Farbe gesagt, was mir immer noch seltsam vorkommt.

»Quatsch. Bei dem Lärm, den sie letzte Nacht gemacht haben«, sage ich halb gähnend. Wieder zieht sich eine Gänsehaut über meinen Nacken, meinen Rücken, und mein Magen drückt komisch. Es könnte Hunger sein, könnte, aber ich weiß, es ist die Angst vor Henry. Angst, dass die Vorfreude vorbei ist und ich mich mit dem Ist-Zustand abfinden muss.

»Weißt du, eigentlich habe ich gar keinen Appetit. Ich bin noch so müde und … fangt einfach ohne mich an.«

Femkes Mutter öffnet die Tür weiter und tritt einen Schritt in das Zimmer. Mein Kopf ist noch nicht ganz klar, denn ich bin überrascht, dass sie ihren Körper doch mitgebracht hat. »Jetzt mach dich nicht lächerlich! In zehn Minuten ist das Frühstück fertig, Konstantin und Henry sind unten.«

Mir wird noch flauer im Magen und ich beginne zu zittern. »Ich würde wirklich lieber …«

Femkes Mutter schüttelt den Kopf. »Nun steh schon auf!«

Der Ton ist eindeutig. Keine Diskussion. Wie es aussieht, bleibt es bei Plan A und ich stelle mich dem Schatten meiner Vergangenheit.

Was als Nächstes folgt, ist Duschen und Anziehen im Schnelldurchlauf. Hektisch wähle ich legere Klamotten aus, eine Jogginghose und ein altes T-Shirt, mein stummer Protest gegen den Impuls, mich für Henry hübsch zu machen. Ihm um jeden Preis gefallen zu müssen.

Als ich die Treppe nach unten gehe, sind meine Beine weich wie Butter und mein Herz ein Rennwagen an der Spitze auf dem Weg ins Ziel. Am Absatz der Treppe im Erdgeschoss sehe ich Konstantin, der vor dem Spiegel neben dem Eingang steht und versucht, seine Locken in die von ihm gewünschte Position zu zwingen. Sie sind deutlich länger als vor ein paar Jahren, und offensichtlich haben sie nun einen größeren Pflegebedarf.

Ich bin überrascht, dass ich Konstantin sofort erkenne. Er ist riesig, zumindest kommt es mir aus den Augen der zierlichen Femke so vor. Nervös bleibe ich auf der letzten Stufe stehen und weiß nicht, was ich tun soll. Sicherlich sollte ich Konstantin begrüßen, immerhin ist er Femkes Bruder. Ich kann nur hoffen, dass sie ein einigermaßen normales geschwisterliches Verhältnis haben und ich mich mit meiner Unwissenheit nicht wieder lächerlich mache.

Verlegen räuspere ich mich, und als Konstantin sich zu mir umdreht, grinst er mich halbherzig an. »Hey, Schwesterchen!«, sagt er und zieht bei meinem Anblick seine Augenbrauen zusammen. »Was hast du mit deinen Haaren gemacht?«, fragt er und ich zucke mit den Achseln.

»Gefärbt«, erwidere ich wie immer auf diese blöde Frage und er verzieht das Gesicht.

»Sieht scheiße aus«, meint er bitterernst.

Sehr charmant.

Dann drückt er mich in einer seltsam distanzierten Umarmung an sich. Für eineinhalb Sekunden. Das war mit Abstand die kürzeste und kälteste Umarmung meines Lebens.

Mir ist es recht. Ich war ohnehin nicht erpicht auf zu viel Körperkontakt mit dem Bruder meiner einst besten Freundin. Außerdem sagt mir das genug über ihre Beziehung, um das Wochenende ohne größere Fettnäpfchen zu überstehen.

Dann wendet er sich wieder seinem Spiegelbild zu. Ich kann mich nicht daran erinnern, dass er früher so eitel gewesen ist.

»Und? Alles fit im Schritt?«, fragt er beiläufig, und im ersten Moment bin ich nicht sicher, ob er mit mir spricht oder mit seinem Spiegelbild.

Nervös blicke ich mich um, sehe nach, ob ich *ihn* irgendwo entdecke. Stimmengemurmel dringt aus der Küche zu uns, aber es gelingt mir nicht, ihn herauszuhören.

Als ich Konstantins erwartungsvollen Schulterblick bemerke, fühle ich mich ertappt. Erwartet er allen Ernstes eine Antwort auf seine dämliche und irgendwie eklige Frage?

»Klaro«, erwidere ich irritiert, denn was soll ich groß dazu sagen? »Bei dir … hoffentlich auch … im Schritt?«, schiebe ich holprig hinterher und komme mir albern vor. Wenn bald alle so sprechen, ist die Menschheit verloren.

Konstantin beendet sein Lockengedrehe vor dem Spiegel, wendet sich mir mit einem fragenden Gesichtsausdruck zu und lehnt sich an die Garderobe hinter sich. »Was ist denn mit dir los?«

Ich spüre meine Augenbrauen zucken, unentschlossen, ob ich sie zynisch nach oben wandern oder besorgt zusammenziehen sollte. Es ist die innere Anouk, die siegt, und die kann sich selten einen Kommentar verkneifen.

Also stütze ich mich am Treppengeländer ab, verschränke die Arme vor der Brust und mustere Konstantin eingehend. »Ehrlich gesagt«, beginne ich herablassend und genieße es, »finde ich diesen Spruch ziemlich unappetitlich. Wenn du damit deine Sorge um mein Sexualleben zum Ausdruck bringen willst, lass dir versichert sein, dass ich darum bemüht bin, mir nichts von irgendwelchen Arschlöchern einzufangen. Danke der Nachfrage.« Ich lächle zuckersüß und gebe mir mental eine High Five.

Konstantin starrt mich an, als wäre ich eine Fremde. *Kluger Junge.* »Gott, Fem. Geh wieder schlafen, ist ja schlimm mit dir!«, stöhnt er und schlägt den Weg zur Küche ein.

Lustlos folge ich ihm. »Das würde ich, wenn unsere Mutter mich ließe.«

Völlig verstört dreht er sich beim Gehen zu mir um. »*Unsere Mutter*?«

»Ja, du weißt schon. *Mutter. Mama. Muttchen.* Such dir was aus!«, sage ich schulterzuckend und schmunzle in mich hinein.

»Du solltest dringend mit den Drogen aufhören!« Mit diesen Worten betritt er das an die Küche angrenzende Esszimmer und läuft direkt in die Arme seiner Mutter.

»Wer nimmt Drogen?«, hakt sie kurzzeitig entsetzt nach.

Eine neue Befangenheit überkommt mich, doch ich kämpfe sie nieder. »Niemand. Konstantin ist nur bei seinem Versuch, lustig zu sein, kläglich gescheitert und gibt jetzt mir die Schuld.« Er zeigt mir den Mittelfinger und Femkes Mutter stöhnt genervt.

»Kommt ihr bitte an den Tisch? Wir warten!«, sagt sie und tritt zur Seite. Gibt den Blick auf den üppig gefüllten Frühstückstisch frei.

Dort sitzt er. Henry. Am Küchentisch von Femkes Familie. Kein Traum. Für einen Moment erstarre ich, spüre seinen Blick auf mir und die Welt beginnt zu schwanken. Mein Herz überschlägt sich beinahe und ich begreife es selbst kaum.

Krieg dich wieder ein, Anouk, kein Grund, in Ohnmacht zu fallen, ermahne ich mich. Doch was Henry angeht, habe ich anscheinend eine Tendenz zur Übertreibung.

Auf wackeligen Beinen hangle ich mich zum Küchentisch und lasse mich auf dem Stuhl neben Konstantin nieder. Auf meiner anderen Seite, am Kopf des Tisches, wartet Femkes Mutter ungeduldig.

Henry. Er sitzt mir schräg gegenüber und beobachtet mich. Obwohl ich es nicht über mich bringe, ihn direkt anzusehen, spüre ich es. Wie eine Berührung auf meinem ganzen Körper. Ich muss mich zusammenreißen, um mir nichts anmerken zu lassen und möglichst unbeteiligt zu wirken. Ist mir egal, wie das Verhältnis zwischen Henry und Femke zuletzt war, ich bringe es nicht über mich, eine Show abzuziehen.

Femke ist weg. Ich bin hier.

»Hey, Fem«, höre ich seine Stimme und blicke erschrocken auf. Ein Gruß! Er hat mich nur begrüßt.

»Hey«, erwidere ich und senke den Blick sofort wieder. Super gemacht, Anouk. Das kommt sicher erfahren und selbstbewusst rüber.

Das Frühstück beginnt, Kaffee wird ausgeschenkt, Brötchen verteilt, Rührei auf Teller geschaufelt. Mir fehlt jeglicher Appetit, trotzdem tue ich mir wagemutig ein paar Löffel eines Tomaten-Mozzarella-Salates mit Basilikum und Balsamico-Essig auf den Teller. Ich komme nicht umhin zu bemerken, was für einen Aufriss diese Familie betrieben hat. Selbst für den Besuch eines verlorenen Sohnes ist das viel, aber ich kann die Ahnung nicht abschütteln, dass sie es auch für Henry gemacht haben. Vielleicht ist er für sie zu einem zweiten Sohn geworden, den sie nie bekommen haben.

Unwillig stochere ich in meinem Salat herum. *Arme Femke.* Ja, ich habe es gedacht. Arme Femke. Verdammt.

»Wie läuft das Studium?«, fragt Femkes Vater über die Frühstücksgeräuschkulisse hinweg, blickt von Konstantin zu Henry und beißt dann herzhaft in das mit Leberwurst bestrichene Brötchen. Er scheint ein anderer Mensch zu sein, wenn er mit den Jungs spricht, als wenn er zu Femke ins Zimmer kommt. Fast ein bisschen unheimlich.

»Ach, na ja«, mampft Konstantin. Anscheinend ist es ihm so wichtig, die Frage zu beantworten, dass er nicht warten kann, bis sein Mund leer ist. »Das Semester hat gerade erst angefangen und noch läuft es ganz entspannt. Aber ich schätze, da kommen ein paar fiese Hausarbeiten auf mich zu.« Er fühlt sich mächtig wichtig, was ich amüsant finde, und doch bringe ich keinen Ton heraus, meine Gesichtsmuskeln sind wie gelähmt, weil ich mich unter der steten Beobachtung von Henry weiß.

»Und bei dir, mein Junge?«, will Femkes Vater wissen, und überrascht sehe ich auf. Für den Wimpernschlag eines Moments streifen sich unsere Blicke, Henrys und meiner, und ich spüre mein Blut in den Wangen pulsieren. Von mir geht mit einem Mal eine Hitze aus, die mir den Schweiß auf die Oberlippe treibt.

Selbst als dieser kurze Kontakt vorbei ist, spüre ich die Nachwirkungen in meinen Körper.

Mein Junge.

Das ist heftig. Ich kann nur hoffen, dass die Adoptionspapiere noch nicht unterschrieben sind.

Dieser Gedanke lässt meine Mundwinkel erheitert zucken. Doch niemand bemerkt es, alle Blicke sind auf Henry gerichtet.

»Ich finde es ausgesprochen interessant. Ich habe ein neues Fach, *Gender Studies*, das ist unglaublich spannend. Ich denke, ich werde da viel lernen.«

Erneut bin ich überrascht, dieses Mal von Henrys Worten. Ich traue mich, ihn anzusehen, und wieder kreuzen sich unsere Blicke. Nur kurz, irgendwie beiläufig, und doch explodieren kleine Funken unter meiner Haut. Alle an diesem Tisch hängen an seinen Lippen, aber ich bin es, bei der er überprüft, ob sie zuhört.

Nein, nicht ich. Femke. Er interessiert sich für sie, nicht für mich. Damals wie heute. Schreckliche Dinge können passieren, Unfälle und Verwandlungen, doch das ändert rein gar nichts.

Ich sinke auf meinem Stuhl zusammen und bemerke, wie angespannt ich war. Jetzt bin ich zerplatzt wie ein Ballon und was bleibt, sind die ausgedehnten Überreste. Ich bin so dämlich!

Femkes Vater hat sich inzwischen den Mund mit einer Serviette abgetupft und sieht Henry fragend an. »*Gender Studies*? Was bekommt ihr da beigebracht? Es gibt Männer und Frauen. Dafür brauchte ich früher kein Studienfach.«

Er findet das lustig, was mich ziemlich wütend macht. Aber ich sage nichts und warte ab, wie Henry reagiert.

»Es geht dabei nicht nur um die geschlechtliche Identifikation, die eine große Bandbreite umfasst, sondern auch um das typische Frauen- und Männerbild unserer Gesellschaft und wie viel davon tatsächlich angeboren und was angeeignet ist. Es ist echt total interessant«, erklärt dieser gelassen und wirft mich damit völlig aus der Bahn. Niemals hätte ich vermutet, dass er sich für solche Themen interessiert. Seine Worte sind für mich die Bestätigung, dass es in Ordnung ist, in ihn verliebt zu sein, ohne ihn richtig zu kennen. Schon immer habe ich geahnt, dass in ihm mehr steckt, als es auf den ersten Blick vermuten lässt. Meine Wangen glühen, doch ich muss ihn ansehen. Seine Augen sind auf seinen Teller voller Rührei gerichtet und er schmunzelt. Auf einmal sieht er auf, zu mir, als würde er spüren, dass ich ihn beobachte, und diesmal weiche ich ihm nicht aus. Wir tauschen einen Blick und ich lächle scheu – ein Fehler, wie mir sofort bewusst wird.

Denn Henry lächelt nicht zurück.

Er ist es, der unseren stillen Kontakt abreißen lässt. Mir wird übel und ich lege die Gabel geräuschlos auf den Teller. Unmöglich, jetzt etwas zu essen. Kein Wunder, dass Femke in den letzten Jahren so abgemagert ist.

»Das war aber kein versteckter Hinweis darauf, dass ihr heimlich ein Paar seid, oder?« Ein Scherz von Femkes Vater, doch niemand außer ihm lacht.

»Papa! Ernsthaft?«, stöhnt Konstantin, lässt mit einem lauten Klirren sein Messer auf den Teller fallen und verzieht angewidert das Gesicht.

Femkes Vater lacht noch immer, nun nicht mehr über seinen Witz, dafür über Konstantins Reaktion. »Das war ein Scherz, Stan. Bei deinem Verschleiß an Mädchen hab ich keine Zweifel an deiner Orientierung.«

Ich höre Femkes Mutter rechts von mir laut ausatmen. »Müssen wir wirklich beim Frühstück darüber reden? Du weißt, was ich darüber denke.«

Sie hält sich zurück, ich höre es an dem unterdrückten Keifen in ihrer Stimme, und ich kann nicht anders, als ihr stumm recht zu geben. Ich gehe davon aus, dass niemand – außer Femkes Vater – über Konstantins Sexleben reden möchte.

Femkes Vater sieht gereizt zu seiner Frau, sie hat ihm den Spaß verdorben, wie kann sie nur? »Ich weiß. Aber er ist jung, soll er sich ruhig ausprobieren. Ist doch nichts dabei.« Er deutet mit seinem butterverschmierten Messer auf seinen Sohn, bevor er ein weiteres Brötchen beschmiert. Konstantin sitzt mit offenem Mund da und ist sichtlich entsetzt, welche Richtung diese Unterhaltung genommen hat.

»Alter, du weißt schon, dass ich nie wieder mit dir in einem Zimmer pennen kann, ohne dass mein Vater einen blöden Spruch reißt, nur wegen deiner *Gender-Studies*-Scheiße?«, mault Konstantin und ich stelle fest, dass er sich noch kindischer benimmt als ich – und er ist wie alt? Zwanzig?

Femkes Mutter hat inzwischen den verbliebenen Kaffee in der Thermoskanne überprüft und ist anscheinend nicht einverstanden mit dem Ergebnis. Mit einem provokanten Schaben schiebt sie ihren Stuhl zurück und steht auf.

Wieder spüre ich Henrys Blick auf mir und erwidere ihn. Wie ein Stromstoß fährt diese körperlose Verbindung durch meine Gliedmaßen, lässt meinen Adrenalinspiegel in die Höhe schießen und beschert mir meinen Herzschlag, den ich bis in meinen Hals pulsieren spüre. Was ist das nur mit diesem Körper? Diese Reaktionen … sie sind zu viel für mich.

»Dann schlafe ich halt woanders. Ich finde schon ein Plätzchen«, erwidert Henry ruhig, ohne seinen Blick von mir zu nehmen. Mir bleibt die Luft weg und ich starre ihn kurz an, bevor ich unsere Verbindung abreißen lasse.

Konstantin verschluckt sich an seinem Essen und beginnt zu husten. Er weiß von Femke und Henry, er hat es mir damals gesagt.

Mir wird schwindlig. Diese Andeutung, dieser Satz. Ich muss mich verdammt zusammenreißen.

Unüberlegt und hektisch springe ich auf und der Stuhl hinter mir kippt beinahe um. Alle sehen mich an, ich ignoriere sie aber – bis auf eine. »Ich helfe dir in der Küche«, sage ich an Femkes Mutter gerichtet und wende mich vom Tisch ab. Ich muss hier weg, muss meine Gedanken sortieren, bevor ich den Verstand verliere.

Femkes Mutter lächelt verstehend. »Zu viel Testosteron?«, fragt sie mit einem heimlichen Schmunzeln, das nur für mich bestimmt ist.

Ich nicke stumm, meine Zunge klebt am Gaumen, mein Hals beherbergt eine Froschfamilie.

Sie nickt. »Geht mir auch so.« Dann verschwinden wir in Richtung Küche, ich vorneweg. Und irgendwie kommt es mir vor wie *in letzter Sekunde.*

Die Küche ist meine Rettungsinsel, und ich habe nicht vor, sie zu verlassen, ehe das Wasser sicher ist. Ich habe Femkes Mutter angeboten, ihr beim Einräumen der Spülmaschine zu helfen und bin dankbar, meine durchgewirbelten Gedanken sortieren zu können. Femkes Vater und die Jungs sitzen noch am Tisch im Esszimmer und unterhalten sich angeregt, immer wieder dringt ihr Lachen in die Küche. Femkes Mutter läuft gestresst zwischen den zwei Zimmern hin und her, während sie den Tisch abdeckt und für Ordnung sorgt. Ich kann mir nicht helfen, aber ich fühle mich wie in einem Schwarz-Weiß-Film aus den Fünfzigern. So viel zum Thema *Gender Studies.*

Allmählich komme ich in die Realität zurück und finde meine Vernunft wieder. Die ganze Unterhaltung am Tisch war seltsam, das steht außer Frage, aber ich bin inzwischen zu der Überzeugung gekommen, dass ich überreagiert habe. So lächerlich, wie ich mich benommen habe, hätte ich mich vermutlich auch die ganze Zeit ungläubig angestarrt. Ich muss wie eine verknallte Dreizehnjährige gewirkt haben, ein eingeschüchtertes Mäuschen, das die Zähne nicht auseinanderbekommt. Wenn ich nur daran denke, könnte ich im Erdboden versinken. Kopfschüttelnd stehe ich vor dem Waschbecken und spüle das Geschirr vor, bevor ich es in die Maschine sortiere, und kann nicht aufhören, mich für mich selbst zu schämen. Henry ist nur ein Typ. Zwar einer, der mir lange Zeit sehr viel bedeutet hat und dessen Handlungen, ebenso wie die von Femke, mein weiteres Leben beeinflusst haben, dennoch nur ein Typ. Irgendwie attraktiv, ohne richtig gut auszusehen, charismatisch, aber nicht überheblich, und der mich berechtigterweise für jemanden hält, mit dem ihm eine gemeinsame Vergangenheit verbindet. Ein One-Night-Stand? Eine kurze Affäre? Eine richtige Beziehung? Ich weiß es nicht, aber es ist auch egal.

Herzrasen, Hautprickeln und weiche Knie hin oder her, mein Verhalten war völlig inakzeptabel. Es sind bloß Organe, nicht einmal meine eigenen, aber der Verstand gehört mir und obliegt meiner Kontrolle. Mehr oder weniger. Und ich bin verdammt noch mal nicht mehr das naive, verknallte dreizehnjährige Mädchen.

Ich wende mich dem Kühlschrank zu und beginne, die übrig gebliebenen Lebensmittel vom Frühstück zurückzustellen, als ich Femkes Mutter wieder in die Küche kommen höre. Ich rücke ein paar Marmeladengläser im oberen Fach zusammen, um

Platz zu schaffen, und drehe mich zu ihr um.

Mein Herz bleibt beinahe stehen, als Henry vor mir steht. Dicht.

Sehr dicht.

Ich greife mir an die Brust, spüre das Klopfen unter meiner Handfläche und lasse die Kühlschranktür zufallen, um einen Schritt zurücktreten zu können.

Henry blickt mich besorgt an und streckt eine Hand nach mir aus, jedoch ohne mich zu berühren. »Tut mir leid, Fem, ich wollte dich nicht erschrecken«, meint er und sieht mich schuldbewusst an. Obwohl er verdammt dicht vor mir gestanden hat, glaube ich ihm.

»Ist ja nichts passiert«, erwidere ich und muss selbst über meinen Schreck lachen. Verlegen blicke ich zu Boden, atme tief durch und begegne seinen Augen. Ein Lächeln kräuselt sich um seine Mundwinkel und auch ich versuche mich daran. Ein warmes Gefühl durchströmt mich und ich bin erleichtert, dass ich mich ein bisschen lockerer fühle als vor einer Viertelstunde.

Dafür scheint Henry plötzlich verlegen zu sein. Hilfe suchend wandert sein Blick durch die Küche. »Ich weiß, dass ich mich von dir fernhalten soll, aber ich will nur …«

»Ja?« Meine Gedanken wirbeln durcheinander, und noch gelingt es mir nicht, sie vollständig zu greifen. Ich bin von seinem Anblick gefesselt, von diesem jungen Mann, der sich auf einmal so benimmt, wie ich mich vor einigen Minuten gefühlt habe. Nervös. Als wäre er viele Jahre jünger. Und eine irre Vermutung setzt sich in meinem Kopf fest, überlagert alle anderen und blinkt wie eine Leuchtschrift auf.

Verliebt. Er ist in Femke …

»… dir sagen, wie hübsch ich dich heute finde. Irgendwas ist anders und … das gefällt mir.«

Ich sehe an mir hinunter, erinnere mich an die ausgeleierte Jogginghose, das nichtssagende T-Shirt und muss ein bisschen lachen. Definitiv anders als sonst.

»Danke«, sage ich und schmunzle ihn ironisch an. Aber ich kann nicht verhindern, dass ich atemlos und absolut hingerissen klinge.

Auch er lächelt, und kurz fürchte ich, er könnte mir zuzwinkern, doch das tut er nicht. Stattdessen greift er nach einer Haarsträhne von mir und zieht sanft daran. Jetzt erst wird mir klar, dass er die neue Haarfarbe meint. Dann grinst Henry, lässt von meinem Haar ab, dreht sich um und geht zurück ins Esszimmer.

Zugegebenermaßen starre ich ihm ein wenig träumerisch hinterher. Ich weiß, dass er nicht *mich* gemeint hat, sondern Femkes Hülle, den Teil, den er vermutlich schon immer hübsch gefunden hat. Aber es ist das Haar, das er besonders hervorgehoben hat, und obwohl es praktisch gesehen immer noch Femkes Haare sind, ist es das an Femkes Äußeren, was ein Teil von mir ist. Die Entscheidung, die Farbe, das war ich. Und genau deshalb rede ich mir ein, dass das *Heute* in seinem Kompliment die größte Aussagekraft hat. Denn *heute* ist es nicht Femke, die unter der Oberfläche steckt und durchscheint.

Heute bin ich es.

Kapitel 22

Was folgt, ist ein Tag voller Enttäuschungen. So habe ich ihn mir nicht vorgestellt.

Nach dem ausgedehnten Frühstück besucht Henry mit Konstantin im Schlepptau seinen Vater, der ihn allein großgezogen hat. Anschließend treffen sie sich wieder mit Kumpels aus der Schulzeit und verpassen deshalb das Abendessen. Henry ist den ganzen Tag unterwegs, während ich zu Hause sitze und genügend Zeit habe, um über den zugegebenermaßen nicht besonders spektakulären Morgen nachzugrübeln. Was mich echt fertigmacht. Da hätte ich genauso gut das Wochenende bei Sebastian verbringen können.

Kotz.

Stattdessen sitze ich den ganzen Tag in Femkes Zimmer und warte mich in den Wahnsinn. Denn die Gedanken, die sich wie ein Karussell immer schneller in meinem Kopf drehen, gefallen mir nicht.

Verliebt, war es mir vorhin vor dem Kühlschrank in den Sinn gekommen und lässt mich seitdem nicht mehr los. Ist es tatsächlich möglich, dass Henry in Femke … verliebt war? Es vielleicht immer noch ist?

Ich könnte mich verfluchen, aber die Vorstellung schmerzt. Bislang bin ich davon überzeugt gewesen, dass das zwischen Henry und Femke eine einmalige Sache war – höchstens eine kurzweilige Affäre. Nichts jedenfalls, was auf tieferen Gefühlen beruht. Nun fällt es mir schwer, diesen neuen Eindruck loszuwerden.

Deshalb liege ich seit Stunden auf Femkes Bett, verstecke mein Gesicht hinter dem dunklen Haar und bemitleide mich selbst.

Aber da ist noch etwas anderes, was mir weder in den Kopf noch aus dem Sinn geht.

Ich weiß, dass ich mich von dir fernhalten soll …

Hat Femke das gefordert? Und falls dem so ist, wieso hat sie das getan? Meinetwegen? Weil Femke auch Jahre später ihren Fehltritt bereute und sich deshalb gegen ihn entschieden hat, in der stillen Hoffnung, ein Comeback unserer Freundschaft möglich zu machen?

Mein Kopf steht kurz vor einer Explosion, als ich höre, dass Konstantin und Henry nach Hause kommen. Ich setze mich auf und hoffe irgendwie, dass Henry an der Zimmertür klopft, um nach mir zu schauen.

Doch nichts passiert. Natürlich nicht. Er soll sich ja aufgrund der unerwiderten Gefühle für Femke von ihr fernhalten.

Oder so ähnlich.

Was es auch ist, das zwischen ihnen vorgefallen ist, es spielt für mich keine Rolle. Ist mir schlichtweg egal. Ich bin fest entschlossen, mich nicht länger wie ein kleines Mädchen aufzuführen und die Chance am Schwanz zu packen. Das habe ich verdient, nicht allein wegen des Vertrauensbruchs vor vier Jahren. Sondern weil ich es mir schon so verdammt lange wünsche.

Unruhig stehe ich auf und wandere geistesabwesend zum Schreibtisch, in dessen Schublade ich vor einigen Tagen einen beeindruckenden Vorrat an Kondomen gefunden habe, und nehme mir eins heraus, während ich den Geräuschen auf dem Flur lausche. Ich habe vor einer Stunde geduscht und noch immer sind meine Haare feucht, was mich frösteln lässt. Henry und Konstantin verschwinden im Nebenzimmer, wo bereits nach wenigen Augenblicken die vertrauten Geräusche der Spielkonsole zu vernehmen sind.

Ich lege das Kondom etwas versteckt unter die kleine Stehlampe auf dem Nachttischchen und lege mich zurück ins Bett. Noch ist es nicht spät, doch der ereignislose Tag hat mich träge gemacht und ich habe keine Ahnung, wie ich meinen Plan in die Tat umsetzen soll. Wie ich mir meinen Wunsch erfülle.

Unruhig lausche ich den Stimmen von nebenan. Es ist erstaunlich. Völlig egal, wie viel Zeit vergeht oder wie viele Körper man bewohnt, es gibt Dinge, die ändern sich nie. Ihre Stimmen gedämpft durch die Wand zu hören, gehört zu diesen Dingen. Es erinnert mich an die Nacht, in der ich mit Henry gesprochen habe. Der Tag der Tattoos, so weit weg wie aus einem fernen Leben, und doch kann ich mich an jede Einzelheit erinnern – zumindest kommt es mir so vor. Das Treffen vor dem Badezimmer, der aufgeregte Tonfall, mit dem ich Femke im Anschluss davon berichtet habe … und ihre Stimmen.

Meine Lider werden schwer, und obwohl es nicht spät ist – draußen ist es hell –, legt sich eine Decke der Trägheit über mich. Den ganzen Tag über nichts zu tun wird unterschätzt, denn es ist wahnsinnig anstrengend. Dennoch verbiete ich mir wegzunicken, denn ich habe feste Pläne für diese Nacht. Also auf keinen Fall einschlafen …!

Als ich die Augen öffne, ist es dunkel in Femkes Zimmer. Stille umgibt mich, ich bin der letzte Mensch auf Erden. Über mich selbst verärgert, setze ich mich auf und versuche mich zu orientieren. Ich wollte doch nicht einschlafen! Halb blind taste ich nach der Nachttischlampe und blinzle angestrengt, als das Licht meine Augen erreicht. Ich greife nach Femkes Handy und werfe einen Blick darauf.

1:21 Uhr.

Die Stille ist mir aufgefallen, doch erst jetzt wird mir bewusst, dass auch die Stimmen aus dem Nebenzimmer verstummt sind.

So ein Mist!

Ich reibe mir über das Gesicht, versuche, richtig wach zu werden und spüre die Welle der Enttäuschung, die mich flutet. Mein Haar ist während des Schlafens getrocknet und nun zerzaust wie ein verlassenes Vogelnest. Ich versuche, es mit meinen Fingern zu ordnen und meine negativen Gedanken in Schach zu halten, aber mit beidem bin ich nur semierfolgreich.

Träge stehe ich auf, fühle mich plötzlich lächerlich in Femkes knappen Hemdchen mit den Spaghettiträgern und dem schwarzen Minirock, Sachen, die ich niemals freiwillig angezogen hätte und doch trage, in der Absicht, Henry näherzukommen.

Immer noch von mir selbst enttäuscht und ein wenig angewidert, suche ich ein langes T-Shirt aus dem Kleiderschrank und wechsle mein Outfit.

Zum Glück hat mich niemand damit gesehen!

So leise wie möglich öffne ich die Zimmertür und husche über den Flur zum Badezimmer, um rettende Maßnahmen für mein Haar einzuleiten.

Der Moment, in dem ich erkenne, dass Licht durch den Türspalt dringt, ist der gleiche, in dem sich die Tür öffnet und Henry mir beinahe in die Arme läuft.

Erschrocken springe ich zurück und drücke eine Hand auf meinen Mund, um keinen schrillen Schrei von mir zu geben. Auch Henry wirkt überrascht, dann grinst er. Er trägt ein weißes T-Shirt und schwarze Boxershorts und sieht genauso verschlafen und wirr aus, wie ich mich fühle.

Ich kann nicht anders, ich fange an, lautlos zu lachen, obwohl mein Herz einen Sprint hinlegt, der mich beinahe aus den Socken haut.

Entschuldigend sieht er mich an, weil er mich schon wieder erschreckt hat, doch ich kann nicht aufhören zu kichern. Ich schüttle den Kopf und atme tief durch. Endlich lässt es nach und mir wird etwas bewusst.

Henry und ich. Vor der Toilette. Wie damals.

Ich blicke zu ihm auf. Das erste Mal, seit er hier ist, sehe ich ihn richtig an. Bemerke die Veränderungen, die er in den letzten Jahren erfahren hat. Sein Gesicht, früher weiche Linien, fast noch ein wenig babyspeckig, ist nun kantiger geworden. Männlicher. Der Schatten eines hellen Barts ziert seine Wangen und sein Kinn. Seine Wangenknochen stechen hervor und ich kann es kaum ertragen, wie anziehend ich sie finde. Das rotblonde Haar ist messy, noch messier als meins, aber kürzer als früher. Seine Augen hingegen sind dieselben, grünblau und irgendwie neckisch, neben dem rechten ein kleines Grübchen. Ich bin mir sicher, dass nicht viele Mädchen etwas an ihm finden und noch weniger Mädchen seine subtile Schönheit begreifen.

Mir wird bewusst, dass ich ihn anstarre, doch das scheint ihn nicht zu wundern. Oder zu stören. Mit ernsten Augen erwidert er meinen Blick, der etwas Sehnsüchtiges hat. Ein angenehmer Schmerz breitet sich in meiner Brust aus, wandert durch meine Venen, meine Arterien, bis mein ganzer Körper infiziert ist.

Henry und ich. Vor dem Badezimmer. Das kann kein Zufall sein. Das ist Vorsehung.

»Erinnerst du dich an Anouk?«, breche ich flüsternd das Schweigen, aus einem Gefühl heraus, weil ich mir wünsche, dass auch mein eigentliches Ich Teil dieses Moments ist. Nicht nur Femke mit einer neuen Haarfarbe.

Sein Grübchen zuckt, doch er unterbricht nicht unseren Augenkontakt. »Deine Freundin? Natürlich, wie könnte ich sie vergessen?«

Mein Puls beschleunigt sich noch einmal. Als würde mein Herzschlag die Endorphine möglichst schnell durch meinen Körper pumpen wollen, um diesen Rausch bis aufs Letzte auszukosten. Ich kann nicht anders, ich muss Henry glücklich anzugrinsen.

»Wusstest du, dass Anouk echt … wahnsinnig verliebt in dich war?« Ich habe keine Angst mehr davor. Endlich spreche ich es aus und es ist, als hätte ich den gesamten Ballast der letzten Jahre von mir geworfen.

Henrys Stirn wirft Falten, aber das ist okay. Stimmt ja, es ist ziemlich komisch, dass Femke in diesem besonderen Moment das Liebesgeständnis für ein anderes Mädchen übernimmt. Aber es musste raus, ich bin glücklich, dass er sich an mich, *mich*, erinnert, obwohl wir uns nur einmal wirklich begegnet sind.

»Wolltest du deshalb, dass ich mich von ihr fernhalte? Aus Eifersucht?«, fragt er, und mir ist, als hätte mein Körper die Produktion von Glückshormonen schlagartig eingestellt.

Femke, dieses egoistische Miststück!

»Kann sein«, wispere ich. Mein Lächeln ist mir wie aus dem Gesicht geschlagen. Es fühlt sich an, als hätte Femke mich abermals hintergangen. »Ja, vielleicht.«

Hätte ich Skrupel, wäre das der Zeitpunkt, an dem ich sie über Bord werfen würde. Ich denke nicht länger nach. Sperre Zweifel, Angst und Nervosität aus und hole mir, worauf ich seit vier Jahren warte.

Ich habe es verdient.

Ohne zu zögern nehme ich Henrys Hand und ziehe ihn hinter mir her in Femkes Zimmer.

Als ich die Tür schließe und mich ihm zuwende, sieht er mich fragend an. Doch er sagt nichts und ich bin froh darüber. Ich gehe auf ihn zu und blicke ihn an, erwartungsvoll, vielleicht herausfordernd, aber was auch immer er in meinen Augen liest, es scheint zu funktionieren.

Er nähert sich mir, ich erwarte ihn und strecke ihm mein Gesicht entgegen. Bevor sich unsere Lippen berühren, hält Henry inne und mustert mich. Aber ich will nicht länger warten, also lege ich meine Hände in seinen Nacken, ziehe ihn zu mir herunter, bis er den letzten Abstand überbrückt und mich küsst.

In meinem Kopf, meiner Brust herrscht ein heilloses Chaos. Gefühle wirbeln durcheinander, viele davon kann ich weder zuordnen noch benennen. Unser anfangs zögerlicher Kuss wird dringlicher, seine Zunge tastet sich über meine Unterlippe bis in meinen Mund vor und in meinem Bauch explodieren die Schmetterlinge. Henry schmeckt nach Zahnpasta und ich atme tief ein, rieche den Seifenduft, der von ihm ausgeht.

Ich spüre seine Hände auf meinem Körper, sie berühren meinen Hintern unter dem langen T-Shirt, wandern langsam meinen Rücken hinauf.

Und es fühlt sich an wie Betrug.

Denn es ist nicht mein Körper. Es ist der von Femke.

Ich will, dass er mit mir schläft, nicht mit ihr.

Energisch greife ich nach seinen Händen und löse sie von dem fremden Körper, ohne unseren Kuss zu unterbrechen. Er verharrt kurz, doch als ich ihm meine Zunge in den Mund stecke, lässt er sich von mir führen.

Ich drücke ihn auf das Bett hinter ihm, auf das er sich sofort fallen lässt und sich vor mir ausstreckt. Kurz blicke ich auf ihn hinab, aber ich will nicht nachdenken, nicht zögern, nicht zweifeln. Neugierig grinst er und ich klettere auf seinen Schoß. Mit großen Augen sieht er zu mir auf, doch ich lasse keine Zeit verstreichen. Ich lehne mich nach vorne und wir küssen uns erneut. Heftig und gierig. Er wird zwischen meinen gespreizten

Beinen hart und ich beginne, mich an ihm zu reiben. Er stöhnt auf und wird noch härter, und auch ich spüre erste Erregung durch diesen Körper zucken. Sie ist ganz anders als die, die ich von meinem kenne. Kein warmes Gefühl im Bauch, kein Prickeln auf der Haut, nur das drängende Pulsieren zwischen meinen Schenkeln.

Aber das reicht mir.

Als ich glaube, dass er hart genug ist, unterbreche ich unseren Kuss. Henry liegt da, mit geschlossenen Augen und einem seltsamen Lächeln. Ich wende mich seiner Shorts zu und befreie seinen Schwanz von dem spannenden Stoff. Er interessiert mich nicht, ich schaue ihn nicht genau an, ob er groß ist oder klein, es ist mir egal. Ich greife zu der Lampe auf dem Tisch und hole die kleine Packung hervor, öffne sie mit einer gekonnten Bewegung und ziehe das Kondom über seine Erektion. Überrascht hebt Henry den Kopf, sieht mich fragend an, doch mit einem Kuss verschließe ich seinen Mund, ich will nicht, dass er irgendetwas sagt.

Geschickt schlüpfe ich aus meiner Unterhose, löse mich von seinen Lippen und setzt mich langsam auf seinen Schwanz.

Ich bin nicht feucht genug, mit dem Gummi geht es dennoch, ihn tief in mich aufzunehmen. Henry gibt einen erstickten Laut von sich, wir müssen leise sein, trotzdem gebe auch ich ein Keuchen von mir. Er fühlt sich viel zu groß an für diesen zierlichen Körper. Trotzdem beginne ich, mich langsam zu bewegen, vorsichtig, um den drückenden Schmerz in etwas Angenehmes zu verwandeln. Henry streckt die Arme nach mir aus, will mit seinen Händen unter das T-Shirt greifen, will die Brüste darunter berühren, aber ich lasse nicht zu, dass er diesen Körper anfasst. Es ist *ihr* Körper und Femke hat hier nichts zu suchen. Dieser Moment gehört ihm und mir.

Anouk. Das bin ich.

Ich halte kurz inne, packe seine Arme und drücke sie neben seinem Kopf in das Kissen. Er starrt fasziniert zu mir auf, ich lese nichts außer Lust in seinen Zügen. Als ich seine Arme loslasse, lässt er sie dort liegen und ich beginne von Neuem, mich auf ihm zu bewegen.

Langsam gewöhnen sich meine Muskeln an seine Härte in mir, nehmen ihn tief auf und umschließen ihn. Meine Bewegungen werden heftiger und schneller, Schweiß tritt mir auf die Stirn, rinnt mir zwischen den Schulterblättern bis zu meinem Po hinunter. Henry beginnt, sich meinem Rhythmus anzupassen, stößt immer wieder zu, die Erregung in sein Gesicht geschrieben. Wir werden schneller und mir geht es nur noch darum, ihn kommen zu sehen. Alles andere ist egal, ich will ihn ansehen, während er sich ergießt, weil es mein Verdienst ist. Weil ich ihn dazu getrieben habe.

Und dann ist es so weit. Sein Gesicht verzieht sich, er stöhnt unterdrückt auf und packt mich an der Hüfte, um mich für ein maximales Eindringen runterzudrücken.

Er kommt, erzittert in mir. Seine Züge entgleiten.

Sein Orgasmusgesicht, ein echter Abturner.

Ich steige von seinem Schwanz, noch während er heftig schnauft, und überlasse es ihm, sich das Gummi abzuziehen. Meine Unterhose liegt irgendwo auf dem Fußboden und ich habe keine Lust, danach zu suchen, also husche ich zur Kommode neben der Zimmertür und hole eine neue. Als ich sie überziehe, beginnt Henry das Kondom abzufummeln und ich sehe weg. Ich kann es mir nicht erklären, aber ich will das einfach nicht sehen. Überhaupt fühle ich mich komisch. Ich hätte erwartet, dass es mich glücklich macht, Sex mit ihm zu haben. Das mit ihm zu erleben, was Femke und mich auseinandergetrieben hat. Ich war davon überzeugt, dass es mich befriedigen würde. Aber das hat es nicht. Weder im Kopf noch im Herzen, nicht einmal in den Genitalien. Stattdessen ist mit seinem Höhepunkt die Magie verflogen.

Henry ist entzaubert.

Ich begreife nicht, was mit mir nicht stimmt. Mit noch immer vor Anstrengung zitternden Beinen gehe ich zurück zum Bett, doch etwas in mir sträubt sich dagegen, mich neben Henry zu legen. Auch er ist inzwischen wieder vollständig bekleidet, streckt sich aber auf dem Bett aus, als müsse er zu Kräften kommen.

Ich setze mich auf Höhe seiner Knie auf die Matratze und warte. Mir ist die Situation unangenehm, ich kann mir nicht helfen, ich wünsche, er würde gehen. Ich möchte nicht darüber sprechen, was wir getan haben, oder auch nur jemals wieder daran denken.

Eine Weile vergeht, in der Henry sich nicht vom Fleck rührt, und ich fürchte bereits, er könnte eingeschlafen sein. Ein Blick über die Schulter verrät mir jedoch, dass dem nicht so ist. Statt zu schlafen, beobachtet er mich, und auf einmal ist mir das Schweigen unangenehmer, als jedes Wort es sein könnte.

»Du solltest besser gehen, bevor Konstantin merkt, dass du weg bist«, sage ich mit belegter Stimme und zwinge mich, Henry anzusehen. Alles an dieser Situation ist falsch und es tut mir leid für ihn, aber ich kann nichts daran ändern.

Henry steht auf und setzt sich neben mich. »Du hast dich verändert.« Er klingt nicht vorwurfsvoll oder enttäuscht, es ist eine Feststellung, der ich nicht widersprechen kann. Und obwohl die Ernüchterung da ist, kann ich nicht anders, als eine gewisse Genugtuung zu empfinden.

Femke hat sich verändert, scheiße ja!

»Du doch auch«, tippe ich ins Blaue hinein, aber das wird sicher passen. Jeder verändert sich mit den Jahren, das ist ein natürlicher Prozess.

Er grinst mich an und ich erwidere es. Ich zeige guten Willen, obwohl ich mich seltsam damit fühle. Es ist nicht so, dass Henry mich enttäuscht hätte. Wie auch, ich hatte die volle Kontrolle und habe ihm vorgegeben, was er zu tun hat. Ich bin es, die ihn nun mit anderen Augen sieht, die rosarote Brille ist mir von der Nase gerutscht und hat den Blick auf die Realität freigegeben. Die Wahrheit ist, dass ich meiner Schwärmerei für Henry entwachsen bin. Bisher habe ich ihn so gesehen, wie ich ihn mit dreizehn betrachtet habe. Aber ich bin nicht mehr dreizehn und das ist mir nun bewusst geworden.

Henry legt sein Kopf schräg und sein Gesichtsausdruck wird ernst. Anscheinend hat er bemerkt, was mir durch den Kopf schwirrt.

»Darf ich ehrlich sein?«, beginnt er zögerlich und scheint mit sich zu ringen, ob er es wirklich sein will. Also ehrlich. »Ich mache mir Sorgen, dass du die gleiche Nummer abziehst wie beim letzten Mal. Das hat mich verletzt.«

Ich senke den Kopf, damit er in meinem Gesicht nicht erkennen kann, dass ich absolut keinen Schimmer habe, wovon er spricht. Was Femke ihm angetan hat.

»Das tut mir leid«, erwidere ich und meine es ernst, besonders deshalb, weil ich, ungeachtet der Tatsache, dass ich nicht Femke, die Verursacherin seines Schmerzes, dafür aber Anouk bin, die ihm mit ihrem Verhalten vermutlich ebenso wehtun wird.

Weil er offensichtlich wirklich in Femke verliebt ist.

»Dann ist es diesmal anders?«, fragt er hoffnungsvoll und bringt mich damit in eine schwierige Lage.

»Ich weiß nicht, was du von mir erwartest«, gebe ich zu und begreife gleichzeitig, wie ich seine Gefühle für Femke nutzen kann, um ihm begreiflich zu machen, was unser Problem ist.

»Du studierst in Göttingen, *Gender Studies* und so, und ich bin hier …«, beginne ich, auf der verzweifelten Suche nach der plausiblen Erklärung.

»Was willst du damit sagen?« Henry schmunzelt und ich fühle mich hin- und hergerissen zwischen Erleichterung und Verlegenheit. Ist echt doof, wenn man raten muss.

»Keine Ahnung«, sage ich und lache ebenfalls, wenn auch angestrengt. Ich streiche mein Haar zurück, das noch immer wie wild mein Gesicht umrahmt, und wieder fällt mir auf, wie Henry mich dabei beobachtet.

Um das zu unterbinden, aber auch um die Lage zu checken, was die Beziehung zwischen uns angeht, beuge ich mich vor und lege meine Lippen für einen flüchtigen Kuss auf seine.

»Ich gehe wirklich besser zurück zu Stan«, sagt er danach, lächelt mich an und steht auf. Endlich entspanne ich mich etwas und kann es gleichzeitig kaum erwarten, dass Henry endlich das Zimmer verlässt.

An der Tür bleibt er stehen. »Hey, Fem?«

»Hm?«

»Das hat Spaß gemacht.«

Ich spüre, wie mir das Blut in die Wangen schießt. »Ja, hat es.«

»Hast viel dazugelernt.« Und schließlich kommt es doch, sein Augenzwinkern, das ich schon in der Küche befürchtet habe.

Statt zu antworten, greife ich nach meinem Kopfkissen und werfe es in seine Richtung. Henry grinst und verschwindet durch den Spalt, die Tür ist bereits geschlossen, als das Kissen dagegenprallt und zu Boden plumpst.

Eine Weile bleibe ich ungerührt sitzen und lausche seinen Schritten auf dem Flur, bis er in Konstantins Zimmer verschwindet. Ich kämpfe gegen den Impuls, sofort zu duschen, denn das wäre nicht normal. Wir haben uns kaum berührt, Körperflüssigkeiten sehr kontrolliert ausgetauscht. Ich habe geschwitzt, aber jetzt zu duschen würde bedeuten, womöglich Femkes Eltern aufzuwecken und unangenehme Fragen beantworten zu müssen.

Morgen früh zu duschen ist völlig ausreichend.

Irgendwann lege ich mich hin und mache das Licht aus. Das Kopfkissen riecht nach Henrys Shampoo, aber damit kann ich leben. Anders als mit diesem Gefühl im Kopf. Sex gehabt zu haben, ohne gekommen zu sein, macht mich unruhig, und das leicht geschwollene Gefühl zwischen meinen Beinen scheint nur dazu da zu sein, um mich daran zu erinnern.

Kurzerhand schiebe ich meine Finger in den Slip und berühre mich selbst. Es ist anders, als ich es von meinem eigenen Körper kenne und es dauert lange, ehe ich den Orgasmus erreiche, kurz und winzig, nur das Echo von etwas viel Größerem. Danach schließe ich die Augen und komme zur Ruhe, doch ein Gedanke folgt mir dorthin.

Dieser Körper ist seltsam.

Am nächsten Morgen verschlafe ich das Frühstück, und als ich erwache, sind Konstantin und Henry bereits irgendwohin unterwegs. Eigentlich will ich es mir nicht eingestehen, doch ich bin erleichtert, Henry nicht über den Weg laufen zu müssen.

Endlich dusche ich und verbringe die meiste Zeit in Femkes Zimmer. Ich versuche mich an ihren Hausaufgaben in Fächern, die ich zum ersten Mal besuche, seit ich Femke bin. Spanisch ist eines davon. Wie soll ich einen Aufsatz auf Spanisch schreiben, wenn mir die ersten zwei Jahre Basiswissen fehlen?

Ich surfe ein bisschen im Internet, auf der Suche nach einem Text, den ich als meinen ausgeben kann, doch irgendwann verliere ich den letzten Rest an Lust und werfe mich träge auf mein Bett.

Mir fällt es schwer, die Dinge, die ich in den letzten Stunden erfahren habe, miteinander in Einklang zu bringen. Die Beziehung zwischen Femke und Henry ist mir schleierhaft, ebenso wie die widersprüchlichen Dinge, die er über sie erzählt hat. Femke wollte, dass er sich von ihr fernhält, ebenso wie von mir. Henry hat es als Eifersucht gedeutet, aber war das wirklich so?

Mir kommt eine andere Idee und mein Herz zieht sich schmerzhaft zusammen. War die Zurückweisung von Henry ein Versuch, unsere Freundschaft zu retten? Hat sie auf ihn verzichtet – sofern sie überhaupt in ihn verliebt gewesen war –, um die Sache zwischen uns zu bereinigen? Damit er nicht zwischen uns steht? Mir wird mulmig und der Kloß in meinem Hals kündigt an, dass ich jeden Augenblick in Tränen ausbrechen werde.

Als Stunden später unten im Haus Stimmen zu hören sind, verkrampfe ich mich innerlich. Es ist später Nachmittag und vermutlich für Konstantin und Henry Zeit, sich auf den Rückweg nach Göttingen zu machen. Alles in mir sträubt sich, Henry gegenüberzutreten. Ich kann es mir nicht erklären, vielleicht liegt es an dem, was wir letzte Nacht getan haben oder an meiner Vermutung, dass immer nur er das Problem gewesen war, ein Problem, das ich Femke zugeschoben habe, obwohl sie sich längst von ihm abgewandt hatte.

Vielleicht liegt es aber auch an seinem entzaubernden Schwanz.

Ich schlage über den Gedanken hinweg meine Hände vor mein Gesicht und schüttle lachend den Kopf. Wieso bin ich plötzlich so gemein? Henry kann nichts dafür, dass ich so empfinde, und er hat es auch nicht verdient, schließlich hat er nichts falsch gemacht. Dennoch kann ich nicht aus meiner Haut.

Eben noch zu einem Nickerchen zusammengerollt auf dem Bett, schnappe ich mir irgendein Buch und setze mich in den Schneidersitz, den Rücken an das Kopfteil gelehnt. Falls jemand – Henry – mir einen Abschiedsbesuch abstatten sollte, bin ich gerade so versunken in den Text, dass ich nichts von seinem und Konstantins Aufbruch mitbekommen habe.

Sie kommen die Treppe hinauf, reden und lachen, und ich halte die Luft an, bis sie an meinem Zimmer vorbei sind. Es dauert kaum fünf Minuten, als sie erneut meine geschlossene Tür passieren und die Stufen hinunterlärmen. Vermutlich haben sie nur schnell ihr Gepäck geholt … Doch dann kommt wieder jemand nach oben, nur eine Person. Angespannt presse ich meine Lippen aufeinander und sende heuchlerische Stoßgebete an irgendeine beliebige Macht, die sich bereit erklärt, mich zu erhören.

Schritte, die zum Stehen kommen.

Oh, oh!

Ohne zu klopfen wird Femkes Zimmertür aufgerissen und Konstantin steht im Rahmen. Erschrocken blicke ich auf. Sein Haar ist feucht, als hätte er gerade geduscht, aber das hat er nicht, das hätte ich gehört.

»Wir sind dann wieder weg.« Er wirft mir die Worte wie Abfall vor die Nase, um sie irgendwie loszuwerden.

Ich blicke wieder in das Buch auf meinem Schoß, von dem ich nicht einmal weiß, ob ich es überhaupt richtigherum halte. »Mh-hm«, mache ich abwesend.

Ich höre Konstantin geräuschvoll ausatmen. »Willst du nicht runterkommen und dich verabschieden?«

Gespielt irritiert sehe ich zu ihm auf. »Du bist doch hier.«

Konstantin verdreht die Augen. »Aber nur, weil *unsere Mutter* es wollte.« Als ich nicht reagiere und darauf warte, dass er geht, verzieht er ungeduldig das Gesicht. »Ich meine auch gar nicht mich.«

Ich habe es befürchtet. Irgendwie hatte ich gehofft, Konstantin würde unwissend bleiben über das, was zwischen mir und Henry vorgefallen ist. Aber daran glaube ich nun nicht mehr. Ob Henry es ihm erzählt hat? Oder waren wir zu laut? Hitze steigt mir in die Wangen und ich senke den Kopf.

»Nee, eigentlich nicht. Das ist gerade so spannend, weißt du, und …«

»Echt jetzt, Fem?«, unterbricht Konstantin mich unwirsch. Darauf bin ich nicht vorbereitet. Ich habe ihn lange Zeit relativ gut gekannt, doch so aufgebracht habe ich ihn nie erlebt.

»Was denn?« Ich komme mir schäbig vor, die Ahnungslose zu spielen, wo ich ausnahmsweise einmal weiß, was er meint.

»Ziehst du die Nummer schon wieder ab?«

»Ich weiß nicht, was du meinst.«

Er lacht höhnisch auf und ich muss zugeben, dass ich ihm recht gebe. Also zeige ich mich versöhnlich. »Du kannst ihn von mir grüßen und … sag ihm, er soll mich anrufen«, meine ich, auch wenn ich Konstantin verschweige, dass ich nicht die Absicht habe, ans Telefon zu gehen, sollte er sich melden.

»Du bist echt so 'ne Schlampe, Fem.« Mit diesen Worten dreht Konstantin sich um und knallt die Zimmertür zu.

Fassungslos starre ich ihm nach, obwohl er längst verschwunden ist. Ich begreife nicht, was gerade geschehen ist. Hat Femkes Bruder mich – also sie – echt als Schlampe bezeichnet, weil ich es gewagt habe, mit einem Kerl zu schlafen, ohne ihn am nächsten Tag zu heiraten? Nennt er sie Schlampe, weil sie sexuelle Selbstbestimmung lebt und sich das nimmt, was sie möchte? Diese Doppelmoral von einem Kerl, der laut seines eigenen Vaters regelmäßig Mädchen abschleppt und dafür als toller Typ gefeiert wird. Bei dem Gedanken könnte ich kotzen.

Doch es kommt noch schlimmer.

Plötzlich wird mir bewusst, dass auch ich Femke als Schlampe bezeichnet habe. Aus genau dem gleichen Grund, mit derselben Doppelmoral, die ich eben selbst erfahren musste. Ich bin der festen Überzeugung, dass jede Frau mit so vielen Männer schlafen soll, wie es ihr gefällt, ohne dafür niedergemacht oder beschimpft zu werden. Und dennoch tue ich genau das. Ich nenne ein anderes Mädchen aus demselben Grund eine Schlampe.

Ein Mädchen, das einmal meine beste Freundin war.

Was bin ich nur für eine verdammte Heuchlerin! Auf einmal wird es mir klar. Vielleicht ist das der Grund, weshalb ich mich in Femke verwandelt habe!

Damit ich am eigenen Leib erfahre, wie es ist, sie zu sein.

Um zu sehen, dass ich ihr unrecht getan habe, dass meine Reaktion, als ich von ihr und Henry erfuhr, viel zu heftig war, viel zu ungerecht. Niemals hätte unsere Freundschaft wegen eines Jungen zerbrechen dürfen, völlig gleichgültig, wie verknallt ich war.

Es war von Femke nicht in Ordnung gewesen, mit Henry zu schlafen, aber sie und ich hätten darüber reden sollen, uns aussprechen und unsere Freundschaft retten müssen.

Ich musste erst selbst mit Henry ins Bett gehen und deswegen von Konstantin als Schlampe bezeichnet werden, um das zu begreifen. Aber jetzt sehe ich es klar vor mir und schäme mich in Grund und Boden.

Ich bin schuld am Ende unserer Freundschaft. Und wahrscheinlich bin auch ich verantwortlich dafür, dass ich mich in Femke verwandelt habe. Das ist meine Lektion. Meine Strafe.

Jetzt habe ich es endlich begriffen.

Kapitel 23

Als ich am nächsten Morgen erwache, führt mich mein erster aufgeregter Gang zum Kleiderschrank. In Filmen über Bodyswitches sind immer Offenbarungen oder Erkenntnisse wie jene, die ich gestern Abend hatte, das Heilmittel, um die Verwandlung rückgängig zu machen.

Ich habe meine Lektion gelernt.

Doch der Blick in den Spiegel ist ernüchternd und enttäuschend.

Same old different.

Femkes Gesicht starrt mir entgegen, und mir ist nach Heulen zumute. Es war vermutlich naiv, zu glauben, dass eine Nacht darüber zu schlafen genügt, um meinen eigenen Körper zurückzubekommen, angesichts der Tatsache, wie grauenvoll und schmerzhaft meine Metamorphose gewesen ist. Doch ich bin bereit, es noch einmal durchzustehen, noch einmal Haare und Zähne zu verlieren, mich zu häuten und unter Krämpfen Blut zu spucken. Alles! Ich würde alles tun, um diesen Albtraum zu beenden.

Was auch immer mein altes Leben zurückholt, die Erkenntnis, wie unrecht ich Femke getan habe, ist es offensichtlich nicht.

Wenn es überhaupt einen Weg gibt.

Aber wie könnte ich aufhören zu hoffen? Das ist unmöglich, ich kann die letzten siebzehn Jahre meines Lebens nicht durch die von Femke ersetzen. Ausgeschlossen, und ich will es auch nicht. Und so kann es auf keinen Fall weitergehen.

Notfalls muss ich eben … aber nein. Daran möchte ich nicht denken. Ich will leben. Eben nur nicht als Femke.

Mein Enthusiasmus, an diesem Montag in die Schule zu gehen, hält sich in Grenzen. Es herrscht ein bissiger kalter Wind und ich habe mich in einen viel zu großen Hoodie geworfen, den ich mir aus Konstantins Kleiderschrank gemopst habe.

Ich bin eine Rebellin.

Mein Weg ist einsam, ich hatte keine Lust, den Bus zu nehmen. Er hätte dafür gesorgt, dass ich pünktlich bin. Ich will nicht pünktlich sein, ich möchte gar nicht in die Schule, nicht Sebastian über den Weg laufen, nicht von allen angestarrt werden, nicht wissen, was an der Toilettenwand steht.

Es dauert eine Weile, bis ich begreife, welchen Weg ich eingeschlagen habe. Nämlich genau so lange, bis ich an der kleinen Erhöhung vorbeikomme, an der Femke in die Tiefe gestürzt ist.

Die Täterin kehrt am Tiefpunkt ihrer Geschichte an den Tatort zurück. Eine Gänsehaut überzieht meinen Körper, als würde er sich daran erinnern, wie er hier in die Tiefe gestürzt ist. An den Schmerz, als er zerbrach, an die Panik, als er keinen Sauerstoff mehr bekam, seine Lunge sich mit Wasser füllte und er ertrank.

Was auch immer mit ihm geschehen ist.

Ich sehe zu, dass ich wegkomme. Es gibt keinen Grund, mich unnötig zu quälen.

Also folge ich den Wasserlauf des Flusses tief unter mir, denn auch das ist ein Weg, der mich zur Schule führt. Ganz in Gedanken laufe ich weiter, bis mich Stimmen wie aus einem sehnsuchtsvollen Traum reißen.

Kaum ein paar Hundert Meter vor mir sind Menschen. Mein Herz beginnt zu rasen.

Fahrzeuge, verschiedene. Rot. Blau. Schwarz. Ich bekomme keine Luft mehr. Dennoch gehe ich weiter, ich kann meinen Körper nicht dazu bringen, etwas anderes zu tun.

Eine schwarz-gelbe Absperrung, das Plastik flattert im Wind. Panik überkommt mich, ich möchte schreien, aber ich schweige. Senke den Kopf und sehe trotzdem alles aus dem Augenwinkel, als ich die Szenerie passiere.

Schaulustige sind nur wenige da. Polizei, Krankenwangen, Feuerwehr. Und – ich spüre Magensäure meine Speiseröhre hochschießen – ein langer schwarzer Leichenwagen.

Das hat nichts zu heißen.

Nein, das ist ein Irrtum! Das kann nicht wahr sein, darf es nicht. Falscher Alarm, ganz sicher.

Dann sehe ich es. Die Trage, die den Abhang zum Fluss hochgetragen wird. Vier Männer in Uniformen und auf der Bahre ein Körper. In einem schwarzen Sack.

Meine Schritte werden schneller, bis ich anfange zu laufen. Kopflos stürze ich vorwärts, sehe nicht wohin und will es auch nicht wissen.

Femke.

Sie haben sie gefunden.

Scheiße.

TEIL 2

Kapitel 21

Femke und Anouk.

Ich und sie.

Seit wir uns kannten, waren wir immer ein *wir*. Eine Einheit. Mehr noch. Es war Liebe, keine romantische Liebe, und doch voller Nähe und Vertrauen. Hätte uns irgendjemand prophezeit, dass uns jemals etwas trennen würde, hätten wir ihn ausgelacht. Denn wir wussten es besser. Unsere Freundschaft war besonders, und sie gehörte uns allein. Vieles von dem, was wir miteinander teilten, habe ich in den Jahren nach dem *wir* vergessen, verdrängt vielleicht, als wäre es nie geschehen. Um den Schmerz des Verlustes nicht in seiner ganzen Heftigkeit empfinden zu müssen.

Aber sosehr ich es auch versuchte, eine Nacht konnte ich niemals verbannen, nicht aus meinem Kopf und schon gar nicht aus meinem Herzen. Und immer dann, wenn diese Erinnerung an die Oberfläche brach, erlaubte ich mir, um meinen Verlust zu weinen. Heimlich, niemals hätte ich es zugegeben. Weder vor meiner Schwester noch vor meinen neuen Freunden. Am liebsten nicht einmal vor mir selbst. Dennoch war ich gnädig mit mir.

Manchmal muss man um das weinen, was man verloren hat.

Auch jetzt sucht mich diese Erinnerung heim. Ihr warmes Gefühl, die beruhigende Erkenntnis, niemals allein zu sein.

Aber sie war ein Irrtum.

Niemand ist sicher. Jemals.

Schreckliche Dinge passieren. Jeden Tag. Und niemand ist davor gefeit.

Es war die erste Nacht der Zeit, in der mich die Familie Hansen mit offenen Armen empfangen hat, während meine eigene zerbrechliche Welt in Tausende Scherben zersplittert war. Femke und ich teilten uns ihr Zimmer, ich hätte ein eigenes haben können, doch ich zog es vor, auf einer Luftmatratze am Boden zu schlafen. Die Fürsorge ihrer Eltern war aus einer Not heraus geschehen, doch für mich war es wie heller Sonnenschein in einem sonst finsteren Dasein.

In dieser Nacht schlief ich und war gleichzeitig immer wach und hörte irgendwann, wie Femke aus dem Zimmer tapste. Ich drehte mich um und versank in meinem Wachschlaf, doch ich bekam nicht mit, wie sich die Tür wieder öffnete und jemand hereinkam.

Dafür schlug ich erschrocken die Augen auf, als sich die Luftmatratze unter mir bewegte und jemand unter meine Decke kroch. Kalte Füße berührten meine und ein zufriedenes Seufzen hinter mir beruhigte mich. Ich drehte mich um und da lag sie, Femke, neben mir auf der viel zu schmalen Matratze und schlang einen Arm um mich. Ihre Augen waren geschlossen, ihre Gesichtszüge entspannt, und obwohl von ihr die Kälte der Nacht ausging, wurde mir sofort noch wärmer.

Vorsichtig berührte ich sie an der Schulter, ich wollte sie nicht wecken und trotzdem mit ihr reden. Sichergehen, dass sie sich nicht bloß verirrt hatte.

»Femke …«, flüsterte ich.

»Was ist?«, grummelte sie unwillig.

»Willst du nicht in dein eigenes Bett?«

»Nein.«

Ich war irritiert und fragte mich, ob sie die Bedeutung meiner Worte überhaupt verstanden hatte. »Du hast in deinem Bett viel mehr Platz.«

»Ist mir egal.« Sie kuschelte sich eng an mich, unsere Köpfe lagen Stirn an Stirn und ich spürte ihren regelmäßigen Atem auf meinem Gesicht.

»Wieso?«

»Ich will da sein, wo du bist, Nouk. Für immer.«

Darauf sagte ich nichts mehr. Ich war überwältigt und dankbar für diese besondere Freundin, die mich so sehr liebte wie ich sie, dass ich heulen wollte.

Wir blieben eng umschlungen liegen, die ganze Nacht, aneinandergekuschelt wie Zwillinge im Mutterleib, womöglich ebendeshalb auf der Luftmatratze, weil wir uns in ihrem Bett verloren hätten. Aber wir brauchten nicht mehr Platz, wir brauchten nur einander.

Am nächsten Morgen erwachte ich von dem Gelächter ihrer Mutter, die im Türrahmen stand und zu uns hinabsah, ehe sie kopfschüttelnd und noch immer lachend davonging.

Tränen laufen mir über das Gesicht, als ich mich jetzt im Irgendwo wiederfinde.

Femke! Ich habe das nicht gewollt, es war ein Unfall! Es tut mir so unendlich leid!

Verzweifelt wische ich mir sämtliche Spuren meines Schmerzes aus dem Gesicht und kämpfe darum, nicht die Nerven zu verlieren.

Ich versuche mich zu orientieren und stelle fest, dass ich mich in einem kleinen Waldstück nahe der Schule befinde. Völlig kopflos muss ich hierhergelaufen sein, verfolgt von meiner eigenen Schuld, blind für alles andere. Ich hätte genauso gut überfahren werden können, mehrere Straßen liegen hinter mir, aber offensichtlich ist das nicht geschehen.

An einen Baum gelehnt sitze ich da, den Nadeln auf meinen Klamotten nach zu urteilen eine Tanne, die Arme um meine Beine gewickelt. Es ist bitterkalt und ich spüre, dass sich mein Körper bis eben bewegt hat. Das Wippen vor und zurück, es hat nun aufgehört, doch die Information ist noch nicht vollständig bis zu meinem Gehirn vorgedrungen.

Langsam finde ich zu mir zurück und zu allem, was damit zusammenhängt.

Zu allem, was ich weiß.

Was nicht viel ist.

Sie haben eine Leiche im Fluss gefunden. Ich zittere plötzlich und schmecke den sauer-bitteren Geschmack in meinem Mund. Habe ich gebrochen? Ich kann mich nicht erinnern.

Ich schluchze auf und erschrecke mich über mich selbst.

Femke. Es tut mir so leid! Es tut mir leid, dass ich dich geschubst habe und es tut mir leid, dass ich dich aufgegeben habe. Damals, als alles zerbrach. Wegen eines Jungen.

Neue Tränen laufen über mein Gesicht. *Es tut mir leid, dass ich schlecht über dich geredet und noch schlechter über dich gedacht habe! Es tut mir so leid!*

Ich atme tief durch und wische mein Gesicht trocken. Es ist zu spät. Meine Reue nützt niemandem etwas. Ich hätte es Femke früher sagen müssen, es früher begreifen sollen. Nein, ich hätte es gar nicht erst so weit kommen lassen dürfen. Mit ihr reden müssen. Jetzt geht es nicht mehr.

Jetzt bin ich du. Das ist meine Chance, dir zuzuhören.

Abermals hole ich tief Luft und versuche, mich zu beruhigen. Ich muss meine Möglichkeiten durchdenken, mir darüber klar werden, was der Fund für Konsequenzen hat.

Was tückisch ist, denn mir fehlt eine entscheidende Information.

Welchen Körper haben sie gefunden?

Den von Femke?

Oder meinen?

Anouk?

Hat sich ihr Körper verwandelt, als er tot war? Oder war sie womöglich nicht sofort tot? Habe ich sie im Stich gelassen, weil meine Suche nach ihr nicht intensiv genug gewesen ist? Weil ich zu feige war, Hilfe zu holen? Um meinen eigenen verdammten Arsch zu retten?

Ich hasse mich dafür. Aber es ist nicht mehr viel zum Hassen übrig. Nur mein verwirrter Verstand.

Als ich mir mit den Händen durch mein Haar fahre, bemerke ich, dass ich noch immer die Kapuze von Konstantins Hoodie aufhabe.

Ich muss nachdenken.

Möglichkeit eins: Sie haben Femke gefunden. Was passiert dann? Es fällt mir schwer, darauf eine Antwort zu finden. Wie ist es zu erklären, dass dort die Leiche gelegen hat, ich aber wie sie aussehe? Für die Leute war Femke niemals weg. Werden sie glauben, Femke hätte eine Zwillingsschwester? Wie werden sich alle anderen das erklären, was ich selbst nicht begreife? Ich weiß es nicht.

Mein Hals schmerzt, als ich heftig schlucke. Ich muss wirklich gekotzt haben.

Möglichkeit zwei: Sie haben mich gefunden, meinen Körper. Anouk. Die Vorstellung ist unerträglich. Meine Schwester, meine Freunde … sie werden glauben, ich sei tot. Ich presse die Hand auf meinen Mund, um nicht zu hyperventilieren, um nicht erneut in Tränen auszubrechen.

Aber ich bin doch hier! Hier! Warum sieht mich denn keiner? Vielleicht sollte ich ihnen erzählen, was passiert ist. Dass ich Anouk bin, schuld an Femkes Unfall und nun in ihrem Körper gefangen …

Mein Kopf beginnt zu schmerzen.

Ich kann nicht die Wahrheit sagen. Vielleicht würden sie mich nicht ins Gefängnis, dafür aber direkt in die Geschlossene stecken. Womöglich gehöre ich dort sogar hin. Solche Geschichten werden nicht geglaubt, weil der Wahrheitsgehalt nur bei null liegen kann.

Dennoch ist es wahr. Ich bin die Ausnahme von der Regel.

Ich werfe einen Blick auf Femkes Handy und stelle fest, dass ich bereits zwei Schulstunden verpasst habe. Es ist sicher besser, mich aus dem Mittelpunkt fernzuhalten. Damit ich den Leuten später erklären kann, dass sie sich irren. Dass der tote Körper nicht Femke sein kann, weil er hier ist. Ich trage ihn wie einen verdammten, viel zu engen Overall.

Ich will nicht ins Gefängnis.

Oder in die Psychiatrie.

Aber es soll niemand glauben, dass ich, Anouk, tot bin.

Ich lebe, ich bin da!

Ich sollte mich beruhigen und dann ahnungslos geben. So tun, als wüsste ich nicht, was passiert ist.

Und ich habe ja wirklich keine Ahnung!

Was ich jetzt brauche, ist ein Plan. Etwas, was ich tun kann, ehe die lange Hand des Gesetzes nach mir greift. Einfach nur warten … das würde mich wahnsinnig machen. Ich muss die Zeit, die mir bleibt, dazu nutzen, um herauszufinden, was mit Femke passiert ist und warum sie meine Hilfe wollte.

In der Schule nicht aufzufallen ist ein besonderes Talent, das ich offenbar auch als Femke nicht verloren habe. Vielleicht wäre es besser gewesen, der Schule an diesem Tag gänzlich fernzubleiben. Ich bin zu aufgewühlt, um mich mit Femkes sozialen Kontakten herumzuschlagen oder mit Nachforschungen zu beginnen. Aber es erschien mir zu suspekt, die Schule zu schwänzen. Nachweislich anwesend zu sein ist unverdächtiger – auch wenn mich niemand wahrnimmt.

So halte ich mich während der Pausen nur kurz an meinem Spind auf, trage die meiste Zeit die Kapuze bis tief ins Gesicht und vermeide Augenkontakt. Außerdem gehe ich Sebastian und seinen Kumpels aus dem Weg, da ich ahne, dass er mich wegen des verpassten Wochenendes auf dem Kieker hat. Solche freudigen Konfrontationen hebe ich mir lieber für einen anderen Tag auf.

Während des Unterrichts fällt es mir schwer, bei der Sache zu bleiben. Meine Gedanken schweifen ab, tragen mich zurück zu der Anhöhe am Fluss und spielen immer und immer wieder das letzte Treffen mit Femke durch. Die Antwort auf die Frage, was ich hätte anders machen können, quält mich von Mal zu Mal mehr.

Denn sie ist einfach.

Nicht schubsen.

So simpel.

Ich möchte weinen, schreien, um mich schlagen, doch das alles sperre ich weg. Heute habe ich Glück, keiner der Lehrer ertappt mich bei meiner geistigen Abwesenheit und ruft mich unerwartet auf. Vielleicht bin ich wirklich unsichtbar geworden, zu unscheinbar, um mich zu bemerken.

Immerhin wurde meine Anwesenheit eingetragen.

Wäre komisch, wenn *Femke* am Tag ihres Leichenfundes nicht in der Schule war.

Es passiert kurz vor Ende der letzten Schulstunde.

Ich sitze im Deutsch-Leistungskurs, als die Tür geöffnet wird und ein Junge aus meinem Jahrgang, nicht aber aus diesem Kurs, den Raum betritt. Unsicher, weil ihn alle anstarren, huscht er zur Lehrerin und flüstert ihr etwas zu.

Ihr Gesicht verändert sich mit jedem Wort, das er ihr zuträgt, wird starr und fragend. Dann nickt sie und der Typ verschwindet aus meiner Wahrnehmung.

Ich bekomme eine Gänsehaut. Meine Muskeln spannen sich an und unruhig sehe ich in die Gesichter der anderen Schüler. Von Irritation bis Gleichgültigkeit ist jede Regung vorhanden, doch es ist offensichtlich, dass allen diese ungewöhnliche Situation aufgefallen ist.

»Kleine Planänderung«, sagt Frau Tzenko und räuspert sich umständlich. »Sämtliche Schülerinnen und Schüler der Oberstufe sollen sofort nach oben in die Aula, dort findet eine wichtige Versammlung mit Frau Hogenmayer satt.«

Getuschel bricht aus und mir schnürt sich die Kehle zu. Die ersten Schüler kramen ihre Sachen zusammen, tuscheln, Stuhlbeine kratzen über den PVC-Boden. Nur ich bleibe sitzen, rühre mich nicht von der Stelle.

Das ist übel. Wenn die Schuldirektorin zur Versammlung ruft, muss etwas Schlimmes passiert sein.

Zum Beispiel der Fund einer toten Schülerin.

Wie es aussieht, werde ich schneller als gedacht erfahren, wer aus dem Fluss gezogen worden ist.

Kapitel 25

Ich kann meine Angst kaum verbergen, als ich die Aula in der obersten Etage erreiche. Die Versammlung hat bereits begonnen und ich kann die Direktorin hören, bevor ich sie sehe. Sie hat eine kräftige Stimme, doch ihr Tonfall ist gesenkt – sie spricht davon, dass noch nichts nach außen dringen dürfe, da zunächst die Eltern der jüngeren Schüler telefonisch informiert würden, damit diese es ihren Kindern schonend beibringen können.

Möglichst leise setze ich mich auf einen freien Stuhl ganz hinten und lasse meinen Blick über die Köpfe schweifen, die mir die Sicht versperren. Zwei Reihen vor mir entdecke ich Sebastian und seine Kumpels, ziemlich mittig kann ich Amy und Robin ausmachen, die tuschelnd ihre Köpfe zusammengesteckt haben. Alle Schüler der Oberstufe sind anwesend – annähernd zweihundert junge Menschen, die gleich erfahren werden, was ich getan habe.

Es kostet mich Überwindung, nach vorne zu blicken. Die Direktorin Frau Hogenmayer, eine maskuline Frau in den Fünfzigern mit einer Vorliebe für zu weit nach oben gezogene Hosen und mit eher schütterem hellblondem Haar, steht dort. Im Augenblick spricht sie nicht zu uns, sondern tauscht sich leise mit einem der zwei uniformierten Männer aus.

Polizei.

Unruhig rutsche ich auf meinem Stuhl hin und her und sehe mich nach allen Seiten um. Ich möchte flüchten, natürlich, einfach weglaufen und so tun, als wäre es mir egal, was gleich passiert. Aber das ist es nicht. Im Gegenteil. Es ist für mich wichtiger als für alle anderen in dieser Aula.

Neben mir sitzt ein Junge, den ich noch nie gesehen habe, und auch er starrt gespannt nach vorne. Es ist Sensationslust, vermute ich, obwohl ich nicht zu vorschnell urteilen sollte.

Schließlich bemerkt er, dass ich ihn mustere, und sieht zu mir.

»Hey«, flüstert er unerwartet selbstbewusst. Wahrscheinlich hält er meinen Blick für die Aufforderung zu einer Unterhaltung.

Ich versuche mich an einem verkrampften Lächeln, weil ich nicht unhöflich sein will. Doch das versteht er ebenso falsch und ist nur noch engagierter, ein Gespräch zum Laufen zu bringen.

»Weißt du, was hier los ist?«

Ich schüttle den Kopf und sehe weg. Genug geplaudert, falsche Frage. Doch ich spüre, dass seine Augen weiter auf mich gerichtet sind und werfe einen weiteren Seitenblick zu ihm.

»Du bist Femke, oder?«

Panik erfasst mich. Er hat mich erkannt, was normal betrachtet nicht ungewöhnlich ist. Aber warum kennen in dieser verdammten Schule alle meinen Namen? Mein Herz pumpt so angestrengt in der Brust, dass mir beinahe schwarz vor Augen wird.

Heiß.

Es ist so verdammt heiß und stickig in dieser Aula. Zu viele Menschen, die atmen. Ich wünschte, sie würden damit aufhören, um nicht den ganzen Sauerstoff zu verbrauchen.

Ich muss mich zusammenreißen, also tue ich es und will gerade zu einer Erwiderung ansetzen, als die Direktorin abermals zu sprechen beginnt.

»So, nun noch einmal von vorne. Ich danke euch, dass ihr hier seid«, spricht sie an die Schüler gerichtet und ich nutze die Ablenkung, um die Kapuze tiefer in mein Gesicht zu ziehen.

»Bedauerlicherweise sind es keine guten Nachrichten, für die ich diese Versammlung anberaumt habe.« Sie sieht betroffen zu den Polizisten, und einer von ihnen nickt ihr zu.

»Am frühen Morgen des heutigen Tages hat die Polizei von Lübbewirtz einen leblosen Körper aus dem Fluss gezogen. Es konnte nur noch der Tod festgestellt werden.«

Das erste Flüstern beginnt in den Reihen vor mir, und ich sehe aus dem Augenwinkel, dass der Typ neben mir wieder den Kontakt sucht. Diesmal bin ich nicht dumm genug, mich darauf einzulassen, und starre stur nach vorne, wo sich Frau Hogenmayer abermals räuspert. Es fällt ihr sichtlich schwer, weiterzusprechen, was durch das Gemurmel der Schüler verstärkt wird, und auch der Kloß in meinem Hals nimmt unerträgliche Ausmaße an. Schlimmer jedoch ist die Anspannung in meiner Brust, meine Lunge stößt die abgestandene Luft aus und ich muss aufpassen, nicht zu hyperventilieren. Mir fällt eine Bewegung unterhalb meines Sichtfeldes auf und ich stelle erschrocken fest, dass mein linkes Bein nervös trippelt. Vielleicht hat mich der Typ neben mir deshalb angestarrt. Weil ich bei dem Versuch, unauffällig zu sein, viel zu auffällig bin.

Viel zu nervös, um unverdächtig zu sein.

»Alles in Ordnung?«, fragt er gedämpft, als hätte er meine Gedanken gelesen, und legt seine warme Hand auf das zuckende Knie. Sofort ziehe ich das Bein unter seiner Berührung weg, doch ich bin zu gespannt auf die Worte der Direktorin, um mir auf die Schnelle einen Vortrag über ungewollte Grenzübertretung und Personal Space aus den Fingern saugen zu können.

Ist der Knabe noch mal davongekommen.

»Ich hab's nur eilig«, lüge ich hastig, damit ich keines der Worte verpasse, denn gerade setzt Frau Hogenmayer erneut zum Sprechen an.

»Die Familie des Opfers ist bereits informiert und auch die Spurensicherung ist abgeschlossen. Das bringt mich zu dem Grund, weshalb ich zu euch spreche.«

Mir wird übel. Femkes Eltern wissen Bescheid! Wie furchtbar und unbegreiflich es für sie sein muss, immerhin haben wir uns an diesem Morgen noch gesehen.

Frau Hogenmayer holt Luft, kämpft mit den Tränen, sammelt sich jedoch wieder, bevor sie weiterspricht. »In den nächsten Tagen wird die Polizei einige von euch zu Gesprächen rufen. Denn, und es schmerzt mir in der Seele, das sagen zu müssen, es handelt sich bei dem Opfer um einen Schüler unseres Gymnasiums, und nach aktuellem Stand der Ermittlungen ist bei seinem Tod Fremdverschulden nicht ausgeschlossen.«

Mir schwirrt der Kopf, doch ich habe keine Gelegenheit, meine Gedanken zu sortieren. Panisches Getuschel umgibt mich, bläst sich auf und füllt die gesamte Aula aus. Rufe werden laut, die mich wie Ohrfeigen treffen.

»Dann war es Mord?«

»Was ist genau passiert?«

»Wer ist es? Wer ist tot?«

Die Fragen erscheinen mir seltsam banal und trotzdem brauche ich Antworten wie die anderen. Vielleicht sogar mehr.

Direktorin Hogenmayer hebt die Hände und bedeutet den Schülern, sich zu beruhigen. Tatsächlich wird es schnell still und sie spricht weiter.

»Die Polizei muss die Spuren erst noch vollständig auswerten, und auch der … Leichnam muss … obduziert werden, bevor sie eine sichere Aussage zur Todesursache machen können. Es besteht also kein Grund zur Panik.« Wieder räuspert sie sich, es macht ihr sichtlich zu schaffen, für einen ihrer

Schüler Worte wie *Leichnam* und *obduziert* zu verwenden – ich kann es nachempfinden. »Was wir sicher wissen, ist die Identität des Opfers. Sein Name war Maurice Overwetter … und er besuchte die dreizehnte Klasse unserer Oberstufe.« Ihre Stimme zittert, bevor sie bricht.

Maurice wer?

Ich kann nicht anders, die überwältigende Erleichterung bricht in Form eines lauten Lachens aus mir heraus. Das erste Luftschnappen, seit ich am Morgen die Luft angehalten habe.

Sofort schlage ich mir die Hand vor den Mund, sperre das Lachen weg, doch es ist zu spät. Zu viele haben es gehört und drehen sich nach mir um, ihre Gesichter entsetzt, ihre Augen in Schock oder Verachtung für mein respektloses Verhalten aufgerissen.

Ohne darüber nachzudenken, greife ich nach meiner Tasche, stehe auf und verlasse die Aula. Ich habe genug gehört, mehr muss ich nicht wissen.

Femke wurde nicht gefunden.

Und mein Körper auch nicht.

Vielleicht, ganz vielleicht besteht noch Hoffnung. Ich habe zwar keinen Plan für irgendwas, aber ich klammere mich an die Hoffnung wie an einen Ast in einem reißenden Fluss.

Wie passend, diese Metapher.

Erst als ich im leeren Schulflur bin, bleibe ich stehen und lehne mich mit meiner Stirn an die kalte Wand. Mein Kopf brummt und ich weiß, dass ich in keinem guten Licht dastehe. Laut zu lachen, wenn vom Tod eines Mitschülers berichtet wird, ist pietät- und geschmacklos. Doch ich konnte es nicht zurückhalten, es war stärker und nun kann ich es nicht mehr rückgängig machen.

Und ich gebe es zu, ein bisschen schäme ich mich für meine Erleichterung.

»Was war das denn?«, höre ich eine Stimme hinter mir. Erschrocken fahre ich herum und entdecke den Typen, der eben neben mir gesessen hat. Ist er mir gefolgt? Was stimmt denn nicht mit dem?

»Das ist schwer zu erklären und nichts für ungut, aber das geht dich nichts an.« Ich wende mich von ihm ab und lasse ihn stehen, laufe die Treppe hinunter in die erste Etage, doch ich höre seine hastigen Schritte hinter mir.

Gejagt werden oder dem Jäger direkt ins Auge blicken. Ich weiß, wofür ich mich entscheide. Wütend wirble ich herum.

»Hör auf, mir hinterherzulaufen, verstanden? Ich mag das nicht. Niemand mag das«, fahre ich ihn an.

Er ist ein paar Meter vor mir stehen geblieben und wirkt verwirrt.

»Ich verstehe das nicht«, sagt er und kratzt sich an seinem blonden Haarschopf. »Ich dachte, du bist Femke?«

Nun bin ich es, die irritiert ist.

»Ja, na und?«

Wie es scheint, habe ich ihn ein wenig eingeschüchtert. Zwar ist er deutlich größer als ich, doch er wirkte von Anfang an unbeholfen, garniert mit zu viel falschem Selbstvertrauen.

»Ich dachte, es gehört zum Spiel«, erklärt er kleinlaut und er würde mir fast leidtun, wenn er eben nicht seine Hand auf mein Knie gelegt hätte.

»Welches Spiel?«

»Finde den Star«, sagt er und zuckt mit den Schultern.

»Was? Wovon sprichst du?«

Verlegen verschränkt er die Arme vor der Brust und schaut sich Hilfe suchend um, als hoffe er, dass jemand wie aus dem Nichts vor das wütend dreinblickende kleine Mädchen springt, um ihn zu retten. Da aber niemand auftaucht, muss er beichten.

»Ich ... also ich hab ein paar Typen drüber reden hören und da musste ich selbst nachsehen.«

Auf einmal ist es, als würde ich in einem grellen Scheinwerferlicht stehen, so viele Lichter gehen mir auf. »An der Toilettenwand?«, frage ich drängend und Aufregung erfasst mich. Ich kenne die Antwort bereits, bevor der schmächtige Typ nickt.

»Dann weißt du davon?«, will er irritiert wissen.

»Wann hast du es gesehen? Heute?«, ignoriere ich seine Frage und blicke drängend zu ihm auf.

Er nickt erneut und sieht mich an, als bereue er seine Entscheidung, mich angesprochen zu haben. Gut so! Ich hingegen bin froh darüber – erstaunlich, wie schnell sich Perspektiven ändern können.

Ich will sofort loslaufen. Vorher strecke ich dem Typen noch warnend meinen ausgestreckten Zeigefinger entgegen.

»Wage es nicht, mir zu folgen!«

Wieder nickt er, nur um den Kopf zu schütteln.

Ich drehe mich um und laufe los. Meine eigene Reaktion erscheint mir irrational und ich kann sie mir nicht erklären, doch ich muss so schnell ich kann ins Schwarze Loch, an den Ort, an dem nichts gesehen wird, offiziell keine kriminellen Machenschaften stattfinden, dem gesetzeslosen toten Winkel der Schule, den selbst die Putzfrauen nicht auf dem Schirm haben.

Immer schneller renne ich durch die leeren Schulgänge, die Treppe nach unten ins Erdgeschoss. Alles scheint wie ausgestorben, die Schüler der Mittelstufe sind bereits nach Hause gegangen und die Oberstufe sitzt in der Versammlung. Niemand wird sich über mein Verhalten wundern und obwohl es eigentlich unmöglich ist, treibt mich die Angst, die Schmiererei könne in der Zwischenzeit verschwunden sein, voran.

Ich habe lange genug gewartet, viel zu blind im Dunkeln getappt, es ist an der Zeit, dass ich endlich mitspielen darf.

Als ich die Toilette erreiche, stoße ich die Tür auf und mit einem Riesenlärm kracht sie gegen die Wand dahinter. Im Vorraum mit den Waschbecken halte ich mich nicht lange auf, hier überfliege ich die Kacheln bloß oberflächlich.

Ich setze mein Geld auf eine der Kabinen, dort, wo die Schmiererei nur gesehen wird, wenn man explizit danach sucht – oder ein Geschäft jeder Art zu verrichten hat. Drei Türen sind angelehnt, niemand außer mir ist hier, doch der schwere Geruch nach Urin bestätigt, dass dieser Raum auch für das benutzt wird, wofür er ursprünglich gedacht war – aber auf diese Erkenntnis hätte ich verzichten können.

In der ersten Kabine auf der linken Seite werde ich fündig.

Endlich!

Dort stehen sie, die Worte, mit schwarzem Edding auf die weißen Kacheln gekritzelt, zwischen blöden Witzen und kindischen Smileys:

ÜBERRASCHUNG!

SURSEX CREATORS WOLLEN DICH
FINDE DEN F. STAR!
0167-9780940

Bevor ich mir einen Reim auf diese seltsame Aneinanderreihung von Worten mache, hole ich Femkes Handy aus meiner Tasche und knipse ein paar Fotos. Erst dann lehne ich mich seitlich gegen die geschlossene Tür und versuche, die Bedeutung zu entschlüsseln.

Es dauert nicht lange, bis ich die Stimmen höre, sie mir ins Gesicht springen und noch ganz andere Erinnerungen in mir wach werden.

Der Überfall neulich nachts.

Bist du ein Star?

Der seltsame Typ von eben.

Finde den Star.

Das war kein Zufall, sie beide haben sich auf den Spruch an der Wand bezogen.

Ich wanke zurück, in meinen Bauch liegt ein Stein, der mich in die Tiefe zu ziehen droht.

Das ist kein verdammtes Spiel!

Das ist eine Aufforderung zum Stalking!

Kapitel 26

Seit über einer halben Stunde warte ich vor dem Büro von Direktorin Hogenmayer. Als sie schließlich in Begleitung ihrer Stellvertreterin Frau Laschke und der Schulsekretärin Frau Bäuerle die Treppe hinunterkommt und auf das Büro zusteuert, habe ich mit Femkes Handy bereits das Internet nach *Sursex Creators* durchsucht, allerdings mit ernüchterndem Ergebnis. Ein Suchportal zeigte mir etwa 2.350.000 Ergebnisse an, und keines davon enthielt das Wort *Sursex*. Dafür hatte ich unzählige Einträge zu Sussex, der Grafschaft in Südengland, die jedoch in keiner ersichtlichen Verbindung mit irgendwelchen *Creators* stand. Was es auch ist, das Internet kennt es nicht, und das macht mir mehr Angst.

Als die Schulleitung das Büro erreicht und Frau Bäuerle die Tür aufschließt, gehen sie an mir vorbei, als wäre ich nicht anwesend. Zu beschäftigt sind sie mit den aktuellen Ereignissen, aber das hier kann nicht warten.

»Entschuldigen Sie bitte!« Ich dränge mich mit durch die Tür, bevor sie mir vor der Nase zufallen kann. »Frau Hogenmayer, ich muss dringend mit Ihnen sprechen!«, rufe ich der großen Frau hinterher, die das Vorzimmer durchquert. Frau Bäuerle und Frau Laschke haben sich bereits hinter den Empfangstresen zurückgezogen.

Die Direktorin bleibt stehen und ihr Blick findet mich. »Jetzt? Geht es um Maurice Overwetter?« Sie klingt gestresst und angespannt.

Ich schüttle langsam den Kopf und gehe einen Schritt auf sie zu. Entschlossen, aber nicht zu aufdringlich. »Nein, es geht um etwas anderes.«

Sie atmet schwer aus und ich bemerke, dass uns die Stellvertreterin und die Sekretärin beobachten.

»Hören Sie«, beginnt die Direktorin und spricht dabei langsam, als wäre ich zu dumm, es anders zu verstehen, »ich habe einen toten Schüler und etwa zweihundert Telefonate vor mir, in denen ich die Eltern der jüngeren Schüler darüber informiere, was geschehen ist. Mir sitzen die Schulleitung und die Polizei im Nacken und dann ist da noch …« Sie unterbricht sich, und ich bin mir nicht sicher warum. Die Direktorin atmet abermals geräuschvoll ein, sie scheint zu kämpfen, mit oder gegen sich, das kann ich nicht deuten. Was ich jedoch sehe, ist die Tatsache, dass diese Sache mit dem toten Jungen an ihren Nerven zerrt.

»Lassen Sie sich von Frau Bäuerle einen Termin für morgen früh geben, sind Sie so lieb? Heute hat die Overwetter-Sache oberste Priorität.« Mit diesen Worten dreht sie sich um und rauscht in ihr Büro.

Ich komme mir dämlich vor, einfach stehen gelassen zu werden, andererseits habe ich es verdient. Ich hätte wissen müssen, dass mir eine Leiche prioritätsmäßig überlegen ist, mir und meinem kleinen Problem, das ich selbst noch nicht richtig erfasst habe.

Enttäuscht schleiche ich zum Tresen, wo die Sekretärin bereits den Terminplaner gezückt hat. »Morgen früh um sieben Uhr dreißig?«

»So früh? Das ist ja vor dem Unterricht!«, entfährt es mir unwillig.

»Das ist der einzige Termin, den ich noch habe. Das verstehen Sie sicher. Wenn es also morgen sein soll, ist das die einzige Möglichkeit.«

Schlafen ist so ziemlich das Einzige, was mir noch ein bisschen Freude bereitet, aber ich will diese Schmiererei nicht unkommentiert akzeptieren.

»Ja, okay. Dann nehme ich den«, füge ich mich dem Schicksal, das mir jetzt vergleichbar mit dem von Maurice erscheint.

Sie notiert den Termin, dann lächelt sie mich gezwungen an und ich verstehe ihre halbherzige Reaktion als Aufforderung, nicht länger ihre kostbare Zeit zu stehlen.

Die Stille des Hauses verstärkt den Lärm in meinem Kopf. Die Schmiererei an der Toilettenwand ist ein wichtiges Puzzleteil des Rätsels, das Femke für mich geworden ist. Gleichzeitig wirft es so viele neue Fragen auf, dass ich das Gefühl habe, daran zu verzweifeln. Zu scheitern. An ihrem Leben, an einfach allem.

Seit einer Stunde liege ich auf Femkes Bett und zerbreche mir den Kopf über die Dinge, die mir die mysteriösen Worte im Schwarzen Loch verraten.

Was ich weiß und was ich nicht weiß. Und was davon bloß Vermutungen sind. Mein Schädel brummt und ich setze mich auf, sofort weicht die Wärme der Matratze aus meinem Körper und ich beginne zu frösteln.

Zumindest eine Sache ist offensichtlich: Sebastian ist sauer auf mich, weil ich die letzten zwei Wochenenden nicht bei ihm gewesen bin und hat deshalb, um mich zu bestrafen, kriminelle Schüler, die sich im Schwarzen Loch herumtreiben, auf mich gehetzt, um mir Angst einzujagen.

Sein Motiv, so verdreht und krank es auch ist, scheint zumindest klar. Warum es ihm so wichtig ist, Femke jedes Wochenende bei sich zu haben, bleibt ein Rätsel, genauso wie die Frage, warum er meint, mich bestrafen zu müssen, wenn ich nicht gehorche.

Ist das ein Machtspiel-Ding? Erträgt er es nicht, wenn ein Mädchen einen eigenen Willen hat? Zutrauen würde ich es ihm. Der Kerl ist ein Psycho.

Will er Femke Angst machen, damit sie in seine Arme zurückkehrt? Damit er sie retten kann?

Noch einmal sehe ich mir das Foto von der Schmiererei an. Ich verstehe nicht, was es mit der Überraschung auf sich hat. Gehört es überhaupt dazu? Es ist etwas weiter oben und passt irgendwie nicht richtig zu den Worten darunter – zumindest nicht für mich. Oder ist das eine Message an Femke? Nach dem Motto: *Überraschung, die Schmiererei ist wieder da.*

Ich reibe mir angestrengt die Stirn. Das könnte sein, immerhin war es eine ganze Weile verschwunden, wenn ich Robin und Finja richtig verstanden habe ...

Finja! Jetzt wird mir klar, was sie gemeint hat! Denn Femkes Name wird nirgendwo genannt.

Nur ein F.

Ich kenne nun wirklich nicht jedes Mädchen an dieser Schule, auch nicht aus der Oberstufe, aber die einzigen, die mir in den Sinn kommen, deren Namen mit F beginnen, sind Finja und Femke. Ist es das? Hat Femke deshalb zu Finja gemeint, sie würde sich darum kümmern, um Finja vor Stalkern zu schützen? Weil Femke gewusst haben muss, dass eigentlich sie gemeint ist ...

Und trotzdem, diese ganze Sursex-Creators-Sache wird mir nicht klar. Wer sind sie? Und was wollen sie? Vielleicht heimlich aufgenommene Fotos, wie Paparazzi sie von Stars knipsen? Das ergibt keinen Sinn. Und wenn selbst Prof. Dr. Google keine Antwort darauf hat, dann gibt es womöglich keine eindeutige Lösung?

Nachdenklich betrachte ich die Handynummer auf dem Foto. Sie kommt mir nicht bekannt vor, aber Telefonnummern kann ich mir ohnehin kaum merken. Also öffne ich die Wahltastatur in Femkes Handy und gebe die Nummer ein. Nichts erscheint, kein Vorschlag aus dem Telefonbuch, keine Spur davon auf dem Handy.

Ob ich die Nummer wählen soll?

Ohne weiter darüber nachzudenken, tue ich es. Ich will wissen, ob es Sebastian ist, dem diese Nummer gehört, und warum man dort anrufen soll. Die Zeit des Herumgurkens ist vorbei, langsam sollte ich anfangen, die richtigen Fragen zu stellen – Scheiß drauf, dass mich alle für verrückt halten werden! Dann bin ich das eben, immer noch besser, als von kleinkriminellen Stalkern verfolgt und belästigt zu werden.

Doch nach dem zweiten Klingeln werde ich weggedrückt. War ja klar. Wenn es wirklich Sebastian ist, wird er Femkes Nummer erkennen. Ich hätte sie ausstellen sollen, doch ich habe Zweifel, dass Sebastian irgendwelche anonymen Anrufe entgegennimmt.

Trotzdem beschließe ich, es später noch einmal zu versuchen, dann mit unterdrückter Rufnummer. Jetzt würde es zu sehr auffallen.

Gedankenverloren scrolle ich durch Femkes Telefonbuch, das voll ist von Mädchen aus der Leichtathletik-AG, als ich zu der einzigen Nummer komme, die *ich* darin gespeichert habe.

Milo.

Er hat sich immer noch nicht bei mir gemeldet, obwohl ich den Eindruck hatte, er würde sich für mich interessieren. Allerdings habe ich auch nicht angerufen, obwohl ich gelegentlich daran dachte, und frage mich nun, warum ich es nicht längst gemacht habe. Ich will es, also tu ich es – darauf zu warten, dass er es tut, ist Kinderkacke.

Und vielleicht schafft er es, mich auf andere Gedanken zu bringen.

Als er sich nach dem dritten Klingeln mit einem irritierten »Ja?«, meldet, bin ich froh, seine Stimme zu hören. Er klingt so viel … sortierter als neulich Nacht und ich vermute, dass er gerade nicht high ist.

»Hey, hier ist … Femke.« Es fällt mir schwer, mich mit Femkes Namen zu melden. »Du weißt schon. Von der Bushaltestelle.«

»Oh, hey, Femke!«, fällt er mir beinahe ins Wort. »Tut mir ehrlich leid, dass ich nicht angerufen habe. Ich hatte es vor, aber … ich hab deine Nummer verloren.«

»Verloren? Ich habe sie in deine Hand geschrieben. Alles okay, oder fehlen dir noch weitere Körperteile?«

Ich höre ihn lachen, und obwohl ich ihm erst ein Mal begegnet bin, habe ich direkt sein Gesicht vor Augen. »Nein, alles dran«, meint er immer noch lachend. »Verloren ist vielleicht nicht der richtige Ausdruck. *Aufgrund von verpeilter Dummheit irrtümlicherweise abgewaschen* trifft es besser.«

Ich stehe vom Schreibtischstuhl auf und wandere zurück zu Femkes Bett. »Echt? Erzähl!« Möglichst geräuschlos lasse ich mich darauf nieder und mache es mir mit ausgestreckten Beinen bequem.

»Echt total dämliche Geschichte. Ich bin an dem Abend direkt schlafen gegangen, ich war echt fertig. Am nächsten Morgen habe ich nicht mehr dran gedacht, ich war so verpennt und mein Kopf tat weh, war wohl nicht so prall, was ich intus hatte. Erst als ich unter der Dusche stand, habe ich die Nummer gesehen, aber sie war nicht mehr zu retten. Ich hab versucht, sie zu entziffern, aber ich bin immer im Äther verschwunden.«

Ich kann mir nicht helfen, das warme Gefühl von Ruhe versetzt mich in einen behaglichen Zustand und ich bereue es, ihn nicht früher angerufen zu habe.

»Na gut, dann will ich dir mal glauben«, scherze ich und freue mich über seine Redebereitschaft.

»Es stimmt wirklich! Ich wollte dich auf jeden Fall anrufen, um zu hören, wie es dir nach dieser Sache mit dem Typen geht …«

Ein kleiner Teil in mir ist enttäuscht. »Ach so …«

»… und weil ich dich total süß finde«, ergänzt er nach einer Pause und klingt irgendwie atemlos.

Ich weiß nicht, was ich sagen soll. Der enttäuschte Teil in mir macht einen Purzelbaum, ein anderer Teil ist total hingerissen von der Vorstellung, dass er sich tatsächlich Sorgen um mich gemacht hat. Und der Rest? Erstarrt vor Panik, weil ich wohl doch mehr ein verlegenes Mädchen bin, als ich es mir eingestehen möchte.

Befangen räuspere ich mich. »*Süß* ist die kleine Schwester von *Scheiße*«, meine ich nüchtern, schließe dabei über die Lächerlichkeit meines Spruchs verstört die Augen und schüttle den Kopf. *Prima gemacht, Anouk.*

»Ist sie nicht.« Ich kann das Schmunzeln in seiner Stimme hören. »*Okay* ist die kleine Schwester von *Scheiße. Süß* ist die kleine Schwester von *Mega.*«

Ich nehme die Hand von meinem Gesicht und fühle mich seltsam überflüssig. Denn da ist diese kleine Stimme, die mir zuflüstert, dass er gar nicht mich meint. Er kennt mich nicht, sieht nur das, was einmal Femke gehörte, und hat keine Ahnung, wer ich wirklich bin.

»Du irrst dich.« Ich möchte mich freuen, möchte das aufregende Gefühl von etwas Neuem genießen, mich ablenken lassen und ich selbst sein können, aber es geht nicht, nicht in dem Ausmaß, wie ich es mir wünsche. Er wird immer Femke ansehen, die so viel hübscher ist, als ich es war, und nicht mich. Anouk.

Oder bin ich es, die sich irrt?

Am anderen Ende der Leitung schnauft Milo entrüstet. »Sind meine Regeln.«

Ich sage nichts, nicke nur. Vielleicht denkt er, ich bin verlegen, und diesmal wäre es mir fast lieber, statt dass er weiß, was wirklich in mir vorgeht. Dass ich ihm nicht glaube, weil er mich nicht kennt.

»Wie geht es dir?«, fragt er irgendwann.

»Oh, ganz okay …« Ich breche ab, weil mir auffällt, was ich gesagt habe und entdecke die Wahrheit dahinter.

Okay ist wirklich nur ein kleineres Scheiße.

Wieder lacht Milo und es heitert mich auf. »Ich meine, ich werde es überleben«, korrigiere ich mich und muss selbst grinsen. Das vergeht mir jedoch, als ich an den Angriff denke. Inzwischen ahne ich, was tatsächlich dahintersteckte. Macht es das besser? Nein.

»In der ersten Nacht hat mich das ziemlich gestresst, aber inzwischen denke ich gar nicht mehr daran.«

»Wie tapfer du bist.«

»Und hart im Nehmen.«

Nun bricht er in schallendes Gelächter aus. »Das hast du jetzt gesagt.«

Ich muss zugeben, dass mir die Doppeldeutigkeit meiner Erwiderung bewusst war. Verdammt, Milo gefällt mir und die Vorstellung, ihn *näher* kennenzulernen, finde ich aufregend.

»Wie geht es Lindsay?«, fragt er, als ich wieder nichts zum Gespräch beitrage.

Ich ziehe die Beine an meinen Körper und schlinge den freien Arm darum. »Wem?«, hake ich nach und runzle die Stirn.

»Lindsay Lohan, du weißt schon, *Freaky Friday* und so? Ich meine deine geheimnisvolle Freundin, die sich über eine unerwünschte Verwandlung beklagt.«

»Ach, *die* Lindsay.« Da wären wir also wieder beim Thema. Vielleicht wäre es besser gewesen, ich hätte es ihm nicht erzählt. »Die ist echt unentspannt«, halte ich mich vage und frage mich gleichzeitig, warum eigentlich. Es wäre so eine Erleichterung, mit jemandem darüber zu reden – auch wenn es bloß für eine ausgedachte theoretische *Freundin* wäre. Oder für ein wahnsinnig innovatives Buch, das ich schreibe. »Sie hat herausgefunden, dass sie gestalkt wird.«

»Gestalkt? Von wem?« Milo klingt alarmiert.

Ich weiß zuerst nicht, was ich sagen, wie dicht ich an der Wahrheit bleiben soll, und schnaube ratlos. »Ist nicht so einfach zu erklären. Sind wohl mehrere aus ihrer Schule. Das scheint ein Spiel zu sein oder so«, taste ich mich vorsichtig heran.

»Wie meinst du das?«

»Das hat sie noch nicht ganz durchschaut. Aber da ist so eine Schmiererei an einer Schultoilette.«

»Ehrlich? Was steht da?« Ich könnte schwören, dass seine Stimme einen anderen Tonfall angenommen hat. Zu Beginn war er mir gut gelaunt und etwas aufgedreht, womöglich sogar aufgeregt erschienen. Dann war er ehrlich besorgt und jetzt? Ich kann es nicht hundertprozentig zuordnen, doch er ist auf einmal so ernst.

»Verschiedene Sachen. *Überraschung* und etwas von Sursex Creators. Kennst du die?« Jetzt will ich es genau wissen. Vielleicht kann er mich nicht nur moralisch unterstützen, sondern auch mit Insiderwissen. Immerhin ist er mal auf meine Schule gegangen.

Es wird still in der Leitung und für einen Augenblick bin ich mir sicher, dass er gleich mit einer Erklärung um die Ecke kommt. Dass er schon etwas darüber gehört hat oder der verdammte Gründer der *Sursex Creators* ist. Angespannt drücke ich meinen Rücken durch, sitze gerade wie eine Eins und warte seine Antwort ab.

»Nee, nie gehört«, sagt er stattdessen und ich sacke in mich zusammen. Dahin ist die Anspannung, und was bleibt, ist das Gefühl, auf ewig im Dunkeln zu tappen. Natürlich könnte er lügen – aber warum sollte er? Außerdem klang seine Antwort ehrlich. Leider.

»Aber sag mal …«, holt er mich aus meiner Enttäuschung, »wir reden doch immer noch über deine verrückte Freundin mit dem Gregor-Samsa-Syndrom, oder?«

Mir gefällt, dass er Gregor Samsa kennt und es so nennt. Der Typ hat echt Geschmack, den sollte ich nicht vergraulen. »Über wen denn sonst?«, frage ich scheinheilig, doch mir ist klar, dass er mich durchschauen wird.

»Über dich selbst zum Beispiel.«

Na super! Nervös spiele ich mit einer meiner dunkelroten Haarsträhnen und überlege krampfhaft, wie ich aus der Situation herauskomme – ohne das Image als durchgeknallte Psychotussi. Ich spüre, wie meine Gedanken abschweifen, wie sie zurückwandern zu unserem Gespräch, während wir auf den Bus gewartet haben. Es ist eine Schande, dass ich nicht mehr daran gedacht habe, aber jetzt fällt es mir wieder ein. Ich höre Milo wie aus weiter Ferne meinen Namen sagen – *nein, deinen Namen, Femke* –, und plötzlich weiß ich, was ich ihm verraten kann.

»Du hast neulich etwas sehr Schlaues zu mir gemeint, weißt du noch?« Meine Sicht verschwimmt, so sehr konzentriere ich mich auf meine Worte. Weil es schwierig sein wird, Milo zu vermitteln, was mir durch den Kopf geht. »Dass Mädchen herumvögeln dürfen sollten wie Kerle, ohne als Schlampe bezeichnet zu werden? Ich fand das echt cool, aber … ich glaube, richtig verstanden habe ich es an dem Tag nicht.«

»Wie kommst du jetzt darauf?« Er klingt verwirrt, was ich ihm nicht verübeln kann. Irgendwie ist das sogar niedlich. Und nach meinen Regeln ist *niedlich* die Zwillingsschwester von *heiß*.

»Aber wenn man einmal in der Situation ist, boshaft Schlampe genannt zu werden für etwas, was man getan hat …«, sage ich und die Wut auf Konstantin flammt wieder auf. »Tut mir leid, wenn ich wirr erscheine, aber ich glaube, man muss einige Dinge selbst erleben, um sie zu verstehen. Wirklich zu verstehen, meine ich.«

Er gibt ein seltsames Raunen von sich. »Ich kapiere nicht ganz, wovon du sprichst …«

»Ich weiß, tut mir leid.«

Eine weitere Pause entsteht und ich höre sein Atmen in der Leitung. Wieder schließe ich die Augen, lausche und stelle mir vor, er wäre nicht nur am Telefon, sondern tatsächlich hier. »Sagst du es mir?«, fragt er seltsam vorsichtig.

Genau das habe ich befürchtet. Und ja, ich will es, aber wie könnte ich? Diese Geschichte um meine Verwandlung … sie ist zu verrückt und total wahnsinnig und nichts, was ein vernünftiger Menschen jemals glauben würde.

»Wirst du mir glauben?«, frage ich dennoch leise. Behutsam, aus Angst, die noch zerbrechliche junge Blüte unserer Zuneigung könne zwischen meinen Fingern zu Staub zerbröseln.

»Wenn ich es versprechen würde, wäre ich ein Lügner. Aber ich verspreche, dass ich es versuchen werde.«

Mehr kann ich nicht erwarten. Und dennoch … »Kannst du mir versprechen, dass du … mich nicht plötzlich nur noch *okay* findest, wenn du mir nicht glaubst?«

Ein ganz leises Lachen, ich muss genau hinhören, damit es mir nicht entgeht. »Solange du niemanden umgebracht hast«, meint er.

Verdammt.

»Versprochen«, vollendet er seinen Satz und ich weiß, dass ich nun keinen Grund mehr habe, die gesamte Last auf meinen Schultern zu tragen.

Ein Schmerz zuckt durch meine Unterlippe und ich schmecke Blut. Zeit für die Wahrheit.

Ich hole tief Luft. »Meine Freundin mit dem Gregor-Samsa-Syndrom … es gibt sie nicht«, sind die Worte, mit denen ich mein Geständnis beginne, und es ist ein so schreckliches Gefühl, als würde ich eine entsetzliche Lüge zugeben.

»Ich bin Lindsay Lohan.«

Und dann beginne ich zu erzählen.

Kapitel 21

Meine Pläne für diesen Dienstagmorgen haben sich geändert. Also habe ich gleich heute Morgen den Termin bei der Direktorin abgesagt – eine Entscheidung, über die ich eine halb durchgemachte Nacht nachgedacht habe. Letztendlich wird mir Frau Hogenmayer nicht helfen können. Es gibt keine Beweise, dass Sebastian für die Schmiererei verantwortlich ist – abgesehen von Noels Worten, die er sicher nicht wiederholen wird, wenn es darauf ankommt. Und auch meine Interpretation der Bedeutung ist nichts weiter als eine Vermutung, basierend auf den unangenehmen Begegnungen mit verschiedenen Typen, die rein theoretisch auch Zufall gewesen sein könnten. Abgesehen davon gehe ich davon aus, dass auch Femke damals versucht hat, über die Schulleitung Hilfe zu bekommen – was offensichtlich nichts gebracht hat, da sie sich erst auf Sebastians Erpressung hat einlassen müssen, damit die Sauerei endgültig von der Wand verschwindet.

Also habe ich beschlossen, zurückzurudern und überlegter an die Sache heranzugehen.

Zunächst erscheint es mir sinnvoll, aus meinem Versteck-dich-Modus auszubrechen und ansatzweise an Femke zu erinnern – äußerlich zumindest. Eine Femke in übergroßen Hoodies ihres Bruders, die darüber hinaus während einer Versammlung über den Tod eines Jungen lacht, bleibt in keinem Fall unbemerkt.

Also habe ich mich mit mir selbst auf einen Kompromiss geeinigt – Oberteil aus Femkes Sortiment, Bein- und Fußbekleidung nach meinem Geschmack. Das Ergebnis ist eine lange Hose und flache Schuhe zu einem eng anliegenden bauchfreien Oberteil. Den Körper dafür hat Femke – das Wohlfühlgefühl von mir hingegen ist auf dem Weg zur Schule auf der Strecke geblieben. Und kalt ist mir auch. Aber Nackte frieren eben, so ist das Leben.

Nun kann ich nur hoffen, dass mein geradezu hysterischer Auftritt der letzten Tage nicht in Verbindung gebracht wird mit dem Mädchen, das ich heute präsentiere.

Der nächste Punkt auf meiner Liste sieht vor, dass ich Kontakt zu Femkes alten Freunden aufnehme. Dass ich nett zu ihnen bin, mich mit ihnen unterhalte. Vielleicht komme ich auf diese Weise ganz nebenbei an Informationen, die mir weiterhelfen, die Angelegenheit zu durchblicken. Das erfordert leider ein wenig Geduld und Ausdauer, was wiederum bedeutet, unerträglich viel Zeit mit Mädchen zu verbringen, von denen ich mich sonst bewusst ferngehalten habe. Aber ich sehe keine Möglichkeit, das zu beschleunigen.

Was Sebastian angeht … auch da ist der Plan, mich zurückzuhalten. Allerdings habe ich auch einen Plan B, und ich spüre das Verlangen in mir, ihn in die Tat umzusetzen. Doch voreilige Entschlüsse funktionieren nicht, ich lasse es auf mich zukommen.

Und schon drängt sich mir Milo in den Sinn. Auch von ihm hängt einiges ab. Während ich mich durch die Flure der Schule auf den Weg zu meiner ersten Unterrichtsstunde mache, denke ich an unser Telefonat zurück.

Es war unüberlegt, ihm die Wahrheit zu sagen, aber ich bereue es nicht.

Milo hat meine Worte ganz gut aufgenommen. *Okay,* um genau zu sein. Besser als gedacht, aber nicht so gut wie erhofft. Am Ende meiner Erzählung, bei der ich die Tatsache ausgelassen habe, Femke durch einen Stoß in den Abgrund befördert zu haben, schwieg er eine unerträgliche, quälende Weile und auf meine Nachfrage meinte er vollkommen ruhig, er müsse darüber nachdenken, bevor er mir sein finales Urteil verraten könne. Er würde mich anrufen.

Ich schätze, ich habe ihn schockiert.

Nach dem Unterricht mache ich mich auf den Weg zu meinem Schließfach, den Kopf erhoben, ob ich irgendwo jemanden aus Femkes ehemaliger Clique entdecke. Erst jetzt fällt mir auf, wie gedrückt die Stimmung an diesem Tag ist. Mir kommt es vor, als wäre heute weniger Geschnatter auf den Fluren, alle erscheinen mir ungewöhnlich still und in sich gekehrt.

Das muss an dem toten Jungen liegen. Beinahe hätte ich ihn vergessen und vielleicht sollte ich ein bisschen mehr Mitgefühl zeigen. Für seine Familie und Freunde muss es schrecklich sein, ich mag es mir nicht einmal vorstellen.

Ich sehe Sebastian an meiner Schließfachreihe, lässig angelehnt und mit vor der Brust verschränkten Armen. Rechts und links wird er flankiert von Noel, der in sich gekehrt zu Boden blickt, und dem rothaarigen Lukas, der mit einem überheblichen Grinsen den Flur abscannt, als gehöre ihm die Welt. Zum Kotzen.

Meine Schritte verlangsamen sich wie von allein, ich fürchte mich ein wenig, obwohl ich auf diese Konfrontation bereits gewartet habe.

Anscheinend ist es so weit.

Ich hole tief Luft, dann beschleunige ich meine Schritte wieder.

»Hey, Fem, geiles Wochenende gehabt?«, ruft Sebastian mir zu, noch bevor ich mein Schließfach erreiche. Die drei scheinen genau zu wissen, welches mir gehört, denn Lukas' Schulter schließt direkt an den Scharnieren zu der noch geschlossenen Tür an.

Ich verdrehe die Augen, auch wenn mich Sebastians Wortwahl verunsichert. Als wüsste er, was ich gemacht habe.

»Natürlich«, erwidere ich beiläufig, lächle ihn gelangweilt an und öffne die Tür zu meinem Schrank.

»Und, schon neue Kontakte geknüpft?«, hakt er nach und ich höre Lukas' unterdrücktes Lachen.

Ich beeile mich, stopfe mein Buch in den Schrank, hole aber nichts heraus – ich habe vergessen, was ich als Nächstes brauche. Sebastian treibt meinen Puls in die Höhe – und das nicht auf die gute Art.

»Ich weiß nicht, wovon du sprichst«, meine ich genervt und knalle die Spindtür zu. Natürlich kann ich mir denken, dass er auf die Schmiererei anspielt, und darauf, wozu sie verschlüsselt anstiftet, doch ich will mich auf seine Provokation nicht einlassen. Also wende ich mich wortlos von ihm ab, aber Sebastian springt um mich herum und stellt sich mir in den Weg.

»Du weißt also nicht, wovon ich spreche? Das kann ich mir kaum vorstellen. Leidest du seit Kurzem an Gedächtnisschwund?«

Ein hysterisches Lachen wächst in mir heran, doch ich unterdrücke es, das muss ich, weil mich das bloß angreifbar machen würde. Also gebe ich mich cool, schlucke jeden Anflug von Irrsinn herunter und mustere Sebastian herablassend von oben bis unten. Er sieht so verdammt brav aus mit dem Hemdkragen, der unter seinem Pulli hervorlugt, und seinem ordentlichen Seitenscheitel. Er sieht aus wie ein anständiger Internatsschüler.

Alles bloß Tarnung, auch wenn ich nicht weiß, wem er etwas vorzumachen versucht.

»Bitte sei so nett und lass mich in Ruhe«, sage ich höflich, doch Sebastian rührt sich nicht von der Stelle, sieht nur auf mich herab und grinst. Er fühlt sich mir überlegen, bestärkt von seinen Kumpels, die auch jetzt an seiner Seite kleben. Ziemlich erbärmlich.

Was er wohl sagen würde, wenn er wüsste, dass einer seiner Kumpels Femkes geheimer Verbündeter ist?

»Ich will nichts tun müssen, was ich später bereue«, sage ich und unterdrücke meine Wut, die weiter in mir aufsteigt und mich taub macht für meine Angst, die eigentlich ein schützendes Warnsignal sein sollte.

Sebastian zieht eine seiner Augenbrauen hoch. »Jetzt bin ich neugierig.«

»Hör auf damit«, warne ich ihn und lasse ihn nicht aus den Augen. Seine Gegenwart schüchtert mich ein, gleichzeitig stachelt sie mich an, feuert meine Wut weiter an. Doch ich darf nichts davon nachgehen, Wut und Angst bringen mich bei Sebastian nicht weiter. Wir müssen auf einer Augenhöhe agieren, damit Femke der Rolle des Erpressungsopfers entwachsen kann.

Wir funkeln einander an und alles um uns verschwimmt vor meinen Augen. Ich habe ihn fixiert, starre in sein gewöhnliches Durchschnittsblau, in dem eine beängstigende Berechnung lauert, die mir eine Gänsehaut beschert.

Aber ich gebe nicht nach, und schließlich ist er es, der zuerst wegsieht.

»Feige Schlampe«, zischt er und während er an mir vorbeigeht, schubst er mich so heftig, dass ich ins Wanken gerate und gegen die Spindreihe knalle. Seine Freunde folgen ihm und Noel wirft mir einen hilflosen Blick zu.

Den kann er sich echt schenken.

Sebastian hat es zu weit getrieben. Die Wut in mir siegt über Angst und Vernunft und ich drehe mich um.

Es ist Zeit für Plan B.

»Hey, Sebastian?«, rufe ich ihm hinterher, bevor er um die nächste Ecke verschwinden kann.

Er bleibt stehen und verharrt für einige Momente. Vor meinem geistigen Auge sehe ich ihn selbstgerecht grinsen, weil er sich seiner Sache so verdammt sicher ist. Dann wendet er sich mir zu. Sein Gesicht scheint neutral, doch das Echo seiner Arroganz geht noch von ihm aus.

»Was ist, mein Herz?«

Ich möchte kotzen. »Du solltest dich schämen!«, rufe ich ihm zu und stelle fest, dass die ersten Schüler bereits stehen geblieben sind.

Je mehr, desto besser.

»Wie meinen?«

»Du scheinheiliger Wichser! Ich habe deine Schmiererei entdeckt«, schreie ich ihn an.

Sebastian kratzt sich an der Stirn, eine einstudierte Geste, die niemanden überzeugen wird. »Schmiererei? Ich habe keine Ahnung, was du meinst.«

Ich gehe mit entschlossenen Schritten auf ihn zu. »Ich will, dass du sie wegmachst. Für immer«, fordere ich lautstark und bleibe vor ihm stehen. Noel hält sich im Hintergrund, nur Lukas verharrt mit verschränkten Armen neben Sebastian und unterdrückt ein Lachen.

»Du musst da etwas verwechseln, Fem, ich habe nichts dergleichen getan.« Sebastian gibt sich lässig, er lächelt mich freundlich an, macht einen auf Unschuldslamm. Pure Berechnung, denn auch er ist sich der Blicke bewusst. Sein Körper scheint entspannt, doch ich sehe seine Hand, die zu einer Faust geballt ist.

Er ist wütend.

Weil ich ihn bloßstelle? Vielleicht.

Weil ich ihn anprangere? Kann sein.

Weil ich mich, anders als Femke, nicht von ihm herumschubsen lasse? Darauf würde ich wetten! Dabei habe ich gerade erst angefangen.

»Du hast es so gewollt!« Mit diesen Worten stürme ich los, an Sebastian und den anderen vorbei.

»Was hast du vor?«, höre ich zu meiner Überraschung ausgerechnet Noel hinter mir rufen, aber ich ignoriere ihn, drehe mich nicht um, aus Angst, ich könnte zu zweifeln beginnen. Also verlasse ich mich blind darauf, dass sie mir folgen.

Sebastian und seine Kumpels.

Und alle anderen.

Ich renne den langen Schulflur entlang und biege bei der nächsten Gelegenheit links ab. Ich höre Sebastian meinen Namen rufen, als er begreift, wohin ich laufe.

Als ich ankomme, stoße ich die Tür zum Schwarzen Loch auf und werde von dem Gestank nach Gras und Urin in Empfang genommen. Ich habe freie Bahn, niemand ist hier, der mich aufhalten könnte. Sofort trete ich gegen die Tür der Kabine mit der Schmiererei. Hastig ziehe ich den Edding aus meiner Hosentasche. Ich höre die Tür zum Schwarzen Loch wieder aufschlagen und beginne im selben Augenblick mit meiner Korrektur.

»Was tust du da?«, ruft jemand, ich glaube, es ist Lukas. Ich weiß, gleich wird die Tür zur Kabine auffliegen, die ich absichtlich nicht abgesperrt habe. Manchmal muss man eben theatralisch sein.

Wie erwartet trifft mich der Griff genau in die Seite und ich stöhne überrascht auf. Bevor ich reagieren kann, hat mich jemand von hinten um die Taille gepackt und zerrt mich aus der engen Kabine.

Nicht Sebastian.

Noel. Entsetzt und blass um die Nase starrt er mich an, nachdem er mich losgelassen hat. Ich bin erstaunt, wie viele Schüler mir gefolgt sind, und bin mir sicher, dass viele von ihnen nichts von der Existenz dieser zwielichtigen Toilette ahnten.

»Warum hast du das getan, Femke?«, fragt Noel vorwurfsvoll, und mein Blick huscht zu Sebastian. Auch wenn er noch nicht weiß, was ich getan habe, wirkt er vollkommen gelassen. Vielleicht genervt, aber selbst seine angespannte Hand hat sich gelöst.

Frustriert und wütend schleudere ich den Edding in eine der versifften Ecken und sehe erst Lukas, dann Noel an.

»Ich stelle nur ein paar Dinge klar. Ihr wollt mich erpressen?« Mein Blick huscht zu Sebastian, der mich neugierig mustert. »Dann aber nach meinen Regeln!«

Plan B ist ausgeführt.

Ich gehe an Sebastian vorbei, remple ihn dabei absichtlich und heftig mit der Schulter an, und verlasse durch die Menge von mindestens einem Dutzend Schüler das Schwarze Loch.

Das Blatt hat sich durch meine Aktion vielleicht nicht gewendet, aber sie nimmt mir die Last von den Schultern. Denn nun ist niemand mehr außer mir wegen dieser Schmiererei in Schwierigkeiten, und das ist ein verdammt gutes Gefühl. Vollkommen gleich, welche Auswirkungen meine Entscheidung haben wird, niemand mit dem Buchstaben F muss sich meinetwegen belästigen lassen.

Denn nun ist es nicht mehr *F. Star*, die das Objekt dieses fragwürdigen, uninspirierten Graffitis ist, sondern nur noch sie.

Ich.

Offiziell nun *Femke Star*.

Kapitel 22

Für die nächste Stunde ziehe ich mich zurück, eingeschlossen in einer Toilettenkabine weit weg vom Schwarzen Loch, auf dem Klodeckel, die Beine eng an meinen Körper gezogen, um das Geschehene sacken zu lassen. Mir ist bewusst, dass ich mich mit meiner Aktion zur Zielscheibe gemacht habe. Jeder kann nun sehen, dass sich *Femke* hinter dem F verbirgt, niemand muss raten, jeder noch so ahnungslose Vollidiot wird wissen, wen er suchen muss.

Mich.

Denn ob ich es akzeptiere oder nicht, jetzt und auf unbestimmte Zeit bin ich Femke, und somit habe ich mich selbst zum Abschuss freigegeben. Vielleicht sollte ich es bereuen.

Aber ich tue es nicht.

Noch nicht.

Ich glaube an das, was ich zu Milo gesagt habe. Vielleicht muss ich am eigenen Leib erfahren, was Femke erlitten hat, um zu *fühlen*, was sie gefühlt hat. Womöglich muss ich den Punkt erreichen, an dem sie gewesen ist, als sie mich so verzweifelt um Hilfe bat, um für sie von da aus weiterzumachen.

Weil sie es nicht mehr kann.

Ich bin dafür verantwortlich, dass sie nicht mehr hier ist. Es war keine Absicht, kein Vorsatz, und doch habe ich sie geschubst und Genugtuung dabei empfunden. Sie wird niemals Gerechtigkeit erfahren, und das ist meine Schuld.

Ist es meine Aufgabe, dafür zu sorgen?

Gerechtigkeit.

Die erste Zeit nach dem unglücklichen Unfall habe ich mich nicht dafür interessiert, warum Femke so zerbrochen war. So ängstlich. Warum sie ausgerechnet mich ausgesucht hat, ihr zu helfen. Nun habe ich einen Einblick bekommen und werde wohl noch mehr dieser bitteren Medizin schlucken müssen, um in ihrer Lage zu sein und das Gleichgewicht wieder herzustellen.

Ja, vielleicht.

Oder ich spinne und steigere mich in etwas hinein. Aber dann ist das eben so. Ich werde mich nicht drücken. Das schulde ich Femke, dafür, dass ich unsere besondere Freundschaft wegen einer Bagatelle aufgegeben habe, ohne zu kämpfen, ohne den Versuch, ihr zu verzeihen. Und natürlich für diesen einen verhängnisvollen Schubs, der niemals hätte passieren dürfen.

Inzwischen weiß ich mehr über ihr Leben, auch wenn ich ahne, dass ich gerade mal die Oberfläche geschrammt habe. Femke war anscheinend massivem Stalking ausgesetzt, was auf jeden Fall ihre Angst und Verzweiflung erklärt. Ich vermute, dass sie sich von Sebastian nur zu diesen mysteriösen Wochenenden erpressen ließ, um die Schmiererei im Schwarzen Loch verschwinden zu lassen und auf diese Weise andere Mädchen mit F vor weiterem Psychoterror zu schützen.

So ein Mensch war Femke und ich schäme mich, es nicht gesehen zu haben. So viele vergeudete Jahre, die uns hätten gehören können, die uns noch enger verbunden und uns vielleicht sogar zu anderen Menschen, glücklicheren Menschen gemacht hätten. Femke wäre am Leben und ich … ich wäre ich.

Nun sitze ich hier, in einer vollgepissten Schultoilette, und möchte in Tränen ausbrechen. Ich möchte um Femke weinen, um unsere Freundschaft, um uns.

Aber ich tue es nicht. Weil ich mir keine Schwäche erlauben kann. Ich bin schon immer die Stärkere von uns gewesen, ich bin der Stängel, sie die Blüte. Ich brauche meine Kraft, um Femke zu rächen.

Weil es das Einzige ist, was ich noch tun kann.

Als es zur Pause klingelt, mische ich mich unter die Schülerschaft, als hätte ich nicht gerade eine Stunde Biologie geschwänzt. Doch ich spüre ihre Blicke, anscheinend hat sich der kleine Zwischenfall mit Sebastian bereits herumgesprochen. Ich habe keine Ahnung, was sie denken, ob sie wissen, was die Schmiererei und die ganze Aktion zu bedeuten hat oder ob sie sich einfach nur gern das Maul zerreißen. Das ist der Grund, warum ich mit Robin und Amy das Schulleben fernab des Unterrichts gemieden habe. Unsere sozialen Kontakte waren wir, alles andere war Schnepfengossip, mit dem wir nichts zu tun haben wollten.

Wie ich das vermisse.

Und nun bin ich selbst Thema des Schnepfengossips. So schnell wendet sich das Blatt. Immerhin bleibt zumindest mein Name reingewaschen.

Anouk.

Auf dem Weg zu meinem Spind bemerke ich, dass vor einer Schrankreihe, an der ich vorbeikomme, etwas am Boden liegt. Einige Schüler stehen davor, doch nur kurz, bevor sie weitergehen, als hätten sie spontan das Interesse verloren. Ich ahne, was es ist und spüre so etwas wie Schuld in meiner Brust aufflackern.

Das muss der Schrank des toten Schülers sein, der gestern aus dem Fluss gezogen wurde. Zu meiner Schande muss ich mir eingestehen, dass ich seit der Versammlung kaum an ihn gedacht habe. Stattdessen habe ich gelacht, als die Direktorin von seinem Tod berichtet hat, und nun schäme ich mich dafür. Sicher halten mich nun alle für gefühllos und kalt.

Von mir aus. Unangenehm ist es mir dennoch.

Mit einem komischen Gefühl im Bauch trete ich näher an sein Schließfach. Gerade gehen zwei Mädchen zur Seite, die mir eben noch die Sicht versperrt haben, und geben den Blick frei auf die Gegenstände am Boden.

Eine Kerze in einem roten Glas und ein Din-A4-Foto in einem schwarzen Rahmen.

Befangenheit überfällt mich und legt sich schwer auf meine Brust.

Atmen! Ich darf das Atmen nicht vergessen!

Obwohl etwas in mir danach schreit, mir das Foto nicht genauer anzusehen, wegzulaufen und zu vergessen, dass dieser Junge je existiert hat, wanke ich näher darauf zu.

Meine Muskeln verkrampfen sich, mir bricht Schweiß unter den Achseln aus und mein Kopf fängt an zu glühen, mein Gesicht pocht, als wäre unter meiner Haut eine Zeitbombe platziert, die jeden Augenblick hochgehen könnte.

Ich erkenne sein Gesicht. Alles andere um mich verschwimmt, ich starre nur auf das Foto. Auf diesen Jungen. Blonde, fast weiße Haare, hellblaue Augen mit dunklen Wimpern und einem Lächeln … Ich beginne zu zittern, ein Schleier legt sich über meine Augen und ein Echo hallt in meinen Ohren wider …

Maurice.

Maurice.

Maurice.

Es ist, als würden mich Hände packen und nach vorne zerren. Ich falle … Schwärze … *Maurice* …!

Maurice. Er ist über dir. Du kreischst, schlägst um dich, stößt ihn weg. Er brüllt etwas, doch du verstehst ihn nicht, er klingt so weit weg … geh weg von mir, *brüllt dein hilfloser Verstand, bleib bei mir. Er packt dich an den*

Schultern, schreit dich an. Du kannst dich nicht wehren, Angst. Ekel. Hör auf!, willst du kreischen, deine Kehle schmerzt, du weinst und wirst von deiner Angst zertreten. Du schmeckst das Salz deiner Tränen, deine bittere Galle, wirfst den Kopf hin und her und brüllst dir die Seele aus dem Leib.

Aber es hört nicht auf.

Es wird niemals aufhören.

Geh weg von mir! Bitte, hör auf!

Hände an deinem Körper, du willst sie nicht. Maurice! Warum tust du das? Er spricht zu dir, doch du hörst ihn nicht, du bist nicht da. Er ist nicht da.

Bitte, Gott, hilf mir.

Hände. Du bist nackt. Warum, was passiert hier?

Hör mir zu, hörst du ihn rufen. Er schüttelt dich, Hände sind überall, sie tun dir weh. Du kämpfst dich frei, landest irgendwie auf allen vieren, du bist im Wald, Blätter und Zweige graben sich in deine Haut.

Du musst hier weg.

Du krabbelst, wie ein Insekt, wie ein Tier, und hörst ihn hinter dir. Panik. In deiner Brust. Du schreist um Hilfe, aber du gibst keinen Ton von dir.

Bitte, Maurice, lass mich gehen!

Hilf mir!

Da spürst du es. Unter deinen Händen. Du bekommst keine Luft, dein Blick ist verschwommen, die Welt schwankt unter deinen Füßen.

Ein Ast. So dick wie dein Oberschenkel. Oder ist es eine Wurzel?

Femke! Er ist hinter dir.

Du bekommst mich nicht.

Es ist ganz einfach, noch nie hast du etwas so Schweres getan. Du wirbelst herum, den Ast dick wie ein Oberschenkel in deiner Hand.

Erst als er zu Boden stürzt, begreifst du, dass du ihn mit dem Ast getroffen hast. Am Kopf. Hart. Du springst auf deine Beine, sie zittern und wollen dich nicht tragen, du sinkst auf die Knie. Dein Wimmern, sein Wimmern – sie werden zu einem schmerzhaften Laut. Er liegt da und starrt dich an, flehend und anklagend, doch du weißt, dass er keine Gefahr mehr ist.

Maurice, wisperst du.

Maurice.

Maurice!

Du heulst. Seinen Namen mit deiner Angst, deinen Blick auf seinem Gesicht. Starr. Erschrocken. Überrascht.

Tot.

Du lässt den Ast fallen. Es ist …

»Femke! Jetzt hör auf damit, verdammt!«

Fassungslos greife ich an meine Wange. Sie brennt, als wäre ich geohrfeigt worden.

Bin ich geohrfeigt worden?

Ich fühle mich leer und zerstört. Benommen sehe ich mich um und erkenne entsetzt, dass ich auf dem PVC-Boden sitze. Mitten in der Schule. Vor den Spinden mit dem Bild von …

Maurice.

Mir wird übel und ich zittere.

»Was ist bloß los mit dir?«

Ich blicke verwirrt zu der vertrauten Stimme. Robin hält mich an den Schultern und sieht mich fassungslos an. Auch sie ist auf die Knie gegangen, ihr schwarzes Haar sieht zerzaust aus, als hätte sie sich gegen einen Angriff wehren müssen.

Von mir?

Ich möchte weinen. Meine nassen Wangen bezeugen, dass ich es bereits tue. Um mich herum nehme ich das Wispern wahr, viele kleine Schlangenzungen lecken an meinen Ohren. Ich blicke auf und da stehen sie, wie die Schaulustigen eines Verkehrsunfalls, und urteilen über mich.

Ich muss hier weg. Meine wackeligen Beine verweigern mir beinahe die Arbeit, als ich mich auf die Füße hieve. Das Tuscheln wird lauter, ich will sie anschreien, damit sie aufhören, doch das würde sie nur noch mehr anstacheln.

»Femke, was tust du?« Robin scheint ehrlich besorgt, obwohl ich nicht Anouk bin, nur Femke, die verhasste Femke, deren Hass auf sie ich geschürt habe. Ich mache mich von Robin los, die mir Halt aufdrängt und nicht will, dass ich gehe.

Aber ich muss. Muss hier weg, bevor ich vollends die Fassung verliere.

Schließlich sieht Robin ein, dass sie mich nicht aufhalten kann und lässt mich los. »Lass uns irgendwo hingehen und in Ruhe reden«, schlägt sie vor und ich höre die Hilflosigkeit in ihrer Stimme. Dennoch schüttle ich den Kopf.

Nein.

Ich bahne mir meinen Weg durch die gesichtslosen Gaffer, ihre zischenden Stimmen folgen mir bei jedem Schritt. Robin ist wieder an meiner Seite, versucht mich aufzuhalten, aber ich schüttle sie ab.

»Was soll das, Femke? Was ist los mit dir?«

Da fällt es mir wieder ein und ich bleibe stehen. Erinnere mich an die Bilder, die ich gesehen habe wie in einem Film, die aber kein Film waren, sondern die Realität. Nicht meine Realität. Femkes. Nicht die Gegenwart, sondern die Vergangenheit.

Ich weiß nicht, woher die Bilder kamen, aber ich weiß, was sie mir gezeigt haben.

Als wären sie meine Erinnerung.

Mein Herz hört auf zu schlagen, einmal, zweimal, dann setzt es wieder ein. Mir ist schwindelig und nun halte ich mich doch an Robin fest.

Ich weiß es.

Femke war es.

Femke hat Maurice erschlagen.

Kapitel 29

Irgendwie habe ich es nach Hause geschafft.

Robin wollte mich zur Schulkrankenschwester bugsieren, doch das kam für mich nicht infrage. Nur ein bisschen habe ich mich über ihre Fürsorge geärgert, weil es mich langsam, aber sicher verrückt macht, nicht zu wissen, was sie und Femke verbindet. Irgendein Lehrer hat mich schließlich nach Hause geschickt. Niemand konnte mich abholen, also bin ich gelaufen, und hier sitze ich nun, völlig verstört und allein und mit einer neuen Erkenntnis.

Femke hat Maurice umgebracht!

Der Film, der sich vor mir abgespielt hat, war so intensiv, als würde es in dem Moment passieren. Ich habe durch Femkes Augen gesehen, ihre Angst empfunden und selbst den Geruch von Wald und feuchter Erde in der Nase gehabt.

Habe die Hände auf mir gespürt.

Es war erschreckend real. Und dennoch … irgendwie habe ich eine gewisse Distanz bemerkt. Wie in einem Traum, in dem ich jemand anderes bin und weiß, dass ich auf das, was passiert, keinen Einfluss habe. Eine wortlose Akzeptanz.

So hat es sich angefühlt, als Femke Maurice erschlagen hat.

Die Bilder wollen mich einfach nicht loslassen, doch viel schlimmer ist, dass ich aus ihnen nicht schlau werde. Sie spielten sich auf so vielen emotionalen Ebenen ab, dass ich mir nicht sicher bin, was geschehen ist.

Femke hat sich gewehrt und ihn bei dem Versuch, ihm zu entkommen, mit einem Ast erschlagen.

Aber warum? Wovor hatte sie Angst? Was wollte er von ihr?

Obwohl der Ablauf eindeutig auf Notwehr hindeutet, erinnere ich mich an die widersprüchlichen Empfindungen.

Geh weg.

Bleib bei mir.

Wie passt das zusammen?

Ich stöhne auf und kämpfe die Tränen nieder, die abermals in mir aufsteigen.

Femke, was hast du getan?

Was soll ich nun tun? Ein Verbrechen wie dieses, wenn auch ungeplant, bleibt niemals unaufgeklärt. Es ist nur eine Frage der Zeit, bis sie dabei auf Spuren von Femke stoßen, ihre DNS, oder sie erfahren von irgendeinem Zusammenhang, vielleicht woher sie sich kannten oder einem Treffen, bei dem sie zusammen gesehen wurden, und ich bin fällig.

Ich habe nicht die geringste Ahnung, warum es geschehen ist. Wie gut sie sich kannten und warum ihre Bekanntschaft auf diese brachiale Weise enden musste. Diese verdammte Ungewissheit ist für mich das Schlimmste. Und dass ich absolut im Dunkeln darüber tappe, wie kurz davor Femke ist, aufzufliegen.

Wie kurz ich davor bin.

Und auf einmal hat dieser Körper mit diesem Verstand zwei Menschenleben beendet. Nicht nur ein fürchterliches Verbrechen, für das ich wahrscheinlich in einer Jugendstrafanstalt landen werde, sondern zwei.

Meine Gedanken drohen meinen Kopf zu sprengen. Was soll ich bloß tun? Die Schuld vertuschen? Oder für alles geradestehen, weil die echte Femke es nicht mehr kann? Ist es das? Ist es eine Kette der Strafe? Anouk kann nicht für den Tod von Femke belangt werden, weil sie nun Femke ist, stattdessen bekomme ich Femkes Strafe für den Totschlag an Maurice? Er wäre gerächt – und Femke irgendwie auch.

Ist es das?

Das ist alles so verwirrend und ich will, dass diese Gedankenkarusselle aufhören, ich will vergessen und meine Ruhe haben. Ruhe vom Leben – von *ihrem* Leben, meins war eigentlich ziemlich cool.

Zumindest aus Femkes Sicht betrachtet.

Ich spüre, dass ich zur Besinnung kommen muss. Dieser Tag war ziemlich viel auf einmal, ich fühle mich, als hätte jemand meine ganze Lebensenergie abgezapft und nichts als diese Hülle und mein pochendes, schmerzendes, grübelndes Gehirn zurückgelassen.

Ich lege mich auf die Seite, zusammengerollt wie ein Neugeborenes, und schließe die Augen. Es ist mir egal, dass es erst Nachmittag und noch hell ist, ich will nur meinen Kopf zum Schweigen bringen, diesen Körper wieder spüren …

Eine Bewegung zuckt durch ihn hindurch und ich reiße meine Augen auf. Noch immer liege ich im Bett, meine Position unverändert. In Femkes Zimmer ist es dunkel geworden, doch ich weiß sofort, dass ich nicht allein bin. Die Matratze hängt auf meiner Seite durch und ich entdecke die Silhouette, die auf Höhe meines Bauchs auf dem Bett sitzt und mich anstarrt. Ich setze mich auf, drücke mich gegen das Kopfteil des Bettes und presse mir die Hand auf den Mund, um nicht aufzuschreien.

Dann erkenne ich Femkes Vater und mein Puls beruhigt sich etwas.

»Was machst du hier?«, frage ich vorwurfsvoll, meine belegte Stimme zeugt davon, wie tief ich geschlafen habe.

Er beugt sich vor und streckt seinen Arm nach mir aus. »Ich wollte dich nicht erschrecken«, flüstert er mit erstickter Stimme, als er über mein Haar streicht und eine dunkle Strähne zwischen seine Finger nimmt. Mir ist sein Verhalten unangenehm, die Art und Weise, wie er mein Haar berührt, doch ich lasse es zu.

Inzwischen kenne ich das ja.

Was es nicht angenehmer macht.

»Hast du aber«, sage ich unwirsch, und bekomme eine Gänsehaut, als sich mir die Frage aufdrängt, wie lange er hier schon sitzt und mich beobachtet. Ich bin von einer Bewegung der Matratze aufgewacht, also hat er sich vermutlich gerade erst niedergelassen – zumindest hoffe ich das.

Er zieht seine Hand zurück, als würde er meine Ablehnung spüren, und legt sie zu seiner anderen in den Schoß. Er trägt nicht mehr den Anzug, stattdessen ein einfaches T-Shirt und eine Stoffhose. Er ist also schon länger zu Hause. »Das tut mir leid, Schätzchen. Ich wollte nur sehen, ob es dir gut geht.«

Erst jetzt fällt mir trotz der Dunkelheit etwas auf. Einzig das silberne Licht des verhangenen Monds und die Flurlampe, die durch den Türspalt einen Streifen auf den Boden wirft, durchbrechen die Dunkelheit der Nacht und offenbaren mir, dass seine Augen glitzern. Hat er geweint? Weint er?

»Wieso?«, frage ich irritiert. Wieso will er wissen, ob es mir gut geht, und wieso weint er?

»Ich habe gehört, dass es einen Zwischenfall in der Schule gab.« Er sieht mich ernst an, traurig, verstört, und ich weiß nicht, was ich erwidern soll. *Zwischenfall* in der Schule könnten mehrere Dinge sein, ich war fleißig in den letzten Tagen. Doch es ist sein Anblick, der mir den Hals zuzuschnüren droht.

»Halb so wild«, meine ich und mache eine lässige Handbewegung, doch mein Mund ist trocken.

Femkes Vater sieht mich weiter durchdringend an, sein Kinn zittert und er versucht, es wegzulächeln. Dann rückt er näher an mich heran und greift nach meiner Hand, die ich eigentlich in meiner Armbeuge versteckt habe.

Seine Finger sind ein wenig klamm und es ekelt mich, aber ich darf nicht vergessen, dass ich seine Tochter bin. Femke würde sich nicht ekeln. Was würde sie tun? Sich an ihn kuscheln? Sorry, aber da bin ich raus.

»Ich hab von dem Jungen gehört«, sagt er und mit einem Mal kommt alles zurück. Der Schlaf hat es verschluckt, doch jetzt sind die Erinnerungen wieder da und ich habe sofort einen Kloß im Hals, den ich einfach nicht hinunterbekomme, egal wie häufig ich schlucke.

Maurice ist tot. Femke hat ihn erschlagen. Weil … weil sie Angst vor ihm hatte.

»Was willst du?«, presse ich an dem Kloß vorbei. Ich spüre meinen Atem, wie er meine Brust hebt und senkt, und stelle mir vor, wie es wäre, würde dieser Körper einfach damit aufhören.

So wie der von Maurice.

Dann wäre es einfach vorbei.

Femkes Vater drückt meine Hand und ich schrecke aus meinen düsteren Gedanken hoch. »Hör zu«, sagt er und schluckt geräuschvoll, jenes feuchte, schmatzende Geräusch, für das sehr viel Speichel oder Schleim nötig ist. Noch immer kämpft er gegen die Tränen. »Das kommt dir vielleicht blöd vor, aber … kannst du dir vorstellen, wie schlimm es für Eltern ist, das eigene Kind zu verlieren?« Er sieht mich an, seine Augenbrauen tief zusammengezogen, sein Blick voller Liebe und Sorge.

»Ehrlich gesagt will ich mir das gar nicht vorstellen«, wispere ich und zwinge mich, dem Augenkontakt mit ihm nicht zu entfliehen. Was ich darin entdecke, ist mir unheimlich, ich fühle mich durch seine Emotionen in die Enge getrieben, so grausam es auch ist. Aber ich bin nicht seine Tochter, er darf mich nicht so ansehen, und es ist meine Seele, Anouk, die er anstarrt. Es fühlt sich falsch an. Warum merkt niemand, dass in dieser Hülle ein völlig anderer Mensch wohnt? Warum sieht mich niemand hinter Femkes Augen? Er ist ihr Vater! Warum bemerkt er es nicht?

»Ich bin so froh, dass es dir gut geht. Ich meine …« Er stockt und ich frage mich, ob er auf etwas anspielt – abgesehen davon, dass der Tod eines Schülers ihm die Sterblichkeit seiner Tochter vor Augen führt, als wäre es eine neue Erkenntnis für ihn. »Der Tod, er kann jeden von uns ganz plötzlich treffen, von einer Minute auf die andere. Wir denken viel zu wenig darüber nach. Aber ich verstehe das, du bist jung und hast andere Dinge im Sinn.«

»Ich denke darüber nach«, erwidere ich ein wenig gereizt. Diese Unterhaltung wird gegen meinen Willen geführt, und es gibt nichts, was ich dagegen tun könnte.

»Kinder sollten niemals vor ihren Eltern sterben.« Unwillkürlich frage ich mich, was er über Femke und ihr Leben weiß. Die Wochenenden, die sie regelmäßig verschwunden ist, um bei Sebastian zu sein – haben ihre Eltern sie nie danach gefragt? Sie waren früher immer gute Eltern, warum habe ich nun nicht mehr diesen Eindruck?

Trotzdem nicke ich, weil ich sonst nichts zu sagen weiß und darauf hoffe, Femkes aufgelösten Vater möglichst schnell wieder loszuwerden, wenn er bemerkt, dass ich nicht in der Stimmung bin für dieses Gespräch. Weder Femke noch ich sollten die Angsttherapeuten ihres Vaters sein. Kann er sich nicht einfach zusammenreißen wie jeder normale Vater?

Stattdessen bleibt er sitzen, hält meine Hand und sieht mich so liebevoll an, dass es mich gruselt. Er ist wie dieser Typ aus *American Beauty*, der die Schulfreundin seiner Tochter anschmachtet, mit dem Unterschied, dass Femkes Vater nicht ahnt, dass ich ebenfalls die Schulfreundin bin, obwohl er mich für seine Tochter hält – und irgendwie macht es das noch schlimmer.

»Du und Anouk, ihr seid schon länger nicht mehr befreundet, oder?«, fragt er wie aus dem Nichts und erschrocken ziehe ich meine Finger aus seiner Umklammerung. Zumindest dafür ist sein Handschweiß gut.

»Anouk?«, wiederhole ich perplex. Eine unterschwellige Angst steigt in mir auf. »Wie kommst du denn jetzt auf Anouk?« Ich bemühe mich um Gleichgültigkeit, doch das ist nicht leicht.

»Ich weiß nicht … vielleicht … vielleicht hättet ihr Freundinnen bleiben sollen.« Er wirkt zögerlich, doch es kommt mir vor, als hätte er darüber schon häufiger nachgedacht. Und das ist komisch, denn eigentlich weiß er nichts über mich. Nicht mehr. Er hat keine Ahnung, was aus dem verstoßenen Mädchen Anouk geworden ist, seit es vor einigen Jahren für ein paar Monate in diesem Haus untergekommen ist. Denkt er, ich wäre für Femke ein gutes Vorbild gewesen? Dass sie mit mir an ihrer Seite nicht jedes Wochenende verschollen wäre?

Denn da irrt er sich.

Ich versuche, mich in Femkes Lage hineinzuversetzen, mich aus ihren Augen zu betrachten. Ihre anfänglichen Gesprächsversuche mit mir, nachdem ich die Freundschaft für vorbei erklärt habe, und meine Reaktionen darauf. Wie ich sie von mir gestoßen habe, wieder und wieder.

»Ich habe es versucht«, sage ich und spüre die alte Wehmut – und die neue Schuld. »Wir waren uns sicher, dass wir für immer Freundinnen sein würden. Aber sie wollte nicht.«

»Du hättest um sie kämpfen müssen.« Ich weiß, er meint es nicht so und will nur helfen, aber angesichts der Tatsache, wie sehr Femke sich um mich bemüht hat und wie wenig ihr Vater anscheinend darüber weiß, sind seine Worte blanker Hohn.

»Was soll das?«, frage ich gereizt und lasse Femkes Perspektive hinter mir.

Ihr Vater bewegt den Kopf hin und her, als kämpfe er gegen die Sprachlosigkeit. Sein Gesicht zuckt immer wieder verkrampft, immerhin ist er bemüht, die Fassung zu bewahren.

»Mir gehen nur verschiedene Dinge durch den Kopf«, bringt er schließlich mit belegter Stimme hervor.

Sein Blick verliert sich im Nichts und eine gute Tochter hätte ihn vermutlich in den Arm genommen und ihn mit geflüsterten Worten der Zuneigung getröstet.

»Ich … kannst du jetzt bitte gehen? Ich wäre lieber allein.«

Er sieht mich wieder an, dann nickt er mit einem verlegenen Lächeln. Ich habe gerade den Eindruck, dass er aufstehen will, als er sich mir noch einmal zuwendet und mein Gesicht in seine Hände nimmt. »Du weißt, wie sehr Mama und ich dich lieben, oder?«, wispert er mit zittriger Stimme. »Dass du mit deinen Problemen zu uns kommen kannst und du sie nicht allein lösen musst?«

Mein Magen krampft sich zusammen. »Ja, das weiß ich«, antworte ich und nicke zwischen seinen Händen. Er hält mich nicht besonders fest, aber diese Berührung, sein Daumen, der immer wieder über meine Wange streichelt, kommt mir nicht richtig vor. Aber was weiß ich schon, ich hatte nie einen Vater.

»Pass bitte auf dich auf, ja? Immer.«

Ich denke an Femkes Namen im Schwarzen Loch, die Übergriffe und was Femke alles erlitten hat, was nun auch auf mich wartet. Auf mich selbst aufzupassen wird vermutlich in naher Zukunft eine meiner schwierigsten Aufgaben.

»Klaro. Mach ich.« Ich würde alles sagen und versprechen, damit er endlich von mir ablässt. Doch meine Beteuerungen scheinen nicht zu genügen, also greife ich nach seinen Handgelenken und ziehe seine Finger von meinem Gesicht. Die Haut unter ihnen brennt und am liebsten würde ich mich waschen.

Wieder nickt er. Dann beugt er sich nach vorne und drückt mir einen Kuss auf die Lippen.

Einundzwanzig.

Zweiundzwanzig.

Er löst sich von mir, lächelt mir zu, steht vollkommen ruhig auf und verlässt ohne ein weiteres Wort das Zimmer. Ich blicke ihm hinterher, völlig erstarrt sehe ich auf die geschlossene Tür, kämpfe den Ekel in mir nieder, den stummen Vorwurf in meinem Kopf, warum ich das nicht verhindert habe, und kann nicht glauben, was sich gerade abgespielt hat.

Als ich mich endlich aus meiner Versteinerung löse, wische ich mir mit meinem Handrücken den Mund ab und blinzle die Tränen der fassungslosen Wut weg.

Was stimmt mit diesem Mann nicht?

Werden fast erwachsene Töchter von ihren Vätern so geküsst? Auf die Lippen? Ist das normal und es liegt an mir? Muss man einen Vater gehabt haben, um das zu verstehen? Doch sosehr ich auch zweifle, an ihm, an mir, ich kann dieses Gefühl, beschmutzt worden zu sein, nicht abschütteln. Und ich weiß nicht, ob es meine Empfindung ist, oder ob Femke in mir erwacht und mir versucht, auf diese Weise etwas mitzuteilen …

Kapitel 30

Flashback.

Das ist das Ergebnis meiner Konsultation bei Prof. Dr. Google, was ich bei dem Anblick von Maurice' Bild erlebt habe.

Ein Flashback ist das visuelle, akustische und emotionale Wiedererleben eines vergangenen Erlebnisses, hervorgerufen durch einen Schlüsselreiz, auch Trigger genannt, ohne diesen dabei als Erinnerung zu erkennen.

Nur mit dem Unterschied, dass ich den Flashback nicht als meine Erinnerung erkennen kann, weil es nicht meine Erinnerung ist. Mir ist im Moment des Flashbacks bewusst, dass ich es nicht selbst bin, durch dessen Augen ich sehe. Nur leider ändert es nichts daran, dass ich trotzdem genauso empfinde wie Femke damals, als es passierte. Wie es aussieht, hat Femke nun auch mein Gehirn erreicht – herzlichen Dank auch.

Als ich am Tag nach meiner doppelten … sagen wir mal Auffälligkeit in die Schule gehe, ist es ein seltsames Gefühl, denn ich weiß, dass die Blicke, die mich diesmal überallhin verfolgen, tatsächlich mir gelten. Was die Sache nicht besser macht. Dennoch, ich habe die halbe Nacht wach gelegen und mir den Kopf zerbrochen über die Dinge, die ich zuletzt erfahren habe. Femke hat Maurice erschlagen und ich habe sogar für einige Minuten darüber nachgedacht, zur Polizei zu gehen. Wenn ich die Dinge so darstellen würde, wie ich sie gesehen habe, bestünde sicher der Tatbestand der Notwehr. Zumindest vermute ich das. Aber genau das ist auch der Grund, weshalb ich mich dagegen entschieden habe – zumindest vorläufig. Bis ich weiß, was wirklich passiert ist, wie die Zusammenhänge sind, wo die Gründe liegen – einfach alles. Aber bis dahin muss ich versuchen, mich nicht mit öffentlichen Flashbacks und Provokationen noch verdächtiger zu machen, als ich eventuell ohnehin schon bin.

Wenn ich es denn bin.

Nun bin ich hier, mit einer Mission, einem Plan und – so hoffe ich – einer Erklärung für alle Fragen, die aufkommen könnten.

Doch als ich meinen Spind öffne, habe ich es direkt mit einer ungeplanten Situation zu tun. Ein kleiner gefalteter Zettel flattert aus dem Inneren des Schrankes und landet unheilvoll auf meinen Füßen. Ich sehe mich nach allen Richtungen um, doch da ist niemand, der mich beobachtet, niemand, der an eine Wand gelehnt dasteht und darauf wartet, dass ich seinen Zettel finde.

Das wäre auch zu einfach gewesen. Also hebe ich das Papier auf und falte es, im Fach vor anderen Augen geschützt – ja, ich werde langsam paranoid – auseinander.

Maurice' Tod tut mir sehr leid. Ich hoffe, dir gefällt, was ich an seinem Schrank aufgestellt habe.

Ich bekomme einen trockenen Mund und sehe mich erneut um. Dann lese ich den Zettel noch einmal. Und noch einmal. Keine Unterschrift, kein nichts – selbst die Handschrift kann ich niemandem zuordnen. Sie könnte von einem Typen sein genauso wie von einem Mädchen. An meinem Hals pocht eine Ader, dominant und heftig, und ich weiß nicht, ob ich aufgeregt bin oder besorgt. Ist es gut oder schlecht, dass jemand von Femke und Maurice weiß? In meinem Kopf wirbeln verschiedenste Ideen durcheinander, wilde Gedanken, allesamt schwer einzufangen. Sind die Worte ironisch gemeint, oder wurde der Zettel durch einen Schlitz in meinen Schrank geworfen, *bevor* mich ein Flashback für alle sichtbar in die Knie gezwungen hat? Und warum …

»Femke.«

Ich zucke zusammen und stoße mir dabei den Ellenbogen an der Schranktür. Leise fluchend falte ich den Zettel hastig zusammen und drehe mich um.

»Hey, alles okay bei dir?«

Vor mir steht Robin und sieht mich besorgt an. Wieder einmal fällt mir auf, dass sich ihr Style verändert hat. Sie trägt immer noch bevorzugt Schwarz, doch auch heute wirkt an ihr nichts besonders feminin. Ihre Fingernägel sind nicht lackiert und ihr Gesicht frei von Make-up. Stattdessen trägt sie ein Camouflage-Basecap, unter dem die dunklen Haarspitzen hervorgucken, und ein schwarzes Jackett über ebenso schwarzem T-Shirt und Skinny Jeans.

»Ich denke, du hasst mich«, stelle ich nüchtern fest und wende mich demonstrativ von ihr ab. Ich kann mir denken, warum sie mir einen Besuch abstattet, und auf der einen Seite freue ich mich, dass sie sich um mein Wohlbefinden nach dem Vorfall gestern sorgt. Aber auf der anderen Seite … warum hat sie *mir* nie erzählt, dass sie so eng mit Femke im Kontakt stand? Gut, ich weiß, warum sie mir das nicht gesagt hat, und doch stimmt es mich heute zum ersten Mal nachdenklich.

Wie gut kennen wir eigentlich unsere engen Freunde wirklich, wenn wir glauben, alles zu wissen?

Ich schüttle meine Gedanken ab und fokussiere mich auf das Wesentliche. Praktisch betrachtet kommt mir ihr Besuch nämlich ausgesprochen gelegen, da ich ohnehin mit ihr sprechen will.

Meine Reaktion scheint sie zu verärgern. »Ich wollte nur sehen, ob bei dir alles klar ist. Nach deinem Zusammenbruch gestern …«

»Das war kein Zusammenbruch«, unterbreche ich sie und blicke sie wieder an. Ihre Augen liegen unter dem Schirm ihres Caps im Schatten, doch ich sehe trotzdem, dass sie sie verdreht. Ich ignoriere es und halte den Moment für gekommen, meine Erklärung auszupacken – die ich mir in der letzten Nacht zurechtgelegt habe.

»Es war in den letzten Tagen alles ein bisschen viel und ich hatte zu wenig getrunken. Tut mir leid, dass du dir Sorgen gemacht hast.« Ich drücke auf die Tränendrüse, vielleicht ein wenig zu theatralisch, und ich bin unsicher, ob Robin mir das abkaufen wird.

»Du erzählst mir ernsthaft, du bist ausgeflippt und hast um dich geschlagen, weil du zu wenig getrunken hast?«, schnaubt sie wie auf Kommando. Sie zieht skeptisch eine Augenbraue hoch und schüttelt den Kopf, bevor sie sich von mir abwendet. »Von mir aus, verarsch mich ruhig.«

Doch ich hänge gedanklich daran, wie sie meinen Flashback beschrieben hat, und mein Magen krampft sich einmal mehr zusammen.

»War's echt so schlimm?«, frage ich gedämpft, ich bin auf einmal unsicher. Unsicher bezüglich der Diagnose, meines Verstandes. Ich habe um mich geschlagen? Die Vorstellung bereitet mir eine Gänsehaut.

»Hör auf damit, okay? Dir geht es blendend, wie ich sehe. Mehr muss ich nicht wissen.« Ohne meine Reaktion abzuwarten, will sie an mir vorbeigehen, doch ich kann sie noch nicht gehen lassen.

»Robin, bitte warte!«, bitte ich sie, folge ihr ein paar Schritte und strecke meine Hand nach ihr aus. Eigentlich um sie festzuhalten, aber es fühlt sich nach mehr an, nach einem Friedensangebot, nach meinem Sehnen, wieder mit ihr befreundet zu sein. Plötzlich habe ich einen Kloß im Hals. Hat es sich so auch für Femke angefühlt, als ich sie von mir gestoßen habe, nicht bereit, ihr eine zweite Chance zu geben? Wie egoistisch und verbohrt ich doch gewesen bin. Ich habe mir nie Femkes Version der Geschichte angehört, die mir nur Konstantin gesteckt hat. Aber Dinge haben immer zwei Seiten, mindestens, das weiß ich nun.

»Können wir nach der Schule irgendwo in Ruhe reden? Ich erkläre dir alles, das verspreche ich.« Ich meine es ernst. Ich werde ihr die Wahrheit sagen, ihr die Chance geben, mich besser zu verstehen. Das hat sie verdient – obwohl sie hinter meinem Rücken mit Femke zu tun hatte.

Auch wenn sie mich danach vermutlich für noch verrückter hält als ohnehin schon.

Robin bleibt tatsächlich stehen und sieht mich abschätzig an. Dann nickt sie. »Von mir aus. Amy und ich sind nach dem Unterricht am Waldrand hinter der Schule«, sagt sie, ohne mir dabei in die Augen zu sehen. Dann lässt sie mich im Schulflur stehen.

Ich kehre sofort zu meinem offenen Schrank zurück, mit einem unscheinbaren Anflug von Optimismus in mir. Doch sobald ich den Zettel auf dem Boden meines Schrankes sehe und er mich an die verbliebenen Hindernisse und Probleme erinnert, die vor mir liegen, ist er dahin, der Mythos mit O.

Ich greife mir den Zettel, verstaue ihn sorgfältig in meiner Hosentasche und schließe die Schranktür, bevor ich mich auf den Weg zur ersten Unterrichtsstunde mache.

In der großen Pause beginnt die Suche nach meiner nächsten Zielperson in Sachen *Wenn die Wahrheit nicht ans Licht kommen will, muss ich sie an die Hand nehmen und holen.*

Finja ausfindig zu machen, stellt sich nicht als Problem dar, sie allein zu erwischen hingegen schon. Immerzu ist sie von ihren Leichtathletikfreundinnen umgeben, alle einschüchternd schlank und sehnig. Das waren einmal auch Femkes Freundinnen, allen voran die blond gelockte Leana, ebendas Mädchen, das entschieden hat, die neue Femke wäre für ihre Clique nicht angemessen, nicht gut genug. Ich habe mich schon häufiger gefragt, was der Reiz an diesem übermäßigen Rudelverhalten ist, aber inzwischen habe ich so eine Ahnung:

Je größer die Gruppe, desto weniger Aufmerksamkeit erhält das Individuum.

Ich weiß natürlich nicht, ob das tatsächlich Femkes Bestreben war, durch ihre Freundinnen unsichtbar zu sein, aber nach allem, was ich über sie erfahren habe, macht es durchaus Sinn.

Nachdem ich sie eine Weile mit etwas Abstand beobachtet habe, fange ich Finja ab, als sie zu ihrem Spind huscht, um ihre Sportsachen zu holen.

»Hey, Finja«, rufe ich vorsichtig, immerhin war sie bei unserer letzten Begegnung nicht gerade glücklich.

Als sie mich bemerkt, scheint sie zunächst in Alarmbereitschaft zu sein, so erschrocken wie sie mich ansieht. Doch der erste Schreck weicht Verwunderung – und Dankbarkeit.

»Femke … ich …«, beginnt sie verlegen, sieht sich jedoch sofort im Schulflur um. Wonach sucht sie? Dann holt sie die Sporttasche aus dem unteren Fach ihres Spinds und schließt die Tür. Misstrauisch schaue ich ihr zu und es würde mich nicht wundern, wenn sie jeden Augenblick davonjoggt. Sie fühlt sich unwohl und es ist eindeutig, dass es an mir liegt.

Doch sie läuft nicht weg. Mit der geschulterten Tasche scheint sie an Selbstbewusstsein zu gewinnen.

»Gut, dass du mich gefunden hast, Fem. Ich wollte dich später ohnehin suchen.« Sie lächelt, doch es kommt mir nicht echt vor. Einstudiert, um etwas zu verkörpern, was sie nicht ist. Oder nicht empfindet. Um nicht angreifbar zu sein. »Es ist nur …« Sie räuspert sich und senkt die Stimme. »Ich wollte Danke sagen für das, was du gestern getan hast.«

Natürlich weiß ich, was sie meint. Mein Name an der Toilettenwand. Immerhin habe ich es auch für sie getan. Niemand wird sie nun damit in Verbindung bringen. Jetzt gibt es nur noch einen Star an dieser Schule.

Leana ruft von der anderen Seite des Gangs nach Finja und sieht gereizt zu uns herüber. Passt ihr wohl nicht, dass sich eine der Ihren mit mir unterhält.

»Können wir später in Ruhe reden?«, frage ich hastig, weil ich spüre, wie gedrängt Finja sich auf einmal fühlt.

Sie nickt sofort. »Ja … klar. Komm gleich nach dem Training in die Umkleide, ich werde die Letzte sein. Dann können wir reden.«

Erleichtert lächle ich sie an. »Ich werde da sein«, verspreche ich. Dann hastet Finja leichtfüßig davon.

Ich muss zugeben, dass ich ziemlich erleichtert bin, wie der Vormittag bis hierhin gelaufen ist.

Bis mir wieder der Zettel in den Sinn kommt und ich frustriert aufstöhnen möchte. Die Nachricht bereitet mir übelste Bauchschmerzen, und ich habe das Gefühl, gegen Windmühlen zu kämpfen. So viele Probleme ich auch zu beheben versuche, es kommen immer neue hinzu.

Ich suche schnell die Toilette auf, bevor es zur nächsten Stunde klingelt. Der Vorraum zur Toilette ist fast leer, nur zwei Mädchen aus der Oberstufe stehen vor den Spiegeln über den Waschbecken und ziehen ihren Lippenstift nach. Ich schlüpfe in die Kabine, ohne von ihnen bemerkt zu werden – Schminken erfordert höchste Konzentration und schließt Multitasking grundsätzlich aus.

Während ich meine Blase entleere, denke ich darüber nach, dass diese Situation die ideale Gelegenheit für ein belauschtes Gespräch wäre, das der Hauptfigur – also mir – die notwendigen Hinweise liefert, die sie so dringend benötigt.

Aber daraus wird nichts. Statt zu lästern oder überhaupt etwas zu sagen, höre ich nur, wie die Mädchen den Vorraum verlassen und ich beeile mich, um pünktlich zum nächsten Kurs zu kommen.

Doch als ich die Tür öffne, werde ich grob an den Armen gepackt, aus der Kabine gezogen und gegen die schmuddelige Wand daneben gestoßen. Es passiert so schnell, dass ich nicht reagieren kann und erst begreife, was geschieht, als ich die kalten Kacheln an meiner Wange spüre. Ein Körper drückt mich von hinten an die Wand, nicht brutal, aber unnachgiebig. Meine Hände sind noch immer in seinem festen Griff und werden auf Kopfhöhe gegen die harte Oberfläche gepresst.

»Du hältst dich für sehr schlau, oder? So verdammt selbstlos«, wispert Sebastian in mein Ohr und ich spüre seinen Atem auf meiner Haut. Ich bin wie erstarrt, er macht mir Angst, niemals hätte ich erwartet, dass er so reagieren könnte. Dabei hätte ich das sollen! Er hat mir von Anfang an eine Gänsehaut bereitet, mir Angst eingejagt, und trotzdem habe ich ihn für einen Sprücheklopfer gehalten, einen kleinen Wadenbeißer, nichts weiter.

Ich habe mich geirrt.

»Lass mich in Ruhe«, zische ich unter dem Druck seines Körpers und presse dann meine Lippen aufeinander, damit er nicht sehen kann, wie sehr sie zittern. Ich will mit allen Mitteln verhindern, meine Angst vor ihm zu entblößen, weil er dann nur noch mehr Macht über mich hat, aber der rasende Puls, der meine Halsschlagader beinahe zum Explodieren bringt, ist ein Verräter.

»Alles wird nur noch schlimmer werden.« Seine Lippen an meinem Ohr, so nahe, dass sie immer wieder meine Haut streifen. »Alle wissen jetzt, wen sie jagen müssen. Nicht nur die Penner aus dem Schwarzen

Loch. Alle, die deine Aktion gesehen haben. Alle, die von deiner Aktion erzählt bekommen.«

Meine Sicht auf die offene Tür einer Klokabine wird unscharf. Alles scheint mit einem Mal völlig zweidimensional, als befände ich mich in einem tiefenlosen Raum.

»Ich habe gesagt, du sollst mich in Ruhe lassen«, fordere ich mit zitternder Stimme, völlig zwecklos, wie ich weiß.

Verschwommene Umrisse, ich betrachte nichts weiter als eine Negativaufnahme von dieser Situation und schnappe nach Luft. Ein Flashback kommt, ich spüre ihn in meinem Kopf, ich verliere den Boden unter den Füßen und falle, immer tiefer, wo er mich bereits erwartet, er lauert auf den richtigen Moment, mich vollständig zu verschlucken.

»Ich wollte dir nur einen Tipp geben, Fem. Du solltest dich in Zukunft genau umsehen. Schritte hinter dir, Rascheln im Gebüsch, dieses komische Gefühl im Rücken, das dir die Haare aufstellt – das alles wird dich von nun an verfolgen, der Atem in deinem Nacken sein. Keine Einbildung mehr und auch kein Verfolgungswahn.« Jedes seiner Worte ist Genugtuung, ich spüre es an seinem Körper, der mich bedrängt, an seiner Erregung, die gegen meinen Rücken drückt. Mir wird übel, ich kann nicht länger gegen den schwarzen Nebel kämpfen, die Panik ist stärker als mein Kampfgeist. Also lasse ich los, mein Fallen endet jäh und ich werde verschluckt …

Du blinzelst die Tränen weg, presst die Lippen aufeinander, bis kein einziger Tropfen Blut mehr in ihnen ist, bis du sie nicht mehr spürst. Sebastian ist da, sein Gesicht ist eine Fratze, über dir, und du machst dich bereit, du hast keine andere Wahl, und Ekel ist leichter zu ertragen als …

… Schmerz kreischt durch meine Kopfhaut, Sebastian hat seine Hand in meinem Haar vergraben und zieht, zieht, bis ich brüllen will, aber ich bleibe stumm, ich weiß ja nicht einmal, ob ich wirklich hier bin oder ob ich einem Streich meines Gehirns auf den Leim gehe.

Meinen Kopf im Nacken, legt Sebastian seine Wange an meine, und die nächsten Worte klingen dumpf, wie aus weiter Ferne. »Sie werden kommen, und sie werden dich kriegen«, raunt er. »Einer nach dem anderen.«

Als es zur nächsten Stunde klingelt, biegt er meinen Kopf zur Seite und drückt mir einen feuchten Kuss auf den Hals. Ich spüre seine warme Zunge über meine Haut zucken, und das holt mich aus meiner Starre. Ich stoße Sebastian von mir, befreie mich aus seinem Griff, seiner ungewollten Umarmung, wirble herum, gebe ihm einen Schubs und verbiete mir meine Angst.

Sebastian grinst süffisant, er weiß, dass ich mich vor ihm fürchte, vor dem, was er mir beschrieben hat, vor der ganzen Situation.

Ohne ein weiteres Wort lässt er mich im Mädchenklo allein und mir wird klar, dass ich mich nur befreien konnte, weil er es wollte. Wären seine Absichten andere gewesen, ich hätte nichts dagegen tun können.

Zitternd stürze ich auf den Boden voller Toilettenpapier und Wasserspritzer und atme tief durch.

Sebastian.

Wieder ein Flashback, diesmal von ihm. Ich weiß jetzt, dass ich ihn unterschätzt habe.

Oh, Femke … was hat er dir bloß angetan?

Kapitel 31

Als ich die Umkleidekabine der Sportlerinnen betrete, zittere ich noch immer an ganzen Körper. Sebastians Versuch, mir Angst einzujagen, war ausgesprochen erfolgreich. Aber ich will das nicht, will mich nicht schwach fühlen, mich nicht bedrohen lassen, doch je stärker ich gegen das Zittern ankämpfe, desto mehr verkrampfen meine Muskeln. Reine Kopfsache, das weiß ich, aber die Begegnung mit Sebastian ist noch zu frisch, als dass sie mich schon wieder kaltlassen könnte.

Es heißt, es dauere dreißig Minuten, ehe eine Erinnerung verblasst und an Bedeutung verliert. Dreißig Minuten, bis etwas nicht nur zeitlich, sondern auch emotional der Vergangenheit angehört. Ich für meinen Teil kann das nicht bestätigen. Neunzig Minuten sind seit Sebastians Attacke vergangen und die Bilder verfolgen mich bis in die Kabine der Leichtathletikerinnen.

Eine schwüle Wolke aus Schweiß und altem Leder empfängt mich, und ich entdecke Finja sofort. Sie steht auf einer Bank abseits der Haken und Schließfächer an einem der hohen Fenster und sieht hinaus. Niemand außer ihr ist hier und sie hat sich bereits fertig umgezogen. Hinge ihr Blick nicht gedankenverloren an der Szenerie hinter dem Glas, als sich die Tür mit einem leisen Klick hinter mir schließt, ich würde fast meinen, sie hätte auf mich gewartet.

Vielleicht hat sie das sogar, aber den Gedanken an mich bei der Aussicht nach draußen verloren.

Vorsichtig nähere ich mich ihr, ich will sie nicht erschrecken, obwohl die Tür meine Ankunft längst angekündigt hat. Ich bin unsicher, wie weit weg sie tatsächlich ist, ob nur außerhalb des Fensters oder in einem besseren Makrokosmos.

Selbst als ich hinter ihr zum Stehen komme, reagiert sie nicht auf meine Anwesenheit. Sie ist deutlich größer als ich, dazu steht sie auf einer Bank und ich muss zu ihr aufsehen. Weil ich mich unbeobachtet fühle, mustere ich ihr außergewöhnlich schönes Gesicht, die warm braune Haut an ihrem Hals und ihren Händen, mit denen sie sich an der Wand abstützt. Ihre Züge scheinen entspannt, doch ihre Augen sind glasig. Als hätte ein fundamentaler Teil von ihr diesen Körper auf der Suche nach etwas Schönem verlassen.

Durch das Fenster kann sie einen Teil des Schulhofes sehen, das weiß ich, doch was genau sie gerade beobachtet, bleibt vor mir verborgen, und so sind die Geschehnisse dort in diesem Augenblick nur für sie bestimmt.

»Was siehst du da draußen?«, frage ich leise, um die Stille zu durchbrechen. Um meine Anwesenheit zu beweisen, denn es war nicht der Wind, der die Tür hat zuschlagen lassen.

Finja scheint nicht überrascht, doch sie blinzelt, ohne ihren Blick von dem Draußen abzuwenden. »Nichts. Nur eine Welt, in der ich nicht mehr lebe.« Ihre Augenbrauen zucken, sie sucht nach Worten und ich hoffe, dass sie sie findet. Um das auszudrücken, was sie quält, und um mich, Anouk, zu ihrer Komplizin zu machen. »Es ist alles anders«, fährt sie mühevoll fort. »Ich habe geglaubt, dass ich stärker bin, dass nichts davon großen Einfluss auf mich haben könnte, aber … das hat es. Es beeinflusst mich. Jeden Tag. Jede Sekunde. Es steckt in jedem Atemzug, in jedem Zucken meiner Muskeln, ist einfach immer da. Ich kann es mir noch so sehr einreden, aber ich belüge mich selbst. Nichts wird jemals wieder sein, wie es war …« Sie sieht mich an und zum ersten Mal spüre ich es, eine Verbindung, die sie und Femke im Geheimen vereint. Ihre Worte beunruhigen mich, denn obwohl ich ihre Bedeutung nicht erfasse, wie Femke es könnte, setzen sie eine Ahnung frei, die mir den Magen umdreht.

»Ich wurde beraubt, verstehst du? Ein Teil von mir ist … einfach weg. Aber manchmal … manchmal suche ich ihn trotzdem, irre durch die Dunkelheit und gerate in Panik. Denn vielleicht ist er nicht tot, sondern nur da draußen, irgendwo, und ich muss ihn bloß finden, bevor er sich gänzlich in nichts auflöst.« Sie deutet nach draußen, durch das Fenster, doch sie verharrt nicht, steigt von der Bank und wirkt mit einem Mal seltsam sentimental.

»Ich verstehe nicht ganz, wovon du sprichst«, gestehe ich leise und spüre, wie in meiner Kehle ein Kloß der Befangenheit wächst.

»Lassen wir das«, winkt Finja mit einem versteckten Flehen in ihren Augen ab und gibt sich desinteressiert und distanziert. Dann wendet sie sich vom Fenster ab und eilt zu ihrem nur ein paar Türen entfernten Spind, der offen steht und eine lilafarbene Sporttasche preisgibt, die darauf wartet, mit stinkenden Schweißklamotten gefüttert zu werden.

Ich folge ihr mit verstörend instabilen Knien und lasse mich auf die Bank ihr gegenüber sinken. Finja wirft mir einen flüchtigen Blick über die Schulter zu und ich spüre den Drang, mich zu verstecken, sie nicht erkennen zu lassen, was gerade passiert ist, doch ihr Gesichtsausdruck verrät mir, dass es dafür zu spät ist.

»Du siehst echt scheiße aus.« Sie sieht weg, als könne sie meinen Anblick nicht ertragen, und tut so, als müsse sie ihre Klamotten in der Tasche neu sortieren.

»Ich hatte gerade eine Begegnung der dritten Art.« Ich gebe mich sorglos, doch das bin ich nicht. Es ist eindeutig zu früh für den lockeren Umgang mit meiner Angst.

Finja atmet schwer aus, dreht sich zu mir um und lässt sich neben ihre Tasche plumpsen. »Das wundert mich nicht. Hättest du dir denken können.«

Ich weiß, was sie meint, auch wie sie es meint, und doch macht es mich wütend. Wie kann etwas selbstverständlich sein, wenn es einen Menschen gibt, für den es nicht selbstverständlich ist?

»Ja, vermutlich«, erwidere ich tonlos. Das Eingeständnis einer Schuld, die nicht bei mir liegt. Wenn ich mich auf dünnem Eis bewege, darf ich mich nicht wundern, wenn ich einbreche. Aber wenn überall Schnee liegt, alles gleich aussieht? Woher soll ich wissen, wo der See beginnt? Wie kann ich auch nur ahnen, dass da überhaupt ein See ist?

»Warum wolltest du mit mir sprechen?«, holt Finja mich aus meinen schweren Gedanken und ich bin auf einmal seltsam gereizt.

Das ist nun der Moment. Ich habe mir alles gut überlegt, die nötige Überzeugungskraft haben mir die jüngsten Ereignisse gratis dazu beschert.

Ich habe nur diese eine Chance.

»Es ist nicht so leicht zu erklären, weißt du. Es ist nur … die letzte Zeit war echt schlimm und heute …« Ich breche ab, weil die Konfrontation mit Sebastian wieder durch meinen Körper fährt und ihn zittern lässt. »Das alles, das macht Sachen mit mir. Ich verstehe das auch nicht, aber ich … mein Kopf … er lässt mich bestimmte Dinge einfach … vergessen. Als hätte mein Unterbewusstsein sie verbannt.« Meine Worte sind ehrlicher, als sie in meiner ursprünglichen Überlegung vorgesehen waren, auch wenn sie eine Lüge sind, eine notwendige Lüge, weil niemand die Wahrheit glauben wird.

Finjas ernster Blick liegt auf mir. »Sei froh!«, meint sie bitter. Nicht zynisch, nicht ablehnend. Sehnsüchtig.

Ich möchte ihr zustimmen, weil ich mir momentan auch nichts Besseres vorstellen kann, als diesen Tag aus meiner Erinnerung zu löschen, aber das würde mich nur noch weiter von der Wahrheit entfernen, die ich inzwischen so dringend brauche, dass es wehtut.

»Nein! Wie kann ich … etwas aufarbeiten oder … bekämpfen, wenn ich mich nicht erinnere?«, erwidere ich mit den gut überlegten Worten, die sich gerade jetzt beschissen falsch in meinem Mund anfühlen. Es ist einfach, über Dinge zu urteilen und kluge Ratschläge zu geben, wenn man keine Ahnung hat. Am liebsten würde ich fliehen, mich verkriechen, mit meinen angewinkelten Beinen in einer festen Umarmung vor und zurück schaukeln und keine einfältigen Ratschläge erteilen. Ratschläge, die ich, in einer vergleichbaren Situation, nicht einmal selbst befolgen würde. Weil sie dämlich sind, weil sie einen ahnungslos und unsensibel erscheinen lassen.

»Du willst *das* bekämpfen? Das kannst du nicht, Femke, und das weißt du.« Sie spricht mit mir, als hätte ich vorgeschlagen, barfuß den Nordpol zu durchqueren, und ein bisschen kommt es mir auch so vor.

Eine bleierne Erschöpfung sinkt über meinen Körper und ich will nichts weiter, als endlich wissen, was in den letzten Monaten in Femkes Leben geschehen ist, damit ich darauf warten kann, dass es vorbei ist.

Was auch immer.

Aber wieder ist da ein inneres Drängen in mir, dieses hilflose Gefühl, und ich beschließe, nicht länger um die eigentliche Sache herumzureden.

»Finja, du musst mir helfen«, beginne ich und meine Worte haben etwas Flehendes. Und mit ihnen wallt es wieder auf, ich spüre Sebastians Körper, der sich an mich drückt, seine beginnende Erektion, die keinen Zweifel daran lässt, wonach er verlangt … ich schüttle diese Eindrücke von mir, doch die Säure in meinem Magen steigt in meiner Speiseröhre immer höher.

»Sorry, Fem, aber ich bin raus«, blockt Finja ab und ihr Gesicht gibt nur wenig von dem preis, was in ihr vorgeht. »Du weißt, wie sehr mich das alles zerfressen hat.« Sie sieht auf ihre Hände. »Immer noch zerfrisst«, fügt sie in sich gekehrt hinzu und ich begreife, was sie meint. Ihre Fingernägel, anders als die ihrer Freundinnen, sind bis zum Anschlag abgenagt, blutige Krusten an den Kuppen treibt mir die Galle weiter in die Speiseröhre. Ich schlucke den bittersauren Geschmack hinunter und blicke weg. Es ist schmerzhaft mit anzusehen, wie sie sich quält, so sehr, dass die innere Verletzung äußere Spuren hinterlässt. Doch ich kann nicht lockerlassen. Es geht einfach nicht.

»Das weiß ich, Finja. Ich meine … ich wusste es, aber jetzt …« Ich breche mein zögerliches Stottern ab, es fühlt sich so schäbig an, sie für meine Zwecke einzuspannen. Doch ich muss an meinem Plan festhalten, sonst war diese Quälerei umsonst. Mein Gewissen ist im Unrecht, denn ich tue es auch *für* Finja. Denn auch wenn ich noch nicht weiß, wie ich ihr damit helfen werde, bin ich davon überzeugt, dass ich es tue.

»Ich erinnere mich nicht mehr, Finja. Es ist alles wie … ausgelöscht. Es ist nichts mehr übrig von dem, was da passiert ist, und diese Unwissenheit macht mich krank. Es ist, als wäre diese Schwärze eine Gefahr, weil …« Sie sieht mich fragend an und ich zwinge mich, ihrem Blick standzuhalten. »… weil ich einfach nicht weiß, wem ich vertrauen kann und wem nicht.«

Irritiert zieht sie die dunklen Brauen zusammen, doch in ihren Augen blitzt ohnmächtige Panik auf. »Und was soll ich da machen?« Finja klingt distanziert. Sie entgleitet mir immer weiter und hilflos suche ich nach etwas, um es irgendwie zu verhindern. Die unausgesprochene Verbindung, die daraus entstand, dass unsere Namen mit dem Buchstaben F beginnen, nicht in meinen Händen zerbröckeln zu lassen.

Ich zwinge mich auf meine noch immer weichen Beine, überwinde den Weg zwischen unseren Bänken und setze mich neben sie. Ich überlege, ihre Hand zu nehmen, und ich möchte es wirklich gerne tun, aber ich will sie nicht noch mehr verschrecken.

Ich hole tief Luft und sehe über den ablehnenden Ausdruck in ihrem Gesicht hinweg. »Bitte, Finja, erzähl mir noch einmal, was passiert ist.«

Finja sieht mich an, als warte sie auf eine Erklärung, auf eine Auflösung, irgendwas. Erst als sie begreift, dass meine Bitte genau das ist, was sie ist, bekommt ihr Blick etwas Strafendes. »Das meinst du doch jetzt nicht im Ernst?«

Noch immer sehe ich sie an, halte ihren stummen Vorwurf aus und setze mein Lügengestrick im Namen der Wahrheit weiter fort. »Ich … kann mir vorstellen, wie … schwer es für dich sein muss, aber … was du so dringend vergessen willst … muss ich wissen.«

Es ist Finja, die unsere Verbindung abbricht und aufsteht. Langsam und sehr kontrolliert. Sie streicht ihr Oberteil glatt, als wäre es ein Kleid, dabei ist nicht eine Falte in dem schwarzen eng anliegendem Top zu erkennen. »Du weißt, dass ich nicht darüber reden darf, Femke«, sagt sie ruhig, ohne mich anzusehen, und öffnet ihre Sporttasche, nur um sich im selben Moment daran zu erinnern, dass diese bereits gepackt ist.

Ich bleibe sitzen und sehe ihr zu, bevor ich die offensichtliche Frage ausspreche, die sie ohnehin nicht beantworten wird. »Du darfst nicht darüber sprechen?«

Finja schultert ihre Tasche, dann dreht sie sich zu mir um und begegnet mir mit einem stechenden Blick. Doch ihr Gesicht ist ausdruckslos, ebenso wie ihre Bewegungen – alles an ihr scheint einstudiert. Eine Maske für die, vor denen sie sich verschlossen hat. »Du warst dabei, also … Ich muss sowieso los.«

Als sie an mir vorbeigeht, stehe ich auf. Ich werde sie nicht davon abhalten, vor meinen Lügen wegzulaufen, möchte sie nicht gegen ihren Willen festhalten, aber schweigen kann ich erst, wenn sie mich nicht mehr hört. »Finja, bitte. Es ist wichtig!«, flehe ich, bevor sie die Hand an den Türgriff legt, aber ich weiß es bereits.

Sie wird mir nichts sagen, ich habe ihre Verwundung unterschätzt.

Finja hält inne. »Hör auf, Femke!«, sagt sie gerade laut genug, dass ich sie hören kann. Dann wendet sie sich mir zu und in ihrer Miene liegt etwas, das ich nicht erwartet habe.

Wahrheitsbereitschaft.

Ich ahne, dass ihre nächsten Worte schmerzen werden. Ihr und mir. »Ich weiß nicht, was du damit bezweckst, Femke, aber hör damit auf. Du hast es schon einmal geschafft, mich bloßzustellen und zu demütigen. Du hast mir vorgespielt, meine Freundin zu sein, die mir helfen will, aber du hast alles nur schlimmer gemacht. Alles, absolut alles, was ich in den letzten Monaten durchgemacht habe, ist deine Schuld. Du versprichst, die Situation in den Griff zu bekommen, nur um dieses Versprechen nach kurzer Zeit wieder zu brechen. Es ist mutig, dass du deinen Namen an die Wand geschrieben hast, aber es ist nicht so verdammt hilfreich oder selbstlos, wie du dir einbildest. Denn es ist zu spät, verstehst du? Es ändert gar nichts und ich glaube nicht, dass ich dir irgendetwas schulde, schon gar nicht, wenn du mit so einer bescheuerten Ausrede ankommst. Ich falle niemals wieder auf dich herein, Femke.«

Ich sehe Finjas wässrige Augen, ihre verkrusteten Finger, mit denen sie an dem Riemen ihrer Tasche herumfummelt, die verzerrte Maske, mit der sie ihre wahren Gefühle zu verstecken versucht, sie aber bloß entstellt. Ihr Monolog, der viele ihrer vergrabenen Emotionen zum Vorschein bringt, und doch längst nicht alle, da Finja mit aller Macht gegen sie kämpft, trifft mich unvorbereitet und heftig. »Es tut mir so leid, Finja!« Mehr kann ich nicht sagen. Aber immerhin ist es die Wahrheit. Femke hat einen Schaden verursacht, den ich noch immer nicht einschätzen kann, der aber nun auch für mich sichtbar geworden ist.

Finjas Tränen sind, wie Blut, ein Zeugnis ihrer Verletzung, ihr plötzlicher Rededrang eines für ihre Enttäuschung und ihre Wut auf mich. »Wenn du mir nur einmal wirklich helfen willst und nicht dir selbst, dann hör auf. Hör endlich auf und lass mich in Ruhe!«

Ich nicke stumm, bin beschämt und warte darauf, dass sie geht. Doch das tut sie nicht. Sie bleibt an der Tür stehen, mustert mich und ich fühle mich auf einmal noch kleiner, als Femkes Körper ohnehin ist. Ich spüre Finjas Wut, ihre Ablehnung, doch da ist noch mehr. Als ich sie fragend ansehe, schüttelt sie langsam den Kopf und atmet geräuschvoll aus. Ihre Tränen sind getrocknet. »Ich bin froh, dass du bei der Leichtathletik raus bist. Je weniger ich dich sehe, desto besser.«

Unsere Blicke treffen sich, ich will etwas sagen, eine weitere Entschuldigung, aber ich behalte sie für mich. Sie hat es selbst gesagt, es ist zu spät, und plötzlich denke ich, sie hat recht.

Als sie die Umkleidekabine verlässt, fällt die Anspannung von mir ab. Ich lasse mich auf die Bank fallen und kämpfe selbst mit den Tränen. Das hier, das alles, es ist einfach zu viel. Doch ich muss weitermachen, muss Antworten finden, denn nur so habe ich die Chance – vielleicht –, in mein altes Leben, meinen eigenen Körper zurückzufinden.

Irgendwann, irgendwie ist auch dieser Schultag vorbei, und doch geht es immer weiter. Ich bin eine Gefangene und ich habe einen Punkt erreicht, an dem ich glaube, diesen Zustand nicht länger ertragen zu können. Ich will wieder ich sein, mein eigenen Freunde treffen, mein altes Zuhause wiedersehen, so einsam es auch war, mein Leben mit all seinen Fehlern und Schicksalsschlägen zurückhaben.

Aber die Vorzeichen stehen nicht gut.

Ich habe mich die restlichen Stunden in der Schule bedeckt gehalten. Im Grunde ist es fast wie früher, als ich noch Anouk war – bloß ohne Freunde und allein in einer Kabine der Mädchentoilette eingeschlossen. Dort bin ich sicher und habe meine Ruhe. Keine aufdringlichen Blicke, kein Sebastian und keine weiteren Übergriffe, die laut ihm noch schlimmer werden sollen. Es ist mir ein Rätsel, was Femke und ihn verbindet, woher seine offensichtliche Wut auf sie kommt, seine Erpressung und sein Bestreben, sie verfolgen zu lassen. Aber ich habe das Gefühl, dass ich zumindest das bald erfahren werde.

Als das Treffen mit Robin ansteht, gebe ich mir große Mühe, es als Lichtblick anzusehen, als einen Grund zur Hoffnung, weil sie trotz allem Femke zur Seite steht – obwohl sie damit Anouk hintergeht. Das tut ein bisschen weh, aber ich will es nicht persönlich nehmen, denn immerhin hilft sie dennoch mir damit, auch wenn sie es nicht weiß. Und ich benötige keinen Treuebeweis von ihr.

An diesem Gedanken muss ich mich festhalten.

Als ich mich für meinen Aufbruch rüsten will, fällt abermals ein kleiner gefalteter Zettel aus meinem Spind. Ich bekomme eine Gänsehaut, während er zu meinen Füßen segelt, und kann das Déjà-vu-Gefühl nicht abschütteln.

Mit zitternden Fingern hebe ich den Zettel vom Boden und entfalte ihn. Die übereinstimmende Handschrift des ersten und des neuen Zettels fällt mir sofort auf. Erst dann beginne ich zu lesen.

Ich habe von deinem Zusammenbruch gehört – es tut mir so leid!!!

Das Foto nach einem Tag wegzuräumen, wäre aber nicht gut, deshalb lasse ich es stehen.

Maurice hat es verdient.

Ohne mir die Mühe zu machen, die Worte zu begreifen, falte ich das Papier wieder zusammen und stopfe es in meine Hosentasche. Nicht jetzt. Ich kann das einfach nicht. Mir ist das gerade echt zu viel.

Geistesabwesend und gestresst knalle ich die Tür meines Spinds zu und lasse mich ziehen, den Gang der Schule entlang, Richtung Hinterausgang. Mein altes zweites Zuhause, in dem ich inzwischen nicht mehr willkommen bin. Außer heute. Aber nur mit Einladung von Robin.

Ich sehe sie bereits von Weitem und kann nicht anders, als über die Traurigkeit, die Angst, die Hoffnungslosigkeit hinweg eine befreiende Erleichterung zu verspüren. Vielleicht kann es, und wenn auch nur für eine Sekunde, wieder so sein wie noch vor zwei Wochen, in einer Zeit, die inzwischen so weit weg erscheint wie ein anderer Planet.

In einem anderen Sonnensystem.

Robin und Amy unterhalten sich angespannt, und auf meine neu gewonnene Erleichterung legen sich bleiern schwere Gewichte. Mit jedem Schritt, den ich auf sie zugehe, scheint ein Stück der Stimmung zwischen ihnen auf mich überzugehen. Sie streiten nicht, sind aber unterschiedlicher Meinung. Zudem wirkt besonders Amy verändert. Ihre Haut, nur eine Nuance heller als die von Finja, ist ohne Make-up, ihre schwarzen Kleider züchtig und unaufgeregt, selbst die blau gefärbten Haare mit den dunklen Ansätzen sind ordentlich zu einem langen Pferdeschwanz frisiert. Zwischen ihr und mir war es nie so innig und bedingungslos wie das, was Robin und ich haben, dennoch fehlt sie mir. Ihr Zynismus, ihre Direktheit und die Klarheit, mit der sie Dinge und Personen durchschaut. Und obwohl ich genau das an ihr vermisse, ist sie auch der Grund für meine Unruhe, als ich näher trete.

Ausgerechnet sie ist es, die mich als Erste entdeckt. »Da ist sie ja. Femke Star höchstpersönlich.« Ihre entblößenden Worte treffen mich schwer.

Femke Star. Eigentlich sollte es mir egal sein, wie sie mich nennt, weil sie nicht mich, Anouk, verletzen will, sondern Femke, aber seit sich meine Sicht auf meine einstige beste Freundin verändert hat, finde ich es nicht mehr in Ordnung, sie verletzen zu wollen.

Aber Amys Verhalten ist mein Produkt, nun ernte ich, was ich gesät habe.

»Kann ich mit Robin allein reden?«, frage ich vorsichtig, weil ich weiß, wie schnell Amy gereizt reagiert.

Doch Amy explodiert nicht. Stattdessen tritt sie einen Schritt rückwärts. »Natürlich, Femke«, erwidert sie, aber ich ahne, dass da noch etwas kommt. Sie sieht mich so süffisant an, wie ihre Worte klangen, und ich werfe einen hilflosen Blick zu Robin. Diese steckt sich gerade eine Zigarette zwischen die Lippen, ihre Finger sind unruhig, ihr ganzes Verhalten wirkt fahrig. Das Feuerzeug zittert, ihre Augen sind rot und verweint und ich bekomme Bauchschmerzen. Noch mehr. Alles wird schlimmer. Seit wann raucht sie? Wo ist ihre Persönlichkeit geblieben, die sie sonst mit ihrer Kleidung zum Ausdruck bringt? An ihr ist nichts mehr feminin, selbst die schulterlangen Haare nicht. Sie wirkt, als wäre sie nichts. Als hätte sich ihre Identität in ihr Inneres zurückgezogen, versteckt, und was geblieben ist, hat nichts mehr mit der Robin zu tun, die ich kenne.

Ein neutraler Körper, zumindest auf den ersten Blick.

»Vorher verrätst du mir aber, was du mit Anouk gemacht hast«, reißt Amy mich brutal aus den Gedanken und beim Klang meines Namens fliegt mein Blick zu ihr. Sie hat die Arme vor der Brust verschränkt, ihre Hüfte zur Seite geschoben und steht ein wenig breitbeinig vor mir, herausfordernd. Die reinste Provokation.

»Anouk?«

»Deine *ehemals* beste Freundin«, erinnert sie mich zuckersüß, doch im nächsten Moment kippt ihre Stimme ins genaue Gegenteil um. »Was hast du ihr angetan?«

Mein Magen dreht sich mir um. Ihre Frage bringt mich in Bedrängnis, ich weiß nicht, was ich sagen soll, denn alles wäre eine Lüge. Abgesehen von der Wahrheit, aber die scheint sich immer weiter im Nichts aufzulösen. Bald gibt es keine Wahrheit mehr, nur die selbst gemachten Vielleicht-Tatsachen.

»Was meinst du? Ich habe ihr gar nichts angetan«, sage ich, doch meine Stimme ist schwach, genau wie ich. Ich fühle mich unwohl, obwohl ich zumindest die Wahrheit gesagt habe.

»Sie ist verschwunden«, informiert Robin mich und stößt dabei eine Wolke Rauch aus, die sich sofort zwischen uns verteilt und mir die Sicht raubt.

Vielleicht ist es auch nur mein Verstand, der sich verabschiedet und der Panik Platz macht, die mich binnen weniger Sekunden gänzlich ausfüllt.

Amy glotzt mich herausfordernd an, sie scheint meine Verwirrung zu bemerken, deutet sie jedoch falsch und das kann ich ihr nicht einmal verübeln.

»Ich dachte ... sagte sie nicht, sie ist bei ihrer Schwester, weil sie krank ist?«, fällt es mir wieder ein. Ich habe es Robin geschrieben, und was sie weiß, erfährt Amy sofort. Seitdem ist mein Handy aus, und seitdem habe ich es nicht gewagt, es wieder anzumachen. Vielleicht hätte ich mir eine bessere Story einfallen lassen sollen, aber jetzt bringt mein Gehirn solche komplexen Überlegungen nicht mehr zustande.

Dafür begreife ich, was ihre Frage bedeutet: Ich gelte offiziell als verschwunden. Das ist nicht gut. Das bedeutet wohl, dass meine Schwester zurück ist? Arme Alexa. Ich hätte ihr eine Nachricht hinterlassen sollen.

Wie es aussieht, habe ich alles falsch gemacht.

»Warum hattest du ihr Handy?«, bohrt Amy weiter, die offenbar eine leitende Position bei der hiesigen Kriminalpolizei übernommen hat.

»Ich ...«, versuche ich mich zu erinnern, was ich Robin erzählt habe. Hilfe suchend sehe ich zu ihr, doch sie ist keine Verbündete mehr, und es fällt mir schwer, dies zu akzeptieren. Und doch reicht mein Blick offensichtlich aus.

»Amy, geh einfach. Ich regle das«, geht Robin dazwischen.

Amy hat für Robins Ansage jedoch nur sehr wenig Verständnis. »Ich kapier echt nicht, warum du dir die noch gibst. Nach der Nummer, die sie neulich abgezogen hat?«

»Was für eine Nummer meint sie?«, frage ich irritiert und übergehe dabei die Tatsache, dass sie über mich reden, als wäre ich nicht anwesend. Aber auch meine ernst gemeinte Frage wird geflissentlich übergangen.

»Jetzt komm wieder runter, Amy. Ehrlich, das hilft echt nicht weiter«, ermahnt Robin sie. Amy ist erstaunlich ruhig geblieben, doch jetzt sehe ich ihr an, wie mitgenommen sie ist. Sie ist nicht sauer auf Femke, sie hat Angst um ihre Freundin, die verschwunden ist. Mich. Und irgendwie liebe ich sie in diesem Augenblick dafür.

Robin, die einen guten Kopf größer ist als Amy, schmeißt ihre Zigarette weg und nimmt Amys Gesicht liebevoll in ihre Hände. Sie flüstert ihr etwas zu und Amy nickt. Als Robin von ihr ablässt, wirft Amy mir einen vernichtenden Blick zu, dann dreht sie sich um und geht davon. Ohne ein weiteres Wort.

Gedankenverloren sehe ich ihr nach, bis sie um die Ecke hinter dem Schulgebäude verschwunden ist. Als ich mich Robin zuwende, erwische ich sie dabei, wie sie mich misstrauisch mustert.

»Danke«, sage ich mit belegter Stimme und räuspere mich.

Sie beobachtet mich weiter mit einer abschätzigen Distanz. »Bedank dich nicht bei mir, echt nicht«, meint Robin schroff und scheint plötzlich ungeduldig zu sein. Entgegen meines Eindrucks lehnt sie sich jedoch gleichgültig gegen die aufrechten Steinplatten der Abgrenzung zum aufsteigenden Wald dahinter. »Was willst du?«

Eine lähmende Erschöpfung überfällt mich. Die Anspannung dieses Tages fällt wie eine schwere Rüstung von mir und ich möchte am liebsten in Tränen ausbrechen. Ich spüre sie aufsteigen, doch ich schlucke sie hinunter.

Robin hasst mich schon genug, ich muss nicht auch noch vor ihr in Tränen ausbrechen.

»Ich brauche gerade dringend eine Freundin«, wispere ich erstickt und erinnere mich dabei an Femke, wie sie mich vor fast zwei Wochen um Hilfe anflehte.

Robins Reaktion ist ernüchternd und vorhersehbar zugleich. »Glaubst du ehrlich, dass du bei mir an der richtigen Adresse bist?«

Damit kann ich mich nicht abfinden, nicht zufriedengeben. Ich brauche Antworten, sonst verliere ich den Verstand! »Warum können wir nicht Freundinnen sein, Robin? Was … was habe ich dir getan?« Unbeholfen trete ich auf sie zu, will mich eigentlich neben ihr an die Steinplatten lehnen, doch meine Beine tragen mich nicht. Sie verweigern jeden Schritt und geben mir deutlich zu verstehen, dass ich mich nicht rühren soll – oder sie knicken weg wie zwei abgebrannte Streichhölzer.

Robin verdreht die Augen, dann sieht sie mich herablassend an. »Es geht hier nicht um mich. Es geht um Anouk«, sagt sie fahrig und fummelt in der Brusttasche ihrer schwarzen Bluse – oder ist es ein Hemd? – nach der Schachtel Zigaretten, aus der sie sich eine nimmt, zwischen die blutleeren Lippen steckt und anzündet. Wieder bin ich von ihrer neuen Angewohnheit irritiert und beobachte sie eingehend. Fast verliere ich den Faden, doch dann wirft sie mir einen Blick zu, Augenbrauen gleichmäßig hochgezogen, der mich daran erinnert, auf den Punkt zu kommen.

Es geht ihr also um mich. Um Anouk. Aber wie soll ich ihr alles, was wirklich geschehen ist, erklären, ohne dass sie die Polizei oder die Typen mit der Zwangsjacke ruft?

»Und wenn ich dir sagen, dass sie nicht mehr wütend auf mich ist? Wenn ich dir garantiere, dass sie mir vergeben hat?«, versuche ich, Robin von ihren Zweifeln zu befreien. Und es stimmt. Ich habe Femke vergeben. Unser Streit, der Grund für den Bruch unserer Freundschaft, ging von mir aus. Ich war es, die ihr nicht verzeihen konnte, die ihr eine zweite Chance oder gar eine Erklärung verwehrt hat, doch jetzt habe ich meinen Frieden mit den Geschehnissen geschlossen. Würde Femke nicht irgendwo im Fluss treiben, ihr dunkelblondes Haar womöglich im Geäst verfangen oder ihr aufgedunsener Körper an ein Ufer geschwemmt, von Sand und Algen begraben, könnten wir wieder Freundinnen sein.

Aber anscheinend reicht Robin meine Garantie nicht. Wütend stößt sie sich von dem Stein hinter sich ab, die Zigarette zwischen ihren Fingern, als hätte sie nie etwas anderes gemacht, und kommt auf mich zu. Ich weiche zurück, Leben füllt diesen Körper wieder aus, doch die Schwäche in meiner Brust, in meinem Kopf – die bleibt. Robin bleibt schließlich vor mir stehen und ich weiß, sie wird mich nicht schlagen, aber Angst macht sie mir dennoch. Sie ist so groß und wütend, ich kann mich nicht erinnern, sie jemals derart aufgebracht gesehen zu haben.

»Scheiße! Amy hat recht, oder? Hast du ihr etwas angetan?« Ihre Frage ist ein verzweifelter Vorwurf, ihr Blick flackert und ich entdecke aufrichtige Sorge in ihren Augen.

Angst.

Um mich. Anouk.

»Nein!«, verteidige ich mich atemlos und schüttle den Kopf. »Ich habe ihr nichts getan, das schwöre ich. Ich … bitte glaub mir doch!« Es ist so paradox, denn die Wahrheit schmeckt wie eine Lüge.

»Warum sollte ich dir glauben? Anouk ... sie ist weg und du hattest ihr Handy«, sagt sie sichtlich verzweifelt und nimmt einen weiteren Zug von der Zigarette. Ihre Finger zittern heftig und machen mir erst jetzt richtig bewusst, wie groß ihre Sorge um mich ist.

Der beißende Herbstwind hat sich gedreht und ich stehe in einer Wolke aus Qualm.

Ich schließe die Augen und halte für nur eine Sekunde die Luft an – und plötzlich ist sie da. Die Entscheidung, Robin alles zu erzählen.

»Ich bin es!« Ich schmecke den Zigarettenrauch auf meinen Lippen und es ist, als wäre die Feineinstellung meiner Sinne mit einem Mal sensibilisiert. Ich höre meinen Herzschlag, der stetig schneller wird, sehe das feine Zucken in Robins linker Wange, während sie mich fragend ansieht, rieche den Herbstwind, mit dem der Entschluss gekommen ist, der nach Laub und feuchter Luft duftet, so viel stärker als der Rauch, der sich inzwischen verflüchtigt hat.

»Ich bin es«, sage ich, um meine Aussage zu bekräftigen und mir Mut zu machen, das Richtige zu tun. »Anouk.«

Robins Miene verändert sich. Erst spiegelt es Verwirrung wider, dann Unglauben, und ganz zum Schluss, als krönendes Finale, abgrundtiefe Entrüstung.

»Spinnst du?«, fährt sie mich an und wirft ihre Zigarette mit einer Wut weg, als wolle sie damit den Boden zum Einstürzen bringen. Dann wendet sie sich von mir ab.

»Ich weiß, es klingt ausgedacht«, sage ich schnell, damit sie bleibt und mir zuhört. »Ich habe nicht meinen Verstand verloren, Robin. Ich an deiner Stelle würde mir wahrscheinlich auch nicht glauben, aber es ist wirklich passiert.«

Robin bleibt stehen und rührt sich nicht mehr. Ich sehe nur ihren Rücken, ihre schmächtige Gestalt, groß und ohne Kurven. Dann dreht sie sich langsam zu mir um.

»Was ist passiert?«

»Ich habe mich in Femke verwandelt!« Meine eigenen Worte verstören mich und ich schlinge die Arme um diesen Körper. Mir ist kalt, ich zittere und fürchte mich vor Robins Zurückweisung.

»Red' keinen Scheiß!«, stößt sie aus.

»Ich schwöre dir, es stimmt!«

Robin verschränkt die Arme vor der schmächtigen Brust, ich erinnere mich an Zeiten, in denen sie ihre Oberteile mit Silikonbrüsten ausgefüllt hat. »Du bist also Anouk? In Femkes Körper? Und wo ist dann … Femke in deinem Körper?«, fragt sie spöttisch. Sie macht sich über mich lustig und will meine Geschichte durch Fragen zum Einsturz bringen. Ich kenne sie.

»Ich hab keine Ahnung. Ich weiß ja nicht einmal, ob sie sich … verwandelt hat«, gebe ich zu.

»Das heißt, hier könnten theoretisch zwei Femkes rumlaufen?«

Ich atme geräuschvoll aus. »Nein … also … ich weiß es nicht.«

Sie nickt, doch sie ist noch nicht fertig. »Und dieser ganze Verwandlungsschwachsinn … bist du eines Morgens aufgewacht und warst dann Femke, oder wie lief das?« Sie zieht es ins Lächerliche, und ich sollte es ihr nicht übel nehmen, und doch verletzt es mich.

»Nein, natürlich nicht«, gebe ich unwirsch zurück. »Es war … ganz anders … Mir sind die Haare und die Zähne und die Fingernägel und was sonst noch alles ausgefallen. Das hat ein verdammtes Wochenende gedauert und hat scheiße wehgetan! Sogar das Tattoo …«

Es trifft mich plötzlich und heftig.

Ich war so dumm!

Femke Star.

Star.

Ein kleines Stück Haut über meinem Schambein beginnt zu brennen und es hat die Form einer Blüte.

Einer ganz bestimmten Blüte.

Sursex Creators wollen den F. Star.

Jetzt weiß ich, was dieser Satz bedeutet, und doch bekomme ich die Erkenntnis nicht zu fassen. Sie zieht sich in mir zurück, will nicht an die Oberfläche befördert werden, weil sie zu hässlich ist, zu schrecklich, um sie jemals verdrängen zu können. Also tauche ich ab, suche in dem dunklen See meines Unterbewusstseins danach, strecke die Hände nach ihr aus, um sie endlich zu fassen.

Mir schnürt sich der Hals zu.

Ich bekomme keine Luft mehr. Panik überkommt mich.

»Du spinnst!«, höre ich Robins herablassende Stimme, die mich zurück an die Oberfläche holt, während alles andere in den Tiefen des Sees verbleibt.

Die Panik ebbt ab und ich werde wieder ganz ich selbst – irgendwie.

»Es stimmt wirklich, Robin!« Ich fühle mich noch benommen, doch was auch immer das eben gewesen ist, es ist verschwunden.

»Dann beweise es!«, fordert Robin mich heraus und Euphorie jagt durch meinen Körper.

»Das mache ich … was soll ich tun?«

Robins schmales Gesicht mit den dominanten Wangenknochen und den tief liegenden Augen spiegelt für den Bruchteil einer Sekunde Unsicherheit wider – meine Bereitschaft scheint sie zu irritieren. »Wie haben Anouk und ich uns kennengelernt?«, fragt sie. In ihrem Blick flammt Hoffnung auf, doch ich erkenne, dass sie die nicht zulässt.

Noch nicht.

Etwas in mir wird aufgewirbelt, ich weiß nicht, was es ist. Jedenfalls keine Erinnerung. Ich öffne den Mund, um etwas zu sagen, ihr die Antwort zu liefern, die mich als Anouk preisgibt, doch die Bilder in meinem Kopf bleiben dunkel. »Wie bitte?«, frage ich stattdessen und meine Stimme ist rau, ich kann ihr nicht mehr trauen, sie wird mich im Stich lassen.

Robin schüttelt ungläubig den Kopf. »Wie haben wir uns kennengelernt? Das ist eine ganz einfache Frage. Anouk wüsste die Antwort. Ohne darüber nachzudenken.«

Aber ich bin doch Anouk! Ich kenne die Antwort. Wieder will ich etwas sagen, will unsere erste Begegnung in aller Ausführlichkeit beschreiben, und bin mir sicher, sobald ich nur anfange, wird der Rest schon kommen.

»Ich …« Ich verziehe das Gesicht und denke nun doch nach, suche meinen Kopf weiter nach der geforderten Information ab – und finde eine Antwort. Nein, keine Antwort. Eine Erklärung. »Das war … kennst du das nicht?«, frage ich, doch ich kann meine Unsicherheit nicht verbergen.

»Was?«

Ich befeuchte meine Lippen und suche weiter, aber es bleibt lediglich eine Erklärung. »Wenn man mit jemandem befreundet ist, aber … nicht mehr weiß … wann es angefangen hat? Weil es kein … einziger Moment war, sondern eher … ein schleichender Prozess?«

Auf einmal friere ich nicht mehr. Mir ist warm, meine Wangen brennen und ich möchte am liebsten weinen. Robins Gesichtsausdruck sagt alles.

»Du bist nicht Anouk«, urteilt sie, was ich längst ihren Zügen abgelesen habe. Sie schüttelt frustriert den Kopf und wendet sich von mir ab.

Es stimmt. Ich erinnere mich nicht und ich kann mir einfach nicht erklären, warum ich es vergessen habe, wenn es so ein prägnanter Moment gewesen ist.

»Ich bin es«, rufe ich Robin hinterher, doch sie tut so, als hätte sie mich nicht gehört. Ich folge ihr, laufe ihr nach und will nach ihrem Arm greifen, aber instinktiv entscheide ich mich dagegen. Stattdessen stelle ich mich ihr in den Weg und zwinge sie dazu, stehen zu bleiben.

»Stell mir eine andere Frage!« Es tut mir aufrichtig leid, dass ich ihre Gefühle verletzt habe, denn anscheinend hat der Beginn unserer Freundschaft für sie eine größere Bedeutung als für mich.

Doch sie sieht nicht aus, als wäre sie enttäuscht. Stattdessen straft sie mich mit einem Blick, in dem kaum mehr Ablehnung sein könnte. »Wir hatten Sex«, schleudert sie mir ins Gesicht. »Wir haben uns auf einer Party kennengelernt und hatten am selben Abend Sex. Im Schlafzimmer der Eltern. So haben Anouk und ich uns kennengelernt. Anouk hat das nicht vergessen. Wir haben ständig darüber geredet, uns immer wieder gefragt, ob …« Sie bricht ab, schüttelt den Kopf und hebt in einer Geste der Hilflosigkeit ihre Hände. »Du bist nicht Anouk und du wirst auch niemals nachempfinden, was das zwischen uns ist.«

Ich starre sie an, meine Fassungslosigkeit lähmt mich. Wie ist das möglich? Ich verstehe das nicht. Selbst jetzt, nachdem sie es mir gesagt hat, habe ich keine Bilder dazu vor Augen. Als wäre es nie geschehen, als hätte sie …

»Das ist ein Test, oder?«, spreche ich meine spontane Hoffnung aus. »Wir haben niemals … ich meine … du … du bist ein Trans-Mädchen und stehst auf Typen …« Noch während ich spreche, sehe ich ihr Gesicht, und mir wird schlagartig übel.

»Fick dich, Femke! Fick dich!« Sie gibt mir einen Schubs und ich stolpere rückwärts. »Ich hab echt keinen Schimmer, warum du diese schäbige Nummer abziehst, aber es ist mir egal. *Du* bist mir egal!« Sie schüttelt so heftig den Kopf, dass der Wind unter ihre Haare gelangt und sie aufwirbelt. Tränen sammeln sich in ihren Augen. »Von nun an kannst du zusehen, wie du mit deiner Scheiße allein fertigwirst!« Mit ihrem ausgestreckten Zeigefinger deutet sie auf mich. »Amy hatte recht. Du bist nicht normal. Lass dir helfen, Femke.«

Ich weiß nicht, was ich sagen soll. Also nicke ich, in der Hoffnung, dass damit vielleicht ihre aufgewirbelten Emotionen verpuffen. Doch sie haut einfach ab. Ich rufe ihren Namen, ich muss wissen, was der Auslöser für ihre letzte Reaktion war, aber alles, was ich von ihr bekomme, ist ihr ausgestreckter Mittelfinger, während sie davonmarschiert.

Stimmt es, was sie gesagt hat? Waren wir miteinander im Bett? Je länger ich darüber nachdenke, desto weniger ist mir begreiflich, warum in meiner Erinnerung davon nichts mehr zu finden ist. War ich so betrunken?

Und dann kommt das Entsetzen, als ich begreife, was das bedeuten könnte. Es wäre so verdammt logisch und ich sollte mir selbst dafür in den Hintern beißen, dass ich mir eine ganz bestimmte Frage noch nicht gestellt habe:

Warum hat sich mein Körper in Femke verwandelt, während der Mensch in dieser Hülle Anouk geblieben ist?

Die Antwort will mich vor Verzweiflung schreien lassen: Weil das Gehirn ein solch komplexes Organ ist, dass sich nicht von einem Tag auf den anderen verwandeln kann.

Aber das wird es. Sich verwandeln. Zu dem von Femke werden, mit all ihren Erinnerungen.

Und den letzten Funken Anouk in ihr sterben lassen.

Der letzte Schritt zur vollständigen Metamorphose von Anouk zu Femke hat begonnen.

Und zwar

genau

jetzt!

Kapitel 32

Das darf nicht stimmen, und doch erscheint es mir furchtbar logisch.

Als ich an diesem frühen Nachmittag meinen Weg nach Hause beschreite, kämpfe ich gegen den Druck in meiner Brust an, der verlangt, dass ich mir die Seele aus dem Leib brülle.

Gesicht, Haut, Augen, Fingernägel, Haare. Alles hat sich an mir verändert, wurde an diesem verhängnisvollen Wochenende zu Femke. Und doch kann ich mich an alles aus meinem – Anouks – Leben erinnern, an nichts aber aus ihrem. Ich habe mich bisher nicht darüber gewundert, keinen Gedanken daran verschwendet. Vielleicht trifft mich diese Offenbarung deshalb so brutal.

Wird also am Ende gar nichts von mir übrig bleiben? Wird Anouk ausgelöscht sein, so wie sie Femke ausgelöscht hat? Ist das meine Strafe? Ich möchte weinen bei dieser Vorstellung.

Mein Kopf dröhnt, während ich den Weg hinter mich bringe, ohne etwas wahrzunehmen. Ist das bereits ein Symptom? Ich erinnere mich, schon vorher Kopfschmerzen gehabt zu haben, damals, Lichtjahre entfernt, als sich auch alles andere an mir verändert hat. Tränen laufen mir über die Wangen, ich weiß nicht, wann ich angefangen habe zu heulen. Meine Gedanken machen mich wahnsinnig, wie kann ich mir selbst trauen, wenn ich nicht weiß, was ich bisher schon alles vergessen habe? Womöglich habe ich längst herausgefunden, was mit Femke geschehen ist, und es bloß vergessen …?

Nein, sage ich mir entschieden und wische wütend die salzigen Tropfen aus meinem Gesicht. Ich weiß, dass ich Anouk bin und ich merke, wenn ich etwas vergessen habe. Bei Robin war es auch so. Sie ist es zwar gewesen, die es mir bewusst gemacht hat, aber sofort nach ihrer Frage habe ich das große schwarze Nichts bemerkt. Selbst jetzt, wo ich die ungefähren Umstände unserer ersten Begegnung kenne, wollen die passenden Bilder dazu einfach nicht auftauchen.

Nein. Wenn mir etwas verloren geht, dann weiß ich es. Und die Dinge, die mir nun als Femke widerfahren … es würde keinen Sinn ergeben, sie zu vergessen. Femkes Gehirn braucht sie ebenso wie meins.

Erst als ich Blut schmecke, bemerke ich die Unterlippe zwischen meinen Zähnen. Das alles ist so verdammt verstörend! Ich mache mir Gedanken darüber, was *logisch* ist bei einer Sache, die gänzlich unlogisch, eigentlich unmöglich ist.

Ein Körper kann sich nicht in einen anderen verwandeln. Nicht ohne die Hilfe eines Chirurgen. Und doch hat meiner es getan. So beschissen ich es auch finde, aber die Regeln der Logik sind in meinem Fall nicht anwendbar.

Verdammt.

Mit einem seltsamen Gefühl im Nacken halte ich inne. Erst jetzt nehme ich meine Umgebung wieder wahr. Zwar befinde ich mich auf dem richtigen Weg, doch etwas fühlt sich verkehrt an. Und auf einmal ist es nicht mehr mein Gehirn, das mir Sorgen macht, sondern Worte, die ich höre, weil sie mir erst vor ein paar Stunden ins Ohr gewispert worden sind.

Sie werden kommen, und sie werden dich kriegen.

Sebastian hat nur versucht, mir Angst zu machen, rede ich mir ein, doch das allein lässt mich nicht vergessen, dass ich ihm in jenem Moment geglaubt habe. Mein Name ziert eine Toilettenwand, direkt bei einem zweifelhaften Spruch, von dem ich noch immer nicht weiß, was er bedeutet, weil ich es einfach nicht zu fassen bekomme. Jedenfalls nichts Gutes. Ein wenig Vorsicht ist in jedem Fall nicht verkehrt und durchaus angemessen.

Unwohl sehe ich mich um. Ich befinde mich am Waldrand, neben mir eine leicht befahrene Straße und somit kein Ort, an dem ich einer besonderen Gefahr ausgesetzt bin. Dennoch fühle ich mich beobachtet und habe keine Ahnung, ob es ein ernst zu nehmender Eindruck ist, oder ob es mein in Mitleidenschaft gezogener Verstand ist, der sich selbst auf *paranoid* umgestellt hat.

Ohne es beabsichtigt zu haben, beschleunige ich meine Schritte. Doch auch meine aktivierten Sinne können dieses seltsame Gefühl nicht abschütteln. Hin und wieder fährt ein Wagen an mir vorbei, aber das kann dieses Gefühl nicht hervorrufen, denn es ist, als würde mir ein Blick folgen und jede meiner Handlungen beobachten.

Alles wird jetzt nur noch schlimmer werden, höre ich Sebastians Stimme an meinem Ohr, spüre seinen harten Körper, der mich an die Wand drängt, die Angst, was er alles mit mir machen könnte – mit Femke bereits getan hat?

Meine Schritte werden noch schneller. Ich habe keine Angst, ich bin bloß geschafft von dem Tag, der eindeutig zu viele Offenbarungen für mich bereitgehalten hat. Und dann auch noch die Sache mit der Blüte …

Mir wird übel.

Ich weiß, was mit Femke passiert ist. Ich weiß, was die Schmiererei aus ihrem Leben gemacht hat. Es ist so offensichtlich, ich wollte es nur nicht wahrhaben.

Weil es nun mein Leben ist.

Weil es das Gleiche mit meinem Leben machen wird.

Aus dem Wald höre ich ein Knacken, doch ich schaue nicht hin. Ich darf nicht langsamer werden, mich nicht ablenken lassen. Mir ist schrecklich kalt, obwohl sich ein feiner Schweißfilm auf meiner Haut gebildet hat. Meine Muskeln verhärten sich, es tut weh, aber ich will nur noch nach Hause.

Meine Sicht verschleiert sich, alles um mich herum wird unscharf und verliert an Intensität, dafür spüre ich Bilder, die vor meinem geistigen Auge aufblitzen wollen.

Ein Flashback.

Schon wieder.

Warum jetzt?

Ich kämpfe dagegen an, laufe weiter, obwohl ich keine Luft mehr bekomme …

»Femke! Lauf jetzt nicht weg!«, hörst du ihn hinter dir rufen. Doch du läufst, Äste schlagen dir ins Gesicht, deine Sicht ist verschwommen von den Tränen in deinen Augen. Panik treibt dich weiter, und dennoch …

Ein reißender Schmerz lässt die Bilder verschwinden. Ich will froh darüber sein, erleichtert, doch das Brennen an meinen Handflächen und meiner rechten Wange machen das unmöglich.

Ich ertrage das nicht! Dieses Leben, Femkes Leben ist nicht auszuhalten!

Ausgestreckt liege ich am Boden, ich muss während der ersten Bilder des Flashbacks gestürzt sein – was ihn offensichtlich gestoppt hat. Meine Hände haben den Fall abgefangen, und was sie an Wucht nicht auffangen konnten, hat mein Gesicht übernommen. Quälend langsam drücke ich mich in eine sitzende Position und betrachte meine Handflächen. Sie bluten und kleine Steinchen haben sich in die Haut gegraben. Ich will lachen, versuche es krampfhaft, doch ich kann nur weinen. Das Salz brennt an meiner Wange, und um mich von dem Schmerz dort abzulenken, pule ich Kiesel aus den Handballen.

Was blöderweise auch wehtut.

Aber der Sturz, selbst der Flashback, hat etwas Gutes. Ich denke, ich begreife nun, wie dieses Gehirn funktioniert.

Es sind die Flashbacks.

Bei jedem Flashback, jeder Erinnerung von Femke, wird eine meiner eigenen gelöscht. Als wäre im Hippocampus nicht genug Platz für alle Synapsen – oder so ähnlich. Zuerst hat es Robin getroffen, vielleicht weil sie mir am wichtigsten ist?

Aber so läuft das wohl. *Quid pro quo.* Es ist ein Geben und Nehmen. Und am Ende habe ich verloren.

Und noch etwas verstehe ich, und der Gedanke bereitet mir eine Gänsehaut.

Ich bin den Flashbacks nicht hilflos ausgeliefert.

Schmerz holt mich zurück.

Irgendwie bin ich nach Hause gekommen, und mit einem gewissen Ekel wird mir klar, dass viele Dinge, die mir nach so kurzer Zeit noch fremd sein müssten, sich inzwischen anfühlen, als gehören sie mir.

Mein Zuhause.

Mein Zimmer.

Mein Körper.

Wie einfach ich mein eigenes Leben aufgegeben habe, ohne es zu bemerken!

Nein! Ich kann und werde das nicht akzeptieren! Es ist Bequemlichkeit, das gemachte Nest, aber ich werde um mich kämpfen. Irgendwie. Und mit meiner neuesten Erkenntnis ist das noch dringender nötig, als bisher vermutet.

Anouk darf nicht verschwinden. Nicht sterben.

Am späten Nachmittag bekomme ich eine Nachricht von Milo, in der er fragt, ob wir uns treffen wollen. Geschlagene drei Minuten starre ich auf das Display, muss es immer wieder antippen, damit das Licht nicht erlischt, und bin hin- und hergerissen.

Er hat sich gemeldet, er will mich sehen, und das, nachdem ich ihm die Wahrheit über mich gesagt habe. Ich möchte mich so dringend darüber freuen, aber ich kann nichts dagegen tun, dass die Angst vor seinem Fazit in mir überwiegt. Angst davor, was er mir zu sagen hat, was er über mich und meine Verwandlung denkt. Doch trotz all dieser Befürchtungen wächst mit jeder Sekunde, die ich auf seine Worte starre, der Wunsch, ihn zu treffen.

Damit ich den Rest des Tages nicht allein sein muss.

Um etwas zu haben, was nur mir gehört und nicht Femke.

Weil *ich* Milo mag, eines der wenigen Dinge, denen ich mir sicher bin – worüber sonst kann ich das noch behaupten?

Es dauert eine Weile, ehe ich antworte, doch schließlich bitte ich ihn, zu mir zu kommen. Nach diesem Tag bringe ich es nicht über mich, das Haus zu verlassen – oder dieses Zimmer. Das kann bis morgen warten.

Als es einige Minuten später an der Tür klingelt, verlasse ich schließlich doch Femkes Zimmer, weil sonst niemand da ist, der öffnen könnte.

Milo blickt mich ernst an, als er vor mir steht, sein schwarzes Haar vom Wind zerzaust, ein Hauch von Röte auf den Wangen – von der Kälte, erinnere ich mich, um mir bloß keine falschen Hoffnungen zu machen.

»Was ist mit deinem Gesicht passiert?«, fragt er besorgt, doch seine Züge bleiben unergründlich.

Als hätte ich vergessen, dass ich mir die Wange bei meinem Sturz aufgeschürft habe, obwohl die verletzte Haut jedes Mal in Flammen aufgeht, sobald sich meine Mimik in Bewegung setzt, taste ich nach der Stelle und schüttle den Kopf. »Ist nicht so schlimm. Ich bin hingefallen, war meine eigene Schuld. Ich werde es überleben, schätze ich.«

Ich gehe vor, die Treppe nach oben in Femkes Zimmer. Milo folgt mir, doch ich drehe mich nicht zu ihm um. Ich möchte nicht schon jetzt in seinem Gesicht lesen, dass er mich für einen durchgeknallten Freak hält.

Er lässt die Zimmertür offen, was mich nicht stört, da ohnehin niemand daheim ist. Ich krabble zurück auf das Bett, verschränke die Beine zum Schneidersitz und sehe ihm dabei zu, wie er seine schwarze Jacke auszieht, sie achtlos auf den Boden wirft und seinen Blick durch das Zimmer schweifen lässt.

»Das ist das wohl unpersönlichste Zimmer, das ich je gesehen habe«, sagt er nüchtern, eine einfache Feststellung, die mich nachdenklich stimmt. Das ist auch mein erster Eindruck gewesen, besonders im Vergleich dazu, wie es früher einmal gewesen ist. Damals, als wir noch Freundinnen waren.

»Das war schon so, als ich hierherkam«, erwidere ich angespannt und schaue zu, wie er durch das Zimmer streift und irgendwie zu einem Teil davon wird.

»Du ziehst diese Körpertausch-Sache echt gut durch«, meint er lässig, unterbricht dafür aber nicht seinen kleinen Rundgang. Er sieht mich nicht einmal an. Mein Magen beginnt zu schmerzen, vielleicht bekomme ich ja ein Geschwür. Denn die durchaus dominante Befürchtung, er könne meine Geschichte für einen Witz halten, für einen Versuch, mich interessant zu machen, macht mich fertig. Robins Reaktion war furchtbar genug, noch einmal diesen ungläubigen Blick von jemandem zu sehen, dem ich vertraut habe, diesen Ausdruck im Gesicht, als wäre ich eine Spinnerin – ich ertrage das nicht noch einmal. Und wenn mir nicht einmal ein beinahe Fremder glaubt, vielleicht sollte ich dann beginnen, meine Geschichte selbst zu hinterfragen.

»Klar ziehe ich diese Körpertausch-Sache durch. Weil sie wahr ist«, gebe ich ein wenig gereizt zurück. Endlich sieht Milo mich an. Er scheint ein wenig überrascht über meine heftige Reaktion, doch zumindest finde ich in seinen Zügen keine Spur von Unglauben. Ein schlechtes Gewissen überkommt mich, so grob reagiert zu haben. Ich sollte mehr Verständnis aufbringen für die Schwierigkeiten, die er haben wird, meine Verwandlung zu verstehen. »Immerhin bist du hier. Kann ja kein ganz schlechtes Zeichen sein.« Es sollte ein Scherz sein, um meine vorangegangene Reaktion herunterzuspielen, doch ich bin angespannt und es gelingt mir nicht, meine Sorgen zu verbergen.

Milo scheint mit einem Mal etwas nachdenklicher als zuvor, und ich sehe ihm weiter zu, wie er sich durch das Zimmer bewegt. Es ist das erste Mal, dass ich ihn ohne Jacke sehe. Möglichst unauffällig checke ich seine Statur ab und kann nicht behaupten, dass sie mich kaltlässt. Milo ist irgendwie schmächtig, nur seine Schultern in dem weißen Baumwollpulli sind ein wenig breiter als seine schmale Taille und der fast ebenso schmalen Hüfte. Und sein Hintern …

Mit einem Mal dreht er sich zu mir um und erwischt mich dabei, wie ich auf sein Hinterteil starre. Doch statt mich mit einem Spruch in Verlegenheit zu bringen, grinst er mich bloß an und lässt sich auf den Stuhl vor dem Schreibtisch fallen.

»Um ehrlich zu sein, habe ich noch nicht entschieden, ob ich dir deine Geschichte abkaufe oder nicht«, lässt er die Blase platzen, ich hätte vielleicht einen Verbündeten gefunden.

»Oh«, mache ich und gebe mir nicht die geringste Mühe, meine Enttäuschung zu verbergen.

Er verzieht das Gesicht und zuckt mit den Achseln. »Tut mir leid.«

»Nein, ist schon okay. Ich meine … immerhin hast du mir nicht gesagt, dass ich spinne, das ist gemessen an meinem Tag schon echt ein Fortschritt.« Ich denke an Robin, und alles an der Unterhaltung, die wir vor ein paar Stunden geführt haben, macht mich traurig. Vielleicht hätte sie mir geglaubt, wenn sich mein verdammtes Gehirn nicht langsam in Grütze verwandeln würde.

Als Milo nichts sagt, räuspere ich mich, um meine Verlegenheit abzulegen. »Warum bist du hier, wenn du dir noch nicht sicher bist, ob ich vielleicht eine Verrückte bin?«

Plötzlich wird Milos Gesichtsausdruck seltsam finster. »Mir ist etwas eingefallen.«

»Ehrlich? Was ist es?«, frage ich und mich überkommt eine gewisse Aufregung.

Er erhebt sich vom Stuhl und kommt zu Femkes Bett. Ehe ich begreife, was er tut, hat er sich auf die Matratze gesetzt, den Rücken gegen das Kopfteil gelehnt und erwidert meinen irritierten Blick, den ich ihm über meine Schulter hinweg zuwerfe. Ohne es weiter zu durchdenken, tue ich es ihm gleich, bis wir nebeneinander auf dem Bett sitzen. Diese Situation hat etwas überraschend Entspanntes, und doch fühlt sie sich für mich nicht so freundschaftlich an, wie sie von Milo vermutlich gemeint ist. Aber fürs Erste erlaube ich mir, die Wärme seines Körpers zu genießen, die ich an meiner Seite spüre. Zudem riecht er wirklich ausgesprochen gut.

»Diese ganze *Überraschungs-Sache* an der Toilettenwand ist mir nicht aus dem Kopf gegangen, seit du mir davon erzählt hast«, beginnt er und klingt dabei nicht so locker wie sonst. Stattdessen habe ich den Eindruck, dass er die ganze Angelegenheit mit der Schmiererei sehr ernst nimmt. »Ich hatte sofort das Gefühl, dass es mir bekannt vorkommt. Aber ich kam nicht drauf – bis vorhin.«

Erstaunt sehe ich ihn von der Seite an. »Und dann hast du direkt angerufen?«

Sein Blick trifft auf meinen, und ich erkenne die Augen aus jener Nacht wieder, in der er mich vor dem Angreifer bewahrt hat. Heute sind seine Pupillen jedoch nicht auffällig vergrößert. »Natürlich. Was da an der Toilettenwand steht, betrifft dich … egal, ob Femke oder das andere Mädchen.«

Die Art, wie er *dich* sagt, bereitet mir für einen Moment ein wohliges Gefühl, wie ein Neutralisator für das sich ankündigende Magengeschwür. »Anouk«, helfe ich ihm auf die Sprünge.

»Anouk«, wiederholt er bedächtig, als wolle er den Namen ausprobieren. Ihn meinen Namen sagen zu hören, ist wie ein Arm, der sich um meine Schulter legt und mich spüren lässt, dass am Ende irgendwie alles gut wird. Aber wird es das? Vermutlich nicht, aber solange sich jemand an meinen Namen erinnert, habe ich den Beweis, dass ich hier war. Dass es mich, Anouk, gegeben hat.

»Wie du den Namen sagst. Als wäre er wirklich deiner«, sagt er nachdenklich und unsere Blicke treffen sich erneut.

»Schlauer Junge.« Ich grinse, seine Gegenwart tut mir gut, und als er zurückschmunzelt, wünsche ich, er könnte bis zum Schluss von diesem Ding namens Leben an meiner Seite bleiben. Unsere Blicke verhaken sich und es macht mich verlegen, dass ich nicht wegsehen kann, gleichzeitig bin ich erleichtert, dass es ihm offenbar nicht anders geht.

Dennoch bin ich es, die den Kontakt abreißen lässt. Ich räuspere mich und sehe aus dem Augenwinkel sein angedeutetes Lächeln, während ich auf die Hände in meinem Schoß starre. Ein wenig bereue ich es, immerhin bin ich sonst auch nicht schüchtern, aber es kommt mir nicht richtig vor, mich von einer überstürzten Schwärmerei ablenken zu lassen.

»Und was ist dir jetzt eingefallen?«, überwinde ich die aufgekommene Stille.

Sein Gesicht nimmt abermals nachdrückliche Züge an. »Versprich mir, dass du nicht ausflippst.«

Etwas in mir verkrampft sich und tief in meiner Brust ahne ich, dass seine Erinnerung meine Befürchtung noch untermauern wird. »Du hast es echt drauf, die Spannung zu steigern, indem du mir Angst machst.« Sein ernster Blick wird sorgenvoll. »Jetzt sag schon«, fordere ich und versuche es mit einem schwachen Lächeln. Ich weiß sofort, dass er es mir nicht abkauft, dennoch nickt er.

»Vor ein paar Jahren, als ich noch zur Schule gegangen bin, gab es unter den Typen der Oberstufe so etwas wie einen Running Gag. Ich habe das total vergessen, weil ich irgendwie nie zu dieser Gruppe gehört habe. Ich hing eher mit … anderen Leuten ab.« Nun grinst er doch und ich weiß, warum.

»Mit den Kiffern?«, mutmaße ich und unterdrücke ein Lächeln.

Milo zieht eine Augenbraue hoch und legt schmunzelnd den Kopf schief. »Was hat mich verraten?«

Ich lache, und es fühlt sich verdammt gut an. »Du bist zu entspannt für diese Welt.«

Milo stimmt in mein Lachen ein und wieder entsteht ein kribbeliger Moment. Doch bevor ich mir Gedanken darüber machen kann, ob ich mich dem entziehen soll oder nicht, erstirbt Milos Lachen und er wirkt nachdenklich.

»Was genau war das für ein Running Gag?«, hake ich nach.

Milo verzieht das Gesicht und weicht meinem Blick aus. »Immer wenn ein Typ ein Mädchen flachgelegt hat, kam er am nächsten Tag zu seinen

Kumpels und grölte *Überraschung!* Die haben dann immer ein Riesenfass aufgemacht und sich gegenseitig gefeiert, als wären sie die Größten.« Wohl in irgendwelchen Bildern aus der Vergangenheit versunken, schüttelt er angewidert den Kopf. »Ich hab das ein paar Mal mitbekommen und irgendwann nur nebenbei gehört, dass jemand wieder ein Mädchen im Bett hatte. Das zog sich durch das gesamte letzte Schuljahr vor meinem Abi und du glaubst gar nicht, wie froh ich war, nicht zu den *coolen Typen* zu gehören.«

Da ist sie wieder, die dunkle Ahnung, die ich bislang immer zurückgedrängt habe, damit aus ihr keine begründete Vermutung wird. Und obwohl ich es wirklich zu verhindern versucht habe, drängt sie sich nun an die Oberfläche, will gesehen und verstanden werden. Milos Erinnerung passt erschreckend gut dazu – auch wenn ich mir noch nicht sicher bin, wie.

»Wann hast du dein Abi gemacht?«, frage ich abwesend und bemühe mich, nicht völlig abzudriften.

»Vor drei Jahren«, höre ich wie aus weiter Ferne.

Drei Jahre.

Alles in mir verkrampft sich.

Vor drei Jahren waren Femke und ich schon lange keine Freundinnen mehr. So eine lange Zeit. Hat es damals angefangen? Drei Jahre, es ist unvorstellbar, dass dieser Zeitraum wirklich zu diesem Leben gehört. Es fühlt sich an, als hätte ich, vielleicht sogar wir beide, in diesem letzten gemeinsamen Sommer einen falschen Weg eingeschlagen, von Verlockungen in Versuchung geführt, von verletzten Gefühlen getrieben.

Ich weiß, wie meine Geschichte danach weiterging, wie unvollständig ich mich gefühlt habe. Verraten. Ich habe mich als Opfer gesehen und mich entsprechend verhalten.

Das arme Opfer, das den Glauben an die Menschen verloren hat.

Das Mädchen, das nur wenige Freunde zulässt, aus Angst, erneut verletzt zu werden.

Und Femke? Wie ist ihre Geschichte verlaufen? Nach dem Tod unserer Freundschaft? Es hat mich nie interessiert, das war die Lüge, die ich mir selbst immer wieder eingeredet habe.

Wie gerne würde ich von mir sagen können, ich wäre nur blind gewesen – doch das stimmt nicht. Ich war nicht blind, ich war gemein.

»Alles in Ordnung?«

Ich zucke zusammen und bemerke erst jetzt, dass ich eine ganze Weile ins Nichts gestarrt habe. Ein Seitenblick verrät mir, dass Milo mich mustert, und mir entgeht nicht das neugierige Funkeln in seinen Augen.

»War damals schon die Schmiererei an der Toilettenwand im Schwarzen Loch?«, frage ich neugierig.

Milo zuckt mit den Achseln. »Keine Ahnung. Ich bin nie im Schwarzen Loch gewesen – ja, ich weiß, was du denkst«, sagt er und verdreht theatralisch die Augen, als hätte ich ihn gerade als Klischee bezeichnet.

Am liebsten würde ich ihm für seine Bemühungen danken, die Stimmung trotz des Themas ein wenig aufzulockern.

»Was denke ich denn?« Ich verschränke die Arme vor der Brust und sehe ihn herausfordernd an. Wir machen nur Spaß, aber das brauche ich dringend.

Er legt seinen Zeigefinger an seine Schläfe und tippt mehrfach dagegen. Dann zieht er eine Augenbraue in die Höhe. »Ich würde sagen, du denkst, dass jemand wie ich im Schwarzen Loch eigentlich Stammkunde hätte sein müssen.« Die Wahrheit ist, dass ich gar nicht gedacht, sondern ihm einfach nur zugehört habe. Dennoch nicke ich langsam und lege mein verblüfftesten Gesichtsausdruck auf.

»Wow, wie krass! Ich bin beeindruckt. Du kannst echt Gedanken lesen!«, staune ich und Milo grinst mich so jungenhaft an, dass ich kurz den ganzen Mist um mich herum vergesse und mich dem wachsenden Gefühl der Zuneigung hingebe.

»Aber die Wahrheit ist, das Zeug aus der Schule war Dreck. Ich bin seit über vier Jahren treuer Kunde des Dealers meines Vertrauens, der ganz zufällig ein Verwandter meiner besten Freundin ist.«

Ich nicke, immer noch mit gespielter Begeisterung. »Bist also der treue Typ.«

»Könnte man so sagen«, grient er mit hochgezogener Augenbraue. Sein Blick trifft mich und setzt meinen Körper in Flammen. Ich muss mich zwingen, bei der Sache zu bleiben, dringend, sonst könnte ich noch etwas tun, was ich später bereue.

»Weißt du, wer diesen Running Gag in Umlauf gebracht hat?«, will ich wissen.

»Keinen Plan, sorry. Ich habe nicht besonders viel am sozialen Schulleben teilgenommen.«

Fassungslos starre ich ihn an. Er ist perfekt, wie gemacht für mich, und ich frage mich, wo er nur all die Zeit gewesen ist. Wir waren doch ein paar Jahre auf der gleichen Schule. Warum habe ich ihn nie bemerkt? Doch die Antwort ist offensichtlich. »Du bist wie ich.«

»Wie du, Anouk, oder wie du, Femke?«, fragt er neckisch, und als ich ihm einen finsteren Blick zuwerfe, zwinkert er.

»Anouk, natürlich. Das bin ich. Ich kiffe zwar nicht, aber diese ganzen geheuchelten sozialen Geflechte in der Schule – ich halte mich für gewöhnlich davon fern.«

»Kluges Mädchen.«

Ich lächle verstohlen in mich hinein. Mit ihm ist selbst dieses ernste Gespräch irgendwie einfach, er versteht sich darauf, dem Thema an Wucht zu nehmen, mit der sie mich sonst vermutlich von den Füßen gefegt hätte. Besonders nach einem Tag wie diesem. Doch mit Milo … er ist wie ein Schutzschild, das sich vor mir aufgebaut hat und dafür sorgt, dass die ganz schlimmen Gefühle an ihm abprallen.

»Kennst du einen Sebastian?«, hake ich nach.

Milo scheint kurz nachzudenken. »Ist er ein Kiffer?«

Allein der Gedanke heitert mich auf. Vor ein paar Stunden noch hat Sebastian mir eine Heidenangst eingejagt, doch die Vorstellung des blonden, seitengescheitelten Typen mit dem Hemd unter den teuren Kaschmir-Pullover zwischen all den entspannten Potheads, erscheint mir ziemlich lächerlich.

»Ich glaube nicht. Eher der Typ reicher Sohn«, fasse ich Sebastians Erscheinung kurz zusammen.

Milo schüttelt den Kopf. »Dann eher nicht.«

Ich nicke, weil ich seine Antwort erwartet habe. Die Frage war ohnehin nur ein hilfloser Versuch, mich vor dem Offensichtlichen zu verstecken.

»Hilft dir das irgendwie weiter? Also diese Überraschungs-Sache?«, fragt er vorsichtig. Er scheint zu ahnen, was für konfuse Gedanken mich umtreiben, denn seine Frage ist wie ein Herantasten, als wäre ich mit der Wahrheit in mir ein scheues Reh, das er nicht verschrecken will.

Der Augenblick ist gekommen, in dem ich mir eingestehe, dass Femkes Probleme tiefer reichen, als ich es für möglich gehalten habe. Dass ein Trauma sie durch ihre letzten Tage oder Monate – vielleicht sogar Jahre – begleitet hat, dass sich bald in meinem Kopf festsetzen und mich beherrschen wird. Ich wünschte, ich könnte es noch ein bisschen länger vor mir herschieben, aber die Zeit ist jetzt. Irgendwann wird jedes *Könnte* zu einem *Muss*.

»Ich habe ein bisschen Angst davor, diesen Gedanken zuzulassen …«, warne ich ihn, und meine Kehle ist staubtrocken.

»Welchen Gedanken?«

Ich fühle, wie er mich von der Seite ansieht, mich mustert, besorgt, neugierig, keine Ahnung, doch ich kann seinen Blick nicht erwidern.

Nervös beiße ich mir auf meine Unterlippe, etwas zu heftig, denn ein kleiner Schmerz zuckt hindurch und die Wunde von vorhin öffnet sich wieder. Mein Blut schmeckt nach Metall, doch Mut verleiht mir der rote Lebenssaft bedauerlicherweise nicht.

»Ich würde dir gern etwas zeigen. Nicht falsch verstehen.«

Ich hole tief Luft, dann öffne ich meine Hose. Erst den Knopf, gefolgt vom Reißverschluss. Im Sitzen bemerke ich, dass Femkes Körper an Form verloren hat – meine Weigerung, an Sport jeglicher Art teilzunehmen, hat ihre Muskeln schrumpfen lassen, und da ich in den letzten Tagen auch nicht unbedingt ein guter Esser gewesen bin, ist an mir nicht viel mehr dran als schlaffe Haut und hervortretende Knochen.

Sexy. Nicht.

Femke wird sicher nicht glücklich sein – sofern sie jemals wieder auftaucht. Ich schiebe meine Hose ein Stück nach unten und mit ihr den Slip. Milo bewegt sich, aber ich schaue nicht hin.

Und schließlich ist es entblößt, Femkes kleines Tattoo, schlechter gestochen als damals gewusst und mit bereits verblasster schwarzer Farbe.

»Ein Stern«, stellt Milo überrascht fest, als er sich unaufgefordert nach vorne beugt und das Bild über meinem Schambein begutachtet.

Dann ist es also wirklich wahr! Nachdenklich schaue auch ich hinab, und es ist mir ein Rätsel, wie jemand in diesem Motiv einen Stern erkennen kann.

Ich lasse die Bündchen meiner Hosen zurück an ihren Platz rutschen und suche nach den richtigen Worten. Milo bleibt still, ich spüre seinen Blick auf mir, doch komischerweise setzt mich das nicht unter Druck. Im Gegenteil.

Endlich hört mir jemand zu. »Ich vergesse ständig, dass ich das Tattoo habe. Eigentlich ist es ja das von Femke.« Ich lächle müde. »Das ist kein Stern«, fahre ich fort. »Es ist ein *Siebenstern*, eine kleine weiße Blüte mit sieben Blättern. Deswegen habe ich nicht daran gedacht, als ich die Schmiererei entdeckt habe – oder ich wollte den Zusammenhang nicht wahrhaben, keine Ahnung.« Ich sehe von meinen verknoteten Fingern in meinem Schoß auf und suche seine Augen. Milos Blick ruht auf meinem Gesicht, er wirkt nachdenklich und aufgewühlt, als wisse er nicht, was er von mir und meinen Worten halten soll.

Aber das ist okay.

Er lacht nicht. Er beschimpft mich nicht. Er macht sich erst ein Bild und entscheidet dann.

Aber da liegt auch die Krux begraben. Fakten, Wahrheiten … die gibt es nicht. Es gibt nur Perspektiven, viel zu viele davon, und niemals wird nur eine einzelne davon den Ereignissen gerecht.

Was jedoch Femkes Wahrheit, Femkes Perspektive der Ereignisse angeht, so vermute ich, ihr einen Schritt näher gekommen zu sein. Und es bricht mir das Herz.

»Ich glaube, ich weiß jetzt, was die Schmiererei bedeutet. Deine Running-Gag-Geschichte passt ziemlich gut zu meiner Vermutung. Leider.«

»Du glaubst, du bist so etwas wie eine Trophäe gewesen?«, vermutet Milo und ich bin überrascht, ihn reden zu hören. Wieder wende ich mich ihm zu, unentschlossen, ob ich den Kopf schütteln oder nicken soll. Denn er hat recht – gleichzeitig befürchte ich, dass es noch viel schlimmer ist.

»Ich glaube, die Schmiererei ist eine Aufforderung, meinen Stern zu finden. Der zufällig an einer sehr intimen Stelle ist.«

Milo verkrampft sich bei meinen Worten und auch meine Finger krallen sich so heftig ineinander, dass sie weiße Abdrücke in der Haut hinterlassen.

»Worauf willst du hinaus?«, fragt er leise, doch nicht so schockiert, wie ich vermutet hätte.

Ich lache hilflos auf und zucke mit den Schultern. Gerade ist mir eine total blöde Erinnerung gekommen, die mich nicht nur fürchterlich sentimental macht, sondern mir auch Angst einjagt. »Ich weiß noch, wie begeistert Femke von ihrem Tattoo war, das sie natürlich ohne Erlaubnis hatte machen lassen. Wir waren damals dreizehn. Sie meinte, an der Stelle würde es nie jemand sehen, außer sie wollte es.« Ich muss schlucken, und plötzlich kommen Tränen hoch, die ich einfach nicht zurückhalten kann. »Ich habe sie in den letzten Jahren so oft als Schlampe bezeichnet, als billig, für jeden zu haben. Aber eigentlich … ich kenne sie. Sie würde niemals jedem x-beliebigen Jungen dieses intime Tattoo zeigen, nur weil sie auf einer Schultoilettenwand dazu angestachelt werden. Sie wollte das selbst entscheiden!«

Ich wische mir dir Tränen von den Wangen, doch das hilft nicht.

»Und du meinst, Typen haben sie dazu gezwungen, ihnen das Tattoo zu zeigen?«, fragt Milo, obwohl er es weiß. Er weiß, worauf ich hinauswill.

Je länger ich darüber nachdenke und je mehr ich darüber spreche, desto größer wird meine Befürchtung, dass Femke etwas ganz Furchtbares passiert ist. Doch statt ihr beizustehen, wie eine Freundin es tun sollte, habe ich Salz in die Wunde gestreut. Ich bin schuld an dem Ruf, den sie in der Schule hatte, und ich schäme mich dafür.

Mit beiden Handflächen versuche ich, mein Gesicht zu trocknen, und langsam stellt sich Entsetzen ein. Bis ich schließlich zu entsetzt bin, um zu weinen. »Ich glaube, ein unter Zwang entblößter Unterleib führt nicht dazu, dass ein Typ artig Danke sagt und von ihr ablässt, sobald er den falschen Stern entdeckt hat«, beschreibe ich angewidert die Bilder aus meiner Vorstellung, die kaum so schlimm sein können, wie es wirklich gewesen sein muss.

»Ich verstehe«, meint Milo bedrückt.

»Sie hat den Ruf, eine Schlampe zu sein. Leicht zu haben. Jeder weiß das. Jeder.« Plötzlich hält mich nichts mehr auf dem Bett. Ich habe das Gefühl, jeden Augenblick zu platzen, wenn ich mich nicht bewege. Meine Beine sind von der Begegnung mit Sebastian noch immer ganz schwach, Übelkeit frisst sich in meinen Magen und ich kann nicht aufhören, meine Gedanken weiterzuspinnen. Ich muss sie zu Ende bringen, um das ganze Ausmaß zu begreifen. Um nicht länger die Augen zu verschließen vor dem, was längst in bedrohlicher Größe vor mir steht.

»Femke hat sicher versucht, diese ekelhaften Typen von sich fernzuhalten.« Ich beginne, im Zimmer auf und ab zu wandern. Mein Herz schlägt so heftig, dass ich am liebsten wieder in Tränen ausgebrochen wäre. Nur meine Wut hält sie zurück. »Wie lange hat sie das ertragen? Ich meine … wie viel Kraft muss es sie gekostet haben, sich immer wieder gegen solche Angriffe, wie ich ihn neulich auf dem Nachhauseweg erlebt habe, zu wehren? Die ständige Angst, in der sie gelebt haben muss! Jeden Tag, praktisch überall konnte jemand über sie herfallen. Und irgendwann … irgendwann haben ihre Versuche, diese Belästigungen zu bekämpfen, bestimmt nicht mehr genügt.« Ich mache eine Pause, um meine Tränen und diese elendige Übelkeit hinunterzuschlucken. »Sie wurde vergewaltigt, Milo. Meine beste Freundin wurde von einem dieser beschissenen Typen aus dem Schwarzen Loch vergewaltigt.« Schlagartig bleibe ich stehen, als mir die Antwort auf die nicht gestellte Frage plötzlich vor Augen steht.

Ein Bild, um genau zu sein.

»Und ich weiß, wer es war.«

Kapitel 33

Es fehlte nicht mehr viel, und ich hätte Milo von Maurice erzählt. Der Typ, von dem ich *gesehen* habe, dass er Femke vergewaltigt hat. Der Typ, den sie in Notwehr erschlagen hat. Die Tat, die sie zurück zu mir trieb, um mich um Hilfe zu bitten. Weil ihr sonst niemand einfiel. Ihre Angst, ihre hilflose Verzweiflung, jetzt verstehe ich sie.

Und was habe ich getan? Sie von mir gestoßen, metaphorisch wie physisch, und nun liegt sie irgendwo im Fluss oder an einem Ufer, ungehört und ungerächt.

Einen Teil der Schmiererei ist also entschlüsselt, aber die erhoffte Befriedigung bleibt aus. Zu hässlich ist Femkes Wahrheit, die nun meine Realität ist.

Aber ich bin noch nicht fertig.

Die größten Rätsel stehen mir noch bevor – und damit meine ich nicht die Sursex Creators oder was passiert, wenn man diese Nummer wählt und jemand abnimmt. Die wirklich entscheidende Frage ist vielmehr, warum Sebastian Femke das antut. Warum er sie zum Abschuss freigegeben hat und es offenbar für nötig hält, sie auf diese Art und Weise zu quälen. Sie Tag für Tag diesem Psychoterror auszusetzen und ihr ein Leben in Angst, Angst vor dem Bösen im Menschen, zu bescheren. Und was sind das für Typen, die sich von der Schmiererei an einer Toilettenwand zu so einem verachtenswerten Verbrechen verleiten lassen? Was erhoffen sie sich davon, den Stern zu finden … was mich wieder zu der Telefonnummer und den Sursex Creators führt.

Noch habe ich keine Ahnung, aber ich bin fest entschlossen, es herauszufinden.

Und das am besten schnell, bevor die Polizei mit ihrem forensischen High-Tech-Zeugs Femkes DNS oder was auch immer am Tatort findet und ich die nächsten Jahre im Gefängnis fristen muss. Für eine Tat, die nicht ich, sondern Femke begangen hat – auch wenn ich voll und ganz dahinterstehe, dass sie sich gewehrt hat. Alles andere war ein Unfall …

Ist es das? Ausgleichende Gerechtigkeit? Ich werde für ihre Tat bestraft, weil ich sie auf dem Gewissen habe? Ein Scherz des Schicksals? Ich lache. Nicht.

»Femke!«, ruft mir am nächsten Tag in der ersten Pause jemand hinterher. Ich erkenne die Stimme sofort und mir stellen sich die Nackenhaare auf. Dennoch bleibe ich stehen, atme tief durch, um mit möglichst viel Sauerstoff den Mut in mir zu aktivieren, und drehe mich langsam um.

Sebastian kommt auf mich zu, ein dreckiges Grinsen im Gesicht, seine mehr oder weniger ergebenen Speichellecker im Nacken. »Dich habe ich gesucht«, meint er süffisant, als er vor mir stehen bleibt und mich von oben bis unten mustert. Von der alten Femke ist an mir nur noch wenig zu erkennen, doch ich habe die Befürchtung, dass meine Haarfarbe und der dunklere, etwas bedecktere Kleidungsstil ihn nicht von seinem herabwürdigenden Vorhaben abhalten werden.

»Lass mich in Ruhe«, erwidere ich, bevor ich darüber nachdenken kann. Ein Reflex, doch mir kommt eine Idee, die zwar ziemlich halsbrecherisch ist, womöglich aber die ein oder andere noch offene Frage beantworten wird.

»Wie hübsch du heute aussiehst«, schmeichelt er mir, doch ich weiß, dass er auf etwas hinauswill. Also lächle ich milde und warte ab, welche Schleimspur er als Nächstes hinterlässt. »Ich vermisse deinen Knackarsch.« Er malt eine kurvige Silhouette in die Luft und gibt der imaginären Frau einen heftigen Klaps auf den Po. Der Rothaarige an seiner Seite, Lukas, lacht dreckig, während Noel links von ihm verhalten lächelt und sich mit seinem Blick bei mir zu entschuldigen versucht.

Ich überwinde meine Angst, denn das muss ich, und verdrehe die Augen. »Du solltest nicht so mit mir reden«, sage ich mit fester Stimme.

Doch er grinst nur und tritt einen Schritt auf mich zu. »Hey, das war doch nur ein Kompliment.«

Sein Körper steht nun so dicht vor mir, dass ich mich an die Momente auf der Toilette erinnere, und obwohl ich mir vorgenommen habe, keine Angst zu zeigen, mich von ihm nicht einschüchtern zu lassen, weiche ich ein Stück zurück.

»Ich mag das nicht, also hör auf damit«, fordere ich entschieden und bin stolz, ihm Paroli geboten zu haben. Es interessiert mich einen Scheißdreck, dass ihn diese Reaktion zu amüsieren scheint.

Er legt den Kopf schräg und sein stechender Blick trifft mich. »Und was willst du dagegen tun?«, wispert er, während sein Daumen an seiner

Unterlippe liegt und er mich mit einem weiteren Schritt in meine Richtung in eine Ecke drängt.

Nicht mit mir! Ich drücke meinen Rücken durch, und obwohl ich dadurch nicht an Größe gewinne, fühle ich mich ihm zumindest gewachsen. Aufrecht stehe ich ihm gegenüber, wenn nötig, bis zum Ende.

Gut, vielleicht nicht ganz so lange. Aber zumindest vom Prinzip her.

»Was willst du?«, frage ich mit verschränkten Armen und sehe ihn unverwandt an.

Er schweigt, erwidert meinen Blick und scheint darauf zu warten, dass ich als Erste wegsehe, doch diesen Gefallen tue ich ihm nicht. Dieser Kerl soll nie wieder auf die Idee kommen, er hätte in irgendeiner Weise Macht über Femke. Nicht, solange ich in ihrem Körper stecke. Und als er endlich merkt, dass er sich an mir die Zähne ausbeißt, hebt er erstaunt eine Augenbraue. »Ich finde, wir sollten es noch einmal versuchen«, schlägt er gönnerhaft vor und entlässt mich mit einem lockeren Schritt nach hinten aus seinem Bodycheck. »Dieses Wochenende. Es wäre doch schade, wenn wir die gute Beziehung, die wir hatten, wegen deiner unberechenbaren Launen kaputt machen würden.« Er macht eine Pause, als warte er darauf, dass ich ihm widerspreche oder recht gebe oder mich erkläre, aber ich sage nichts und blicke bloß zu ihm auf. Ich tue gelangweilt, versuche es zumindest, doch in Wirklichkeit ahne ich, worauf dieses Gespräch hinauslaufen wird, und versuche, irgendwo zwischen aufgeregt und panisch sein, meine Möglichkeiten abzuwägen.

Sebastian schaut kurz über seine Schulter zu seinen Kumpels, dann räuspert er sich. »Deswegen habe wir beschlossen, dir noch eine Chance zu geben …«

»Das ist echt nicht nötig«, falle ich ihm ins Wort und winke dankend ab. Aber ich hatte recht. Das mysteriöse Wochenende bei Sebastian, das irgendwie mit diesem ganzen Dreck in Femkes Leben zusammenhängt, ist noch nicht vom Tisch. Und während er mit *Chance* vermutlich etwas Gnädiges meint, betrachte ich es wirklich als Chance.

Als Chance, endlich die letzten Geheimnisse zu lüften und vielleicht sogar für Gerechtigkeit zu sorgen. Auf jeden Fall für ein Ende dieser unsäglichen Erpressung.

Er greift nach meiner Hand, mit der ich eben noch eine ablehnende Bewegung gemacht habe, und zieht mich zu sich. »Dieses Wochenende. Alles wie gehabt. Du kommst am Samstag um elf Uhr und bleibst bis Sonntag, achtzehn Uhr«, sagt er gedämpft neben meinem Ohr. Ich spüre seinen Atem an meinem Hals und ringe den Drang nieder, mich von ihm loszureißen und ihm ins Gesicht zu schlagen. Aber ich schätze, er würde das als Absage werten, und das ist es nicht, was ich beabsichtige.

Er drückt mir einen harten Kuss auf die Schläfe, dann zieht er seinen Kopf zurück und grinst mich beinahe liebenswürdig an. Doch von meinem Handgelenk lässt er nicht ab. Wie es aussieht, hat er diesen durchaus sympathischen Gesichtsausdruck über einen verdammt langen Zeitraum vor dem Spiegel trainiert, um ihn glaubwürdig hinzubekommen. An seiner Körpersprache hingegen muss er noch arbeiten.

»Alles wie gehabt, ja?«, frage ich und gebe mir nicht einmal Mühe, meine Unsicherheit zu verbergen. Ich weiß, dass es Wahnsinn ist, mich darauf einzulassen. Es ist nicht meine Absicht, denselben Fehler und dieselben Erfahrungen zu machen wie Femke. Dennoch wäre es ein großer, und vor allen Dingen schneller Schritt, um endlich ein paar Wahrheiten ans Licht zu zerren. Ob es wohl gefährlich ist, dort hinzugehen?

»Ehrenwort«, bemüht sich Sebastian noch netter, in einem falschen Licht dazustehen und mich zu überzeugen.

Schließlich knallt die Glühbirne der Vernunft bei mir durch und was bleibt, ist das Licht der Neugier.

»Okay, ich komme«, nicke ich, und im selben Moment lässt Sebastian mein Handgelenk los, lässt es fallen, als hätte er sich plötzlich verbrannt.

Ich bemerke eine Bewegung hinter Sebastian und mein Blick huscht zu Noel, dessen Gesichtsausdruck irgendwo zwischen *Gute-Miene-zum-bösen-Spiel* und *Rette-sich-wer-kann* festhängt. Kaum merklich, nur für mich sichtbar und offensichtlich ausschließlich für meine Augen bestimmt, schüttelt er langsam den Kopf.

Nein.

Tu es nicht.

Zu spät.

»Davon bin ich ausgegangen«, meint Sebastian selbstgefällig, würdigt mich keines weiteren Blickes und stolziert davon, als wäre er der König der Schule.

Lächerlich.

Und dennoch … Noels stumme Warnung geht mir nicht aus dem Kopf. Sebastian hat versprochen, dass alles laufen wird wie immer, doch ich fürchte, das war gelogen. Er hat sich etwas Spezielles für Femke ausgedacht, womöglich als Strafe für meine emotionale Launenhaftigkeit.

Mit gemischten Gefühlen sehe ich ihnen hinterher, neugierig, ob Noel sich noch einmal zu mir umdreht. Doch er tut es nicht, also sehe ich auch keinen Grund, weshalb ich mich von seiner Warnung abhalten lassen sollte. Womöglich ist es auch bloß eine Sinnestäuschung gewesen.

Ich werde es bald wissen.

Ein paar Stunden später sehne ich den Schulschluss herbei und quäle mich durch die Gänge, von Klassenzimmer zu Klassenzimmer, immer wieder vorbei an Mitschülern, die mich mitleidig oder – als Kontrastprogramm – mit offener Abneigung ansehen. Mein Kopf ist mit zu viel unnützem Zeug gefüllt, das es mir schwer macht, mich zu erinnern, was nun schon wieder der Grund für ihre Blicke ist.

Es ist mir ohnehin egal. Die Leute finden immer etwas, worüber sie sich aufregen, sich das Maul zerreißen, und eine Schule ist der beste Nährboden für genau dieses überaus komplizierte soziale Geflecht.

Doch als ich um eine Ecke biege, um aus meinem Spind meine restlichen Sachen zu holen, damit ich im Anschluss der nächsten Doppelstunde direkt den Abflug machen kann, steht vor meinem Schrank ein Mädchen. Ich bleibe abrupt stehen und halte mich an die Wand des Ganges gedrückt, um sie zu sehen, aber nicht von ihr gesehen zu werden.

Das Mädchen fingert an der Tür meines Spinds herum, hektisch und nervös, und sieht sich immer wieder verstohlen um. Doch niemand schenkt ihr Beachtung, abgesehen von mir, und wenn sie das wüsste, würde sie vermutlich die Flucht ergreifen. Sie hat mir den Rücken zugedreht, aber ich weiß, warum sie an meinem Schrank herumfummelt.

Die Zettelschreiberin!

Sie ist es, die mit dem Foto und der Kerze am Spind von Maurice meinen ersten Flashback ausgelöst hat.

Das ist sie also.

Und ich kenne sie.

Tilda, das Mädchen aus dem Unterricht, mit dem ich schon seit ein paar Tagen sprechen will.

Zugegebenermaßen bin ich ziemlich überrascht, kann jedoch nicht sagen warum. Weil ich ihr eigentlich keine böse Absichten zugetraut habe? Vielleicht hat sie die auch nicht, aber welche dann?

Vermutlich sollte ich mit ihr sprechen. Denn wie es aussieht, weiß sie mehr als ich, was zugegebenermaßen nicht schwer ist angesichts der Tatsache, dass ich gar nichts weiß.

Tilda versucht weiter, ein gefaltetes Stückchen Papier durch einen Schlitz in der Schranktür zu werfen.

Sie weiß etwas über Femke und Maurice, und ich werde mir Antworten von ihr holen – und zwar jetzt. Ich habe keine Lust mehr auf Halbwahrheiten und Vermutungen, scheiß auf den Unterricht. Es gibt eben Sachen, die sind wichtiger als das, was man in der Schule lernt und nie wieder braucht.

Tilda blickt sich noch einmal misstrauisch um, dann geht sie davon, und ich bin schon drauf und dran, ihr zu folgen, als ich es mir anders überlege. Ich will wissen, welche Nachricht sie mir hinterlassen hat.

Ich erreiche meinen Schrank, doch noch bevor ich ihn öffnen kann, erscheint eine große Gestalt neben mir und wirft ihren Schatten auf mich.

»Femke?« Ich blicke auf, ein richtig fieses Gefühl wummert in meinem Magen. Es ist Direktorin Hogenmayer. »Bitte kommen Sie in mein Büro, Sie sind für die nächste Unterrichtsstunde freigestellt«, sagt sie.

»Ist etwas passiert?«, frage ich verunsichert und muss sofort an Alexa denken – nur um mich selbst daran zu erinnern, dass wohl niemand *Femke* Bescheid sagen würde, wenn etwas mit Anouks Schwester passiert wäre.

Frau Hogenmayer schüttelt den Kopf, doch ihr Ausdruck bleibt unverändert. »Die Polizei hat ein paar Fragen an Sie.«

Kapitel 31

Ein toter Junge. Natürlich müssen seine Mitschüler verhört werden. Das hat nichts zu bedeuten, keine große Sache. Ich werde am Ende des Gesprächs nicht in Handschellen abgeführt. Ganz sicher nicht, das hier ist keine amerikanische Teenie-Serie. Außerdem haben sie keine Beweise – hoffe ich.

Trotzdem mache ich mir vor Angst fast in die Hose, als ich der Direktorin in ihr Büro folge.

Weil ich weiß, dass Femke schuldig ist.

Nun muss ich ihren Mist ausbaden und obwohl ihre Tat aus Notwehr geschah und ich mich mindestens genauso schuldig gemacht habe wie sie, als ich sie versehentlich den Abhang hinunter in den Fluss gestoßen habe, finde ich das gerade mehr als unfair. Wenn ich zumindest alle Details kennen würde und mir eine plausible Geschichte zurechtlegen könnte, wäre es etwas anderes. Aber so habe ich keine Chance, mich angemessen zu verteidigen, und das macht mir Angst. Wie soll ich bloß die Fragen der Polizei beantworten können?

Und so ist mein Weg durch die Schulflure, hinter der massigen Direktorin her wie der Gang zu meiner eigenen Hinrichtung. Ich spüre die Blicke der Schüler, die zu spät zum Unterricht kommen, um diesen letzten Schritten beizuwohnen. Ich höre ihre gezischten Worte, die von allen Seiten an meine Ohren dringen und meine Angst in Panik verwandeln. Ich muss mich ermahnen, das Atmen nicht zu vergessen, meine Lippe nicht zu blutig zu beißen und nicht das Bewusstsein zu verlieren. Ich wünsche, mein Herz würde nicht so heftig klopfen, dass meine Rippen schmerzen.

Das Büro der Direktorin kenne ich bereits, doch heute ist es mir fremd. Denn es ist nicht sie, die an ihrem Schreibtisch sitzt und mir eine Standpauke darüber hält, wie wichtig es ist, sich in die Schulgemeinschaft zu integrieren.

Stattdessen sitzt ein Mann am Tisch, rechts hinter ihm steht eine große Frau mit kurzen Haaren und einem grimmigen Gesichtsausdruck. Beide tragen Zivil, die Frau einen schwarzen Hosenanzug mit einer weißen Bluse, von dem Mann sehe ich nur seinen roten Wollpulli, am Hals einen weißen Kragen. Sie könnten genauso gut Vertreter sein, vielleicht sind sie das sogar.

Vertreter des Gesetzes.

Vertreter der Gerechtigkeit.

Ich bin am Arsch.

Ich will nicht ins Gefängnis!

»Setzen Sie sich«, sagt der Mann und deutet auf den Stuhl ihm gegenüber. Der Polizist scheint nett zu sein, er lächelt mich freundlich an und erinnert mich ein wenig an meinen Großvater, der gestorben ist, als ich noch ein kleines Mädchen war. Egal, wie schlecht es ihm ging, er hat immer gelacht, wenn ich in der Nähe war. Heute weiß ich, er wollte nicht, dass ich ihn leiden sehe, nicht mitbekomme, wie der Krebs seinen viel zu jungen Körper auffraß, und er war damit ausgesprochen erfolgreich. Wenn ich an ihn denke, fällt mir stets sein Lächeln ein, und doch wünsche ich, er hätte mich nicht mit der Maske getäuscht. Vielleicht wäre sein Tod dann nicht so ein Schock gewesen. Damals war er Ende fünfzig, und so alt schätze ich auch den Mann mir gegenüber.

Mein Blick huscht zu der Frau. Sie ist vermutlich Anfang vierzig – und lächelt nicht.

Mit einem Kloß im Hals nicke ich und wanke auf den Stuhl zu, erleichtert und entsetzt zugleich setze ich mich. Aus dem Augenwinkel sehe ich, dass sich die Direktorin ans Fenster stellt und hinaus auf den leeren Schulhof blickt. Sie wirkt nachdenklich, traurig, und ich bin unsicher, wie ich ihre Anwesenheit bei meinem Verhör finde.

Ich sollte froh sein, schätze ich.

Bin ich aber nicht.

»Mein Name ist Kommissar Horst Aalen und das ist Kommissarin Isabella Santos«, beginnt der Mann und deutet erst auf sich und dann auf seine Kollegin. »Wir sind von der Kriminalpolizei Lübbewirtz und wollen Ihnen ein paar Fragen stellen.«

Ich nicke und schlucke den Kloß in meinem Hals hinunter. Ich darf nicht zu schuldig aussehen und versuche, mich in die Zeit zurückzudenken, als ich noch nichts von Femkes Schuld wusste. Wie hätte ich da reagiert?

»Brauche ich einen Anwalt oder so?«, frage ich eingeschüchtert und rutsche auf dem harten Stuhl hin und her. Ich weiß nicht einmal, wie ich daraufkomme, so eine Frage zu stellen, immerhin kenne ich überhaupt keine Anwälte.

»Sagen Sie es uns«, meint die strenge Kommissarin ohne die Spur einer Regung in ihrem Gesicht. Es ist, als würde sie eine Sonnenbrille tragen und ihre Gedanken hinter dem verspiegelten Glas verbergen. Sie trägt aber keine Brille, sie kann das auch ohne ausgesprochen gut. Und obwohl ich sie vom ersten Moment an nicht mochte, habe ich irgendwie Mitleid mit ihr.

Kommissar Aalen tut so, als hätte er den Kommentar seiner Kollegin nicht gehört. »Es ist eine einfache Befragung zu den aktuellen Ereignissen, von denen Sie sicher bereits gehört haben. Kein Grund zur Sorge«, sagt er gelassen und tatsächlich kann er mich damit beruhigen.

»In Ordnung.« Vermutlich bin ich naiv, weil ich auf seine nette Masche hereinfalle.

»Möchten Sie ein Schluck Wasser?«, fragt er.

Ich nicke. »Ja, gerne«, antworte ich, obwohl ich befürchte, dass mich das zitternde Glas in meiner Hand verraten könnte. Aber mein Hals ist bereits jetzt so trocken, dass ich ohne etwas Flüssigkeit vermutlich keinen Ton herausbekomme.

Kommissarin Santos geht zu einem kleinen Beistelltisch vor dem Aktenschrank der Direktorin und schenkt mir ein Glas Wasser ein. Dann kommt sie zu mir und stellt es vor mir auf den Tisch, bevor sie auf ihre alte Position zurückkehrt. Vielleicht ist sie deshalb so griesgrämig, kommt es mir in den Sinn. Weil sie eine Kommissarin bei der Kriminalpolizei ist und trotzdem Kellnerin spielen muss. Ich nicke ihr dankend zu, doch ihre Miene bleibt ungerührt.

Kommissar Aalen sieht mich erwartungsvoll an und ich greife nach dem Glas, um einen Schluck zu trinken.

»Sind Sie so weit?«, fragt er mich, sobald ich das Glas abstelle.

Obwohl es bereits in meinem Magen ist, spüre ich das Wasser noch in meinem Hals. Wie ein dünnes Rinnsal ist es an Trockenheit und Kloß vorbeigeflossen, ohne auch nur ansatzweise etwas zu bewirken. »Ja«, krächze ich und spüre das Blut in Wangen und Ohren pochen.

Kommissar Aalen nickt und lehnt sich nach vorne, die Unterarme auf den Tisch gelegt. Als würde er mich studieren wollen, während er mir Fragen stellt, die ich nicht beantworten kann. »Wie Sie vielleicht wissen, ist Ihre Mitschülerin Anouk Klaaver verschwunden. Wir würden gerne wissen, was Sie darüber wissen und ob Sie uns vielleicht sogar bei der Suche behilflich sein können.«

»Anouk?«, rutscht es mir raus und ich erschrecke bei dem Klang von Femkes Stimme, die meinen Namen sagt. Verwirrt sehe ich mich um, blicke zu der Kommissarin, dann zur Direktorin, doch beide scheinen sich nicht über Aalens Worte zu wundern. Aber er muss sich vertan haben, das kann nicht stimmen.

»Ich dachte, es geht um ... um diesen ... toten Jungen ...«, stottere ich unter Atemnot und suche verzweifelt nach seinem Namen. »Maurice.« Noch während ich ihn ausspreche, wird mir klar, dass es sehr wohl sein kann. Natürlich werde ich vermisst. Weil ich hier bin, gefangen in Femkes Körper.

Um meine Reaktion zu überspielen, nehme ich einen weiteren Schluck Wasser. Und noch einen. Ich habe so einen schrecklichen Durst.

Ich will das nicht. Der Kommissar soll mich bitte nicht zu mir selbst befragen! Das verwirrt mich und ich habe Angst, etwas zu verwechseln oder Falsches zu sagen. Etwas, das womöglich unlogisch ist und mich überführt.

Das ist ein verdammter Albtraum!

Als das Glas leer ist, sehe ich ein, dass ich mich nicht ewig vor dem Verhör drücken kann. Zögerlich stelle ich es zurück auf den Tisch.

»Es gibt Grund zur Annahme, dass diese beiden Fälle zusammenhängen«, beantwortet er meine Frage, die in der Zwischenzeit wie ein gewaltiges Monster im Raum stand.

»Ist sie auch tot?«, frage ich verwirrt, weil ich nicht verstehe, wie ich und Maurice, den ich nicht einmal kannte, zusammenhängen könnten.

Kommissar Aalen sieht mich ernst an. »Wie gesagt, sie wird vermisst«, sagt er ruhig.

Ich schüttle den Kopf. Das ergibt keinen Sinn. »Dann *glauben* Sie, dass sie tot ist?«, versuche ich es abermals. Wortwahl ist ja manchmal alles.

»Vorläufig gehen wir nicht davon aus.«

Ich spüre einen Nerv in meiner Wange zucken. »Aber wie sollen ... diese Fälle dann zusammenhängen?«

Der nette Großvater-Kommissar räuspert sich, wirft einen Blick über die Schulter zu seiner Kollegin, die tatsächlich eine Augenbraue hebt und schwach nickt. Ihr Gesicht, es lebt!

Dann sieht er wieder mich an. »Wir haben Indizien, die darauf hinweisen, dass Anouk Klaaver etwas mit dem Tod des Jungen zu tun haben könnte.«

Es dauert einen Moment, ehe die Bedeutung seiner Worte meinen Verstand erreicht und binnen einer Sekunde alles in mir ins Chaos stürzt. »Das ... das ist völlig ausgeschlossen!« Mehr bringe ich nicht zustande. Mein Blick zuckt umher, auf der Suche nach einem Beweis, dass dies nur ein verdammt beschissener Angsttraum ist, aber ich finde nichts.

Das ist real.

Ich, Anouk Klaaver, werde verdächtigt, einen Jungen umgebracht zu haben, den ich nicht kannte, während die tatsächliche Täterin meine ehemals beste Freundin Femke ist, in die ich mich verwandelt habe, nachdem ich sie versehentlich in den Tod stieß. Ehrlich. Das verwirrt mich.

Über.

Alle.

Maßen.

»Wie kommen Sie zu dieser Annahme?«, höre ich seine Stimme jenseits meines Durcheinanders. Ich habe keine Ahnung, wie ich diese Unterhaltung führen soll, wenn ich meine Gedanken weiterhin treiben lasse. Wenn ich während der Fragerei gleichzeitig versuche, mir einen Reim auf das alles zu machen. Es wird nicht funktionieren, ich darf mich nicht in meinem Kopf verlieren, ich muss bei der Sache bleiben und später nach Antworten suchen.

Reagieren. Was anderes bleibt mir nicht.

Ich befeuchte meine Lippen, bemerke erst jetzt, dass mein Blick durch den Raum geflattert ist, aber das ist okay. Diese Anschuldigung … sie darf mich aufwühlen.

Meine Kehle, mein Mund sind schon wieder trocken und gern würde ich noch was trinken, doch ich frage nicht danach. Ich darf mich nicht länger so verdächtig präsentieren. Einmal wenigstens muss ich funktionieren.

»Das ist keine *Annahme*. Ich weiß es. Weil … weil ich sie kenne«, antworte ich, wesentlich entschiedener als zuvor, und begegne Kommissar Aalen mit festem Blick.

»Wir haben übereinstimmende Aussagen darüber, dass Ihre Freundschaft zu Anouk bereits vor einigen Jahren zerbrochen ist«, meint Kommissarin Santos, und ihre Worte treffen mich eiskalt. Noch während ich sie fassungslos anstarre, fährt Kommissar Aalen für sie fort: »Mindestens drei Jahre, habe ich hier stehen. Das ist eine lange Zeit. Menschen verändern sich.«

Menschen verändern sich, das ist wahr. Ich bin der beste Beweis, auch wenn er es vermutlich anders gemeint hat.

Übereinstimmende Aussagen, hallt es in meinen Ohren wider. Amy und Robin. Auch sie scheinen verhört worden zu sein.

»Aber wie kommen Sie darauf, dass Anouk etwas mit Maurice zu tun hatte?«, frage ich, weil ich es wissen muss und damit ich nicht in die

Defensive gerate. Ich fürchte, dort würde ich zusammensinken wie ein Fußball ohne Luft.

»Darüber können wir aus ermittlungstaktischen Gründen nicht sprechen.« Wieder die Kommissarin, und es kommt mir vor, als beantworte ausgerechnet sie diese Frage, um zu verhindern, dass ihr Kollege mir zu viele Informationen gibt.

»Bitte beantworten Sie uns einfach ein paar Fragen«, sagt sie ungeduldig und verschränkt ihre Arme hinter ihrem Rücken. Hilfe suchend sehe ich zur Direktorin, doch sie blickt noch immer auf den leeren Hof, ganz so, als wäre sie nicht anwesend. Sie ist nicht da. Ich bin auf mich allein gestellt.

»Wann haben Sie Anouk Klaaver das letzte Mal gesehen?«, fragt er.

»Das … ich weiß nicht genau. Vor zwei Wochen vielleicht?«, versuche ich mich zu erinnern. Wie lange bin ich schon Femke? Ich kann es nicht mehr sagen.

»Haben Sie mit ihr gesprochen?«

»Ja … ja, wir haben uns kurz getroffen. Sie … ich mein, ich wollte mich mit ihr versöhnen, doch sie hat abgelehnt.« Ich glaube den Dreh rauszuhaben. Ich muss mich nur in Femkes Lage versetzen und mich von außen betrachten. Femkes Beweggründe verstehen, ihre Gefühle und Ängste, und schätzen, wie mein Verhalten auf sie gewirkt haben könnte. So komme ich vielleicht unbeschadet durch dieses verdammte Verhör.

»Versöhnen? Nach so langer Zeit? Was war der Grund dafür?«

Ich rutsche auf dem Stuhl in eine andere Position und ermahne mich gleichzeitig, das zu lassen. Dieses Rumgezappel lässt mich unnötig nervös erscheinen. Ich räuspere mich. »Sie … sie war mal meine beste Freundin, wissen Sie. Die beste! Dass wir uns gestritten haben … ich habe sie vermisst.«

Kommissar Aalen zieht irritiert die Augenbrauen zusammen und ich vermute, dass ich nun etwas zu dick aufgetragen habe. Ich atme tief ein – und sehe Aalen entschuldigend an. »Ich mache gerade eine schwierige Zeit durch und … mit ihr an meiner Seite war alles ein kleines bisschen leichter. Das wollte ich … zurückhaben.«

»Schwierige Zeit?«, fragt Santos und ein seltsames Lächeln zuckt um ihre Mundwinkel.

»Was?«

Kommissarin Santos geht um den Tisch herum und setzt sich mit einer Seite ihres Hinterns auf die Ecke. Hat sie das Verhör etwa übernommen? Verunsichert sehe ich sie an, und das kleine fiese Lächeln ist nicht verschwunden, obwohl sie es zu verbergen versucht.

Ich hasse sie schon jetzt.

»Sie sagten, Sie hätten gerade eine schwierige Zeit«, wiederholt sie, als wäre ich bescheuert.

Ich verschränke die Arme vor der Brust. Ich habe mal gelesen, dass dies eine ablehnende Körperhaltung ist, Körpersprache sozusagen, und genau das kann ich gerade gebrauchen. »Ja … aber ich möchte nicht darüber reden.«

Ich wünsche, das Verhör wäre endlich vorbei.

»Natürlich«, übernimmt Kommissar Aalen wieder und sein Verständnis reicht bis zu seiner Stimme, Verständnis, das seine Kollegin nicht einmal in ihrem Gesicht zeigt. »Sie wollten sich also versöhnen und Anouk hat abgelehnt. Wie ging es weiter?«

»Was meinen Sie?«, frage ich verunsichert. Weiß er von dem Sturz? Nein, wie könnte er? Außerdem ist es ja Femke, die mit dem Geländer den Abhang hinunter in den Fluss gestürzt ist, nicht Anouk, und Femke sitzt vor ihm auf dem Stuhl und macht sich beinahe in die Hose.

Das war eindeutig zu viel Wasser. Meine Blase drückt und in meinem Magen gluckert es.

»Wie sind Sie auseinandergegangen? Hat Anouk etwas zu Ihnen gesagt, das Ihnen verdächtig vorkam?«

Ich muss überlegen, was ich erwidern soll, und tue so, als versuche ich mich zu erinnern. »Nein … sie hat … nichts dergleichen gesagt. Wir haben uns … also ich war sehr traurig, dass sie mir keine zweite Chance geben wollte, und dann ist sie gegangen. Das war's.«

Ich habe keine Ahnung, wie glaubwürdig oder logisch das ist, dennoch bin ich froh, diese Frage hinter mir zu haben.

Kommissarin Santos zieht mit einer Bewegung meinen Blick auf sich und ich lese es in ihrer hochgezogenen Augenbraue, dass sie zum Schlag ausholt. Zum ersten Wendepunkt, zu dem einen verräterischen Fehler, den ich – oder Femke – gemacht habe.

»Wie kommt es, dass Sie das Handy von Anouk hatten?«

»Was?«, entfährt es mir ein weiteres Mal. Panik flammt in mir auf, legt sich auf meine Brust, lähmt mein Gehirn. Mein Handy! Das habe ich total vergessen, seit Tagen liegt es ausgestellt und inzwischen mit leerem Akku in einer Schublade. In Femkes Zimmer.

Verdammt!

Ich muss mich erinnern. Woher weiß die blöde Kuh, dass ich, also Femke, mein Handy, also Anouks, hatte?

»Wir haben einen Zeugen, der aussagt, Sie hätten ihm von Anouks Handy aus eine Nachricht geschickt, um sich zu treffen und dann behauptet, Anouk hätte es Ihnen geliehen und Sie würden es ihr wiedergeben«, erklärt Aalen, wie ein liebenswerter Großvater es eben tun würde.

Zeugen.

Amy und Robin. Natürlich! »Ja, richtig. Das … das hatte ich vergessen«, stammle ich die Wahrheit.

»Haben Sie es getan? Ihr das Handy wiedergegeben«, bohrt Kommissarin Santos weiter.

Ich fange an zu schwitzen. »Ja … natürlich.«

»Wann?«, drängt sie mich.

»Ich weiß nicht mehr genau.« Wahrheit. Na ja, fast.

»Sie sind doch noch jung. Schon so ein schlechtes Gedächtnis?«

»Haben Sie ihr das Handy gegeben, bevor oder nachdem sie ihren Freunden geschrieben hat, sie wäre krank und würde zu ihrer Schwester Alexa Klaaver fahren?«, versucht Aalen, mir auf die Sprünge zu helfen.

»Vorher natürlich«, behaupte ich. Erscheint mir plausibler.

»Aber Sie können sich nicht erinnern, wann das war?« Santos gefällt sich offensichtlich in der Rolle des Bad Cops.

»Es muss irgendwann nach dem Wochenende gewesen sein«, tippe ich ins Blaue.

»Wie sind Sie überhaupt an das Handy gelangt? Sie sagten, Anouk hätte Ihnen nicht verziehen. Warum sollte sie Ihnen dann ihr Handy geben?«

Mein Bein fängt nervös an zu wippen. Ich fühle mich wie in einem Schraubstock, kann nicht vor und zurück, denn egal, was ich sage, es wird eine Lüge sein. Und die Kriminalpolizei sollte man nicht anlügen. »Ich …«, beginne ich hilflos, als ich ihre drängenden Blicke nicht mehr ertrage.

»Verdächtigen Sie meine Schülerin, etwas mit Anouks Verschwinden zu tun zu haben? In diesem Fall würde ich die Befragung hier beenden, damit sie sich einen Anwalt nehmen kann.«

Mein Kopf fliegt zur Seite. Die Direktorin habe ich völlig vergessen, doch nun ist sie wie aus dem Nichts zu meiner Rettung aufgetaucht, zur Verteidigung meiner Ehre, nicht weil sie mich mag oder mir glaubt, sondern weil ich ihre Schülerin bin. Aber das Warum ist mir ziemlich egal.

»Nein, kein Anwalt«, meine ich hastig zur Direktorin. So weit will ich es nicht kommen lassen, ich will das nicht. »Ich hab's gefunden. Anouks Handy. Sie hat es bei unserem Streit verloren und ich habe es gefunden«, dichte ich zusammen und finde es eigentlich ziemlich logisch.

»Und dann haben Sie so lange damit gewartet, es ihr zurückzugeben? Ein ganzes Wochenende?«, stichelt Santos weiter. Sie glaubt mir nicht. Sie ist vielleicht klug, aber trotzdem eine dumme Kuh, die ich hasse.

»Ich war verletzt, weil sie mich so zurückgewiesen hat. Da war das Handy nicht ... nicht so wichtig, verstehen Sie?«, pampe ich zurück. Empathie ist echt nicht Santos' Stärke.

»Femke, ich rate Ihnen dringend, keine weiteren Fragen zu beantworten«, meint die Direktorin eindringlich, ihre tiefe Stimme löst etwas in mir aus, was ich mir nicht erklären kann und ich sehe zu ihr, wie sie zu ihrem Tisch geht, um ihn zurückzuerobern.

Alles wird plötzlich seltsam vor meinen Augen, wie ein Filter, der meiner Umgebung ein surreales Aussehen gibt. Silhouetten lösen sich voneinander, verschieben sich, werden zu einem verzerrten Traumbild.

O nein, nicht jetzt! Bitte nicht jetzt!

Ich schüttle heftig den Kopf, muss im Hier und Jetzt bleiben, darf keinen Flashback haben. Meine rechte Hand sucht mein Handgelenk, während ich falle und gleichzeitig versuche zu sprechen. »Ich kann das selbst ...«

Das Büro von Direktorin Hogenmayer.

»Ich rate Ihnen dringend von einer Anzeige ab«, sagt sie, doch sie sieht dich nicht an. Sie sieht an dir vorbei, neben dich. Du blickst zu der Person, die dort sitzt, klein, blass und zerbrechlich, und drückst ihre Hand, die in deiner liegt.

»Wieso? Glauben Sie mir nicht?«, fragt Finja fassungslos, doch du spürst ihre Angst dahinter, ihre verzweifelte Hilflosigkeit. Du spürst, was es sie an Kraft gekostet hat, hierherzukommen, und flehst stumm in dich hinein, dass es nicht umsonst ist.

»Wie Sie sich denken können, steht Aussage gegen Aussage. Ihre Anschuldigungen lassen sich nur schwer beweisen«, weicht sie Finjas Frage aus, doch du weißt, dass sie so etwas sagen muss. Trotzdem schüttelst du ungläubig den Kopf, weil Finja es nicht mehr kann. Ihre Demütigung ist auch die deine, und obwohl die Direktorin mit ihr spricht, gelten ihre Aussagen auch dir. Du kannst ihr nicht mehr ins Gesicht sehen, dein Blick liegt nur noch auf Finja und es ist, als würdest du in einen Spiegel sehen.

»Ich ... Sie sind doch auch eine Frau! Müssten Sie nicht ... auf meiner Seite sein?«, fragt Finja ungläubig, sie kämpft um jede nicht geweinte Träne, kämpft, wie nur eine Frau kämpfen kann, weil sie es muss, und ist am Ende doch die Verliererin, als sich ein Tropfen von ihren ungeschminkten Wimpern löst. Er rollt nicht, er fällt, schlägt auf ihrem Handrücken auf und zerschellt zu winzig kleinen Fragmenten. Diese Träne, sie ist Finja.

Sie ist du. Und so werdet ihr enden. Du weißt es. Von euch wird nichts weiter bleiben als Fragmente. Die dunklen Schatten eines Gerüchts, von ihren Körpern abgelöste Seelen, die niemals Frieden finden.

»Ich bin aber auch Direktorin dieser Schule, und es ist meine Aufgabe, unvoreingenommen an solche … Problematiken heranzugehen.«

Sie versteht gar nichts. Du möchtest ihr widersprechen, doch du bleibst still. Du bist nicht deinetwegen hier, sondern wegen ihr, wegen Finja, die zitternde, verlorene Finja neben dir, Finja mit der kalten Hand in deiner kalten Hand, heimliche Verbündete.

»Betrachten wir doch die Fakten:«, redet die Direktorin weiter und weiter, disqualifiziert sich immer mehr in Sachen Menschlichkeit, Menschenverstand, Gerechtigkeit. »Sie haben sich mit diesem Jungen verabredet. Einem Jungen, von dem Sie selbst sagen, dass Sie sich zu ihm hingezogen fühlten. Geschmeichelt, weil er gut aussehend und schon in der Abschlussklasse ist. Sie haben sich einen kurzen Rock angezogen und ihn dazu ermutigt, Sie zu küssen.«

Finja schnappt nach Luft. »Ja, und? Das … das rechtfertigt doch gar nichts …«

Du sagst nichts, bist gedanklich nicht mehr da, läufst mit kurzen Röcken durch die Flure. Gehst zu guten Jungs nach Hause, steigst in ihre Autos, wagst es, an ihre Aufrichtigkeit zu glauben. Es ist deine Schuld, dein Vergehen. Finja will das nicht einsehen, und du wünschst dir, mehr wie sie zu sein.

Aber nicht in dieser Welt.

Die Direktorin rutscht unwohl auf ihrem Stuhl herum, du siehst es aus dem Augenwinkel, doch dein Blick ist noch immer auf Finja gerichtet, ihre makellose dunkle Haut, die vollen Lippen, zusammengepresst, frustriert, gedemütigt, entwürdigt. Hier und jetzt ein weiteres Mal.

»Aber was haben Sie erwartet? Ihre Signale erschienen ihm eindeutig und ich kann ihn verstehen.«

»O ja, wirklich sehr unvoreingenommen«, lacht Finja zynisch auf, schnieft, wischt sich eine dunkle Strähne aus den Augen und lässt deine Hand los. Sie ist wütend auf dich. Weil du sie überredet hast und jetzt im Stich lässt. Aber du bekommst kein Wort heraus, denn wenn du deinen Mund öffnest, würdest du schreien, schreien und erst wieder aufhören, wenn du endlich weinen kannst.

Die Direktorin lehnt sich über den Tisch nach vorne, die Hände vor sich gefaltet, als würde sie beten. Ihr Gesicht, alt und faltig, viel zu schwammig, zeigt Mitgefühl, aber du bist dir nicht sicher, für wen. Für Finja? Für sich selbst?

»Verstehen Sie doch. Der von Ihnen Beschuldigte ist ein ausgezeichneter Schüler, der ein Medizinstudium anstrebt. Wollen Sie ihm das wirklich ver-

bauen? Ich sage nicht, dass der Junge nicht vielleicht etwas … übereifrig war, aber könnte es nicht sein, dass Sie … nun ja, etwas überreagieren? Horchen Sie doch noch einmal in sich hinein.«

Nein. Für den Jungen. Mitgefühl für den Jungen.

Finja springt auf, du nicht. Dich drücken ihre Worte, deine Erkenntnis tiefer in den harten Stuhl, bist du mit ihm verwächst, hölzern wirst …

»Wozu? Er …«

Ein beißender Schmerz an meinem linken Handgelenk reißt mich zurück in die Gegenwart – zumindest glaube ich das. Das Haargummi an meinem Arm, es hat funktioniert, das Schnappen auf der Haut, die Explosion an den Nervenenden hat mich zurückgeholt.

Ich fühle mich benommen, als wäre ich aus tiefem Schlaf erwacht, doch bin so emotional aufgewühlt, dass ich mich verstört umblicke.

Direktorin Hogenmayer hat sich zur mir gebeugt und sieht mich beunruhigt an. »Femke, alles in Ordnung?«

Bei ihrer Heuchelei könnte ich kotzen.

Ich bewege mich, spüre meinen Körper wieder und räuspere mich verlegen. »Entschuldigen Sie bitte, mir geht es nicht so gut«, sage ich mit belegter Stimme und möchte weinen. Der Flashback, er hat mich noch in seinen Klauen, auch wenn die Bilder verschwunden sind, die Erinnerung an sie bleibt.

Und das ist eine verdammt hässliche Erinnerung.

»Sie waren gerade irgendwie weggetreten«, höre ich eine andere weibliche Stimme, und hinter der Direktorin taucht die fiese Kommissarin Santos auf und reicht mir ein weiteres Glas Wasser.

Als müsste ich nicht eh schon pinkeln.

Aber immerhin habe ich diesmal anscheinend nicht geschrien oder um mich geschlagen. Mit zittrigen Fingern nehme ich das Glas und trinke langsam kleine Schlückchen, um mich zu sammeln.

Mich wieder zusammenzusetzen.

»Brauchen Sie einen Arzt?«, fragt der nette Opa-Kommissar. Er hat sich als Einziger nicht von seinem Platz wegbewegt, sitzt noch immer am Tisch und sieht mich seltsam an. Als würde er glauben, ich ziehe eine Show ab.

So ist das also. Nett ist seine Rolle. Die fehlende Fürsorge hat ihn verraten.

Ich stelle das halb leere Glas auf den Tisch und spüre eine seltsame Wut in mir aufflammen. Alles ist Beschiss! Die Netten stellen sich als Schauspieler heraus, die Bösen sind auch nicht besser und überhaupt würde ich das ganze Wasser in meinem Bauch am liebsten sofort wieder ausspucken.

»Ich habe es Ihnen doch gesagt, es ist alles gerade nicht so einfach für mich«, sage ich unwirsch und streiche mir das Haar aus der Stirn. Erst jetzt fällt mir auf, dass es schweißnass ist, und als ich mich nach vorne lehne, klebt das Oberteil an meinem Rücken.

»Das Verhör ist beendet. Meine Schülerin ist offensichtlich nicht wohlauf und ich denke, sie hat Ihre Fragen ausreichend beantwortet.« Die Direktorin nimmt meinen Arm, hilft mir auf die Beine und ich lasse es zu. Weil meine Knie weich sind, mein ganzer Körper schmerzt, als hätte ich während des Flashbacks sämtliche Muskeln angespannt.

Womöglich habe ich das.

Kommissar Aalen und seine Kollegin sagen kein Wort, greifen auch nicht ein, es scheint in Ordnung zu sein, keine weiteren Fragen zu stellen.

»Ich bringe Sie am besten zur Schulschwester«, sagt Frau Hogenmayer gedämpft, als sie die Tür zum Vorzimmer öffnet und mich am Tisch ihrer Sekretärin vorbei Richtung Ausgang führt.

»Das kann ich allein. Von Ihnen lasse ich mich nirgendwo hinbringen«, sage ich schroff und reiße meinen Arm los, als die Kommissare der Kriminalpolizei uns nicht mehr sehen können. Ich werfe der Direktorin einen vernichtenden Blick zu, dann wanke ich aus dem Büro.

Ich brauche keine Krankenschwester. Keine zehn Pferde bringen mich dazu, noch eine Sekunde länger hierzubleiben.

Heute zieht mich etwas eiligst nach Hause. Ich muss einen Fehler korrigieren, und das möglichst schnell, bevor es zu spät ist. Über alles andere kann ich mir später Gedanken machen.

Jetzt muss ich erst einmal mein Handy verschwinden lassen.

Kapitel 35

Niemand ist da, als ich das Zuhause von Femke erreiche. Hastig erklimme ich die Stufen in die erste Etage, ich schwitze und mein Atem geht stoßweise, und für einige Momente glaube ich, niemals genug Sauerstoff in meine Lunge zu bekommen. Ich bin den Weg diesmal gerannt, ich lief so schnell ich konnte, wurde gejagt von Kommissaren und Sebastian, Vergangenheit und Gegenwart, Femke und Anouk. Allen wollte ich davonlaufen, doch ich war nicht schnell genug, sie holen auf und bald kriegen sie mich.

In Femkes Zimmer schmeiße ich meine Tasche auf den Boden und durchwühle sämtliche Schubladen ihres Schreibtisches. Ich weiß, dass ich es in eine von ihnen getan habe, ich erinnere mich nur nicht mehr, in welche.

Als ich endlich fündig werde, bin ich kurz erleichtert – doch dann stellt sich mir die Frage, was ich damit anstellen soll. Abgesehen davon, dass der Akku längst leer ist, werde ich es auf keinen Fall anschalten, obwohl es mich kurz reizt. Wer mich wohl vermisst, mir verzweifelte Nachrichten geschickt hat, immer und immer angerufen hat, nur um wieder direkt auf der Mailbox zu landen. Aber das kommt nicht infrage, sicher versucht die Polizei, es zu orten.

Nachdenklich lasse ich mich auf dem Bett nieder und betrachte das Smartphone in meiner Hand. Eigentlich fühle ich mich gedrängt, es so schnell wie möglich loszuwerden, damit mich die Kriminalpolizei nicht als Lügnerin entlarven kann. Aber ich bringe es nicht über mich, will nichts tun, was ich später bereue.

Was ist auf dem Handy, das ich für immer verlieren würde? Telefonnummern, Notizen, ein paar Apps, dumme Spiele. Den Verlust dieser Dinge werde ich verschmerzen.

Dann fällt mir ein, warum ich zögere. Fotos. Von meiner Schwester, von Robin, Amy und mir, solche Sachen. Mir ist nach Weinen zumute, aber es ist klar, dass ich diese Fotos opfern muss.

Je schneller, desto besser.

Mit feuchten Fingern öffne ich das Fach auf der Rückseite, puhle Akku und SIM-Karte heraus. Sie sind nicht zu retten. Nicht einmal übertragen kann ich sie, ich darf sie nicht behalten. Fotos von Anouks Leuten auf Femkes Handy … ganz schlechte Idee. Mein Herz blutet, während ich das minimalistische Plättchen zwischen meinen Fingern betrachte und dann beginne, es auseinanderzupuhlen, Schicht für Schicht abzutragen, um an das goldene Plättchen mit den hinterlegten Daten heranzukommen.

Am Ende verbrenne ich den ganzen Kleinkram im Kamin, packe das Smartphone in eine Gefriertüte und zerschlage es mit einem Hammer. Es tut gut, auf diese Weise Frust abzulassen, dennoch trauere ich meinem Telefon nach.

Alles ist irgendwann vorbei.

Mit der Tüte voller Einzelteile und zerbrochenem Glas gehe ich wieder nach oben, packe sie in meine Umhängetasche und greife nach Femkes Handy, das nun offiziell meine einzige Kontaktmöglichkeit ist. Ich muss hier raus, und ich weiß auch, was ich tun werde.

Als Nächstes wähle ich seine Nummer.

Ich bin einem stummen Ruf gefolgt und habe ihn deshalb ausgerechnet hierher bestellt – anders kann ich es mir nicht erklären. Etwas hat mich gezogen, dazu gedrängt, und ich habe mich diesem Gefühl gebeugt. Erst als ich Milo dort stehen sehe, auf der ungepflasterten Straße am Waldrand, einige Meter neben ihm eine gigantische Pfütze von dem Regenguss am Vormittag, wird mir bewusst, wie absolut irrational ich gehandelt habe.

Aber ich werde es durchziehen und diesem unerklärlichen Gefühl folgen. Alles ist besser als ein weiterer Flashback.

Milo bemerkt mich nicht sofort, als ich mich ihm nähere. Gedankenverloren steht er da, die Hände tief in den Taschen seiner schwarzen Jeans vergraben, und starrt auf die großzügigen Reihenhäuser hinter dem mannshohen Zaun, durch Büsche vor den Fenstern blickgeschützt, doch ich vermute, er nimmt sie ohnehin nicht wahr.

Auch Träumende haben Augen, obwohl sie die nicht brauchen.

Es ist schnell kalt geworden in den letzten paar Tagen, und bald wird Femkes dünne Übergangsjacke nicht mehr genügen, um mich warm zu halten. Fröstelnd gehe ich auf Milo zu, an Pfützen vorbei, und spüre eine unbändige Vorfreude aufleben. Milo trägt die Kapuze seines Hoodies, sein Haar ist eins mit der schwarzen Baumwolle. Ich sehe sein Gesicht nur im Profil und es ist, gerade im Kontrast zu all dem Schwarz an ihm, heute nicht von diesem sanften Kupfer, sondern schimmert bleich, seine Konturen kantig und besonders. Ich bin mir darüber im Klaren, dass viele Mädchen in meinem Alter das nicht so sehen würden, vermutlich auch nicht Femke, aber ich finde ihn so schön, dass ich ihn am liebsten immerzu ansehen möchte.

Schließlich ist es wohl das Geräusch meiner Schritte auf dem sandigen Untergrund, die ihn aufsehen lassen. Ich lächle, als sich unsere Blicke treffen, und aus meiner anfänglichen Vorfreude wird ausgewachsene Freude. Er tut mir gut, irgendwie, ein Lichtblick in all der Finsternis, die das Dasein als Femke mit sich gebracht hat.

»Hey, alles klar mit dir? Du siehst fertig aus«, begrüßt er mich, noch bevor ich ihn erreicht habe, und auf eine ironische Weise finde ich das witzig. In Anbetracht der neuesten Entwicklungen, der offenen Bedrohung durch Sebastian und den Erkenntnissen und neuen Fragen seit dem Verhör, dem letzten Flashback, ist *fertig aussehen* ja wohl das Mindeste.

»Ganz ehrlich?«, frage ich, als ich vor ihm stehen bleibe. »Ich fühle mich wie eine Blinde in einem Labyrinth aus unlösbaren Rätseln. Aber abgesehen davon geht es mir bestens!«

Er lächelt, und mir gefällt, wie er mich dabei ansieht. Als würde er sich darüber freuen, mich zu sehen. *Mich*. Und unwillkürlich frage ich mich, wie viel er von mir sieht und wie weit die äußere Erscheinung mit reinspielt. Es sind meine Haarfarbe, meine Kleiderwahl, meine Körperhaltung und Mimik, und vor allen Dingen meine Gedanken, die ich mit Femkes Stimme zum Ausdruck bringe. Wie viel Femke habe ich also noch übrig gelassen?

»Vielleicht übersehe ich das Offensichtliche, aber was genau machen wir hier?«, holt er mich aus meinen Gedanken.

»Einen Spaziergang«, erwidere ich nachdenklich und deute auf den Wald. Es ist mir schleierhaft, warum ich diesen Wald für einen Ausflug ins Unterholz vorschlage, werde aber dieser Eingebung folgen, und bin ehrlich froh, dass ich diese Suche nicht allein beschreiten muss.

Obwohl das nicht ganz richtig ist. Ich bin nicht froh, nicht allein zu sein, sondern wirklich aufgeregt, weil Milo mich begleitet.

»Okay … Sicher, dass bei dir alles in Ordnung ist?«, fragt er, und seiner Stimme ist nicht zu entnehmen, ob er es ernst meint oder einen Spaß macht – vermutlich ist er selbst noch unschlüssig.

Statt ihm eine Antwort zu geben, greife ich nach seinem Unterarm und ziehe ihn an der nächstbesten Stelle in den Wald. Seine Hand rutscht aus seiner Hosentasche, und dann ist er es, der meine nimmt und mir ohne Widerworte folgt.

Eine Weile laufen wir stumm nebeneinanderher. Es ist spannend und merkwürdig zugleich, mit ihm Händchen zu halten, doch für ihn scheint es völlig normal zu sein, also bemühe ich mich, nicht zu viel hineinzuinterpretieren.

Ich gebe wortlos die Richtung an, ein Zick-Zack-Marsch zwischen den Laubbäumen hindurch, die ihre Blätter auf uns werfen und mit ihren Zweigen nach uns greifen. Unsere Schuhe machen schleifende Geräusche auf dem feuchten Laub und der Geruch nach Moder und sterbender Natur begleitet uns tiefer ins Innere des Unbekannten. Und wie aus dem Nichts wird mir bewusst, dass Femke hier Maurice erschlagen haben könnte. Bin ich deswegen in diesem Wald? Sucht die Femke in mir nach diesem Ort? Eine eiskalte Hand legt sich um meinen Hals und ich stelle erschrocken fest, dass es meine eigene ist.

»Was ist los, Femke?«, durchbricht Milo irgendwann meine wachsende Furcht und die verstörende Geräuschkulisse des Waldes, und ich zucke bei dem Klang von Femkes Namen zusammen.

»Ist doch egal, du glaubst mir sowieso nicht«, sage ich viel zu schroff und vermutlich auch vorwurfsvoll. Ich bin enttäuscht, habe gehofft, in ihm einen Vertrauten gefunden zu haben. Aber es ist sein gutes Recht, mir nicht zu glauben – meine Erwartungen sind mein Problem.

Und machen mich einsam.

»Also was das mit dem dir glauben angeht … Ich habe mal ein bisschen recherchiert.«

Mit einem Mal neugierig, sehe ich Milo von der Seite an. »Recherchiert?«

Er grinst verschmitzt, blickt aber weiter geradeaus. »Ja, im Internet. Facebook und so, du weißt schon.«

»Ach, du meinst gestalkt?«, lache ich. Obwohl er noch nicht gesagt hat, dass er meine Verwandlung für möglich hält, breitet sich Erleichterung in mir aus und wärmt mich von innen. Es tut gut, mit ihm zu reden. Er befreit das Lachen in mir, das sonst hinter verschlossenen Türen sitzt.

»So würde ich das jetzt nicht nennen. Ich habe bloß versucht, deiner Geschichte auf den Grund zu gehen«, schmunzelt er und seine dunklen Augen wirken amüsiert.

»Und?«, frage ich neugierig

»Also ich habe dich auf Facebook gefunden.«
»Mich?«, hake ich vorsichtig nach.
»Femke Hansen meine ich.«
»Ach, die.«
»Anouk hingegen … schwierige Sache …«, übergeht er ahnungslos meine Enttäuschung. »So ohne Nachnamen, meine ich.«
»Nouk-Nouk Darkheart«, sage ich.
»Nouk-Nouk Darkheart?«, wiederholt er irritiert.
Ich blicke auf meine Schuhe, die an den Spitzen bereits vom feuchten Laub nass und verfärbt sind. »So heiße ich auf Facebook. Ich verrate denen doch nicht meinen richtigen Namen.«
Milo lacht, womöglich lacht er mich sogar aus, aber das ist okay. »Nouk-Nouk Darkheart. Das klingt wirklich … total bescheuert.«
Dann lässt er meine Hand los und holt sein Handy aus der Hosentasche.
»Was tust du?« Meine Finger werden direkt eiskalt und verfroren schiebe ich sie tief in meine Jackentasche.
»Ich schaue nach, mit wem ich es zu tun habe.« Er tippt auf seinem Smartphone herum und weicht nebenher geschickt einem Baum aus.
»Mein Profil ist nicht öffentlich.«
Zuerst schweigt er, als hätte er mich nicht gehört, doch dann wächst ein Feixen auf seinen Lippen, das sich auf seinem ganzen Gesicht ausbreitet. »Einige Bilder aber schon«, sagt er triumphierend und hält mir sein Handy vor die Nase. »Das bist du?«
Und da ist es. Mein Gesicht, einst so vertraut, nun auf beängstigende Weise fremd. Ich mochte es nie besonders, aber jetzt fehlt es mir, die breiten Wangenknochen, die vollen Lippen und die geschwungenen Augenbrauen über den blauen Augen jeden Morgen im Spiegel zu sehen. Stattdessen ist dort Femke, als würde sie hinter dem Glas stehen und mich anstarren.
»Jap, das bin ich. Ich weiß, nicht so schön wie Femkes Gesicht, aber irgendwie hat es mir besser gepasst als dieses.« Ich wende den Blick ab und ärgere mich über meine Worte. Sie klingen, als wäre es *fishing for compliments*.
»Ich finde das Bild ziemlich hübsch«, meint er, während er sich weiter auf Facebook durch mein Fotoalbum zu klicken scheint.
»Danke«, erwidere ich brummig, obwohl ich dazu neige, ihm das Kompliment zu glauben.
Wir schweigen, Milo ist noch immer mit den Bildern meines alten Ichs beschäftigt, und ich sehe mich noch einmal um. Wir sind einfach drauf-

losgegangen, und doch habe ich den Eindruck, unbewusst die Richtung vorzugeben, obwohl für mich alles gleich aussieht. Bäume. Sträucher. Laub. Würde ich nicht auf Femkes Intuition vertrauen, die offensichtlich in mir schlummert, hätte ich die Befürchtung, nicht einmal mehr den Weg zurück zur Straße zu finden.

»Das graue Haar auf dem Profilbild – war das deine aktuelle Farbe?«, will Milo wissen und scrollt weiter auf dem Display herum.

»Das ist ein pastelliges Silbergrau!«, sage ich übertrieben entrüstet, um das unwohle Gefühl in meiner Brust loszuwerden.

»Tut mir leid, mein Fehler«, lacht er, den Blick noch immer auf seinem Handy. »Wer ist denn Alexa Nichtdie?«

Seine Frage ist wie ein Schlag ins Gesicht. »Meine ältere Schwester. Wieso?« Mein Magen beginnt zu schmerzen.

»Sie hat einen öffentlichen Post auf deine Pinnwand geschrieben.«

Er reicht mir sein Handy, und sofort sehe ich die verzweifelte Nachricht.

```
Anouk, bitte melde dich! Wo steckst du?
   Wir können über alles reden!
```

»Scheiße«, entfährt es mir und ich kann nicht aufhören, auf ihre Nachricht zu starren. Ich spüre ihre Angst, ihre Hilflosigkeit. Wir hatten selten eine gute Beziehung, aber rückblickend betrachtet habe ich es ihr nie leicht gemacht, obwohl sie alles ihr Mögliche in Bewegung gesetzt hat, damit ich bei ihr bleiben konnte. Zuletzt habe ich ihr Vorwürfe wegen ihrer neuen Beziehung gemacht, aber die Wahrheit ist, ich bin alt genug, um auch mal allein zu sein, nachdem sie so viele Jahre ihres jungen Lebens für mich geopfert hat. Sie hätte mehr Dankbarkeit von mir verdient, stattdessen bekam sie einen Tritt in den Magen. Die Polizisten halten mich für verdächtig, auch wenn sie es nicht offen ausgesprochen haben, diese Vorstellung muss grauenvoll für sie sein.

»Hast du etwa gedacht, sie macht sich keine Sorgen?«, fragt Milo zynisch.

»Ehrlich gesagt habe ich versucht, nicht darüber nachzudenken.« Aufgewühlt gebe ich ihm sein Telefon zurück. Er steckt es in die Hosentasche und schenkt mir seine volle Aufmerksamkeit, während ich es nun bin, die starr geradeaus blickt. Eine Weile gehen wir schweigend nebeneinanderher. Der Wald wird immer lichter, und mit der Helligkeit kommt eine Frage in mir auf, die seine Bemühung auf Facebook aufgeworfen hat.

»Dann glaubst du mir?«

Milo bleibt stehen und hält mich an den Schultern fest, und mein beschleunigter Herzschlag weist mich darauf hin, wie sehr mir sein impulsives Verhalten gefällt.

»Okay, warte … ich sag dir was«, beginnt er überstürzt und sucht meinen Blick. »Ich … ich weiß nicht, ob ich dir glauben kann, weil … keine Ahnung, weil unser Verstand darauf trainiert ist, solche Dinge als unmöglich einzustufen.« Er macht eine Pause, in der er seinen Blick durch den Wald schweifen lässt, fahrig und aufgebracht, und seine Unruhe beginnt sich auf mich zu übertragen. »Ich möchte dir gern glauben, nur … die Logik macht es mir echt schwer. Aber ich will … so tun, als würde ich es tun, okay? Ich ignoriere sozusagen die Einschätzung meines Verstandes und stelle deine Behauptung über ihn. Was meinst du? Ist das genug?«

Von seinen Worten überwältigt, starre ich ihn an. Ich habe es mir so dringend gewünscht, dass mir endlich jemand glaubt. Damit ich dieses bleischwere Geheimnis nicht länger allein herumschleppen muss. Und nun macht er mir diesen Vorschlag, der trotz seiner Einschränkung so viel mehr ist, als ich zu hoffen gewagt habe.

»Ehrlich, du *willst* mir glauben? Ich meine … warum?«

Milo schmunzelt verlegen und zuckt mit einer Schulter. »Ich schätze, ich mag dich. Und an deine Geschichte zu glauben, ist immer noch besser, als dich für eine durchgeknallte Irre zu halten.«

»Und wenn ich trotzdem eine durchgeknallte Irre bin?«, gebe ich zu bedenken.

Wieder zuckt er mit der Schulter, diesmal mit beiden. »Ich werde es wohl herausfinden müssen. Aber ich glaube, die Gefahr besteht immer, sobald wir mit Menschen zu tun haben. Und wer weiß, vielleicht bin ja auch ich der durchgeknallte Irre?«

Ich lache und spüre wieder diese Freiheit. »Niemals! Du hast mich gerettet«, sage ich ein wenig theatralisch.

Er nickt und lacht. »Das ist wahr.«

»Kannst du mir einen Gefallen tun?«, frage ich aus einer Laune heraus.

»Was denn?«

Ich unterdrücke ein Lächeln, aber allein die Vorstellung holt eine Zufriedenheit an die Oberfläche, die ich schon so lange vermisse. »Wenn niemand in der Nähe ist, nenn mich Anouk, ja? Es fehlt mir, meinen Namen zu hören.«

Er grinst. »Geht klar, Nouk-Nouk Darkheart.«

»Ich schätze, ich hätte dir das niemals …« Ich breche ab. Wir haben die Bäume hinter uns gelassen und vor uns erstreckt sich eine große ovalförmige Lichtung. Überrascht bleiben wir stehen. Damit habe ich nicht gerechnet, doch ein Gefühl von Rebellion in meinem Bauch lässt mich vermuten, dass ich es hätte tun können. Ich bin vielleicht zum ersten Mal hier – Femke jedoch kennt diesen Ort.

Denn die Lichtung ist nicht die einzige Überraschung, die uns begegnet.

»Coole Hütte. Wusstest du, dass die hier steht?«, fragt Milo, und ich bin mir sicher, dass ich mir seinen misstrauischen Unterton bloß eingebildet habe.

»Nein, ich hatte keine Ahnung«, sage ich über meine Sprachlosigkeit hinweg.

Ein paar Meter weiter, am Rande der Lichtung, steht eine kleine Hütte. Sie ist kaum höher als Milo, hat ein spitzes Holzdach und ist auch sonst vollständig aus Holzscheiten errichtet. Auf der Vorderseite befindet sich ein Eingang, jedoch keine Tür, und lädt geradezu dazu ein, einen Blick hineinzuwerfen.

Doch etwas hält mich zurück. Eine tiefe Unsicherheit befällt mich und ich wünsche, wir wären niemals hierhergekommen. Etwas scheint meine Brust zusammenzudrücken, kalte Finger, die vorhin noch an meinem Hals lagen, haben es nun auf mein Herz abgesehen.

Sicher nur eine Försterhütte, versuche ich mein aufgewühltes Inneres zu beruhigen. Dennoch möchte ich lieber schnell weg.

Milo hingegen scheint einem völlig anderen Bedürfnis zu folgen. Mit großen Augen sieht er mich an, Neugierde steht in Großbuchstaben in sein Gesicht geschrieben, das nie gänzlich verschwundene Kind in ihm macht eine Stippvisite an der Oberfläche. Wie ein kleiner Junge läuft er auf die Hütte zu, winkt mich hinter sich her, als er bemerkt, dass ich ihm nicht folge, und ich gebe mir einen Ruck.

Auf unsicheren Beinen gehe ich der Hütte entgegen, und mit jedem Schritt wächst mein Unwohlsein. Ich kann das Gefühl nicht erfassen, doch ich weiß, dass schmerzhafte Erinnerungen darin wohnen. Ich taste nach dem strammen Haarband um mein Handgelenk. Es beruhigt mich nur wenig, aber das ist besser als nichts.

Schließlich erreiche ich das kleine Häuschen, mein Herz pumpt, als wäre ich gelaufen, und strecke unwillig meinen Kopf hinein, um nicht eintreten zu müssen.

Die Vertrautheit, die mich sofort überkommt, raubt mir den Atem. Dieser Ort … ich schnappe nach Luft, wende meinen Kopf ab und suche nach einem Fluchtweg. Ich könnte praktisch in jede Richtung laufen, doch dann würde ich mich vermutlich verirren. Und womöglich sollte ich mich dieser Hütte stellen. Ihr beweisen, dass Femke keine Macht über mich hat, dass ich entscheide, was ich tue, und es meine Empfindungen sind, die mich begleiten.

Der Geschmack von Blut breitet sich in meinem Mund aus, ich habe mir vor lauter Anspannung auf die Unterlippe gebissen.

Das ist lächerlich! Also wende ich mich wieder Milo zu, der, wie könnte es anders sein, sich bereits niedergelassen hat.

»Sehr kuschlig. Und du bist dir sicher, dass du mich nicht mit Absicht hierher gelotst hast?«, fragt er und zwinkert mir spielerisch zu. Ich gebe zu, die breite Luftmatratze, die fast den gesamten Holzboden bedeckt, die alte Bananenkiste, verkehrtherum als Tisch missbraucht, auf dem eine Kerze im Glas und eine halb leere Flasche Wasser stehen, lassen die Hütte wirklich so aussehen, als hätte ich Milo mit einer bestimmten Absicht an diesen Ort geführt.

Habe ich aber nicht. Trotzdem macht es mich verlegen, jedoch nicht so sehr, wie es mich verstört.

»Ja, ich bin sicher«, sage ich gedankenverloren und trete schließlich einen Schritt in die Hütte. Eben noch wollte ich nur noch weg, nun will ich mir alles genau anschauen, jedes Detail entdecken und sehen, ob es irgendetwas in mir an die Oberfläche bringt. Verdammte Neugier.

Viel gibt es jedoch nicht zu sehen. Die Matratze hat einiges an Luft gelassen, sodass Milo mit seinem Hintern beinahe den Boden berührt. Der dunkelblaue Überwurf ist zerwühlt und beherbergt einige Blätter, die der Wind hineingetragen haben muss. In der ganzen Hütte riecht es nach Moder und darunter, fast nicht zu bemerken, nach Granatapfel. Ich vermute die Kerze hinter dem fruchtigen Duft, und als ich sie in die Hand nehme, wird meine Vermutung bestätigt. *Granatapfel-Zitronengras* steht auf dem Glas. Ein wenig ehrfürchtig stelle ich die Kerze zurück an ihren Platz, ich fühle mich wie eine Einbrecherin, die in die Privatsphäre anderer Leute eingedrungen ist, und doch kann ich mich nicht stoppen. Ich sehe mir die Wasserflasche an, Medium steht darauf, doch als ich den Deckel ein wenig öffne, tritt keinerlei Kohlensäure aus. Abgestanden und alt, hier war schon länger niemand mehr.

»Ich bin hier noch nie gewesen. Glaube ich«, flüstere ich verstohlen, als täten wir etwas Verbotenes.

»Aber Femke vielleicht?«, spricht Milo die Frage aus, die auch ich mir stelle, seine Stimme ebenfalls gesenkt.

Die Wahrheit ist, ich weiß es nicht. Ich bin mir eigentlich sicher gewesen, dass mir etwas vertraut vorkommen müsste, doch stattdessen sind sämtliche Empfindungen wie abgestorben – sofern sie überhaupt jemals da waren.

Ich setze mich neben Milo, der mich die ganze Zeit neugierig beobachtet, was ich ihm nicht verdenken kann, und lasse meinen Blick weiter schweifen.

Auf meiner Seite der Matratze, die nur wenige Zentimeter Raum lässt bis zur Hüttenwand, höre ich ein seltsames Knistern, als ich meinen Fuß ein wenig in die Ecke schiebe. Meine Augenbrauen zucken, als ich nachsehe, was meinen Schuh gestreift hat. Auf dem ersten Blick halte ich es für eine Verpackung von einem Schokoriegel, doch etwas kommt mir verstörend bekannt daran vor, also werfe ich einen zweiten Blick in den Schlitz und werde augenblicklich von einer Welle der Übelkeit überrollt.

Kondome, ein halbes Dutzend mindestens, achtlos auf den Boden geworfen. Sie sind noch verpackt – bis auf die leere Hülle, auf die ich getreten bin. Es ist die gleiche Marke, die auch Femke in ihrer Schublade sammelt.

Mit einem Mal verschlechtert sich meine Sicht, um mich herum scheint alles hinter einem Tunnel zu verschwinden, Silhouetten lösen sich auf, die Umgebung wird schwammig … Ich weiß, was das ist, ich spüre es kommen, meine Hand sucht nach dem Haargummi, doch sie tastet ins Leere, ich kann nichts mehr sehen, fremde Bilder wollen sich mir aufdrängen …

… ein scharfer Schmerz zuckt durch mein Handgelenk, meinen Arm hinauf, direkt bis in mein Gehirn. Mein Blick klärt sich, mein Mund ist trocken und mein Herz pocht brutal in meiner Brust.

Es ist vorbei. Ich habe es geschafft. Kein Flashback für mich, nein danke! Meine eigenen Erinnerungen sind mir lieb und teuer, ich behalte lieber die.

»Alles okay bei dir? Du siehst aus, als hättest du einen Geist gesehen.«

Bislang habe ich nie die Möglichkeit gehabt, nach einem Flashback in den Spiegel zu blicken, doch Milos Reaktion lässt darauf schließen, dass ich kein cooler Anblick bin. Er sieht mich mit großen Augen an, seltsam bleich und irgendwie besorgt.

Und dabei ist das noch nicht einmal ein Flashback gewesen!

»Hatte ich auch beinahe.« Ich flüstere noch immer, doch dieses Mal liegt die Schuld bei meiner trockenen Kehle und ich sehne mich nach einem Schluck Wasser. Mein Blick huscht zu der halb leeren Flasche, doch allein die Vorstellung ist unerträglich.

Womöglich hat Milo meinen Blick bemerkt oder er ist einfach nur ein vorausschauender, fürsorglicher Kerl, denn er reicht mir kommentarlos eine kleine Flasche Wasser, die er wohl in seinem Hoodie versteckt hatte.

Ich sehe ihn verblüfft an, unsere Blicke treffen sich, bleiben aneinander hängen, wecken eben noch erstarrte Gefühle in mir.

Milo. Er versucht, mir zu glauben, ist da, wenn ich ihn brauche, und das, obwohl wir eigentlich Fremde sind. Das alles genügt jedoch, um eine wichtige Entscheidung zu treffen.

Ich nehme mehrere kleine Schlucke von dem kalten Getränk, dann gebe ich ihm die Flasche zurück und sehe ihn ernst an.

»Ich würde dir gern etwas erzählen.«

Milo nickt und sieht mich aufmerksam an. Der kleine Junge in ihm ist verschwunden und neben mir sitzt ein ernsthafter junger Mann, dem ich vertrauen werde.

Ich befeuchte meine Lippen und versuche, nicht an die Kondome zu denken und was sie zu bedeuten haben. »Hast du … von diesem toten Jungen gehört?« Ich fühle mich unsicher, dennoch blicke ich Milo fest in die Augen.

Auch er sieht mich an und spürt es. Spürt, dass es sich um etwas Ernstes handelt. »Ja, natürlich …«

Ich fahre mit meinen kalt-feuchten Fingern durch mein Haar, wo sie verharren, sich festklammern. Ein Räuspern soll helfen, meine Stimme zu finden, doch an ihr liegt es nicht. Es fehlt mir an Mut, meinen verwirrenden Gedanken Bedeutung zu geben, indem ich sie ausspreche.

»Hör zu«, beginne ich, nehme meine Finger aus dem Haar und lege sie in meinen Schoß, »ich habe … ich glaube, mein Gehirn beginnt nun auch, sich zu verändern. Ich habe Flashbacks … Erinnerungen von Femke, nicht mir, verstehst du?«

Nachdenklich zieht Milo die Augenbrauen zusammen. »Dann warst du deswegen eben weggetreten? Du hattest einen Flashback?«

Beinahe erleichtert, dass er so schnell versteht, wiege ich den Kopf hin und her. »Fast. Ich konnte ihn verhindern. Mit dem Haargummi.« Ich strecke ihm meinen linken Arm entgegen, auf dem das Haarband um mein Handgelenk einen feuerroten Striemen hinterlassen hat. Mir war nicht bewusst, dass es derart verstörend aussieht, und plötzlich schäme ich mich für den geschwollenen Abdruck auf meiner Haut. Schnell ziehe ich meinen Arm zurück und verstecke ihn in meinem Schoß.

»Schmerzen unterdrücken die Flashbacks«, erkläre ich.

Milo sieht mich ernst an, sein Gesichtsausdruck, irgendwo zwischen Sorge und Entsetzen, spricht Bände. Er nimmt meine Hand aus dem Schoß und hält sie in seinen, als wäre sie aus zerbrechlichem Porzellan. »Musst du das wirklich tun? Du solltest dich nicht selbst verstümmeln.«

Ich verdrehe die Augen. »Ich verstümmle mich doch nicht. Das ist ein Haargummi und keine Motorsäge.« Ich demonstriere es ihm, indem ich das Band noch einmal schnappen lasse, nicht ansatzweise so heftig wie zuvor, und muss mir eingestehen, dass die Haut darunter doch recht empfindlich ist, lasse es mir aber nicht anmerken.

Milo grinst mich plötzlich an, ein anbetungswürdiges halbes Grienen, und zieht mir das Gummiband von meinem Handgelenk. Bevor ich protestieren oder es mir zurückholen kann, hält er drohend seinen Zeigefinger vor meine Brust und schmunzelt mich weiter an. Also lasse ich ihn machen und sehe mit einem unerklärlichen Gefühl der Zufriedenheit zu, wie er sein eigenes Haar zurückstreicht und versucht, sich einen Pferdeschwanz zu binden. Die dunklen Strähnen in seinem Nacken sind zu kurz, doch die oberen Haare fasst er in einem hohen Zopf zusammen und strahlt mich triumphierend an.

Ich kann nicht anders. Es kommt einfach über mich, seine Art, wie er versucht, mich zum Lachen zu bringen, um die angespannte Situation aufzulockern, lässt mich jeden Zweifel über Bord werfen und das Denken für etwa drei Sekunden abstellen.

Sein überraschter Blick, als ich mich zu ihm beuge, ist das Letzte, was ich sehe, bevor ich meine Augen schließe und meine Lippen auf seine lege. Er zieht sich nicht zurück, scheint aber überrumpelt. Erst als ich mit den Lippen auf seinem Mund seinen Duft inhaliere, erwidert er zögerlich meinen Kuss. Die Unschuld dieser Berührung macht etwas mit mir, was ich nicht ansatzweise greifen kann. Peinlich berührt von meiner Gefühlsduselei ziehe ich mich zurück, doch mein Gesicht bleibt seinem so nahe, dass ich nur seinen Mund anstarren kann. Er ist ein wenig feucht, seine Lippen leicht geöffnet und locken mich, sie wieder zu küssen, diesmal ohne Unschuld, ohne Sentimentalität. Doch ich tue es nicht. Ich will ihm von Maurice erzählen, das steht an oberster Stelle.

Bevor Milo etwas sagen kann, greife ich nach dem Gummiband, das sein Haar zusammenhält, und öffne seinen Zopf.

»Hey!«, ruft er und lacht, lehnt sich über mich, um es mir wieder aus der Hand zu nehmen, doch er kommt nicht dran. Die viel zu schlaffe Luftmatratze schaukelt unter uns und ich kann mich nicht erinnern, wann ich das letzte Mal so sehr gelacht habe, dass mir der Bauch wehtat, während er versucht, es hinter meinem Rücken zu fassen zu bekommen. Seine Nähe erregt mich, das Neckische dieses Spiels ruft eine unangemessene Vorfreude wach und ich will nicht, dass es jemals aufhört. Ich will, dass es weitergeht, immer weiter, bis wir keine Kleider mehr am Leib haben und die Nähe unserer Körper ihre spielerische Unschuld verliert …

Milo ist es schließlich, der seine Versuche, an das Haargummi heranzukommen, aufgibt und mich nachdenklich betrachtet. Ich fühle mich wohl unter seinem Blick, obwohl er Femke sieht, doch das ist mir bei ihm egal. Demonstrativ lege ich das Band wieder um mein Handgelenk und grinse ihn an.

Auch er grinst und sieht mich an, als wäre ich ein böses Mädchen. Er rückt ein wenig von mir ab und kann die Rückkehr der Ernsthaftigkeit in seinem Blick nicht verbergen.

»Warum willst du die Flashbacks nicht haben?«

»Das ist schwer zu erklären«, blocke ich ab, und dazu noch mit einer Lüge. Denn eigentlich ist es ganz einfach, wenn man sich auf meine Geschichte eingelassen hat.

Und das hat er.

Ich sollte keinen Rückzieher machen.

»Ich meine, helfen sie dir nicht, Femkes Leben besser zu verstehen?«, hakt er nach und ich gebe mich geschlagen.

Ich hole tief Luft. »Die Dinge, die ich sehe … sie verstören mich. In meinem ersten Flashback, da hat Femke … sie hat …«, ich zögere, aber nur kurz, »… diesen Typen umgebracht.«

Milos Reaktion ist anders, als ich erwartet habe. »Ehrlich? Du lockst mich tief in den Wald zu einer mysteriösen Hütte und erzählst mir, du hättest jemanden umgebracht? Das ist echt nicht cool.« Er scherzt, und ich bin unsicher, ob ich deswegen erleichtert oder wütend sein soll.

»Nicht ich! Femke!«, betone ich und versuche, den fürchterlichen Bildern aus dem Flashback zu entkommen. »Aber es war kein kaltblütiger Mord, sondern Notwehr. Dieser Typ hat sie vergewaltigt …« Wieder kommen mir die Kondome in den Sinn, die leere Verpackung zu meinen Füßen, und ich fühle mich noch mehr in meiner Einschätzung bestätigt. Dieser ganze Ort, diese Hütte – sie ist für Sex gemacht. Daran besteht nicht der geringste Zweifel. Nur mit dem kleinen Detail, dass Femke ihn nicht wollte …

Milo kratzt sich nachdenklich an der Schläfe und ich ahne, dass er mir nicht glaubt. »Vielleicht … ich weiß nicht, schon mal darüber nachgedacht, dass es womöglich gar keine Erinnerung war, sondern … keine Ahnung … ein Albtraum?«

Energisch schüttle ich den Kopf. »Ich war wach. Ich stand mitten auf dem Schulflur, da schlafe ich doch nicht ein. Es war ein Flashback. Femke hat ihn erschlagen, hier im Wald.«

Auf einmal scheint Milo wie ausgewechselt. Erleichterung huscht über seine Züge. »Hier im Wald? Das kann nicht stimmen.«

»Wieso nicht?«

»Sie haben den Jungen aus dem Fluss gezogen. Wie soll Femke ihn aus dem Wald dahin bekommen haben?«

Ich kann nicht glauben, wie unfassbar dämlich ich bin! Ich war selbst dabei, als sie seinen Körper aus dem Wasser geholt haben, zu dem Zeitpunkt noch in der Annahme, dass es sich um Femke handelt. »Du hast recht! Das habe ich vergessen!« Jetzt hält er mich sicher erst recht für eine arme Irre. Aber … wie kann das sein? Ich war mir so sicher, dass ich in dem Flashback gesehen habe, was wirklich passiert ist, aber dann ist es lediglich meiner Fantasie entsprungen?

Ehrlich, ich bin am Ende.

»Dann hast … hat Femke ihn also nicht auf dem Gewissen?«, hakt Milo nach und sucht meinen Blick. Das ist tatsächlich die Frage, die ich mir nun auch selbst stellen muss.

»Ich kapiere das nicht …«, murmle ich und wende mich Milo wieder zu. »Ist er denn ertrunken?«

»Keine Ahnung«, antwortet er schulterzuckend. Als wolle er sich bei mir entschuldigen, weil ich mich jetzt schlecht fühle. Dabei bin ich froh, dass er mich auf das Offensichtliche gestoßen hat – auch wenn ich es so noch nicht empfinden kann.

»Ich war mir so sicher …« Etwas anderes fällt mir nicht zu sagen ein.

Milo windet sich auf der Luftmatratze, ich glaube, er möchte es irgendwie wiedergutmachen, mich so aus der Fassung gebracht zu haben. »Ich glaube dir, okay?« Er klingt zuversichtlich. »Vielleicht hast du die Situation falsch gedeutet oder so. Jedenfalls finde ich, solltest du diese … Bilder auf ihren Wahrheitsgehalt prüfen, bevor du auch an sie glaubst.«

Er hat recht! Bislang habe ich alles für wahr gehalten, was ich in den Flashbacks gesehen habe, ohne es zu hinterfragen. Das war verdammt dämlich und ich könnte mich selbst dafür ohrfeigen. Ich war mir sicher, dass Femke Maurice erschlagen hat, und nun stellt sich das als unwahrscheinlich heraus. Wie wahrscheinlich ist es, dass ich, Anouk, verdächtigt werde, etwas mit seinem Tod zu tun zu haben, und ich mich bloß nicht daran erinnern kann?

Mir schwirrt der Kopf und plötzlich mache ich mir selbst Angst. Was habe ich getan?

»Bitte sei nicht sauer«, holt Milo mich aus meinen Gedanken, und ich habe keine Ahnung, wie lange ich bereits wortlos hier sitze.

»Bin ich nicht. Ich muss nur … nachdenken«, sage ich und versuche zu lächeln.

Milo mustert mich und ich glaube, Zweifel in seinen Zügen zu lesen.

»Du bist also nicht sauer, ja? Dann beweise es, indem du am Samstag mit mir ins Kino gehst oder so.« Er ist wieder voll und ganz der Junge, der keine Ahnung von den schlimmen Dingen dieser Welt hat, und einmal mehr gelingt es ihm, alles leichter zu machen und mir die Fähigkeit, normal zu atmen, wiederzugeben.

»Bittest du mich gerade um ein Date? Jetzt?«, frage ich.

»Schon möglich … Ich kann aber auch damit warten, bis wir diese Bumsbude verlassen haben, wenn dir das die Entscheidung leichter macht«, grinst er.

Seine Worte bringen mich zum Lachen, doch dann fällt es mir wieder ein und mir vergeht es sofort wieder. »Ich würde ehrlich gern mit dir auf ein Date gehen, aber Sebastian hat mich eingeladen.«

Sebastian. Ich kann ihm nicht noch einmal absagen, ich habe keine Ahnung, welche Katastrophe das heraufbeschwören würde. Außerdem will ich wissen, was tatsächlich an diesen mysteriösen Wochenenden abgeht.

Milo macht ein Gesicht, als hätte ich ihm in die Weichteile getreten. »Autsch. Sorry, das wusste ich nicht.«

Entsetzt sehe ich ihn an, als mir klar wird, was er denken muss. »Nein, nein, er ist nicht mein Freund oder so. Gott, nein! Es ist eher zu … Nachforschungszwecken.«

»Also kein Grund zur Eifersucht?«

Ich lache und mein Herz beschließt spontan, einige Schläge doppelt auszuführen. »Nein. Kein Grund zur Eifersucht.«

Milo nickt. »Okay.« Sein Blick huscht kurz durch die Hütte, bevor er mich wieder ansieht. »Und das dauert echt das ganze Wochenende?«

»Bedauerlicherweise ja.« Ich stöhne und bereue zutiefst, dass ich dieses verdammte Wochenende nicht schon letzte Woche hinter mich gebracht habe.

»Ist dieser Typ gefährlich?«

Seine Frage lässt mich stutzen. »Ich weiß nicht. Schon möglich …«, sage ich so vage wie möglich.

Offenbar versteht Milo es als Scherz, denn er grinst mich an. Ich glaube nicht, dass er Sebastian kennt. »Wäre es sehr aufdringlich, wenn ich dich als dein persönlicher Leibwächter begleite?«

Die Vorstellung lässt mich strahlen. »Nein, das wäre … sehr nett. Aber es wird nicht funktionieren.«

»Ich habe es befürchtet.«

Plötzlich kommt mir eine andere Idee, und eine nervöse Aufregung überfällt mich. Eigentlich sollte sie sich gut anfühlen, doch stattdessen macht sie mich unruhig. Trotzdem ist es eine gute Idee.

»Wenn du mir helfen willst … es gibt da etwas anderes, das du tun kannst …«, beginne ich zögerlich.

»Ich bin ganz Ohr …«, sagt er.

Und dann erkläre ich ihm meinen Plan.

Kapitel 36

So ziemlich alles an meinem Streifzug mit Milo durch den Wald hält mich wach. Der Kuss war ein positiver Lichtblick dieses sonst eher verstörenden Ausflugs, aber die neue Entdeckung, dass Femke den Mord an Maurice gar nicht begangen haben kann, geht mir nicht aus dem Kopf.

Und dann ist da noch das Vergessen meines Lebens durch die Flashbacks – sofern es denn welche sind. Ich versuche mich zu erinnern, was ich außer des Angriffs von Maurice noch gesehen habe, und komme zu dem Schluss, dass alles davon rein theoretisch von meinem Gehirn selbst zusammengesponnen sein könnte. Sebastian in einer nicht eindeutigen Situation, als er mich bedrohte, und ein Gespräch bei der Direktorin während des Verhörs, womöglich beflügelt durch Finjas Andeutungen am Tag zuvor. Aber weil mein Gehirn das alles erfunden haben *könnte*, bedeutet es nicht, dass es das auch getan hat. Oder? Ich kann es mir einfach nicht vorstellen. Womöglich ist Maurice auch bloß verletzt gewesen, wollte nach Hause und ist dabei in den Fluss gestürzt und ertrunken.

Ja, vielleicht.

Und was hat es mit dem Vergessen auf sich? Sosehr ich es auch versuche, ich erinnere mich nicht an das Kennenlernen von Robin und mir – und ich stimme Robin zu: Wäre ich mit ihr im Bett gewesen, hätte ich das sicher nicht aus meinem Gedächtnis verbannt. Das bedeutet, es muss mir ohne meinen Willen und ohne mein Zutun genommen worden sein. Es kann nur etwas mit den Flashbacks zu tun haben. Eine Erinnerung von Femke gegen eine von meinen – eine von Bedeutung. Jedenfalls bin ich nicht bereit, mich selbst aufzugeben, meine Erinnerungen verschwinden zu lassen – deshalb das Haargummi um mein Handgelenk. Es muss einen anderen Weg als diese Flashbacks geben, alles über Femke zu erfahren …

Von mir selbst genervt, schmeiße ich mich frustriert im Bett herum. Nicht mehr lange, dann klingelt der Wecker. Bald ist Wochenende und ich hoffe, dass ich endlich etwas Licht in die Vorgänge bei Sebastian zu

Hause bringen kann. Es scheint mir inzwischen offensichtlich, dass alles irgendwie zusammenhängt, jedoch finde ich die Verbindung nicht. Meine Mindmap ist durchgebrannt, trotzdem werde ich nicht sinnlos herumsitzen und warten, bis die Erkenntnis zu mir kommt. Ich hole sie mir, Stück für Stück, werde jedes Puzzleteil sammeln und dann prüfen, welches Bild sich daraus ergibt. Und da ich ohnehin die Absicht hatte, ein Wörtchen mit Tilda zu wechseln, die offensichtlich in Punkto Maurice Informationen hat, wird sie meine nächste Kandidatin sein. Die Vorzeichen stehen gut, dass auch sie mich zum Teufel jagen wird.

Tilda am nächsten Morgen in der Schule ausfindig zu machen, ist nicht schwer. Ich hatte vergessen, dass wir an diesem Tag gemeinsam im Geschichtskurs sitzen würden, entscheide mich jedoch dagegen, bereits im Vorraum zur Hölle das Gespräch zu suchen, weshalb ich damit bis nach dem Unterricht warte und ihr im Anschluss mit einem gewissen Sicherheitsabstand bis zu ihrem Spind folge.

Dabei entgeht mir nicht, dass sie immerzu allein unterwegs ist. Sie scheint keine Freunde zu haben, und ich frage mich, woran das liegt. Ob sie vielleicht seltsam ist – oder ob sie erkannt hat, dass Schulfreundschaften ohnehin überbewertet werden.

»Können wir uns unterhalten?«, frage ich sie gedämpft.

Tilda ist offensichtlich überrascht, dass ich sie anspreche, und blickt mich mit ihren grünen Augen groß an. Sie scannt alarmiert den Schulflur und beugt sich ein Stück zu mir vor.

»Hier?«, flüstert sie nervös.

»Irgendwo, wo wir ungestört sind?«, schlage ich vor und hoffe, dass sie einen geeigneten Ort kennt.

»Ja, klar. Natürlich«, meint sie irritiert und schließt ihren Spind, als wäre unsere Unterhaltung damit beendet.

»Wir treffen uns nach Schulschluss in Raum F3, okay?«, sagt sie beiläufig.

Ich nicke und sehe ihr nach, als sie davoneilt, als wäre der Teufel hinter ihr her. Sie wirkt zerbrechlich, doch schon neulich im Unterricht hat sie genug Mumm bewiesen, als sie diesen ekelhaften Witz der Typen kommentierte. Ich bin gespannt, was unsere kleine Unterhaltung für Überraschungen parat haben wird.

Raum F3 befindet sich im Erdgeschoss, ganz in der Nähe des Schwarzen Lochs, und ist ein normaler Unterrichtsraum. Als ich dort ankomme, ist er verlassen und dunkel, also setze ich mich auf das Lehrerpult und warte.

Irgendwann bin ich versucht, noch einmal die Zimmernummer zu überprüfen, als Tilda den Raum betritt. Vorsichtig schließt sie die Tür hinter sich und kommt mit einem schüchternen Lächeln auf mich zu.

Sie ist irgendwie niedlich. Obwohl wir im selben Jahrgang sind, wirkt sie jünger. Unterstufe wäre meine Vermutung, und doch strahlt sie etwas aus, das mir ein seltsames Gefühl beschert. Als trüge sie eine alte Seele in sich.

Was natürlich Quatsch ist.

»Wie geht es dir?«, fragt sie fürsorglich und streift mit ihrer Hand mein Knie, bevor sie sich auf den Tisch in der ersten Reihe hievt.

Alles an ihrem Verhalten macht mich neugierig. Ihr Mitgefühl, der vertraute Umgang. Wieder eine von Femkes Verbindungen, die mir Rätsel aufgibt.

»Ich weiß, dass du mir Zettel in den Schrank wirfst«, sage ich bemüht neutral, weil ich bis zu unserer Begegnung an ihrem Spind vorhin davon ausgegangen bin, dass ihre Absichten fragwürdig sind. Inzwischen bin ich mir nicht mehr sicher.

Wie vermutet, verrät Tildas verwirrter Blick sofort, dass ich eine für Femke ungewöhnliche Aussage gemacht habe. »War ich zu auffällig?«

Ich hole tief Luft. »Keine Ahnung … ich meine … machst du das öfter?« Gespräche dieser Art sind wahnsinnig ermüdend, aber welche Wahl habe ich schon?

»Alles in Ordnung mit dir?«

»Ja, ich … ich bin nur ein bisschen durcheinander«, erwidere ich ehrlich. Doch Tilda scheint meine Aussage falsch aufzufassen. Sie streift ihre Umhängetasche ab, beugt sich vor und greift nach meiner Hand.

»Gibt es irgendwas … kann ich etwas für dich tun?« In ihren großen Augen sammeln sich Tränen.

Eigentlich will ich meine Hand zurückziehen, doch ihr Anblick macht es mir schwer. Also lasse ich zu, dass sie mich zu trösten versucht, obwohl sie aussieht, als hätte sie den Trost dringender nötig.

»Warum hast du das Foto und die Kerze aufgestellt?«, frage ich nach einer Weile des Schweigens. Sicher hat Tilda die Zeit genutzt, um Maurice zu gedenken, während ich mich bloß gefragt habe, wann ich wieder etwas sagen kann, ohne pietätlos zu sein.

Tilda zieht ihre Hand zurück und wischt sich eine Träne aus dem Augenwinkel. »Weil du es nicht konntest. Ich dachte, du würdest dich darüber freuen. Maurice hat es verdient, dass wir ihn wertschätzen.«

Eine Welle der Wut überkommt mich, als ich daran denke, was für eine Angst Femke empfand, kurz bevor sie ihn erschlagen hat – sofern das überhaupt geschehen ist. »Er hat es verdient …?«

Tilda sieht mich bestürzt an. »Natürlich hat er das! Wie kannst du so etwas frag…«

»Hör zu, Tilda, das führt zu nichts«, falle ich ihr forsch ins Wort und komme mir sofort wie ein Arschloch vor. Dieses zerbrechliche Mädchen, das offensichtlich nichts Böses im Sinn hat, kann am wenigsten etwas für meine Situation. »Kannst du mir verraten, was Maurice und ich miteinander zu tun hatten?« Mein bester Versuch, weder genervt noch unfreundlich zu klingen, ist grandios gescheitert.

Doch das wird zur Nebensache angesichts des Inhalts meiner Worte. Verwirrt starrt sie mich an. »Weißt du es nicht mehr?«

»Nicht wirklich, nein.«

Tildas Blick huscht unruhig umher, dann fixiert sie mich und nickt verständnisvoll. »Das muss der Schock sein. Ich hätte wissen müssen, dass so etwas nicht an dir vorübergeht, ohne Spuren der Verwüstung zu hinterlassen.«

»Spuren der Verwüstung?« Ihre Worte bereiten mir ein unwohles Gefühl im Bauch. Das klingt nicht gut. Langsam schüttle ich den Kopf. »Ich kann dir nicht folgen. Es ist nur … ich kann nicht erklären, warum ich mich nicht erinnere, ohne zu lügen, und das will ich nicht. Aber …« Ich breche ab, als ich bemerke, wie sie mich mustert. Ihr intensiver Blick sucht forschend mein Gesicht ab, ihre Augenbrauen sind fragend zusammengezogen, die Lippen ein schmaler Strich.

»Was ist?«, frage ich unsicher.

Sie sieht mir direkt in die Augen, und in ihren erkenne ich Traurigkeit. »Du bist nicht Femke, oder?«, will sie plötzlich wissen.

Mich fegt ihre Frage fast vom Lehrerpult. »Was? Wie meinst du das?« Ich klinge ein wenig schrill und kralle mich an der Platte fest, um nicht doch, Gesicht zuerst, auf dem Boden aufzuschlagen.

Tilda beobachtet mich einen Moment, dann senkt sie betroffen den Blick und nickt. »Ich werde dir alles sagen, was du willst.«

Damit habe ich am wenigsten gerechnet, und ich bin versucht nachzuhaken, woher ihre Frage kam und warum sie plötzlich bereit ist, mein

Vergessen zu akzeptieren, besinne mich aber, dass es im Moment Wichtigeres gibt.

»Das ist echt toll von dir!«, sage ich mit extraviel Begeisterung und überlege, womit ich anfangen soll.

Wieder habe ich die Bilder meines Vielleicht-Flashbacks vor Augen, spüre die Panik, die meine Brust zusammendrückt, und begreife, was ich als Erstes wissen muss.

»Maurice … hat er mir etwas bedeutet? Weil … ich bin mir ziemlich sicher, dass ich Angst vor ihm hatte.« Es fällt mir schwer, diese Anschuldigung auszusprechen, und doch kann ich nicht leugnen, dass ich auch jetzt noch daran glaube.

»Was? Nein!« Tilda sieht mich an, als wolle sie jeden Augenblick auf mich zustürzen und mich ohrfeigen. Heftig schüttelt sie den Kopf. »Nein, du hattest doch keine Angst vor Maurice. Du warst in ihn verliebt!«

Ihre Behauptung trifft mich unvorbereitet. »Das kann nicht … bist du dir sicher?« Womöglich will sie mich auf den Arm nehmen, weil sie glaubt, mir ahnungslosem Wesen alles erzählen zu können. Oder will sie mich mit dieser offensichtlichen Lüge aus der Reserve locken, weil sie nicht an meinen Gedächtnisverlust glaubt?

»Natürlich bin ich mir sicher! Du und Maurice, ihr wart zusammen, und ich war die Einzige, die davon wusste.«

Ich weiß nicht, was ich sagen soll. Sie meint es ernst. Kopfschüttelnd lege ich meine Hand an die Stirn, um so der Offenbarung zu helfen, in mein Gehirn zu dringen, und doch verstehe ich es nicht. Wie konnte ich nur derart danebenliegen? Dann war Maurice' Tod kein Flashback gewesen, sondern ein Konstrukt meines Gehirns? Hat Femke ihn nicht umgebracht? Habe ich mir die ganze Zeit umsonst Sorgen gemacht?

»Okay, ernsthaft. Ich habe so viele Fragen!«, sage ich immer noch völlig überrumpelt.

Als ich schließlich aufblicke, sieht Tilda mich neugierig an und lächelt sanft. »Dann frag mich!«, ermutigt sie mich.

Ich nehme die Hand von meinem Kopf und nicke. Noch immer kann ich meine Zweifel nicht abstreifen. »Maurice und ich waren also ein Paar? Und du bist dir sicher, dass diese Zuneigung nicht irgendwie in Angst umgeschlagen sein könnte?«

»Ganz bestimmt nicht, Fem. So war Maurice nicht … er war toll, verstehst du?« Sie gerät richtig ins Schwärmen und in mir wächst die

Befürchtung, diesem Jungen unrecht getan zu haben. »Er war total cool und gleichzeitig eine sanfte Seele, weißt du? Meistens jedenfalls.«

»Meistens?«, stürze ich mich sofort auf diese erstbeste Relativierung.

Tilda zieht eine ihrer Augenbrauen hoch, was sie ein paar Jahre älter wirken lässt. »Also dir gegenüber immer, ehrlich. Er kam nur nicht so gut mit … na ja …«, ihre Miene verfinstert sich, »einigen Typen aus der Oberstufe klar.«

»Was meinst du damit?«, frage ich unsicher.

Bislang baumelten ihre Beine vor dem Tisch, doch nun nimmt Tilda sie hoch und verschränkt sie in einem Schneidersitz. »Maurice war ziemlich neu an der Schule«, beginnt sie, was eine längere Geschichte zu werden scheint. »Er und seine Familie sind erst vor einem halben Jahr oder so hierhergezogen.«

»Wer zieht freiwillig nach Lübbewirtz?«, unterbreche ich sie. Ernsthaft, allein das hätte Femke suspekt sein müssen.

Ein Schmunzeln ziert Tildas Lippen. »Das Gleiche hast du damals auch gesagt.«

Femke und ich. Egal, wie viele Jahre der Freundschaft uns fehlen, manchmal denken wir auch heute noch ähnlich.

»Er hat schwer Anschluss gefunden«, fährt Tilda fort. »Die Typen auf dieser Schule … na ja, weißt du ja. Die sind alle …« Sie beginnt, in ihrer Tasche nach etwas zu suchen. »Jedenfalls hat Maurice direkt ein Auge auf dich geworfen, aber du warst misstrauisch, wegen der Sache in der Toilette. Dabei wusste er nicht einmal davon. Und er hat sich auch nicht um deinen Ruf geschert. Es war, als könntest du mit ihm ganz neu anfangen.«

Ich nicke nachdenklich. Wenn stimmt, was sie sagt, und davon gehe ich inzwischen aus, entfaltet sich vor mir ein Drama, das ich bis vor ein paar Minuten nicht einmal erahnt habe. Mir wird flau im Magen und ich möchte mir nicht ausmalen, wie Femke sich gefühlt haben muss …

»Wir waren richtig zusammen?«, hake ich noch einmal nach und rutsche unruhig auf dem Lehrerpult herum.

Endlich hat Tilda gefunden, wonach sie in ihrer Tasche gesucht hat. Eine halb volle Packung Taschentücher in der Hand, beginnt sie, nervös daran herumzufingern. »Ja, ihr wart richtig zusammen. Maurice hat dich geliebt und du ihn auch. Ich glaube, er war der Einzige, dem du alles erzählt hast.«

»Wow. Ich … weiß echt nicht, was ich sagen soll.« Das alles verschlägt mir die Sprache, raubt mir die Fähigkeit, meine Gefühle zu verbalisieren. Ich war mir so sicher, mit Maurice denjenigen gefunden zu haben, der

Femke vergewaltigt hat. Aber wie es aussieht, ist alles falsch, was ich bisher gedacht habe. Ich muss von vorne anfangen.

»Und niemand wusste davon?«, frage ich weiter, nachdem Tilda mir Zeit zum Nachdenken gegeben hat.

»Nur ich.« Wieder lächelt sie.

»Wieso sonst niemand?«, frage ich, obwohl ich eine unangenehme Ahnung habe.

Tilde zuckt mit den Achseln. »Du bist sehr zurückhaltend gewesen, was das anging. Ich glaube, du hattest Angst, jemand könnte Wind davon bekommen. Jemand, der nicht davon wissen sollte.«

»Sebastian«, stoße ich aus und verdrehe wütend die Augen. Dieser Mistkerl ist wie ein Pickel am Arsch, den man nicht aufkratzen will, damit er nicht blutet.

Tilda nimmt eines der Taschentücher aus der Verpackung und beginnt, nachdenklich daran herumzuzupfen, während sie langsam nickt. »Er ist auch meine Vermutung. Es glauben ja alle, du wärst mit ihm zusammen – auch wenn das keine gesunde Beziehung wäre. Hätte jemand von dir und Maurice erfahren, wärst du die böse Fremdgängerin gewesen und hättest deinem schlechten Ruf den Todesstoß gegeben. Und Sebastian? Der wäre vermutlich Amok gelaufen.«

Ich bekomme eine Gänsehaut. Wie furchtbar es für Femke gewesen sein muss, jemanden gefunden zu haben, der sie liebt, diesen aber verstecken zu müssen, damit der Typ, der sie erpresst, ihr und Maurice nichts antut. Ist Sebastian wirklich so unberechenbar, so gefährlich? Seit seinem Angriff in der Mädchentoilette kann ich es mir gut vorstellen.

»War es für Maurice okay, dass ich mich weiter mit Sebastian getroffen habe?«

Sie sieht mich an, sagt eine Weile nichts, und ich begreife, dass sie gegen ihre Tränen ankämpft. »Er hat alles für dich getan«, wispert sie schließlich und trocknet mit dem zerfledderten Taschentuch ihre Augen, bevor die Tränen eine Spur auf ihren Wangen hinterlassen können.

Auch ich spüre einen aufkommenden Schmerz in der Brust, und er kommt mir vertraut vor, so vertraut, als wäre es das Herz, das sich daran erinnert, nicht mein Verstand. An die Liebe, die Dankbarkeit, die Schuldgefühle, die Angst … das alles muss es ertragen haben und kann es nicht vergessen.

»Aber …«, versuche ich, diesem quälenden Gefühl zu entkommen, »warum hat Maurice nichts dagegen unternommen? Ich meine, hat es ihn nicht gekränkt, dass ich ihn … versteckt habe? Er muss doch eifersüchtig gewesen sein. Vielleicht ist er deshalb … sauer auf mich gewesen?« Die Verzweiflung in meiner Stimme ekelt mich an. Warum fällt es mir leichter, die Schuld auf einen toten Jungen abzuwälzen, als mir selbst einzugestehen, dass ich mit meinen Flashbacks falschliege?

Tilda steigt von dem Tisch, kommt zum Lehrerpult und bleibt direkt vor mir stehen. »Er hätte dir niemals etwas getan, Femke«, sagt sie nachdrücklich und überzeugend, und ich kann nur stumm nicken. »Ich kannte Maurice, und er hat dich immer nur beschützt! Ich glaube, er wäre sogar für dich gestorben …«

Als hätten ihre letzten Worte eine Lawine in mir losgebrochen, schlage ich mir die Hand vor den Mund und kämpfe gegen die Tränen. Es ist verstörend, nicht zu begreifen, was Tildas Erzählung in mir auslöst, aber die Gefühle sind real, obwohl ich nicht Femke bin, und es tut weh, verdammt weh, was mit Maurice geschehen ist. Dass er womöglich wirklich für Femke gestorben ist und ihm niemand mehr dafür danken kann. Mir bleibt nur zu hoffen, dass er wusste, wie wichtig er für Femke war.

»Das muss ich erst einmal verdauen …« Ich lache ein Schluchzen weg und komme mir vor wie eine Heulsuse. Tilda nickt verständnisvoll, ihre Augen sind rot und glasig und sie reicht mir ein Taschentuch.

Ihre Hand liegt auf meinem Knie, während ich meine Augen abtupfe. Ein zaghaftes Lächelt erhellt ihr Gesicht, Traurigkeit spricht aus ihren Augen. »Ich verstehe dich. Ich weine jeden Abend um Maurice. Es trifft immer die Falschen! Es gibt so viele Scheißkerle, denen ich die Krätze an den Hals wünsche, aber Maurice … er war einer von den Guten.«

Einer von den Guten … Wenn Tilda das sagt, klingt es, als wäre das tatsächlich eine Seltenheit – und ich glaube, dass es stimmt. Aber im Moment kann ich mich damit nicht beschäftigen. Zu viele andere Dinge schwirren durch meinen Kopf und lassen keinen Raum für noch mehr furchtbare Wahrheiten.

Ein Bild taucht vor meinem geistigen Auge auf, kein Flashback, sondern eine Erinnerung an einen ebensolchen. Ich sehe Maurice, wie er zwischen Ästen und Laub liegt, eine klaffende Wunde an seiner Schläfe, Blut, das sich unter seinem Kopf zu einem See sammelt. Die blauen Augen weit aufgerissen, kein Blinzeln, kein Glanz, nur tot.

Das soll ein Konstrukt meines Verstandes sein? Bilder, so echt wie in der Realität, geschaffen von meinem Bewusstsein, um mich zu täuschen? Warum? Ich verstehe es nicht.

Ich ziehe die Nase hoch und stopfe das zerknüllte Taschentuch in meine Hosentasche. Genug geheult, vor mir hat sich gerade eine neue alte Frage aufgetan.

»Wie ist Maurice eigentlich gestorben? Ich meine … haben sie bei der Versammlung neulich etwas dazu gesagt?«, erkundige ich mich, Milos Worte im Ohr, mich erst von dem Wahrheitsgehalt zu überzeugen, bevor ich ein Urteil fälle.

Tilda zieht ihre Hand zurück. »Oh, stimmt, du bist ja … früher gegangen.« Freundlich ausgedrückt. Sie zuckt abermals mit den Schultern. »Sie haben nur gesagt, dass er schon tot war, als er in den Fluss gestürzt ist. Mehr weiß ich nicht.«

Schon tot.

»Ich wette, Sebastian war's«, fügt sie hinzu.

Es könnte von ihr einfach dahergesagt sein, eine haltlose Beschuldigung basierend auf der Abneigung, die sie für ihn empfindet. Doch zu meinem Entsetzen finde ich ihre Vermutung alles andere als abwegig. Was ist, wenn Sebastian herausgefunden hat, dass Femke und Maurice hinter seinem Rücken ein Paar waren und die Eifersucht ihn gepackt hat? Traue ich ihm zu, in einem Moment der unberechenbaren Wut so etwas zu tun? Ich bekomme eine Gänsehaut, als mich die verstörende Antwort auf diese Frage überfällt. *Ja*, ich traue es Sebastian zu. Ohne den geringsten Zweifel.

»Okay … Danke …«, murmle ich nachdenklich, als ich am Rande bemerke, dass Tilda nicht mehr vor mir steht, sondern gehen will.

Sebastian also? Die Aussage der Polizei, Maurice wäre bereits tot gewesen, als er in den Fluss fiel, schließt jedoch auch Femke als Mörderin nicht aus.

Bleibt nur die Frage, wie Femke den schweren Körper über eine Strecke von mehreren Hundert Metern bis zum Fluss bewegt haben soll.

Ich höre, wie sich die Tür öffnet und tauche aus meinen Überlegungen auf. Tilda hat die Klinke in der Hand und will sich davonmachen, vermutlich, um mich in Ruhe nachdenken zu lassen.

»Eine Frage habe ich noch«, rufe ich ihr hinterher, bevor sie durch die Tür verschwinden kann. Sie blickt überrascht auf, hat mich wohl noch nicht aus meinen Gedanken zurückerwartet und lässt die Tür wieder ins Schloss fallen, bevor sie lächelnd zu mir zurückkommt.

»Woher kennen wir uns eigentlich?«, frage ich interessiert, weil ich in den letzten Tagen gelernt habe, dass es durchaus wichtig ist, Dinge zu wissen.

Meine Frage macht sie unruhig, etwas unbeholfen steht sie mitten im Raum, irgendwo zwischen mir und der Tür, und zwingt sich zu einem Lächeln. »Du warst da, als ich jemanden brauchte. Zufall, könnte man sagen. Ich nenne es Glück.« Ihre Worte lassen sie jung und zerbrechlich wirken, doch aus dem zaghaften Lächeln wird ein kleines Lachen. Nur in ihren Augen lese ich Schmerz. »Du hast mir versprochen, alle büßen zu lassen, wenn ich nicht springe.« Sie zuckt mit den Achseln, als wäre ihre Offenbarung nichtig und klein. »Ich wusste natürlich, dass du dein Versprechen nicht würdest halten können, aber das war nicht wichtig. Wichtig war, dass ich mich nicht mehr allein fühlte.«

In meinem Hals bildet sich ein Kloß, der schwer im Magen liegt, als ich ihn herunterschlucke. »Du wolltest springen? Wieso?«

Ich lasse mich von dem Lehrerpult rutschen und gehe auf Tilda zu. Obwohl sie ein Stückchen größer ist als ich, habe ich Angst, sie könnte unter meinen Fingern zerbrechen und zu Sternenstaub zerfallen, sobald ich sie berühre.

Sie beißt sich auf die Unterlippe und lacht, aber in ihrem Gesicht zittern die Muskeln, sie kämpft gegen Emotionen, die sich darin zeigen wollen. Stattdessen drückt sie den Rücken durch und wird zu einem anderen Mädchen, einem stolzen Mädchen, einer Kämpferin, die nie wieder versuchen wird, das Leben aufzugeben.

»Ich wurde vergewaltigt. Damals hab ich das nicht besonders gut verarbeitet, aber jetzt schon.«

Vergewaltigt.

Noch eine.

Ihre Worte treffen mich wie ein Schlag in den Magen. Meine Beine werden weich, wollen zurückwanken, aber ich lasse es nicht zu, möchte nicht, dass Tilda denken könnte, ich zöge mich von ihr zurück.

Ob sie es *wirklich* verarbeitet hat? Ich glaube ihr, möchte ihr glauben, gleichzeitig sehe ich Demütigung und Traurigkeit in ihren Augen.

»Ich verstehe es, wenn du nicht darüber reden willst«, wispere ich aus einer Hilflosigkeit heraus, und fühle mich einfältig und empathielos.

Zunächst schüttelt sie nachdenklich den Kopf, doch als sich unsere Blicke begegnen, sehe ich nichts als Entschlossenheit und Lebenswillen. »Oh, und ob ich darüber reden will!« Sie lacht freudlos auf und schleudert ihre Tasche zurück auf den Tisch neben sich. »Es hört mir nur niemand zu. Überhaupt schweigen an dieser verdammten Schule alle lieber, als etwas zu ändern.« Wieder setzt sie sich auf den Tisch und beobachtet mich. Ich muss an Finja denken, an meinen Flashback im Büro der Direktorin, und wie Finja von ihr ermahnt wird, ihre Sicht der Dinge zu überdenken. Als hätte die Direktorin nicht verstanden, dass es an einer Vergewaltigung nichts zu überdenken gibt.

Sofern der Film in meinem Kopf auch wirklich geschehen ist.

Tilda hingegen … Tilda. Mir fällt eine Ungereimtheit auf, die mir eigentlich sofort hätte entgegenspringen müssen.

»Ich dachte, die Übergriffe hätten etwas mit dem F. im Schwarzen Loch zu tun. Warum wurdest du dann vergewaltigt?« Ich reibe mir über die Stirn.

Mitgefühl legt sich auf Tildas Gesicht und sie greift nach meiner Hand, damit ich aufhöre, wie eine Irre gegen meinen Kopf zu schlagen. Beschämt sehe ich zu ihr, ich habe nicht einmal bemerkt, dass ich grob gegen mich selbst geworden bin.

»Alles hat mit der Schmiererei zu tun, Femke. Damit fing es an, und damit hört es auf – nur … dass es nicht aufhören wird. Niemals.« Ihre Stimme ist seltsam beruhigend, auch wenn mich ihre Worte an den Rand der Angst führen. Ich kann nichts sagen, also sehe ich sie lediglich fragend an.

Und sie versteht mein stummes Verlangen.

»Wer die Lösung hat, wo sich der Stern befindet, und die Nummer wählt, bekommt eine Liste. Was darauf steht, das weiß ich nicht. Ich habe sie nie zu Gesicht bekommen. Aber ich weiß, dass sie das Tor zur Hölle öffnet.«

Mit ihren letzten Worten breche ich in stumme Tränen aus. Ich weiß nicht warum, kann nicht sagen, was mich in diesem Moment so quält, aber es ist mir unmöglich, aufzuhören. Also lasse ich sie laufen, still und ungesehen, abgesehen von diesem zerbrechlichen Mädchen, das so viel stärker ist als ich und die Arme um *mich* schlingt, obwohl ich sie trösten sollte.

Eine Weile stehen wir stumm da, es dauert etwas, ehe ich mich beruhige. Tilda reicht mir eines ihrer Taschentücher und ich trockne mein Gesicht – von Anfang an hat sie gewusst, dass ich es brauchen würde.

»Sagst du es mir? Wer dir das angetan hat?«, frage ich schließlich, und meine Stimme ist belegt, also räuspere ich mich.

Tilda sieht mich ernst an, dann nickt sie. »Sein Name ist David Zirpa.«

O nein!

Die erneut aufkommenden Tränen unterdrücke ich. Ich kenne David Zirpa nicht, nicht persönlich, und doch ist er mir nicht fremd. Er besuchte diese Schule, hin und wieder habe ich ihn gesehen. Schwimmer, seine Freundin spielte Basketball.

Femke kannte ihn besser.

»Wo ist er jetzt?«

Die starke Tilda streicht mir eine Träne unter meinem Auge weg, die sich doch hinausgeschlichen hatte. »Er hat letztes Jahr Abi gemacht und studiert irgendwo irgendwas. Hauptsache, weit weg.«

Ja, Hauptsache, weit weg.

Kapitel 31

Ich sitze noch im dunklen Klassenzimmer, als Tilda längst nach Hause gegangen ist. Die Schulklingel hat mich bereits einige Male aus meinen Gedanken gerissen, dennoch habe ich das Gefühl für Zeit verloren.

Klingel – Pause – Klingel – Unterricht – Klingel – Pause …

Anfänglich habe ich am Stimmenchaos erkannt, dass ich in diesem Gebäude nicht so allein bin, wie ich mich fühle. Doch inzwischen höre ich kein Klingeln mehr, kein aufgeregtes Plappern, aber es könnte ebenso gut sein, dass mich meine Gedanken inzwischen tiefer hinuntergezogen haben als jemals zuvor.

Dieses Gespräch mit Tilda – es hat mich ohne Vorwarnung und mit voller Wucht von den Füßen gerissen. All diese Wahrheiten, es kommt mir vor, als hätten sie es geschafft, mein Weltbild zu erschüttern. Zu zerstören? Endlich habe ich das Gefühl, nicht mehr in völliger Dunkelheit zu stehen, endlich etwas Licht zu haben, das mir zeigt, was um mich herum geschieht. Und obwohl ich genau das wollte, obwohl mir klar war, dass es nicht schön sein würde, ist es mir zu viel. Ich will schreien, bis diese Abgründe um mich herum wegbrechen und mir den Weg frei geben für das Leben, in dem die größte Sorge der Abitur-Durchschnitt ist oder ob der süße Junge, für den ich schwärme, mich auch mag.

Das sind Probleme, mit denen sich Femke herumschlagen müsste. Stattdessen sehe ich grausame Ausschnitte.

Fragmente.

Sie schweben in einem luftleeren Raum, einige von ihnen so schändlich, dass ich sie kaum ertrage. Das große Ganze, noch fehlt es mir, aber es macht mir Angst. Doch ich muss die Fragmente zusammensetzen, damit ich selbst entscheiden kann, ob ich hinsehen will oder nicht.

Immer wieder sage ich mir die Fakten auf, murmle sie vor mich hin wie ein Mantra und hoffe darauf, dass Bilder folgen, Eingebungen, weitere Bruchstücke, die sich aus dem vorhandenen Wissen ergeben und zu Verbindungsstücken werden.

Fakten.
Oder so ähnlich.
Ich glaube Tilda.
Maurice war eine sanfte Seele.
Femke und Maurice waren ineinander verliebt.
Femke könnte oder könnte nicht Maurice erschlagen haben.
Femke besaß Superkräfte, wenn sie die Leiche von Maurice in den Fluss werfen konnte.
Nein, Korrektur. Superkräfte gibt es nicht. Das streiche ich.
Weiter.
Tilda wurde vergewaltigt.
David Zirpa hat Tilda vergewaltigt.
Femke kannte David.
Tilda wurde vergewaltigt, obwohl ihr Name nicht mit F beginnt.
Es gibt eine Liste.
Diese Liste ist böse.
Wenn jemand Femkes Siebensternblüte kennt und die Nummer wählt, bekommt er diese Liste.
Hat Femke deshalb ihren Namen nicht schon vorher über die Schmiererei geschrieben, wie ich es getan habe? Damit die Liste nicht in Umlauf kommt?
Mein Schädel brummt.
Das ist ein Fakt.
Und plötzlich sehe ich es klar vor mir. Alles hängt mit der Schmiererei zusammen, Tilda hat es selbst gesagt.
Ich springe vom Lehrerpult, sofort knicken meine Knie weg und ich lande unsanft auf dem Boden. Meine Muskeln schmerzen, waren sie die letzten Stunden zu angespannt oder liegt es daran, dass ich mich nicht bewegt habe?
Eingeschlafen! Sie sind bloß eingeschlafen, und das ist ihr schmerzhaftes Erwachen. Ich lache auf, ja, vielleicht werde ich hysterisch, aber wenn nicht in meiner Situation, wann dann? Ein Recht darauf hätte ich also.
Schließlich hieve ich mich auf die Beine, mit einer Hand halte ich mich am Tisch fest, während ich mit der anderen ziellos in meiner Tasche wühle. Dabei ist es sinnlos, ich weiß genau, dass ich nicht bei mir habe, wonach ich suche.
Aber mein Name muss weg! Die gesamte Kritzelei, zu scheußlich und zu armselig, um es Graffiti zu nennen. Sie kann nicht an der Wand bleiben.

In meine Beine kehrt langsam Leben zurück und ich hangle mich um den Tisch herum bis zu den Schubladen. Ich muss zwei von den fünf Fächern aufreißen, ehe ich finde, wonach ich so hoffnungslos gesucht habe. Das ist ein Zeichen.

Mein Name, die Nummer, das alles muss verschwinden, und wenn es nichts nützt, es wegzuwischen, werde ich einfach das Gegenteil machen!

Mit dem schwarzen Edding in der Hand, meine Tasche geschultert und abklingenden Schmerzen in Oberschenkeln und Waden reiße ich die Klassenzimmertür auf und laufe los.

Das Schwarze Loch ist nicht weit, die Gänge wie ausgestorben, ich bin allein. Wenn mir hier jemand auflauert, weil er Femkes Star finden will, dann bin ich aufgeschmissen. Niemand wird mich schreien hören.

Ich trete die Tür zum Vorraum auf, mache wagemutige Schritte ins Dunkel und stoße mir fast den Kopf an der zweiten Tür. Auch die fliegt nach innen, als ich ihr einen wütenden Stoß verpasse, und ich werde von der inzwischen vertrauten Duftnote *Au de Pisse* in Empfang genommen. Ein hastiger Blick genügt, um mich zu vergewissern, dass niemand anwesend ist, und sofort steuere ich die Kabine ganz links an.

Als ich darin bin, die Tür verschlossen und angefüllt mit Wut und Entsetzen, lasse ich meine Tasche achtlos auf den Boden fallen und reiße den Deckel vom Stift.

Da ist es, direkt vor mir an der Toilettenwand.

Überraschung!

Milo hat mir von seiner Erinnerung erzählt, dass es während seiner Schulzeit ein *Running Gag* unter den coolen Jungs war, wenn sie ein Mädchen flachgelegt hatten.

Flachgelegt hatten … Allein bei der Beschreibung möchte ich kotzen. Als wäre es etwas, zu dem sie das Mädchen überredet haben … *Komm schon, Süße, es wird dir gefallen, das verspreche ich! Jetzt zier dich nicht so, willst du etwa, dass dich alle für prüde halten?*

Läuft das so? Woher soll ich das wissen, zu mir hat nie jemand so etwas gesagt. Zumindest glaube ich das, womöglich sind auch diese Erinnerungen dem Vergessen zum Opfer gefallen.

Überraschung! Mir will nicht in den Kopf, was es damit auf sich hat. Vielleicht ist es ein Fehler, dass ich es so stehen lasse, doch meine Prioritäten liegen woanders.

Mit energischen Bewegungen kratzt die Spitze des Eddings über meinen Namen auf der glatten Oberfläche. Die schwarzen Striche sind dicker als normale Filzstifte, doch mein Vorhaben dauert viel zu lange und ist unglaublich schweißtreibend. Bis ich diese verdammten Buchstaben unkenntlich gemacht habe, ist der Tag vermutlich vorbei.

Frustriert lasse ich den Stift sinken und puste mir selbst Luft ins Gesicht. Da dachte ich, ich hätte endlich mal einen guten Einfall, und dann das! Doch aufgeben ist nicht, und eine neue Idee kommt mir in den Sinn.

Ich bin gerade dabei, ein paar Zahlen der Telefonnummer zu verändern, als ich etwas höre.

Psst.

Erschrocken halte ich inne und fahre herum. Lächerlich, natürlich bin ich allein in der Kabine, obwohl sich das Geräusch angehört hat, als wäre es direkt neben meinem Ohr.

Doch bevor ich die nächste Zahl verändern kann, bemerke ich eine Bewegung im Augenwinkel und spüre im selben Moment, wie mein Herz implodiert.

Entsetzt blicke ich den Jungen an, der wenige Meter vor mir in meiner Kabine steht.

Nein, er steht nicht in meiner Kabine, denn meine Kabine ist verschwunden. Mit einem Anflug von Panik drehe ich mich im Kreis und verstehe nicht, warum ich mich plötzlich in einem der Schulflure befinde. Was passiert hier? Hat die Welt beschlossen, nicht mehr nach den gängigen Regeln zu funktionieren?

Habe ich mich verändert, oder die Welt um mich herum?

Einmal im Kreis gedreht und wieder in der Ausgangsposition, steht der Junge noch immer da – so nah, dass ich das Funkeln in seinen hellblauen Augen sehen kann.

»Wer bist du?«, frage ich mit heftigem Herzklopfen. Ich spüre, dass ich keine Angst haben muss, denn obwohl der Junge in meinem Alter wild aussieht mit seinem gebleichten Haar, das er locker zurückgestrichen hat, damit es ihm nicht in die Stirn fällt, ist sein Gesicht sanft und schön und voller Zuneigung.

Und es kommt mir bekannt vor. Schmerzlich bekannt.

Der Junge sieht mich so zärtlich an, dass ich weinen möchte. Ernsthafte Sorge hat sich wie ein dunkler Schatten der Vorausahnung über sein Gesicht gelegt. *»Bist du dir sicher, Femke?«*

Ich stutze. »Was? Was meinst du?«

Er tritt einen Schritt auf mich zu und streckt die Hand nach mir aus, doch seine Finger erreichen mich trotz der Nähe nicht. *»Ich möchte nicht, dass es vielleicht zu früh …«*

Ich kralle mich an dem Edding fest. »Zu früh für was?«, frage ich und meine Stimme zittert.

Zittert, weil ich ahne, was hier passiert. Ich presse mir die Hände auf die Ohren, aber er spricht weiter, seine Stimme in meinem Kopf.

»Ich mache mir doch nur Sorgen um dich! Ich will dich nicht irgendwie triggern.«

Triggern? Ich lasse die Hände sinken.

Das Wort kenne ich, erst kürzlich ist es mir begegnet. »Bist du sicher, dass du mich meinst? Wer bist du?« Doch ich kenne die Wahrheit bereits, irgendwie, auch wenn sie keinen Sinn macht. Das hier ist anders, das ist kein Flashback, nur ein armseliges Konstrukt meines Verstandes.

Und es will mich quälen.

»Und wenn doch? Femke, ehrlich! Was ist, wenn ich dich triggere? Du könntest dich dabei verletzen … oder …«

»… oder was?«, wispere ich und kann nicht aufhören, ihn anzusehen. Er ist schön, sanft und aufrichtig, als wäre er mit Liebe ausgefüllt.

Aber er ist nicht echt, lediglich ein Bild aus Femkes Vergangenheit, das sich in meinen Verstand geschlichen hat.

»Maurice?«, flüstere ich, doch er nimmt es nicht wahr, weil er nicht hier ist – oder ich nicht dort bei ihm.

Sein Blick ist sorgenvoll. *»Hast du keine Angst?«*

»Angst? Doch, ich habe Angst! Wahnsinnige Angst!«, antworte ich, und es ist die Wahrheit. Ich fürchte mich so sehr, nicht in diesem Moment, aber in diesem Körper, fürchte mich vor der Zukunft, vor der Vergangenheit, davor, was hinter der nächsten Ecke lauert.

Maurice zeigt ein schräges Lächeln und mein Herz beginnt zu schmerzen. *»Natürlich vertraue ich dir!«*, versichert er mir, und wäre ich Femke, an ihrer Stelle, in ihrer Position zu dieser Zeit, ich würde ihm ebenso vertrauen.

»Ich wünschte, du wärst wirklich hier, Maurice. Ich wünschte, du würdest noch leben. Wer …« Er wird mich nicht hören, und doch muss ich die Frage stellen. »Wer hat dir das angetan? War Femke es? Aber wie könnte sie? Du bist …« Ich breche ab, spüre die Tränen auf meiner Haut und wische sie fort.

Sein Ausdruck wird verlegen, seine Wangen färben sich zartrosa, in seinen Augen steckt so viel Liebe, dass es mir das Herz bricht. Diese Liebe, sie ist stärker und größer als jede Sorge, die in ihm schlummert. *»Ich werde da sein«*, sagt er.

Da wird es mir klar, und ich bekomme keine Luft mehr. »Was? Wo wirst du sein?«, stoße ich atemlos aus. Die Hütte im Wald, das Liebesnest, die Kerze, die Kondome. Ist es dieser Tag? Haben sie sich dort getroffen? Fing es mit dem Wunsch an, ihre Liebe zu spüren, und endete mit seiner Leiche im Fluss? Weitere Tränen laufen über mein Gesicht, ich will Maurice festhalten, ihn schütteln, damit er zur Vernunft kommt, doch ich erwische ihn einfach nicht. Er steht direkt vor mir und ist doch zu weit weg. Unerreichbar.

Tot.

»Triff dich nicht mit Femke, hörst du? Tu es nicht, Maurice, bitte! Der Wald …«, schluchze ich und spüre die verzweifelte Hilflosigkeit, die mich zerfrisst. Ich möchte doch nur, dass alles gut wird, dass Maurice nicht stirbt! Warum hilft mir denn niemand? »… du wirst dort sterben!« Mein letzter verzweifelter Aufschrei – ungehört.

Maurice lächelt mich liebevoll an, voller Zuversicht und Vorfreude. *»Das tue ich! Ich liebe dich so sehr …«*

Ein dumpfer Knall lässt mich aufschrecken. Orientierungslos blicke ich mich um, aber ich bin allein. Maurice ist verschwunden, nur meine Tränen sind geblieben und benetzen mein Gesicht, laufen an meinem Hals hinab und werden von dem Saum meines Oberteils aufgesogen.

Ich höre gedämpfte Stimmen und halte die Luft an. Hastig klappe ich den Klodeckel herunter und setze mich darauf, die Beine an meinen Körper gezogen. Die Tür zum Schwarzen Loch wird aufgerissen und ich vernehme heftiges Atmen.

Ich verziehe das Gesicht, wische die letzten Spuren der Tränen von meinen Wangen. Zufällig fällt mein Blick auf die Tasche, die noch am Boden steht … So ein Mist! Sie jetzt aufzuheben, erscheint mir zu riskant, aber aus einem unerklärlichen Grund ist es mir verdammt wichtig, nicht entdeckt zu werden.

Die Kacheln tragen einen dumpfen Schlag bis in meine Kabine, gefolgt von einem schmerzverzehrten Stöhnen und einem dreckigen Lachen – beide männlich.

»Lass das, du tust mir weh«, wispert eine Stimme, und ich bekomme eine Gänsehaut. Entsetzt presse ich beide Hände auf meinen Mund, damit ich keinen Mucks von mir gebe.

Ich kenne diese Stimme …

»Halt's Maul, Pussy, und tu, was ich dir sage!«

Die zweite Stimme ist mir unbekannt, ihr Klang grob und dominant. Ich bekomme Angst, soll ich etwas tun? Ich kann nicht einfach hier sitzen und abwarten, was passiert!

»Scheiße, Mann! Ich hab gesagt, du sollst das lassen!«

Ein hilfloses Lachen dringt aus meiner Kehle, meine Hände fangen es auf. Ich will weinen, die Realität verweigern, die längst erkannte Stimme keinem verdammt bekannten Gesicht zuordnen.

Wieder ein dumpfer Rums, ein gewimmertes Stöhnen, das hat nichts mit Lust oder Spaß zu tun!

Fieberhaft überlege ich, ob ich jemandem eine Nachricht schreiben soll, um Hilfe zu holen, doch mein Handy befindet sich gut behütet in meiner Tasche am Boden. Als ich abermals dieses ekelhafte Lachen höre, zucke ich entsetzt zusammen.

»So ist's besser, Förster. Was bist du denn heute? Schwuchtel oder Schlampe? Oder beides?«

Robin! Das ist die Bestätigung, die ich gebraucht habe, um aus meiner Handlungsunfähigkeit zu erwachen.

»Nichts. Ich bin nichts«, wimmert Robin unterwürfig, als ich von dem Klodeckel aufspringe.

»Ist mir scheißegal und jetzt halt's Maul!«, befiehlt der widerliche Typ, während ich die Toilettentür öffne.

Vor mir spielt sich ein Film ab wie aus einem Albtraum. Robin steht mit dem Bauch an die vollgekritzelte Wand gepresst da, ihr Gesicht zur Seite gedreht. Ihr Atem geht stoßweise und immer wieder versucht sie, sich aus dem festen Griff ihres Angreifers zu befreien. Dieser drückt sie mit dem linken Unterarm am Rücken hart gegen die Wand, seine Sportshorts ein Stück nach unten geschoben, sodass er seinen behaarten Hintern präsentiert, während er mit der rechten Hand seinen Schwanz mit schmatzenden Geräuschen bearbeitet.

Als Robin mich entdeckt, starrt sie mich entsetzt an und versucht noch heftiger, sich aus ihrer Gefangenschaft zu befreien.

Ich denke nicht nach. Niemand tut meiner Robin etwas an, niemand!

Mit einem Schrei stürze ich mich auf den Rücken des großen Typen und kralle mich in seiner Schulter fest.

»Das F steht für Femke und nicht für Förster, du Spacken! Kannst du nicht lesen?«, brülle ich ihn an und versuche, ein Büschel seines verschwitzen braunen Haars zu erwischen. Überrascht lässt er von Robin ab und schleudert mich von sich, als wäre ich nichts weiter als eine lästige Fliege, die es zu verscheuchen gilt.

Ich stürze nach hinten, meine Beine fangen mich zunächst auf, doch ich wanke zur Seite, die Knie geben nach und ich knalle mit der Schläfe gegen eines der Waschbecken.

Sterne flackern vor meinen Augen, und als ich wieder klar sehen kann, finde ich mich auf den versifften Kacheln des Schwarzen Lochs wieder.

»Scheiße, Femke! Was machst du hier, verdammt!«, höre ich Robins Stimme, wütend, ganz und gar nicht dankbar, und bin noch verwirrt.

Eine Hand schiebt sich in mein Sichtfeld und will mir zurück auf die Beine helfen. Meine Schläfe schmerzt erbärmlich, meine Sicht zuckt, doch als ich nach einer möglichen Wunde taste, finde ich nichts.

Kein Blut.

Mit einem mulmigen Gefühl nehme ich die helfende Hand an und erkenne sofort meinen Fehler, als ich diesem fiesen Typen direkt ins Gesicht starre. Es ist seine Hand, nicht die von Robin. Nun hat er mich im Visier und sich noch nicht einmal die Mühe gemacht, seine Shorts hochzuziehen. Sein steifer Schwanz zeigt auf mich, während sich ein Grienen auf dem Gesicht des Typens ausbreitet.

»Femke Star höchstpersönlich«, freut er sich, doch seine Worte klingen wie eine Drohung, was die Nähe seines halb entblößten Körpers, mit dem er auf mich zukommt, noch schlimmer macht.

»Das ist nicht mein beschissener Name!«, gifte ich ihn an und versuche, ihm mit einem seitlichen Ausweichschritt zu entkommen. Ich stoße gegen das Waschbecken, dieses Mal mit der Hüfte, was mir unmissverständlich klar macht, dass meine Flucht hier zu Ende ist. Hinter mir ist die Wand, einen Weg vorbei gibt es nicht, aber ich bin nicht bereit, dem Typen meine Angst zu zeigen.

»Ich wollte sowieso mal checken, was es mit dem *Star* auf sich hat. Zeig her!«, lacht er, als würden wir beide nur Spaß machen.

»Verpiss dich«, *scherze* ich zurück, sammle meine Spucke und speie sie ihm direkt ins Gesicht.

Der Typ zuckt nicht einmal zusammen, als ich ihn an der Wange treffe. Er dreht sich zu Robin um, wohl um sich zu vergewissern, dass sie noch da ist – was sie zu sein scheint, obwohl ich sie nicht sehen kann. Bevor ich reagieren kann, schnellt sein Kopf zu mir zurück, er drückt mit seinem Körper den meinen an die Wand und presst mir seine rechte Hand auf den Mund. Sein Daumen bohrt sich in die Haut über meinem Wangenknochen, ein Zeigefinger kommt der Stelle, an der meine Schläfe mit dem Waschbecken geknutscht hat, schmerzhaft nahe.

»Willst du mir deinen *Star* vorenthalten, obwohl die halbe Schule ihn schon gesehen hat?« Er klingt wütend, doch es ist nur Show, denn sofort lacht er über seine eigenen Worte.

Meine Nase hat er freigelassen, ich ringe nach Atem. Ich fühle mich, als wäre ich zwanzig Mal um die Schule gelaufen. Der ekelerregende Geruch seines Schwanzes, der sich hart an meinen Bauch drückt, tritt mir in die Nase und mir fällt ein, dass er eben noch mit dieser Hand an sich selbst herumgewerkelt hat.

Ein Würgen will meinen Körper von dem befreien, was er aufgrund des Gestanks nicht mehr bei sich behalten kann, doch die unnachgiebige Hand des Typen lässt mein Krampfen nicht zu. Stattdessen bemerke ich, dass er sich mit seiner freien Hand an meiner Hose zu schaffen macht.

»Hör auf, Timo! Du kannst von mir haben, was du willst!«, höre ich Robin wie aus weiter Ferne rufen, doch das kann nicht stimmen. Unmöglich.

Dieser Timo lässt nicht von mir ab, zerrt an meiner Hose, während ich auf ihn einschlage – doch ich spüre selbst, wie lächerlich meine Hiebe sind.

Mit voller Kraft reiße ich mein Knie in die Höhe. Ich erwische seine Eier, und mit einem Quietschen lässt Timo von mir ab, faltet sich zusammen wie ein Klappmesser und kauert schließlich eingerollt auf dem kalten Boden der Realität.

Auch ich sacke auf den Boden und endlich bricht das Würgen aus mir heraus. Ich huste, immerhin bleibt mir das Kotzen erspart.

»Spinnst du?« Robin steht über Timo, offensichtlich unentschlossen, ob sie ihn trösten oder treten soll, aber ich bin es, der ihre Worte gelten.

Ich stütze mich am Waschbeckenrand ab. »Ob ich spinne? Er hat mir seine Schwanz-Hand ins Gesicht gedrückt. Und dich wollte er …«

»Verpiss dich, Femke!«, schreit Robin mich an und mir wird wieder übel.

»Was?« Kein anderes Wort könnte meine Überraschung besser ausdrücken als diese schrille Frage.

»Hör auf, dich in mein Leben einzumischen! Wir sind keine Freunde, kapier das endlich!« Sie bückt sich zu Timo, der inzwischen nicht mehr wimmert und sich die Shorts über den Hintern gezogen hat. Unbeholfen hockt Robin neben ihm, sichtlich unschlüssig, was sie tun soll, als Timo sich aufrichtet und ihr einen groben Stoß verpasst. Robin fällt auf ihren Hintern und gedemütigt sieht sie zu mir. Ich könnte Genugtuung empfinden, aber das tue ich nicht.

Stattdessen begreife ich nicht, was geschehen ist. Die versteckte Botschaft hinter diesem Aufeinandertreffen. Ich weiß nur, dass es wehtut. Nicht die angeschlagene Stelle an der Schläfe, nicht die Angst und der Ekel, ausgelöst von diesem breitschultrigen Schwimmer, der offensichtlich nicht nur Menschen wie Robin am liebsten mit Gewalt in den Arsch ficken würde, sondern auch daran interessiert ist, Femkes Tattoo zu sehen – ob ich nun will oder nicht. Was mich am meisten schmerzt, ist die Erkenntnis, dass ich Robin, wie damals schon Femke, nie wirklich gekannt habe. Beide haben mir vorgegaukelt, mit mir eine Einheit zu sein, Schwestern im Herzen, Vertraute und Begleiterin. Doch sie haben mich getäuscht, ich habe mich täuschen lassen, nicht gut genug hingesehen, nicht nachgehakt.

Was sagt das über mich als Freundin aus?

»Das war kein verdammter Freundschaftsbeweis, ich wollte nur …«, beginne ich mit Tränen, die mein ganzes Gesicht verschmieren.

»Wir sind noch nicht miteinander fertig, Schlampe!«, unterbricht mich Timo wütend, während er sich auf die Füße wuchtet.

»Doch, seid ihr«, widerspricht Robin, die inzwischen wieder steht und so androgyn aussieht wie noch nie zuvor.

»Halt's Maul, Freak«, schnauzt Timo sie an, während er breitbeinig das schwarze Loch verlässt. Ich sehe Robin flehend an, möchte, dass sie bleibt, damit sie mir alles erklären kann.

Denn wieder verstehe ich nichts, obwohl das mein Leben ist, mein Leben war. Anouk.

Doch Robin bleibt nicht, lässt mich zurück, weil sie es vorzieht, dem brutalen Typ zu folgen, der sie gegen ihren Willen an eine schäbige Wand gedrückt hat, um Dinge an ihr zu vollziehen, die sie kaum gewollt haben kann.

Oder?

Diese Welt, in der ich lebe, ob Mikro- oder Makrokosmos, sie macht mich krank, und ohne Hilfe werde ich auf Dauer nicht überlebensfähig sein.

Sobald die Tür hinter ihnen zugeschlagen ist, wasche ich mein Gesicht, rubble mir den Gestank vom Mund, spüle die Spuren meiner Tränen fort. Ich gurgle Wasser, um den sauren Geschmack von Galle loszuwerden, und als ich schließlich in den Spiegel über dem Waschbecken starre, verschmiert und tropfnass, erkenne ich das Mädchen darin nicht.

Das ist längst nicht mehr Anouk, aber was ist mit Femke? Auch sie scheint verschwunden, sie ist mit all dem Dreck und Salz und Schleim im Abguss verschwunden. Dieses Mädchen, das mich dort anstarrt, ein Hybrid aus dem, was wir einst waren, kenne ich nicht und möchte ich auch niemals kennenlernen.

Ich wende mich von der Reflektion ab, setze mich unter eines der Waschbecken und breche abermals in Tränen aus. Wie ein Baby heule ich, laut und hemmungslos, ähnlich einem Geist, der diese Toilette heimsucht. Ich weine um zwei Mädchen, die einst beste Freundinnen waren und alles verloren haben. Um Maurice, der seine Liebe gegeben und den Tod bekommen hat. Um Finja und Tilda und Robin und wie sie alle heißen, die sich in einer Welt zurechtfinden müssen, in der ihnen die Entscheidung und die Kontrolle über ihren Körper und ihr Leben abgenommen wurden.

Ein unerwartetes Geräusch hallt ohrenbetäubend an den Wänden des Schwarzen Lochs wider, und obwohl es mich aus meinen Gedanken reißt, rühre ich mich nicht von der Stelle. Nur mein Weinen verstummt, und nach dem sechsten Klingeln krabble ich auf allen vieren zu meiner Tasche in der Kabine und wühle das Handy hervor. Mein Blick ist verschwommen, also nehme ich den Anruf blind entgegen.

»Milo, bist du das?«, schluchze ich in das Telefon.

»Was ist passiert?«, fragt die Stimme am anderen Ende. Er ist es! Es ist Milo und vor Erleichterung lache ich, um sofort wieder zu weinen.

Ich suche weitere Worte, Worte, die mir Hoffnung geben. »Kannst du mich bitte abholen?«

Kapitel 32

Ich schaue ihm zu, wie er mit geschlossenen Augen neben mir liegt und glaubt, ich würde schlafen. Tatsächlich habe ich in seinem Bett ein wenig Ruhe gefunden, nachdem er mich ohne Fragen aus dem Schwarzen Loch abgeholt hat. Mit dem Wagen seines Mitbewohners brachte er mich in das kleine Zimmer in seiner WG, und ich empfand nichts als Dankbarkeit.

Unterwegs habe ich mich über nichts gewundert, nicht über das Auto oder darüber, dass er in einer WG wohnt, ganz normale Dinge, die ich hätte wissen können. Mein Gehirn war selbst zu Small Talk nicht in der Lage.

Also sprach ich nicht, und ohne ihn bitten zu müssen, brachte er mich zu sich. Nicht zu mir *nach Hause*. Er hat es verstanden.

In seinem Zimmer zog ich mich wortlos und angstfrei bis auf die Unterwäsche aus und wurde von Milo regelrecht in sein Bett gestopft. Unter der Decke fand ich warmen Frieden und ein stilles Nichts. Schnell dämmerte ich weg, wurde getragen von einer Flut verzerrter Bilder, die mich quälten. Als ich die Augen aufschlug, war ich erleichtert, dem Schrecken entkommen zu sein in eine Realität, die, zumindest in manchen Momenten, nicht so grausam ist wie meine Albträume.

Milo hat sich neben mich aufs Bett gelegt und wacht über mich, tugendhaft über der Decke in der inzwischen eingebrochenen Dunkelheit, die Augen geschlossen. Irgendwann drehte ich mich vorsichtig auf die Seite und so liege ich noch jetzt da. Seine Hände sind unter seinem Kopf verschränkt, die Beine hat er überkreuzt und er wirkt echt lässig. Aber obwohl er entspannt aussieht, weiß ich, dass er nicht eingeschlafen ist. Ich sehe es an seinem Atmen und dem gelegentlichen Zucken seiner Augenbrauen. Er denkt nach. Und sieht verdammt gut dabei aus.

Nach einer Weile finde ich es allerdings creepy, ihn die ganze Zeit anzustarren, und gebe meinen Wachzustand durch ein zurückhaltendes Strecken meiner Arme zu erkennen. Wie vermutet, öffnet er die Augen und wendet sich mir zu.

»Hey! Geht's wieder?«, fragt er gedämpft und mustert mich besorgt. Es ist mir peinlich, dass er mich in diesem emotional heruntergekommenen Zustand gesehen hat, andererseits ist er immer noch da. Er kümmert sich um mich, wenn ich ihn brauche. Und die Tatsache, dass er mich nach wie vor ansieht, als wäre ich ein seltenes Wesen, macht es noch besser.

»Ja, ist okay. Mein Schädel brummt ein wenig«, sage ich heiser. Meine Stimme ist vom Weinen ziemlich mitgenommen. Der Schmerz in meiner Schläfe hingegen ist deutlich besser geworden, auch wenn die Stelle, mit der ich auf dem Waschbecken aufgeschlagen bin, noch immer druckempfindlich ist.

Milo dreht sich auf die Seite und streckt die Hand nach mir aus. Vorsichtig streicht er über meine Beule, so sanft, dass ich seine Berührung kaum spüre. Ein Grinsen kehrt auf sein Gesicht zurück. »Willst du Gras gegen die Schmerzen? Ich hab immer was parat …« Er wackelt mit den Augenbrauen und entlockt mir damit ein schwaches Lächeln.

»Lass gut sein, ich glaube, ich verliere auch so schon genug Hirnzellen.«

Er rückt ein wenig von mir ab und sieht mich entrüstet an, was ich trotz der Dunkelheit des Zimmers gut erkennen kann.

»Willst du damit etwa sagen, Kiffen macht blöd?«, fragt er ernst, doch da er seine Finger nicht von meinem Gesicht nimmt, weiß ich, dass er nur einen Scherz macht. Er versucht mein Gemüt aufzulockern, mir alles leichter zu machen mit lustigen Spinnereien – und es funktioniert.

»Das würde ich nie wagen!«, rudere ich zurück und es ist ein gutes Gefühl, alles Schlechte in diesem Leben, von dem ich nicht einmal weiß, ob es irgendwo noch meins ist, für ein paar alberne Augenblicke auszusperren. »Ich will damit sagen, dass in meinem Kopf so ein Chaos herrscht, dass ich keine bewusstseinsverändernde Droge brauche, um Hallus zu haben.«

»Pff!«, macht er entrüstet. »Alles Vorurteile! Ein guter Joint verursacht keine Hallus, sondern erweitert dein Bewusstsein und lässt dich Dinge sehen, die vorher nicht greifbar waren, weil dein Verstand dich zensiert.«

Ich weiß nicht, was ich von seiner Begeisterung für Gras halten soll, doch auch das schiebe ich vorläufig zur Seite. »Das ist wirklich … nett gemeint, aber ich passe.«

Er lächelt und zuckt gleichgültig mit den Schultern. »Wie du willst.«

Eine Weile sehen wir uns nur an, und es gelingt mir, bei ihm zu bleiben. Meine Gedanken nicht abschweifen zu lassen. Ich fühle mich seltsam wohl und spüre, wie Milo mich erdet, mich zu mir zurückfinden lässt, mir Gelassenheit in die Brust pflanzt – und mit ihr einen verdammt aufgebrachten Ameisenhaufen.

Der Moment der Stille geht vorüber, Milos Gesichtsausdruck wird ernst und er zieht seine Hand zurück. »Was ist eigentlich passiert?«, will er flüsternd wissen, als würden wir Geheimnisse austauschen. Und irgendwie ist es auch so.

Mit seiner Frage kommt alles zurück. Von der Wucht der Erinnerung erschlagen, wende ich mich ab und reibe über mein Gesicht. »O Gott, frag nicht, der Tag war furchtbar.« Es klingt übertrieben, wenn ich es laut ausspreche, aber das macht es nicht weniger wahr.

»Scheiße.« Mehr sagt er nicht, obwohl ich damit gerechnet habe, dass er nachhakt. Skeptisch sehe ich wieder zu ihm und bemerke seinen erwartenden Blick. Irritiert ziehe ich die Brauen zusammen und er verdreht theatralisch die Augen.

»Du könntest mich fragen, warum ich dich angerufen habe«, rückt er endlich mit der Sprache raus.

»O Mann, stimmt.« Ich greife mir an die Stirn und streife dabei meine Beule, die einen scharfen Schmerz durch meinen Kopf schickt. »Tut mir leid! Ich bin echt durch den Wind.«

Milo schmunzelt. »Das sehe ich.«

Ich räuspere mich und setze eine todernste Miene auf. »Sag mir, Milo, warum hast du mich angerufen?« Ich kann ihm ein mildes Lächeln entlocken. Der Wunsch, lustig zu sein, ist mir neu und ich gebe zu, er verstört mich.

»Das klang fast echt«, lügt er.

»Klang es nicht.«

Abermals zieht er seine Mundwinkel nach oben, doch dann wird sein Gesicht ernst. »Ich habe endlich jemanden erreicht.«

Als hätte sein Satz einen Mechanismus in mir ausgelöst, schieße ich hoch in eine sitzende Position. Mein Herz schlägt so heftig, dass ich mir an die Brust fasse. Unser Plan! Die Nummer an der Toilettenwand! »Scheiße, echt? Und? War es Sebastian?«

Auch Milo setzt sich auf und streicht sich sein leicht zerzaustes Haar aus der Stirn. »Woher soll ich das wissen? Er hat sich weder mit Namen gemeldet noch hat er mir seine Sozialversicherungsnummer genannt.«

Ich könnte ihn dafür knutschen, dass er auch jetzt versucht, das Thema aufzulockern. »Was für eine Sauerei«, gebe ich entsprechend zurück.

»Wem sagst du das.« Er nickt heftig und verfällt in hartnäckiges Schweigen.

Irritiert starre ich ihn an, warte, dass er etwas sagt, und gebe ihm einen Klaps gegen die Schulter, als er stumm bleibt. »Nun rück schon mit der Sprache raus.«

»Er will sich morgen Vormittag mit mir treffen.«

Augenblicklich bekomme ich Bauchschmerzen und brauche einige Atemzüge, um zu begreifen, was mir daran nicht gefällt. »Morgen Vormittag? Dann kann es nicht Sebastian sein, oder? Ich meine, ich werde doch bei ihm sein.« Liege ich falsch damit, dass er für die Schmiererei verantwortlich ist? Dabei war ich mir so sicher – bin es eigentlich noch. »Wann und wo trefft ihr euch?«, hake ich nach, als mir klar wird, dass ich erst ab elf Uhr bei Sebastian sein soll – also hätte er genug Zeit, um sich vorher mit Milo zu treffen.

»Das hat er mir nicht gesagt. Er wird sich melden und mich instruieren.«

»Instruieren? Ehrlich? Das hat er gesagt?« Das wiederum klingt eindeutig nach Sebastian.

»Das war das Wort, das er verwendet hat.«

»Wow, das wird ja richtig … agentenmäßig. Oder wie eine geheime Geldübergabe.«

»Ja, voll! Dabei kann er mir das Geld ganz entspannt geben. Ich glaube nämlich nicht, dass wir beschattet werden.«

Mir gefällt unser Geplänkel, es tut mir gut, doch es ist die Realität, die uns einen Strich durch die Rechnung macht. »Ich fürchte, ich muss dich enttäuschen. Kein Geld. Eine Liste«, offenbare ich.

Milo wird nachdenklich. »Was für eine Liste?«

»Keine Ahnung. Aber sie …« Ich denke an Tildas Worte und mir schnürt sich die Kehle zu.

Aber ich weiß, dass sie das Tor zur Hölle öffnet.

Und ich glaube ihr. »Sie hat es wohl in sich«, sage ich und etwas treibt mich aus dem Bett. Auf einmal möchte ich nicht mehr rumsitzen und nichts tun, meine Beine wollen sich bewegen.

Erst als ich mitten im Zimmer stehe, fällt mir ein, dass ich nur meine Unterwäsche trage. Ich weiß nicht, ob ich mich bedecken soll, ob meine Nacktheit, die im Grunde nicht anders ist, als würde ich am Strand spazieren gehen, Milo verlegen macht oder zu etwas animieren könnte.

»Woher weißt du das mit der Liste?«, fragt er gelassen und steigt ebenfalls aus dem Bett. Was es auch ist, das er bei dem Anblick meines entblößten Bauches, meiner freien Schultern und nackten Beine empfindet, er lässt es sich nicht anmerken. Mit drei Schritten hat er den Raum durchquert und beugt sich über den Stuhl vor seinem Schreibtisch. Dort muss er vorhin meine Klamotten abgelegt haben, denn nun reicht er mir mit einem verschmitzten Schmunzeln mein Oberteil. Ich grinse ebenfalls, weil sich sein Blick an meinem festhält und nicht einmal unterhalb meines Halses rutscht – und ich nicht glauben kann, wie attraktiv ihn das macht.

»Ich hab heute mit Tilda gesprochen. Das ist ein Mädchen aus meinem Jahrgang«, beginne ich und unterbreche kurz, um mir das Shirt über den Kopf zu ziehen. Ich bin froh über diese Pause, denn es fällt mir schwer, über sie und ihre Offenbarungen zu reden. »Sie wusste ein paar Dinge über Femke und Maurice, die irgendwie alles auf den Kopf gestellt haben und na ja, sie hat mir halt erzählt, dass jeder, der von Femkes Tattoo weiß, diese Liste bekommt.«

Inzwischen bin ich selbst zum Stuhl gegangen und schlüpfe in meine Hose.

»Stimmt. Das wollte er auch von mir wissen.«

Entsetzt halte ich inne. »Oh, Scheiße! Natürlich!«

»Was für ein Glück, dass du es mir gezeigt hast.«

Nun pocht das Blut der Verlegenheit in meinen Wangen. »Ja, was für ein Glück«, bestätige ich und knöpfe meine Hose zu. Irgendwie ärgere ich mich nun, aufgestanden und mich angezogen zu haben, nur weil meine blöden Beine keine Ruhe finden konnten. Ich habe damit ein paar schöne Momente abgewürgt, die noch interessanter hätten werden können.

Milo geht zur Zimmertür und schaltet schließlich die Deckenbeleuchtung an. »Darf ich fragen, was du über Femke und den toten Jungen erfahren hast?«

Ich kneife die Augen zusammen, doch das liegt nicht allein an dem Licht, das mich blendet. »Es ist schrecklich. Die beiden waren heimlich ein Paar, niemand außer Tilda durfte davon wissen.«

Milo runzelt die Stirn. »Wieso ist das schrecklich?«, fragt er verwundert, bevor er zu seinem Bett zurückkehrt und sich setzt.

»Weil Femke ihn doch ...« Ich beiße mir auf die Unterlippe, um nicht weiterzusprechen, weil ich nicht weiß, was ich diesbezüglich sagen soll. Oder was ich selbst darüber denke. All diese Infos sind noch so frisch, dass ich trotz meiner Zeit allein im Klassenzimmer mich selbst nicht dazu befragen konnte.

»Bist du dir wirklich sicher, dass Femke es getan hat?«

Erschöpft lasse ich mich auf den Stuhl plumpsen. Ich fühle mich ausgelaugter, als ich vermutet hätte. »Ich weiß nicht. Es ist zumindest möglich, weil er nämlich schon tot war, als er in den Fluss fiel.«

Milo zieht seine Beine heran und legt seine Fußsohlen aneinander. »Möglich heißt nicht, dass es sicher ist. Und solange ihre Schuld nicht bewiesen ist, solltest du sie auch nicht als Schuldige betrachten.«

Ich nicke, doch im Stillen bin ich anderer Meinung. Die Bilder meines ersten Flashbacks – ebenso wie die aller, die folgten –, waren so realistisch, nah und echt, dass ich sie mir unmöglich ausgedacht haben kann. Einzig die Frage, wie seine Leiche in den Fluss kam, ist und bleibt ein Rätsel.

Milo schweigt und auch ich weiß nichts zu sagen. Meine Füße dribbeln nervös auf dem Boden und ich sehe mich in seinem Zimmer um. Gänzlich anders als erwartet, ist alles ordentlich und aufgeräumt. Nichts scheint herumzuliegen, alles wird offensichtlich sofort weggeräumt, und trotzdem strahlt dieser Raum mehr Leben und Individualität aus als der von Femke. Überall an den Wänden hängen Postkarten und Fotos, die Personen darauf sind stets dieselben und das alles wirkt, als würde Milo das Leben mit den Vorzügen, die es zu bieten hat, genießen.

»Es ist spät, du solltest nach Hause gehen«, durchreißt seine gesenkte Stimme die Stille. Als müsse er mich an etwas erinnern, was er selbst gern vergessen würde.

Ich taste nach meinem Handy, das ich in meiner Hosentasche finde, und werfe einen Blick auf die Uhr. Es ist kurz nach zweiundzwanzig Uhr und unter normalen Umständen und ohne einschlägige Vorgeschichte wäre meine Abwesenheit sicher nicht tragisch. Aber da Femke super Vorarbeit geleistet hat, fürchte ich, könnten ihre Eltern am Rad drehen.

Etwas in mir möchte nicht zu Femke nach Hause. Nicht schon wieder! Anouk gehört dort nicht mehr hin, und doch habe ich keine Wahl.

Oder?

»Kann ich nicht hierbleiben?«, fragte ich müde und kenne bereits die Antwort.

Dennoch scheint Milo kurz mit dem Gedanken zu spielen, mit sich selbst zu ringen. Er möchte, dass ich bleibe. »Das ist keine gute Idee. Femkes Eltern machen sich bestimmt Sorgen.«

Die Vernunft hat gesiegt. Er ist ein verdammt anständiger Kerl, viel anständiger als ich, denn mich lässt es völlig kalt, ob Femkes Eltern sich sorgen oder nicht. »Du hast recht.« Ich nicke und er nickt. Gemeinsam gehen wir in den dunklen Flur der WG, wo wir unsere Schuhe anziehen und ich meine Tasche schultere.

Aus dem anderen WG-Zimmer dringt lauter Bass, Milo nimmt sich die Autoschlüssel von der Garderobe. Er leiht sich häufiger den Wagen seines

Mitbewohners, das ist kein Problem, Milo fährt nur, wenn er nicht gekifft hat. Ich bin mir nicht sicher, woher ich das weiß, ich glaube, er hat es mir auf der Fahrt hierher erzählt.

Er bringt mich zu Femke nach Hause, Schweigen ist unser Begleiter, sitzt auf der Rückbank und sorgt für Unsicherheit. Jeder von uns hängt seinen Gedanken nach, doch scheinen sie in unterschiedliche Richtungen zu gehen. Während ich mich noch immer mit dem Vergangenen herumschlage, kann ich nicht sagen, wo Milo sich befindet.

Als er nach kurzer Fahrt vor Femkes Haus steht, ist die alte Schwermut, das Gewicht meiner Bürde zurückgekehrt.

»Rufst du mich morgen an, sobald du die Liste hast?«, frage ich mit belegter Stimme, und es ist seltsam, mich reden zu hören. Ich fühle mich so fremd in diesem Körper wie noch nie zuvor. So sehr, dass ich mich weigere, meine Arme zu bewegen, um mich abzuschnallen, meinen Kopf zu drehen, um Milo anzusehen. Ich starre nur auf die Hände in diesem Schoß und fühle mich gefangen in einem Käfig aus Fleisch und Haut.

»Ich hoffe ja immer noch auf eine Geldübergabe«, scherzt Milo, doch ich bin zu erschöpft, zu schwermütig, um mich davon mitreißen zu lassen. Als Milo das begreift, gibt er es auf. »Ja, mach ich«, beantwortet er schließlich meine Frage.

Die Liste.

Das Tor zur Hölle.

Sebastian.

Der Tag morgen, er macht mir Angst.

»Anouk?«

Ich zucke zusammen, sehe auf, blicke zu Milo und könnte schon wieder weinen, weil er mich bei *meinem* Namen genannt hat.

»Ja?« Nun zuckt doch ein kleines Lächeln über meine Lippen.

Diesmal ist Milo es, der völlig ernst ist. Besorgt und entschlossen, voller Angst und noch etwas anderem, das ich nicht benennen kann. »Bitte sei morgen vorsichtig, okay? Dieser Typ, Sebastian, er klingt nach einem üblen Kerl.«

Ich nicke, beobachte irritiert, wie Milo auf den Rücksitz greift und seine Umhängetasche zu sich nach vorne holt. Als er dann eine kleine schwarze Waffe in der Hand hält, springe ich erschrocken auf meinem Sitz bis an die Wagentür. »Ach du Scheiße, ist die echt?«

Die Pistole ist etwa so groß wie Milos Hand und sieht anders aus als die, die ich aus dem Fernsehen kenne. Besonders der Lauf kommt mir komisch vor.

»Das hängt davon ab, wofür du das hältst. Es ist jedenfalls eine echte Leuchtpistole.«

Ich weiß nicht, was ich davon halten soll, rutsche aber wieder in meine normale Sitzposition. »Ist sie geladen?«

Milo nickt. »Ja, eine Patrone ist drin.«

Und da fällt es mir wieder ein. »Hat sich der Typ damals auf der Straße deshalb so schnell verpisst, als du aufgetaucht bist?«

Er zieht eine Augenbraue hoch. »Was glaubst du? Er ist sicher nicht abgehauen, weil ich so ein gefährlich wirkender Typ bin. Ich bin gern vorbereitet.« Dann hält Milo mir die Waffe entgegen, den Griff zuerst. »Nimm sie morgen mit. Und benutze sie, wenn es sein muss.«

Ich weiß, dass es keinen Zweck hat, zu widersprechen. Tatsächlich halte ich es sogar für eine gute Idee, auch wenn ich vor der Pistole wahnsinnigen Respekt habe. Mit schwitzigen Fingern nehme ich sie entgegen und spüre das Gewicht in meinen Händen. »Kann ich damit jemanden verletzen?«

Milo zuckt mit den Achseln. »Genug, um dir einen Vorsprung zu verschaffen.«

Mir wird mulmig. Schießen, weglaufen, wo soll das bloß enden? Dennoch erkenne ich die Notwendigkeit und stecke die Leuchtpistole vorsichtig in meine Tasche.

Immerhin hat Milo es damit geschafft, mich aus meiner Starre zu erlösen. Es ist Zeit.

»Danke fürs Fahren. Und fürs Retten natürlich – schon wieder.« Ich lächle ihn an und kurz frage ich mich, ob ich ihn küssen soll, tue es aber nicht.

Nicht heute.

»Ich bin dein Superheld, schon vergessen?«

Ja, das ist er.

In weiser Voraussicht habe ich es in den letzten Tagen vorgezogen, Femkes Facebook-Profil zu meiden. Das Internet ist ein böser Ort, an dem jeder Hampelmann mit anonymen Worten großes Unheil anrichten kann, und ich habe im realen Leben jenseits des World Wide Web genug Psychostress und daher keinen zusätzlichen Bedarf.

Doch in dieser Nacht ist es anders. Als ich das Wohnzimmer betrat und zu meiner Überraschung feststellte, dass weder Mama noch Papa Hansen auf mich warteten, bin ich nach einer schnellen Dusche völlig übermüdet ins Bett gefallen. Schlafen konnte ich aber nicht. Meine Gedanken hielten mich wach und es war dieser eine Name, der mich schließlich dazu veranlasste, mir Femkes Handy zu greifen und ein wenig in die dunklen Untiefen von Facebook einzutauchen.

David Zirpa.

Ich weiß, dass ich ihn kenne, auch wenn ich sein Gesicht nicht vor Augen habe. Femke soll vor längerer Zeit etwas mit ihm gehabt haben, obwohl er eine Freundin hatte, doch wie es am Ende ausgegangen ist, weiß ich nicht mehr.

Und David Zirpa hat Tilda vergewaltigt? Abgesehen davon, dass ein Typ absolut bestialisch drauf sein muss, wenn er so einem zarten Geschöpf wie Tilda etwas antut, habe ich ein ganz unwohles Gefühl bei ihm. Also durchforste ich das Social Medium FB, um herauszufinden, ob noch eine Verbindung zwischen ihm und Femke besteht.

Es sind allerdings die unzähligen Hasskommentare, die mich von meinem Vorhaben ablenken und völlig fassungslos machen. Auslöser dafür war meine Aktion im Schwarzen Loch, als ich Femkes Namen an die Wand geschrieben habe, doch statt mir dafür zu danken, werde ich als *attention whore* und *Vorstadthure* beschimpft – natürlich inklusive Markierung, damit ich mitbekomme, was die halbe Schule von mir denkt.

Obwohl es mir schwerfällt, die Kommentare unkommentiert zu lassen und ich den Verfassern am liebsten meine Gedanken zu ihren geistigen Ausscheidungen um die Ohren hauen würde, ignoriere ich sie und mache mich auf die Suche nach David Zirpa.

In Femkes Messenger finde ich ihn nicht, also gebe ich seinen Namen direkt im Suchfeld ein … und werde fündig.

Ich kann es kaum glauben, dass es so einfach sein soll, und obwohl er kein Foto von sich selbst als Profilbild verwendet, sondern einen braun gebrannten Rücken in einer engen Badehose, bin ich mir sicher, den Richtigen erwischt zu haben. Er hat nicht nur angegeben, in Niedersachsen zu leben, sondern ist auch Schwimmer und mit Femkes Bruder Konstantin befreundet.

Krass.

Ich klicke mich durch seine Fotogalerie und werde schnell fündig. Tatsächlich scheint David wirklich überzeugt von sich selbst zu sein – Fotos von ihm mit unterschiedlichen Mädchen im Arm, Champagner trinkenden Kumpels, auf Partys und vor extravaganten Autos füllen seine Ordner.

Und ich habe recht. Ich erkenne ihn, er ist es. Ich betrachte sein Gesicht eingehend, suche nach Anzeichen, die ihn als Vergewaltiger entlarven, doch ich finde nichts. Er sieht gut aus, manchmal sogar sympathisch, aber das ist ohnehin subjektiv. Irgendwie wäre es einfacher gewesen, hätte er ein entstelltes Gesicht, von Narben und Pickeln überzogen, buschige Augenbrauen und einen fiesen Überbiss. Wie hilfreich es wäre, Menschen anzusehen, was ihr schlimmster Beitrag zu unserer Gesellschaft war.

Dann entdecke ich auf seiner Seite etwas, das mir die Sprache verschlägt.

In einer Beziehung mit Tasha Tasha.

Es geht alles ganz schnell, ich habe die Veränderung nicht einmal bemerkt. Ich sehe nur, wie mir das Handy aus der Hand rutscht …

Ein Knall nahe deinem Ohr lässt dich zusammenfahren. Tasha hat mit der flachen Hand auf die geschlossene Tür neben deinem Spind geschlagen und funkelt dich wütend an. Du ahnst, was das bedeutet. Sie weiß es, aber bestimmt eine andere Variante der Wahrheit.

»Du Schlampe!«, zischt sie und drängt dich mit ihrem Körper gegen die Schränke. Du reagierst nicht, willst nichts hören und nichts sehen, aber Tasha verschwindet nicht.

Du spürst die Blicke auf dir und du hasst sie alle dafür, dass sie dich anstarren, über dich urteilen, obwohl sie noch nicht einmal die Lüge kennen, die Tasha gleich ausspucken wird – geschweige denn das, was wirklich passiert ist. Doch am meisten schmerzt dich der Blick von Anouk. Du hast sie gesehen, als du zu deinem Spind gegangen bist, nimmst sie immer wahr, sobald sie in deiner Nähe ist, was viel zu selten der Fall ist. Du weißt, dass sie genau so ist wie die anderen, über dich denkt wie jeder an der Schule, aber bei ihr ist es anders. Bei Anouk verstehst du es – vielleicht schmerzt es deshalb schlimmer als bei den anderen.

»Du hast mit meinem Freund geschlafen!«, kreischt Tasha, es gefällt ihr nicht, dass du schweigst. »Sag was, du Miststück!« Sie gibt dir einen Stoß und du gerätst ins Wanken, lässt aber ihren Wutausbruch über dich ergehen, bis er vorbei ist.

Irgendwann ist alles vorbei.

Du hörst die anderen tuscheln und gleichzeitig hörst du sie nicht. Es interessiert dich nicht, was sie sagen.

»Lass mich in Ruhe«, sagst du ruhig, während du kurz aus deiner Blase der Ignoranz auftauchst und zu Tasha aufblickst, die entrüstet nach Luft schnappt. Du hebst dein Kinn ein Stückchen, damit dir immerhin ein Funken Würde erhalten bleibt.

Würde. Beinahe musst du lachen.

»Dann gibst du es zu?«, bohrt Tasha und verpasst dir wieder einen Hieb gegen die Schulter.

Du wendest dich ab, klemmst dir ein paar Bücher unter den Arm und knallst deine Spindtür zu. »Du scheinst es doch schon längst zu wissen. Was willst du jetzt noch von mir?«, fragst du in müder Hoffnungslosigkeit. Dein Blick streift den von Anouk, und obgleich du weißt, dass sie es nicht verstehen wird, versuchst du, ihr stumm und nur mit deinem Blick etwas zu sagen.

Bitte hilf mir, *flehst du sie an und spürst das Brennen in deinen Augen, als sich Tränen sammeln. Anouk sieht zuerst weg, du bemerkst die Abneigung in ihrem Gesicht, als würde sie damit sagen:* Selbst schuld, das hast du dir ganz allein eingebrockt.

»Ich will, dass du es zugibst. Hast du mit meinem Freund geschlafen?«, fordert Tasha. Sie will dich anprangern, du liest es in ihrem Gesicht, weißt genug über die menschliche Psyche, um es zu durchschauen. Du sollst Reue zeigen, aber das wirst du nicht. Wie kannst du etwas bereuen, das dir angetan wurde?

Du stemmst deine freie Hand in die Hüfte und siehst Tasha herausfordernd an. Es ist dein Trotz, den bislang noch niemand tot bekommen hat. Sie will eine Show, alle anderen wollen eine Show, also wirst du ihnen eine liefern. »Und ich soll jetzt wissen, wer dein verfickter Freund ist?«, fragst du herablassend.

Tasha glotzt dich ungläubig an. »Willst du mich verarschen?« Nein, verarschen willst du sie nicht. Du weißt selbst nicht, warum du so etwas sagst, warum du die Gaffer in ihrem Urteil zu bestätigen versuchst. Du bist kein logisch funktionierender Mensch mehr, du bist ein wandelnder Widerspruch, ein Paradoxon, der Antagonist in deiner eigenen Geschichte und in der von allen anderen.

Aber das ist im Vergleich zu dem, was in deinem Inneren herrscht, bloß ein wohlgeordnetes Nichts.

Es ist ganz einfach. Einmal Schlampe, immer Schlampe. Vielleicht deshalb. Vielleicht, weil es leichter ist, eine Schlampe zu sein als ein Opfer.

»Lass mich in Ruhe«, sagst du erneut, und als du an Tasha vorbeiwillst, stößt sie dich an der Schulter zurück. Mit einen Krach knallst du gegen die Spinde und du möchtest weinen. Nur noch schreien und weinen und noch mehr schreien, bis dich endlich jemand hört, dir zuhört, dir glaubt, während du dir selbst nicht mehr glaubst. Aber du bleibst still, deine Maske passt perfekt, auch wenn niemand danach fragt, ob sie drückt.

Denn das tut sie.

»Sag es!«, fordert Tasha mit drohender Stimme.

Du richtest dich auf und sortierst deine Bücher unter dem Arm neu.

»Von mir aus«, beginnst du gelassen und blickst zu Tasha hoch, der du gerade einmal bis zur Schulter reichst. Du presst deine Lippen fest aufeinander, dann bist du bereit für all das, was sie hören wollen. »Ja, dein feiner Freund David hat mit mir geschlafen. Zufrieden? Und jetzt lass mich vorbei!«

Abermals versuchst du wegzukommen, doch wieder donnert Tasha dich gegen die Schränke, noch gröber als zuvor.

»Du verdammte Hure!«, schreit sie und du siehst, trotz allem, dass sie gegen die Tränen ankämpft. Es ist einfach, jemanden als gut oder böse abzustempeln, aber jeder hat für die Dinge, die er tut oder fühlt, Gründe. Sie können für Außenstehende banal und klein aussehen, doch Probleme und verletzte Seelen sind so individuell wie der Mensch selbst. Zu urteilen ist einfach, wenn du nicht selbst in dieser Position bist. All das sagen dir ihre aufkommenden Tränen, und für den Bruchteil einer Sekunde fühlst du dich mit ihr verbunden.

Nicht länger.

»Du kannst mich nennen, wie du willst, das ändert rein gar nichts. Statt mich mit deinem Beziehungsdrama zu belästigen, solltest du darüber nachdenken, warum du mich *eine Hure nennst, und nicht deinen feinen Freund. Du hältst dich für ein Opfer, weil er dich mit mir beschissen hat? Dann solltest du vielleicht bei ihm anfangen.«*

Eine universelle Wahrheit. Du weißt schon jetzt, wie sie darauf reagieren wird.

Tasha tritt einen Schritt zurück und schüttelt den Kopf. »Du bist so billig! Du hast David in einem Moment der Schwäche ausgenutzt, das weiß ich. Er hat mir alles erzählt, weil er es nämlich bereut, auf dich hereingefallen zu sein.«

David hält sich für schlau, und das ist er auch. Du lachst auf, obwohl alles in dir kreischt, ein entsetzlicher Laut, der niemals wieder verstummen wird. Es ist Hysterie, die sich nach außen zeigen wird, doch das willst du verhindern.

»Wenn dein Freund es so nötig hat, sich von einer Schlampe wie mir verführen zu lassen, obwohl er dich hat, ist das nicht meine verdammte Schuld.« Du weißt, dass dein nächster Satz der Todesstoß für sie sein wird. Sie tut dir weh, also tust du ihr weh. Und wozu? Damit sie dir wieder wehtut, denn im Gegensatz zu ihr hast du es verdient. Sie glaubt nur den Lügen ihres Freundes, aber du? Du bist eine Schlampe, die reihenweise Typen verführt. Weil du es kannst. Ist doch klar. »Vielleicht bringst du es einfach nicht.«

Ohne Vorwarnung holt Tasha aus und knallt dir ihre flache Hand ins Gesicht. Dein Kopf fliegt zur Seite, der brennende Schmerz in deiner Wange explodiert, doch du spürst nichts als Erleichterung …

Ein dumpfer Schmerz bricht über meinen Körper herein und ich finde mich auf allen vieren neben dem Bett wieder. Knie und Ellenbogen scheinen am meisten abbekommen zu haben und ich stöhne auf. Bin ich gerade tatsächlich aus dem Bett gefallen?

Mühsam quäle ich mich hoch, stütze mich auf der Matratze ab und hieve mich wie eine alte Frau zurück unter meine Decke.

Doch es ist nicht der Sturz, der mich fertigmacht und mich abermals in stumme Tränen ausbrechen lässt.

Es ist der Flashback.

Ich kenne diesen Zwischenfall, er ist mir in lebhafter Erinnerung geblieben, auch heute noch, doch meine Wahrnehmung war eine völlig andere. Ihr stummer Hilferuf … wie konnte ich ihn nicht sehen? Ihre Verzweiflung, versteckt hinter einer Maske aus Arroganz, die sie nur für mich hat fallen lassen, aber ich habe sie in meiner Blindheit im Stich gelassen, und langsam beginne ich mich zu fragen, wie viel von dem, was Femke vor und nach dieser Konfrontation widerfuhr, auch meine Schuld ist …

Kapitel 39

Der Sommer ist zurückgekehrt. Obwohl ich der festen Überzeugung war, der frühe Herbst würde bereits einen noch früheren Winter ankündigen, hat mir die Sonne an diesem Morgen ins Gesicht geschienen und mich mit ihrer Wärme geweckt. Als wolle sie mir beweisen, was für ein wundervoller Tag heute werden würde.

Ja, genau.

Jeder in Lübbewirtz kennt das Haus aus Glas. Bis heute war mir jedoch nicht klar, dass es Sebastians Familie gehört. Zuerst dachte ich, mich in der Adresse geirrt zu haben, als ich bei zwanzig Grad und Sonnenschein vor dem Gebäude mit den drei asymmetrischen Blöcken stehe, dessen Front und Rückseite aus zwei Stockwerke hohen Glaswänden errichtet ist. Doch der Name an der Tür lässt keinen Zweifel, dass ich hier erwartet werde.

Meine Knie sind weich, und doch fühle ich mich emotional gefestigter als in der Nacht zuvor. Womöglich liegt das an der Leuchtpistole in meiner Tasche, oder daran, dass ich das Gefühl habe, nach den Offenbarungen der letzten Tage könne mich kaum noch etwas schocken.

Während ich vor der Tür stehe und das Klingeln hinauszögere, frage ich mich, was mich erwartet. Natürlich habe ich mehr als einmal darüber nachgegrübelt, was es mit den Wochenenden auf sich hat. Der Flashback in der Mädchentoilette, als Sebastian mich an die Wand gedrückt hat, war ein ziemlich deutlicher Hinweis darauf, dass es etwas mit Sex zu tun hat.

Und doch bin ich hier, setze mich freiwillig der Gefahr aus, etwas mit mir passieren zu lassen, das ich nicht will, weil ich es wissen muss. Ich brauche Details, muss verstehen, wie alles zustande kam, warum sich Femke darauf eingelassen hat, und anschließend deutlich klarmachen, dass das nun ein Ende hat. Und zur Not kann ihn hoffentlich die Leuchtpistole überzeugen.

Als ich schließlich klingle, klopft mir das Herz bis zum Hals und ich habe den Eindruck, jeden Moment aus den Latschen zu kippen, weil mein Kreislauf zu versagen droht.

Was wohl Sebastians Eltern dazu sagen, dass er jedes Wochenende ein Mädchen bei sich hat? Muss ich vor ihnen seine Freundin spielen, ohne mir anmerken zu lassen, erpresst zu werden? Sitze ich bei den Mahlzeiten mit an ihrem Tisch, als gehöre ich zur Familie?

Bevor sich meine Gedanken überschlagen, schüttle ich den Kopf und wundere mich, warum niemand öffnet. Wieder drücke ich auf den Klingelknopf und höre es im Haus schellen – aber es scheint niemand anwesend zu sein, der es hören könnte.

Vielleicht trifft sich Sebastian in diesem Augenblick mit Milo und ist spät dran. Obwohl meine Vernunft mir rät, seine Abwesenheit als Zeichen zu betrachten, dass ich nicht bleiben sollte, sehe ich mich um, in der Hoffnung auf irgendeinen Hinweis. Kennt Femke womöglich ein Versteck, in dem sich ein Schlüssel befindet, einzig zu dem Zweck, ihr ohne Sebastians Anwesenheit das Betreten des Hauses zu ermöglichen, damit sie sich seinen Wünschen entsprechend auf seine Rückkehr vorbereiten kann?

Ich bekomme trotz der Wärme eine Gänsehaut.

Das kann er sich echt abschminken!

Doch ich entdecke nichts, was mir den Weg zu dem Geheimversteck weisen würde. Frustriert stöhne ich auf. Was nun? Warten? Sicher ein Fest für meine angespannten Nerven. Ich trete ein paar Schritte zurück und blicke an der hohen Glasfront empor. Die Sonne spiegelt sich in den Scheiben und ich kann nicht ins Innere des Hauses sehen. Also beschließe ich spontan, mich auf der Rückseite des Gebäudes umzusehen. Wird schon nicht verboten sein, immerhin müsste ich hier bekannt sein wie ein bunter Hund.

»Hallo?«, rufe ich vorsorglich, damit ich niemanden mit meinem plötzlichen Auftauchen erschrecke.

»Wir sind hier!«, kommt sofort eine mir fremde Stimme zurück und überrascht sehe ich mich um. Doch es ist niemand da, also umrunde ich das gläserne Monstrum und finde schließlich zwei Jungen auf einer gigantischen, in den Boden eingelassenen Terrasse vor.

Noel und der rothaarige Lukas.

Beide sitzen auf einer beigefarbenen Sitzgarnitur, auf der ohne Probleme zehn Leute genügend Platz gefunden hätten. Auch sonst wirken die Gartenmöbel, als wären sie teurer gewesen als das ganze Haus von Femkes Familie.

»Du bist wirklich gekommen«, stellt Lukas fest und schnalzt anzüglich mit der Zunge. Mit ihm hatte ich bislang am wenigsten zu tun, aber das, was ich von ihm mitbekommen habe, macht ihn noch unsympathischer als Sebastian – und das will was heißen.

»Japp«, sage ich, während ich auf sie zugehe und mich abermals frage, warum ich mir das antue.

»Geil«, lacht Lukas dreckig und hält Noel seine Hand für ein High Five hin, was dieser nur halbherzig erwidert. Unsere Blicke treffen sich, ich sehe die Sorge in seinen Augen. Ich bin unschlüssig, was es ist, doch Noel tickt anscheinend anders als seine Freunde. Warum er zu ihrer Gang gehört und bei diesen obskuren Wochenenden dabei ist, bleibt wohl sein Geheimnis.

Es sei denn, er hat sich Femke längst anvertraut.

Ich lasse unseren Blickkontakt abreißen, und als ich die Jungen erreiche, bedeutet mir Lukas, dass ich mich zu ihnen setzen soll.

Ich wähle einen Platz so weit weg von ihnen wie möglich. »Wo ist Sebastian?«, frage ich, nachdem ich vorsorglich über die Terrasse hinweg durch die Glasscheibe des Hauses gesehen habe.

»Geschäftlich unterwegs«, meint Lukas, und als ich mich zu ihm umdrehe, sehe ich ihn feixen. So nennen sie das? Das Verbreiten einer Liste, die ziemlich übel sein muss, und das Animieren zu einer Straftat nennt er wahrhaftig ein Geschäft. Dieser Typ finden sich verdammt cool, oder warum erzählt er diese größenwahnsinnige Grütze?

»Geschäftlich? Was für Geschäfte denn?«, frage ich gefaked ahnungslos und bin gespannt, was sie dazu sagen.

Doch sie antworten nicht. Lukas kichert lediglich vor sich hin, was ihn ein wenig irre wirken lässt. Trüge er nicht eine viel zu bunte Shorts und ein offenes Hawaii-Hemd, das seine sommersprossige Brust freilegt, wäre er mir unheimlich. *Psychopath-Potenzial*, wie Amy es nennen würde. So aber wirkt er wie ein viel zu großes Kind, das man, obwohl es farbenblind ist, in einem Kaufhaus mit Klamotten aus den Achtzigerjahren ausgesetzt hat. Seine Eltern sind sicher stolz auf seine Kleidungswahl.

Noel hingegen meidet es, mich anzusehen. Ich habe den Eindruck, dass er sauer auf mich ist, kann es mir aber nicht erklären. Ich erinnere mich an seine Behauptung, mir an den letzten Wochenenden irgendwie geholfen zu haben. Auch habe ich sein heimliches Kopfschütteln vor Augen, als Sebastian mich zu diesem Wochenende eingeladen hat. Aber nichts davon wäre eigentlich ein Grund, sauer auf *mich* zu sein.

Und selbst wenn …

Eine bedrückende Stille kommt auf und ich hasse es, hier mit diesen Typen zu sitzen, die in Femkes Vergangenheit nicht besonders nett zu ihr waren.

»Wo sind eigentlich seine Eltern?«, frage ich irgendwann. Hauptsächlich will ich damit das Schweigen überbrücken, doch die Abwesenheit von Erwachsenen finde ich tatsächlich ungewöhnlich.

Lukas sieht mich misstrauisch an. »Immer noch in Namibia …«, sagt er gedehnt. Alles klar, Wink mit dem Laternenpfahl verstanden, Femke weiß also davon.

»Ach so, ja …« Etwas nervös nehme ich meine Tasche auf den Schoß, die bis eben noch neben mir lag. Momentan ist es mir lieber, die Leuchtpistole so nah wie möglich bei mir zu wissen. »Machen sie sich keine Sorgen um ihren Sohn?« Ich kann nicht aufhören, dumme Fragen zu stellen.

Lukas bricht in ungläubiges Lachen aus. »Ja, genau«, meint er und klopft sich dabei übertrieben auf seine Oberschenkel, als hätte ich einen Megawitz gerissen. Ich deute seine Reaktion mal als Nein.

»Er ist achtzehn und kann ein Jahr allein bleiben. Ist ja nicht so, als würde es ihm an irgendwas fehlen«, erklärt Noel sachlich und scheint von Lukas ebenso genervt zu sein wie ich.

Dieser rammt ihm neckisch einen Ellenbogen in die Seite. »Alter, du klingst voll neidisch.«

Als Retour verpasst Noel ihm einen weniger neckischen Schubser, kräftig genug, um Lukas in die Polster der Rückenlehne zu drücken. »Bin ich nicht.«

»Ja, genau.« Egal, was man sagt, Lukas zweifelt alles und jeden an oder zieht es ins Lächerliche – das scheint sein Ding zu sein, womit er anderen mordsmäßig auf die Nerven geht.

»Muss halt ein beschissenes Gefühl sein, wenn den eigenen Eltern irgendwelche Projekte in Afrika wichtiger sind als ihr eigener Sohn.« Noel ist nachdenklich geworden und spricht aus, was auch mir in den Sinn gekommen ist. Sicher suche ich keine Rechtfertigung für das, was Sebastian tut, weil es die nicht gibt. Doch eine Erklärung, warum er so geworden ist, wie er ist, wäre eine Hilfe, damit – sollte ich jemals Kinder haben – sie nie so werden wie er.

Lukas verzieht das Gesicht angewidert und rückt theatralisch von Noel ab. Ich habe keine Vorstellung davon, wie er sonst ist, aber was er vor mir abzieht, ist nichts als Show. »Alter, ich hab dir schon tausend Mal gesagt, du sollst mit diesem Herumschwulen aufhören. Das ist ekelhaft.«

Noel verdreht die Augen. »Ja, sorry, Mann. Femke hat mir halt gefehlt, der Druck macht komische Dinge mit mir.« Sein Blick huscht kurz und verstohlen zu mir, und plötzlich geht mir, weit entfernt in einer fremden Erinnerung, ein kleines Lichtlein auf.

»Ich bin schwul.«

Du starrst ihn an, diesen Jungen, dem du auf das Zimmer gefolgt bist, weil du es musstest. Um nicht länger immerzu die Angst haben zu müssen, überfallen oder belästigt zu werden, damit du dich nicht bei jedem Kerl, der dich anspricht, fragen musst, ob er es ehrlich meint oder ob er dich bloß flachlegen will, natürlich auch gegen deinen Willen, wenn es nicht anders geht. Und damit diese grauenvolle Liste nicht weiter in Umlauf gebracht wird, die Liste, die bereits so viele Mädchenseelen gebrochen hat, Mädchen, die dir die Schuld dafür geben, weil es in deiner Verantwortung liegt, dass sie überhaupt existiert. Mädchen, die sich nicht dafür interessieren, was du durchgemacht hast, was hinter alledem steckt und was du auf dich nehmen musst, um jene, die dich Schlampe nennen und dich verachten, zu beschützen.

Und dieser Junge, gut aussehend, sportlich und eigentlich nett, nur mit den falschen Freunden, der neben dir auf dem Bett sitzt und dir eben noch die Zunge in den Hals gesteckt hat, obwohl du es nicht wolltest, sagt dir nun, dass er schwul ist. Da kann man schon einmal verwirrt sein.

»Und warum lässt du deine Kumpels glauben, du würdest mich hier gegen meinen Willen vögeln?«, fragst du verstört und knöpfst deine Bluse wieder zu. Eben noch hat er dir an die Brust gefasst, unbeholfen zwar, aber vielleicht wäre es seine erste Vergewaltigung gewesen.

Nein, *stoppst du dich selbst. Sebastian hat es so gedreht, dass es keine Vergewaltigung ist. Mit deiner Erlaubnis, gegen deinen Willen. Aber wen interessiert schon, was du willst? Niemanden. Schon lange nicht mehr.*

Noel druckst herum, du kannst an seinem Gesichtsausdruck erkennen, dass ihm das Gespräch nicht behagt, das ganze Thema neu für ihn ist, und du fragst dich, ob du womöglich die Erste bist. Die Erste, vor der er sich geoutet hat.

»Das ist nicht so einfach. Wenn sie es erfahren, wollen sie nichts mehr mit mir zu tun haben. Das weiß ich, sie sind einfach so drauf.«

Seine Erklärung ist wie ein Schlag ins Gesicht. Es ist ihm lieber, von seinen bescheuerten Kumpels für einen Vergewaltiger gehalten zu werden als für schwul. Er opfert seine Freiheit und deinen Körper, um eine Lüge aufrechtzuerhalten, eine Lüge für eine Freundschaft, die nicht mehr wert ist als ein alter Knopf auf dem Gehweg.

»Soll ich jetzt Mitleid mit dir haben? Wer sich freiwillig mit solchen Mistkerlen abgibt, hat nichts anderes verdient, als für das, was er ist, verhöhnt zu werden.« Du bist gemein und deine Worte sind böse, aber sie tun dir nicht leid, sie sind die Wahrheit.

Noel steht auf, läuft weg, kommt wieder. Durchquert den Raum, einst das Elternschlafzimmer, nun wirst du hier gevögelt, mit deiner Erlaubnis, aber gegen deinen Willen, *bereits mehrfach von Sebastian und bald auch von Lukas, dem mit dem ersten Eindringen in dich einer Zukunft als Psychopath nichts mehr im Wege steht.*

Noel aber ist anders. Er macht sich Sorgen, denkt viel nach, hasst obszöne Witze. Nun wandert er vor dir auf und ab, die Hände über seinem Kopf, und denkt nach. Macht dich nervös. Zerrt an deinen Nerven.

Dann bleibt er stehen, weit weg von dir, das ganze Zimmer zwischen euch, doch in Wirklichkeit ist es noch viel mehr. »Ich hatte gehofft, wir könnten uns gegenseitig helfen.« Er ist offensichtlich aufgewühlt, hat wohl mit einer anderen Reaktion von dir gerechnet, aber das Leben ist kein Wunschkonzert.

»Und wie hast du dir das vorgestellt?«, fragst du und verschränkst die Arme vor der Brust. Sicher bietet er dir einen schlechten Deal an, davon bist du in letzter Zeit viel zu viele eingegangen.

»Ganz einfach«, erklärt er vorsichtig, seine Stimme gedämpft, denn in der Vorstellung der anderen tut er gerade etwas, bei dem ausführliche Gespräche eher selten sind. »Du lässt sie in dem Glauben, dass wir abgefahrenen Heterosex miteinander haben, und ich werde dafür versuchen, dass ich dich so häufig wie möglich bekomme.«

Abgefahrener Heterosex? Er ist wirklich schwul. »Wir haben keinen Sex?«, hakst du nach, denn wenn du seinen Vorschlag richtig verstanden hast, klingt das gar nicht so übel.

»Nein«, sagt er aufrichtig.

»Willst du etwas anderes Abartiges von mir?«

Er schüttelt den Kopf, doch es fällt dir schwer, ihm zu glauben, du hast ein Problem mit Vertrauen, aber das wundert dich nicht. »Nur dein Versprechen, dass du es niemanden verrätst. Also dass ich schwul bin und mich lieber mit dir über … keine Ahnung, Bücher unterhalten würde, als mit dir Sex zu haben.«

Was hast du zu verlieren?

»Vergiss es, du Penner! Heute bin ich dran! Du hast sie die letzten Wochenenden immer gehabt.«

Noch immer zanken sie sich wie zwei kleine Jungs. Ich habe mein Haargummi gefunden und der Flashback hat mich ausspuckt wie einen alten Kirschkern. Ich bin benommen und irritiert, es werden immer mehr Flashbacks und immer weniger Vorzeichen. Bis ich es schaffe, mich aus ihnen zu befreien, vergeht zu viel Zeit. Ich möchte nicht wissen, welche Erinnerung ich dafür hergeben musste – und das werde ich auch nie.

Die Jungs jedenfalls haben nichts von meiner geistigen Abwesenheit bemerkt. Was gut ist. Es war sonst kein emotional schmerzhafter Einblick in Femkes Unterbewusstsein. Noel ist schwul und hat Femke, um nicht mit ihr schlafen zu müssen, in sein Geheimnis eingeweiht. War das die Hilfe, von der er neulich gesprochen hat? Denn das wäre nur ein Tropfen in einem Meer aus sexuellen Missständen, dazu aus den falschen Gründen. Es ging ihm dabei nicht darum, Femke zu helfen, sondern geschah aus seinem Wunsch heraus, diese verdammten Prolls als Freunde zu bewahren, obwohl sie ihn ablehnen würden, wüssten sie, wie er wirklich ist.

Aber im Grunde ist es mir egal. Ich bin nun in einem Punkt schlauer als vorher und kenne ein Geheimnis, bin allen anderen etwas voraus.

»Vermutlich wird Sebastian sie für sich behalten und wir dürfen erst nächstes Wochenende ran wie damals, weißt du noch?«, stöhnt Lukas genervt, und seine entwürdigenden Worte reißen mich aus meinen Gedanken.

»Hallo? Ihr wisst schon, dass ich anwesend bin?«, rufe ich mich ihnen in Erinnerung. Ich möchte im Augenblick einfach nichts über die Grausamkeiten wissen, die Femke hier angetan worden sind. Ich bin nicht Femke und es wird Zeit, dass sie begreifen, dass sich dieses neue alte Mädchen nichts mehr gefallen lässt.

»Na und? Hast du …«

»Hey, ihr Penner! Kommt ins Haus, aber schnell!«, wird Lukas unterbrochen und ich bekomme beim Klang von Sebastians Stimme eine Gänsehaut. Der Typ hat es mit der einen Begegnung auf der Mädchentoilette geschafft, mich nachhaltig einzuschüchtern. Aber ich bin nicht bereit, das länger mitzumachen. Sie hatten ihren ekelhaften, missbräuchlichen Spaß, nun ist Schluss.

»Ich schätze, Sebastian ist zurück. Endlich geht's los«, freut sich Lukas und springt auf, während Noel sich nur widerwillig erhebt und erneut einen verstohlenen Blick zu mir wirft. Ich bin die Letzte, die aufsteht und über die Wiese zur Terrassentür schleicht, um die kommenden Ereignisse so lange wie möglich hinauszuzögern.

Wie widersprüchlich ich bin.

»Ich wusste, dass du irgendwann zur Vernunft kommst«, werde ich von Sebastian begrüßt, ohne dass er mich eines Blickes würdigt. Das macht mich wütend und anscheinend habe ich genau das gebraucht, um meine Furcht zu überwinden und zu mir selbst zu finden.

»Können wir unter vier Augen sprechen?«, frage ich mit scharfem Ton und spüre, wie sich mein Rücken anspannt.

Zur Flucht bereit, jederzeit.

Sebastian, der eben noch am Sekretär im Wohnzimmer herumhantiert hat, dreht sich nun zu mir um und wirft mir mit einer hochgezogenen Augenbraue einen neugierigen Blick zu. Er hat bei der neu entdeckten Spätherbstsonne seine Pullover mit weißen Hemdkragen gegen ein weißes Poloshirt und weiße Jeans getauscht. So viel Weiß, die Farbe der Unschuld – Sebastian hat genau erfasst, wie er gesehen werden will und was er dafür tun muss.

»Okay, von mir aus. Aber nicht lange, wir erwarten einen Gast.« Er nickt und bedeutet mir, ihm zu folgen.

Er voran, gehen wir einen kurzen Flur entlang. Mir schwirrt noch immer der Gast durch den Kopf und ich habe keine Ahnung, was ich davon halten soll. Noel und Lukas jedenfalls scheinen nichts darüber zu wissen.

Sebastian öffnet eine lackierte Schiebetür aus Mahagoni auf der rechten Seite und eine kleine Bibliothek offenbart sich. Die Bücherregale reichen bis unter die Decke, und nur durch die Fenster in der oberen Hälfte des Raumes schafft es etwas Licht zu uns. Lässig lehnt Sebastian sich an den Kaminsims am anderen Ende des Zimmers, zu dem ich ihm gefolgt bin. Ich sehe mich nach einer Sitzgelegenheit um, doch der antik anmutende Ohrensessel scheint mir keine angemessene Wahl. Zum Sitzen bin ich ohnehin zu unruhig, kann kaum still stehen und muss mich davon abhalten, im Raum auf und ab zu gehen.

»Ich fasse es nicht, dass dich wieder jemand geknallt hat«, beginnt Sebastian lachend, noch bevor ich etwas sagen kann.

»Was?«, entfährt es mir, ein verbaler Furz, und ich ziehe die Augenbrauen irritiert zusammen.

»Der Typ, den ich eben getroffen habe. Er ist jetzt einer von den Sursex«, erklärt er.

Ich weiß, dass er von Milo spricht, doch dass er *Sursex* erwähnt, macht mich kribbelig – auf die unangenehme Weise.

Mir liegt die Frage auf der Zunge, was genau die Sursex Creators sind, doch damit würde ich nur meine Unwissenheit preisgeben, und ich bin mir sicher, dass Femke die Antwort wusste.

Das ganze Gespräch muss anders aufgezogen werden.

»Woher willst du wissen, ob er mich *geknallt* hat? Vielleicht hab ich ihm mein Tattoo aus freien Stücken gezeigt«, sage ich provokant und bin gespannt, ob Milo irgendwas über mich erzählt hat.

Ungläubig verzieht Sebastian das Gesicht, als hätte ich mir soeben den größten Schwachsinn aus den Fingern gesogen. »Ach komm, hat dich jemals jemand, der das Tattoo gesehen hat, nicht geknallt?«

Am liebsten würde ich ihm direkt eine verpassen. »Fick dich, Sebastian! Ich glaube daran, dass es Typen auf diesem verdammten Planeten gibt, die nicht sofort über ein Mädchen herfallen, sobald es sich partiell entblößt«, fahre ich ihn an und bin selbst davon überrascht, wie laut ich geworden bin.

Sebastians Ausdruck steckt irgendwo zwischen irritiert und amüsiert fest. »Partiell entblößt? O Femke, was ist bloß mit dir los?«

Nein! Nicht er! Das darf ehrlich nicht wahr sein! Von allen Menschen, mit denen Femke zu tun hatte, ist ausgerechnet *er* einer, der die Veränderung bemerkt? Das kann nur ein verdammt übler Scherz sein.

Dennoch straffe ich meine Brust. Natürlich werde ich ihm nicht erzählen, dass tatsächlich jemand anderes in Femkes Körper steckt.

»Wenn du nur einen Funken Empathie in deinem Körper hättest, müsstest du mir diese Frage nicht stellen«, werfe ich ihm vor und funkle ihn wütend an. Doch ich bin mir unsicher, ob seine Reaktion Verständnis oder Entrüstung darstellen soll.

»Empathie?«, wiederholt er gedehnt, als müsse er das Wort erst probieren, ob es ihm überhaupt schmeckt. Dann zuckt er mit den Schultern und sieht mich herablassend an. »Ich finde, ich habe dir bereits sehr viel Empathie entgegengebracht. Sonst wärst du nicht hier.«

Ich lache freudlos auf. »Sehr mitfühlend, mir wieder und wieder irgendwelche Spinner auf den Hals zu hetzen.«

Er kommt auf mich zu und ich muss mich zwingen, mich nicht von der Stelle zu rühren. Ich verweigere die Angst und denke an die Leuchtpistole in meiner Handtasche. Wie er es wohl findet, wenn ich ihm damit ins Gesicht schieße?

»Das hast du dir selbst eingebrockt, und das weißt du. Du kennst die Regeln für meine Empathie«, wispert er süffisant und kommt mit jedem Wort näher. Plötzlich legt er den Kopf schief und zieht die Brauen fragend zusammen. »Woher hatte der Typ eigentlich die Nummer? Der geht doch längst nicht mehr zur Schule.«

Sebastian steht mir so nahe, dass ich fürchte, er könne meine Angst riechen. »Er … hat eine jüngere Schwester, die ihm ein Foto vom Schwarzen Loch gezeigt hat.«

Mit einem Schmunzeln zieht er eine Augenbraue hoch. »Eine jüngere Schwester, hm? Du bist ja bestens informiert. Habt ihr Small Talk gemacht, bevor oder nachdem er über dich rüber ist?«

Niemals hätte ich es für möglich gehalten, aber in diesem Moment hasse ich Sebastian abgrundtief. Er bedrängt mich schon wieder, indem er dicht vor mir steht, und doch tut er eigentlich nichts. Vieles von dem, was ich an ihm fürchte, passiert so subtil, dass ein Außenstehender es nicht bemerken würde. Würde in diesem Augenblick jemand die Tür öffnen, würde er nur ein Paar sehen, das mitten im Raum eng beieinandersteht, womöglich haben sie gerade einen Kuss geteilt. Nichts an unserer Position macht Sebastians Eindringen in meine Intimsphäre offensichtlich, da ich nicht zurückweiche, weil ich nicht bereit bin, mich in eine Ecke drängen zu lassen. Kommt das einer Erlaubnis gleich? Gibt es ihm automatisch das Recht, mir so nahe zu kommen? Muss ich laut Nein schreien oder ihn auf den üblichen Respektabstand hinweisen, um etwas zu bekommen, was selbstverständlich sein sollte? Nur weil wir uns kennen und er mit Femke geschlafen hat – mit ihrer Zustimmung oder nicht –, heißt das nicht, dass dieser Körper keine Grenzen verdient.

»Warum tust du das, Sebastian? Ich verstehe das nicht. Du bist ein …«, ich sehe zu ihm auf und suche nach den richtigen Worten, »… gut aussehender, vom Schicksal bevorzugter Typ und ich wette, es gibt Mädchen, die dich echt … gernhaben könnten, wenn du nicht so … ein beschissenes Arschloch wärst.«

Mit meinen Worten scheine ich ihn zu überraschen, denn sanfte Selbstbesinnung legt sich auf sein Gesicht. Als würde er das erste Mal wirklich über etwas nachdenken, was ich gesagt habe. »Du hast dich echt verändert, Fem«, meint er versunken. »Seit sie den Kerl aus dem Wasser gezogen haben, bist du irgendwie … nicht mehr dieselbe.«

Ich zwinkere irritiert, weil ich mich darüber wundere, dass er Maurice erwähnt. Mir kommt in den Sinn, dass Tilda ihn für seinen Mörder hält, und wäre ich nicht der Überzeugung, dass Femke es gewesen ist, würde ich ihre Vermutung teilen.

»Genau genommen habe ich mich schon davor verändert«, sage ich, ein Insider nur für mich.

»Das ist wahr«, bestätigt er dennoch.

»Du hast mir nicht geantwortet.«

»Und du weichst dem Offensichtlichen aus.«

Ich zögere kurz, weil ich nicht daraufkomme, was er damit meint. »Das einzig Offensichtliche ist, dass du meine Frage nicht beantwortest«, behaupte ich schulterzuckend.

Sebastian schmunzelt, auch wenn er nicht wieder ganz er selbst ist. »Deiner Ansicht nach verdienst du eine Antwort, hab ich recht?«

Er mag es amüsant finden, ich hingegen nicht. »Ich verdiene viel mehr als eine Antwort, aber ja.«

»Du willst also wissen, warum ich das tue?«, wiederholt er.

Mir dauert dieses Gespräch schon viel zu lange und der Drang, von ihm abzurücken und meinen Wohlfühlbereich wieder für mich allein zu haben, macht es mir immer schwerer, mich nicht von der Stelle zu rühren. »Bist du auch ein Sursex Creator? Ist das so ein Sekten- oder Verbindungsding?« Ein Versuch, das Gespräch zu beschleunigen.

Sebastian lacht und es kommt mir vor, als hätte ich ihn mit meiner Frage beleidigt. »Ich? Bei den Sursex? Nein, echt nicht, danke.« Seine Stimme ist so voller Ablehnung, dass ich ihm glaube. Auch wenn ich nun absolut ahnungslos dastehe.

»Was ist es dann?«

Etwas an Sebastians Haltung verändert sich. Er senkt seinen Kopf, um meinem Gesicht näher zu sein, dabei sind seine Gesichtszüge weich. »Weißt du es denn nicht?«, fragt er tonlos und ich schüttle den Kopf. Es fällt mir schwer, seinem Blick standzuhalten. Sebastian streckt eine Hand aus und nimmt ungewöhnlich zurückhaltend eine meiner Haarsträhnen zwischen seine Finger. »Es geht mir um dich, Fem! So lange hast du mich ignoriert, hast nicht gemerkt, wie sehr ich dich mochte, noch bevor wir überhaupt ein Wort miteinander gewechselt haben. Ich war einfach zu schüchtern …«

»Du und schüchtern?«, unterbreche ich ihn. Er nimmt mich auf den Arm, das ist eindeutig, und ich habe nicht vor, mich von seiner Show blenden zu lassen.

»Was weißt du schon von mir?«, säuselt er weiter. »Weißt du überhaupt, wie es in mir aussieht? Ich wollte dich, weil nur du es geschafft hast, mein totes, von meinen Eltern verstoßenes Herz wieder zum Schlagen zu bringen. Aber du hast mich nicht beachtet.« Seine Finger lassen von meinem Haar ab und er streicht mit seinem Daumen über die fast verheilte Schürfwunde auf meiner Wange. »Als das Angebot von den Sursex kam … wie hätte ich da Nein sagen können?«

»Wer hat dir das Angebot gemacht?«, hake ich nach und lasse seine Berührung nur zu, um eine ehrliche Antwort wahrscheinlicher zu machen.

Dafür ist er es, der seine Hand zurückzieht, als hätte er sich plötzlich an mir verbrannt. »Und wieder hörst du mir nicht zu! Verstehst du denn nicht, dass ich dich liebe? Dass ich dich lieber auf diese Weise bei mir habe als gar nicht? Als dabei zusehen zu müssen, wie dich die anderen Typen kaputtmachen? Ich will dich nur beschützen!« Sebastian redet sich regelrecht in Rage, seine Worte ein melancholischer Klagegesang, und ich muss mich zusammenreißen, um nicht auf diesen Schund hereinzufallen.

»Teilst du mich deshalb mit deinen Kumpels?«

»Ich teile dich nicht! Aber wie könnte ich ihnen etwas so Köstliches und Berauschendes vorenthalten wie deinen zarten Körper? Deine bezaubernden rosa Nippel, die sich sofort aufstellen, sobald ich sie liebkose …« Seine Finger, nun an meinem Ohr, wandern in einer zarten Linie meinen Hals abwärts, bis sie mein Dekolleté erreichen. »… und deine heiße Tiefe, die meinen harten Schwanz umschließt …« Er schiebt seinen Unterleib vor und reibt sich an mir, während ich es über mich ergehen lasse. Meine Wangen brennen, mein Magen drückt, aber ich darf mich nicht einschüchtern lassen. »Sie sind meine Freunde, verstehst du? Sie lieben dich ebenso, wie ich es tue …«

Mit großen Augen starre ich ihn an. Sein Schauspiel ist tadellos, und ich könnte schwören, wirklich seine Erregung gespürt zu haben …

Sebastians Mundwinkel zucken, als sein Daumen mein Kinn streift und er den entsetzten Ausdruck in meinem Gesicht bemerkt. Wie auf Knopfdruck zieht er sich von mir zurück und lacht lauthals auf. »Jetzt guck nicht so bestürzt, Fem, ich mach nur Spaß. Es gibt keinen tieferen Grund, falls du eine verletzte Seele oder so in mir suchst. Ich fick dich gern. Ich hab kein Bock auf Beziehung oder dieses lästige Balzverhalten, und du bist zu haben.«

Obwohl ich wusste, dass er mir etwas vorgaukelt, ist seine Aussage wie ein Schlag ins Gesicht. Manchmal ist es einfacher, auf eine verletzte Seele zu hoffen, die alles erklärt, als die Infamie eines Menschen zu akzeptieren.

»Und dir ist es völlig egal, dass ich es nicht will?« Jetzt, da er meine Intimsphäre verlassen hat, erlaube ich mir, den Abstand zwischen uns zu vergrößern.

Er zieht die Mundwinkel nach unten, dann zuckt er mit den Achseln. »Ja, ziemlich. Mit deiner Zustimmung, das ist der Deal.«

Mit seinen Worten wird die Umgebung unscharf, Silhouetten und Formen trennen sich oder treten hervor, alles scheint sich zu verschieben und ich weiß, was das bedeutet. Schneller als sonst zuckt meine Hand zu dem Haargummi um mein Handgelenk und lässt es mehrfach auf meine Haut schnappen. Der Flashback, der sich angekündigt hat, zieht sich zurück wie das Meer bei Ebbe, hat aber ein Geschenk am Meeresboden für mich hinterlassen.

»Mit meiner Zustimmung, gegen meinen Willen«, flüstere ich mit einer Selbstverständlichkeit, die mich selbst überrascht. Doch dieser Satz … er ist mir fremd und gleichzeitig vertraut. Wie ein altes Lied aus Kindheitstagen.

Genervt verdreht er die Augen. »Wie auch immer …«

Doch als er sich von mir abwenden will, halte ich ihn am Arm fest. Seine Verblüffung über meinen unerwarteten Wagemut kann kaum größer sein als meine eigene. »Ich will mal etwas klarstellen, Sebastian. Mit meiner Zustimmung? Das ist vorbei. Wir haben einen Deal? Der ist geplatzt, fürchte ich. Ich werde heute und an diesem Wochenende weder mit dir noch mit einem deiner Freunde Sex haben.«

Ich lasse ihn los, doch meine Erleichterung darüber, ihm klar gesagt zu haben, wie es ab jetzt läuft, bleibt aus – was an seinem Gesichtsausdruck liegen könnte, denn er sieht mich an, als hätte ich vollständig den Verstand verloren. Als wäre ich ein naives Mädchen, das zur Ordnung gerufen werden muss.

»Femke, Femke, Femke.« Bei jeder Erwähnung meines Namens schüttelt er den Kopf und verringert wieder den Abstand zwischen uns. »Weißt du eigentlich, wie lächerlich du dich gerade machst?«

»Das sehe ich anders«, erwidere ich überzeugt und erlaube es mir dieses Mal, ihm auszuweichen. Ich kehre zu der Schiebetür zurück und wende mich ihm theatralisch zu. »Vielleicht sollte ich einfach zur Polizei gehen.« Ein Bluff. Er weiß es, ich weiß es, und doch stelle ich die Behauptung in den Raum, damit sie mir zumindest imaginär Rückendeckung gibt.

Sebastian schnaubt verächtlich und verschränkt die Arme vor der Brust. Mir fällt eine Narbe an seinem Unterarm auf, die von seinem Ellenbogen aus die halbe Außenseite entlangläuft. Sie zieht meinen Blick magisch an und ich frage mich, was wohl passiert ist und ob vielleicht ein Dämon in ihn gekrochen ist, als die Haut offen war.

»Wirklich? Die Polizei?«, reißt sein Spott mich aus meiner albernen Vorstellung. »Und was willst du denen sagen? Ich meine, du kommst freiwillig hierher, hast einvernehmlichen Sex mit uns – wirst mit allem versorgt, was du brauchst, und gehst irgendwann wieder nach Hause. Weißt du, was die Polizei tun wird? Nichts. Weil keine Straftat vorliegt.« Er ist sich seiner Sache verdammt sicher. Wut brodelt in mir. »Wenn es dir nur darum geht, dass möglichst viele Leute erfahren, dass du eine Schlampe bist, brauchst du nicht die Polizei zu rufen. Das wissen nämlich bereits alle.«

»Ich bin keine Schlampe!«, explodiere ich regelrecht. Doch bevor ich noch mehr sagen kann, hebt Sebastian den Finger, um mich zum Schweigen zu bringen. Und in diesem Fall hat er recht. Das Gespräch ist beendet, es gibt nichts zu sagen, was irgendetwas ändern würde. Ich funkle ihn hasserfüllt an, frage mich, ob ich ihm ein paar Bücher an den Kopf werfen soll, als ein metallenes *Ding Dong* durch das Haus lärmt.

Sebastian wackelt mit den Augenbrauen, bedeutet mir mit einem Zeigefinger, dass ich ihm folgen soll, und eilt hastig durch die Schiebetür davon.

Nur widerwillig komme ich seiner Aufforderung nach, denn abgesehen von dem betäubenden Zorn, der mich fassungslos zurücklässt, erwacht eine alte und gleichzeitig neue Unruhe in mir – durch den weiteren Gast und die Tatsache, dass ich hier bin, im Haus aus Glas, und langsam Angst bekomme, meinen NO-SEX-Standpunkt nicht deutlich genug vorgebracht zu haben.

Ich höre Stimmen an der Haustür und meine Schritte werden langsamer. Es wird gesprochen, doch ich verstehe nichts. Meine Ohren sind wie mit Watte gefüllt, mein Kopf und ganz speziell meine unsichtbare Beule an der Schläfe dröhnen und ich wünsche mich an einen anderen Ort. Was ist, wenn ich nicht entkommen kann? Wenn mich das gleiche Schicksal ereilt wie Femke, weil ich so blöd war, hierherzukommen?

Andererseits kann es so nicht weitergehen! Diese Erpressung, entweder Sex mit Sebastian und seinen Kumpels zu haben oder Femke für die mysteriösen Sursex Creators zum Abschuss freizugeben, was in Psychoterror, physische Angriffe und – wie ich nun weiß – Vergewaltigung gipfelt, muss ein Ende haben. Genug ist genug, und ich habe entschieden, dass hier und heute Schluss damit ist.

Als ich den steril anmutenden Vorraum mit der Haustür erreiche, bin ich ziemlich überrumpelt von dem Gast, den Sebastian gerade empfangen hat.

Er entdeckt mich und macht eine einladende Geste – der perfekte Gastgeber, einstudiert und künstlich wie Modeschmuck aus China. Mit der Hand auf dem Rücken schiebt er mich in Richtung seines Gastes. »Stella, das ist Dennis.«

Was zur Hölle? *Stella*?

Sebastian deutet auf den Knaben vor mir, kaum größer als ich, ein Käppi mit irgendeinem Markennamen vorne drauf, Jeans und weißem Hemd und einem so fleischigen Babygesicht, dass ich beinahe Muttergefühle bekomme.

»Dennis, das ist Stella. Sie ist heute deinetwegen hier.«

Wütend und fassungslos starre ich Sebastian an. Das kann nicht sein Ernst sein!

Als ich wieder zu dem Jungen schaue, hält er mir verlegen die Hand hin, doch in seinen Augen glitzert etwas, das mir nicht gefällt.

Unberechenbarkeit.

Nachdem ich widerwillig den toten Fisch des Jungen geschüttelt habe, muss Sebastian mich regelrecht schieben, damit ich ihn und Klein-Dennis ins gläserne Wohnzimmer begleite. Dort sitzen Noel und Lukas und sehen ebenso sprachlos aus der Wäsche, wie ich mich fühle.

Mir entgeht nicht, wie selbstbewusst sich der Junge in diesem Haus bewegt – er ist nicht das erste Mal hier. Unaufgefordert fläzt er sich auf die helle Couch zu den anderen Jungen und sieht erwartungsvoll zu Sebastian und mir auf.

Als wir stehen bleiben, schüttle ich endlich Sebastians Hand von meinem Rücken ab – bislang war ich zu geschockt, um klar denken oder handeln zu können.

»Mein Kumpel Dennis ist mit einem ganz speziellen Anliegen zu mir gekommen, und da ich ein netter Mensch bin«, er zwinkert mir feixend zu, »habe ich mich bereit erklärt, ihm zu helfen.« Er geht zur Couch und lässt sich neben dem Knirps auf die Polster fallen. »Willst du Stella sagen, worum es geht?«, fragt er ihn verstörend väterlich.

Ich bin die Einzige, die noch steht, und habe nicht die Absicht, das zu ändern. Ich überlege, die Flucht zu ergreifen und darauf zu hoffen, dass niemand von ihnen schnell genug von der Couch hochkommt und ich einen Vorsprung habe. Aber ich weiß, womöglich sogar aus Femkes Erfahrung, dass mir eine Flucht nichts bringt, Sebastian viel zu schnell ist und das alles bloß noch schlimmer machen würde.

Dennis nickt verlegen, seine Wangen werden knallrot und mit gesenktem Blick auf seine weißen Sneaker beginnt er zu erzählen. »Da ist dieses Mädchen, die ist voll scharf und ich mag sie irgendwie und finde sie heiß. Sie hat schon mit echt vielen Jungs was gehabt und neulich hat sie mich gefragt, ob ich mit zu ihr nach Hause will. Scheiße, hab ich gedacht, natürlich will ich. Aber … na ja«, beschämt kratzt er sich im Nacken, »ich habe noch nie gefickt und wollte mich nicht vor ihr blamieren. Also hab ich gesagt, ich hätte schon was vor und sie meinte, schade, aber vielleicht ein anderes Mal und da sagte ich ja, klar. Nun stehe ich da und muss schnell irgendein Mädchen zum Ficken finden, das mir zeigt, wie ich das richtig mache, ich will nämlich, dass Anni, also so heißt das Mädchen, mich besser findet als alle anderen vor mir. Und Basti meinte, er wüsste da jemanden für mich.«

Die Gegensätze dieser Geschichte machen mich sprachlos. Wie kann ein Junge, der kindlich und verlegen scheint, so über ein Mädchen sprechen, das er mag? Seine Wortwahl schockiert mich und alles an seinem Weltbild scheint dermaßen verzogen, dass ich nicht weiß, was ich sagen soll.

»Schön zusammengefasst, Dennis. Ich hätte es nicht besser gekonnt«, meint Sebastian und erst jetzt wird mir klar, dass er mit *Basti* gemeint ist und dass *ich* das Mädchen bin, das diesen Knaben das *Ficken* beibringen soll.

»Das ist nicht dein Ernst, Sebastian?«, spricht Lukas die Frage aus, die in meinem Kopf den gesamten Raum einnimmt. »Und was ist mit uns? Werde ich echt schon wieder gecockblockt?« Fassungslos glotze ich nun Lukas an. Das kann nicht *sein* Ernst sein, oder? Wo bin ich hier gelandet? Haben sie allesamt ihren verdammten Verstand verloren?

Sebastian beugt sich zu Lukas und klopft ihm beschwichtigend auf das nackte Knie. »Entspann dich. Sie ist das ganze Wochenende hier, du kommst schon noch zum Zug.«

Dieser verdammte Mistkerl führt sich auf, als wäre er mein Zuhälter. Mein Herz klopft heftig, ich spüre es in meinem Hals, meiner Kopfhaut. Ich sollte verschwinden, so schnell wie möglich, und doch sind meine Füße festgeschraubt. Ich kann das nicht glauben und habe das Gefühl, darauf warten zu müssen, dass alles als riesengroßer Schwindel entlarvt wird. Ein Scherz, nichts weiter.

»Geh schon mal nach oben und mach dich frisch, klar? Wir wollen ja nicht, dass Stella einen kleinen Dreckspatz entjungfern muss«, sagt Sebastian an Dennis gewandt und es ist offensichtlich, was für ein Spaß ihm dieses Szenario macht.

Dennis nickt ergeben, dann springt er auf und sprintet zu der Treppe, die in die obere Etage führt.

Ich sehe ihm nach, verschiedene Gefühle brodeln in meiner Brust, und als der Junge außer Hörweite ist, wende ich mich Sebastian zu. Dieser hat sich auf der Couch zurückgelehnt, seinen Fußknöchel auf dem Knie abgelegt, und macht einen auf dicke Hose.

»Hast du deinen verdammten Arsch offen, oder was stimmt nicht mit dir?«, schnauze ich ihn an. Kein Grund mehr, mich zurückzuhalten. Es wird Zeit, dass er die neue, verbesserte Femke richtig kennenlernt. »Bin ich deine Prostituierte?«

»Natürlich nicht, Fem.« Sein entsetzter Ton ist so fake, dass ich kotzen möchte. Alles an dieser Situation ist so widerwärtig, dass es mich bis in meine Albträume verfolgen wird. Sebastian steht auf und kommt auf mich zu – wieder weigere ich mich, vor ihm zurückzuweichen. Ich habe keine Angst, und meinen Ekel muss ich aushalten. Als er vor mir stehen bleibt, grinst er. »Aber lass Dennis ruhig in dem Glauben, wir hätten dich bezahlt.«

Femke gibt es also gratis. Ich möchte Sebastian ohrfeigen, kann mich aber gerade noch beherrschen.

»Wie alt ist er überhaupt?«, mischt sich Noel ein. Dankbar, weil ich ihn irgendwie auf meiner Seite glaube, blicke ich an Sebastian vorbei zu ihm. Auch Noel wirkt besorgt und überrumpelt. Er und Lukas hatten wirklich keine Ahnung.

»Dreizehn«, sagt Sebastian, als wäre es das normale Alter, um sich von einem fremden älteren Mädchen in die Kunst des Fickens einführen zu lassen.

In meinen Ohren klingelt es schrill. »Dreizehn? Bist du irre?« Ich gebe ihm einen festen Schlag gegen die Schulter, will ihn von mir stoßen, doch er wippt nur kurz zur Seite. »Das ist Kindesmissbrauch!«, schreie ich.

Genervt verdreht er die Augen. »So ein Blödsinn! Er ist alt genug, um mit dem Vögeln anzufangen.« Doch sein Blick sagt etwas anderes. Ich kaufe ihm diese scheinheilige Masche nicht ab. Nicht nur, weil sie widerwärtig und höchst fragwürdig ist, sondern deshalb, weil Menschen wie Sebastian nur auf ihren eigenen Vorteil aus sind, und als ich ihm abermals einen Schubser gebe, muss er selbst über seinen Schwachsinn lachen. »Ist ja gut, Fem. Ich möchte dich bloß an mich binden, verstehst du? Damit du nicht wieder auf die Idee kommst, unsere gemeinsamen Wochenenden zu schwänzen, auf die wir uns alle freuen.«

Er muss es nicht aussprechen, damit ich weiß, was er meint. Im ersten Augenblick erschien es mir widersprüchlich, dass er mich an sich binden will, indem ich einen Dreizehnjährigen entjungfere. Doch dann wird es mir klar, und es macht mir deutlich, wie perfide Sebastian ist. Er ist sich durchaus bewusst, dass ich mich damit strafbar mache, sollte ich mit diesem Kind schlafen, und dadurch hat er mich in der Hand, kann mich jederzeit noch tiefer in seinen Schmuddel hinein erpressen. Ich kapiere bloß nicht, wie er glauben kann, ich würde mich auf diesen perversen Scheiß einlassen.

»Vergiss es, Sebastian. Ich werde nichts von diesem kranken Mist tun, echt nicht. Tatsächlich denke ich, dass hier jetzt echt mal Schluss ist.« Fassungslos schüttle ich den Kopf. »Sag Dennis, dass er das Mädchen mit Respekt behandeln soll, dann wird es ihn schon mögen. Ich bin raus, ich gehe.«

Doch noch bevor ich mich umdrehen kann, hat Sebastian mich am Arm gepackt, so fest, dass mein erster Versuch, mich loszureißen, kläglich scheitert. Er ist völlig ruhig, nickt gelassen und lächelt.

Mein Blick huscht zu Noel. Er ist aufgesprungen, doch an der Couch stehen geblieben und sieht mich hilflos und entschuldigend an.

Ich will meinen Mund öffnen und Sebastian anbrüllen, er solle die Finger von mir nehmen, als ich seine Lippen an meinem Ohr spüre. Ich zucke zurück, doch mit seiner freien Hand packt er mich am Hinterkopf und sorgt dafür, dass ich ihm zuhöre. Die Worte, die er mit dann zuflüstert, so leise, dass nur ich sie verstehe, sind ein Rätsel, gesprochen wie in einem Reim.

»Ein Schrei hallt durch den Wald,
›o Gott, was hab ich getan?‹,
ein Wundern kreuzt ihren Verstand,
der Fluss, ein Rauschen, wo kommt es her?
Ich.
War.
Es.«

Ich zucke zurück und er lässt mich frei. Panisch blicke ich mich um, aber ich weiß, dass ich nirgendwohin kann. Also sehe ich zu Sebastian, Tränen in meinen Augen, die ich nicht will, aber mir dennoch erklären kann.

Sebastians Gesichtsausdruck reißt mich beinahe von den Füßen. Traurigkeit liegt darin, Bedauern.

Und Berechnung.

So eine verdammte Scheiße!

Ich bin am Arsch!

Kapitel 40

Meine Finger krallen sich am Geländer fest, während ich langsam die Treppe hinaufsteige. Ich kann nicht glauben, dass das wirklich passiert. Irgendwie muss ich das verhindern, muss diesen dreizehnjährigen Jungen davon überzeugen, dass er das nicht tun will. Er will nicht seine Unschuld hergeben an irgendein Mädchen, um gut genug zu sein für ein anderes Mädchen, das er mag. Niemand kann das wollen, völlig egal, was man vorgelebt bekommt.

Oder?

Es fällt mir unsagbar schwer, gleichmäßig zu atmen. Noch nie in meinem Leben hatte ich eine Panikattacke, aber nun bin ich mir sicher, dass mir eine unmittelbar bevorsteht.

Scheiße.

Sebastian weiß es! Er weiß, was mit Maurice geschehen ist und er ist es gewesen, der seine Leiche in den Fluss geworfen hat. Aber wieso? Weil er mich schützen will? Weil er sein Sexspielzeug nicht hergeben möchte, als wäre er ein kleiner Junge?

Ich bekomme keine Luft. Die Treppe scheint in die Unendlichkeit zu führen, dennoch fürchte ich mich, oben anzukommen.

Dieser verdammte Scheißkerl blufft! Er weiß ganz genau, sollte er mich verraten, ist er mit dran. *Vertuschung einer Straftat* oder *Beihilfe* oder was auch immer. Er könnte behaupten, Femke selbst hätte Maurice' toten Körper zum Fluss getragen, aber das würde niemand glauben.

Oder doch?

Ich muss mich zwingen, weiterzugehen, darf nicht stehen bleiben, nicht fallen. Was Sebastian von mir verlangt, ist grauenvoll, er will meine Straftaten ausbauen, und das mit einem so widerwärtigen Verbrechen, dass ich mich im Gefängnis vermutlich gleich selbst aufhängen kann.

Sobald er mich verpfeift.

Was er irgendwann tun wird, wenn er das Interesse an mir verliert. Wenn er mich so lange benutzt und beschmutzt hat, bis er mich nicht mehr will.

Aber ich werde es nicht tun. Ich bin stärker als das, schlauer als Sebastian – das muss ich sein. Er wird mich nicht wegen Maurice anschwärzen, dafür ist ihm seine eigene Freiheit zu wertvoll. Er lebt in einem Haus fast ganz aus Glas, Gitterstäbe wären sein Verderben. Nur deshalb braucht er Dennis. Um seinen eigenen Kopf aus der Schlinge zu ziehen und mich weiter in der Hand zu haben.

Aber bin ich mir wirklich sicher?

Seine Familie ist reich, sicher haben sie die teuersten und besten Anwälte. Niemals wird jemand wie er im Gefängnis landen, wie konnte ich mir das nur vormachen?

Ich bin am Arsch. Er hat mich in der Hand. Kein Bluff.

Die erste Etage, schließlich habe ich sie erreicht. Das Licht ist schummrig, Jalousien vor den massigen Glaswänden sperren die Sonne aus, sollen verbergen, welche Unfassbarkeiten gleich passieren sollen.

Die Luft ist warm und feucht, die Badezimmertür steht offen, Dennis ist fertig mit duschen. Der schwere Geruch, der durch den Flur wabert, erinnert mich an Sebastian, Dennis muss sein Duschgel benutzt haben. Meine Sicht beginnt zu flackern, die Dimensionen wollen sich verschieben, ein Flashback kündigt sich an. Reflexartig lasse ich das Haargummi mehrmals schnappen, und die Bilder aus Femkes Vergangenheit ziehen sich zurück. Ich brauche ihre Schreckensvisionen nicht, ich bin im Begriff, mir eigene zu erschaffen.

Alles ist still, langsam gehe ich auf das große Elternschlafzimmer zu, das Sebastian mir zugewiesen hat. Die Tür steht offen, ich kann noch immer nicht richtig atmen. Wenn ich hyperventiliere und das Bewusstsein verliere, bin ich verloren. Denn ich ahne, dass ich mich in keinem Umfeld befinde, in dem vor einem bewusstlosen Mädchen haltgemacht wird. Vermutlich würden sie das sogar als gute Gelegenheit betrachten.

Als ich mich dem Zimmer nähere, sehe ich bereits den Jungen. Er sitzt in Unterhose und T-Shirt am Fußende des kitschig weißen Himmelbetts und knabbert an seinem Daumennagel herum. Mir fällt sofort auf, dass es das Zimmer aus meinem Flashback ist und eine zusätzliche Befangenheit überkommt mich.

Der Junge bemerkt mich und springt auf. Ich kann nicht hinsehen, ihn nicht ansehen, er ist ein dreizehnjähriger Junge, der glaubt, ich sei eine Prostituierte, die hier ist, um ihn zu entjungfern. Dass ich ihn mit dieser Erfahrung schwer in seiner Entwicklung schädigen und sogar traumatisieren könnte, hat er nicht begriffen. Niemand in diesem verfluchten Haus hat das.

Mag sein, dass ich übertreibe, vielleicht ist er reif genug für bedeutungslosen Sex, dennoch ist es völlig ausgeschlossen, dass ich mich dafür hergebe. *Mit meiner Erlaubnis, gegen meinen Willen* gibt es mit dieser neuen Version von Femke nicht mehr, und schon gar nicht mit einem Minderjährigen. Für ihn gelten die gleichen Regeln wie für alle anderen.

Ich betrete das Zimmer und schließe die Tür hinter mir. Die Worte, die ich an den Jungen richten will, sind nur für seine Ohren bestimmt.

Befangen räuspere ich mich. »Hör zu, du musst das nicht tun!«, beginne ich linkisch und sehe mich hilflos im Zimmer um. »Dieses Mädchen … Anni, du scheinst sie zu mögen, hab ich recht?« Jedes einzelne Wort kommt sehr schwerfällig über meine Lippen. »Ich denke nicht, dass du ihr bei eurem ersten Mal etwas beweisen musst, verstehst du? Wenn sie dich wirklich mag, ist es ihr egal, ob du dich ein bisschen unbeholfen anstellst oder nicht.«

»Hast du mir nicht zugehört?«, blufft er. »Sie hatte schon voll viele Typen, die wird mich auslachen und niemals wieder ranlassen, wenn ich Scheiße baue.«

Ich zucke bei dem Wort *ranlassen* und kneife ungläubig die Augen zu. Wie es aussieht, hat Dennis kein Interesse daran, sich von mir belehren zu lassen. Wie kann ein Junge seines Alters schon so verroht sein?

Langsam schüttle ich den Kopf und hole tief Luft, bevor ich mich wieder der Realität stelle. »Vielleicht ist alles, was du über sie zu wissen scheinst, nur ein Gerücht, in die Welt gesetzt von blöden Jungs oder eifersüchtigen Mädchen …«

»Ich will echt nicht darüber reden, kapiert?«, unterbricht er mich schroff. »Lass uns endlich anfangen. Sag mir, was ich machen soll, und ich werde versuchen, dich zu befriedigen, alles klar?«

Mit offenem Mund stehe ich da und starre ihn an. Doch bevor ich etwas erwidern kann, kommt er auf mich zu und fummelt an meinem Hosenknopf herum. Fassungslos springe ich zurück. »Ey! Lass deine Finger von mir!«

Verstört sehe ich mich wiederholt in dem Zimmer um. Ich könnte zur Tür raus, doch dann müsste ich an Sebastian und den anderen vorbei und das gilt es zu vermeiden. Trotzdem will ich einfach nur weg. Diesem dreizehnjährigen Freak werde ich diesen kranken Wahnsinn nicht ausreden können.

Wieder fällt mir das Fenster auf, das ich eben schon flüchtig wahrgenommen habe. Es ist kein Teil der Glasfassade, sondern ein ganz gewöhnliches Fenster, und wenn es hier nicht verteufelt zugeht, müsste es sich öffnen lassen.

Ich bemerke meinen Fehler, als ich Dennis' Hände an meiner Brust spüre, die er ungeschickt knetet. Fassungslos weiche ich zurück und hebe meine Arme schützend vor meinen Körper.

»Behalte deine Pfoten bei dir«, schnauze ich ihn an. Nicht einen Moment kann ich ihn aus den Augen lassen und schon glaubt er, sich an mir bedienen zu können wie an einem Buffet.

Dennis sieht mich an, als hätte ich ihm sein Handy geklaut. »Du bist eine Nutte und musst tun, was ich sage. Basti hat dich bezahlt und jetzt willst du ihn bescheißen?«

»Ich bin keine Nutte!«, schreie ich. »Und selbst wenn ich eine wäre, solltest du mich mit Respekt behandeln! Jedes Mädchen, jede Frau und jeden verdammten Mensch, du verzogener Wichser.« Ich habe in meinem ganzen Leben noch nie so viel geflucht wie in den letzten fünf Minuten.

Dennis' Blick wandert zu dem Knopf meiner Hose, an dem er bereits seine Kleinkindfinger hatte, und ein Grinsen zeichnet sich auf seinem Gesicht ab, das ihn jünger wirken lässt. Unwillkürlich muss ich mich schütteln. Im selben Moment greift er mir so brutal in den Schritt, dass ich aufschreie. »Basti hat gesagt, du hast ein Tattoo. Zeigst du es mir, ich will es sehen!«

Es ist, als hätte er mit der Erwähnung des Tattoos und mit seinem schmerzhaften Übergriff eine Wut in mir freigesetzt, der ich Ausdruck verleihen muss, damit ich nicht explodiere und in Tausende blutgetränkte Stücke zerspringe. Ich reiße seine Hände von mir, hole aus und verpasse ihm eine schallende Ohrfeige. Dann nutze ich das Überraschungsmoment, während sein Kopf noch zur Seite fliegt und er sich die Wange hält, und gebe ihm einen Stoß.

Im Schubsen bin ich gut, wie ich bereits weiß.

Dennis stolpert rückwärts und landet mit einem Klatschen auf dem kalten Parkettboden. Ich greife nach meiner Tasche, die ich mir auf den Rücken gebunden habe, und ziehe hastig Milos Leuchtpistole daraus hervor.

Ebenjene, die aussieht, als wäre sie eine echte Waffe.

Dennis reißt entsetzt vor Angst die Augen auf und hält schützend die ausgestreckten Arme vor seinen Körper. »O mein Gott, o mein Gott, bitte erschieß mich nicht!«, wimmert er und bricht in Tränen aus.

So eine verfluchte Scheiße! Ich habe ein Kind geschlagen und bedrohe es mit einer mehr oder minder gefährlichen Waffe! Wie bin ich bloß in diese beschissene Situation gekommen?

Ohne das jammernde nackte Etwas am Boden aus den Augen zu lassen, husche ich zu dem Fenster und versuche, es zu öffnen.

Als es ohne Probleme funktioniert, weht mir sofort ein angenehm frischer Wind entgegen. Es ist mir total entgangen, wie heiß mir in den vergangenen Minuten geworden ist. Dennis hat in der Zwischenzeit seine Arme gesenkt und um seine Knie geschlungen, seine Füße stehen in einer kleinen gelben Pfütze.

Es fällt mir schwer, Mitleid für ihn zu empfinden, dennoch sehe ich weg, um ihn nicht in Verlegenheit zu bringen. Stattdessen riskiere ich einen Blick aus dem Fenster und mir ist mulmig zumute, als mir bewusst wird, aus welcher Höhe ich zu springen gedenke. Fast fünf Meter sind keine Katastrophe und Höhenangst ist auch kein Thema. Dennoch … es kann so verdammt viel schiefgehen …

Aber ich habe keine andere Wahl. Ich drehe mich noch einmal zu Dennis um, der sich nicht vom Fleck gerührt hat.

»Du machst jetzt die Augen zu und zählst bist tausend, verstanden?« Er nickt und schließt sofort die Lider. Ein jämmerlicher Anblick, ich hoffe, es ist ihm eine Lehre. »Du solltest dich von Typen wie Sebastian fernhalten. Die sind nicht gut für dich. Du landest irgendwann im Gefängnis, wenn du auf ihn hörst!«, füge ich hinzu, dann stopfe ich die Pistole zurück in die Handtasche und lasse sie aus dem Fenster fallen. Ich höre Dennis leise zählen, doch Sebastian und die anderen scheinen von meiner Tasche nicht alarmiert. Ich klettere aufs Fensterbrett, schwinge meine Beine hinaus und zähle einen stummen Countdown.

3 …

Mein Herz hämmert so heftig, dass ich mich am Fenstersims festkralle, um nicht aus Versehen runterzufallen.

2 …

Ich zittere am ganzen Leib, will mir nicht die Beine brechen oder sonst irgendwie schmerzhaft aufkommen. Aber ich muss springen …

1 …

Sebastian weiß, dass Femke Maurice erschlagen hat! Er wird mich anzeigen, oder? Ich hole tief Luft, als warte in der Tiefe ein Meer, das mich zu verschlucken droht …

… und springe.

Der freie Fall ist viel schneller vorbei, als ich gedacht habe, und mit einem dumpfen Geräusch schlage ich mit den Füßen auf der Rasenfläche auf. Ich spüre einen stumpfen Schmerz, der von meinen Knien und der

Hüfte ausgeht, und sacke zusammen. Wie eben schon Dennis, plumpse ich auf meinen Hintern und gebe einen gedämpften Laut von mir.

Für einige Augenblicke bleibe ich sitzen, als würde ich auf meinen Verstand warten, der oben zögert, bis er weiß, dass sich der Körper nicht verletzt hat. Vorsichtig bewege ich mich, doch nichts tut weh. Als wäre das mein Startschuss, bin ich wieder bei Sinnen, springe auf die Füße, schnappe mir meine Tasche und versuche mich zu orientieren.

Wie aufs Stichwort kommt Milo mir von der Straße entgegengelaufen, und für einen Moment glaube ich zu halluzinieren. Vielleicht bin ich mit dem Kopf aufgeschlagen und spinne?

Doch er ist wirklich da, winkt mich aufgelöst zu sich und ich sprinte los. Als ich ihn erreiche, streckt er seinen Arm nach mir aus und ergreift meine Hand.

»Was machst du hier?«, rufe ich atemlos und blicke mich noch einmal nach allen Seiten um, aber niemand scheint meine Flucht bemerkt zu haben. Gemeinsam laufen wir los und an der Straße, etwas abseits des Hauses aus Glas, mache ich den Wagen von Milos Mitbewohner aus.

»Ich bin dein Superheld, schon vergessen?«

Ja, das hatte ich wirklich. Aber solange Milo sich daran erinnert, ist es genug.

Kapitel 41

Ich stehe unter der Dusche und wasche den unsichtbaren Dreck von meiner Haut. Doch sosehr ich auch scheuere, der schmierige Film, der einzig in meinem Kopf existiert, lässt sich nicht entfernen.

Das Haus aus Glas. *Jeder kann hineingucken, aber niemand sieht, was darin passiert*, schießt es mir durch den Kopf, und es scheint nicht das erste Mal zu sein, dass mir dieser Gedanke kommt.

Das kleine Badezimmer füllt sich mich Wasserdampf. Aber es ist egal, wie lange ich unter den nass-heißen Nadelstichen verbleibe, es wird nichts ändern. Ich fühle mich schmutzig.

Nicht nur, weil mir ein Dreizehnjähriger in den Schritt gegriffen hat und Sebastian von Femkes vermutlich schlimmsten Geheimnis weiß und sie, also mich, seit heute damit erpresst. Am meisten fühle ich mich aber wie Abfall wegen dem, was nicht einmal mir selbst widerfahren ist. Es war Femke, die von den Jungs herumgereicht wurde wie ein Joint, jeder konnte beliebig häufig mit ihr Sex haben, während sie es geduldet, aber nicht gewollt hat. Irgendwie ausgehalten. Und warum? Um nicht länger in Angst zu leben, sich nicht mehr vor den Schatten fürchten zu müssen, die jederzeit hinter einer Ecke hervorspringen könnten in Form eines potenziellen Vergewaltigers, um ihren falschen Stern zu entweihen. Doch ich glaube – nein, ich bin mir sicher –, das war für Femke nur der zweitwichtigste Grund, das alles über sich ergehen zu lassen. Sie hat sich selbst geopfert, ihren Körper und ihren Verstand, um die anderen Mädchen zu schützen.

Vor einer Liste.

Einer geheimnisvollen Liste, die das Tor zur Hölle zu öffnen vermag – im metaphorischen Sinne.

Eine Liste, die nun im Besitz von Milo ist.

Nachdem er mich vor Sebastians Haus abgefangen hat, brachte er mich zu sich nach Hause. Sein Mitbewohner, das namenlose Phantom mit dem Auto und den Bässen in seinem Zimmer, ist abwesend, und deshalb folgte ich dem Drang, mir den Dreck der letzten Stunden vom Körper zu spülen, ohne groß darüber nachzudenken.

Irgendwann gebe ich auf, die angstvolle Neugier treibt mich weg von dem Wasser, das meine Haut rot und empfindlich gemacht hat. Milo hat mir ein frisches T-Shirt und eine Boxershorts bereitgelegt, die ich zwiegespalten überstreife. Mit einem Handtuch um mein nasses Haar gewickelt, husche ich durch den Flur zurück in Milos Zimmer und finde ihn an seinem Schreibtisch vor, die Hände über dem Kopf zusammengeschlagen, auf ein Stück Papier vor sich konzentriert.

Die Liste.

Mein Magen krampft sich zusammen. Ich schließe die Tür und im selben Moment sieht Milo auf, sein Gesicht bleich und von Entsetzen gezeichnet, das mir Angst macht.

Tilda meinte, die Liste wäre übel, doch irgendwo in mir scheint die Hoffnung gewesen zu sein, sie hätte übertrieben. Milos Anblick lässt sie verschwinden, als wäre sie bloß ein Traum gewesen.

The Shit is real.

»Erzählst du mir, was los war?«, fragt Milo, bevor ich auf das Stück Papier zu sprechen kommen kann, und mir wird bewusst, dass ich auf der Fahrt beharrlich geschwiegen habe. Ich war zu betäubt – aber auch zu verwirrt und unschlüssig, wie viel ich Milo anvertrauen soll, oder ob es an der Zeit ist, gewisse Dinge für mich zu behalten, um ihn und auch mich selbst zu schützen. Dummerweise habe ich bislang keine zufriedenstellende Antwort darauf gefunden.

»Femke ist so was wie ihre persönliche … Hure oder so. Sie muss diesen Typen an den Wochenenden zur Verfügung stehen«, sage ich mit einem Kloß im Hals und wünsche abermals, ich könnte das Gefühl von Schmutz auf meiner Haut loswerden. »Wie ist es gelaufen? Hat Sebastian noch was gesagt?«, frage ich, um vom Thema abzulenken und weil ich endlich wissen will, was es mit der Liste auf sich hat. Ich weiß, ich könnte einfach zu Milo rübergehen und einen Blick über seine Schulter werfen, aber meine nackten Beine sträuben sich dagegen.

»Er hat nicht viel gesagt, hatte es irgendwie eilig.«

Ich nicke, höre nur mit einem Ohr zu, mit den Gedanken bereits einen Schritt weiter. »Was steht drauf?«

Milo schüttelt den Kopf, ich sehe förmlich, wie er um Worte ringt. »Es ist … Ich weiß nicht, was ich sagen soll. Schau es dir an.«

Er nimmt den Zettel, steht auf und setzt sich schließlich ans Fußende seines Bettes. Mir schnürt sich der Hals zu und ich frage mich, ob ich es wirklich wissen möchte. Die Antwort ist klar, ich will es *nicht*, aber ich *muss*. Also treibe ich meinen Körper voran, einen Fuß vor den anderen, bis ich Milo erreiche und mich neben ihn setze. Sofort spüre ich seine Körperwärme an meiner Seite, mir ist nicht einmal aufgefallen, wie kalt mir ist. Er hält mir das Blatt Papier hin, das so unscheinbar und bedeutungslos aussieht, dass ich mir albern vorkomme, weil meine Finger zittern.

Die Liste. Für die Femke sich geopfert hat. Nun ist sie in meinen Händen, hat Faltspuren und Eselsohren, und doch ist sie eine offensichtliche Kopie.

Ich beginne zu lesen.

#NeinHeißtNein, steht fett als Überschrift über allem. Und direkt darunter, deutlich kleiner: #AlsoLassKeinNeinZu

»Ich glaub, ich muss kotzen«, kommt es mir über die Lippen, als ich zu ahnen beginne, was dieser Zettel für eine Botschaft enthält. Aber ich höre nicht auf, lese weiter, immer weiter, bis ich nicht mehr atmen kann.

Nein heißt Nein – dann sorge dafür, dass sie nicht Nein sagt. Mit ein paar einfachen Tricks kannst du Sex mit JEDEM Mädchen haben – du musst es nur wollen.

Mein Blick huscht zu der Unterzeichnung der Aufzählung, die unter dieser Einleitung folgt.

Die Sursex Creators

Ich schlucke trocken, meine Haut brennt, ich möchte dieses Stück Papier sofort zerreißen und verbrennen, doch es würde nichts nützen, es ist wie die Hydra, bloß sind es Worte anstatt Köpfe, die sich vermehren und ausbreiten, sobald sie einmal gedacht und aufgeschrieben sind, ich kann die Verbreitung nicht aufhalten.

Mein Blick springt zum Anfang und ich nehme die Aufzählung wahr, ohne sie zu lesen. Nur Zahlen, keine Buchstaben, mein Herz klopft so heftig, dass ich das Gefühl habe, jeden Augenblick zusammenzuklappen.

1., 2., 3. … bis 10. geht es, ich will die einzelnen Punkte nicht lesen, doch ich spüre Milos Blick, er wartet auf mich, wartet, dass ich fertig werde, hält mich vermutlich für eine Analphabetin, aber ich kann nicht.

Und dann tue ich es doch.

1. Was ist das Beste an Überraschungssex am frühen Morgen? Sie ist verschlafen und wehrt sich nicht.

Endlich verstehe ich und möchte schreien.

Sursex Creators.

Überraschung.

Surprise.

Sur.

Sex.

Surprise Sex.

Überraschungssex.

Creators.

Erschaffer.

»Ist *Sursex Creator* ein Synonym für … Vergewaltiger?«, presse ich hervor und bin erschrocken von dem Entsetzen in meiner Stimme. Femkes Stimme, wie mir einmal mehr grausam bewusst wird.

Obwohl ich meinen Blick nicht von den verstörenden Sätzen aneinandergereihter Buchstaben nehmen kann, sehe ich Milo aus dem Augenwinkel nicken.

Nur verschwommen kann ich die weiteren neun Punkte entziffern. Begriffe wie flirten, Alkohol, Küsse, Freundschaft bleiben in meinem Gehirn hängen und bilden eine Anleitung zu sexuellen Übergriffen. Bei denen ein Nein durch Bewusstlosigkeit, zweifelhaften Überredungskünsten oder emotionaler Erpressung gar nicht erst zustande kommt.

Wo kein Nein, da auch keine Vergewaltigung.

Zumindest nach Definition der *Sursex Creators.*

»Ehrlich, das ist … ich denke, die könnten damit wirklich durchkommen.«

Milos Worte rütteln mich wach und ich sehe auf, halte den Zettel von mir weg, als könne das Papier mich böswillig schneiden wollen, damit der Dreck durch die Wunde bis in mein Innerstes dringen kann. Ich bin verwirrt, begreife nicht sofort, was Milo meint, und erst als er mir die Liste abnimmt, kann ich wieder atmen, versorge meine Lunge, das Gehirn mit Sauerstoff und begreife.

Begreife das hässliche Ausmaß dieser unbedeutenden Worte, die in ihrer Kombination und Reihenfolge eine Katastrophe entfachen, die mir abermals die Luft aus den Lungenflügeln presst.

»Das kann nicht sein!«, stöhne ich und fasse mir an den Kopf, der plötzlich so heftig schmerzt, als hätte mir jemand mit der Keule eine verpasst, da bemerke ich, dass ich noch immer diesen albernen Handtuchturban trage, den ich sofort von meinen Haaren ziehe und auf das Bett neben Milo pfeffere. Ich springe auf, weiß selbst nicht warum, suche nach Halt, doch ich bin allein. Dunkle Strähnen liegen auf meinen Schultern, sind Beweis dafür, dass ich Anouk bin, nicht Femke, dass mir nichts Schlimmes passiert ist, sondern ihr.

Ich bin in Sicherheit.

Oder?

Wie könnte ich, wenn auch Femke in diese Situation gekommen ist, die sie sich nicht freiwillig ausgesucht hat? Ich spüre, wie ich zu hyperventilieren beginne, wie sich meine Brust immer schneller hebt und senkt und mir schwindelig wird. Meine Lunge schmerzt, ich will das nicht, möchte nicht mehr atmen müssen, nicht mehr nach Luft schnappen wie ein Karpfen an Land, nicht mehr mein Herz in meinen Ohren hämmern hören, ein Zeichen dafür, dass ich die Kontrolle verliere.

Milo ist mit einem Mal an meiner Seite, er flüstert mir Worte ins Ohr, die ich nicht erfassen kann, doch die mich beruhigen.

Ich weiß nicht, wie viel Zeit vergeht, doch als ich wieder klar werde, sitze ich erneut neben Milo auf dem Bett. Er hat seinen Arm um meine Schulter gelegt und mich an sich gezogen, allein das tut mir gut.

Einige Zeit überlege ich, was ich sagen soll, vielleicht einen Scherz machen, um die Situation zu entkräften, sie aufzulockern und so zu tun, als wäre das alles gar nicht so schlimm.

Aber mir wird klar, dass es das ist. Dass es schlimm ist, für Femke und für mich. Dass Sebastian diesen Schmierzettel verteilt wie Bonbons und damit durchkommt, während er unzählige Mädchen ins Unglück stürzt.

Nicht nur Femke. Jedes verdammte Mädchen.

Sebastian.

»Ich muss den Zettel der Direktorin zeigen!« Ich mache mich von Milo los und sehe ihn eindringlich an. »Ich kann nicht zulassen, dass Sebastian ihn weiter in Umlauf bringt, ich meine … niemand sollte das sehen dürfen! Das ist … ein Freifahrtschein …« Hilflos versuche ich, meinem Entsetzen Ausdruck zu verleihen.

Doch Milo kommt mir zuvor. »Ich werde mitkommen. Zur Direktorin, meine ich.«

Meine Machtlosigkeit verpufft und ich sehe ihn mit großen Augen an. »Ehrlich?« Und erneut ist er einfach so da und rettet mir den Tag. »Bestimmt hört sie dir eher zu als mir«, sage ich und eine Welle der Zuversicht überrascht mich. Sie schwappt über mich hinweg, und selbst als sie sich zurückzieht, höre ich noch die Gischt in mir knistern.

Milo wiegt zweifelnd den Kopf hin und her. »Das bezweifle ich.«

»Doch, wirklich.« Ich lache über die Euphorie, aber mit ihm an meiner Seite kann ich alles schaffen, das weiß ich.

Milo lässt sich zögerlich von meinem Lachen anstecken. »Warum sollte sie? Ich bin nicht einmal mehr ihr Schüler.«

Ich streiche mir eine Strähne aus dem Gesicht, einige von ihnen sind inzwischen trocken und ich fürchte, ich sehe aus wie ein gerupfter Vogel, aber das ist mir egal. »Nichts für ungut, aber du hast einen Penis«, sage ich und lasse meinen Blick kurz zu seinem Schritt wandern, damit ihm nicht entgeht, was ich meine. »Das allein macht dich glaubwürdig.« Eine Wahrheit, als Scherz verpackt, dennoch kann ich den bitteren Geschmack nicht leugnen.

Milo zieht die Mundwinkel nach unten. »Ich wünschte, ich könnte widersprechen.«

»Ich weiß«, flüstere ich und weiß selbst nicht warum oder was ich tatsächlich weiß, während ich bislang nichts wusste.

Zumindest einer Sache bin ich mir in diesem Moment sicher. Ich nähere mich Milos Gesicht, zögerlich zuerst, um zu sehen, wie er reagiert, ob er zurückweicht oder die letzten Zentimeter zwischen unseren Lippen von sich aus überwindet. Aber Milo tut nichts, zieht sich nicht zurück und kommt mir nicht näher. Ich höre sein Atmen und ich bin überzeugt, dass es schneller geht als vor ein paar Sekunden. Er riecht gut und ich folge meinem Wunsch nach Vergessen und Nähe. Nach ihm, nur nach ihm, meinem Superhelden und heimlichen Schwarm, als wäre ich wieder vierzehn und sehnte mich nach einem Kuss, der bunte Lichter vor meinen Augen explodieren lässt.

Mit einer plötzlichen Dringlichkeit, die mich selbst überrumpelt, überwinde ich den letzten Abstand zwischen uns und küsse ihn. Milo steigt sofort mit ein, kein Zögern, nur Hunger. Er öffnet seinen Mund und lässt meine Zunge ein, bekämpft sie und dringt schließlich selbst zwischen meine Lippen.

Ich kann mich nicht erinnern, wann ich das letzte Mal so heftig geknutscht habe. Ungeduldig schwinge ich mich auf seinen Schoß, kralle mich an seinem T-Shirt fest, seinem Nacken, und umschließe seine Hüfte mit meinen nackten Beinen. Ich will die Erregung spüren, die ich hervorrufe, und es ist mir egal, dass es nicht mein Körper ist, sondern der von Femke, der die Reaktion bei ihm auslöst. Immer wieder stoßen unsere Zungen aneinander, ich schmecke sein Ächzen in meinem Mund, doch seine Finger liegen schwer um meine Taille und bewegen sich nicht von der Stelle. Energisch greife ich nach seinem Arm, lege seine Hand auf meinen Busen und sauge währenddessen an seiner Unterlippe, doch anstatt davon ermutigt zu werden, zieht er sie zurück und unterbricht unseren Kuss.

»Die Erwähnung meines Penis scheint dich ziemlich zu inspirieren«, schmunzelt er, doch er wirkt distanziert und verlegen.

»Eigentlich wollte ich das schon eine ganze Weile«, verrate ich und versuche, seine Zurückhaltung zu vertreiben, indem ich sein Gesicht und seinen Hals mit kleinen Küssen bedecke.

»Aber es hat nie richtig gepasst«, meint er nachdenklich. Ich nicke bloß, lasse mich nicht abhalten, ihn weiter zu berühren.

»Und jetzt passt es?«, fragt er und etwas in seiner Stimme lässt mich innerlich frieren.

Ich richte mich auf und sehe ihn an. Sein Blick trifft auf meinen und seine Zurückhaltung springt auf mich über und verwandelt sich in Verwirrung. »Das ist mir egal, ehrlich«, versichere ich und lasse keine Gedanken zu, die diesen Moment zerstören könnten. Ich lächle ihn an und will ihn wieder küssen, als er zurückweicht.

»Mir aber nicht«, sagt er.

»Ach, komm schon«, versuche ich seine Aussage wegzulachen. »Ihr Jungs wollt doch immer.«

Milo lacht nicht. Er zieht die Brauen zusammen und kratzt sich an der Schläfe. »Ach, ist das so? Weil wir Jungs alle gleich sind, nehme ich an.«

»Nein, natürlich nicht. Nicht alle …« Mein Versuch, die Bedeutung meiner vorangegangenen Behauptung zu relativieren, verpufft zwischen uns. Mit einem Mal fühle ich mich auf seinem Schoß dermaßen deplatziert, dass ich mich aus meiner Unbeweglichkeit zwinge und ungeschickt von ihm herunterklettere.

»Was ist los? Hab ich etwas falsch gemacht?«, frage ich befangen und spüre das Blut in meinen Wangen pochen.

Er lächelt, doch zum ersten Mal kaufe ich ihm diese emotionale Regung nicht ab. »Für meinen Geschmack steht ein bisschen zu viel Vergewaltigung im Raum.«

Halbherzige Erleichterung lässt mich aufatmen, doch entspannen kann ich mich nicht. »Glaub mir, du würdest mich nicht vergewaltigen«, sage ich und nehme seine Hand. Wieder will ich ihn küssen, ihm zeigen, dass das, was mit Femke passiert ist, nichts mit mir zu tun hat und dass ich ihn will, doch er drückt mich sanft an der Schulter zurück.

Ich schlucke bestürzt.

Milo mustert mich einen Moment, sucht mein Gesicht ab, meine Augen, und zieht vorsichtig seine Hand aus meiner. »Was ist mit mir?«

Irritiert sehe ich ihn an. »Was meinst du?«

»Mir ist die Situation aufgrund des Themas nicht angenehm.« Er zuckt mit den Schultern, als wäre seine Frage belanglos, aber das ist sie nicht, sonst hätte er sie nicht gestellt.

Meine Finger fühlen sich kalt an, mein ganzer Körper zittert, weil Milo mich von sich und seiner Hitze geschoben hat – und weil ich mich vor dem fürchte, was ihn beschäftigt. »Ich werde dich ja kaum zu etwas zwingen können«, sage ich leichthin und verfluche mich stumm für meinen gleichgültigen Tonfall.

Wieder betrachtet er mich, aber nur kurz, dann steht er auf, geht zurück an seinem Schreibtisch. »Das sehe ich anders«, sagt er und verschränkt die Arme vor der Brust. Ich bin nicht blöd, kann seine Körpersprache lesen und weiß, dass er sich so weit wie möglich von mir entfernt hat. Ich verstehe nur nicht warum.

Aus Trotz verschränke ich ebenso die Arme. »Okay, ernsthaft?«, frage ich provozierend. »Wie genau soll das gehen? Ich meine, du musst doch …«, ich deute unbeholfen auf ihn, verstecke meine Hand jedoch schnell wieder unter meinem Arm, weil ich mir albern vorkomme, »du weißt schon, funktionieren, damit überhaupt was passieren kann. Wenn du nicht willst, läuft auch nichts.«

Milo schüttelt langsam den Kopf, wie in Unglauben über eine vollkommen unsinnige Behauptung, nun doch ein schiefes Lächeln auf den Lippen, die rot sind von meinem Kuss. Er löst die Arme aus ihrer Verschränkung, beugt sich vor und stützt die Ellenbogen auf den Knien ab. »Ich mag dich, Anouk. Wirklich«, beginnt er ruhig und mein Herz macht einen kurzen Hüpfer wie jedes Mal, wenn er *meinen* Namen sagt. »Aber was du gerade von dir gibst, ist echt … naiv und ignorant.«

Autsch.

Das sitzt. »Oh. Das … ich weiß nicht, was ich sagen soll«, stammle ich, damit ich ihn nicht bloß mit offenem Mund anstarre.

»Ich will damit lediglich sagen, dass du falschliegst, wenn du glaubst, sexuelle Übergriffe seien ein reines Frauenproblem.«

Energisch schüttle ich den Kopf. »Nein, natürlich nicht. Das habe ich nicht gemeint. Natürlich passiert das auch Männern – aber …« Ich breche ab, als ich seinen Blick bemerke. Er sieht mich an, als wisse er, was mir auf der Zunge liegt.

»Für dich ist es nur ein sexueller Übergriff, wenn ein Kerl der Täter ist, richtig?«

»Das ist doch ziemlich offensichtlich.«

»Wie gesagt. Naiv und ignorant«, wiederholt er schulterzuckend.

»Dann kläre mich auf. Bitte, erleuchte mich naive Ignorantin«, fordere ich bissig und merke, wie wütend mich seine Worte machen. Dass er auf mich herabblickt, als wüsste er es besser. Womöglich tut er das, doch muss er das nicht so verdammt überheblich heraushängen lassen.

»Jetzt sei nicht sauer, Anouk.«

»Fällt mir schwer, wenn ich wiederholt von dir beleidigt werde.«

Milo stöhnt. »Du musst begreifen, dass Frauen nicht zwangsläufig Opfer sind und Männer nicht immer die vergewaltigenden Monster. Sexuelle Übergriffe können verschiedene Gesichter haben.«

Nun bin ich es, die genervt ist. »Das weiß ich. Aber ich spreche von der klassischen Vergewaltigung, verstehst du? Aufgezwungener Sex, vaginale Penetration – das ist eben ein Männerding.«

Seine ungläubige Fassungslosigkeit ist unübersehbar. »Klassische Vergewaltigung? Oh, Anouk.« Er lehnt sich auf seinem Stuhl zurück, anscheinend hat er erneut das Bedürfnis, den Abstand zwischen uns zu vergrößern.

»Was?«, frage ich gereizt. Ich weiß inzwischen nicht mehr, warum wir diese Unterhaltung überhaupt führen und werde den Eindruck nicht los, dass es ohnehin egal ist, was ich sage – solange es eine andere Meinung ist als seine, ist sie verkehrt.

»Eine Penetration muss nicht vaginal sein, damit sie eine Vergewaltigung ist. Sie kann auch anal oder oral geschehen. Dafür braucht es nicht einmal einen Penis. Praktisch jeder beliebige Gegenstand kann dafür herhalten, weil jedes ungewollte Eindringen in den Körper ein Eingriff in die Intimsphäre und die Würde ist.«

Er spricht langsam und gemäßigt, beinahe belehrend, und das ärgert mich. »Wenn ich dir also eine Flasche in den Mund stecke, vergewaltige ich dich dann?«, frage ich zynisch und weiß, noch bevor die letzte Silbe verklungen ist, dass ich das nicht hätte sagen sollen. Weil es respektlos und herabwürdigend ist. Weil ich es nach allem, was ich über Femkes Leben erfahren habe, besser wissen sollte.

»Ernsthaft, Anouk? Findest du das witzig?« Noch nie habe ich Milo so entgeistert gehört.

»Nein, nicht im Geringsten«, gebe ich wütend zurück. »Aber das ist es, was du gesagt hast. Vielleicht kommst du mal auf den Punkt und erzählst mir etwas, was ich nicht längst weiß. Ich bin nämlich nicht so naiv und ignorant, wie du glaubst.«

Sein Blick fixiert mich. Stechend und enttäuscht. Ich sehe weg.

»Mein Punkt ist«, beginnt er gefasst und sachlich, »dass eine Penetration nicht ausschließlich aktiv, sondern auch passiv möglich ist, auch gegen den Willen des Mannes – und das nicht nur anal und oral, sondern auch vaginal. Ausgeführt von einer Frau, die, wie wir wissen, in der Regel als Einzige im Besitz einer Vagina ist. Denn obwohl Frauen gerne behaupten, dass Männer mit ihrem Schwanz *denken*, ist es eher so, dass gerade das der Teil des Körpers ist, der am meisten auf äußere und visuelle Reize reagiert – vollkommen gleichgültig, was der *Kopf* dazu sagt. Wenn du einen betrunkenen Mann vor dir hast, einen gefesselten oder sonst was, und du seinen Penis stimulierst, um ihn anschließend *klassisch* zu vergewaltigen – also gegen seinen Willen vaginal penetrieren lässt, dann kann der Verstand und seine Psyche genauso geschädigt werden wie die einer Frau – denn das ist es, was eine *klassische* Vergewaltigung in jedem Fall anrichtet.«

Ich fühle mich von seiner Direktheit erschlagen. Es ist, als würde die Bedeutung seiner Worte wie ein Mahnmal auf meiner Brust stehen und mir das Atmen erschweren.

Scham. Ich schäme mich. Weil ich gedacht habe, mich verändert zu haben, tief im Inneren. Und vielleicht habe ich das sogar, doch ist mein Verständnis nicht weitreichend genug gewesen.

Doch Milo ist noch nicht fertig. »Hinzu kommt die von dem Mann selbst empfundene Schande, Opfer einer Frau, dem *schwachen* Geschlecht, geworden zu sein, der er aufgrund von ein wenig Physis und einem lächerlichen Gesellschaftsbild eigentlich überlegen sein sollte. Und die Angst vor Stigmatisierung oder Unverständnis, weil er ja eigentlich stärker ist. Oder noch schlimmer, er könne als Schwächling oder zu weich gelten, was ebenfalls im Auge der Masse eine Beleidigung ist. Für einen Mann wird es als inakzeptabel betrachtet, irgendetwas Weibliches an sich zu haben, sei es emotionale oder körperliche Hilflosigkeit. Oder eben Opfer eines

Verbrechens zu werden, das sonst nur Frauen widerfährt. Was eben nicht stimmt. Es spricht nur niemand darüber. Solche geschlechtsspezifischen Klischees sind ebenso unrealistisch wie unmenschlich.«

»Du hast recht, Milo.« Auf einmal schäme ich mich. Dieses Gesellschaftsbild, von dem er spricht – auch ich bin ihm auf den Leim gegangen und habe es nicht bemerkt. Ich sollte niemals denken, ich würde alles wissen oder hätte alles durchschaut. Niemals. Das ist Faulheit. Ein Thema ist nie vollständig zu Ende gedacht. Nie.

»Ich hasse diese unerschütterliche Rollenverteilung, als wären Frauen nur Opfer und die Männer die Täter. Aber so einfach schwarz-weiß läuft das Leben nicht.«

In meinem Bauch beginnt eine Befürchtung zu drücken und ich wage es kaum, mich zu rühren. »Ist … ist dir etwas in dieser Richtung passiert?«

Milo verdreht theatralisch die Augen, und obwohl er offensichtlich mit Absicht übertreibt, ahne ich, dass er wirklich genervt von mir ist. »Warum muss ich selbst etwas erlebt haben, um eine Meinung dazu zu vertreten? Manchmal reicht der gesunde Menschenverstand. Oder Empathie. Oder beides. Aber du glaubst ohnehin nicht, dass so etwas möglich ist, also was soll mir schon passiert sein?«

»Tut mir leid, Milo.« Etwas anderes weiß ich nicht zu sagen. Unwillig sehe ich mich um. Ich fühle mich unwohl, nur mit seiner Unterwäsche bekleidet, möchte mich anziehen und dann in ein dunkles Loch springen. Linkisch stehe ich auf, als ich meine eigenen Sachen entdecke, und bemerke erst, dass Milo es mir gleichgetan hat, als er mir gegenübersteht.

Seine warme Hand legt sich auf meine Schulter und er sieht mich ohne Groll an. »Es muss dir nicht leidtun, Anouk. Es ist bloß mein Standpunkt, ohne selbst Erfahrungen gemacht zu haben. Und du bist noch jung.«

Jung. Jünger als er. Ist es das, was er mir damit sagen will? Seine Berührung fühlt sich vertraut an, ich schmecke ihn noch immer auf meinen Lippen, aber etwas zwischen uns hat sich verändert. Als könnten wir uns erst jetzt so sehen, wie wir wirklich sind.

Gleichzeitig trennen wir uns voneinander. Er zieht seine Hand zurück und ich ziehe meine Sachen an, streife sie einfach über seine Unterwäsche.

Als er mich zur Tür bringt, wird klar, dass er mich heute nicht nach Hause bringt. Mein Blick huscht zur wackeligen Kommode, wo der Autoschlüssel beim letzten Mal lag. Er ist verschwunden. Das wird der Grund sein. Kein Auto, kein Chauffeurservice. Zumindest rede ich mir das ein, denn es ist der Wagen seines Mitbewohners – und ich habe niemanden gehört, der gekommen oder gegangen wäre.

Milo drückt mir den Zettel von Sebastian in die Hand, den ich unwillig zwischen meinen Fingern halte. Ich falte ihn und stecke ihn in meine Tasche, die mit einem Mal mindestens eine Tonne schwerer ist.

»Wirst du … kommst du Montag immer noch mit zur Direktorin?«, frage ich unsicher.

Milo nickt und lächelt. »Ja, na klar.«

Ich erwidere es, das Nicken und das Lächeln. Dann drehe ich mich um und laufe die Treppe hinunter. Die Tür zur WG wird geschlossen, noch bevor ich die erste Zwischenetage erreicht habe, die finale Bestätigung, dass an diesem Nachmittag irgendetwas zwischen Milo und mir irreparabel kaputt gegangen ist.

Kapitel 42

Es fühlt sich an, als habe ich Liebeskummer, und das kann ich bei den emotionalen Katastrophen und Offenbarungen der vergangenen Wochen nicht gebrauchen – und doch empfange ich den Schmerz mit offenen Armen, weil das zumindest etwas ist, das ich kenne. Weil ich weiß, dass er irgendwann vorbei ist.

Von Femkes Leben kann ich das nicht behaupten.

Alles an mir riecht nach Milo, vielleicht sollte ich den Geruch von mir waschen und mit ihm die Hoffnung, dass ich Milo mit meiner Gedankenlosigkeit nicht gänzlich abgeschreckt habe.

Ich tue es nicht.

Der Drang ist groß, ihn anzurufen, doch mir fehlt ein Grund. Also lasse ich es sein, starre alle paar Minuten auf das Handy, in der Hoffnung, eine erlösende Nachricht von ihm zu erhalten. Die nicht kommt.

Dafür erhalte ich eine WhatsApp-Nachricht von Sebastian. Am späten Samstagabend, als ich bereits im Bett liege und nicht schlafen kann, erreicht sie mich, und obwohl ich schon beinahe in Sorge war, er könne aufgrund meines Wiederstandes vor Entsetzen tot umgefallen sein, bin ich fast enttäuscht, dass es nur eine Mitteilung ist. Irgendwie habe ich mehr von ihm erwartet.

Dafür hat es der Inhalt in sich.

Du kannst weglaufen, so viel du willst, du entkommst mir nicht. Dreh dich nicht um, ich bin direkt hinter dir.

Darüber kann ich mir gerade einfach nicht den Kopf zerbrechen. Seltsam gleichgültig lösche ich die Worte und pfeffere das Handy in eine dunkle Ecke des Zimmers. Ich bin zu erschöpft und zu müde für diesen Scheiß.

Am Sonntag bricht völlig unvermittelt ein anderer Horror los. Flashbacks fallen über mich her wie tollwütige Hunde und bringen Bilder mit sich, die ich nicht sehen will. Praktisch alles scheint etwas in mir auszulösen. Der Geruch aus der Küche, das Klingeln des Telefons, ein Wort von Mama oder Papa Hansen, die ausgesprochen erleichtert sind, dass Femke auch dieses Wochenende unter ihrem sicheren Dach geblieben ist. Meistens gelingt es mir, die Flashbacks rechtzeitig zu spüren und sie mit dem Schnappen des Haargummis aufzuhalten. Schon bald ist mein Arm grün und blau, übersät von beißend roten Striemen und geplatzten Äderchen. Trotz der warmen Strahlen einer längst verloren geglaubten Herbstsonne habe ich mir einen Hoodie aus Konstantins Schrank gemopst, um mir unnötige Fragen wegen der Selbstverstümmelung vom Hals zu halten. Wenn Schweiß der Preis ist für die Bewahrung meiner selbst, für die Anouk in mir, dann bin ich ohne zu zögern bereit, ihn zu bezahlen.

Manchmal jedoch ... eskalieren die Flashbacks. Wenn ich sie nicht verhindern kann, am Mittagstisch, in Situationen, bei denen andere Menschen anwesend sind. Oder wenn ich sie nicht kommen sehe und meine Finger das Haargummi verfehlen.

Die Bilder aus der Vergangenheit, die mich überfallen wie ungebetene Gäste, wie Fremde, die ich zum ersten Mal sehe, sind banal und unbedeutend. Femke bei einem Mathetest, Femke, die ein Telefonat zwischen ihrer Mutter und Konstantin mitbekommt, lauter belangloses Zeug ohne Mehrwert, und das macht mich wütend. Die Bilder bringen mir nichts und nehmen nur, was ich nicht hergeben will. Sie sind Lückenfüller, wie die Plombierung eines gesunden Zahnes, für die erst mit aller Gewalt ein Loch gebohrt werden muss.

Irgendwann spüre ich, dass mein Körper vor lauter Anspannung hart und verkrampft ist. Der Tag hat an meinen Nerven gezerrt und ich will nur noch schlafen, den Flashbacks entkommen, denn Träume sind bloß Bilder der Fantasie, in denen kein Platz ist für das Grauen eines anderen Lebens. Es ist noch zu früh, um ins Bett zu gehen. In ein paar Stunden erst gibt es die letzte Mahlzeit des Tages, die letzte notwendige Konfrontation mit den Bewohnern dieses Hauses, in dem ich der Eindringling bin.

Bis dahin lasse ich mir ein heißes Bad ein, Dösen im warmen Wasser ist beinahe wie Schlaf.

Doch als ich darin sitze, fühle ich mich unwohl. Der Schmerz meiner Muskeln lässt ein wenig nach, sie werden weicher und lockerer, doch in meinen Kopf kehrt keine Ruhe ein. Es ist, als würden Flashbacks und das stete Aufzählen meiner Erkenntnisse miteinander kämpfen, und momentan liegt das Aufzählen vorne.

Femke und Maurice waren verliebt.

Femke hat Maurice erschlagen.

Sebastian hat ohne Femkes Wissen Maurice' Leiche in den Fluss geworfen.

Sebastian besitzt eine Liste.

Sebastian erpresst Femke damit.

Sebastian erpresst sich und seinen Kumpels Sex von Femke.

Femke hat sich auf die Erpressung eingelassen, damit die Liste nicht verbreitet wird.

Sebastian ist in Femke verliebt.

Nein, Moment, das ist nicht richtig, ermahne ich mich träge und spüre, wie mein Geist nun doch in ein betäubendes Nichts sinkt, das ich mir so sehr herbeigesehnt habe ... Meine Augenlider werden schwach und schwer, ein Kraftakt, sie offen zu halten, sie flattern und verlieren ...

Ein Geräusch lässt mich hochfahren. Wasser spritzt und schwappt hin und her. Ich rutsche weg, mein Kopf ist kurz davor, unter der nassen Oberfläche zu verschwinden ...

Panisch blicke ich mich um, will herausfinden, woher das Geräusch kam, doch ich kann nichts erkennen, ein weißer Schleier hat sich über meine Sicht gelegt.

Ich weiß, was das bedeutet.

Hektisch greife ich nach dem Haargummi, finde es nicht, es ist nicht an seinem Platz und ich erinnere mich vage, es mir für das Bad vom Handgelenk gestreift zu haben. Der Flashback kommt näher, ich höre sein Brüllen. Blind taste ich am Badewannenrand entlang, bekomme nichts zu fassen außer Shampooflaschen und widerliche Naturschwämme. Dann – ein harter Gegenstand, dünn und leicht. Ich weiß, was das ist, greife zu und ziehe ihn unter Wasser über meinen Unterarm ...

Zunächst spüre ich nichts, gar nichts, als wäre ich komplett verschwunden in einem weißen Hohlraum. Ich schnappe nach Luft und auf einmal ...

»Was tust du denn da?«, holt mich die Stimme von Femkes Vater aus dem betäubenden Delirium. Panisch reiße ich die Augen auf und breche in Tränen aus, bin es schon längst, bevor ich überhaupt erahnen kann, warum.

»Um Himmels willen, Femke! Hör auf!« Meine Sicht klart sich, Femkes Vater hat ins Wasser gegriffen und mir den Einweg-Damenrasierer aus der Hand gerissen.

»Femke! Was hast du getan?«, wimmert er und ich blicke an mir herab, sehe den rosa Schaum um meinen nackten Körper wabern, obwohl ich mir sicher bin, dass er eben noch weiß war.

»Ich weiß es nicht«, schluchze ich und bin völlig verwirrt von dem, was gerade geschehen ist. Der Mann, der glaubt, mein Vater zu sein, langt ein weiteres Mal in mein Badewasser und ich zucke zurück, habe Angst, er könne mich anfassen. Unsanft packt er meinen Arm und reißt ihn aus dem Wasser. Ich sehe das Entsetzen in seinem Gesicht, noch bevor ich selbst den Grund dafür erkenne.

Drei dünne Schnitte, nicht senkrecht, sondern waagerecht in die Haut geschlitzt, ziehen sich quer über die Außenseite meines Unterarms, klaffende Wunden, aus denen immer wieder Blut sickert, nicht viel, bloß feine Tropfen. Sie tun nicht weh, aber sie brennen, und das ist gut.

»Du weißt es nicht?«, wiederholt Femkes Vater fassungslos und deutet auf meinen Arm, den er auf dem Badewannenrand abgelegt hat.

»Und du verstehst das nicht«, schniefe ich und tauche meinen Arm erneut unter Wasser. Die Schnitte scheinen heiß aufzuglühen, Lava tritt unter die Haut und legt kurzzeitig mein Gehirn lahm, doch es ist mir plötzlich wichtig, mich ausreichend zu bedecken. Ich will nicht, dass dieser Mann seine Tochter nackt sieht. Also ignoriere ich das brennende Gefühl im Arm, schlinge ihn und den anderen um meine herangezogenen Knie und presse meine Brust an die Oberschenkel.

»Dann erkläre es mir!«, fordert Femkes Vater hilflos. Er hat sich hingehockt, ist auf Augenhöhe mit mir, doch ich kann ihn nicht ansehen. Er ist mir unheimlich. Warum ist er im Badezimmer? Hab ich denn nicht abgeschlossen? Hat er die Tür aufgebrochen, weil ich um Hilfe geschrien habe? Es ist mir ein Rätsel, ich weiß es einfach nicht.

»Ich kann dir das nicht erklären, ich kann nicht!«

»O Femke. Ich weiß nicht mehr … was sollen wir noch tun, damit …« Er stöhnt auf, vergräbt das Gesicht in seinen Händen, fährt sich mit den Fingern durch das schüttere Haar. Das sehe ich aus dem Augenwinkel, meinen Blick auf den Schaum um meine Knie gerichtet. Rosa …

»Damit was?«, frage ich ängstlich.

Etwas quält ihn, der Kampf, der sich in ihm abspielt. Die kräftige Gestalt ihres Vaters strahlt den inneren Zwiespalt aus, füllt das Badezimmer, verstört uns beide. »Damit du endlich normal bist!«, stößt er aus und ich fühle mich wie unter Wasser gedrückt. Alles wirkt mit einem Mal gedämpft, ruhiger, verschwommener. Irgendwie leichter – wenn ich doch bloß Luft bekäme. »Ich habe wirklich gedacht, es wäre besser geworden, ich meine … die neue Kleidung, deine neue Haarfarbe … das spricht doch für einen Neuanfang! Oder nicht? Und jetzt …«

Ich kämpfe mich an die Oberfläche zurück, ohne mich zu bewegen. Meine Wahrnehmung, das alles ist bloß in meinem Kopf, ausgelöst durch Stress, Verzweiflung und der Realität.

»Normal? Ich verstehe nicht, was du damit meinst.« Ich klinge atemlos, vorwurfsvoll und irgendwie verwirrt.

Wieder reibt er mit seinen Händen über den Kopf, dieses Mal verweilen sie länger an der Stirn, den Augenbrauen, als würde er durch ein Darüberstreichen für Ordnung sorgen. Doch ich bin mir sicher, dass es ihm dabei nicht um seine Brauen geht, sondern um seine Gedanken. Sein Blick begegnet meinem, in seinen Augen liegt Schuld und Fürsorge. Angst und Bedauern.

»Ich weiß, wir haben es versprochen, aber ich denke, es ist Zeit, dich zu einem Arzt zu schicken.«

Ich bin verwirrt, kann seinen Gedankengängen nicht folgen. Deswegen komme ich mir wie ein kleines Mädchen vor, als ich meinen Arm aus dem Wasser ziehe und ihm entgegenstrecke. »Aber doch nicht deswegen, Papa. Schau, es ist nicht schlimm, ehrlich, schau …« Ich spreche nicht weiter, Blut tritt aus den Wunden und läuft über meine Haut. Das Wasser, es ist zu warm, die Schnitte sind wirklich nicht tief.

Er sieht nicht hin, seine Augen zucken hin und her, er schnauft, er weint. Und dann wird sein Ausdruck hart, sein Blick bohrt sich in meinen. »Du weißt genau, was ich meine. Ich werde das mit deiner Mutter besprechen, aber so kann es nicht weitergehen«, sagt er streng. Jetzt ist er wieder der Vater, der er sein will, entschlossen und dominant. Jemand, den ich respektiere, aber nicht fürchte. Aber bei mir, Anouk, ist es genau umgekehrt. Er …

… stellt sich dir in den Weg, blockiert die Flucht durch deine Zimmertür. Er will dir beweisen, dass er Macht über dich hat, aber vielleicht solltest du ihm sagen, dass er sich irrt.

»Du gehst da nicht wieder hin!«, fährt er dich scharf an.

Entsetzt siehst du ihn an, kannst nicht glauben, wie falsch er liegt. »Heute ist erst Donnerstag …« Unruhig wanderst du durch das Zimmer, es fällt dir schwer, die Angst im Zaum zu halten, den restlichen Tag hier verbringen zu müssen. Nicht heute! Du musst es ihm erklären, ihm begreiflich machen, dass es diesmal etwas völlig anderes ist, um etwas anderes geht. Dass du endlich jemanden hast, auf den du dich freust, den du liebst und dem du vertraust! Wenn sie dir das wegnehmen, dann gibt es für dich keinen Grund mehr, das alles noch länger zu ertragen. Nur Maurice ist es, der dich am Leben hält!

»Tu gefälligst, was ich dir sage!«, brüllt dein Vater dich an. Speichel wird bei jedem seiner Worte aus seinem Mund geschleudert und jetzt, da er dich mit wilden Augen ansieht, zittert seine Unterlippe.

Verzweiflung packt dich, deine Ruhelosigkeit ist verschwunden, die Wut hat jede deiner Handlungen zum Stillstand gebracht, jeden deiner Muskeln angespannt, deine Hände in Fäuste verwandelt. So hast du deinen Vater noch nie gesehen. So aufgebracht, so ungehalten.

»Du verstehst das nicht!«, wirfst du ihm vor und fängst an zu weinen, Tränen des Zorns und dieser verfluchten Ungerechtigkeit. »Du hast keine Ahnung davon, was in meinem Leben abläuft, du siehst nur das, was du sehen willst, weil das so schön einfach ist, so bequem. Aber du verstehst gar nichts.« Du schreist ihn an, deine Stimme verliert sich an einigen Stellen, unterdrückt von dem Schluchzen in deiner Kehle.

Dein Vater wird still, er sieht dich nicht an, hat den Blick auf den Boden gerichtet und nickt einsam vor sich hin. »Und was ist mit dir?«, fragt er ruhig.

»Was meinst du?«

Er sieht auf, der Vorwurf in seinem Blick schleudert dich gefühlt an die Wand. »Was weißt du über uns? Über das Leben von deiner Mutter und mir? Mit dir. Wie schwer das alles für uns ist?«

»Schwer für euch?« Du schluchzt, verschluckst dich an deinem Entsetzen und lässt dich auf dein Bett sinken. Du zitterst am ganzen Leib.

Aber er hört nicht auf. »Wusstest du, dass deine Mutter jede Nacht deinetwegen weint?« Er redet sich in Rage und jeder Vorwurf ist eine glühende Klinge in deiner Brust. »Dass sie sich unaufhörlich fragt, was sie falsch gemacht hat? Wie sie um dich bangt, wenn du wieder einmal verschwunden bist?«

»Aber sie weiß doch, wo ich an den Wochenenden bin! Ich habe ihr alles gesagt, aber sie hört mir nicht zu«, heulst du und deine Wut ist in sich zusammengesunken, ein kümmerliches Etwas auf dem Boden deines Selbstwerts. »Sie hat doch nichts falsch gemacht. Nicht bis …«

»… bis auf deine haltlose Anschuldigung?«, unterbricht er dich schroff und lacht bitterböse auf.

Seine Unterbrechung bringt dich aus dem Konzept, lässt deine Tränen kurz innehalten, nichts an dir rührt sich für den Bruchteil einer Sekunde, die sich anfühlt wie ein ganzes Leben. Bis alles weitergeht, als wäre nichts geschehen. »Ich … davon rede ich gar nicht. Es …« Irgendwie durcheinander und aufgewühlt versuchst du zu begreifen, was er meint. Haltlose Anschuldigungen. *Du hast das Gefühl, es wissen zu müssen, aber es will dir nicht in den Kopf kommen – und sobald du dich zu erinnern versuchst, schweifen deine Gedanken ab, als wollen sie dich absichtlich auf die falsche Fährte locken. Damit dein Herz nicht länger rast und du wieder normal atmen kannst. »Ich meine jetzt! Mama macht die Fehler* jetzt, *immer und immer wieder. Warum hilft sie mir nicht?« Du wischt dir die Rotze von der Nase und wünschst dir, du hättest ein Taschentuch. »Niemand hilft mir.« Diese letzte Feststellung hat eine seltsam beruhigende Wirkung auf dich. Du hast die Wahrheit die ganze Zeit gespürt, immer, überall. Jetzt hast du sie ausgesprochen, und das befreit dich.*

Du denkst an Maurice, dass er auf dich wartet, und du triffst deine Entscheidung. »Ich muss jetzt los.« Du erhebst dich, gehst an deinem Vater vorbei und glaubst für einen Augenblick, dass er dich passieren lässt. Dass er begriffen hat. Aber dann schnellt seine Hand hervor, als hätte sie ein Eigenleben entwickelt, und hält dich am Arm fest.

»Ich habe gesagt, du bleibst hier!«

Du verdrehst die Augen, um nicht abermals in Tränen auszubrechen. »Wir drehen uns im Kreis.« Du willst deinen Arm von ihm lösen, doch sein Griff ist fest, seine Hand heiß, die Aussage unmissverständlich.

»Lass mich los!«, wimmerst du verzweifelt.

Er zieht dich zurück ins Zimmer. »Du gehst nicht!«

»Du machst alles kaputt!«

Er knallt die Tür zu, deine Panik wächst, er kann dich doch nicht einsperren! Du musst unbedingt zu Maurice!

»Ich werde mich nicht damit abfinden! Meine Tochter ist keine Hure, die sich von den Jungs reihenweise …« Er unterbricht sich selbst, scheint entsetzt.

Nicht so entsetzt wie du. Unmöglich. »Was? Durchficken lässt? Wolltest du das sagen? Aber dazu sind wir Mädchen doch da, oder nicht? Damit Jungs sich ausprobieren können, bevor der Ernst des Lebens beginnt und sie vortäuschen müssen, dass sie Monogamie voll geil finden.«

Er lässt von dir ab, weicht zurück, sein Gesicht bleich, und irgendwie tut er dir leid. Aber nicht genug.

Deine Worte haben ihn getroffen. Es sind jene, die er mal in ähnlicher Form an Konstantin gerichtet hat, nicht für deine Ohren bestimmt, aber es ist nicht deine Schuld, wenn er nicht aufpasst. Damals hat dich seine Aussage nicht berührt, weil du wusstest, dass sie stimmt, dass zumindest die Gesellschaft so denkt, und die Gesellschaft hat immer recht. Es ist ebenjene Erfahrung, die du auch selbst gemacht hast. Aber jetzt, heute, in diesem Augenblick ist dir egal, was richtig und was falsch ist. Hauptsache, du kannst hier weg und findest zu Maurice, der ganz anders ist als die beschissene, von notgeilen Kerlen angeführte Gesellschaft.

»Femke, du bist krank!«

Mein Kopf liegt an einer Schulter, kühle Hände streicheln mein Gesicht. »Sch, sch, beruhige dich, Schätzchen.«

Ich schrecke hoch, entreiße mich dem Geruch nach After Shave und Schweiß und starre Femkes Vater entsetzt an. Meine Wangen sind nass, meine Nase läuft, ich habe geweint, genau wie in dem Flashback.

Hure.

So hat er seine eigene Tochter genannt. An jenem Tag, als sie sich mit Maurice traf, zur Mörderin wurde und niemals wiederkehrte, dafür die Mogelpackung, die ich bin.

Deshalb hat er sich also an meinem ersten Tag hier entschuldigt.

Hastig bedecke ich meinen Körper, der Schaum um mich herum ist dünn und löchrig geworden. »Findest du das normal?«, frage ich provokant. Ich bin wieder voll bei mir. Während ich vor dem Flashback in einer Zwischenwelt festhing, bin ich nun zurück und nicht länger bereit, irgendwelchen Scheiß hinzunehmen. Nicht in Femkes Namen und schon gar nicht in meinem.

»Wovon sprichst du jetzt wieder?« Femkes Vater weicht zurück, die Augen müde, aber ich habe kein Mitleid mit ihm.

»Die Art und Weise, wie du mit mir umgehst. Wie du mich immerzu anfasst und … neulich hast du mich geküsst. Auf den Mund. Findest du das normal?«

Er wird so bleich wie die Emaille der Badewanne. »Fem, Schätzchen. Ich … du kennst mich, so bin ich. Früher hattest du auch nichts dagegen.«

»Früher ist nicht heute. Ich meine, wann soll das gewesen sein? Als ich sieben war?« Meine Zähne fangen an zu klappern, das Wasser ist kalt geworden und ich habe es bisher nicht bemerkt. »Ich will das nicht, klar? Dieses Angetatsche, als wäre ich nicht deine Tochter, sondern … deine Geliebte.« Allein bei der Vorstellung bekomme ich eine Gänsehaut.

Anscheinend habe ich einen Nerv getroffen, denn Femkes Vater springt auf, als hätte er versucht, sich auf einen Nagel zu setzen. »Wie bitte? Wie … wie kannst du …? Du solltest dich schämen, mir so etwas Abscheuliches zu unterstellen!«

»Du stürmst einfach hier herein, während ich in der Badewanne bin! Welcher Vater macht so was? Ich will das nicht! Hör auf damit, okay?«

Er geht einen Schritt rückwärts, die Hände entwaffnet gehoben, und ich muss den Kopf drehen, um ihn im Auge zu behalten. »Weißt du eigentlich, wie weh du mir damit tust?«

Ich erinnere mich an die Schuldzuweisungen in dem Flashback. Wie schlecht es ihm und ihrer Mutter wegen Femke ginge, und das Gefühl, das ich dort an ihrer Stelle empfunden habe, bestätigt sich auch in diesem Moment. »Oh, bitte! Hör auf mit dieser Mitleidsnummer. Du kannst nicht immer jede Schuld auf mich abwälzen. Auch ich habe Gefühle, und die sind verdammt noch mal wichtig.« Ich wende den Kopf geradeaus, mir ist zwar nicht wohl dabei, ihn im Rücken zu spüren, ohne zu wissen, was er tut, aber es ist notwendig.

»Lass mich allein.«

Femkes Vater bleibt still, er rührt sich nicht, macht keinen Mucks, vielleicht hat er auch einfach aufgehört zu atmen. Dann ein Räuspern, als müsse er seine Fassung zurückerlangen.

»Das ändert nichts, Femke, ich hoffe, das ist dir klar. So geht es nicht weiter und ich werde mit deiner Mutter besprechen, welche Maßnahmen wir ergreifen …«

»Geh weg«, unterbreche ich ihn schroff.

Schritte. Ich bekomme eine Gänsehaut. Dann die Tür. Auf. Zu. Ich drehe mich um. Er ist weg. Endlich.

Kapitel 13

Am frühen Montagmorgen stehle ich mich aus dem Haus, noch bevor Femkes Eltern wach sind. Ich verspüre keinerlei Sehnsucht, einem der beiden über den Weg zu laufen, und ich frage mich ernsthaft, wie es nach dem unschönen Gespräch mit Papa Hansen weitergehen soll. Obwohl auch die Schule kein Ort ist, der mir das Gefühl von Sicherheit und Geborgenheit gibt – was auch ziemlich verstörend wäre –, drückt mir schon jetzt der Gedanke im Magen, in Femkes Elternhaus zurückzukehren. Die Zustände sind unerträglich, und inzwischen fühlt sich jeder Schritt an wie eine Drahtseil-Nummer im Zirkus.

Vielleicht sollte ich abhauen, kommt es mir in den Sinn, während ich mit den Händen in der Tasche den Umweg an der Hauptstraße entlanggehe, einzig begleitet von den ersten Lichtstrahlen des Tages. Auch heute wird ein ungewöhnlich warmer Herbsttag die Menschen in Lübbewirtz überraschen, obwohl es jetzt noch kühl durch Konstantins Hoodie zieht. Vielleicht ist es aber auch die Situation, in der ich mich befinde, die mir die Gänsehaut beschert. Die Angst, die neben mir geht und immer wieder ihren kalten Atem in meinen Nacken bläst. Oder die Paranoia, die sich irgendwo in den Wäldern neben der Hauptstraße versteckt und meinen Namen wispert.

Damit ich mich bloß nicht sicher fühle.

Ein verrückter Gedanke drängt sich mir abermals auf.

Abhauen! Einfach weg. Dem ganzen Mist den Stinkefinger zeigen und irgendwo neu anfangen. Als Anouk. Oder mit einem völlig neuen Namen. Am besten in einer großen Stadt, wo mich niemand kennt und sich keiner dafür interessiert, wie mein altes Leben aussah.

Eine beflügelnde Euphorie überfällt mich.

Vielleicht sollte ich es wirklich tun! Warten, bis die Hansens das Haus verlassen, ein paar Sachen packen und dann weg. Aber nicht zum Busbahnhof, dort ist Femke schon einmal aufgegriffen worden, erinnere ich mich. Anscheinend funktionieren unsere Gehirne noch immer ähnlich. Dieses Mal würde ich es besser machen.

Doch sofort kommt die Ernüchterung. Ohne Geld schaffe ich es nicht einmal in die nächste verdammte Stadt! Frustriert kicke ich ein paar Kiesel vom Fußgängerweg.

Noch bevor ich eine Lösung für das lästige Geldproblem gefunden habe, biege ich in die Straße ab, in der die Schule liegt. Mir war unwohl bei der Vorstellung an meinen üblichen Weg durch den Wald am Fluss entlang, weshalb ich vor zwanzig Minuten den Umweg gewählt habe. Und da mich die Erfahrung gelehrt hat, dass ich auch an der Straße nicht sicher bin, kommt ein Anflug von Erleichterung in mir auf, dass ich mein Ziel unbehelligt erreicht habe.

In dem zweistöckigen Gebäude brennt Licht und ich bin überrascht, weil sich die Tür zur großen Eingangshalle ohne Probleme von mir öffnen lässt. Ich steuere das Büro von Direktorin Hogenmayer an, und das Licht darin trotz der inzwischen aufgegangenen Sonne legt die Vermutung nahe, dass sie um diese Uhrzeit bereits das Gebäude unsicher macht. Oder immer noch.

Dennoch werde ich auf Milo warten, bevor ich an ihre Bürotür klopfe, denn ohne ihn erscheint mir mein Vorhaben unmöglich. Als würde mir der Mut fehlen, das Selbstbewusstsein, die Überzeugungskraft – alles Dinge, die ich sonst besitze, mir seit einiger Zeit jedoch gelegentlich abhandenkommen.

Ich setze mich auf die Stufen vor ihrem Büro, ein unregelmäßiges Rascheln von Papier ist daraus zu vernehmen. Mir war nicht bewusst, dass ein toter Junge und ein verschwundenes Mädchen für die Direktorin so viel Arbeit bedeutet.

Kurz nach sieben trudeln die ersten Schüler der Unterstufe ein, die sich gelegentlich durch die Kinderquälerei namens Frühstunden quälen müssen. Ich sehe Lehrer, die ich einst kannte, an deren Namen ich mich aber nicht erinnere, die mal mehr, mal weniger frisch und motiviert zum Unterrichtsbeginn antreten.

Um sieben Uhr fünfzehn werde ich nervös. Milo und ich sind genau jetzt verabredet, und sonst ist er eigentlich pünktlich. Dennoch versuche ich, keine Panik aufkommen zu lassen. Vielleicht ist er einfach kein Morgenmensch.

Zehn Minuten später wandere ich unruhig vor dem Büro auf und ab, das Handy an meinem Ohr, doch das monotone Tuten beweist nur, dass Milo nicht an sein Telefon geht.

Frustriert lege ich auf und Tränen der Enttäuschung wallen in mir auf.

Scheiße.

Natürlich habe ich am Samstag gemerkt, dass ihm meine Ansichten nicht gefallen haben. Dass er eine Seite an mir entdeckt hat, die er nicht gut findet. Ihn jedoch so verschreckt zu haben, dass er sich von mir abwendet und mich im Stich lässt, obwohl er mir seine Hilfe zugesagt hat, tut echt weh.

Ich wische mir die Tränen aus den Augen und versuche es erneut, doch auch diesmal bleibt mein Klingeln unbeantwortet. Kurzerhand schreibe ich ihm eine Nachricht, womöglich sieht er sie und überlegt es sich doch anders.

Superheld, wo bist du? Ich brauche dringend deinen Penis!

Keine Sekunde, nachdem ich die Message abgeschickt habe, wird meinem verwirrten Geist klar, wie unangemessen meine Worte sind. Als würde ich vollkommen unsensibel und kaltschnäuzig die Essenz unserer Unterhaltung vom Samstag ignorieren. Mit einem schmerzhaften Kloß im Hals tippe ich eine weitere Nachricht, meine Finger zittern so heftig, dass ich mich mehrfach verschreibe. Ich darf Milo nicht verlieren, ich muss das wieder geradebiegen!

Sorry, meinte damit nur deine männliche Glaubwürdigkeit bei der Hogenmayer.
Bitte melde dich, ich brauche dich hier!

Ich mach mir nichts vor, er wird nicht antworten. Es ist bereits sieben Uhr vierzig und mir bleiben zwanzig Minuten, ehe mein Unterricht beginnt. Unglücklich setze ich mich zurück auf die Stufen, atme durch, lausche dem Gemurmel aus den Klassenzimmern über mir und denke nach.

Weglaufen oder den Finger in die Wunde legen?

Feige oder selbstzerstörerisch – vielleicht? Sebastian erpresst mich, er hat mich in der Hand, bringt dabei aber sich selbst in die Schusslinie. Wenn ich dran bin, ist er es auch. Er blufft. Sonst hätte er mir nicht Dennis auf den Hals gehetzt. Er weiß, dass sein Gebilde aus Erpressung und Angst zusammenbrechen wird. Warum also nicht gleich heute?

Ich stehe auf. Gehe einige Schritte, von denen mein Kopf nichts weiß. Oder meine Beine. Oder ich. Dieser Schmierzettel … das muss aufhören.

Als ich gerade an die Tür klopfen will, wird sie von innen aufgerissen und eine erschöpfte Direktorin läuft mir in die Arme.

Wir stoßen nur sanft zusammen, weil ich auszuweichen versuche.

Irritiert sieht sie mich an. »Frau Hansen! Wie kann ich Ihnen helfen?«

Nervös starre ich auf eines dieser Kugelstoßpendel, während Direktorin Hogenmayer den verhängnisvollen Zettel liest. Ich bin sicher, dass dieses Ding bei meiner Befragung noch nicht hier gestanden hat. Vielleicht beruhigt es sie nach der Sache mit Maurice, oder es erinnert sie an etwas, was sie sonst vergessen würde. Ein visueller Hinweis dafür, dass die Dinge oft auch dann in Bewegung sind, wenn man es nicht sieht. An diesem Morgen sind es zwei Kugeln, die hin- und herschwingen, immer abwechselnd, während die drei Metallbälle zwischen ihnen zwar die Impulse weitergeben, selbst aber völlig ungerührt bleiben. Eine links, eine rechts. Hin und her. Hin und her.

Vermutlich könnte ich ewig zusehen, mich von den feinen Klack-Geräuschen hypnotisieren lassen, würde Frau Hogenmayer nicht den Zettel irgendwann zurück auf den Tisch legen und meine Aufmerksamkeit verlangen.

»Was soll das?«, fragt sie gereizt und nimmt ihre Lesebrille von der Nase.

Überrumpelt von ihrem scharfen Tonfall sehe ich sie verwirrt an und bin unsicher, wie ich vorgehen soll. Bis vor ein paar Minuten war ich davon ausgegangen, dass Milo nicht nur mein Back-up, sondern auch mein Souffleur sein würde, und er fehlt mir schmerzlich.

Ich brauche ein paar Atemzüge, um mich damit zu arrangieren, auf mich allein gestellt zu sein. Aber ich kann das!

»Wissen Sie von der Schmiererei in der Toilette? Also von F. Star und der Telefonnummer?«

Sie schnaubt herablassend. »Natürlich weiß ich davon. Sie haben mich oft genug darauf hingewiesen.« Sie ist ungeduldig und offensichtlich müde. Ich frage mich, ob sie wirklich die ganze Nacht hier gewesen ist. Sicher, ein toter Junge ist wichtig, ebenso ein mehr oder weniger verschwundenes Mädchen, aber das hier, mein Anliegen, ist es auch. Ihr Versäumnis, sich um die normalen Schulangelegenheiten zu kümmern, als sie noch die Zeit dafür hatte, ist nicht meine Schuld.

»Warum haben Sie nichts dagegen unternommen?«, frage ich ruhig, aber entschieden. Sie soll nicht glauben, dass sie mich einfach so abspeisen kann, wie sie es offensichtlich mit Femke getan hat.

»Was soll ich gegen Vandalismus großartig unternehmen? Sie konnten nicht beweisen, wer dafür verantwortlich ist. Ein Reinigungsdienst hat es entfernt und am nächsten Tag war es wieder da, wie Sie sich vielleicht erinnern. Es gibt Dinge, die kann ich nicht ändern.« Sie wirkt abgekämpft und resigniert. Mitgefühl flammt in mir auf, und das ist mir gar nicht recht. Dennoch beschließe ich, nicht weiter darauf herumzureiten.

Ich rutsche unruhig auf dem Stuhl herum. »Jedenfalls … bekommt man diese Liste, wenn man die Nummer an der Wand anruft«, erkläre ich und fordere mich zu mehr Selbstbewusstsein auf. Wenn ich weiterhin rede wie ein ängstliches Eichhörnchen, werde ich garantiert nichts erreichen.

»Und weiter?«, hakt sie schroff nach.

Kurz stelle ich mir die Gewissensfrage, doch ich habe keinen Zweifel. »Ich weiß jetzt, dass Sebastian Wenzel es ist, der diese Liste verteilt«, sage ich.

Die Direktorin sieht mich ungnädig an. »Kommen Sie bitte auf den Punkt.«

Ihre Reaktion erschüttert mein angeknackstes Selbstbewusstsein. »Ich dachte, das wäre ich«, gestehe ich und kann nicht glauben, dass sie tut, als wäre das, was ich gesagt habe, ohne Bedeutung. »Ich finde, Sie sollten die Verbreitung dieser Liste unterbinden und Sebastian … ich weiß nicht … maßregeln …«

»Und wofür genau?«, unterbricht sie mich.

Ich blinzle mehrmals verstört. »Ist das nicht offensichtlich?« Mit einer fahrigen Bewegung deute ich auf das verschlissene Blatt Papier vor ihr auf dem Tisch.

Sie legt ihren Kopf ein wenig schräg, ihr Blick huscht flüchtig zu dem Zettel und zurück zu mir. »Anscheinend nicht. Was ich sehe, ist eine Ansammlung von geschmacklosen Witzen, ein Dummejungenstreich. Dafür kann ich kaum eine Disziplinarmaßnahme einleiten.«

»Dummejungenstreich?«, speie ich fassungslos aus. Das kann unmöglich ihr Ernst sein! »Das ist kein Dummejungenstreich! Das ist eine Anleitung, wie man Mädchen vergewaltigt, ohne dafür rechtlich belangt werden zu können!«

Falls ich gehofft habe, sie mit meinen Worten wachzurütteln, lag ich gewaltig falsch. Ich weiß es. Die Direktorin lehnt sich in ihrem riesigen Bürostuhl zurück und verschränkt die Hände auf dem Schreibtisch. »Ich weiß, dieses Thema beschäftigt Sie, aber wie ich Ihnen bereits mehrfach sagte, sollten Sie mit solchen Anschuldigungen vorsichtig sein.«

Ich muss mich am Sitz des Stuhls festklammern, um nicht aufzuspringen. »Aber genau das meine ich!«, rufe ich aufgebracht, und dahin ist meine Zurückhaltung. »Statt Sebastian zur Rechenschaft zu ziehen, sagen Sie mir, ich soll mit meinen Anschuldigungen vorsichtig sein? Wieso?« Ich schüttle ungläubig den Kopf. »Warum gehen Sie eher davon aus, ich würde jemanden leichtfertig beschuldigen, statt mir zu glauben, dass Sebastian Wenzel genau das tut, was ich Ihnen gesagt habe?«

Nun beugt sich die Direktorin vor und fixiert mich mit einem herablassenden Blick, den ich weder verstehe noch deuten kann. »Das kann ich Ihnen verraten: Weil Sie keine Beweise haben für das, was Sie sagen. Mag sein, dass diese Witze überaus geschmacklos sind, aber wer sagt mir, dass Sie sie nicht selbst geschrieben haben, um Sebastian eine – Ihrer Meinung nach – notwendige Lektion zu erteilen?«

Dieser Körper sackt zusammen, als hätte die Direktorin mich mit ihren Worten durchlöchert, und deswegen tritt nun sämtliche Luft, Energie und Kraft aus mir aus. In meinen Ohren klingelt es, mein Mund ist trocken. Mit keinem meiner schlimmsten Gedanken hätte ich vermutet, dass dieses Gespräch so verlaufen könnte.

»Machen Sie gerade mich zur Schuldigen?«, frage ich erschüttert.

Frau Hogenmayer legt eine versöhnliche Miene auf, doch die kaufe ich ihr nicht ab. »Ich will Ihnen bloß verdeutlichen, wie leicht es ist, Behauptungen aufzustellen«, rechtfertigt sie sich äußerst sachlich. Dann war das also eine erzieherische Maßnahme und keine Diskriminierung? Gut zu wissen.

»Sebastian verteilt diese Liste?«, fährt sie fort. »Beweisen Sie es. Dass es sich bei diesen Witzen um eine Anleitung zu einer Straftat handelt, ist lediglich Ihre Interpretation. Vielleicht sind sie aber einfach nur das, wonach sie aussehen: ein geschmackloser Dummejungenstreich.«

Ich lache, bitter und zynisch. »Ich glaube das nicht! Im Zweifel für den Angeklagten, nicht wahr?«

»Ganz genau.«

Was mache ich überhaupt noch hier? Es ist offensichtlich, dass von der Hogenmayer keine Unterstützung, nicht einmal Moral zu erwarten ist. Dennoch bleibe ich, rutsche auf dem Stuhl herum und kann mich nicht dazu bringen, meine Wut und Fassungslosigkeit zu zügeln.

»Was soll ich Ihrer Meinung nach tun?«, fragt die Direktorin und ein Hauch von Hilflosigkeit schwingt in ihrer Stimme mit, die ich nicht bereit bin zu hören. »Ein Exempel statuieren? Und dadurch die gesamte Schule auf diesen Schmutz aufmerksam machen?«

Schmutz. Immerhin das hat sie eingesehen. Und tatsächlich ist ihr Argument nicht verkehrt. Je stärker eine Sache thematisiert wird, desto mehr Aufmerksamkeit bekommt sie. Das Augenmerk soll aber nicht auf der Liste liegen, sondern darauf, das Bewusstsein dafür zu öffnen, welche Missstände herrschen. Denn ohne diese Ungerechtigkeiten wäre so eine Anleitung gar nicht erst möglich.

»Keine Ahnung, was Sie tun sollen. Prävention, Aufklärung, irgendetwas«, sage ich etwas ruhiger. »Aber es ist Ihr Job, etwas zu unternehmen, wenn wir Mädchen an Ihrer Schule nicht sicher sind. Wie vereinbaren Sie das, was wir hier jeden Tag erdulden müssen, mit Ihrem Gewissen?« Der Blick der Hogenmayer wird erst glasig, dann hart. Sie öffnet den Mund, um etwas zu sagen, doch ich komme ihr zuvor. »Behaupten Sie nicht, Sie wüssten nichts davon. Sie wissen es!«

Stille breitet sich in ihrem Büro aus. Meine Stimme, Femkes Stimme, klingt in meinen Ohren nach, ihre Intensität hängt zwischen der Direktorin und mir, versucht, uns einander näherzubringen, doch in Wahrheit drängt sie uns auseinander.

Schließlich nimmt sie ihre Brille und setzt sie wieder auf. »Schön, meinetwegen. Ich werde mir etwas überlegen«, sagt sie kühl, ohne mich anzusehen. Im selben Moment erklingt die Schulglocke, die erste Stunde beginnt in fünf Minuten.

»Das ist alles?«, frage ich fassungslos und sehe ihr dabei zu, wie sie sich mühsam von ihrem Chefsessel wuchtet. Stur bleibe ich sitzen, sehe ihr ungläubig zu, wie sie mit einer freundlichen, aber starren Maske auf dem Gesicht zur Zimmertür geht und sie öffnet.

»Sie sollten in den Unterricht gehen. Ich habe zu tun. Auf Wiedersehen.«

Ein Rausschmiss aus dem Zimmer der Direktorin. Das habe ich noch nie erlebt oder auch nur davon gehört, dass es jemandem passiert ist. Frau Hogenmayer sieht mich nicht an, wartet nur, dass ich verschwinde. Und da ich dieser Frau ohnehin nichts mehr zu sagen habe, schnappe ich mir meine Tasche und eile mit gesenktem Kopf aus dem Büro.

Auch am Ende dieses erbärmlichen Schultages hat sich Milo nicht bei mir gemeldet. Ich bin hin- und hergerissen zwischen Sorge, Wut und Enttäuschung. Ich könnte es verstehen, wenn er nichts mehr mit mir zu tun haben will. Wenn er nun doch beschlossen hat, mir meine – neutral betrachtet – haarsträubende Verwandlungsgeschichte nicht zu glauben? Oder er ist noch immer verärgert über meine gedankenlosen Aussagen über Männer als Opfer von sexueller Gewalt. Es wäre nur eine Sache des Anstands gewesen, wenn er mir zumindest Bescheid gesagt hätte, dass er mein sinkendes Boot verlässt. Nun bin ich ein wenig orientierungslos durch die Gänge geschaukelt und finde nur ganz langsam zu meinem Gleichgewicht zurück.

Irgendwie ist alles einfacher, wenn ich weiß, dass da draußen ein Verbündeter sitzt, auch wenn er vielleicht gerade nicht an meiner Seite sein kann. Diese Sicherheit habe ich nun verloren, und ich verstehe nicht, warum der sonst korrekte Milo es nicht für nötig hält, mir seine Entscheidung zu erklären.

In der Mittagspause habe ich mich ungefragt zu Tilda an den Tisch gesetzt, die mich überrascht und ein wenig irritiert angesehen hat. Ein vernünftiges Gespräch kam jedoch nicht zustande, Tilda ist ein sehr zurückgezogenes, geistesabwesendes Mädchen, und auch ich war mit den Gedanken woanders. So bildeten wir eine zwanzigminütige schweigsame Zweckgemeinschaft, um nicht einsam essen zu müssen, die vermutlich nicht erneut zueinanderfinden wird. Mit einem besorgten, fast fürsorglichen Blick verabschiedete sich Tilda von mir und obwohl uns einiges verbindet, war ich doch erleichtert, als sie weg war.

Während ich an meinem Spind stehe und die Unterlagen für zu Hause sortiere, bemerke ich viel zu spät, dass sich mir jemand von hinten nähert. Eine meiner Hände wird gepackt, während jemand gleichzeitig meinen Kram zurück in den Schrank stopft und die Tür zuschlägt.

Ein Bild von Maurice' Gesicht blitzt vor mir auf, wie er mich klammheimlich an der Hand in irgendeine Kammer zieht, eine romantische Geste, die meinen Bauch aufgeregt und zugleich traurig kribbeln lässt.

Unter Zwang besinne ich mich, komme zu Verstand, denn das kann nicht Maurice sein, Maurice ist tot und wird kaum von den Toten auferstanden sein. Als mir bewusst wird, wer es tatsächlich ist, der mich mit sanfter Hand an sich drückt, ist es zu spät.

»Du warst echt bei der Hogenmayer?«, pampt Sebastian mich an, während er mich mit seinem Körper an die Tür der Abstellkammer drückt, in die er mich gezogen hat. Meine Hand hat er inzwischen losgelassen.

»Und ob, du Arsch!«, gebe ich zurück und stoße ihn von mir. Ich kann nicht sagen, was mich mehr überrascht: Dass Sebastian mein Schubsen hinnimmt und sich mir nicht wieder aufdrängt oder dass die Hogenmayer tatsächlich mit ihm gesprochen hat. Beides habe ich nicht erwartet.

»Und? Was hat sie gesagt?«, frage ich neugierig, während mich Sebastian eingehend mustert, als wäre er unentschlossen, ob er mich schlagen oder küssen soll. Ich kann auf beides verzichten, doch die unterschwellige Bewunderung in seinem Blick erfüllt mich mit Stolz und Genugtuung.

Damit hast du wohl nicht gerechnet, Mistkerl!

Im Schein einer nackten Glühbirne, die einsam von der Decke baumelt, und umgeben von Regalen voller Klopapier, Putzmittel und anderem Kram, stiehlt sich ein subtiles Schmunzeln der Schadenfreude auf Sebastians Gesicht, das mir sofort Sorgen bereitet. »Ich habe eine Verwarnung bekommen für das Verbreiten von frauenfeindlichem Material.«

Jetzt verstehe ich das Grinsen. »Eine Verwarnung? Eine beschissene Verwarnung?« Ich bin fassungslos, wie lächerlich gering seine Strafe ausgefallen ist, und auch Sebastian kann sich ausmalen, dass eine Verwarnung nicht das Ziel meines Besuches bei der Direktorin war. Trotz seiner Wut über meinen Verrat dringt immer mehr die Schadenfreude über das Ergebnis an die Oberfläche.

»Wie blöd bist du eigentlich?« Ich weiß nicht, ob er versucht, mich zu provozieren, oder worauf seine Frage abzielt.

Und es ist mir egal. Ich habe die Schnauze gestrichen voll. Es kann nicht sein, dass mir ständig irgendwelche Knüppel zwischen die Beine geworfen werden, während ich versuche, etwas zu bewirken. Etwas an dieser Schule zu verändern – und zwar zum Besseren. Ich verstehe jetzt, warum Femke es nicht selbst getan hat. Mit dem Ballast auf ihren Schultern, von dem ich jedoch nur einen Bruchteil in Form von Ahnungen und halb klaren Flashbacks mit mir herumtrage, wäre von meinem Bedürfnis nach Gerechtigkeit auch nicht viel übrig geblieben.

Als versuche die ganze Welt, es mir so schwer wie möglich zu machen. Uns. Erst Femke, nun mir.

Es ist genug.

»Ich habe es kapiert, echt«, sage ich mit fester Stimme und bin selbst davon überrascht. »Du bist der Boss und willst Sex mit mir haben, wann immer du danach verlangst. Wenn es nach dir ginge, soll ich mir vor Angst in die Hose machen, sobald du in meiner Nähe bist. Aber es geht nicht länger nach dir. Jetzt bin ich dran.«

Es fühlt sich gut an, endlich rauszulassen, was sich in mir angestaut hat. Nur Sebastian scheine ich nicht von meiner neuen Selbstsicherheit überzeugt zu haben. »Was wird das?«, fragt er, tendenziell amüsiert, wenn auch deutlich irritiert.

Energisch stoße ich mich von der Tür hinter mir ab und gehe auf ihn zu. Ich habe keine Angst vor ihm, nicht mehr, nicht vor seiner Kraft, seiner physischen Überlegenheit. Es ist eine andere Sache, die mich davon abhält, ihn nicht einfach stehen zu lassen mit seiner Pseudo-Wut und seinem Geltungsdrang, eine Sache, die wie ein toter Elefant zwischen uns liegt, zu groß, um sie länger zu leugnen.

»Was weißt du über Maurice und mich?«, frage ich, als ich kaum einen Meter vor ihm stehen bleibe und zu ihm aufblicke. Das ist es, was mir wirklich Sorgen bereitet, und es ist schier unmöglich, meine Unruhe vor Sebastian zu verbergen. Aber ich bin stärker als meine Angst, ich akzeptiere die Gefahr, die von der Wahrheit ausgeht.

Sebastian steht da wie der Vorzeigeschwiegersohn aus dem Katalog, die weißen Poloshirts hat er offensichtlich in einer Familienpackung gekauft. Seine Hände sind hinter dem Rücken verschränkt, und er blickt auf mich hinab, als wäre ich eine große Enttäuschung. »Ich hab echt gedacht, du hättest meinen Hinweis verstanden.«

Ungeduldig verdrehe ich die Augen. »Das habe ich, *Basti.*« Inspiriert von Dennis, ist es ein ziemlich gutes Gefühl, Sebastian so zu nennen. Das macht ihn viel weniger bedrohlich, und an seinem Blick sehe ich, dass ihm das ganz und gar nicht gefällt. »Ich will deine kranken Gründe gar nicht wissen, warum du …« Hilflos fuchtle ich in der Luft herum, als wolle ich ihm meine Gedanken in Gebärdensprache mitteilen. Doch in Wahrheit fällt es mir schwer, seine Tat in Worte zu verpacken, weil ich sonst womöglich die Flucht ergreife. Ich lasse die Arme sinken, als ich Sebastians finsteren Gesichtsausdruck bemerke, und fahre fort: »Ich will wissen, was du gesehen hast. Mir fehlen ein paar Details, verstehst du? Was ist passiert?«

Sebastian scheint mit dem Gedanken zu spielen, es mir wirklich zu verraten, doch etwas zu theatralisch legt er die Finger an sein Kinn und zeigt mir die Denkerpose. Noch bevor er einen Schritt auf mich zukommt, weiß ich, dass er es mir nicht einfach machen wird.

»Ich sag's dir, wenn du deine Anschuldigung bei der Hogenmayer zurücknimmst.«

Entrüstet ziehe ich den Kopf ein, damit ich ihn besser ansehen kann. »Witzig, wirklich, aber nicht dein Ernst!« Das ist so unverschämt und beunruhigend, dass ich gern darüber lachen möchte. Kann ich aber nicht.

»Ich meine es sogar ziemlich ernst.«

Ich schüttle heftig den Kopf. »Vergiss es.«

»Wie du willst …«, sagt Sebastian schulterzuckend und will an mir vorbeigehen, mich hier stehen lassen mit der Sicherheit, dass er mehr über den Zwischenfall im Wald weiß als ich.

»Hast du gesehen, wie ich es getan habe? Oder war er schon … du weißt schon …«, versuche ich ihn aufzuhalten.

Tatsächlich bleibt er stehen, wendet sich mir mit einer halben Drehung zu, die Hände auf dem Rücken. »Nimm deine Behauptung bei der Hogenmayer zurück.«

Nun lache ich doch auf, und es schmeckt bitter in meinem Mund. »Wozu? Du hast eine lächerliche Verwarnung bekommen! Das wird schon nicht dein Leben zerstören.«

Er lehnt sich gegen die geschlossene Tür, wie es aussieht, hat er doch nicht vor zu gehen. Dafür macht ihm das Gespräch viel zu viel Spaß. »Das ist eine Frage des Prinzips, Fem. Ich akzeptiere es nicht, für etwas bestraft zu werden, was ich nicht getan habe.«

Kurz legt eine seltsame Verwirrung mein Gehirn lahm, doch sofort bin ich wieder bei mir und weiß genau, dass ich im Recht bin. Meine Augen verengen sich zu Schlitzen. »Natürlich hast du es getan, du verdammter Lügner.«

Irgendwas an meinen Worten scheint ihn zornig zu machen, doch er behält die Wut für sich, lässt sie nur in seinem Gesicht aufflackern, deutlich genug für mich, doch ansonsten bleibt sie unter Kontrolle. »Die Sursex Creators haben mich damit beauftragt und für mich war es die ideale Gelegenheit …«

»… mich damit zu erpressen, um mich für deine eigenen Bedürfnisse zu missbrauchen«, unterbreche ich ihn scharf.

Etwas in seinem Blick verändert sich. Seine hellblauen Augen, sonst kalt und voller Überlegenheit, werden glasig, seine Pupillen sind geweitet, während er mich provozierend mustert. »Gib es zu, Fem. Wir beide, das hat Power und Energie und es war nie wirklich so furchtbar für dich, wie du immer behauptest.«

Die Stimmung zwischen uns schwingt mit einem Mal um, und obwohl Sebastian sich zurückhält und nicht in meinen Wohlfühlbereich eindringt, fühle ich mich von seiner Behauptung aufgerüttelt. Bilde ich es mir ein oder ist da ein Knistern? Wie Brausepulver, das unterschwellig unter meiner Haut aktiv ist. Verstört frage ich mich, ob es womöglich stimmt, was Sebastian sagt. Dass Femke, so verrückt und schwer nachvollziehbar es auch ist, irgendwann begonnen hat, sich an den Sex mit Sebastian zu gewöhnen? Ob es mit ihm immer abusiv war, oder ob es Momente gegeben hat, in denen ihre sexuelle Begegnungen ein bisschen zu *mit meiner Zustimmung und über das andere denke ich besser nicht nach* geworden war?

Ungewöhnliche Situationen erfordern grenzüberschreitende Maßnahmen. Eine Maßnahme ihres Unterbewusstseins, um den permanenten Missbrauch zu ertragen.

Blödsinn, schelte ich mich selbst. Wenn Femke wüsste, dass ich mir diese Frage überhaupt stelle, weil ich etwas zwischen Sebastian und mir spüre, was ich mir nicht erklären kann, würde sie mir die Leviten lesen. An einem Vergewaltiger, so manipulativ und subtil er seinen ekelhaften Missbrauch auch eingefädelt hat, ist nichts Anziehendes. Erpressung ist nichts Anziehendes. Zuhälterei lässt keine Romantisierung in irgendeiner Form zu.

Punkt. Ende. Aus.

»Wissen die Sursex Creators, dass du sie hintergehst?«, umgehe ich seine anzügliche Andeutung und bringe das Gespräch zurück in die eigentliche Richtung.

Wieder zuckt er die Achseln und grinst herablassend. »Keine Ahnung, aber ich glaube, dass ist ihnen ohnehin egal.«

Ich bin unschlüssig, ob ich ihm glauben soll. Er könnte Lügen, um seinen Verrat an den Sursex Creators herunterzuspielen und sich vor mir nicht angreifbar zu machen. Andererseits … habe ich diese unerklärliche Ahnung, dass es stimmt. Dass sich die Sursex Creators gar nicht mehr für mich interessieren und deshalb Sebastian sämtliche Fäden übergeben haben. »Aber wieso? Wieso tun sie das? Warum wollen sie mich fertigmachen, wenn es sie nicht interessiert? Das ergibt keinen Sinn!« Ich fühle mich hilflos und ausgeliefert, und obwohl ich inzwischen so viele Dinge in Erfahrung gebracht habe, verstehe ich trotzdem nichts.

»Was weiß ich?«, gibt Sebastian gleichgültig von sich.

Ich beschließe, ihm nicht zu glauben. Milo hat mich naiv genannt – vielleicht war ich das wirklich.

Jetzt nicht mehr.

»Komm schon, Basti! Du willst mir doch nicht erzählen, dass du das mit der Schmiererei und der Liste machst, weil diese Sursex-Typen nett gefragt haben.«

Endlich holt er seine Hände hinter dem Rücken hervor, nur um die Arme vor der Brust zu verschränken. Seine anfängliche Wut ist nach dem kleinen amüsanten Zwischenspiel zurückgekehrt. »Du machst dich lächerlich, Fem, ernsthaft! Was soll das? Du weißt das alles selbst«, motzt er mich an und ich gebe mich geschlagen. Er wird mir keine brauchbaren Informationen über die Sursex Creators liefern, das hätte ich wissen müssen.

»Okay, von mir aus. Was ist jetzt mit Maurice und mir?«

»Nimm die Anschuldigung zurück …«

»Du hast doch gerade zugegeben, dass du die Liste verbreitest!«, unterbreche ich ihn wütend. Es ist, als würde ich mit einem kleinen Kind reden, völlig gleichgültig, was ich sage, es kommt nur Trotz und Unwille zurück.

»Die Hogenmayer denkt, ich hätte sie geschrieben!«

Irritiert ziehe ich die Augenbrauen zusammen. »Das habe ich nie behauptet.«

Sebastian lacht zynisch auf. »Wäre ja noch schöner.«

Ein unwohles Gefühl überkommt mich. Sebastian ist mir inzwischen so nahe gekommen, dass seine Nase die meine berühren könnte – wäre ich nicht so viel kleiner als er. »Wie meinst du das?«, frage ich und mir wird klar, dass Sebastian im Begriff ist, sein letztes Ass im Ärmel auszuspielen.

»Ich weiß es, Fem«, flüstert er, ein überlegenes Grinsen auf den Lippen.

»Du weißt was?« Eigentlich will ich es gar nicht wissen, mir die Finger in die Ohren stecken und schräge Lieder summen, damit ich nicht in dieses Geheimnis eingeweiht werde, aber ich bin zu langsam, oder Sebastian zu schnell, und er verrät es mir, noch bevor ich mich entscheiden kann.

»Ich weiß, dass du diese Anleitung selbst geschrieben hast.«

Ich falle. Nein, ich weiche zurück, doch es fühlt sich an wie Fallen, in ein dunkles Nichts, und als ich mit meinem Rücken im dunklen Morast des Nichts aufschlage, presst es mir die Luft aus der Lunge.

»Du lügst!«, krächze ich tonlos und stoße gegen ein Regal mit Klopapierrollen. Es wackelt und es hätte mich nicht gewundert, würden sie auf mich herniederprasseln, doch sie bleiben, wo sie sind.

Auch ich stehe noch, obwohl ich gefallen bin. Sebastians lächerliche Anschuldigung kommt mir wieder in den Sinn, so schnell verdrängt, wie ich es nicht für möglich gehalten habe. Und obwohl ich Sebastian der Lüge bezichtigte, obwohl ich keine Vorstellung davon habe, wie das, was er behauptet, stimmen könnte, absolut keine, spüre ich irgendwo in mir, dass es stimmt.

Femke hat die Anleitung zur straffreien Vergewaltigung selbst geschrieben.

Mir wird schlecht.

Sebastian sucht meinen Blick, und allein das erscheint mir wie das ungewollte Eindringen in meinen Körper. »Du kannst dir das Theater schenken, Fem. Leugnen wird dir nicht helfen«, beginnt er ruhig, der alte Sebastian, der knisterfreie, selbst kontrollierte, selbst reflektierte Kerl, und ich mache mich sprachlos und fassungslos auf das gefasst, was mich erwartet. »Ich schlage vor, dass du deinen kleinen Arsch zu der Hogenmayer bewegst und die Anschuldigung zurücknimmst, andernfalls werde ich in einem vertrauensvollen Gespräch mit der Direktorin und der Polizei davon berichten, wie du die Leiche deines heimlichen Lovers durch den Wald geschleift und in den Fluss geworfen hast. Was denkst du?« Er scheint eine Reaktion von mir zu erwarten, doch ich bin erstarrt. Innerlich. Äußerlich. »Haben wir einen Deal?«, fragt er schließlich doch.

Er lügt. Femke kann unmöglich diese Liste geschrieben haben. Er weiß es, ich weiß es. Meine Spuren sind überall auf der Leiche, da spielt es keine Rolle, ob ich Maurice in den Fluss geworfen habe oder nicht. Sebastian ist aus dem Schneider, dazu noch die teuren Anwälte, die er sich leisten kann und ich nicht.

Ich habe mich verschätzt. Sebastian ist mir einen Schritt voraus, ich sollte mich vor ihm fürchten. Und das tue ich wieder. Ein Nicken, ein unverständliches Murmeln, und schon bin ich auf seinen faulen Deal eingegangen.

Jetzt bleibt mir nur noch eins: Laufen! Laufen, so schnell ich kann!

Kapitel 11

In meinem Kopf ist eine Sicherung durchgebrannt, ein paar Synapsen sind explodiert, in meinem Verstand wütet ein Flächenbrand, der sich bis in meine Brust, meine Lunge, meinen Magen ausbreitet. Ich brenne, das Feuer nährt sich an meiner Haut, zersetzt mich, tobt durch meinen Geist, bis nichts mehr von mir übrig ist als ein Häufchen Asche, das mit dem nächsten Windstoß davongetragen, aufgewirbelt und über der ganzen Stadt verteilt wird, vergessen und doch allgegenwärtig. Als hätte es mich nie gegeben, nur die Erinnerung an mich.

Sebastian lügt!

Mein Mantra, das ich mir einzureden versuche, während ich blind in der Dunkelheit umherirre, nicht in der des Tages, sondern der in meinem Inneren. Ich bin blind und taub, da ist nur mein Verstand, ein nervendes Summen in mir.

Ich spüre, dass Sebastian nicht lügt. Es ist, wie es immer war, ich weiß nichts, verstehe nichts, und trotzdem ist da dieses Gefühl, das mich zu leiten versucht, mich an die Hand nehmen und lehren will, zwischen wahr und unwahr zu unterscheiden. Aber ich bin noch nicht bereit. Einst kannte ich Femke, wusste, wie sie tickt, was sie denkt, wie sie fühlt. Wonach sie sich sehnt. Dieses Mädchen gibt es nicht mehr, und das nicht erst seit meiner Verwandlung. Diese Veränderung ist schon lange vorher eingetreten, kein Wunder bei dem, was sie ertragen musste. Aber was … was ist, wenn es ihre eigene Schuld war? Wenn sie die Anleitung selbst geschrieben, Überraschungssex propagiert hat, aus Spaß oder weil sie schlichtweg nicht darüber nachgedacht hat? Was, wenn diese Liste sie dann eingeholt, das Schicksal ihre Freundin Karma gegen Femke ausgespielt hat, um sie dafür zu bestrafen?

Ich möchte schreien, mich aus diesem Gefängnis befreien, das Femkes Leben und ihr Körper für mich darstellen. Warum bin ich es, die Femkes Schuld sühnen muss, nur weil …

… weil ich sie getötet habe.

Ich bleibe in meiner Finsternis stehen, komme zum Stillstand, innen wie außen, an keinem dieser Orte weiß ich, wo ich mich befinde.

Femke. Ich habe sie wirklich umgebracht. Es waren meine Hände, meine, die sie geschubst und ihren Sturz verursacht haben. Ist das Karma? Muss ich, ihre Mörderin, nun ihre Schuld tragen, weil sie es nicht mehr kann? Funktioniert das Leben so? Kosmische Gerechtigkeit?

Meine Knie geben nach, ich sacke zusammen, habe keinen Halt mehr, nirgendwo. Ich bin verloren, es gibt nichts, was das alles, was mich retten könnte.

Ich gehöre nirgendwohin, habe keinen Rückzugsort, zu dem ich flüchten könnte, um Zuversicht und Hoffnung wiederzufinden.

Dann wird es mir klar. Die Lösung, mein Gedanke von heute Morgen!

Mühsam quäle ich mich zurück auf meine Füße und laufe los. Ich werde einfach verschwinden! Anouk ist es bereits, Femke wird ihr folgen. Alle denken, ich sei abgehauen, niemand würde sich wundern, wenn Femke es auch täte.

Es ist beschlossen! Hier werde ich nicht bleiben. In das Haus der Hansens kehre ich auf keinen Fall zurück, nicht zu Eltern, die ihre Tochter eine Hure nennen und ihren Missbrauch als sexuelle Freigiebigkeit akzeptieren. Ich muss nur ein paar Sachen holen, Kleidung zum Wechseln, vielleicht ein bisschen Kleingeld … und was ich sonst noch brauche. Dann bin ich weg, verschwinde, wie es Anouk ohnehin ist. Wohin, weiß ich nicht, aber wenn ich jetzt darüber nachdenke, wäre mein Scheitern schon geschehen.

Nur Sachen holen und weg.

Mehr braucht dieser Plan nicht.

Umso überraschter bin ich, als ich aus der Dunkelheit meines Inneren auftauche und vor einem vierstöckigen Hochhaus stehe.

Zu Hause.

Das ist nicht das Haus der Hansens.

Hier wohne ich.

Anouk ist wieder da.

Es ist Zeit, mich von Alexa zu verabschieden.

Ohne Plan oder zurechtgelegte Worte stehe ich vor der Tür im zweiten Stock. Ich könnte den versteckten Schlüssel nehmen und selbst öffnen, aber ich will Alexa nicht erschrecken.

Keine fünf Sekunden nachdem ich geläutet habe, wird die Wohnungstür aufgerissen und Alexa blickt mich erwartungsvoll an. Ich ahne, dass sie bei jedem Klingeln der Tür oder des Telefons in der verzweifelten Hoffnung hochschreckt, es könne ihre kleine Schwester sein, die zurückgekehrt ist. Diesmal ist sie es wirklich, doch Alexa wird es niemals erfahren.

Der Ausdruck von müder Zuversicht in ihrem Gesicht weicht kurz Verwirrung, bis sie mich erkennt.

»O mein Gott, Femke!«, stöhnt sie mit brüchiger Stimme und presst die Hände auf den Mund, dämpft damit den Schluchzer, den mein Anblick ihr entlockt. Es wühlt mich auf, sie zu sehen, Schuldgefühle und Heimweh toben in meiner Brust und ich kämpfe die Tränen nieder. Tränen der Erschöpfung, der Verzweiflung und der Bitterkeit.

»Ich freue mich, dass du gekommen bist!«, presst sie zwischen ihren Fingern hervor und sieht mich an, als wäre ich ein Geschenk des Himmels. Doch das bin ich nicht. Schon immer habe ich ihr Kummer bereitet, ihr nie ausreichend gedankt, wie sie um mich gekämpft hat. Ich habe mich immer verlassen gefühlt, von unseren Eltern und zuletzt auch von ihr, seit sie ihrem Freund mehr Bedeutung gegeben hat als mir. In meinem egoistischen Selbstmitleid ist mir nur immer entfallen, dass auch sie von unseren Eltern im Stich gelassen worden ist. Verlustängsten müssen seit damals auch ihr ständiger Begleiter gewesen sein, und nun ist es wieder passiert, ihre kleine Schwester hat sie verlassen und Alexa ist die Letzte, die aus unserer Familie verblieben ist.

Wie einsam sie sein muss.

Müde sieht sie aus, verweint und abgemagert. Ihr dunkles Haar wirkt stumpf, aus ihren grünen Augen scheint das Leben gewichen zu sein. Sie ist alt geworden. Die wenigen Wochen, die ich weg bin, haben bei ihr die Spuren von mindestens zehn Jahren hinterlassen.

Meine Schuld.

Ich kann sie nicht mehr zurückhalten, es ist zu viel, und so breche ich vor Alexa in stumme Tränen aus.

»Fem! Was ist denn los?« Hilflos steht Alexa da und sieht mich weinen. Verlegenheit breitet sich in mir aus und ich wische mir immer und immer wieder mein Gesicht trocken, als Alexa ihren Arm um meine Schulter legt und mich in die Wohnung begleitet. In Zeiten größter Not ist sie noch bereit, sich selbst hintenanzustellen und sich um andere zu kümmern. Demütig lasse ich mich von ihr ins Wohnzimmer bringen, meine Bettcouch ist zu einer reinen Couch zusammengeklappt, und wir setzen uns. Alexa weicht nicht von meiner Seite, sie bleibt da und ihre Besorgnis fühlt sich vertraut und liebevoll an. Es war dumm von mir, sie in den letzten gemeinsamen Monaten wegzustoßen. Ihre Fürsorge ist die einer Mutter, intensiver und aufrichtiger, als die der unseren jemals war.

Wieder fragt sie mich, was los sei, ein sanftes Flüstern neben meinem Ohr, während sie meinen Kopf zu ihrem zieht und über mein Haar streichelt.

»Ich weiß nicht. Es ist so … schrecklich und … ich kann nicht mehr! Es ist … einfach zu viel.« Es kommt mir vor wie wirres Zeug, was ich von mir gebe, mehr geschluchzt und geheult als gesprochen, aber für Alexa scheint das keinen Unterschied zu machen. Wie ein Baby wiegt sie mich vor und zurück. »Beruhige dich!«

Für ein paar Minuten erlaube ich mir, ihren Trost anzunehmen, und tatsächlich kehrt Ruhe in mir ein, wenngleich mich die Schuldgefühle weiter quälen.

Schließlich mache ich mich von ihr los, ich will sie nicht ausnutzen, ihre letzten Kraftreserven rauben, die sie so dringend selbst braucht. Ein letztes Mal, wie ich hoffe, wische ich mein Gesicht trocken und schnäuze mit einem Taschentuch, das Alexa wie aus dem Nichts gezaubert hat, meine Nase.

»Es geht schon wieder. Tut mir echt leid, dass ich einfach hier auftauche und … Ich habe kein Recht, hier zu sein!«, murmle ich verlegen.

»So ein Unsinn! Du bist immer willkommen, auch wenn Anouk … Gerade jetzt …« Nun ist es ihr Kinn, das verdächtig zittert, die Erinnerung ist zurückgekehrt. Sie greift neben sich und erst jetzt bemerke ich die fast leere Box Taschentücher neben ihr auf der Couch. Alexa tupft sich die Augen trocken und atmet tief durch – eine Übung, die sie in den letzten Tagen anscheinend häufiger angewandt hat. »Tut mir leid, ich bin etwas … Ich bin jedenfalls froh, dass du da bist. Ich verliere nämlich langsam den Verstand.« Sie lacht verlegen, doch ihre Mundwinkel werden nach unten gezogen von der Last der Ungewissheit, und sie dreht den Kopf zur Seite. Ich kann mich nicht erinnern, was ich ihr damals über meinen Streit mit Femke erzählt habe.

»Es tut mir so unendlich leid, Alexa!«

Sie nickt dankbar, aber sie sieht mich nicht wieder an. Ihre Schultern zucken, Alexa schüttelt den Kopf und neue Tränen finden den Weg über ihre Wange.

Befangen sehe ich mich um. Es ist seltsam, wieder hier zu sein, besonders nach allem, was passiert ist. Teile meines Selbst habe ich hiergelassen, aber nicht nur Nägel, Haut und Haar, sondern ebenjene, die meine Persönlichkeit ausmachen. Als wäre Femkes Körper zu klein dafür, musste ich sie aussperren. Mir ist das bislang nicht aufgefallen, doch hier, in diesen vier Wänden, spüre ich es deutlich. Die Anouk, die hier lebte – die gibt es nicht mehr. Ich habe mich verändert, innerlich, allerdings weiß ich nicht, auf welche Weise. Auch das scheint Opfer meines Vergessens geworden zu sein.

Erinnerungen. Immer mehr fehlen mir. Es waren ziemlich viele Flashbacks in letzter Zeit, und es ist schwer zu merken, welche Teile meines Lebens inzwischen fehlen. Woher soll ich wissen, was ich vergessen habe, wenn ich mich nicht daran erinnern kann. Es müssen wichtige Dinge sein, die ich hergegeben habe – Alexa und Robin, ich werde sie vermissen und es nicht einmal wissen.

Allerdings habe ich nicht vergessen, was die Polizei angedeutet hat. Die vergangenen Tage erfolgreich verdrängt, kommen die Andeutungen hier und jetzt zurück an die Oberfläche und stellen auch jetzt noch ein großes Rätsel dar.

»Was ist überhaupt passiert?«, frage ich mit echter Betroffenheit. »Ich verstehe nicht, was los ist. Anouk ist verschwunden? Aber was hat sie mit diesem toten Jungen zu tun?«

Alexa versucht zu lachen, verdreht wütend die Augen und ist doch wieder den Tränen nahe. »Es ist so lächerlich. Die Polizei glaubt, Anouk hätte diesen Jungen erschlagen und sei dann einfach … aber das würde sie niemals tun!«

Verstört ziehe ich die Augenbrauen zusammen. »Nein, das glaube ich nicht«, gebe ich schwach zurück, und vermutlich wäre ich überzeugender gewesen, wären da nicht die Bilder vor meinen Augen, wie ich Femke einen Stoß gebe. Nur dieser verdammt kleine Schubser, und sie verschwindet, vom Abgrund inhaliert. Sie machen es mir schwer, meine wahren Gefühle zu verbergen.

Leute töten andere Leute. Tun ihnen grausame Dinge an. Unfälle passieren. Nicht immer ist man deswegen ein schlechter Mensch. Manchmal ist es einfach Pech. Oder Verzweiflung.

»Aber wenn sie nichts getan hat, warum ist sie dann verschwunden? Ohne ein Wort?«, holt Alexa mich aus meinen Gedanken, und es bricht mir das Herz, sie so hilflos zu sehen.

»Ich weiß, das ist schrecklich«, flüstere ich. Ich möchte mich so gern bei ihr entschuldigen, ihr alles erklären, und womöglich sollte ich das auch tun, aber was dann? Sie würde mir nicht glauben, natürlich nicht. Robin hat es auch nicht getan. Die Wahrheit würde es nur schlimmer machen – und das will ich nicht.

»Es ist meine Schuld«, beginnt Alexa auf einmal, hemmungslos zu schluchzen.

»Was? Nein!« Ich werfe meine Zurückhaltung über Bord und nehme ihre Hand. Vielleicht sehe ich nicht aus wie ihre Schwester, und vielleicht bin ich nicht mehr derselbe Mensch wie an dem Tag, als ich sie das letzte Mal sah, aber ich will sie trösten, kann nicht mit ansehen, wie sie meinetwegen leidet.

Alexa nickt energisch. »Doch, natürlich ist es meine Schuld! Ich hab sie ständig allein gelassen. Ich dachte, es stört sie nicht, ich meine, sie ist siebzehn, da braucht sie doch keine große Schwester, die sie beaufsichtigt wie eine Oberglucke.«

Natürlich hat sie recht. Es hat mich gestört, ständig von ihr allein gelassen zu werden – glaube ich. Aber das hat nichts zu tun mit dem, was mit mir geschehen ist. Das habe ich allein mir selbst zuzuschreiben. Oder dem Universum.

»Mach dir keinen Vorwurf, Alexa! Du hast sie nicht im Stich gelassen. Du hast sie bei dir aufgenommen und dich um sie gekümmert. Das hat sie nicht vergessen. Ganz bestimmt nicht!«

Dankbar blickt Alexa mich aus ihren verheulten Augen an. Sie erinnern mich an meine eigenen, unsere größte Ähnlichkeit. »Ach Fem. Das ist so lieb von dir!«, wispert sie und streicht mir mütterlich eine Strähne aus dem Gesicht. Wieder versucht sie sich an einem Lächeln, und diesmal gelingt es ihr beinahe – bevor es wieder erstirbt. »Die Wahrheit ist … ich habe keine Ahnung, was in den letzten Monaten in ihrem Leben los war. Ich hatte nur meinen eigenen Kram im Kopf, und jetzt ist Anouk weg und ich konnte der Polizei nicht einmal sagen, ob sie neue Freunde hat oder wo sie ihre Freizeit verbringt.«

Nein, nein, nein! Es ist eine Gemeinheit, dass die Polizei mir unterstellt, Maurice getötet zu haben und es meiner Schwester so schwer macht. Das alles ist nicht fair! »Du hättest nicht verhindern können, was geschehen ist«, versichere ich ihr, und ich wünsche, sie könnte mir glauben.

Sie beißt sich nachdenklich auf die Unterlippe, ihre Augenbrauen wandern runter und wieder hoch, immer wieder. »Doch, das glaube ich schon«, sagt sie und reibt sich die Stirn, als hätte sie Kopfschmerzen. »Vielleicht würde ich dann auch verstehen, was überhaupt passiert ist, wieso sie …« Ihre Worte verlieren sich in neuen Tränen und ich streichle ihre Hand, selbst der Verzweiflung nahe.

»Wie kommt die Polizei überhaupt darauf, dass Anouk etwas mit dem toten Jungen zu tun hat?«, will ich nach einer Weile wissen. Alexa hat sich beruhigt, und ich komme mir schäbig vor, sie das zu fragen. Als wäre es Sensationslust, doch das ist es nicht. »Nur weil sich ihr Verschwinden und sein Tod irgendwie … zeitlich überschnitten haben, oder warum?«

»Es ist wegen des Bluts!«, sagt sie, und in ihrem Gesicht steht Ekel und Widerwille geschrieben.

»Welches Blut?« Ich erinnere mich, dass ich während meiner Metamorphose geblutet habe, mein Tattoo, als es abgefallen ist, und dann noch das, was mein Magen ausgeworfen hat. Ich dachte, ich hätte alles in Ordnung gebracht, bevor ich mich mit Robin getroffen habe – anscheinend nicht gut genug für die hiesigen Forensiker.

Alexa hält sich bei dem Gedanken an das Erlebte die Hand vor den Mund. »Es war schrecklich. Als ich nach Hause kam … das Bad … überall war Blut! Nicht viel, nicht genug, um zu verbluten, aber … es war überall. Kacheln, Boden, Waschbecken, in der Badewanne. Sogar in der Toilette! Irgendwann später … ich …« Ich kann ihr nur sprachlos zuhören. Wie kann das sein? Ihre Erzählung unterscheidet sich dermaßen von dem, was ich hinterlassen habe, dass ich glaube zu träumen. »Scheiße, wann war das?«, spricht sie weiter, und ich bin mindestens ebenso verwirrt, wie sie sich anhört. »Ich hab seit Tagen nicht mehr geschlafen oder ich schlafe seit Tagen und das ist ein unendlicher Albtraum, ich weiß es nicht. Der Wahnsinn, er sitzt mir im Nacken, nicht mehr lange, dann beißt er zu und ich verliere den Verstand.« Ihre Worte beunruhigen mich. Alle. Die vom Blut und die des Wahnsinns. Ich kenne das, mir geht es genauso.

»Was war mit dem Blut?«, hake ich mit zittriger Stimme nach, weil ich befürchte, Alexa könnte den Faden verloren haben und nicht mehr wissen, worüber wir eigentlich reden.

Sie nickt entschuldigend, ihre Augen sind so traurig, dass sich meine Innereien zusammenziehen. »Es war von Anouk, wie ich befürchtet habe. Aber da war noch eine zweite Blutgruppe und … als sie diesen Jungen fanden …« Ihre Lippen zittern, doch sie muss nicht weiterreden.

»Da war Blut von Maurice im Badezimmer?«, stoße ich fassungslos aus. »Das ist unmöglich!«

Wie kann das sein? Ich weiß doch noch alles! Wie ich hierherkam, nachdem ich Femke am Fluss gesucht habe. Wie sich mein Körper veränderte, was ich selbst nicht glauben konnte, und schließlich Robin getroffen habe. Es gibt keine Lücken, Maurice hat darin keinen Platz.

»Ich …« Ich weiß nicht, was ich sagen soll. Ich bin leer, erschöpft, abgekämpft und ich sehne mich nach nichts mehr als dem Vergessen.

Nicht mein Leben. Nicht Femke. Aber alles, was ich jetzt bin, möchte ich aus meiner Erinnerung streichen. Ich fühle mich so fremd in mir selbst, in dieser Wohnung, hasse den Sauerstoff, den ich einatme, weil er nur dafür sorgt, dass dieser Körper und das Gehirn weiter funktionieren.

Es ist unmöglich, was Alexa gesagt hat. Es kann kein Blut von Maurice hier sein, und doch ist es das. Als wäre ich irgendwann schlafen gegangen und in einer völlig anderen Welt aufgewacht, ohne es zu bemerken – bis jetzt. Eine Parallelwelt, in der alles vollkommen identisch ist zu unserer, mit der einzigen Ausnahme des Blutes im Badezimmer.

»Bleibst du noch etwas?«, fragt Alexa irgendwann leise. »Ich ertrage es nicht länger, allein zu sein!«

Ich nicke. »Ja, natürlich.«

Alexa zieht mich zu sich, nimmt mich in ihren Arm und drückt mich zart wie ein Neugeborenes an ihre Brust. Es ist ein schönes Gefühl, der vertraute Geruch der Wohnung und ihres Körpers beruhigt mich, und Müdigkeit, nein, grenzenlose Erschöpfung macht mich träge.

»Ich habe es immer bedauert, dass die Freundschaft zwischen dir und Anouk zerbrochen ist«, flüstert sie an meinem Kopf, immer wieder streicht sie über mein Haar. Als sehe sie nicht hin und versuche sich weiszumachen, dass es Anouk ist, die sie in ihrem Arm hält. Wenn ich ihr bloß sagen könnte, dass es wirklich so ist!

»Anouk hat mir nie erzählt, was damals zwischen euch vorgefallen ist. Sie hat zwar versucht, sich nichts anmerken zu lassen, aber euer Bruch hat sie innerlich ein Stückchen zerbrochen. Eure Verbindung und die Liebe zwischen euch … sie war immer etwas ganz Besonderes. Als wärt ihr zu einer Person verschmolzen …«

Das ist wahr. Wenn Alexa doch bloß wüsste, wie wahr!

»Anouk! Bitte lauf nicht weg! Hilf mir!«

Verstört schrecke ich hoch.

Noch nicht richtig wach, blicke ich mich irritiert um und schlagartig fällt mir ein, wo ich bin.

Alexa ist eingeschlafen, ebenso wie ich, und auch jetzt schlummert sie noch, zum ersten Mal seit Tagen, wie sie erzählt hat. Meine Anwesenheit hat ihr etwas Frieden gegeben, vielleicht hat sie tief in ihrem Inneren ihre Schwester in Femkes Körper gespürt und das ließ sie Ruhe finden.

Immer noch aufgewühlt, versuche ich mich zu erinnern, warum ich aufgewacht bin, was mich geweckt hat.

Ich weiß es sofort wieder.

Femke! Ich habe sie rufen gehört. Was ich mir selbst als Traum erkläre, klang so echt, als wäre sie tatsächlich hier gewesen und hätte um Hilfe gefleht.

Da wird mir klar, dass sie es wirklich getan hat. Nicht hier und jetzt, aber an dem Tag, an dem sie starb! Sie hat um Hilfe gebeten, unter Tränen und der Verzweiflung so nahe, dass es geradezu physisch spürbar gewesen ist. Doch ich habe sie ihr verweigert. Weil ich Femke nicht mehr kannte, nichts über ihr Leben wusste, sie statt zu fragen aufs Übelste verurteilt habe.

Was für eine beschissene Freundin ich war!

Jetzt noch bin!

Denn wenngleich ich mir einrede, mich verändert zu haben, dreht sich mein erster Gedanke stets um mich.

Wie kann ich Femkes Vergangenheit herausfinden, ohne meine Erinnerungen herzugeben?

Ich verlasse die Stadt, weil ich es hier nicht mehr ertrage.

Wer hat jemals Femke danach gefragt, ob sie es erträgt?

Jetzt ist mir klar, warum mir das alles passiert ist. Was *mit mir* passiert ist.

Die Verwandlung, das Vergessen. Es ist erschreckend, wie lange ich mich dem Offensichtlichen verweigert habe. Die Augen geschlossen, bloß keine Silhouetten ausmachen, blind bleiben um jeden Preis.

Aber nun sehe ich, und mit dem Sehen kommt die Erkenntnis.

Femke war nie weg, sie ist hier, hier in mir, und ich habe eben wirklich ihre Stimme gehört. Ihren Hilferuf. Ohne mich schafft sie es nicht durch den Trip namens Leben, und ich werde nicht länger weglaufen.

Ich habe mich entschieden.

Anouk wird es bald nicht mehr geben.

Femke soll leben, soll Gerechtigkeit erfahren, durch mich.

Und wenn das bedeutet, dass ich mich selbst dabei verliere, dann ist es eben so. Das bin ich ihr verdammt noch mal schuldig.

Früher sind wir eins gewesen, Femke und Anouk, verschmolzen zu einer Person. Irgendwann, wie aus dem Nichts, war nur noch ich da, die verlassene, hintergangene Anouk. Niemals hatte ich die Chance, Femke zu sein, die Welt um uns herum aus ihren Augen zu betrachten.

Jetzt ist die Zeit gekommen, die Seiten zu wechseln. Denn alles hat immer mindestens zwei Perspektiven.

Bevor ich von der Couch aufstehe, küsse ich Alexa vorsichtig auf die Wange, ein letztes Mal als Anouk. Bald werde ich mich nicht mehr an sie als *meine* Schwester erinnern, sondern als die Schwester des Mädchens, das spurlos verschwand.

Leise streife ich durch das kleine Wohnzimmer, berühre die Dinge, die mir etwas bedeuten, auch wenn ich mich nicht mehr an alles erinnere. Schließlich halte ich vor dem abgenutzten Sekretär an und spiele mit dem Gedanken, ihn zu öffnen und etwas mitzunehmen. Es ist mein kleiner Schatz, der einzige Platz, den ich für mich allein habe. Fotos, Briefe, Zeichnungen – alles, was mir je etwas bedeutet hat, befindet sich darin. Ich möchte hineinsehen, etwas daraus einstecken und bei mir tragen, nur ein kleines Andenken, aber ich lasse den Sekretär hinter mir, ohne einen Blick riskiert zu haben. Was auch immer ich mitnehmen würde, mit einem so großen und emotional schweren Wert, den ich kaum heben könnte – für Femke wäre er bedeutungslos.

Als ich die Wohnung verlasse, drehe ich mich nicht noch einmal um. Ich habe mich verabschiedet, von Alexa, der Wohnung, von meinem Leben.

Mein Abschied von Anouk.

Teil 3

Kapitel 15

Ich schwänze die Schule.

Heute kein Unterricht für Femke Star.

Ob sie mich vermissen werden?

Das hoffe ich doch.

Auf dem nahe gelegenen, aber vom Haus der Hansens nicht einsehbaren Spielplatz warte ich an diesem Morgen darauf, dass die Herrschaften den Ort des geplanten Geschehens verlassen.

Mutter Hansen arbeitet drei Mal die Woche in einem kleinen Schreibwarengeschäft am anderen Ende der Stadt und kommt an diesen Tagen nicht vor fünfzehn Uhr zurück. Was die Geldeinnahmequelle des Hurenvaters ist, weiß ich nicht – und es interessiert mich auch nicht. Es genügt zu wissen, dass er morgens im Anzug das Haus verlässt und meistens pünktlich gegen achtzehn Uhr zum Abendessen wieder da ist, die Krawatte schief, das Haar zerfleddert, Schweißflecken unter den Armen seines weißen Hemdes.

Ihre Abwesenheit beschert mir sechs Stunden, Zeit genug für mein Vorhaben, dass mir, wenn ich ehrlich bin, ein wenig Angst macht. Aber noch muss ich nicht an die Angst denken, noch ist es nicht so weit.

Erst wenn das Haus leer ist, kehre ich zurück und werde mir die Erinnerungen holen, die ich am dringendsten brauche. Ebenjene, die nicht nur an der Oberfläche kratzen, sondern so tief sitzen, dass ich erst nach ihnen graben muss.

Und ich weiß nun, wie ich sie finde.

Es ist ein ganzes Leben her, seit ich das letzte Mal geschaukelt habe, doch jetzt scheint mir der richtige Moment dafür, also schwinge ich mich vor und zurück, immer höher, immer schneller, den sanften Herbstwind in meinem Haar, der auch meinen Kopf ein wenig durchbläst.

Ich habe viel über Femke und Maurice nachgedacht und vermute, dass es so passiert ist: Sie waren verliebt und haben sich in der Hütte getroffen, um miteinander zu schlafen. Maurice wusste von Femkes Missbrauch und hatte deshalb Bedenken, aber Femke wollte es trotzdem. Dann, im Eifer des Gefechts, überlegte Femke es sich anders. Maurice bekam ihren Sinneswandel nicht mit oder war so erregt, dass er sich nicht stoppen konnte. Femke versuchte zu fliehen und erschlug ihn dabei in Notwehr – so viel zur Theorie, zusammengeschustert aus dem, was ich bislang in Erfahrung gebracht habe.

Praktisch jedoch ist eine Vermutung eben nur eine Vermutung. Um Gewissheit zu haben, brauche ich Bestätigung, und die können mir nur Maurice geben – der traurigerweise tot ist – oder Femke, die zufällig irgendwo in mir schlummert.

Die ganze Nacht habe ich mit mir gerungen, habe nach einer anderen Lösung gesucht, und am Ende stand ich immer vor dem gleichen Problem: Wenn ich das Risiko eingehe, die Kontrolle über mich zu verlieren, übernimmt sie jemand anderes. Aber wenn ich weiß, dass das passiert – und das wird es –, muss ich sichergehen, dass sie jemand bekommt, dem ich vertraue.

Damit war meine Auswahl eingeschränkt.

Sehr eingeschränkt.

Immer und immer wieder bin ich gedanklich die Freunde und Bekannten von Femke durchgegangen. Sosehr ich mich auch dagegen sträube, es gibt nur eine Person, die alle notwendigen Kriterien erfüllt.

Und somit stand fest, dass ich an diesem heutigen Tag noch etwas anderes als meine eigene Erinnerung verlieren würde, um das zu bekommen, was ich brauche.

Ich werde Milo vermissen.

Als ich zurück im Haus bin, streife ich gedankenlos durch die Räume, besonders jene, die ich sonst nicht oft bis gar nicht betrete. Das Schlafzimmer der Eltern, Konstantins muffige Höhle. Ich mache es, ohne genau zu wissen, was ich suche oder warum ich das tue. Vielleicht versuche ich hinauszuzögern, was mich in den nächsten Stunden erwartet – sofern meine Idee aufgeht –, weshalb ich diese absonderliche Art des Prokrastinierens abbreche und zur Tat schreite.

In Femkes Zimmer setze ich mich im Schneidersitz auf das Bett und wähle ohne Umschweife seine Nummer. *Nicht zu viel nachdenken, damit keine Zweifel aufkommen können.* Ich habe nur eine ungefähre Vorstellung von dem, was ich sagen werde – der dafür notwendige emotionale Ballast drückt ohnehin seit Tagen und Wochen auf meinen Schultern.

Sein Handy ist immerhin nicht aus, das ist gut, aber er geht nicht dran – das habe ich erwartet. Doch anders als sonst, wenn ich den Anruf beende, sobald die Mailbox anspringt, höre ich mir seine Nummer an, aufgesagt von einer mechanischen Frauenstimme. Das erste Mal, seit er nichts mehr mit mir zu tun haben will, werde ich ihm eine Nachricht hinterlassen. Gesprochene Worte, emotional klarer zuzuordnen, statt geschriebene Hilferufe, frei zur individuellen Interpretation.

Als der Piep ertönt, räuspere ich mich umständlich. »Hey, Milo, ich bin's, Anouk.« Meine Stimme ist rau, ich klinge erschöpft und bedrückt, ich muss nichts dafür tun, es kommt von allein, weil ich mich wirklich so fühle. »Hör zu, ich weiß, dass du mich gerade ziemlich scheiße findest, und ich verstehe das, ehrlich. Aber … aber kannst du trotzdem zu mir kommen?« Ich mache eine Pause, bin verwirrt, was ich noch sagen soll, vielleicht hätte ich mich doch besser vorbereiten sollen. Erneut räuspere ich mich. »Ich bin heute nicht in der Schule, ich kann da nicht hin, nicht nachdem … ach, keine Ahnung, ich glaube, ich dreh durch. Die ganzen neuen Informationen, sie machen mich echt fertig, und die Flashbacks … und«, mein Blick fällt auf meinen Unterarm, der auf meinem Oberschenkel liegt, die Hand zu einer angespannten Faust geballt, »vor zwei Tagen hab ich … also ich hab mich mit einem Rasierer geschnitten, und ich weiß nicht, wie das passieren konnte. Deswegen … ich bin jetzt echt bereit, ein paar Hirnzellen zu töten, sonst werde ich *wirklich* wahnsinnig, verstehst du, was ich meine? Ich halte es nicht mehr aus und ich will es probieren, okay? Sonst …« Ich zögere, ob ich den spontanen Gedanken aussprechen soll, doch viel Zeit zum Überlegen bleibt mir nicht. Also tue ich es. »Ich weiß nicht, was ich sonst noch alles mit mir anstelle.«

Ich beende das Gespräch, behalte das Handy aber in der Hand, lege mich auf das Bett und starre an die Decke. Das schlechte Gewissen schleicht sich ein, es war ziemlich gemein, Milo mit dieser suizidalen Andeutung zu erschrecken. Aber wenn ich ihn anders nicht erreiche? Außerdem habe ich mit keinem Wort gelogen und selbst mein Gestotter war echt. Jetzt muss er die Nachricht nur noch hören und herkommen. Sollte er anrufen … nein, das wird er hoffentlich nicht. Wenn er das tut, besteht kaum eine Chance, dass er kommen wird, schätze ich. Sagt zumindest mein Gefühl.

Meine Gedanken drehen sich weiter im Kreis. Vielleicht hätte ich deutlicher sagen sollen, was ich von ihm will. Womöglich hat er meinen Hinweis mit dem Töten der Gehirnzellen nicht kapiert. Oder was ist, wenn er nicht selbst kommt, sondern einen Krankenwagen schickt, weil er glaubt, ich hätte mir etwas angetan?

Vermutlich wird nichts davon geschehen. Am wahrscheinlichsten ist es, dass er meine Nachricht nicht einmal abhört und sofort löscht oder ich ihm so egal geworden bin, dass er mein Gejammer ignoriert.

Ist ein Scheißgefühl, keine Hilfe zu bekommen, wenn man sie braucht. Und doch ist das nur ansatzweise so traurig und zerstörerisch wie das, was Femke empfunden haben muss, während sie sich gegen den Rest der Welt zur Wehr setzte.

Irgendwann vermag es die Zimmerdecke nicht mehr, mich ausreichend zu fesseln, und ich drehe mich auf die Seite, spüre meine Lider schwer und schwach werden …

Es klingelt und ich bin schneller auf den Füßen, als ich *Wer ist da?*, denken kann. Aber das tue ich ohnehin nicht, mein Kopf gibt nur ein einziges Wort her: Milo.

Mein Blick huscht zu der Uhr auf dem Handy, es ist etwas über eine Stunde vergangen, seit ich ihn angerufen habe. Er hat sich beeilt.

Mit schnellen Schritten bringe ich die Stufen der Treppe hinter mich und verharre für zwei tiefe Atemzüge vor der geschlossen Haustür. Erst als sich mein Puls einigermaßen normalisiert hat, öffne ich sie.

Milo steht vor mir, die Kapuze seines Hoodies tief ins Gesicht gezogen, und hält mir einen frisch gedrehten Joint entgegen.

Er hat mich verstanden.

Ich will ihn nehmen, doch er zieht das Angebot zurück und sieht mich aus seinen dunklen Augen ernst an. »Zeig mir, wo du dich geschnitten hast!«

Ich nicke und führe ihn in mein Zimmer. Als ich mich aufs Bett setze, strecke ich meinen Arm aus und zeige ihm die drei inzwischen verschorften Schnitte. Er streift sich die Kapuze von seinem wirren Haar, geht vor mir auf die Knie und nimmt vorsichtig meine Hand, um die Verletzung meiner Haut genauer zu betrachten.

»Du hättest das nicht tun dürfen«, sagt er bedrückt und streng, aber es gefällt mir, wenn er so mit mir redet. Wenn er nicht der Sidekick Milo ist, nicht mein persönlicher Comic Relief in dem ganzen Drama meiner Verwandlung. Seine dunkle Stimme, sein ganzes Gesicht drücken Sorge aus, Sorge um mich, und deshalb steigt eine seltsame Dankbarkeit in mir auf, während er behutsam über die Schnitte streicht.

»Ich wollte es nicht tun. Es ist einfach … passiert.« Eigentlich sollten meine Worte der Versuch sein, ihm zu erklären, was in jenem Moment in mir vorgegangen ist, doch das Ergebnis ist alles andere als das – es ist besser, wenn ich mich nicht wieder emotional auf ihn einlasse. Das, was ich mit ihm vorhabe, wird er mir nicht verzeihen. Es genügt, wenn ich mich dafür hasse, ich muss mir nicht selbst das Herz brechen.

»Und das Haargummi am Handgelenk neulich in der Hütte? Das ist ebenfalls *passiert*, nehme ich an.« Er deutet auf die Blutergüsse, die das Schnappen auf meiner Haut hinterlassen hat. Die meisten sind bereits verblasst, nur noch einige rote Striemen sind zu sehen, aber so schlimm, wie Milo gerade tut, ist es nicht.

»Ich hab es schon abgenommen«, sage ich fahrig und ziehe verlegen meinen Arm zurück. Die mir selbst zugefügten Verletzungen kommen mir plötzlich entblößend vor, sie zeigen mehr von mir, als ich gerade bereit bin zu präsentieren.

»Dann hast du jetzt keine Flashbacks mehr?«, fragt er weiter und ich drehe mich von ihm weg.

Es erscheint mir nicht richtig, über die Flashbacks zu reden, ich will die Stimmung nicht vorweg vergiften, aber nicht nur deshalb gehe ich nicht auf seine Frage ein. »Warum bist du gestern nicht gekommen?« Eigentlich will ich es nicht wissen, aus Angst, er könne mir wieder so wunderhübsche Komplimente wie am Samstag an den Kopf werfen.

»Es ging nicht«, weicht er mir aus und ich höre, wie er sich die Schuhe von den Füßen streift.

Ich wende mich ihm erneut zu, noch nie hat mich das Ausziehen von Dockers Sneakers so nervös und neugierig gemacht. »Du hättest Bescheid sagen können. Oder auf meine Nachrichten antworten«, werfe ich ihm vor und mein Herz erinnert sich daran, wie enttäuscht es war, als wir begriffen, dass Milo uns im Stich gelassen hat, indem es zu schmerzen beginnt.

»Wie ist es gelaufen?«, will er wissen, sagt sonst nichts zu meiner Kritik.

Ich verdrehe die Augen, um zu überspielen, dass auch dies ein Thema ist, bei dem ich mich gern zurückhalten würde. »Oh, es war super. Genau wie erwartet«, meine ich zynisch und hoffe, dass er mich nicht wörtlich versteht.

Er nickt verstehend, und ich glaube daran, dass er tatsächlich weiß, was ich meine. Nachdem er seine Schuhe ordentlich neben die geschlossene Zimmertür gestellt hat, zieht er den Hoodie über seinen Kopf, und für einen Moment präsentiert er versehentlich ein Stück seines Bauches. Ein warmes Gefühl macht mich verlegen, also springe ich übereilt auf und täusche vor, etwas ganz Dringendes an meinem Schreibtisch erledigen zu müssen. Als ich mich nach sinnlosem Hantieren an der obersten Schublade wieder Milo zuwende, hat er sein schwarzes zerschlissenes T-Shirt, das er unter seinem Hoodie trägt, zurück in Position gebracht und seine unfreiwillig entblößten

Körperstellen damit bedeckt. Ich komme mir albern vor und schmunzle stumm in mich hinein, während er sich ans Fußende meines Bettes gesetzt hat und mich neugierig beobachtet. Die Sorge steht in seinem Gesicht.

»Was sind das für Informationen, die dich so fertigmachen?«, fragt er bedacht und ich fühle mich unter seinem Blick verstörend zwiegespalten. Einerseits sorgt er mit seiner Frage für ein wohliges Gefühl in meinem Bauch, doch die andere Seite, jene mit der Vernunft, lässt mich misstrauisch aufhorchen.

»Das klingt, als wärst du nur deshalb hier. Was führst du im Schilde?« Meine Frage klingt lachhaft, doch ich muss sie stellen. Sein Verhalten, seine Geheimniskrämerei ... ich bin lieber misstrauisch und gehe auf Nummer sicher, dass er mich nicht die ganze Zeit auf den Arm genommen hat und in Wirklichkeit zu den Sursex Creators gehört. Das wäre grauenhaft, und ich bin mir sicher, wenn dies der Fall ist, wird er meine simple Frage nach seinem Motiv kaum wahrheitsgetreu beantworten. Dennoch fühle ich mich besser, vielleicht ist das wirklich naiv. Aber immerhin bin ich im Begriff, ihm etwas sehr Wertvolles zu geben, was in letzter Zeit wahrhaftig ein Ding der Unmöglichkeit gewesen ist, da möchte ich die Unsicherheit zumindest einmal angebracht haben. Ich muss vorsichtig sein, wem ich mein Vertrauen schenke.

»Anouk, ernsthaft?«, fragt er ungläubig, die Brauen tief über seinen Augen zusammengezogen. »Nennt man Interesse, allerdings bin ich eigentlich hier, weil ich mir Sorgen gemacht habe.« Wieder habe ich ihn enttäuscht, wie es scheint.

»Tut mir leid«, sage ich hilflos und setze mich neben ihm aufs Bett. »Ich will nicht darüber reden.« Das stimmt nur fast. Also eigentlich schon, nur meine Worte wecken die Vorstellung, dass sie zu belastend für mich sind, um sie auszusprechen. Die Wahrheit aber ist, dass ich die Stimmung nicht in eine falsche Richtung lenken will.

Wie berechnend ich bin. Das gefällt mir gar nicht.

Milo jedenfalls scheint mir meine Ablehnung weniger übel zu nehmen als ich mir selbst. Dennoch muss auch ihm auffallen, dass sich die Dynamik zwischen uns verändert hat und wie viele unbeantwortete Fragen sich in so kurzer Zeit angehäuft haben und nun zwischen uns liegen wie eine Warnung.

Wir schweigen und ich fühle mich unwohl, weil ich nicht weiß, wie ich das Gespräch wieder zum Laufen bringen soll. Als sich Milo neben mir bewegt, sehe ich zu ihm und stelle erleichtert fest, dass er den Joint, den er sich, versteckt unter seinem Haar, hinter das Ohr geklemmt hat, mit einem einzigen Handgriff zurück ins Spiel bringt.

»Und du bist dir sicher, dass du das willst?« Er hält mir den sauber gedrehten Joint, der kaum dicker ist als eine normale Zigarette, entgegen, und tatsächlich spüre ich kurz so etwas wie Zweifel. In der Theorie ist immer alles so simpel, doch das ist die Praxis nie. Dass ich das immerzu vergesse, wird mir womöglich irgendwann das Genick brechen.

»Scheiße, ich denke schon«, sage ich schließlich und nehme den Türöffner zu Femkes tief sitzenden Erinnerungen zwischen die klammen Finger.

Milo nickt, dann steht er auf und öffnet das Zimmerfenster auf Kipp. »Hast du genug gegessen?«, fragt er währenddessen und geht zu seinem Hoodie, den er sorgfältig zusammengelegt auf dem Schreibtisch platziert hat, und fingert ein Feuerzeug aus der Kängurutasche.

»Kein Kiffen auf leeren Magen?«, frage ich irritiert.

Mit einem Schulterblick wirft er mir ein amüsiertes Grinsen zu, das erste seit einer gefühlten Ewigkeit. »Würde ich nicht empfehlen, wenn du nicht möchtest, dass es dir hinterher richtig dreckig geht.«

Ich ziehe die Mundwinkel nach unten. »Du machst mir Hoffnung.«

Mit dem silbernen Sturmfeuerzeug in der Hand kommt er zu mir zurück und bleibt vor mir stehen. »Also nicht?«

Ich blicke auf den Joint in meiner Hand, die Möglichkeiten, die er womöglich für mich bereithält, Möglichkeiten, in die ich Milo nicht eingeweiht habe, und denke erneut an eine Flucht.

Aber die kommt nicht infrage. Die Entscheidung ist getroffen, ein für alle Mal, es gibt kein Zurück. »Doch, ich hab gefrühstückt, mehr brauche ich nicht.« Ich denke an die Schale Cornflakes und das Glas Wasser. Das muss reichen. »Lass uns das jetzt machen.«

»Wie du willst«, sagt er schulterzuckend, nimmt den Joint aus meiner Hand und setzt sich wieder neben mich aufs Bett. Ich beobachte genau, wie er das dünnere Ende des Joints zwischen seine Lippen nimmt, das Sturmfeuerzeug aufschnappen lässt und das Reibrad dreht. Sofort tritt mir der scharfe Geruch von Benzin in die Nase. Milo legt seinen Kopf ein wenig schräg und hält das Ende mit dem gezwirbelten Papierdocht in die breite blaurote Flamme. Eine überraschend hohe Stichflamme setzt den Joint in Brand, und Milo nimmt einen tiefen Zug.

Dem Gestank aus dem Sturmfeuerzeug folgt der bekannte, nicht aber vertraute Geruch nach Marihuana, den man nicht beschreiben kann. Süßlich und aromatisch, dennoch eher unangenehm wie in einem Affenhaus.

Im Schwarzen Loch riecht es häufig so, ebenso in verschiedenen Ecken der Schule. Derart konzentriert habe ich ihn jedoch noch nie inhaliert.

Als er mir den Joint reichen will, zögere ich plötzlich. »Hey, Milo.«

Irritiert zucken seine Augenbrauen. »Ja?«

Unschlüssig beiße ich auf meine Unterlippe, will ihn nicht schon wieder verschrecken. »Passt du auf mich auf, falls ich … die Kontrolle verliere?«

Unsere Blicke begegnen sich, halten einander fest, und ich sehe die Frage in seinen Augen. Doch dann schmunzelt er, findet meine Sorge wohl übertrieben. »Das ist Cannabis, kein Heroin. Mach dir keine Sorgen.«

Wenn du wüsstest, denke ich, verbiete es mir aber, diesen Gedanken laut auszusprechen. Also presse ich die Lippen aufeinander und lächle nickend. Als er mir den Joint übergibt, streifen sich unsere Finger und eine Welle mit warmen Kribbelwasser schwappt über meine Haut.

Ohne länger meine Zeit mit Zweifeln zu vergeuden, nehme ich einen tiefen Zug und bin überrascht, dass ich keinen Hustenanfall bekomme. Ich blase den weißen Rauch aus und nehme direkt einen weiteren Zug. Mir wird schwindelig und etwas flau im Magen, und ich beschließe, den Joint vorläufig an Milo zurückzugeben. Hoffentlich reicht die Dosierung und es geht bald los.

Bis dahin heißt es: warten!

Irgendwie sind wir auf meinem Bett gelandet, liegend, mein Kopf am Fußende, habe ich direkten Blickkontakt mit Milos großem Zeh. Inzwischen hat er auch seine Socken ausgezogen, und ich fühlte mich dadurch motiviert, es ihm gleichzutun. Der Joint ist zu Rauch geworden und zu Asche zerfallen, der verbliebene Stummel wurde in einem herumstehenden Glas mit einem Bodensatz Cola ertränkt – es war ein regelrechtes Massaker. Nun beobachte ich Milos Zehen beim rhythmischen Zucken zu einem Takt, den nur er hört.

High bin ich jedoch nicht, ich spüre rein gar nichts außer Hunger und einem leichten Schwindel. Von einer bewusstseinserweiternden Erfahrung oder den erhofften Flashbacks keine Spur.

»Wann fängt es an zu wirken?«, frage ich ungeduldig und bin überrascht, wie lustig meine Stimme klingt. Dabei kann ich gar nicht sagen, was es ist, sie ist einfach … lustig.

»Wie süß«, höre ich Milos Stimme aus der Richtung meiner Füße, als wären sie es, die für ihn das Sprechen übernommen hätten. »Ist schon eine Weile her, dass ich eine Weed-Jungfrau hatte.«

Entrüstet reiße ich den Mund auf und verpasse ihm einen sanften Tritt gegen den Brustkorb. »Ja, mach dich ruhig lustig über mich.«

Milo packt meinen Fuß und verhindert so einen Stoß gegen seine Schulter. »Tue ich nicht«, sagt er völlig sachlich und zwickt mir in den kleinen Zeh. Kichernd versuche ich, meinen Fuß aus seinem Griff zu befreien, doch Milo hält ihn fest. »Aber wenn du es genau wissen willst«, fährt er immer noch unbeeindruckt fort. »Ich glaube, es wirkt schon bei dir.«

Ich schnaube und kneife missbilligend die Augen zu Schlitzen. Wenn das echt dieses tolle Stoned sein soll, verstehe ich den Hype darum nicht.

»Das ist übrigens das gute Sativa, ich dachte, das ist für die Tageszeit und deine Stimmung angemessener«, spricht Milo bedächtig weiter.

»Was?« Ich habe nicht ein Wort kapiert von dem, was er gesagt hat. Mir ist bewusst gewesen, dass Kiffen schlecht für die Hirnzellen ist, aber dass es mich so schnell zu einem stumpfsinnigen Verständnisanalphabeten macht, habe ich nicht erwartet.

»Einige bevorzugen Indica, und ich kann das gut verstehen. Gerade bei Schmerzen und so. Du allerdings brauchst heute eindeutig Sativa.«

Ich blinzle verstört, dann setze ich mich auf. Alles dreht sich, und ich muss mich kurz am Bett festhalten, aber das ist okay, es ist ein gutes Drehen und kein *ich-muss-gleich-kotzen*-Drehen. »Dein verdammter Joint hat mich dumm gemacht«, jammere ich und höre Milo leise lachen. Empört klopfe ich auf seinen Oberschenkel und er lacht noch mehr.

Als er sich plötzlich auch in eine aufrechte Position bringt, bin ich ein wenig überrumpelt. Wir sitzen uns gegenüber und sehen einander an, auf seinem Gesicht sind die Spuren seines Lachens zu sehen, und mein Körper füllt sich mit prickelnder Wärme.

Sicher ist das der Joint, der *endlich* wirkt!

Milo mustert mich nachdenklich, studiert mein Gesicht, lernt es auswendig, damit es sich in sein Gehirn einbrennt. Und ich kann nicht anders, ich muss ihm dabei zusehen, wie er mich betrachtet, und empfinde eine melancholische Dankbarkeit für seine Anwesenheit.

Er ist so schön. Die Haut seiner Wangen sieht weich aus, seine dunklen Wimpern sind so lang, dass ich sie am liebsten berühren möchte, weil ich mich frage, ob sie sich wohl wie der Flügel eines schwarzes Schmetterlings anfühlen.

»Warum willst du mich nicht?«, wispere ich und erst mit der Frage, die ohne Filter die Ebene meiner Gedanken verlassen hat, wird mir bewusst, wie sehr mich seine Zurückweisung verletzt hat.

Milo zieht seine Augenbrauen zusammen und streicht mir eine Strähne aus dem Gesicht, die sich quer über meine Stirn gelegt hat. »Das habe ich nie behauptet.«

Wieder beobachtet er mich intensiv, doch eine kleine Stimme in meinem Bewusstsein erinnert mich daran, dass er nicht mich sieht. »Würdest du was mit mir anfangen, wenn ich Anouk wäre?«

Er schmunzelt. »Ich denke, du bist Anouk.«

»Ja, aber nicht das hier.« Ich deute auf den Körper, der sich inzwischen anfühlt wie meiner, obwohl er so zierlich und klein ist, und es ist nur mein Kopf, der sich daran erinnert, dass er nicht immer so war. Milo lässt seinen Blick kurz über die mädchenhaften Züge wandern und schnell deute ich auf mein Gesicht, weil es mir unangenehm ist, wenn er mich so betrachtet. Mit dem Gesicht von Femke ist es anders. Daran werde ich mich nie gewöhnen, obwohl ich es schon vorher gut kannte. Aber morgens in den Spiegel zu sehen und dort Femke vorzufinden, ist eine ewige Erinnerung an ihr Leben, an das, was ich, was wir verloren haben. Ich will meins wiederhaben. Es fehlt mir.

»Du hast doch ein Foto von mir gesehen, wäre ich dir lieber?«, frage ich bedrückt, obwohl ich weiß, dass Jungs immer Femkes Gesicht und ihren Körper den meinem vorziehen würden.

»Okay, du verwirrst mich gerade.« Er lacht, und mir ist nicht klar warum. Nimmt er mich nicht ernst? Glaubt er mir nicht mehr?

»Weißt du, weil … ich mag dich wirklich sehr. Du bist mein Felsen, mein Superheld, und es hat mich ziemlich verletzt, dass du mich versetzt hast.« Über meine eigenen Worte überrascht, sehe ich ihn mit großen Augen an. Erstaunlich, die Hemmschwelle, die ich normalerweise habe, um zu verhindern, gewisse Dinge zu sagen, scheint sich in Asche und Rauch aufgelöst zu haben. »Du hast so was von recht! Ich muss high sein, sonst hätte ich das bestimmt nicht gesagt«, grinse ich, doch Milo bleibt ernst.

Sehr ernst. »Tut mir leid«, sagt er bedrückt und weicht meinem Blick aus. Ich bin mir sicher, dass er einen Grund dafür hatte, mich im Stich zu lassen, einen wichtigen Grund, aber komischerweise will ich ihn nicht wissen. Ich vertraue seiner Entscheidung, dass es so besser war.

Meine Finger entscheiden sich, dass sie nicht länger warten können. Sie wollen wissen, wie sich seine Wangen anfühlen, seine Schmetterlingswimpern – und ich gehorche, strecke meine Hand nach Milo aus und berühre sein Gesicht. »Ich will nicht, dass du mich noch einmal naiv oder ignorant nennst. Oder jung.« Da sind sie, die letzten Überbleibsel meiner Hemmschwelle, und ich überschreite auch sie, lasse sie hinter mir und mit ihr meine Selbstzensur. »Wenn ich dich jetzt küsse, stößt du mich dann wieder von dir? Weil falls ja, lasse ich es lieber gleich …«

Milo küsst mich. *Er* küsst *mich*. Er will mich, und es hat nur einen Joint gebraucht – und mich meine Hemmschwelle gekostet –, um Gewissheit zu haben.

Wir knutschen heftig, und ich weiß nicht, ob es an meinem Zustand oder an ihm liegt, aber noch nie hat es mir so viel Spaß gemacht wie jetzt. Wir rollen uns auf dem Bett herum, kitzeln uns, knabbern an Ohrläppchen und Unterlippen, machen uns gegenseitig Knutschflecken und kichern wie frisch Verliebte, die wir vielleicht sind. Ich fühle mich frei und sorglos, voller Leben und mit Aussicht auf eine Zukunft, die mich mit offenen Armen erwartet.

Irgendwann verändern sich unsere Küsse, die Leichtigkeit geht verloren und sie bekommen etwas Hungriges, etwas Drängendes. Milo rollt sich auf mich, küsst mich tief und fest, und ich spüre die Veränderung in seiner Hose. Ich kralle mich an seinem Rücken fest, schlinge die Beine um seine Hüfte, und als seine Hand unter mein Shirt rutscht und beginnt, meinen Busen zu streicheln, lasse ich es zu. Akzeptiere diesen Körper als meinen und erwarte die Erregung, die er mir bringen mag.

Und sie kommt, eine Welle der Besinnungslosigkeit, die ich nicht erwartet habe, sie nimmt den Kontrast aus den Farben, die Schärfe meines Zimmers, und ich schließe die Augen, vereine das alles in meinem Bauch, spüre das Karussell, das sich zu drehen beginnt, bis es zu schnell ist, um abzuspringen …

Kapitel 16

Seine Hand unter deinem Pullover lässt dich kurz erstarren. Er hat deinen Busen berührt, ganz vorsichtig, über dem BH, und trotzdem hat eine lähmende Furcht deinen Körper erschüttert, die du jedoch schnell wieder im Griff hast. Das ist Maurice, er darf das, mehr noch, du willst es. Deswegen seid ihr hier. Der Winter naht, bald müsst ihr euch ein anderes Versteck für eure Treffen suchen, damit Sebastian nicht von euch erfährt – andernfalls werdet ihr erfrieren, wenn ihr euch nahe sein wollt.

Maurice unterbricht euren Kuss, deine Lippen fühlen sich geschwollen und herrlich an, doch Sorge glänzt in seinen wundervollen Augen. »Alles in Ordnung?«, flüstert er über dir und zieht seine Hand zurück.

Du lächelst ihn an, möchtest weinen und weißt nicht einmal warum. »Ja, alles in Ordnung.«

Maurice betrachtet dich eingehend. »Du bist zusammengezuckt.« Du blinzelst, musst deine aufkommenden Tränen unterdrücken, dabei weißt du, warum sie kommen. Weil du glücklich bist und dankbar, ihn gefunden zu haben, einen rücksichtsvollen und sensiblen Jungen, von dem du nicht geglaubt hast, dass es ihn wirklich gibt. Du vertraust ihm mehr als allen anderen, mehr als dir selbst, und du willst wissen, wie es ist, mit ihm zusammen zu sein. Er weiß es, er versteht, was das für dich bedeutet, alles, die anderen, er selbst. Das hier.

Deine Gedanken überschlagen sich.

»Das war nichts, ehrlich«, wisperst du und ziehst ihn zu dir herunter. Küsst ihn, willst die ganzen schlechten Gedanken und Erinnerungen ausschließen, sie haben hier nichts verloren. Maurice zerrt die mitgebrachte Wolldecke über euch, gegen den aufkommenden Herbstwind und wegen der Nacktheit. Du hasst es, dich nackt zu fühlen, auch das weiß er und will deswegen mit dir unter der Decke verschwinden, für ein bisschen Privatsphäre in einer einsamen Hütte irgendwo im Wald. Niemand wird euch sehen oder hören.

Es wird dein erster Sex sein. Oder auch nicht. Du weißt, dass die Meinungen da auseinandergehen. Aber was kümmert es dich, wie die anderen es sehen? Für dich ist es dein erster Sex.

Vergewaltigung ist kein Sex.

Es ist Vergewaltigung. Klingt simpel, ist es auch, aber niemand versteht es. Außer Maurice.

Du schnappst nach Luft, am Rande einer Panikattacke, als er deine Hose aufknöpft. Das hier ist anders als das, was du zuletzt mitgemacht hast. Bei Sebastian und Lukas kannst du deinen Körper verlassen, dich deiner Zustimmung entziehen und erst wiederkommen, sobald es vorbei ist. Aber mit Maurice willst du bleiben – und du möchtest, dass es dir gefällt.

Maurice' Hände zucken zurück, fliegen in die Luft, du kannst sie im Dunkellicht der Decke vor deinen Augen sehen. Er zeigt sie dir, wie ihr es besprochen habt. »Fem, wir können jederzeit aufhören, wenn es dir unangenehm ist.« Auch er scheint atemlos, du weißt um seine Erregung, hast sie gespürt, doch nun rollt er sich von dir, verlagert sein Gewicht und dein erkaltender Körper füllt sich mit Reue. »Mir ist das nicht so wichtig, mir ist nur wichtig, dass du dich wohlfühlst«, redet er weiter, streichelt dein Gesicht, während du einfach daliegst, auf dem Rücken, und dir wünschst, du könntest deine verdammten Gedanken ausschalten.

Du beißt dir auf die Unterlippe, du weißt, dass ihr jetzt aufhören, noch ein wenig kuscheln könntet, wie ihr es sonst auch tut. Aber du willst das nicht. Du willst deine Angst überwinden, du willst den Typen in deinem Kopf keine Macht über dich und deinen Körper geben und nur noch für dich selbst entscheiden. »Rice, ich liebe dich, verstehst du? Ich fühle mich wohl«, flüsterst du, dein Puls ist in Aufruhr, vor Aufregung und Entschlossenheit.

Er betrachtet dich mit glasigen Augen, ein zartes Lächeln umspielt seinen linken Mundwinkel und er hört nicht auf, deine Schläfe zu streicheln. »Ich liebe dich auch, Fem. Ich wünschte, ich könnte dich irgendwie … heilen«, sagt er wehmütig, voller Schmerz und gleichzeitig voller Liebe, es bricht dir das Herz, ihn so traurig zu sehen.

»Das tust du. Du heilst mich«, wisperst du tonlos, atmest tief durch, der Geruch der Kerze in eurer kleinen Hütte umschmeichelt deine Nase … Granatapfel, wie sehr du ihn liebst … Du beugst dich vor und nimmst den Kuss wieder auf.

Du öffnest deine Hose, ziehst sie über deine Hüfte und trennst eure Lippen. Flüsterst ihm ins Ohr, dass du deine Sachen anbehalten möchtest, nur für dieses erste Mal, und er fragt dich noch einmal, ob du dir sicher bist.

Als du wieder auf dem Rücken liegst und auf ihn wartest, ist dein Kopf leer. Du hast ihm die Hose geöffnet, seine Erregung befreit. Sie hat dich nervös gemacht, aber das ist bei einem ersten Mal normal, sagst du dir. Du hast die

Kondome mitgebracht, hast immer welche dabei, und siehst ihm zu, wie er eins öffnet und überzieht. Dein Herz pocht so heftig, dass du unter seinem Schlag erzitterst, aber das ist normal, sagst du dir erneut.

Als er sich über dich beugt, die Hosen entfernt, die Shorts nur heruntergezogen, fragt er dich wieder. Ob du dir sicher bist. Ob du bereit bist. Ob du das wirklich willst. Du lächelst deine Nervosität weg und nickst heftig, ein stummes Ja, das jeder versteht. Nur mit dem stummen Nein haben so einige ihre Probleme …

Er erfüllt dir jeden Wunsch. Noch nie hat er dein Tattoo gesehen. Und auch jetzt lässt er deinen Slip an, schiebt ihn nur ein wenig zur Seite, eben genug, um den Eingang zu offenbaren. Du konzentrierst dich auf deinen Atem, und dann ist er in dir, langsam und vorsichtig, ganz ohne Schmerz, und er beobachtet dich, sieht dir ins Gesicht, und du fragst dich, was er darin sieht. Wieder ziehst du ihn zu dir herunter, küsst ihn, bis du keine Luft mehr bekommst. Aber dann … er fängt an, sich zu bewegen, und es löst etwas in dir aus, setzt etwas in Gang, ein Mechanismus ist aktiviert. Du reißt die Augen auf und doch siehst du nichts, hast das Gefühl, in ein Loch zu fallen, schwarz und tief, und du willst schreien, dich festklammern, findest aber keinen Halt.

Bilder. Sie sind plötzlich da. Du kennst sie bereits. Nein, nicht noch einmal, du willst, dass er aufhört, doch er presst dich tief in den Sitz, deine Schulter stößt gegen die Wagentür und es tut so schrecklich weh …

Ich sehe in Milos Gesicht, das nur wenige Zentimeter über meinem zu schweben scheint. »Hab ich dir wehgetan?« Er klingt irritiert, doch meine Gedanken sind zu langsam. Sie lassen nur vier Worte zu: Ein Flashback im Flashback.

»Inception«, krächze ich und schüttle ungläubig den Kopf.

Milos Augenbrauen hüpfen auf und ab. »Ja, geiler Film«, lacht er. Ich glaube, er sagt noch mehr, doch ich höre ihn nicht. Schon verschwimmen seine Konturen und ich weiß, dass mich ein weiterer Flashback einsaugen wird, um mich in einer hässlichen Situation wieder auszuspucken …

»Wo sind die anderen?«, fragst du, als du zögerlich sein leeres Zimmer betrittst. Sicher kommen die noch, obwohl du selbst spät dran bist.

David tritt hinter dir in den Raum und schließt die Tür. »Was meinst du?«

Dein Blick huscht zu der verschlossenen Tür, seine breiten Schwimmerschultern versperren dir die Sicht auf das Schloss. »Die Projektgruppe«, sagst du zunehmend beunruhigt und versuchst, an ihm vorbeizusehen.

»Die ist morgen«, meint er schulterzuckend, aber du hast den Eindruck, dass er sich über dich lustig macht. Du fühlst dich überrumpelt, wie vor den

Kopf gestoßen und du versuchst verkrampft, dich zu erinnern, auch wenn es dir schwerfällt, dich zu konzentrieren. In deinem Kopf überschlagen sich die Gedanken, Angstgedanken, sie sind dir nicht fremd, und doch erfordern sie jedes Mal deine volle Aufmerksamkeit. Aber du bist dir sicher, noch vor ein paar Stunden war David bei dir am Spind, zwinkerte dir zu, der selbstverliebte Herzensbrecher, der er ist, dem die Mädchen reihenweise bei seinen Wettkämpfen hinterherreisen, und verabschiedet sich mit den Worten »Bis später!«

Du bist dir ganz *sicher.*

»Du hast gesagt, sie ist heute«, beharrst du und krallst dich an dem Riemen deiner Umhängetasche fest.

David lehnt sich an die Tür, die Arme vor der Brust verschränkt, lässt seine Muskeln hüpfen. Als könne er dich damit beeindrucken. In Wahrheit macht es dir eine Heidenangst. »Warum sollte ich das tun?«, fragt er und auch diesmal ist da wieder dieses verborgene Schmunzeln, das er nicht gut genug versteckt.

Du spürst deinen Puls wild im Hals pochen, deine Hände beginnen zu schwitzen und du ringst dir ein entschuldigendes Lächeln ab.

»Dann komme ich am besten morgen wieder«, sagst du und gehst mit drückendem Widerwillen auf ihn zu, willst an ihm vorbeigreifen, die Tür öffnen, aber er lässt dich nicht. Du zuckst zurück und dir wird klar, dass er den Fluchtweg für dich nicht frei macht.

Scheiße! Du fühlst dich wie eine dumme Kuh! Niemals hättest du die Einladung zu ihm nach Hause annehmen dürfen, du kennst die Tricks, du hättest es besser wissen müssen. Du hast dich zu sicher gefühlt, weil er behauptet hat, die gesamte Projektgruppe aus dem Biologiekurs wäre anwesend, aber spätestens bei deinem unguten Gefühl, als du geklingelt hast, hättest du direkt gehen sollen! Du bist selbst schuld!

»Ach, wieso denn? Bleib doch, dann lernen wir uns mal besser kennen«, sagt er schmunzelnd, und es klingt in meinen Ohren wie eine Drohung, ein dunkles Versprechen. Typen wollen ein Mädchen nie besser kennenlernen. Wenn sie das sagen, wollen sie bloß wissen, wie du zwischen den Beinen aussiehst.

»Ich gehe jetzt«, sagst du laut und entschieden, um unmissverständlich klarzumachen, dass du gleich wieder nach dem Türgriff fassen wirst. Als du es dennoch versuchst, rührt er sich nicht von der Stelle, beobachtet jede deiner Bewegungen mit einem anzüglichen Grinsen und deine Kehle schnürt sich zu. Du sträubst dich dagegen, ihn anzufassen, versuchst dennoch, ihn zur Seite zu schieben, doch er bewegt sich nicht einen Millimeter von seinem Platz. Du weichst zurück, siehst dich um, aber sofern du nicht den Sprung durch die Fensterscheibe aus dem ersten Stock in Erwägung ziehst, sitzt du in der Falle.

Panik bricht in dir aus. Flehend siehst du David an, den Mädchenschwarm mit dem trainierten, sehnigen Körper, den vollen Kusslippen und den eng beieinanderliegenden Augen. Dir wird bei seinem Anblick übel. Dein Magen rebelliert, aber du wirst nicht brechen, du kennst das. Magenschmerzen sind ein Symptom deiner Angst, und Angst ist anders als Panik, denn während deine Panik die meiste Zeit eine irrationale Reaktion auf eine harmlose Situation ist, ist Angst echt. Wenn du sie im Magen spürst, dann ist sie berechtigt.

Und bei dem Blick, den David dir zuwirft, weißt du sofort, dass deine Reaktion berechtigt ist. Er wird dich in Bedrängnis bringen.

»Du bist F. Star, hab ich recht?«

Du wusstest es. Deine Finger beginnen zu zittern. »Ich hab keine Ahnung, wovon du sprichst.« Deine Stimme ist ein verräterisches Miststück.

David nickt langsam, sein Grinsen wird breiter. »Doch, das hast du.« Dir ist nie zuvor aufgefallen, dass seine Zähne so winzig sind.

»Ich möchte jetzt gehen.«

»Warte noch, gleich.« Das furchtbare Geräusch, von dem du gehofft hast, es nicht hören zu müssen – das ist es.

Klick.

Zimmer abgeschlossen. Der Schlüssel, die ganze Zeit im Schloss, wandert nun tief in Davids Hosentasche.

»Was denn?«, fragst du, spürst die Panik überall, hörst deine Stimme aber nicht. Die Gedanken, sie kreischen und brüllen wie gequälte Tiere, du hast Bilder im Kopf, du siehst voraus, was geschehen wird, dein Gehirn steht in Flammen, du willst das nicht. Du musst hier raus!

»Ich will das Rätsel lösen.« David schnalzt anzüglich mit der Zunge.

Deine Tasche rutscht von deiner Schulter, du kannst dich nicht bewegen, wüsstest ohnehin nicht, was du unternehmen kannst, um das Unausweichliche abzuwenden. »Tu das nicht, bitte«, flehst du und dein Tonfall verrät, dass du im Begriff bist, in Tränen auszubrechen.

»Oh, doch.« Er kommt auf dich zu, lässt endlich von der Tür ab und obwohl du weißt, wie sinnlos es ist, läufst du an David vorbei zum versperrten Fluchtweg, drückst die Klinke hinunter, rüttelst an der Tür, aber es ist gleich, was du versuchst, sie bleibt verschlossen. Du schluchzt auf, wischt dir die ersten Tränen aus den Augen und willst am liebsten schreien, um Hilfe, um Erbarmen oder Gnade, aber außer ihm wird dich niemand hören.

Wenn es darauf ankommt, hört oder sieht nie jemand irgendwas. Ein letzter Versuch, dein Kopf hat die Idee zwischen all dem Chaos herausgefiltert und zur Verfügung gestellt, also drehst du dich um und versuchst, dich cool zu geben.

Oh, wie du scheiterst.

»Weißt du was?«, bringst du übereilt und verzweifelt hervor. »Ich sag es dir, okay? Der verdammte Stern ist gar kein Stern, sondern eine Blüte. Ein Tattoo. Über meinem Schambein. Rätsel gelöst. Bist du jetzt zufrieden?« Du nickst heftig, als könntest du ihn damit von irgendwas überzeugen, und versuchst, nicht daran zu denken, was du mit deinem Verrat womöglich angerichtet hast. Jetzt ist es noch einfach, es ist notwendig, die Angst ist dein Zeuge, deine chaotischen Gedanken, alle so negativ, dass sie gemeinsam ein gewaltiges Nichts ergeben. Später. Später wird dich die Schuld quälen, aber gerade ist sie ein Kollateralschaden.

»Zeig's mir.«

»Was?« Du musst dich verhört haben, das kann er nicht wirklich meinen! Es geht ihm nur um die Liste, er will die Liste, und die wird er nun bekommen.

»Ich will es sehen!«, sagt er und setzt sich auf sein Bett, wartet darauf, dass du ihm eine Show lieferst.

»Wieso?«, schluchzt du. Was stimmt nicht mit ihm? Sieht er denn nicht, dass das kein Spaß ist? Dass du nicht darüber lachen kannst?

Statt aufzuhören, lehnt er sich auf dem Bett zurück, auf seine Unterarme gestützt, und grinst selbstgefällig. »Ich muss überprüfen, ob du die Wahrheit gesagt hast.«

»Das hab ich«, versicherst du hastig und drückst dich gegen das Holz der Tür. Vielleicht geschieht ein Wunder und sie verschwindet wie durch Magie.

Er sieht dir zu wie einer Maus im Käfig, und es macht ihm Spaß. »Zeig es mir einfach. Das tut niemanden weh.«

Du hörst auf zu hoffen. Auf ein Wunder. Darauf, dass alles gut geht. Alles in dir wird still, du hörst nur noch dein Herz, hundertzwanzig Schläge pro Minute, du kannst es hochrechnen. Du weißt, dass du dem hier nicht entkommen kannst, also versuchst du, dich von deinem Widerstand zu lösen. Einfach loszulassen. »Lässt du mich danach gehen?«

David setzt sich auf. »Versprochen!« Er sagt es viel zu übertrieben, er würde alles sagen, um dich zu überzeugen. Das weißt du. Aber welche Wahl hast du?

Mit zitternden Fingern öffnest du deine Shorts, ziehst den Reißverschluss runter, klappst den Stoff zur Seite, gerade genug, um deine schwarze Unterhose zu offenbaren. Du fühlst dich entblößt, gedemütigt, deine stummen Tränen tropfen auf deine Hände. Das alles, David muss es bemerken, muss sehen, wie es dir dabei geht, er müsste blind sein, wenn nicht. Aber es lässt ihn kalt. Es ist ihm egal.

Wirklich?

Nein. Er genießt es. Die Macht. Die Kontrolle. Er wird nicht aufhören, sobald du ihm das Tattoo gezeigt hast. Du solltest schnell die Hose wieder schließen und verschwinden, aber du bist gefangen. Du könntest schreien, doch niemand wird dich hören. Niemand wird dir helfen. Du könntest auf David losgehen, auf ihn einprügeln, bis du den Schlüssel erobert hast, und als Heldin entkommen – aber David ist stärker, größer, besessener. Du bist ihm ausgeliefert. Langsam schiebst du das Bündchen deiner Unterhose nach unten, legst die Blüte frei, mehr nicht. Der Rest gehört dir.

Schon lange nicht mehr, *flüstert eine Stimme aus deinem Unterbewusstsein.* Schon lange nicht mehr.

David springt auf, du zuckst zusammen. Er erreicht dich, ohne dass du dich gerührt hast, und er geht vor dir auf die Knie. Betrachtet die Blüte aus der Nähe, sein Gesicht kommt deinem Unterleib viel zu nahe und du drehst den Kopf weg, weinst stumm weiter, allein.

»Das ist echt niedlich«, lacht er und fasst dein Tattoo an. Einfach so. Du unterdrückst ein Wimmern, presst deine Lippen aufeinander und betest, dass es bald vorbei ist.

David lässt von dir ab, baut sich vor dir auf und du blickst ihn überrascht an. Er ist bestimmt zwanzig Zentimeter größer als du, sein Gesichtsausdruck hat sich verändert. Das Schmunzeln ist verschwunden. »Zieh dich aus«, fordert er.

Dir bleibt die Luft weg. Du hast es geahnt, und doch trifft es dich hart und schmerzhaft. »Was? Wieso?«, wimmerst du, vielleicht um Zeit zu schinden, denn im Grunde ist es egal. Er hat entschieden, du hast verloren.

»Ich muss nachsehen, ob da noch mehr ist. Vielleicht verbirgt dein Körper weitere Geheimnisse, die ich entdecken soll.«

Du schließt in kurzer Verzweiflung die Augen. Sein Argument klingt sogar plausibel, er hat sich im Vorfeld anscheinend Gedanken gemacht. Aber du kannst das nicht.

Hände an deinem Hosenbündchen lassen dich aus deiner Resignation wieder auftauchen. Widerstand! Du darfst dir das nicht gefallen lassen, du musst dich wehren! Ohne nachzudenken gibst du ihm einen Stoß, der ihn genug überrascht, um von deiner Hose abzulassen und einen Schritt rückwärts zu taumeln.

»Du hast gesagt, dass ich gehen kann«, brüllst du, hältst mit einer Hand deine Hose zu und versuchst mit der anderen, die Tür doch irgendwie zu öffnen.

Sie bleibt verschlossen.

Dein Schluchzen füllt den Raum.

»Ja, danach«, hörst du ihn hinter dir und die Panik macht dich blöd. Du bist so blöd. »Aber wir sind noch nicht fertig, Fem.«

Nein, nicht die Panik macht dich blöd. Das bist du vorher schon gewesen, da nämlich, als du sein leeres Zimmer betreten hast. Du drehst dich langsam um, die Arme um deinen Körper geschlungen, den einzigen Schutzschild, den du noch hast. »Jetzt zieh dich schon aus, sonst mache ich es«, droht er. Es ist so weit. Er ist nun nicht mehr der Mädchenschwarm und Herzensbrecher, der erfolgreiche Sportler, dem die Zukunft zu Füßen liegt. Jetzt ist er der von Macht und Kontrolle besessene Triebtäter.

Was für eine Verwandlung.

Trotzdem schüttelst du den Kopf. Das ist dein letzter möglicher Widerstand, absolute Verweigerung. Sie wird es für dich schwerer machen, aber für ihn auch.

Dann geht es sehr schnell und du bist dankbar, die Angstzone verlassen zu können und in die des Schmerzes einzutreten. Dann ist es bald vorbei.

David springt auf dich zu und zieht dir Shorts und Slip in einem von der Hüfte, du brüllst auf, irgendein Laut, willst nur weg, stolperst aber über deine eigene Hose. David fängt dich auf, packt dich und schleudert dich herum, du fällst, machst dich bereit, und landest doch weich. Das Bett. Sofort ist er über dir, drückt deine Arme auf die Matratze, zwängt sich brutal zwischen deine Beine. Du wehrst dich, bis du das Gefühl hast, deine Muskeln und Sehnen zerreißen. Du spürst sein Gewicht auf dir, er lässt deine Arme los, um dir dein Shirt vom Körper zu zerren. Sofort schlägst du um dich, doch mehr als nervtötend scheint er deine Hiebe nicht zu finden. Statt es dir über den Kopf zu ziehen, bleibt ebendieser in der Öffnung stecken und dein Shirt verdeckt dein Gesicht. Du kannst nichts sehen, dein Angstschweißgeruch tritt dir in die Nase. Mit einer Hand hält er nun deine Arme, seine Hände, sie müssen riesig sein.

»Du weißt, dass ich eine Freundin habe, oder?«, hörst du ihn keuchend und dumpf und du schreist nicht mehr, sondern beginnst wieder zu wimmern.

»Hör auf damit, bitte!«, bettelst du, doch du weißt, dass er auf dem *Ohr taub ist. Er macht sich über deinen Körper her, leckt an deinen Brüsten, die er inzwischen vollständig entblößt hat. Du weinst vor Ekel, vor Hilflosigkeit und wünschst dich in die Hölle, denn dort kann es nicht schlimmer sein als hier.*

»Ich will nur, dass du es weißt«, schnauft er und hantiert an sich herum. Du kannst nichts sehen! Was tut er? Deine Gedanken stehen unter Strom, du gibst ein Geräusch von dir, wie bei einem Schlag. »Ich mache hier eine echte Ausnahme für dich!«, grunzt er. Er ist ein Tier! Was seine Mutter wohl dazu sagen würde? Ob sie stolz ist? Verrückte Gedanken, sie zerreißen in Tausende Schnipsel, sobald der Schmerz kommt. Du hast dich geirrt! Das ist viel schlimmer als Angst, viel schlimmer …

»Anouk, alles in Ordnung? Weinst du?«

Milos Stimme! Es ist Milos Stimme und ich schnappe nach Luft, als wäre ich kurz vor dem Ersticken. Ich taste nach meinem Gesicht, der Stoff ist weg, meine Hände sind frei.

Ein Flashback!

»Anouk, sag was!«

Ich liege, zusammengerollt wie ein Embryo, auf dem Bett, meine Wangen sind verklebt, mein Hals tut weh. Worte sammeln sich in meinem Mund, wollen alle auf einmal aus mir heraus, schon geht es weiter, die Welt verschwimmt, Milos Stimme dringt noch einmal zu mir, kommt aber von ganz weit weg, und es nützt nichts, die Erinnerung hat mich zwischen ihren Krallen und …

»Du musst ihn anzeigen, sonst kommt er damit durch!«, sagst du nachdrücklich, und deine Stimme hallt in einem unnatürlichen Ton von den Kacheln wider. Du hast dich vorher versichert, dass außer euch niemand hier ist, es ist gerade Unterricht und ihr solltet eigentlich in euren Kursen sitzen. Doch als Finja nach einem sexistischen Kommentar eines Mitschülers fluchtartig aus dem Raum gestürmt war, hast du geahnt, wo ihre Reaktion herrührt, und bist ihr ohne Kommentar gefolgt. Niemand hat dich aufgehalten.

Du hast sie in einer Mädchentoilette gefunden, in einer der Kabinen eingeschlossen, schluchzend und wütend. Ihr seid beim besten Willen nicht die innigsten Freundinnen, und doch sitzt du hier, in der Kabine neben der ihren, den Klodeckel runtergeklappt, damit du dich hinsetzen kannst, obwohl es dich ekelt.

Und warum?

Weil es deine Schuld ist, was ihr passiert ist.

Natürlich hast du ihr das nicht gesagt, denn was würde das bringen? Es hätte keinen Einfluss auf die Geschehnisse oder dein schlechtes Gewissen. Also hast du ihr zugehört, als sie überraschend zu erzählen begonnen hat, stockend und immer wieder schluchzend, und mit jedem Wort ist dir klarer geworden, dass ihre Erfahrung deiner nicht nur wahnsinnig ähnelt, sondern auch auf deinem Mist gewachsen ist.

»Wirklich, Finja. Ich meine das ernst«, fügst du hinzu, als aus der Kabine neben dir keine Reaktion kommt.

»Ach ja? Was weißt du schon, Fem?«, fährt sie dich gereizt an und schnieft heftig. »Hat es bei dir auch schon einer versucht?«

Du fummelst nervös an deinen Fingernägeln herum, musst aufpassen, dass deine Nagelhaut nicht zu bluten beginnt. Du weißt, dass du es ihr sagen solltest. Die Wahrheit. Damit sie sich nicht allein fühlen muss und ihr gemeinsam gegen die Schmiererei und die Wichser kämpfen könnt, die ernsthaft glauben, Mädchen zu Freiwild zu machen sei normal. Aber du kannst es nicht, bringst es einfach nicht über die Lippen, ohne selbst zu wissen, warum dem so ist.

»Nein, zum Glück nicht«, lügst du. Weil du schwach und dumm bist und weil alles deine Schuld ist.

»Dann verstehst du gar nichts! Du weißt nicht, wie sich das anfühlt …«, zischt Finja, bricht aber sofort wieder in Tränen aus.

Dir macht es nichts aus, dass sie so mit dir spricht, du weißt, dass sie es nicht so meint – und dass du eigentlich noch viel Schlimmeres verdient hättest. »Das muss ich auch nicht, um dir helfen zu wollen«, wisperst du.

»Aber dann wüsstest du, dass ich nicht zur Polizei gehen kann.«

Du zuckst mit den Achseln, obwohl du weißt, dass sie es nicht sehen kann. »Dann erkläre es mir!«

Sie schweigt eine Weile und du hörst, wie sie sich die Nase putzt. Die Nagelhaut an deinem linken Daumen hat nun doch zu bluten begonnen, und wie gebannt starrst du auf den Tropfen, der sich auf der Wunde zu bilden beginnt.

Finja räuspert sich, sie scheint sich wieder gefangen zu haben. »Weil … ich bin mit ihm mitgegangen, verstehst du? Ich habe mich von ihm einladen lassen, ihn mich küssen lassen … und ich habe vorher allen erzählt, wie heiß ich ihn finde.«

»Na und?« Du kommst dir schäbig vor, das zu sagen, weil du ganz genau weißt, worauf sie hinauswill. Es ist der gleiche Grund, weshalb auch du bislang den Mund gehalten hast.

»Niemand wird mir glauben. Sie werden sagen, ich lüge oder stelle mich als Opfer dar, um meinen Ruf zu schützen.« Sie klingt wütend und du bist unsicher, ob sie wütend auf sich selbst ist oder auf die Leute, die ihre Geschichte unweigerlich infrage stellen werden, weil sie es immer tun.

»Das wird niemand sagen«, lügst du sie weiter an. Das werden sie. Immer und immer wieder, bis sie selbst nicht mehr weiß, was wahr ist und was nicht. Bis sie sich selbst fragt, ob sie vielleicht überreagiert hat. Wenn man allein ist mit einer Meinung, ist es schwer, sie beizubehalten, obwohl der Rest der Welt das Gegenteil behauptet.

»Ich bin jedenfalls nicht bereit, dieses Risiko einzugehen«, sagt Finja entschlossen, und du hörst, wie sie die Kabinentür aufschließt und zum Waschbecken geht.

Doch du … du kannst sie nicht ansehen, du willst die Risse in ihrer Seele nicht betrachten, denn du hast sie verursacht, zwar nicht selbst, aber mit deinem Namen und deinen Händen. Du siehst auf deinen Daumen, der Tropfen ist inzwischen seitlich herabgerollt und hat eine rote Spur hinterlassen. »Dann … soll dieser Typ echt … damit davonkommen?«, fragst du deinen Daumen. Es ist viel einfacher, mit ihm zu sprechen, ihm deine Gedanken mitzuteilen, als dem Mädchen am Waschbecken. »Ohne Strafe? Willst du ihm wirklich … den Eindruck vermitteln, dass es in Ordnung ist, was er getan hat? Du … du musst ja nicht gleich zur Polizei gehen. Aber sag es jemanden, sag es der Hogenmayer, eine Frau wird dich sicher verstehen … ich komme …«

»Hör auf damit, Nouk, du machst mir Angst«, schreit Milo mich an und ich spüre meine Augenlider flackern. Mir ist so schwindelig, mir ist schlecht, noch immer heule ich stumm.

»Ich hab sie ausgeliefert, es ist meine Schuld!«, wimmere ich, mein Mund ist so trocken, dass ich keinen weiteren Ton herausbekomme.

»Wovon redest du?«

Doch ich schüttle nur den Kopf, nehme die visuelle Veränderung kaum noch wahr und …

»Das war ein wirklich schöner Abend!«, sagst du mit einem breiten Lächeln im Gesicht, als du zu ihm ins Auto steigst.

»Das finde ich auch«, hörst du vom Beifahrersitz aus und grinst ihn glücklich an. Oliver. Du siehst ihn gerne an. Er sieht gut aus, nicht schön, aber besonders. Und du liebst seine Locken. Doch als du die Autotür zuschlägst, erlischt das Licht im Inneren des Wagens, und du musst dich für den Rest der Fahrt mit der Erinnerung an sein Gesicht begnügen.

Noch immer kannst du nicht fassen, dass du ein Date mit Oliver hattest. Er ist drei Jahre älter als du, schon achtzehn, und niemals hättest du gedacht, eine Chance bei ihm zu haben. Und nun sitzt du in seinem roten Fiat Punto, dem alten Wagen seiner Mutter, den er zum Geburtstag bekommen hat, und kannst dieses dämliche Grinsen nicht ablegen. Zum Glück kann er dich im Dunkeln kaum sehen.

Als er plötzlich rechts abbiegt, obwohl er auf der Straße hätte bleiben müssen, wunderst du dich noch nicht. »Wohin fährst du?«, fragst du neugierig.

Nur weil sich deine Augen inzwischen ein wenig an die Lichtverhältnisse gewöhnt haben, kannst du erkennen, dass er schmunzelt. »Zu dir nach Hause.«

Irritiert ziehst du die Augenbrauen zusammen und irgendwo in deinem Unterbewusstsein schrillt eine Alarmglocke, doch du ignorierst sie. »Das ist nicht der Weg nach Hause«, sagst du neckisch und bist neugierig auf seine Erklärung.

»Erwischt«, lacht er und wirft dir einen schnellen Seitenblick zu.

»Was hast du vor?« Die Umgebung sagt dir gar nichts, du siehst nur Bäume und gelegentlich eine Straßenlaterne, doch das hat in Lübbewirtz nichts zu

heißen. Du weißt nicht, ob es stimmt, aber gefühlt besteht die kleine Stadt zu siebzig Prozent aus Wald.

Oliver zuckt mit den Achseln. »Lass dich überraschen.« Er tut geheimnisvoll, das gefällt dir. Du magst ihn echt gern, jetzt nach der Verabredung noch mehr als ohnehin schon.

»Okay«, lächelst du, lehnst dich im Sitz zurück und genießt die Fahrt. Was es auch ist, es wird sicher toll.

»Da wären wir.«

Du schlägst die Augen auf, dabei kannst du dich nicht erinnern, sie zugemacht zu haben. Ein Blick auf die Digitalanzeige des Wagens verrät dir, dass nur ein paar Minuten vergangen sind. Oliver macht den Motor aus und mit dem Ersterben des Geräusches bricht absolute Stille über euch herein. Du siehst aus dem Seitenfenster, dann durch die Frontscheibe, doch da sind nur Bäume. Dir fällt allerdings auf, dass ihr die Straße verlassen habt und auf irgendeinem Waldweg steht.

»Wo sind wir?«, fragst du und fühlst dich mit einem Mal hellwach. Die schrille Glocke in deinem Unterbewusstsein kreischt, und du spürst, wie laut sie ist, aber du glaubst ihr nicht. Sie erscheint dir so weit weg, in einer anderen Welt, doch hier, in dieser, hat sie keine Relevanz.

Oliver schnallt sich ab und dreht sich mit seinem ganzen Körper zu dir. »Nur ein ruhiges Plätzchen«, grinst er in der Dunkelheit. Deine Augen gewöhnen sich immer mehr an die Lichtverhältnisse.

Du bist hin- und hergerissen zwischen nervöser Vorfreude und unruhiger Neugierde. Das sind zwei völlig unterschiedliche Dinge. »Und was wollen wir hier?«, fragst du und tust es ihm gleich, drehst dich auf die Seite und siehst ihn genau an. Ja, er ist noch immer so besonders und toll, wie du ihn in Erinnerung hattest.

»Ich mag dich, Fem. Du bist süß und sexy und na ja, hier können wir ungestört sein.«

Seine Worte katapultieren dich beinahe aus deinem Sitz. Niemals hättest du es für möglich gehalten, dass er so über dich denkt. Dass er dich sexy findet. Und genau das ist es, was dir plötzlich Sorgen bereitet. Wenn Typen sagen, sie wollen mit dir ungestört sein, dann meinen sie nicht, dass sie sich unterhalten wollen. Aber bist du dafür bereit? Wirst du seine Erwartungen erfüllen können, und was sind überhaupt seine Erwartungen?

»Oh, okay«, antwortest du, ohne selbst zu wissen, worauf sich das überhaupt bezieht. Oliver mustert dich irritiert, du erkennst, dass er auf eine Erwiderung wartet. Eine richtige Erwiderung, und unruhig rutschst du auf dem Sitz herum. »Es wäre … ich weiß nicht, nett gewesen, wenn du mich vorher gefragt hättest.«

Deine Angst, er könne wütend oder enttäuscht sein, erweist sich als unbegründet. Stattdessen wirkt er erst irritiert, dann erheitert. »Und wie genau hätte ich das machen sollen?« Er legt einen Zeigefinger an sein Kinn, eine typische Denkerpose. Er scheint einen Einfall zu haben, denn er räuspert sich übertrieben, nur um dich mit einem anzüglichen Augenbrauenwackeln anzusehen. »Hey, Fem, Lust, rumzumachen?«

Dein Herz beginnt zu rasen, deine Wangen glühen. Er hat es ausgesprochen, er will wirklich nicht bloß mit dir reden. Nervös beißt du dir auf deine Unterlippe, du spürst den Puls in deiner Halsschlagader pochen. »Das hätte zumindest keine Unklarheiten hinterlassen.« Deine Stimme zittert, sie verrät deine Unsicherheit, womöglich hält er dich für kindisch und unbrauchbar.

»Okay, warte.« Er räuspert sich theatralisch, hebt den Zeigefinger, der dir bedeutet, abzuwarten, dann zieht er eine Augenbraue in die Höhe und legt seinen coolsten Gesichtsausdruck auf. »Femke, ich mag dich. Wirklich sehr. Du hast recht, ich hätte dich vorher fragen sollen, aber nun ist es zu spät. Dennoch hoffe ich, es ist noch nicht alles verloren, deswegen frage ich dich jetzt: Wollen wir rummachen?«

Du lachst, findest ihn witzig und kugelst dich auf dem Beifahrersitz, bis du dir den Bauch hältst. »Du spinnst, echt.«

Er beobachtet dich, und bei seinem Blick wird dir ganz kribbelig zumute. »Du lachst, also ist das gut, richtig?«

Dein Lachen verschwindet. Deine Finger zittern, du weißt nicht, was du tun, was du sagen sollst. Was du willst. Ihn zu küssen wäre schön, aber dann? Wird ihm das reichen?

Du nickst zögerlich, willst es herausfinden. Oliver lächelt, dann nähert er sich deinem Gesicht, überbrückt den Freiraum zwischen den Sitzen, bis er dir so nahe ist, dass er dein unkontrolliertes Herz hören müsste.

»Verrätst du mir nur eine Sache?«, wisperst du, kurz bevor seine Lippen dich berühren.

»Jede.«

Du siehst im tief in die Augen. »Warum ich?«

Oliver schmunzelt jungenhaft. »Was meinst du?«

Du möchtest dich zurückziehen, dich erklären, doch du bewegst dich nicht von der Stelle, sprichst gegen seinen Mund, der kaum fünfzehn Zentimeter von dir entfernt darauf wartet, dich zu schmecken. »Hast du die Mädchen in deinem Jahrgang gesehen? Ich meine, die sind alle so …«

»… langweilig?«, unterbricht er dich.

Du kicherst leise, auch um deine Aufregung zu überspielen. »Eigentlich wollte ich hübsch sagen.« Wieder beißt du dir unbeholfen auf die Unterlippe. »Aber jetzt sag mal ehrlich.«

»Wie ich es eben schon gesagt habe. Du bist wirklich sexy und du machst mich neugierig. Ich glaube, du bist etwas Besonderes.«

Wo auch immer dein Zögern hergekommen war, es ist verschwunden. »Okay. Ja«, hauchst du.

»Ja?«

Du verdrehst lächelnd die Augen. »Was du mich gefragt hast.«

»Rummachen?« Er klingt hoffnungsvoll.

Wieder nickst du. »Ja.« Du hast es gesagt und in deinem Bauch flippen die Schmetterlinge aus. »Ein bisschen«, fügst du hinzu und zeigst Oliver einen kleinen Abstand zwischen Daumen und Zeigefinger. Nur um sicherzugehen.

Er küsst dich und es gefällt dir. Nein, es gefällt dir nicht nur, du bist auf Wolke sieben. Seine Lippen sind weich, er schmeckt nach Pfefferminze und du könntest das den ganzen Abend machen.

Zuerst berührt er deinen Ausschnitt, will seine Hand hineinschieben, doch du schiebst sie zurück, spürst zum ersten Mal, dass du noch nicht dazu bereit bist. Nicht in einem Auto, irgendwo im Wald. Du hoffst, dass er es versteht und nicht sauer ist, doch er küsst dich immer weiter, drängt seine Zunge so tief deinen Mund, als wolle er mit ihr eine Mandelbehandlung vornehmen, und du ziehst dich ein wenig von seinem Kuss zurück, ohne dich von ihm zu trennen.

Als Nächstes legt er seine Hand auf deinen Oberschenkel und greift dir unter den Minirock.

»Okay, das ist genug«, sagst du und drückst seine Hand zurück, versuchst seinen Lippen zu entkommen, doch es ist, als hätte er dich nicht gehört. Er beugt sich weiter über dich, bis du mit dem Rücken den äußeren Rand der Rückenlehne erreicht hast. »Oliver, bitte! Hör auf«, wiederholst du, dieses Mal entschiedener, und endlich scheint er dich zu hören.

»Jetzt schon?«

Du zwingst dich zu einem Lächeln, willst nicht überreagieren. »Reicht dir das denn nicht?«

Nun scheint er sauer zu sein. »Eigentlich … würde ich gern weitermachen! Du kannst nicht einfach deine Meinung ändern.« Er klettert zu dir auf den Sitz, es ist viel zu eng und zum ersten Mal bekommst du Angst.

»Kann ich nicht? Ich meine … ich hab gesagt, nur ein bisschen.« Du klingst schrill, aber das ist dir egal.

»Jetzt stell dich nicht so an«, mault er genervt und beginnt, deinen Hals zu küssen. Du drückst ihn von dir, damit er dich nicht länger bedrängen kann, doch er schiebt deine Hände immer wieder zur Seite.

»Fahr mich nach Hause«, forderst du nun aufgebracht.

Und tatsächlich. Er zieht sich von dir zurück, sein Gesichtsausdruck lässt nichts Gutes ahnen. »Scheiße, Mann. Weißt du, ich wollte es dir echt einfach machen.«

Dir wird übel. »Was meinst du?«, fragst du entsetzt. Im gleichen Augenblick fällt die Rückenlehne nach hinten und du verlierst den Halt. Du liegst vor ihm wie ein hilfloser Käfer und Oliver klettert auf deine Beine, keilt dich ein, macht dich bewegungsunfähig.

»Diese ganzen Typen, die über dich herfallen werden …« Er öffnet die vordere Knopfleiste deines Rockes, bis er ihn vollständig zur Seite klappen kann und dich entblößt. »Die werden nicht so rücksichtsvoll sein wie ich.«

Du versuchst hochzukommen, dich irgendwie aufzurappeln, aber er lässt dich nicht.

Du spürst das Weinen in deiner Brust, bevor es deine Augen erreicht. Seine Worte verstören dich, weil du nicht begreifst, wovon er überhaupt spricht. »Warum tust du das?«, wimmerst du. »Ich dachte, du magst mich!«

»Fem …«, er beugt sich zu dir herunter, streichelt dein Gesicht und sieht dich so liebevoll an, dass du ihm fast glaubst, »das tue ich! Sonst würde ich das nicht wollen! Ich will dich so unbedingt, dass es wehtut!«

Du lässt dich von ihm einsäuseln, denn irgendwie hat er recht. Er mag dich, er will dich und keine andere, das hast du dir doch gewünscht! Wieder beginnt er, dich zu küssen, deinen Mund, den Hals und stöhnt seinen heißen Pfefferminzatem in dein Ohr. Du lässt es über dich ergehen, presst Lippen aufeinander, die Augen zu und kämpfst die Tränen nieder, für die du keinen Grund siehst. Oliver ist älter! Du hättest es wissen müssen! Ältere Jungs wollen so was, und wenn du nicht willst, dass du deine Chance bei ihm verlierst, musst du mitmachen, auch wenn du dir dein erstes Mal anders vorgestellt hast.

Er zieht dir dein T-Shirt über den Kopf und du lässt ihn machen. Geübt öffnet er deinen BH und du schluckst dein Schluchzen wie einen Stein, den du deine Speiseröhre hinunterwürgst. Niemals hättest du gedacht, dass das so wehtun würde. Als er deine Unterhose über deine Schenkel zieht, zittert dein ganzer Körper unter deinem gedemütigten Weinen.

»Da ist er ja, F. Star.«

Bei seinen Worten reißt du die Augen auf. Er hat deine Blüte freigelegt und grinst dich an. Du verstehst gar nichts mehr, du weißt nur, dass du das nicht willst, völlig egal, was er von dir erwartet.

»Bitte hör auf!«, schreist du und versuchst, ihn von dir zu drücken. Kurz verschwindet sein Gewicht und du suchst nach Halt, um dich aus der liegenden Position hochzustemmen, doch sofort ist er wieder über dir, da liegst du, nun eingekeilt zwischen Sitz und Tür.

Die Tür!

Du tastest hektisch nach dem Griff, bekommst ihn sogar zu fassen und siehst dich bereits nackt auf den dunklen Waldboden stürzen – aber nichts davon passiert. Die Tür ist zu, er hat sie verschlossen.

Panik und Entsetzen fallen über dich her, als du siehst, was Oliver in der Zwischenzeit getan hat. Dir wird schwindelig, als er deine Beine zur Seite spreizt, du wimmerst unartikulierte Laute, sobald du seine Hüfte an der Innenseite deiner Oberschenkel spürst.

»Ich werde dir nicht wehtun, versprochen!«, wispert er fiebrig und du drückst ihn von dir, aber er bewegt sich nicht von der Stelle, verschränkt seine Finger mit deinen, als wäre es eine romantische Geste. Das ist es nicht! Es ist ein menschlicher Strick, der dich kontrolliert.

Und als er sich dir aufzwingt, sich in dich zwingt, kannst du rein gar nichts dagegen tun …

Ich liege da, auf dem Rücken im Bett und starre an die Decke. Die Bilder in meinem Kopf hallen nach und ich frage mich, wie es für Femke gewesen sein muss, hier zu liegen und an die Decke zu starren, nachdem ihr all diese schrecklichen Dinge angetan worden sind.

Hat sie geweint? Hat sie sich selbst die Schuld gegeben, sich schmutzig gefühlt? Haben schlimme Träume sie gequält oder hat sie erst gar nicht schlafen können? Hat sie all die Nächte wach gelegen und sich gewünscht, endlich einschlafen zu können und nie wieder aufzuwachen?

Hat sie sie gehasst? Hat sie überhaupt noch etwas gespürt oder war sie innerlich tot?

Irgendwann blinzle ich, meine Augen fühlen sich trocken an und ich atme tief ein. Und wieder aus.

»Femke! Komm verdammt noch mal zu dir!«, nehme ich Milos verzweifelte Stimme irgendwo neben mir wahr. Er hat mich Femke genannt, mir ist es sofort aufgefallen, aber es stört mich nicht. Ich bin nicht einmal enttäuscht. Tatsächlich fühlt es sich sogar zum ersten Mal richtig an, denn in diesem Augenblick steckt mehr Femke in mir als Anouk. Das Echo der Flashbacks wirbelt durch meinen Körper, wird von Knochen, Fleisch und Blut immer wieder zurückgeworfen und ist für immer in mir eingeschlossen.

»Ich bin hier. Gib mir … bitte gib mir ein paar Minuten …«, sage ich ruhig und rühre mich nicht. Ich fühle mich, als hätte nicht nur mein Geist eine Reise in die Vergangenheit gemacht, sondern auch der Körper all das empfunden, wovon ich soeben Zeugin geworden bin.

»Was zur Hölle stimmt nicht mit dir?«, motzt Milo mich an und nun rühre ich mich doch. Zwinge mich, meine Gliedmaßen zu spüren, zu bewegen, zu benutzen. Schwerfällig setze ich mich auf und stelle fest, dass Milo neben dem Bett steht und mich bleich und abgekämpft anfunkelt.

»Ich weiß jetzt …«, beginne ich, aber die Worte formen sich in meinem Mund so langsam, dass ich auf halbem Weg vergesse, was ich sagen wollte.

»Du hattest einen Flashback.« Keine Frage. Eine Feststellung. Nein, ein Vorwurf.

»Ich hatte nicht *einen* Flashback, Milo. Ich hatte … ich weiß jetzt alles! Über Femke und was …« In meiner Stimme schwingt Begeisterung und Entsetzen mit, und sie spiegelt perfekt wider, was ich empfinde.

Milo teilt zumindest meine Begeisterung ganz und gar nicht. »Scheiße, weißt du eigentlich, was für einen Schreck du mir eingejagt hast?«, ruft er und reibt sich wiederholt über seinen Kopf, streicht sein wildes Haar zurück und ich sehe ihm seine Unschlüssigkeit an. Seine aufgebrachte Enttäuschung und die wachsende Abneigung mir gegenüber.

Ich habe geahnt, dass das passieren würde, und ich habe den Verlust unserer Verbundenheit bewusst in Kauf genommen. Dennoch bricht seine emotionale Distanz ein Stückchen aus meinem Herz heraus. Mühsam robbe ich über das Bett, will aufstehen und Milos Hand nehmen. Milo hat begonnen, im Zimmer auf und ab zu laufen, doch mein Kreislauf macht mir einen Strich durch die Rechnung. Alles um mich herum versinkt für ein paar Sekunden in einnehmende Dunkelheit, und ich kralle mich blind an das Nächstbeste, in dem hilflosen Vertrauen, dass mich die Decke irgendwie stützen wird. »Tut mir leid! Ich hätte nicht gedacht, dass es …«

»Wusstest du etwa, dass das passieren würde?«, unterbricht Milo mich und seine Schritte verstummen.

»Nein, natürlich nicht!«, versuche ich Milo zu überzeugen. Aber wenn ich ehrlich bin, kann ich nicht mit Sicherheit garantieren, dass es die volle Wahrheit ist.

»Ich glaube dir kein Wort.« Er schüttelt heftig den Kopf und mir wird unangenehm bewusst, dass er die Wahrheit verdient hat.

»Ich gebe zu, ich habe es gehofft.«

»Du hast es *gehofft*?« Er lacht ungläubig auf. »Und lässt mich ins offene Messer laufen?«

Ich senke den Blick. »Es tut mir leid.« Und das tut es wirklich. Vielleicht hätte ich ihn einweihen sollen.

»Tut es nicht«, widerspricht er mir und wendet sich ab.

Nun stehe ich doch auf, folge ihm durch mein Zimmer. »Ich hatte keine Ahnung, dass es so passieren würde. Ich habe nur gehofft, der Joint würde meinen Geist erweitern.« Wieder wird mir kurz schwindelig, kann mich aber auf den Beinen halten. Mein Herz rast vor Anstrengung und mir bricht der Schweiß aus.

»Deswegen bin ich also hier«, wirft er mir vor, holt sich seine Schuhe von der Tür und marschiert damit wütend zum Bett zurück.

»Nicht nur deswegen.«

Es nützt nichts. Ich habe ihn vergrault, weil ich mich wie ein egoistisches Miststück verhalten habe. Das war mir schon vorher klar, doch das bedeutet nicht, dass ich es deswegen weniger bedauere.

»Ich gehe jetzt. Das ist mir echt too much«, sagt er und ich sehe ihm zu, wie er sich zuerst die Socken und dann die Schuhe wieder anzieht.

»Ich sollte sowieso nicht hier sein …«, murmelt er, und es brennt mir auf der Zunge, ihn zu fragen, was er damit meint. Eine andere Frage jedoch ist mir in diesem Moment viel wichtiger.

»Darf ich dich anrufen?«

Schließlich steht Milo auf und geht an mir, die verloren mitten im Raum steht, vorbei zum Ausgang. »Mir wäre es ehrlich lieber, wenn du es nicht tätest.«

Ich nicke. »Okay«, sage ich leise. Dann hebt Milo seine Hand zum Abschied und ich komme nicht umhin, die Geste als einen Hoffnungsschimmer zu betrachten.

Vielleicht können wir das irgendwann bereinigen.

Irgendwann später.

Unwahrscheinlich.

Als Milo das Haus verlassen hat, lege ich mich zurück ins Bett. Wieder frage ich mich, wie es für Femke gewesen sein muss, hier zu liegen. Was sie erlebt hat … mir fehlen die passenden Ausdrücke, um zu begreifen, was ich empfinde. Meine Gedanken ziehen immer weitere Kreise, ich hole mir noch einmal die fürchterlichen Bilder vor Augen, und ganz langsam wächst etwas in mir heran.

Oliver.

Oliver war der Erste.

Ich selbst kenne ihn nicht, aber das ändert nichts daran, dass er mit seiner Tat etwas ins Laufen gebracht hat, was in Flashbacks und Totschlag gipfelte. Wäre Oliver nicht gewesen, hätte er Femke nicht auf diese brutale, entwürdigende Weise die Unschuld genommen, hätte sie womöglich kein Trauma erlitten, das erste von vielen, das ihre Zukunft und ihren Werdegang unwiderruflich verändert hat. Vielleicht wäre sie nie zu David nach Hause gegangen, hätte die Projektgruppe geschwänzt, weil sie bereits etwas anderes vorhatte, etwas, was ihr in dieser eingetroffenen Realität aufgrund ihres Traumas aber zu viel Angst gemacht hat und sie deswegen dachte, bei David in einer Gruppe sicher zu sein. Alles ist zurückzuführen zu diesem schrecklichen Moment im Auto. Sämtliche Entscheidungen, die sie danach getroffen hat, sind andere gewesen als die, die sie ohne die Vergewaltigung getroffen hätte. Einfach alles wäre anders verlaufen.

Vergewaltigungen zerstören nicht nur die Seele, sie verändern die Zukunft, doch darüber denkt nie jemand nach.

Auch meine hat die grausame Tat verändert. Niemals hätte ich Femke gestoßen, weil sie auf meine Hilfe gar nicht angewiesen gewesen wäre. Ich wäre immer noch Anouk, ziemlich nachtragend, ein wenig engstirnig und voreingenommen – aber ich wäre ich.

Maurice würde noch leben, er und Femke könnten noch immer verliebt und glücklich sein wie in dem Moment, bevor das Unheil, dem sie zu entkommen versuchten, zurückkehrte und über sie hereinbrach. Ihr Trauma hätte nie Leben zerstören müssen.

Und obwohl mir etwas an diesen Gedankengängen falsch erscheint, das ich nicht zu fassen bekomme, treiben sie meine Wut auf die Spitze.

Oliver.

Er war der Erste.

Dann soll er es jetzt wieder sein.

Es ist Zeit für ein bisschen Gerechtigkeit!

Zeit für Rache.

Kapitel 41

Ein paar Fakten: Oliver Grömitz, zwanzig Jahre alt, dunkelblonde kurze Locken, braune Augen. Er hat siebenundvierzig Freunde auf Facebook, keiner von denen ist mit Femke befreundet, zwischen den beiden besteht keinerlei Beziehung. Das ist gut. Sein Profilbild ist eine Pose, nichts Übertriebenes, ein Bewerbungsfoto vielleicht. Sein Blick hat etwas Suchendes. Studiert Jura an der Uni Göttingen.

Wie reizend.

Und wie ich nun weiß, steht er auf Date Rapes.

Ich liebe Fakten. Und ich liebe soziale Netzwerke. Solange man sich dort nicht mit Menschen unterhalten muss, sind sie eine perfekte Anlaufstelle in Sachen Personenrecherche.

DO. UM 21:09
Femke Hansen
Hallo, Oliver. Wir sollten reden.

Oliver Grö
Femke …
Ok.
Soll ich anfangen?

Femke Hansen
Nein, ich fang an. Aber nicht hier.

Oliver Grö
Wo dann?

Femke Hansen
Ich will dir dabei in die Augen sehen.

Oliver Grö
Du willst dich mit mir treffen?

Femke Hansen
Ja. Es ist an der Zeit. Lass uns treffen, wir müssen reden.
Kannst du das?

Oliver Grö
Natürlich.
Danke.
Du hast nichts zu befürchten.

Femke Hansen
Ich weiß.

Oliver Grö
Wann und wo wollen wir uns treffen?

Kapitel 42

»Auf gar keinen Fall!«, wispert Robin entrüstet und schüttelt den Kopf. Sie sieht mich an, als hätte ich den Verstand verloren, und vermutlich habe ich das. Ihren Scharfsinn habe ich vermisst.

»Wieso nicht?«, frage ich und lehne mich weiter über die Tischecke, damit ich nicht so laut sprechen muss.

»Das fragst du noch? Weil das ekelhaft ist.«

Auch damit trifft sie mitten ins Schwarze. Aber ich kann mich noch nicht geschlagen geben, wenngleich ich es vermutlich sollte. Ich brauche sie an meiner Seite, nicht nur als Komplizin, sondern auch als Freundin, als Verbündete – aber das alles ist sie längst nicht mehr.

»Weißt du, was er Femke angetan hat?«, flüstere ich und blicke mich in der Bibliothek um. Einige der anwesenden Schüler beobachten uns neugierig – vielleicht nur mich –, doch meine Worte können sie unmöglich verstanden haben.

Robin schlägt erbost das Buch zu, in dem sie gerade zu lesen versucht hat. »Du meinst, was er *dir* angetan hat?«, fragt sie scharf. »Lass diesen Verwandlungsscheiß, ist das klar? Da habe ich echt keinen Nerv für.«

Ich weiß, weshalb sie so gereizt ist, wobei ich dennoch den Eindruck habe, dass sie netter zu mir ist als sonst. Vielleicht bilde ich mir das aber auch bloß ein und verwechsle ihre Freundlichkeit mit Gleichgültigkeit.

»Das verstehe ich. Aber weißt du, was er getan hat?«, dränge ich.

Plötzlich nachdenklich spielt sie mit dem Lesebändchen, das aus dem alten Buch über europäische Dichter herausguckt. In ihrem neuerdings gänzlich ungeschminkten Gesicht zucken ein paar Muskeln, was ich nicht zu deuten weiß. »Ich kann es mir denken«, meint sie gedämpft und erscheint mir auf einmal ungewöhnlich mitfühlend.

Unsicher rutsche ich noch etwas an sie heran. Ich weiß nicht, was ich tun soll. Die Sache auf sich beruhen lassen? Auf gar keinen Fall! Aber macht es Sinn, sie mit ins Boot zu holen, wenn sie offensichtlich kein Interesse am

Rudern hat? Mein Racheplan ist zugegebenermaßen ziemlich fragwürdig, grenzwertig sogar, doch kann ich auch ohne sie …

»Robin, ich brauche diese Rache, verstehst du das nicht? Vergeltung? Um Fem… ich meine, um mich zu rächen?« Es ist ein letzter Versuch, und ich weiß nicht einmal, worauf ich hoffen soll. Vielleicht wäre es besser, wenn Robin mir diesen Wahnsinn ausreden würde. Aber was dann? Wozu war meine Verwandlung zu Femke dann von Nutzen?

Robin starrt mich mit leicht geöffnetem Mund fassungslos an, und noch mehr neugierige Blicke lasten auf uns. »Vergeltung? Ernsthaft? Femke, du hast sie nicht mehr alle!« Sie spricht viel zu laut, nervös sehe ich mich um, ob unsere Lauscher nun doch Teile des Gesprächs mitbekommen. Zum Glück ist Robin bei ihren nächsten Worten wieder leiser. »Soll ich dir mal sagen, was ich von Rache halte?« Sie sieht mich an, als erwarte sie eine Antwort, die ich ihr aber nicht gebe. Weil ich nicht weiß, ob ich es wirklich wissen will. »Ja? Nein? Ich sag's dir trotzdem.« Sie schüttelt gereizt den Kopf. »Nichts.«

»Wieso nicht? Ich meine, wenn anders keine Gerechtigkeit möglich ist?«

Robin schnaubt verächtlich. »Gerechtigkeit? Das ist keine Gerechtigkeit, das ist Selbstjustiz! Aber das ist es nicht einmal, was mich daran stört.«

Irritiert ziehe ich die Augenbrauen zusammen. »Was dann?«

Sie faltet ihre Hände über dem Buch – sie trägt nicht einmal mehr schwarzen Nagellack – und sieht mich durchdringend an. »Du machst ihn zum Opfer, holst ihn damit quasi auf unsere Seite«, sagt sie ernst.

Etwas in meinem Kopf hat die Alarmanlage wieder eingestellt. »Unsere?«

Robins Blick zuckt, für eine Sekunde fliegt er davon, an einen anderen Ort, doch schnell ist sie wieder hier. »Auf deine. Deine Seite«, korrigiert sie sich und fährt dann fort: »Wenn du das durchziehst, wird er das Opfer sein und nicht mehr der Täter. Die Leute werden Mitleid haben, mit ihm! Nicht mit dir, denn du hast die Seite gewechselt. Dann bist du die Böse und niemand interessiert sich mehr für dein Leid.«

Ich denke eine Weile über ihre Worte nach.

Opfer. Täter.

Gut. Böse.

Mitleid. Schuld.

Das ist mir zu einseitig. Entweder oder, als existiere nichts dazwischen. Aber das tut es.

»Ich will kein Mitleid und ich bin kein Opfer. Ich bin eine Überlebende!«, sage ich schließlich. Ob Femke das auch so sehen würde? Oder kann ich das nur so leichtfertig sagen, weil meine Erinnerung an die Dinge ebendas sind? Erinnerungen. Nichts, was ich wirklich erlebt habe.

Robin zuckt mit den Schultern. »Nenn es, wie du willst, ich bin lieber eine Überlebende, als mich mit einem Vergewaltiger auf eine Stufe zu stellen.«

In meinen Ohren rauscht es, mein Kopf ist so übervoll, dass ich das Gefühl habe, all meine vernünftigen Gedanken sind zu einem festen Ball zusammengedrückt worden und der Zugang zu den wichtigen Dingen ist versperrt. Also sage ich nichts, gebe es auf. Ich muss mir etwas anderes überlegen.

Doch als ich mich abwende, nimmt Robin plötzlich meine Hand und ich halte überrascht inne. Ihr Blick ist ernst, aber zum ersten Mal sehe ich in ihren Augen so etwas wie Verständnis und Sympathie. Für Femke.

»Ich verstehe ja, dass du ihn leiden sehen willst, ehrlich«, sagt sie einfühlsam. »Und vermutlich hat er es verdient. Aber weißt du, was das Problem ist? Du wirst nie sicher wissen, wie es in ihm aussieht und welchen Schaden du anrichtest.«

Schaden anrichten. Diese Worte sind es, die etwas in mir bewegen, allerdings nicht in die Richtung, die Robin vermutlich beabsichtigt hat.

Vorsichtig mache ich meine Hand los und lächle Robin verlegen an. »Okay. Trotzdem danke. Dafür, dass du mir zugehört hast«, sage ich und will aufstehen.

»Darf ich dir einen Tipp geben?«

Irritiert bleibe ich auf dem Stuhl sitzen. »Klar.«

»Tu es nicht. Lass die Finger davon. Ich bin sicher kein Experte, aber ich habe die Befürchtung, dass Vergeltung, vermeintliche Gerechtigkeit und vielleicht auch Genugtuung nicht die Lösung sind, um deine inneren Bruchstellen zu kitten.«

Tränen steigen in mir auf und ich blinzle sie erfolgreich weg. Das ist es, weshalb ich Robin so liebe. Sie versteht mich, nicht nur mich, denn ganz offensichtlich weiß sie sehr gut, was in Femke vorgegangen sein muss.

Wir sitzen kurz still da und ich genieße es, wieder bei ihr zu sein. Es scheint sich etwas geändert zu haben, wenn sie die Gegenwart von Femke plötzlich akzeptiert. Mit ihr spricht, als wäre sie nicht mehr der unerträglichste Mensch auf der Welt. So sitzen wir da, hängen unseren Gedanken nach. Wie zwei Freundinnen, beide eingesperrt im falschen Körper.

»Mach's gut, Robin.« Ich schenke ihr ein scheues Lächeln und stehe auf.

Doch auf halben Weg raus aus der Bibliothek überlege ich es mir anders. Ich weiß nicht, was mir die Zukunft bringt, und die Chancen stehen gut, dass ich früher oder später im Gefängnis oder in der Psychiatrie oder sonst wo landen werde. Ich sehe vielleicht nicht aus wie Anouk, und es ist immer weniger, was von ihr noch da ist, aber das, was verblieben ist, will sich nicht auf diese Weise von Robin verabschieden. Meine Tage als Anouk sind gezählt. Wenn das unser letztes richtiges Gespräch gewesen sein sollte, würde ich es bereuen, nicht noch einmal die Freundin gewesen zu sein, die ich tief im Inneren immer noch bin – völlig egal, ob Robin es weiß oder nicht.

Ich laufe zurück, ernte erneut neugierige Blicke, und als ich Robin erreiche, hat sie ihr Buch bereits wieder geöffnet – doch ihr starrer Blick ins Nichts verrät, dass sie nicht wirklich liest.

»Robin! Können wir … noch einmal von vorne anfangen?«, frage ich ein wenig außer Atem.

Erschrocken sieht sie auf, ihre Augenbrauen ziehen sich fragend zusammen. »Was von vorne anfangen?«

Ich lasse mich wieder auf den Stuhl sinken, auf dem ich eben bereits gesessen habe. »Unsere Unterhaltung. Ich möchte nicht …« Weiter komme ich nicht, immerhin kann ich ihr kaum sagen, welche Gedanken mich zurückgetrieben haben – sie würde mir ohnehin nicht glauben. »Ich verspreche dir, dass ich dich danach endgültig und ein für alle Mal in Ruhe lassen werde, aber bitte lass uns dieses Gespräch noch einmal von vorne anfangen.«

»Du bist total durchgeknallt, Femke«, flüstert Robin kopfschüttelnd, und sie grinst zurückhaltend. »Ich weiß, ich sollte das nicht sagen, aber … ich mag das.«

Es ist mir unmöglich, meine Freude zu verbergen und deshalb strahle ich sie erleichtert an. Vielleicht hätten doch noch Freundinnen aus uns werden können.

»Hey, Robin. Darf ich dich etwas fragen?«, tue ich so, als würden wir tatsächlich ein völlig neues Gespräch beginnen.

»Jetzt bin ich gespannt.« Sie stützt ihren Ellenbogen auf dem Tisch ab und sieht mich erwartungsvoll an.

Aber ich werde ihre positive Spannung enttäuschen, denn ich habe beschlossen, niemals wieder eine so miese Freundin zu sein wie bei Femke.

Wieder senke ich deutlich die Stimme. »Neulich im Schwarzen Loch … der Typ … warum lässt du dich von ihm so behandeln?« Ich will ihr keinen Vorwurf machen, doch ich werde nicht verheimlichen, dass ich nicht kapiere, wovon ich Zeuge geworden bin.

Wie erwartet erstarrt ihr Gesicht, sie wird ein wenig blass, und beschämt lässt sie den Blickkontakt abreißen. Nervös schaut sie sich um, als vermute sie Spione, die irgendwo zwischen den Regalen lauern und auf genau diese Information warten. »Ich habe gehofft, du hättest es vergessen«, flüstert sie und wendet sich ab.

»Das war total schrecklich! Wie könnte ich das vergessen?« Ich gebe mir Mühe, nicht laut zu werden, aber das Entsetzen über die Ereignisse vor ein paar Tagen hat mich wieder.

Obwohl sie sich von mir weggedreht hat, blickt sie mich über ihre Schulter hinweg an, und da ist sie wieder, für vielleicht zehn Sekunden, die Femininität, die ihr in den letzten Wochen abhandengekommen ist. »Es nützt nichts, wenn ich sage, dass ich nicht darüber sprechen will?«

Entschuldigend schüttle ich den Kopf. »Sorry.«

»Es ist nicht so einfach zu erklären.« Allein ihre Körpersprache macht mich nervös. Sie kämpft mit sich, spielt mit ihren Fingern, würde am liebsten vor dem Gespräch davonlaufen. Und ich weiß warum.

»Versuch es«, bitte ich sie. »Ich gebe mir die größte Mühe, es zu verstehen.«

Sie nickt, wendet sich mir wieder zu und überspielt ihre offensichtliche Unsicherheit. »Ich bin anders, wie dir vielleicht aufgefallen ist. Für jemanden wie mich ist es schwer … das zu bekommen, was ich mir wünsche, selbst wenn ich die meiste Zeit von Menschen umgeben bin, die mich akzeptieren, wie ich bin. Verstehst du? Manchmal muss man eben das nehmen, was die Welt für einen übrig gelassen hat.«

Ihre Worte machen mich traurig. »Aber so einer? Was er getan hat – das grenzt an Misshandlung. Gefällt dir das?«

»Nein, natürlich nicht«, wispert sie empört und sieht mich mit einem Schmerz in den Augen an, der mich fassungslos macht. Ich war ihre Freundin, und ich hatte nicht die geringste Ahnung. Warum habe ich nichts gemerkt? Bin ich wirklich so eine miserable Freundin? Oder haben Menschen wie Robin und Femke es sich einfach angeeignet, diese Seite an ihnen, ihre dunklen Geheimnisse, die sie zu Opfern machen, im Verborgenen zu behalten?

»Dann lass dich nicht so behandeln«, bitte ich sie, und es ist mir ernst.

Sie zieht ihre Mundwinkel nach unten, zuckt mit den Schultern und nickt schließlich widerwillig. »Ich weiß nicht … ich werde darüber nachdenken.«

Es ist mir ein Rätsel, wieso sie sich so dagegen sträubt, das Vernünftige zu tun. Sie ist ein wandelnder Widerspruch, aber das spiegelt sich in ihrem ganzen Wesen wider.

»Was ist es denn, was du nicht haben kannst?«, frage ich vorsichtig.

Robin verdreht die Augen, legt den Kopf schräg und grinst gequält. »Ist das nicht offensichtlich?«

»Nein, ich habe keine ...« Es trifft mich unvorbereitet, obwohl sie Recht hat, es war offensichtlich. »Anouk«, stelle ich verstört fest und es macht mich wahnsinnig, dass ich mich nicht erinnern kann.

An gar nichts.

Nicht unser Kennenlernen – war mir bewusst, dass sie keine biologische Frau ist, und wenn nicht, seit wann lasse ich mich von Frauen abschleppen? Nicht einmal von den letzten gemeinsamen Tagen ist etwas in meinem verdammten Hirn verblieben.

Wusste ich, was sie für mich empfindet? Wieso bloß glaubt Robin, dass sie mich nicht haben könne, dass sie nur einen brutalen Schläger verdient, der sie verhöhnt und in Schultoiletten zum Analsex zwingen will?

Ich verstehe das nicht!

Robin, die sich das Gesicht reibt – hat sie geweint? –, reißt mich aus meinen bitteren Gedanken. »Ist auch egal«, flüstert sie unglücklich, »wie es aussieht, ist sie ohnehin abgehauen. Dass sie nicht wie ich empfindet, wusste ich, aber dass sie verschwindet, ohne ein Wort ...«

»Du machst dir Sorgen um sie, oder?«

Sie schüttelt den Kopf und verzieht das Gesicht. »Ich weiß nicht, was ich denken soll. Amy liegt mir seit Tagen in den Ohren, dass ihr jemand etwas angetan hat – du, um genau zu sein. Aber in die Richtung scheint die Polizei nicht zu ermitteln. Keine Ahnung.«

Mein schlechtes Gewissen brennt sich so heftig durch meinen Körper, dass ich jede Vorsicht über Bord werfe und entgegen besseres Wissen ihre Hand nehme. »Tut mir wirklich leid, dass es dir wegen Anouk so schlecht geht.« Robin sagt nichts, sie zieht nicht einmal ihre Hand zurück, und ich deute es als schlechtes Zeichen. Ihre Gleichgültigkeit ... ihr geht es nicht gut, und es ist meine Schuld – ohne selbst etwas dafür zu können. »Darf ich dich noch etwas fragen?«

Robin nickt, ihre Schweigsamkeit ist mir unheimlich. »Was genau ... bist du?«

Sie sieht mich an, als hätte ich sie gerade als Freak bezeichnet, und irgendwie habe ich das auch. »Scheiße, das klang richtig daneben.« Ich beiße mir auf die Lippen, es ist mir peinlich, dass ich mich so unsensibel anstelle bei einem Thema, über das ich eigentlich alles weiß.

Wusste.

Ich hole Luft, der nächste Versuch muss sitzen, ernsthaft. »Was ich meine, ist: Ich hatte neulich den Eindruck, dass du nicht … transgender bist, wie ich immer dachte. Aber was dann?«

Sie zieht ihre Hand zurück, nicht wütend oder enttäuscht, dennoch scheint ihr dieses Thema unangenehm zu sein. »Das ist kein Teufelswerk, Femke«, sagt sie ein wenig genervt. »Es ist sogar ziemlich simpel. Manchmal möchte ich ein Typ sein und manchmal eine Frau. Danach lebe ich, mehr nicht.«

Das klingt wirklich nicht besonders kompliziert. Dennoch passt es nicht zu dem androgynen Äußeren, das sie seit einiger Zeit präsentiert. »Und was möchtest du jetzt sein? Wer bist du?«

Ihr Lächeln wird so bitter, dass ich weinen möchte. »Ich bin nichts«, sagt sie und ich erinnere mich, dass sie ebendies auch zu dem Penner im Schwarzen Loch gesagt hat. »Mich kotzt dieses ganze Gegender dermaßen an. Was hier vor den Augen aller passiert … Damit kann ich mich nicht identifizieren, damit will ich nichts zu tun haben.«

Ich verstehe sie so gut. Am liebsten würde ich sie in die Arme schließen, ihr zuflüstern, dass sie nicht nichts ist, sondern sehr viel. Jemand, der Femke geholfen hat, in welcher Form auch immer, obwohl sie eigentlich durch mich – Anouk – dazu verdammt war, ihr keine Chance geben zu dürfen. Dabei hat sie es nicht getan, um mir in den Rücken zu fallen, sondern weil Mädchen und Frauen, unabhängig von den persönlichen Gefühlen, immer zusammenhalten sollten. Es brauchte nur eine Genderfluid Robin, damit ich das begreife.

Vielleicht brauchen alle Menschen eine Genderfluid Robin in ihren Leben, um die selbstverständlichen Dinge, die bereits da sind, auch zu sehen.

Für mich ist es Zeit, Abschied zu nehmen – schon wieder. Diesmal von Robin. »Also … ich weiß, du glaubst mir nicht, aber … wenn ich einmal für Anouk sprechen darf: Ich bin mir sicher, dass sie dich liebt. Du bist für sie der wichtigste Mensch auf der ganzen Welt und ohne dich wären ihre letzten Jahre weniger besonders gewesen.«

Es war mir ein so dringendes Bedürfnis, das loszuwerden, und obwohl ich weiß, dass ihr meine Worte nichts bedeuten, weil sie von Femke zu kommen scheinen, hoffe ich, dass der Kern ihr dennoch Trost schenkt.

Sie zeigt mir ein gequältes Lächeln. »Das ist echt nett, Femke, aber das bezweifle ich.«

»Ich muss jetzt los«, sage ich ohne Umschweife, und diesmal werde ich wirklich gehen –jedoch mit dem Gefühl, Robin wieder – oder endlich – besser zu kennen. Ich stehe auf, gehe los, bin traurig.

»Femke?«

Ich bleibe stehen.

»Du wirst deinen Plan nicht in die Tat umsetzen, oder?«, fragt sie besorgt.

Mein Lächeln ist klein, aber aufrichtig. »Nein, werde ich nicht.«

Sie nickt und ich gehe davon. Ich habe nicht gelogen, wirklich nicht. Mein Plan, den ich mit ihr durchziehen wollte, braucht ohne sie ein Upgrade.

Kapitel 19

Ich habe Bauchweh. Meine Umhängetasche wird immer schwerer, während ich an unserem abgesprochenen Treffpunkt auf Oliver warte. Ich bin früh dran, wollte ihn auf keinen Fall verpassen, doch hier zu stehen treibt meine Aufregung nur weiter in die Höhe. Immer wieder gehe ich den Ablauf durch, und er ist auch jetzt noch eine bittere Pille, die ich schlucken und meine Rache allein vollziehen muss.

Dabei passt der Begriff Rache nicht zu dem, was meine eigentliche Absicht ist. *Verstehen durch Erleben*, trifft es wohl eher.

Als ich mit einem Blick in meine Umhängetasche zum gefühlt tausendsten Mal überprüfe, ob ich alles eingepackt habe, bleibt mein Blick an der Leuchtpistole hängen.

Milo.

Seit drei Tagen hat er sich nicht bei mir gemeldet und ich mich nicht bei ihm, wie es sein Wunsch war. Darüber hinaus bin ich mir sicher, dass er mein Vorhaben nicht gutheißen würde – und das ist eine Untertreibung. Dabei ist er es gewesen, der mich überhaupt auf die Idee gebracht hat. Vielleicht verspüre ich deshalb auf einmal das Bedürfnis, ihm eine Nachricht zu hinterlassen. Nur zur Sicherheit.

Vorsorglich sehe ich mich noch einmal um, ob ich Oliver entdecke, und weil dem nicht so ist, ziehe ich mein Handy aus der Hosentasche und tippe eine vollkommen irrationale Message.

Ich bin im Begriff, etwas Schlimmes zu tun. Wenn du heute eine Leuchtrakete am Himmel siehst, denk an mich.

Ich zögere, sie tatsächlich abzuschicken, drücke dann aber kurzerhand auf Senden.

»Femke, hey«, höre ich eine Stimme rufen und schrecke zusammen. Eilig verstaue ich mein Mobiltelefon in meiner Umhängetasche und blicke mich mit einem flauen Gefühl im Magen um. Oliver ist kleiner, als ich gedacht habe, dennoch locker größer als ich. Er kommt mir auf dem leeren Platz am Waldrand entgegen, jener Ort, an dem ich mich schon mit Milo getroffen habe.

Was natürlich kein Zufall ist.

Meine Kehle schnürt sich zu, weil ich Oliver wiedererkenne. Er ist der Richtige, das wusste ich anhand seiner Reaktion schon vorher, doch ihn tatsächlich als den Typen aus meinem Flashback zu *identifizieren*, zieht mir für einen Moment den Boden unter den Füßen weg. Er ist es. Er hat Femke diese Dinge angetan, die ich gesehen und nachempfunden habe. Meine Beine werden weich. *Bloß keine Panik bekommen*, sage ich mir im Stillen, und bemühe mich darum, Ruhe zu bewahren.

Oliver sieht nett aus, was ich erkenne, während er näher kommt. Seine Körperhaltung, die nach vorne gezogenen Schultern und die Hände, tief in den Hosentaschen, strahlen Unsicherheit aus.

Aber darauf falle ich nicht herein, denn genau das ist der Trick!

»Hallo, Oliver«, sage ich, als er mich fast erreicht hat, und meine Stimme ist belegt. Doch statt mich zu räuspern, lasse ich den Frosch dort, wo er ist, denn mit ihm im Hals klinge ich um einiges bedrohlicher, als ich tatsächlich bin – zumindest bis ich meine Tasche auspacke.

Die Sonne scheint, Sommer und Herbst tragen einen erbitterten Kampf um die Vorherrschaft aus, und heute liegt der Sommer vorne. Zwischen den bereits halb kahlen Ästen der Bäume fallen tanzende Strahlen auf Olivers kurzes Haar, das nur wenig von den Locken übrig lässt, und für einen Augenblick kann ich Oliver nur anstarren.

Er bleibt vor mir stehen, mit einem guten Sicherheitsabstand, und ich finde meinen Verstand wieder.

»Wie geht es dir, ich meine … geht es dir gut?« Dieser Typ strahlt ausschließlich Unsicherheit aus und ich weiß, dass es an mir liegt. Es fällt ihm schwer, mir in die Augen zu sehen, doch er zwingt sich dazu.

»Ich lebe noch«, erwidere ich durcheinander und blinzle mehrmals – der Sonne wegen, nur der Sonne wegen.

»Gut! Das ist gut.« Er ist verlegen, er nimmt eine Hand aus der Hosentasche und deutet befangen auf mich. »Du siehst echt gut aus.«

»Ich glaube nicht, dass du so etwas zu mir sagen solltest«, meine ich ruhig, bevor ich diesen Gedanken gefiltert und ihn mir verboten habe. Das ist nicht der Weg, den ich beschreiten will. was ihn nicht weniger wahr macht. Seine Bemerkung hat sich wie eine Hand um meinen Hals gelegt.

»Du hast recht, das sollte ich nicht. Tut mir leid.« Bestürzt senkt er den Blick, seine Beine werden unruhig, er trippelt von einem Fuß auf den anderen. Am liebsten würde er vor mir und seiner Schuld davonlaufen, und ich bin ehrlich überrascht, dass er es nicht tut. »Warum wolltest du mich treffen, und … ich meine, warum hier?«, fragt er stattdessen.

Ich hole tief Luft. »Ich möchte mich mit dir aussprechen.«

Sein Gesicht zeigt mir verstörtes Unverständnis. »Aussprechen? Hier?«

Er sieht sich um und unwillkürlich tue ich es ihm gleich. Ich kenne die Gegend inzwischen gut, auch wenn ich nicht weiß, wer in den Häusern jenseits des Zauns wohnt. Und während ich mich umblicke, werde ich auf einmal unruhig. Obwohl niemand zu sehen ist, fühle ich mich beobachtet, und als ich wieder zu Oliver sehe, wird mir klar, dass er es ist, der mich beobachtet. Mein Puls geht in die Höhe. Hat er was vor? Ist er entgegen seiner Versicherung im Chat doch gefährlich? Oder werde ich bloß paranoid, weil ich im Begriff bin, etwas Unaussprechliches zu tun?

»Ich dachte, wir könnten es mit einem Spaziergang verbinden«, erkläre ich und unterbinde damit weitere Fragen, die in meinem überlasteten Kopf aufkommen und mich wahnsinnig machen könnten.

»Im Wald?«

Zeit, mein Pokerface aufzusetzen. »Hast du Angst?«

Oliver lacht nicht. Er scheint sich auch nicht herausgefordert zu fühlen. Tatsächlich kommt er mir bislang ziemlich aufrichtig vor. »Nein, eigentlich nicht. Ich wundere mich nur.«

Ich gehe los in Richtung Wald, mache eine Handbewegung, die ihn auffordert, mir zu folgen. »Kommst du?«, frage ich, weil ich sein Zögern bemerke, bleibe jedoch nicht stehen.

»Okay.«

Wir schlagen den Weg ein, den ich schon mit Milo gegangen bin, nur diesmal lasse ich es so aussehen, als wäre der Weg zufällig gewählt. Ist er nicht. Ich kenne ihn inzwischen auswendig, bin ihn in den letzten Tagen mehrfach gegangen, und so kann ich blind die Richtung vorgeben und es wie Willkür aussehen lassen.

»Du vertraust mir nicht«, stelle ich fest, nachdem wir eine Weile schweigend nebeneinanderher gegangen sind. Er blickt sich immer wieder zögerlich um, als befürchte er, ich hätte ein Back-up, das uns folgt, aber das habe ich nicht. Ich bin auf mich allein gestellt, aber von mir aus soll er das ruhig denken.

Ich spüre seinen Blick auf mir, doch ich sehe ihn nicht an, starre nur auf den mit Blättern bedeckten Waldboden und weigere mich, mich durch sein ansprechendes Äußeres und seine unsichere Ausstrahlung blenden zu lassen.

»Ganz ehrlich? Eigentlich nicht«, meint er nachdenklich.

»Wieso nicht?«

Er räuspert sich, sagt aber erst nichts. Nur das schleifende Geräusch unserer Schuhe und knackendes Geäst begleiten uns. Schließlich atmet er tief aus. »Na ja, wegen dem, was damals passiert … was ich … also was ich getan habe. Du weißt schon. Du meldest dich nach … wie langer Zeit … drei Jahren? … bei mir, um dich im Wald mit mir auszusprechen. Da kann einem schon der Gedanke kommen … dass ich die Strecke nur einmal laufen werde.«

Obwohl mir sein Gestammel den letzten Nerv raubt, kann ich mir ein Grinsen über seinen letzten Kommentar nicht verkneifen.

»Du glaubst echt, ich würde dir etwas antun?«, frage ich wieder ernst.

»Ich weiß nicht … ich an deiner Stelle würde es wollen.«

Okay, jetzt hat er mich. Das darf nicht wahr sein! Wie bescheuert bin ich, wie irrational und dumm, aber ich komme einfach nicht umhin, ihn sympathisch zu finden. Ich darf mich nicht täuschen lassen, schließlich habe ich gesehen, was er getan hat – und da war er eindeutig nicht sympathisch.

»Zu meiner Verteidigung muss ich sagen …«

»Zu deiner Verteidigung …?«, unterbreche ich ihn schroff und sehe ihn nun doch an. Eigentlich ist es gut, dass er damit anfing, denn nun ist meine Sympathie für ihn dahin und das ist verdammt noch mal besser so.

»Also nicht das, das von damals meine ich nicht, das lässt sich nicht verteidigen. Das weiß ich. Du kannst dir nicht vorstellen, wie sehr ich es bereue. Nicht sofort, aber als ich begriffen habe, was ich eigentlich …« Er spricht so schnell, und es fällt mir schwer, ihm gedanklich zu folgen.

»Was wolltest du dann verteidigen?«, hake ich nach, weil mir sein ganzes Gerede über Reue Magenschmerzen bereitet. Ich will ihn hassen, das würde die Sache deutlich einfacher machen.

Also für mich.

»Vergiss es. Es war blöd.«

Ich verdrehe die Augen. »Jetzt sag schon.«

»Ich meinte nur, dass ich kein gewalttätiger Mensch bin. Außer dir habe ich nie jemandem etwas getan. Weil ich eben sagte, ich an deiner Stelle würde mich an mir rächen.«

Es fällt mir schwer, angemessen darauf zu reagieren. Was wäre überhaupt eine angemessene Reaktion? Was würde Robin wohl sagen?

»Rache ist schlecht fürs Karma.«

»Da bin ich deiner Meinung, wirklich. Ich bin der Einzige, dem ich etwas antun würde. Als ich diese Liste bekam, du weißt schon, von den

Sursex … habe ich erst kapiert, was ich getan habe. Ich bin in Therapie, verstehst du? Weil ich nicht möchte, dass ich so etwas jemals wieder tue.«

Ich will das alles nicht hören. Weil es nur Fragen aufwirft, die ich nicht beantworten kann – und es gar nicht will. Sicher, ich habe ihm vorgegaukelt, dass ich mich mit ihm aussprechen möchte. Schön, er redet und ich höre zu. Aber, und das ist die unbequeme Frage, die ich nie, nie, nie in mir aufkommen spüren wollte, kann man eine solche Tat, die Oliver begangen hat, verzeihen? »Das ist schön für dich, echt. Aber wenn du glaubst, dass ich stolz auf dich bin oder dankbar, weil du ein besserer Mensch werden willst, irrst du dich.« Ich weiß nicht, wer spricht, Femke oder Anouk, ich bin nicht einmal sicher, wen ich zu überzeugen versuche, ihn oder mich. Aber ich brauche diese Worte, diese Klarstellung, auch wenn sie nicht der verständnisvollen Femke entsprechen, die ich ihm eigentlich präsentieren will.

»Es ist mir wichtig, dass du es weißt«, meint er kleinlaut und mir platzt der Kragen.

»Es macht keinen Unterschied. Was du jetzt tust, macht nichts von dem ungeschehen, was du damals getan hast. Den guten, empathischen Menschen hätte ich vor drei Jahren im Auto gebraucht«, schnauze ich ihn an und spüre, dass meine Augen glasig werden. Immer dieses Geheule, ich will das nicht mehr!

»Du hast recht.«

Wütend bleibe ich stehen und gebe ihm einen heftigen Schubs. Ich habe keine Angst vor ihm, aber diesen Oliver, den er mir präsentiert, den will ich nicht hierhaben. »Hör auf damit! Hör auf, mir nach dem Mund zu reden. Was denkst du wirklich?«

Auch Oliver ist nun stehen geblieben und sieht aus, als würde er jeden Augenblick in Tränen ausbrechen. Als wäre dieses ganze Mitgefühlsgetue, seine Reue und der ganze Kack echt. Keine einstudierte Scheiße, sondern echte Gefühle.

Er wischt sich die erste Träne aus dem Auge, bevor sie es verlassen hat, und sein Kiefer arbeitet angespannt. »Was ich wirklich denke? Ich denke, dass wir uns nicht hätten treffen sollen. Weil ich ohnehin keine Chance habe, deutlich zu machen, wie sehr ich es bereue. Das ist auch vollkommen okay, ehrlich. Was ich getan habe … muss ich mit mir selbst ausmachen, und du …« Er bricht ab, ringt um Fassung und schüttelt den Kopf, als wäre das alles für ihn nicht länger zu ertragen. »Ehrlich gesagt wünschte ich manchmal, du hättest mich angezeigt. Ich meine, ich hätte es nicht einmal abgestritten.«

Er schnieft und wendet sich von mir ab, geht ein paar Schritte weiter, damit ich seine Tränen nicht sehe.

Mir ist schlecht. Dieser verdammte Mistkerl hat es echt geschafft, mein Mitgefühl für ihn zu entfachen. Am liebsten würde ich ihn anschreien, ihm vorwerfen, dass er das alles nur aus Berechnung sagt und dass eine Anzeige auch nichts weiter gebracht hätte als ein paar Sozialstunden oder, wenn er richtig Pech gehabt hätte, einige lächerliche Monate auf Bewährung. Und wozu? Für ein reines Gewissen?

Aber das behalte ich für mich. Ich habe genug davon, emotional zu reagieren. Er hat mein Mitgefühl nicht verdient, sagt nur das, von dem er glaubt, dass ich es hören will, damit ich ihm was? Absolution erteile?

Die wird er bekommen, nur noch nicht jetzt.

Ich bleibe bei meinem Plan, deshalb bin ich hier, und wenn es das Letzte ist, was ich tue.

»Was erwartest du von mir?«, frage ich ein wenig hilflos und Oliver blickt mich wieder an. »Ich kann und werde nicht vergessen, was du getan hast. Daran ändert deine Therapie nichts und auch nicht deine Reue.«

»Das weiß ich. Ich dachte, dass es dich vielleicht … keine Ahnung … beruhigt, dass ich das nicht noch einmal getan habe oder tun werde.« Er rauft sich das Haar und lacht frustriert auf. »Scheiße, Fem, du wolltest dich mit mir treffen. Aber vielleicht tröstet es dich, dass es mir seit der Nacht im Auto nicht wirklich gut geht.«

»Tut es nicht.«, sage ich kühl, gehe an ihm vorbei und marschiere weiter. Ich will nicht, dass wir vom richtigen Weg abkommen.

Er folgt mir und eine Weile gehen wir schweigend nebeneinanderher. Ich weiß nicht, was ich erwartet habe. Es wäre mir lieber gewesen, er hätte sich bei diesem Treffen als Arschloch präsentiert. Tut er aber nicht, und mir ist klar, ich habe nur noch wenige Hundert Meter Zeit, das ungute Gefühl abzuschütteln, dass ich im Begriff bin, einen großen Fehler zu begehen.

Als wir schließlich die Lichtung mit der Hütte erreichen, bleibe ich stehen und tue überrascht.

»Was ist das?«, fragt Oliver verblüfft.

Für mich geht es nun los. Ich spreche mir Mut zu, denke an die Bilder aus Femkes Erinnerung, an ihre Angst, die Selbstzweifel bis hin zum Selbstvorwurf, und an alles, was aus seinem Übergriff resultierte. Er hat es verdient. Es ist keine Rache, nur eine Lektion. Ich zähle geistig von drei rückwärts. »Keine Ahnung. Wollen wir mal gucken?«, frage ich hölzern und laufe Richtung Hütte.

Er wird mir folgen, ich bin mir ganz sicher. Dafür muss ich mich nicht umdrehen.

Kaum habe ich die Hütte betreten, erscheint Oliver hinter mir.

»Ziemlich cool«, sage ich leichtfertig und ich lasse mich auf die breite Luftmatratze, die auf dem Boden liegt, nieder. Ich habe sie erst gestern neu aufgepumpt, sodass es diesmal nicht unberechenbar schaukelt, als ich mich setze.

Zurückhaltend sieht Oliver sich um und ich beobachte seinen Gesichtsausdruck genau. Er sieht skeptisch aus, doch nicht misstrauisch. »Scheint ein Liebensnest zu sein. Lass uns lieber gehen«, meint er schließlich und fühlt sich offensichtlich unwohl. Es ist die Matratze, womöglich auch die Kondome auf dem provisorischen Tisch, die ihn verunsichern. Einzig die Duftkerze habe ich nicht hiergelassen, sondern mit nach Hause in mein Zimmer genommen. Ich bilde mir ein, sie würde mich an Maurice erinnern, doch das ist natürlich Quatsch. Das könnte sie nur, wenn ich wirklich Femke wäre.

»Warte kurz, ich will was trinken«, schlage ich seine Bitte aus und öffne meine Umhängetasche. Es ist zwar kühler im Wald und in der Hütte als in der Sonne, dennoch habe ich geschwitzt und einen ziemlich trockenen Mund. Ich trinke ein paar Schlucke aus der halb vollen 0,5l PET-Flasche und halte sie anschließend Oliver hin.

»Willst du was?«

Er sieht mich an, als hätte ich ihm gerade meine Freundschaft angeboten. Es dauert einen Moment, ehe er begreift, dass das kein Irrtum war und ich ihm tatsächlich angeboten habe, mit mir aus einer Flasche zu trinken.

Er nickt. »Ja, gern. Danke!« Er nimmt mir das Wasser ab und leert es bis auf ein letztes Drittel.

Falls ich noch Durst habe. Er ist wirklich aufmerksam.

Er gibt mir die Flasche zurück und ich stecke sie zurück in meine Tasche.

»Ich bin ehrlich überrascht, wie locker du bist«, stellt er fest und ist sichtlich erleichtert, dass sich die Luft zwischen uns anscheinend seit unserem letzten Gespräch wie von selbst gereinigt hat.

Ich zucke mit den Achseln. »Es ist viel Zeit vergangen. Menschen ändern sich.« Plattitüden gehen immer.

Er lächelt und setzt sich kurz entschlossen neben mich auf die Luftmatratze. Wir schaukeln nun doch etwas. »Das stimmt. Und das habe ich auch. Also mich verändert. Ich würde so etwas niemals wieder tun«, versichert er mir abermals und scheint mit einem Mal viel besserer Laune zu sein als noch vor ein paar Minuten.

Ich schmunzle. »Ich meinte eigentlich mich.«

Er schlägt sich die Hand vor den Kopf. »Oh, sorry! Ehrlich, es …«, er kratzt sich verlegen am Kopf, »ich bin ein wenig aufgeregt.«

»Meinetwegen?«, lache ich.

Nachdenklich nickt er, sein Blick fliegt unstet umher und gespannt beobachte ich jede seiner Gesten. »Was glaubst du denn? Natürlich. Niemand möchte gehasst werden.« Seine Stimme hat einen seltsamen Klang bekommen, er spricht, als wäre er nicht mehr zu hundert Prozent Herr über seine Zunge – wow, das ging schnell.

»Ich hasse dich nicht«, beruhige ich ihn. Momentan ist es im Grunde völlig gleichgültig, was ich sage. Ich muss bloß etwas Zeit schinden, bis das Zeug in der Wasserflasche seine volle Wirkung entfaltet. Blöd nur, dass ich noch immer durstig bin.

»Danke, Fem. Ehrlich. Das habe ich gar nicht verdient«, lallt er und will seinen Kopf auf meine Schulter legen, doch ich drücke ihn von mir.

»Stimmt, hast du nicht«, sage ich. Angestrengt schiebe ich ihn zur Seite, und endlich begreift Oliver, dass er seine eigenen Muskeln anwenden muss, damit er aufrecht sitzen kann. »Und hör auf, mich Fem zu nennen«, füge ich freundlich hinzu – das war mir schon die ganze Zeit ein Bedürfnis.

»Warum wolltest du plötzlich nach all der Zeit mit mir reden?«, fragt er und schenkt mit einem Mal einer Fliege, die durch die Hütte summt, so viel Aufmerksamkeit, dass er ihr nicht nur mit den Augen, sondern auch mit dem Kopf folgt.

»Ich habe ein paar Fragen, und ich hoffe, dass du sie mir beantworten kannst«, murmle ich irritiert. Sein Verhalten wundert mich und ich habe Zweifel, dass er in der Lage dazu sein wird, mir überhaupt zuzuhören.

»Fragen?«, wiederholt er misstrauisch, als die Fliege uns wieder allein gelassen hat.

Oliver zieht die Augenbrauen zusammen, in seinem Gesicht zucken Muskeln, und ohne Vorwarnung fällt er rücklings auf die Luftmatratze.

Erstaunt springe ich auf und nun bin ich es, die auf ihn hinabblickt. »Alles in Ordnung?«

Er nickt übertrieben heftig. »Ja, geht schon. Mir ist ein bisschen schwindelig«, nuschelt er, ohne sich von der Stelle zu rühren. Er greift sich an die Stirn, dann hält er seine Hand vor die Augen und kichert.

»Ruh dich ein bisschen aus«, schlage ich vor und mühsam beginnt er, sich auf der Matratze nach oben zu robben.

»Das ist eine gute Idee«, murmelt er. »Ich lege mich eben mal kurz hin. Rede einfach weiter, ich höre dir zu.«

Das bezweifle ich sehr. »Vielleicht später.«

Oliver liegt einfach da, flach wie eine Flunder, leckt sich immer wieder über seine Lippen und macht Schmatzgeräusche, als hätte er einen ganz üblen Geschmack auf der Zunge. Seine Augenlider flackern, doch er ist noch da, kann mich sehen, und sein Gehirn arbeitet. Vielleicht sogar mehr als sonst. »Was hab ich da getrunken?«

Verblüfft gehe ich zu ihm, setze mich auf Hüfthöhe neben ihn und sehe ihn entschuldigend an. »GBL«, antworte ich ehrlich.

»Was ist das?«

Ich hole tief Luft. Es macht keinen Unterschied, ob ich es ihm erzähle oder nicht, deswegen tue ich es. »Gamma-Buyro-Lacton. Das ist ein Reinigungsmittel, gibt es überall im Internet zu kaufen.«

Panik bricht in Oliver aus, er versucht sich aufzurichten, doch seine Muskeln sind inzwischen erschlafft, er hat keinerlei Kontrolle mehr über seinen Körper. »Willst du mich umbringen?«

»Nein, natürlich nicht«, sage ich ruhig, verschweige ihm jedoch, dass er tatsächlich draufgehen könnte bei einer zu hohen Dosierung. Aber das schließe ich aus. Ich habe extra wenig davon ins Wasser getan, ich brauche ihn nur hilflos, nicht bewusstlos. »Typen wie du kennen GBL unter einem anderen Namen. Ihr nennt es K.-o.-Tropfen. Oder Date-Rape-Droge. Und auf Date Rapes, das weiß ich aus Erfahrung, stehst du ja.«

Ich sehe den Kampf in seinem Gesicht, spüre die Panik, die sein Körper ausstrahlt, aber er kann sich nicht rühren. Ich bin gespannt, ob er wach bleibt oder doch einschläft, was ich nicht hoffe. Es war wirklich nicht viel von dem GBL, ein Tropfen und er hat nicht einmal alles getrunken.

»Was hast du vor?«, fragt er mit letzter Kraft. Wieder flackern seine Lider. Verdammt!

»Lass dich überraschen«, sage ich schnell.

Noch einmal öffnet Oliver seine Augen, sieht mich mit purer Angst darin an, bevor sie, von Gewichten gezogen, schwerer als seine Schuld, endgültig zufallen.

Kapitel 50

Während Oliver weggetreten ist, habe ich in Ruhe meine Sachen ausgepackt und alles vorbereitet. Nun sitze ich am Rand der Matratze und sehe ihm beim Schlafen zu. Vorsorglich habe ich seine Hände vor seinem Bauch zusammengebunden, nur für den Fall, dass die Tropfen nicht lange genug wirken und er die Kontrolle über seine Muskeln zurück hat, sobald ich ihn wecke.

Denn ich möchte, dass er dabei wach ist.

Eine halbe Stunde liegt er nun schon so da und hat nichts mehr von dem Vergewaltiger an sich, den ich in Femkes Erinnerung gesehen habe. Aber das ist immer so. Schlafenden Menschen sieht man selten das Monster an, das in ihnen schlummert. Nicht mehr lange, und ich stehe auf der Seite der Bösen. Robins Worte lassen mich nicht mehr los. Doch anders als sie halte ich es nicht für erstrebenswerter, auf der Seite der Opfer zu stehen. Ich stelle mich lieber mit den Tätern auf eine Stufe, und ich bin mir sicher, dass Femke es ähnlich sehen würde. Oliver und all die anderen – sie haben es verdient. Und wenn das Gesetz und die Gesellschaft nicht für Gerechtigkeit sorgen, muss ich es eben selbst machen. Ohne diese laschen Strafen – wenn überhaupt eine verhängt wird, denn eine Vergewaltigung ist selten zu beweisen, und im Zweifel für den Angeklagten – gäbe es nicht so etwas wie Selbstjustiz.

Ich habe die letzten Tage viel darüber nachgedacht, wie ich es machen werde, und die Entscheidung ist mir nicht leichtgefallen. Letztendlich habe ich mich dafür entschieden, ihn wahrhaftig zu überraschen, und ich wette, dass er das nicht kommen sehen wird.

Noch immer rührt er sich nicht und ich weiß, dass ich es mit meinem Warten nur unnötig hinauszögere.

Ich habe Angst.

Wahnsinnige Angst.

Natürlich. Kein normaler Mensch hätte keine. Aber ich kann nicht länger herumsitzen und Däumchen drehen. Langsam stehe ich auf und gehe zu Oliver. Ich habe ihn zugedeckt, damit ihm nicht kalt wird, habe eine Decke eigens dafür mitgebracht. Man kann mir vorwerfen, was man will, und was ich beabsichtige, ist wirklich schlimm, aber niemand kann sagen, ich wäre schlecht vorbreitet.

Am Kopfende gehe ich in die Knie und taste widerwillig nach seiner Schulter. Ich rüttle an ihr, erst vorsichtig, um zu testen, wie tief er schläft, dann fester, als mir klar wird, dass es verdammt tief ist. Erst als ich mit beiden Händen schüttle, öffnen sich seine Augen.

»Aufwachen, Sleepyhead, deine Überraschung wartet auf dich!«, wispere ich mit einem Kloß im Hals. Er hat keine Ahnung, dass er in der Hölle erwachen wird, und ich erlaube mir, nun doch Mitleid mit ihm zu haben – aber nur, da es keinen Einfluss mehr auf meine Entscheidung hat.

Er blinzelt mehrmals, hangelt sich mental an die Oberfläche seines Daseins, und als sein flackernder Blick schließlich auf mir landet, spiegelt sich pure Ratlosigkeit wider. Er will was sagen, aber sein Mund scheint trocken zu sein und er benötigt mehrere Anläufe, ehe seine Stimme mitspielt. »Femke? Was … machst du hier?«

»Ehrlich, du hast mich schon vergessen? Sollte mich das kränken?« Es sollte ein Scherz sein, aber es fühlt sich falsch an in meinem Mund.

Olivers Mimik erwacht, verwirrt sieht er sich um. »Was? Wo bin ich? Ich verstehe nicht …« Sein Versuch, den Kopf zu heben, scheitert. Die Kontrolle über seine Muskeln ist bislang nicht zurückgekehrt.

Das ist gut.

»Wir sind zusammen hierher gegangen. Und jetzt habe ich eine Überraschung für dich«, erkläre ich ihm und erhebe mich. Nun merkt er, dass seine Hände zusammengebunden sind, aber auch sie kann er nicht bewegen, als hätte ich operativ seine Muskeln entfernt. Das ist es jedoch nicht, was ich getan habe, während er schlief, und auch seine Nerven funktionieren noch.

Ich gehe zu der Bananenkiste und streife mir die milchfarbenen Latexhandschuhe über, die ich dort bereitgelegt habe. Wie ein Chirurg kurz vor einem Eingriff komme ich mir vor, während ich zu Oliver zurückkehre und mich neben seinen Beinen auf die Matratze setze.

»Was zur Hölle … Was hast du vor?«, fragt er entsetzt, als er meine Handschuhe bemerkt.

»Weißt du, Oliver, du kannst echt froh sein. Wahrscheinlich wirst du morgen einen Filmriss haben. Mir war das damals nicht vergönnt. Deswegen wäre es mir eigentlich lieber, wenn du dich erinnern könntest, aber ich denke, dich nicht zu erinnern, was genau passiert ist, wird dich ebenso quälen.«

Ich nehme die Decke von ihm und falte sie ordentlich zusammen, bevor ich sie zur Seite lege.

»Was tust du da?«, wimmert Oliver, aber ich bin mir sicher, dass er es weiß. Ich habe ihm Hose und Boxershorts ausgezogen, während er geschlafen hat, und obwohl ich mich bislang geweigert habe, genauer hinzusehen, ist er eindeutig von der Hüfte abwärts unbekleidet.

»Gefällt es dir etwa nicht, halb entblößt vor mir zu liegen? Ist ein beschissenes Gefühl, oder?« Da kommt sie endlich zum Vorschein, meine hässlichste aller Seiten.

Seine Beine zucken, er will sie bewegen, will aufstehen, weglaufen … und ich kenne das Gefühl. Würde ich mich mit meinem Gewicht auf ihn stürzen, ihm wäre es ein Leichtes, mich abzuschütteln und zu entkommen. So aber … so weiß er, wie sich Femke damals gefühlt hat.

»Ich verstehe das nicht … was hast du vor?« Er klingt panisch, und mein Herz beginnt wild zu pochen, es will auch weg und nicht Zeuge meiner kleinen Lektion werden. Aber es hat keine Wahl – genau wie Oliver.

»Erst einmal möchte ich ein paar Antworten.«

Er nickt bemüht. »Ich sag dir alles.«

»Wir werden sehen«, nicke ich und beginne mit meiner Fragerunde. »Das, was du damals im Auto gemacht hast. Wie würdest du das nennen?«

»Was meinst du?« Er klingt weinerlich, und ich hasse das.

»Das ist echt nicht so schwer. Komm schon, du musst mir helfen, allein schaffe ich das nicht.« Ich stehe wieder auf, kann nicht neben ihm sitzen bleiben, bin zu nervös, zu unruhig, und wenn ich stehe, habe ich das Gefühl, zumindest etwas Sinnvolles mit meinen Beinen anzustellen. »Also noch mal. Was hast du getan? Ich meine, ja, du machst eine Therapie und bereust … aber was bereust du? Bislang hast du es nicht ein einziges Mal beim Namen genannt. Es gibt eine Bezeichnung dafür, und ich will, dass du es aussprichst.«

»Ich habe …« Sein Kinn zittert, Tränen laufen ihm seitlich in die Ohren und er kann sie sich nicht einmal aus dem Gesicht wischen. »… dich vergewaltigt«, beendet er seinen Satz und bricht nun vollständig in Tränen aus. Ich spüre, wie sich in meiner Kehle etwas anstaut, das sich wie ein Schluchzen anfühlt, wegen seiner Worte, weil es endlich jemand laut ausgesprochen hat, aber auch wegen seines eigenen Schmerzes, denn ich glaube ihm.

Ich glaube ihm, dass er bereut. So heftig, dass er sich von mir in einen Wald hat locken lassen, nur um meine Vergebung zu erhalten.

»Okay. Danke, dass du es verstanden hast«, sage ich, als ich mich wieder gefangen habe.

»Das hab ich! Wirklich!«, ruft er und ich weiß, dass er seine Haut zu retten versucht, doch Verstehen reicht in diesem Fall nicht.

»Was kam danach? Wie bin ich nach Hause gekommen?«, frage ich weiter.

»Ich habe dich gefahren.«

Ungläubig starre ich ihn an. »Echt? Wow, das ist ... ehrlich, mir fehlen die Worte.« Ich kann es mir regelrecht vorstellen, wie er und Femke nebeneinander gesessen haben, ihre Kleidung zerknittert, ihr Haar zerzaust, das Gesicht bis zur Unkenntlichkeit verweint, und Oliver daneben, der so tut, als wäre alles normal, ihr womöglich noch einen erzwungenen Abschiedskuss mit auf den Weg gibt und sich niemals wieder bei ihr gemeldet hat.

Da möchte man doch aus vollem Halse kotzen. »Hast du die Liste bekommen?«

»Ja.«

»Wer hat sie dir gegeben?«

»So ein Typ aus der Oberstufe.«

»Wie war sein Name?«

»Das weiß ich nicht.«

Ich mache eine Pause, muss nachdenken. Kann es damals schon Sebastian gewesen sein? Dummerweise habe ich keine Ahnung, wann genau dieser Vorfall im Auto stattgefunden hat, was es schwierig macht, diese und so viele andere Fragen in meinem Kopf zu beantworten. Und spielt das überhaupt eine Rolle? Ist es nicht egal, ob Sebastian es war oder nicht?

»Gehörst du zu den Sursex Creators?«, frage ich weiter.

»Nein! Ich hätte einer werden können, aber ich wollte nicht.«

»Wieso nicht?«

»Weil sie Mädchen vergewaltigen.«

»Das hast du auch getan.«

»Nur dich.«

»Nur?« Ich lache ungläubig auf. Nur! Als wäre *ein* Mädchen, dessen Leben zerstört wurde, ein Kavaliersdelikt und die wirklich bösen Buben sind jene, die mehr Seelen auf dem Gewissen haben.

»Es tut mir so leid, Femke!«, heult er, doch ich will nichts mehr von ihm hören. Ich wende mich wieder dem Bananenkistentisch zu, wo mein weiteres Werkzeug liegt. Ich sollte nicht länger warten, sollte auf dem Höhepunkt meiner Wut meine Lektion beginnen, bevor mich der Mut verlässt.

Oliver sieht, was ich in der Hand habe, als ich mich ihm wieder zuwende, und die Panik bricht abermals aus ihm hervor. »Bitte, tu das nicht«, fleht er und ich bin kurz davor, ihm zu unterstellen, dass er nicht die geringste Ahnung hat, was ich damit vorhabe.

»Wer hat die Liste geschrieben?«, frage ich.

Er schüttelt den Kopf. Rotze läuft aus seiner Nase, und ich wende mich von ihm ab. »Ich weiß es nicht«, ruft er.

»Weißt du überhaupt irgendwas?«

»Nein! Ich … ich weiß nichts. Ich wollte mit denen nichts zu tun haben!«

Es kostet mich mehr Überwindung, als ich gedacht habe, mich auf seine Oberschenkel zu setzen. Oliver jammert und wimmert, versucht, seine Muskeln zu aktivieren, doch mit meinem Gewicht auf seinen Beinen hat er keine Chance.

»Kennst du irgendeinen Namen? Wer ist Mitglied bei ihnen? Was sind sie?«

Sein Blick ist starr auf den Spieß gerichtet, den ich in der Hand halte. Mit einem Desinfektionstuch beginne ich, das glatte Metall zu säubern.

»Sie sind eine Art Verbindung an der Uni«, antwortet Oliver schließlich und fast hätte ich ihn nicht verstanden, so heftig weint er. Noch nie in meinem Leben, völlig egal, wessen Erinnerungen es sind, habe ich einen Mann so weinen sehen.

»Und sie nutzen die Rape-Jokes als Anleitung?«

Er nickt nur, kann nicht mehr sprechen, und auch mir wird allmählich klar, dass ich kurz davorstehe, Olivers Leben zu zerstören und ihn auf Lebzeiten zu traumatisieren. Aber so ist das mit Rache, Lektionen müssen schmerzhaft sein und Gerechtigkeit ist nicht immer auf den ersten Blick erkennbar. Ich stelle mich mit ihm auf eine Stufe, es wird bei dieser ganzen Sache keinen Gewinner geben.

Nur Verlierer.

»Okay, ich weiß nicht weiter. Lass es uns schnell hinter uns bringen«, sage ich mit zitternder Stimme, mit diesem Druck im Hals, der Tränen ankündigt, und schmerzendem Herzen.

»Aber ich habe deine Fragen beantwortet!« Oliver scheint so fassungslos zu sein, dass er für ein paar Sekunden das Weinen vergisst. Es gelingt ihm kurz, seinen Kopf zu heben, doch sofort fällt er zurück auf die Matratze. Dennoch, ich sollte mich beeilen, mir bleibt nicht mehr viel Zeit.

»Das ist egal …«

Es ist so weit. Ich überwinde meine Angst, meinen Ekel, nähere mich meinem Hass, hole mir die Bilder seiner Tat vor Augen, habe sein *nur dich* im Ohr und fange an.

»O mein Gott, was hast du vor?«, schreit er entsetzt auf, als ich widerwillig seinen Penis in die Hand nehme. Ich versuche, alles um mich herum auszublenden, doch die ersten Tränen kommen und ich verfluche mich für meine Schwäche. Das ist er. Im Moment schlaff und hässlich, aber mit einer zerstörerischen Macht, die Seelen brechen kann. Mich zerrissen hat.

Oliver scheint meine Hand zu bemerken. »Tu das nicht, bitte!«, fleht er.

»Wenn ich mich richtig erinnere, habe ich so etwas in der Art auch gesagt. Und, hast du damals aufgehört?«

Er heult laut auf, obwohl ich noch gar nicht richtig angefangen habe. »Nein«, fleht er erneut. »Nein, das habe ich nicht und es tut mir leid!«

»Siehst du!«, schluchze ich. »Und bestimmt wird es mir später leidtun. Dann sind wir quitt, Oliver, das verstehst du bestimmt.«

Ich wechsle, nehme seinen Penis lieber in die linke Hand und den Schaschlikspieß in die rechte. Ich habe mehrere Stunden recherchiert, habe hin und her überlegt, ob ich einen aus Metall oder lieber aus Holz nehmen soll, mich aber schließlich für einen Metallspieß mit einer Länge von zwanzig Zentimetern und einem anständigen Holzgriff entschieden. Auch wenn meine Sorge vermutlich irrational war, hatte ich bei einem Holzspieß die grauenvolle Vorstellung, Splitter würden sich lösen, oder noch schlimmer, das Holz könnte währenddessen brechen, weshalb ich lieber auf Nummer sicher gegangen bin.

Ich befeuchte meine Lippen, atme mehrmals ein und aus, dann setze ich die Spießspitze an die kleine Öffnung in seinem Penis. Meine Hand zittert so heftig, dass ich mehrere Versuche starte, doch ich wage es nicht. Nicht so. Ich will ihm zeigen, was es heißt, wenn jemand ungewollt in seinen Körper eindringt, will ihm zeigen, was es heißt, vergewaltigt zu werden, was mit praktisch jedem Gegenstand in jeder intimen Körperöffnung getan werden kann, wie ich dank Milo weiß, aber ich will ihn nicht verletzen.

»Tu das nicht, bitte! Ich flehe dich an!«

»Ich kann nicht.« Ich lasse den Spieß sinken, immer mehr Tränen laufen mir über die Wangen und ich kann nicht einmal genau sagen, warum ich weine.

»Du musst das nicht tun!« Er versucht mich davon abzubringen. Natürlich tut er das. Solche Kommentare, genau solche, treiben mich eher an, als dass sie mich stoppen.

»Glaub bloß nicht, dass mir das Spaß macht«, schnauze ich ihn an. »Du musst wissen, wie sich das anfühlt. Das Ausgeliefertsein, die Demütigung, die Angst. Verstehst du? Wenn dir die Kontrolle entrissen wird über deinen Körper und nicht mehr du entscheidest, was mit ihm passiert.« Mit der Rückseite meiner Latexhand wische ich mir Rotze aus der Nase. »Und weißt du, es ist nicht irgendwann vorbei und dein Leben geht weiter wie vorher. Diese Scham, es jemandem zu erzählen, weil du dir irgendwie auch selbst die Schuld gibst. Wenn du den Halt in deinem Leben verlierst, wenn der Mensch, der du hättest werden können, von Wichsern wie dir getötet wird! Das tut ihr! Ihr tötet uns!« Ich habe mich regelrecht in Rage geredet und jetzt fühle ich mich bereit. Meine Tränen lassen nach, versiegen beinahe, und wieder setze ich den Spieß an.

»Mach die Augen zu und … und warte, bis es vorbei ist. So habe ich es auch gemacht«, sage ich ruhig. Meine Hand zittert nur noch wenig, endlich bin ich es, Femke, die die Kontrolle über die Geschehnisse hat. Ich beiße mir auf die Unterlippe, schmecke Rotze und Blut. Dann schiebe ich den Spieß vorwärts. Langsam. Mein Puls rast, mein Schädel pocht, Oliver wimmert und stöhnt, heult und ich weine mit ihm. Es muss der Penis sein, das war die wichtigste Entscheidung. Ein Eindringen in den Penis kommt meinem Verständnis von einer gleichwertigen Vergewaltigung am nächsten. Ein Akt der Gewalt am Geschlechtsorgan, damit er versteht.

»Ich weiß, es tut weh, aber das gehört dazu«, flüstere ich und übe noch mehr Druck aus. Mir ist seltsam zumute, schwindelig, hohl – und keine Genugtuung. Olivers Schreie werden lauter, und nun kommt Panik in mir auf.

Gott, was tue ich bloß? Wie kann ich … Jetzt bin ich es, die weglaufen will, vergessen, nicht daran denken, was ich getan habe.

Oliver schreit.

O Gott, lass ihn doch bitte aufhören zu schreien!

Schweiß bricht mir aus. Die Panik erreicht ihren Höhepunkt. Ich muss ihn rausziehen, o Gott, ich muss ihn rausziehen. Mir wird schlecht, ich muss würgen, drehe mich zur Seite, lasse Oliver los, lasse den Spieß los, würge noch mehr, aber nichts kommt.

Hinter mir ein Geräusch.

Ich springe auf, wirble herum.

Gestalten stehen in der Hütte, viele von ihnen. Ich erkenne ihre Gesichter nicht, vielleicht, weil ich sie nicht kenne, oder weil sie keine haben.

»Überraschung!«, sagt eine dunkle Stimme. Ich bekomme keine Luft. Was passiert hier?

»Schöne Grüße von den Sursex Creators!« Eine andere Stimme, wie viele sind es? Keine Zeit zum Zählen, ich habe genau drei Sekunden.

Ich drehe mich um, greife nach der Leuchtpistole auf dem Bananenkistentisch, wende mich wieder in Richtung Ausgang und drücke ohne zu zielen ab. Die Gestalten springen zur Seite, als hätten sie es kommen sehen, und das Geschoss fliegt durch ihre Mitte, durch die Tür nach draußen und verendet kläglich auf dem Waldboden.

Dann stürzen sie sich auf mich, ich werde herumgestoßen, höre ihr Lachen und Olivers Schreie. Kleidung reißt, ich kann ihnen nicht entkommen, und dann drücken mich zwei von ihnen zu Boden, halten mich an den Armen fest und ich bekomme keine Luft mehr.

Auf einmal ist es ganz still. Nichts sehen, nicht spüren. Ich fühle mich leicht und frei. Aber ich weiß, ich bin nicht allein.

»Bist du bereit, Nouk?«, fragt Femke mich.

Kapitel 51

Du wirst von dem Gewicht auf deinem Körper wach, dein Verstand hängt irgendwo in deinen Träumen fest und du bist dir nicht einmal sicher, ob dieses fremde Gefühl zwischen deinen Beinen real oder Einbildung ist. Es ist dunkel, dennoch erkennst du dein Zimmer, dein Bett, aber etwas tut dir weh, etwas ist falsch. Du versuchst, dich zu bewegen, das Gewicht von dir zu stoßen, doch dann wird dir klar, was dich in die Matratze drückt und dich erstarren lässt.

Ein Körper. Ein fremder Körper, du siehst nur einen Haarschopf, der über deinem Oberkörper zu schweben scheint, verstehst nicht, was er da tut, warum du nicht weißt, wie er hierhergekommen ist. Wieder versuchst du, das Gewicht des Körpers von dir zu drücken, aber er ist zu schwer, die Schultern unter dem Haarschopf, die Unterarme, die sich in der Unterlage abstützen, dich einkeilen.

Dann begreifst du, was passiert, spürst deine gespreizten Beine, spürst den Druck, der auf deine intimste Stelle ausgeübt wird, und fängst an zu zittern.

»Was tust du da?«, würgst du hervor, und der Haarschopf, grau wie alles in der Nacht, erhebt sich und sieht dich an.

»Ich habe eine Überraschung für dich«, flüstert Guy mit einem anzüglichen Grinsen, dann schiebt er etwas Hartes zwischen deinen Beinen in dich hinein.

Es tut weh und du gibst einen entsetzten Laut von dir, als du in dir etwas reißen spürst. In deinem Körper. Und in deiner Seele. Kaputt, beides. Für immer.

Guy lacht und drückt dir seine Hand auf den Mund. »Nicht so laut, sonst weckst du noch jemanden auf«, sagt er und jetzt siehst du ihn genau vor dir. In der Nacht ist er entstellt, das ist sein wahres Gesicht. Einst hat es dir gefallen, aber das hier nicht.

»Sch, sch«, macht er, als du wimmerst, seine Hand noch immer auf deinem Mund dämpft deine erbärmlichen Laute. Niemand soll euch hören, aber genau das willst du!

Auf einmal musst du an Konstantin denken. Konstantin. Nein, das soll er nicht sehen, er soll seine kleine Schwester nicht für eine Schlampe halten.

Und deine Eltern? Die erst recht nicht, nein. Niemand darf davon erfahren, sie würden dich nicht mehr mit den gleichen Augen betrachten.

Du schließt die Lider, was anderes kannst du nicht tun, und hoffst, dass es schnell vorbei ist.

Guy beginnt, sich in dir zu bewegen.

Raus.

Rein.

Raus.

Rein.

Er wird schneller, du hörst sein Schnaufen, sein Stöhnen, und stumme Tränen rollen über deine Wangen. Doch du hältst still, kneifst die Augen zusammen, die Lippen ebenso, und wünschst dich in einen tiefen Schlaf.

Was er da tut, dieser Junge, den du eigentlich magst, das gefällt dir nicht.

»Warum zeigst du mir das?«, frage ich verstört, und es ist endlich wieder meine eigene Stimme, als sich die Bilder aus meinem Kopf zurückziehen. Nun sehe ich nichts mehr, rein gar nichts, nicht einmal mich selbst, aber ich weiß, dass Femke hier ist.

In diesem weißen Nichts der Unschuld.

»Um dich zu beschützen vor den Dingen, die in diesem Augenblick mit dir passieren«, antwortet sie, und es ist ein seltsames Gefühl, ihre Stimme Dinge sagen zu hören, die nicht meinen Gedanken entsprungen sind.

Nun hat alles wieder seine Ordnung.

»Sind die Sursex in der Hütte? Wie?«, will ich wissen.

»Guy überwacht meinen Facebook-Account. Er liest alles mit, deswegen habe ich mein Profil nur noch sporadisch benutzt, nur für unwichtige Sachen.«

Ich weiß nicht, was ich fühlen soll, also fühle ich nichts. »Er wusste von dem Treffen und hat mich beschatten lassen?«

»Das sähe ihm ähnlich.«

»Was machen die mit mir?«, frage ich, und habe keine Ahnung, ob Femke in meinen Kopf sehen kann oder ob wir diese Unterhaltung in ihrem Kopf führen, jedenfalls weiß sie, was ich will. Oder sie kennt mich auch jetzt noch gut genug.

»Du willst es wirklich sehen«, sagt sie traurig.

Ich liege auf dem Rücken, auf dem Boden, auf dem Trümmerhaufen meines Lebens. Ich höre Stimmen, Gegröle, Anfeuerungsgesang. Jemand ist in mir, mein Körper wird immer wieder nach oben gestoßen, wie bei einem Schluckauf.

Aber das ist kein Schluckauf.

Obwohl ich mich nicht rühre, werde ich festgehalten, doch das ist nicht nötig, ich bin nur kurz hier.

Wieder wird aufgejubelt, ich spüre, wie der innere Druck verschwindet, einfach aus mir entfernt wird wie ein Stöpsel, wie meine Schenkel und mein brennender und schmerzender Intimbereich kalt werden, aber nur so lange, bis eine neue Gestalt vor mich tritt.

Ich sehe zur Seite und entdecke Oliver, der noch immer auf der Matratze liegt, kreidebleich und in einem See aus Tränen. Jemand sitzt bei ihm, kümmert sich um ihn, ich hoffe, es geht ihm gut. Unsere Blicke treffen sich, wir sind beide leer.

Die Gestalt zwischen meinen Beinen packt meine Hüfte, hebt sie in die Höhe, als wäre ich nichts weiter als eine bewegliche Schneiderbüste, und wieder werde ich unbarmherzig aufgespießt …

»Aufhören! Das ist genug«, schreie ich in das weiße Nichts hinein. »Es muss mir also etwas Entsetzliches passieren, damit du mir etwas anderes Entsetzliches zeigst?«, frage ich nüchtern. Was ich gesehen habe, lässt mich seltsam kalt, aber ich habe nichts, womit ich empfinden könnte, oder zumindest etwas, auf das sich die Empfindungen in meinem Gedanken auswirken könnten.

»Ich zeige es dir, weil es für dich und für mich an der Zeit ist, tiefer zu graben, um den wahren Kern der Dinge zu finden. Du und ich, wir können nicht länger wegsehen.«

»Dann war er der Erste und du hast …«

»… ich habe es verdrängt, ja«, beendet sie meinen Satz.

»Warum nennst du ihn Guy?« Das ist nicht sein Name, ich habe ihn sofort erkannt, auch wenn mir sein richtiger Name nicht einfallen will, so bin ich mir sicher, dass er nicht Guy ist.

»Er wurde nie bestraft, wir müssen seine Identität schützen. Im Zweifel für den Angeklagten.«

Typisch. »Das erscheint mir nicht fair.«

»Fair ist schon lange nichts mehr.«

»Was passierte danach?«, will ich wissen.

»Du wirst es sehen. Leider wird es nicht besser.«

Du sitzt mit Konstantin im Wohnzimmer, der Fernseher läuft, doch du siehst nicht hin. Immer und immer wieder schieben sich die Bilder der vergangenen Nacht vor den Bildschirm, auch jetzt noch tut dir untenherum alles weh und du bist permanent an der Schwelle, jeden Augenblick in Tränen auszubrechen.

Der Morgen war die Hölle. Zuerst das Blut auf deinem Bettlaken, dann das gemeinsame Frühstück mit deiner Familie und Guy, als wäre er ein Teil davon. Seitdem begleitet dich eine latente Übelkeit, und auch die zwanzigminütige Dusche hat das Gefühl, schmutzig zu sein, nicht von deinem Körper gewaschen.

»Guy war letzte Nacht in meinem Zimmer«, bricht es aus dir heraus. Konstantin und du, ihr seid noch nie besonders eng miteinander gewesen, aber irgendwie ist da diese alberne Hoffnung, dass dein Vertrauensbeweis den großen, beschützenden Bruder in ihm weckt.

»Warum erzählst du mir das? Ich will das nicht wissen«, sagt er distanziert, ohne seinen Blick von dem Fernseher zu nehmen.

Du lehnst dich nach vorne, nimmst ihm die Sicht und zwingst ihn, dich anzusehen. »Hör mir zu! Er war einfach da, in meinem Bett und …«

»… und was, Femke?« Verächtlich sieht er dich an. Kein Bruder sollte seine Schwester jemals so ansehen. »Er hat mir das Foto gezeigt.«

»Was? Welches Foto?« Du bist irritiert, natürlich weißt du, welches Bild er meint, doch du kannst nicht glauben, dass er es gesehen haben soll.

»Das du ihm geschickt hast. Das, auf dem du aussiehst wie eine billige Nutte.« Dann schiebt er dich zur Seite, damit er sein Programm weitergucken kann.

»Er hat es dir gezeigt?« Du fühlst dich von Neuem missbraucht, dir wird heiß, deine Wangen bersten, dein gesamter Körper wird jeden Augenblick in Flammen aufgehen, so sehr brennt der Verrat.

»Natürlich«, sagt Konstantin und beachtet dich schon längst nicht mehr.

»Das hat nichts damit zu tun, was ich eigentlich sagen will.« Du holst tief Luft, musst es loswerden, sonst wirst du qualvoll daran krepieren. »Er … er hat mich missbraucht. Also … du weißt schon, er hat mich vergewaltigt.«

In Konstantin kommt Leben, als hätte er eine Vitamintransfusion bekommen. Entrüstet starrt er dich an, der Fernseher ist vergessen. »Sag mal, spinnst du?«

»Was?« Seine heftige Reaktion erschreckt dich, macht dir Angst, und schon bereust du, ihn eingeweiht zu haben.

Er packt dich an der Schulter, sein Griff tut weh, das gibt sicher einen blauen Fleck. »Du kannst ihn nicht erst mit diesem billigen Bild heiß machen und dann so was behaupten. Das Foto war praktisch eine Einladung, was hast du denn erwartet?«, schnauzt er dich an.

»Konstantin ist ein Wichser«, kommentiere ich fassungslos. Wobei ich nichts anderes von ihm erwartet hätte.

»Und trotzdem hat er es geschafft, mich genug zu verunsichern, dass ich meine Anschuldigungen zurückgenommen habe«, erzählt Femke traurig.

»O nein, Femke, warum?«

»Weil ich ihm geglaubt habe. Ich habe Konstantin geglaubt, dass ich selbst schuld bin, also habe ich es zurückgenommen.«

»Was ist mit deinen Eltern?«

»Weißt du eigentlich, was für einen Schaden du mit solchen Behauptungen anrichten kannst?« Dein Vater hält dir mal wieder eine Standpauke in deinem Zimmer. Doch dieses Mal bist du nicht genervt, sondern den Tränen nahe.

»Tut mir leid«, sagst du gedemütigt. Seit deine Eltern es wissen, sehen sie dir nicht mehr in die Augen.

»Das solltest du nicht uns sagen, sondern Guy«, mischt sich deine Mutter ein. Ihre Stimme ist weniger aufgebracht, weniger maßregelnd, dafür kühl und distanziert.

»Was?« Du kannst es nicht glauben, kannst nicht glauben, dass deine Eltern dir das antun. Tränen laufen über deine Wangen, aber wie sollen sie sie bemerken, wenn sie dich nicht ansehen?

»Er ist der beste Kumpel deines Bruders. Wenn du ihn weiter beschuldigst, wird er sicher nicht mehr hierherkommen.«

Was für deinen Vater offensichtlich ein Verlust wäre. »Das muss er doch auch nicht.« Du willst ihn nicht im Haus haben, es genügt, wenn du ihm in der Schule jede Sekunde über den Weg laufen könntest.

Doch deinen Vater interessiert der Terror nicht, dem er seine eigene Tochter aussetzt. »Entschuldige dich bei ihm und fertig. Keine weitere Diskussion.«

»Du hast dich bei Guy entschuldigt?« Ich kann es nicht glauben.

»Ja, das musste ich. Es war demütigend, aber noch schlimmer war das Gefühl, dass mich alle für die Schuldige hielten. Ich meine, ich war dreizehn Jahre alt! Wie konnten sie glauben, ich hatte das gewollt?« Sie weint. Ich kann sie nicht sehen, nur hören, und ihr Schluchzen bricht mir das Herz. Ich möchte ihre Freundin sein, sie in den Arm nehmen und trösten und jedem Mistkerl, der sie auch nur schief von der Seite ansieht, einen Schaschlikspieß in den Schwanz bohren. »Das war mein erstes Mal, Anouk. Mein erster Sex mit dreizehn, viel zu früh, ich war nicht bereit. Eine Vergewaltigung durch meinen heimlichen Schwarm, Überraschungssex.«

»Was ist mit der Liste?«, fällt es mir wieder ein. »Hast du sie wirklich geschrieben?«

Sie antwortet nicht sofort, und ihr Zögern wundert mich. »Das habe ich«, gesteht sie dann.

Ich war mir sicher, dass Sebastian gelogen hat und mit dieser Antwort habe ich nicht gerechnet. »Aber … wieso?«

Guy ist einfach in dein Zimmer gekommen, du hast nicht einmal gewusst, dass er im Haus ist. Nun steht er da, hat deine Zimmertür von innen verschlossen und du zitterst wie vom Blitz getroffen.

Bitte nicht noch einmal!

»Du kannst behaupten, was du willst, Fem, aber ich weiß, dass du es wolltest. Und es hat dir gefallen«, sagt er und kommt auf dich zu.

Du springst von deinem Schreibtischstuhl auf, an dem du gerade deine Hausaufgaben gemacht hast, fest entschlossen, dich nicht von ihm einschüchtern zu lassen. »Du hast mich vergewaltigt!«, wirfst du ihm an den Kopf.

Er verdreht die Augen, als hättest du ihm gerade eine Geschichte über deine Alien-Entführung erzählt. »Wie kommst du nur auf diesen Blödsinn? Ist dir eigentlich klar, wie sehr mich das verletzt?«

Du schüttelst den Kopf, deine Lippen zittern, du erträgst seine Gegenwart nicht länger. »Ich wollte das nicht. Du hast mich vergewaltigt«, sagst du erneut, doch die Überzeugung ist der Angst gewichen. Die abgeschlossene Tür …

»Hör auf zu lügen! Ich sage dir jetzt mal was: Es gibt keine Vergewaltigung. Gibt es nicht. Das ist eine Behauptung, die jemand mal aufgestellt hat, aber es ist nichts als ein Mythos.« Du siehst ihn ungläubig an, deine Stimme versagt. Dieser Typ ist verrückt, ein unzurechnungsfähiger Psycho. »Jetzt guck nicht so schockiert!« Er lacht, dann setzt er sich auf dein Bett, dein frisch bezogenes Bett, das er schon einmal verunreinigt hat und es nun mit seiner bloßen Anwesenheit wieder tut. Er klopft neben sich auf die Matratze, du sollst dich zu ihm setzen, doch du denkst nicht daran.

»Ich erkläre es dir. Ihr Frauen seid anatomisch so gebaut, dass Sex jederzeit möglich ist, verstehst du? Männer hingegen müssen erst geil sein, bevor sie Sex haben können, Frauen nicht.

Es ist also von der Natur gegeben, dass ihr jederzeit Sex haben könnt, und es ist nicht vorgesehen, dass ihr selbst darüber entscheidet. Nein, das sollt ihr nicht. Hättet ihr selbst entscheiden sollen, wäre eure Muschi … keine Ahnung, vielleicht verschlossen, und erst wenn ihr geil seid oder es wollt, öffnet sie sich. Aber so ist es nicht. Verstehst du?«

Nein, du verstehst nicht, und das willst du auch nicht. »Du spinnst«, sagst du und schüttelst den Kopf, kannst nicht mehr damit aufhören, weil du diesen Schwachsinn niemals ausreichend verneint haben kannst.

»Ach ja? Ich sage dir, es ist die Wahrheit. Dieser ganze Vergewaltigungsmist ist eine Erfindung von euch Weibern, um ein Druckmittel gegen uns Kerle zu haben. Aber ihr wollt von uns gefickt werden, immer, und gebt es bloß nicht zu, um eure Macht über uns nicht zu verlieren.«

Du hast genug gehört. Ohne nachzudenken läufst du zur Zimmertür, willst sie aufschließen, doch Guy ist genauso schnell auf den Beinen und erreicht die Tür, noch bevor du den Schlüssel umdrehen kannst. »Verschwinde aus meinem Zimmer«, schreist du ihn verzweifelt an.

»Setz dich hin, ich möchte, dass du etwas für mich aufschreibst.« Er deutet auf deinen Schreibtisch.

»Den Teufel werde ich tun.«

Guy verschränkt die Arme vor der Brust, sein überlegenes Grinsen bereitet dir Sorgen. »Ach, bist du dir sicher?« Er tut so, als würde er nachdenken. »Wie heißt noch gleich deine Busenfreundin? Anouk? Sie ist süß, und sie mag mich. Vielleicht schreibe ich ihr mal eine Nachricht.« Anzüglich wackelt er mit den Augenbrauen.

Du hast das Gefühl, seine subtile Erpressung hat die Hände um deinen Hals gelegt und drückt unbarmherzig zu. »Lass die Finger von Anouk!«, keuchst du entsetzt. Nicht Anouk! Sie soll nicht das Gleiche durchmachen müssen wie du! Du weißt, dass sie in Guy verliebt ist, daher würde sie ohne Zweifel auf ihn hereinfallen.

»Dann setz dich an den Tisch und schreibe, was ich dir sage«, befiehlt er und du gehorchst.

Du spürst seinen Blick in deinem Rücken, hörst, wie er mit der Zunge schnalzt, und brichst abermals in Tränen aus.

»Süßes Tattoo übrigens über deiner Muschi. Ist ein Stern, oder?«

Ich fühle mich wie von einem Bus überfahren. So hat alles angefangen? Eine Erpressung, auf die Femke sich eingelassen hat, um mich zu schützen.

»Warum hast du nie etwas gesagt?«, frage ich betroffen und wünsche einmal mehr, ich hätte ihr damals eine Chance gegeben.

»Das habe ich, Nouk, auch dir, immer wieder, aber niemand hat es gehört. Also habe ich irgendwann aufgegeben.«

Ich war so eine Idiotin. »O Femke! Ich war eine fürchterliche Freundin und es tut mir so leid!«

Mit einem Mal spüre ich etwas. Etwas Vertrautes, Wunderbares, und ich sehe an mir hinunter. Da ist er, mein Körper, meiner, Anouks! Größer, schwerer, nicht so schön wie der von Femke, aber trotzdem hübsch, und zum ersten Mal nach einer so verdammt langen Zeit fühle ich mich wohl in meiner Haut. Und wie eben ich, erscheint nun Femke vor mir, in einem ihrer süßen Miniröcke, ihr Haar dunkelblond, keine Spur von Anouk, die diesen Körper einst bewohnte.

Wir brechen gleichzeitig in Tränen aus und fallen einander in die Arme. Ich schluchze wie schon lange nicht mehr, und es tut gut, meine beste Freundin auf der ganzen Welt wieder im Arm zu halten.

»Weißt du, was das Schlimmste war?«, murmelt sie in mein silbergraues Haar, und ich höre ihr genau zu. »Alles! Dass ich Guy in der Schule immer wieder über den Weg lief. Ich konnte ihn spüren, sobald er sich im selben Gang befand. Es war dann, als würde ich alles noch einmal erleben. Panik. Herzrasen. Atemnot.« Ich lege mein Gesicht an ihre Schulter, weine in ihr T-Shirt und drücke sie fester an mich. »Guy hat die Liste an seine Kumpels verteilt. Jedes Mal, wenn ich jemanden auf dem Gang *Überraschung!* rufen hörte, krampfte sich alles in mir zusammen und meine Schuldgefühle haben mich beinahe zur Strecke gebracht. Als Konstantin und Guy endlich studieren gingen und nicht mehr in der Stadt waren, habe ich gehofft, ich würde endlich etwas Ruhe haben. Aber sobald donnerstagabends bei uns das Telefon klingelte und Konstantin anrief, bedeutete das für mich, Guy könne auch vorbeikommen und über Nacht bleiben. Ich habe die Tür abgeschlossen und die ganze Nacht wach gelegen, weil ich fürchtete, sobald ich einschlafe, würde er erneut in meinem Bett auftauchen.«

»Wie war es nach seinem Abi in der Schule für dich?«, frage ich, weil ich alles wissen möchte. Niemals wieder soll Femke das Gefühl haben, dass ihr niemand zuhört.

Sie zieht die Nase hoch. »Zuerst war es besser. Ich dachte, dass ich nun das Schlimmste hinter mir hätte, doch das war falsch. Es war niemals vorbei. Und dann passierte Oliver. Erst später erfuhr ich von Robin, was im Schwarzen Loch stand. Guy hatte aus seiner Liste, aus seinem Wahn über den Vergewaltigungsmythos so etwas wie eine Verbindung entstehen lassen, die er auf der Uni weiterführte – und bei uns in der Schule beauftragte er jedes Jahr jemanden aus der Abschlussklasse damit, die Schmiererei an die Wand zu schreiben und die Liste zu verteilen. Und alles nur, um mich zu demütigen. Weil ich es gewagt hatte, ihn vor meiner Familie der Vergewaltigung zu bezichtigen. Ich schloss mich der Clique von Deana an, um nicht im Fokus zu stehen, aber immer wieder wurde ich angetatscht, belästigt, überfallen. Es war ein Albtraum. Dann passierte David, irgendwann Sebastian, und als ich die Hoffnung verloren hatte, jemals ein normales Leben zu führen, wechselte Maurice an unsere Schule.«

Den Rest der Geschichte kenne ich, und sie endet mit Femkes Sturz in den Fluss. Sie dürfte eigentlich gar nicht hier sein, und doch halte ich sie ihm Arm, rieche ihren ganz eigenen Duft, spüre ihr Haar, das mich in der Nase kitzelt. Das darf kein Traum sein, all ihre Worte ergeben so viel Sinn, unmöglich kann das ein Produkt meiner Fantasie sein.

»Ich dachte immer wieder, dass alles meine Schuld wäre. Wenn ich bloß diese Foto nicht geschickt hätte …«

Energisch löse ich mich von ihr und sehe sie eindringlich an. »Femke, nein! Du darfst das nicht denken, niemals. Es war nicht deine Schuld, nichts davon!«

Ein Strahlen legt sich über ihr Gesicht, sie blickt zu mir auf und in ihren Augen erkenne ich nichts als Liebe. »Siehst du?«, sagt sie gerührt. »Es ist alles, wie es immer war. Ich bin die zerbrechliche Blüte, du der starke Stängel. Genau deswegen bin ich zu dir gekommen, genau dafür brauche ich dich.«

Auf einmal ist es dunkel um uns. Femke scheint verschwunden, ich sehe nichts außer Schwärze. Hysterische Panik überrollt mich, ich hören ein Grollen und Donnern über mir und dann steht sie wieder vor mir, ihr Gesicht leuchtet hell, es ist verschmiert von Tränen und Dreck, ihre Grimasse ein Zeugnis ihrer Verzweiflung und des Wahnsinns. In ihrer Hand ein gewaltiger Ast, und mit einem schrillen Schrei holt sie aus …

Kapitel 52

Mein Kopf liegt seltsam abgeknickt höher als der Rest von mir, als ich mühsam meine Augen öffne. Schmerz ist ein Wort, das ich neu definieren müsste, um dem gerecht zu werden, wie sich mein Körper anfühlt. Mir ist kalt und es ist dunkel, aber ich weiß, dass ich nicht allein bin. Ein Zittern schüttelt meinen Körper, ich wimmere wie ein getretener Hund, und schon sind Hände da, die mich halten. Gute Hände, warme und fürsorgliche Finger, die mich zudecken, meinen Kopf streicheln, mich wiegen, damit ich wieder schläfrig werde.

Milo, flüstert mein träger Verstand. Er muss die Leuchtpistole gesehen haben und ist gekommen, um mich zu retten. Um mich zu retten, wie Superhelden es eben tun.

Die Übelkeit kommt ohne Vorwarnung, mein Körper krampft und will alles auswerfen, was in ihm ist, notfalls auch Organe und Gedärme, doch nichts kommt. Nur heiße Luft aus einem leeren Körper.

Ich will schlafen, auf Milos Schoß, da bin ich sicher, aber ein Schluchzen hält mich wach, mein eigenes.

»Alles wird gut, sie sind gleich da«, wispert eine Stimme, und es ist nicht Milos.

Meine Lippen wollen ein Wort formen, einen Namen, doch er lässt mich nicht, spricht zuerst. »Alles wird gut und ich gebe dich frei«, flüstert Sebastian und das ist das Letzte, an das ich mich erinnere.

Ich bin mir nicht sicher, wie ich hierhergekommen bin. Meine Kleider sind verschwunden, ich trage einen Krankenhauskittel, im Nacken geschlossen, der Rücken frei. Auch meine Unterhose ist verschwunden, vielleicht von der Spurensicherung aufgesammelt, ich kann mir kaum vorstellen, dass ich sie noch anhatte.

In mir herrscht eine seltsame Verständnislosigkeit. Ist das wirklich passiert? Warum fühle ich mich ruhig, haben sie mir etwas gegeben, damit ich mich nicht aufrege?

Es will mir nicht einfallen.

Als die Ärztin den Untersuchungsraum betritt, fährt ein Schlottern durch meinen Körper, ich kann es mir ebenso wenig erklären wie verhindern. Die Ärztin ist jung, ihre Stimme ist angenehm, aber ich höre ihr nicht zu. Durch meinen Kopf rauscht ein Lärm, der meine ganze Aufmerksamkeit verlangt.

Was soll ich tun?

Sie sieht mich an, betrachtet mich, mitfühlend und fragend, und ich weiß, was sie von mir will. Ich soll ihr erzählen, was passiert ist, aber das werde ich nicht. Weil ich es nicht weiß.

Natürlich weiß ich, was geschehen ist, mein wunder Körper lässt es mich spüren, nur habe ich keine Details für sie.

Wo bin ich angefasst worden?

Wo ist Speichel zu erwarten?

Wo Samenflüssigkeit?

Ich weiß es nicht.

Wie viele Männer waren es?

Keine Ahnung.

Sie beginnt, meine Fingernägel zu säubern und den Dreck darunter zu verpacken. Ob dort DNS gefunden wird?

Ist mir egal.

Ich soll meinen Mund öffnen, sie macht einen Abstrich meiner Schleimhaut, mit einem Wattestäbchen fährt sie über meine Wangeninnenseite, mit einem weiteren über meine Zunge.

Habe ich jemanden gebissen?

Kam es zum Oralverkehr?

Ich will das alles nicht wissen.

So fühlt es sich also an. Ist das ein Schock? Oder wird mein Kopf für den Rest meines Lebens in Watte gepackt verbleiben?

Es ist mir egal.

Meine Arme werden untersucht, an den Unterarmen finden sie blaue Flecke. Sind die von heute?

Möglich.

Vorsichtshalber werden sie fotografiert. Mein Gesicht bleibt verschont – keine Verletzungen.

Als Nächstes ist mein Haar dran. Sorgsam kämmt sie es durch, Strähne für Strähne, jedes lose Haar wird gesichert, man weiß ja nie.

Ich wette, es sind nur meine.

Dann wird es ernst.

Der Stuhl. Ich will nicht darauf, will mich nicht breitbeinig vor eine fremde Frau setzen, damit sie an mir herumhantieren kann. Die Ärztin zeigt Verständnis und erklärt mir die Notwendigkeit der vaginalen Untersuchung. Ich fühle mich wund, geschwollen, empfindlich. Die Haut um meine wunderschöne kleine Blüte, den Siebenstern, brennt wie Feuer – was haben sie getan?

Also lasse ich mich überzeugen. Überreden. Obwohl ich weiß, dass sie nichts finden wird – immerhin waren es die Sursex Creators. Die machen keine halben Sachen, wissen genau, wie sie einer Strafe entgehen, wenn nicht durch Zweifel, dann durch ihre Unsichtbarkeit.

Ich weiß nicht, wer sie waren, aber ich weiß, wer sie geschickt hat.

Der Anblick zwischen den Beinen scheint die Ärztin kurz aus der Fassung zu bringen, dann macht sie weiter, als hätte sie nicht gerade einen Aussetzer gehabt.

Meine Oberschenkel zieren blaue Flecke, sie fragt nicht, ob sie von heute sind. Wieder werde ich geknipst, wir brauchen schöne Erinnerungsfotos von *dem* Tag meines Lebens.

An dieser Stelle käme der Kamm wieder zum Einsatz, Schamhaare kämmen, es wäre eine Premiere für mich.

Meine sind weg. Ich wurde rasiert und erinnere mich nicht daran. Sie beginnt, mich zu untersuchen, Anzeichen von heftigem Geschlechtsverkehr sind zu erkennen. Ich möchte widersprechen, ich hatte keinen Geschlechtsverkehr, aber die Mühe spare ich mir. Worte sind verletzend, und trotzdem machen sie keinen Unterschied, wenn sie auf die Realität treffen.

Weitere Abstriche, das Gefühl von den Wattestäbchen in mir lässt mich abermals erzittern, krampfen, und ich beiße mir auf die Unterlippe, bis ich Blut schmecke.

Ich muss an Oliver denken. Ob er auch hier ist? Ich erinnere mich an seinen Blick, als er zusehen musste, was mit mir geschah, und doch nicht eingreifen konnte.

Ist er hier?

Hätte er mir geholfen, nach dem, was ich ihm angetan habe?

Warum sind so verdammt viele Fragezeichen in meinem Kopf, wo ich bestimmt irgendwo in mir die Antworten vergraben habe?

Die Ärztin äußert eine Vermutung, und es passt zu dem abrasierten Schamhaar: Sie haben mich gewaschen.

Wie rücksichtsvoll!

Kondome benutzt, Schamhaare rasiert und gewaschen – und wieder einmal sind die Sursex Creators aus dem Schneider.

Abschließend wird mir Blut abgezapft. Den Einstich mit der Nadel in meine Vene – ich spüre nichts.

Denke ich.

Als mich die Ärztin fragt, ob ich Anzeige erstatten möchte, fange ich endlich an zu weinen.

Ich wisse es nicht, antworte ich.

Nein, denke ich.

Ich erstatte keine Anzeige. Sie würde ohnehin im Nichts verlaufen. Keine Spuren, keine Gesichter, keine Erinnerungen – da stößt selbst der beste Polizist an seine Grenzen. Ich weiß zwar nicht, wer sie waren – aber ich weiß, wer sie geschickt hat, doch das behalte ich für mich.

Trotzdem schweige ich. Nenne nicht die Namen von Guy, Oliver oder David, obwohl ich es könnte. Die Auswirkungen einer Anzeige wären zu grausam. Ich will nichts wissen von Freisprüchen und zweiten Chancen, von unbekümmerten Leben, die sie trotzdem führen werden, als wäre nichts passiert, als wäre ich nichts weiter als ein Dummejungenfehler, während ich lebenslang bekommen habe und niemals zu dem Menschen werde, der ich hätte sein können.

Und warum? Weil ich versagt habe in der Durchführung meiner Erziehung, der Erziehung aller Mädchen, die ganz klar lehrt: Sei nicht zu sexy. Flirte nicht. Trinke keinen Alkohol und steige nicht zu Jungs ins Auto. Gehe nicht allein des Nachts spazieren. Fürchte stets die unkontrollierbare Sexualität der Männer.

Und die Wichtigste aller Lehren: Lasse dich nicht vergewaltigen!

Nach der Untersuchung im Krankenhaus bin ich direkt heimgefahren, mein Vater hat mich abgeholt und die ganze Zeit während der Fahrt geschwiegen. Vermutlich schämt er sich für seine Hurentochter, die einem Gangbang in einer abgelegenen Waldhütte zugestimmt hat.

Ich kleines Luder.

Und hier bin ich auch jetzt. Zu Hause in meinem Zimmer, dem Raum, in dem so viele schreckliche Dinge passiert sind, die ich niemals vergessen werde.

Anouk ist noch nicht ganz verschwunden, ich spüre sie in mir, mal mehr, mal weniger. Aber auch Femke ist nicht die, die sie einmal war. Um ehrlich zu sein weiß ich nicht, wer ich bin, vielleicht ein Hybrid aus beiden oder wie Robin einfach nichts. Es ist mir egal.

Zwei Tage nachdem ich Milo die Nachricht geschickt habe, bekomme ich eine Antwort. Ich weiß nicht, ob er gehört hat, was passiert ist, vielleicht Gerüchte, davon gibt es sicher viele, aber das lässt sich aus seinen Worten nicht herauslesen.

Wie es aussieht, bin ich kein Superheld, sondern nur ein feiger Arsch, der sich entscheiden musste zwischen dem verrückten Mädchen und der kleinen Schwester. Es tut mir leid.

Ich habe seine Nachricht inzwischen unzählige Male gelesen, doch das ändert nichts an meiner Meinung. Es bleibt dabei, Milo ist ein Superheld – nur eben nicht meiner. Denn einige Mädchen haben Glück, sie haben Brüder, die sie beschützen und auf sie aufpassen. Leider bin ich keins jener Mädchen.

Mein Bruder, da bin ich mir sicher, ist ein Mitglied der Sursex Creators. Immerhin ist sein bester Freund deren Guru, es wäre ein Wunder, wenn Konstantin von seiner Gehirnwäsche verschont geblieben ist – besonders wenn ich an das Gespräch mit Papa denke, das er bei seinem letzten Besuch mit ihm geführt hat.

Milo verbuche ich auf der Seite der Guten, und es ist okay, dass er seine Schwester beschützt. Ich vermute, dass Sebastian oder womöglich Guy selbst ihn erpresst, ihm angedroht hat, seine Schwester zu vergewaltigen, sollte er sich weiter mit mir abgeben.

Von Oliver fehlt jede Spur, und ich nehme an, dass die Sursex ihn mitgenommen haben. Was ich ihm angetan habe – daran denke ich lieber nicht, aber ich bin mir sicher, dass das früher oder später zu mir zurückkommen wird, in welcher Form auch immer. Momentan stelle ich mir einen gebrochenen Oliver vor, abgemagert und voller Sehnsucht nach Rache, der mich in einem Facebook-Chat um eine Aussprache bittet.

Ich habe mich bei Facebook abgemeldet.

Von Sebastian habe ich, seit er mich im Wald gefunden und den Krankenwagen gerufen hat, nichts mehr gehört, und das ist gut so. Wer hätte gedacht, dass sich sein Stalking bezahlt machen würde. Wäre er damals nicht aus Eifersucht Maurice und mir gefolgt, würde ich womöglich noch immer dort in der Hütte liegen, und da der Herbst mit all seiner Härte zurückgekehrt ist, bin ich froh, dass es nicht so ist. Zwar hat er auch Milo erpresst, ihm gedroht, seiner Schwester könne etwas zustoßen, sollte er sich nicht von mir fernhalten, aber man kann nicht alles haben.

Tilda ist die Einzige, die mich besucht. Wir reden nicht viel, sitzen nur da und teilen ein einvernehmliches Schweigen. Als sie irgendwann geht, beugt sie sich zu mir herunter und flüstert in mein Ohr:

»Schön, dass du wieder da bist, Femke.«

Nachdem sie weg ist, denke ich noch einige Zeit über ihren Satz nach und komme zu dem Schluss, dass ich ihn nicht verstehe. Vielleicht liegt es an mir, aber vielleicht hat Tilda durch ihr Erlebnis ein bisschen ihres Verstandes eingebüßt. Wundern würde es mich nicht.

Die letzten Wochen waren ein Albtraum, und es wird mir schwerfallen, ins Leben zurückkehren – in welches auch immer. Vertrauen wird wohl nicht so mein Ding sein, aber das sehe ich dann.

Ich will lieber an all die guten Jungs und Männer denken, die da draußen sind, denn das müssen sie. Ich will mir vor Augen holen, dass es trotz der vielen Angriffe und Beleidigungen selbst auf meiner Schule genug Typen gibt, die nicht versucht haben, ein Sursex Creator zu werden. Solche, die Wert auf Gefühle und Gleichberechtigung und gegenseitiges Einvernehmen legen. Sie existieren, haufenweise, doch es ist wie mit allem, was in Gut und Schlecht aufgeteilt werden kann: Das Schlechte findet stets deutlich mehr Beachtung als das Gute, ganz gleich, wie die Verteilung ist.

Das Schlechte wiegt *immer* mehr.

Und genau das trifft auch auf das Schlechte in mir zu.

Epilog

»Femke, würdest du bitte runterkommen?«, ruft meine Mutter und der panische Klang in ihrer Stimme lässt mich stutzen. Ich ziehe mir schnell eine Strickjacke über und laufe barfuß die Treppe hinunter.

Dort stehen sie, zwei uniformierte Polizisten und die unfreundliche Kriminalpolizistin, die mich in der Schule zu Anouks Verschwinden befragt hat. Ihren gutmütigen Kollegen hat sie wohl im Revier gelassen. An ihren Namen erinnere ich mich nicht.

»Was ist los?«, frage ich und meine Knie werden weich.

»Femke Hansen, wir sind hier, um Sie zu verhaften.«

»Was? Wieso? Was hat sie getan?« Meine Mutter, ich habe nicht bemerkt, dass sie an meiner Seite geblieben ist. Nun legt sie ihren Arm um meine Schulter, zieht mich an sich, versucht mich zu beschützen. Diese Fürsorglichkeit finde ich erstaunlich, vermutlich glaubt sie, die Polizisten würden eine solche Reaktion von ihr erwarten.

»Ist schon in Ordnung, Mama«, sage ich tonlos, ohne meinen Blick von der Kriminalpolizistin zu nehmen, und entziehe mich meiner Mutter.

»Wir verhaften Sie wegen Totschlags an Maurice Overwetter und Anouk Klaaver.«

Anouk! Sie ist wirklich tot! In meinem Gesicht beginnen sämtliche Muskeln zu zittern, ich muss weinen, doch ich darf nicht. Nicht, bevor ich nicht erfahren habe, was geschehen ist. »Ihr habt sie gefunden? Was ist mit ihr passiert? Ist sie ertrunken?«, schluchze ich.

Die Polizistin senkt betroffen den Blick. Seit wann ist sie empathisch? »Wir haben sie heute Morgen aus dem Fluss geborgen. Sie war bereits tot, als man sie ins Wasser warf. Ihr Gesicht wurde mit einem stumpfen Gegenstand eingeschlagen.«

Fassungslos wanke ich zurück, verweigere zu begreifen, und doch tue ich es. Anouk ist tot. Sie war niemals Femke und ist auch nicht ertrunken.

Die Anzeichen waren da, von Anfang an. Er wäre möglich gewesen, sie zu sehen, aber ich habe die Augen verschlossen. Ich habe es wirklich geglaubt, aber Verwandlungen gibt es nicht. Tilda hat es gewusst, ihre alte Seele hat verstanden, dass Dinge wie die, die ich erdulden musste, niemand übersteht, ohne daran zu zerbrechen.

Das bin ich.

Daran zerbrochen.

Die Polizei führt mich ab, ich höre meine Mutter schluchzen, meinen Vater mit irgendjemandem diskutieren, spüre die Blicke der Nachbarn, die für dieses Spektakel extra ihre Häuser verlassen haben. Mir ist das alles egal, meine Welt liegt in Trümmern.

Was auch immer passiert, ich entkomme mir nicht.

Ich bin Femke Star, und das alles ist mir passiert.

Requiem

Über die Wahrheit

Die Wahrheit ist ein seltsames Ding. Du kannst einhundert Leute nach demselben Ereignis fragen und wirst einhundert verschiedene Geschichten bekommen – und alle davon können wahr sein. Denn es gibt sie nicht, die *eine* Wahrheit. Nicht, solange wir ein Teil von ihr sind. Denn ohne das Ich, ohne dem Du existiert keine Wahrheit und erst dieser Anteil von uns erweckt sie zum Leben.

Macht sie zu *unserer* Wahrheit.

Wäre die Wahrheit eine mathematische Gleichung, wäre sie eine unlösbare Unbekannte.

Perspektive + X = individuelle Wahrheit.

Femkes Geschichte der Ereignisse ist erzählt, ihre Wahrheit kennen wir nun, und es liegt an uns, ob wir uns damit zufriedengeben, sie nehmen, wie sie uns erzählt wurde, und akzeptieren, dass wir nie wissen werden, wie wir sie mit unseren Augen gesehen hätten.

Auf diese Weise können wir die Geschichte hinterfragen, interpretieren, den Kern ihrer Aussage ermitteln.

Oder wir können – einzig in diesem Fall – eine höhere Macht befragen.

Eine höhere Macht? Ist das die Stelle, an der Gott – irgendeiner – ins Spiel kommt?

Nein.

Einen allwissenden Erzähler.

Mich.

Ich bin bereits zu Beginn ein paar Mal in Erscheinung getreten, habe euch eine überkosmische Wahrheit präsentiert. Ebenjene, von oben betrachtet, ohne Einsicht in die Gedanken oder Gefühle.

Erinnert ihr euch?

Ich stelle euch nun vor die Wahl.

Die Geschichte von der Freundschaft zwischen Femke und Anouk hat ihr bitteres Ende gefunden. Ihr glaubtet, was ihr gelesen habt, doch – betrachten wir die finalen Worte – wie kann das Erzählte möglich sein?

Was ist wirklich passiert?

Was ist Wahrheit, was nur eine Variante davon?

Denkt darüber nach.

Oder fragt mich. Ich habe die Lösung, die unvoreingenommene Wahrheit, die Sicht von oben, ohne Gedanken oder Gefühle.

Du willst sie?

Du bekommst sie.

Schicke eine Nachricht an femke-et-anouk@gmx.net und du wirst sehen!

Nachwort

(Spoilerwarnung)

Liebe Leserinnen, liebe Leser,

ein Buch wie dieses, mit einer brisanten und hochaktuellen Thematik, kommt nicht ohne Nachwort aus. Eine Thematik, bei der ich trotz des Umfangs der Geschichte das Gefühl habe, ihr nicht ausreichend gerecht geworden zu sein. Es müssten ganze Enzyklopädien geschrieben werden, um annähernd das Problem zu erfassen, das unbehelligt in unserer Gesellschaft und in unseren Köpfen lebt, ohne dass wir uns dessen bewusst sind.

Rape Culture betrifft jeden von uns, einige mehr, andere weniger.

Aber was genau ist *Rape Culture*? Eine Vergewaltigungskultur?

Einfach erklärt ist es eine Gesellschaft, in der *Belästigungen*, *sexuelle Übergriffe* und *Vergewaltigungen* nicht nur geduldet, sondern als *normal* akzeptiert werden.

Eine Gesellschaft, in der Täter eines solchen Verbrechens milder bestraft werden als Wirtschaftsverbrecher, weil (Achtung: zynische Autorin!) das Unterschlagen von Geld natürlich eine wesentlich verachtenswertere Straftat ist als die Verletzung von Körper und Seele beispielsweise (!!) einer jungen Frau.

Eine Gesellschaft, in der, wie Femke es auch in der Geschichte feststellt, Mädchen dazu erzogen werden, sich selbst die Schuld zu geben, wenn sie Opfer von sexualisierten Übergriffen werden, weil sie es mit ihrer Art, sich zu kleiden, sich zu bewegen oder zu flirten, *provoziert* haben. Selbst *schuld* sind, während der geschlechtsreife Mann nichts dafür kann, wenn sein Sexualtrieb die Signale einer leicht bekleideten Frau falsch (oder vielleicht doch richtig?) deutet und daraufhin zu einem von seinem Trieb dominierten Opfer mutiert, das sich nicht stoppen kann.

Blödsinn?

Ich übertreibe?

Dazu gleich mehr.

Allein der gesunde Menschenverstand sagt, dass Sex ohne Einwilligung unter keinen erdenklichen Umständen in Ordnung sein kann. Dass natürlich keine schriftliche Einwilligungserklärung vorliegen, aber von beiden Seiten ein *zweifelfreies* Ja *erkennbar* sein muss, und wenn das, aus welchen

Gründen auch immer, nicht der Fall ist, jeder Schritt über die Linie in den Intimbereich ein absolutes Tabu ist. *Das* ist es, was Jungen und Mädchen von klein auf beigebracht werden sollte, damit die Perspektive von Schuld und Opfer nicht länger missbräuchlich verschoben und verzerrt werden kann. Um Begriffe wie *Victim Blaming* und *Slut Shaming* aus unserem Wortschatz zu verbannen, weil sie nicht mehr gebraucht werden. Kein Opfer sollte jemals wieder die Schuld bekommen dürfen für etwas, was ihm angetan wurde, ganz egal, wie halb nackt oder flirty oder betrunken es war. Keine Frau sollte sich mehr rechtfertigen oder beschimpfen lassen müssen für ihre sexuelle Selbstbestimmung.

Ich möchte an dieser Stelle explizit klarstellen, dass ich nicht vom Ausland spreche, nicht von Indien, nicht einmal von den USA. *Rape Culture* ist auch ein europäisches Problem, es ist ein deutsches Problem, jeden verdammten Tag. Und das nicht erst seit #Metoo oder einer sogenannten »Flüchtlingskrise«. *Rape Culture* lebt schon lange in unseren Köpfen und auf unseren Straßen, wir haben sie bislang nur als *selbstverständlich* betrachtet – und genau da liegt der Hund (= das Problem) begraben.

Ich muss gestehen, mein innerer Pessimist rechnet bereits jetzt mit ungnädigen Stimmen, die meine Geschichte als unglaubwürdig, übertrieben oder pure (kranke) Fantasie der Autorin bezeichnen werden. Für ebenjene Stimmen habe ich ein paar Zahlen und Fakten zusammengetragen.

In einer Umfrage der *Tagesschau* aus dem Jahr 2016 geht hervor, dass jeder Zehnte in der EU der Meinung ist, **Sex ohne Einwilligung sei unter bestimmten Bedingungen gerechtfertigt**. Welche Bedingungen das sind?
Wenn die andere Person betrunken ist oder unter Drogen steht (12 %)
Wenn die Person freiwillig mit jemandem nach Hause geht (11 %)
Wenn die Person freizügig oder sexy gekleidet ist (10 %)
Wenn die Person vorher flirtet (7 %)

Eine andere Studie hat ergeben, dass 30 % der Mädchen und 5 % der Jungen zwischen 14 und 16 Jahren bereits Erfahrung gemacht haben mit sexueller Belästigung. Gegen ihren Willen an Scheide oder Penis berührt worden sind 10,1 % der Mädchen und 3,6 % der Jungen. Die Zahlen der Opfer von versuchter Vergewaltigung der Mädchen und Jungen liegen bei 10,8 % und 1,4 %.

Eine Untersuchung unter College-Studenten in den USA hat ergeben, dass 16-20 % der Studenten ein Mädchen vergewaltigen würden, **wenn sie wüssten, dass sie damit durchkämen**. Noch besorgniserregender ist jedoch, dass, als bei der Befragung der Begriff »Vergewaltigung« durch die Bezeichnung »eine Frau zum Sex zwingen« geändert wurde, die Zahl auf 36-44 % anstieg!

Manche mögen meine Geschichte also vielleicht als übertrieben bezeichnen, ich hingegen empfinde sie als verdammt nah an der Realität.

Natürlich ist die Geschichte von Femke erfunden. Auch die *Sursex Creators* gibt es glücklicherweise nicht. Allerdings habe ich mich für die Sursex von den *Pick-up-Artists*, und im Besonderen *Julien Blanc*, inspirieren lassen, wenn man das so sagen kann.
Julien Blanc ist ein »Dating-Coach« der Firma *Real Social Dynamics*, wird aber auch als »Rape-Coach« bezeichnet. Nicht nur in unzähligen Videos auf YouTube treibt er sein Unwesen, er hält auch Seminare auf der ganzen Welt ab (ja, auch in Deutschland), in denen er armen, schüchternen Männern beibringt, wie man eine Frau physisch führt und ins Bett bekommt. Dazu gehört, diese mit Beleidigungen zu verunsichern, ihren Kopf in Richtung seines Schritts zu drücken, oder, wenn es nicht anders geht, sie zu würgen – natürlich *spielerisch*, denn solange eine Frau noch lacht, ist alles in Ordnung.

Den Vergewaltigungsmythos hingegen gibt es tatsächlich, und er besagt unter anderem, dass Sexualdelikte nicht existieren. Für diesen Mythos werden verschiedenste Gründe genannt, beispielsweise dass Frauen eigentlich vergewaltigt werden wollen und es genießen würden (was in vielen *Dark Romance* Romanen leider Bestätigung findet). Alle Gründe sind Ursache für die Täter-Opfer-Umkehr, also Victim Blaming, von dem ich anfangs sprach, und der Kreis schließt sich.

Mir ist bewusst, dass das Ende meiner Geschichte demotivierend, ernüchternd und nicht zufriedenstellend ist, aber ich wollte kein Buch schreiben, das mit rosaroter Zuckerwatte und ausgleichender Gerechtigkeit die Realität betrügt. Denn die Wahrheit sieht so aus:
Von 1.000 Vergewaltigungen[1] werden etwa – optimistisch geschätzt – 10 % angezeigt.

---

[1] Aus einer repräsentativen Dunkelfeld-Studie aus dem Jahr 2004

Von diesen 100 angezeigten Vergewaltigungen werden gerade einmal 9 Täter tatsächlich verurteilt.
Neun!
Das macht neun lächerliche Prozent.
Und 0,9 % aller Vergewaltigungen, bei denen der Täter verurteilt wird.
Ja, da steht eine Null vor dem Komma.

Sexuelle Übergriffe können nur schlecht bewiesen werden, es steht immer Aussage gegen Aussage. Statistisch kommen auf 1.000 Übergriffe nur drei erfundene – also 0,3 %. Das ist nichts! Von daher ist dieser Erklärungsansatz für die geringe Zahl der Verurteilungen hinfällig.

Nun frage ich, was also würden 99,1 % der vergewaltigten Frauen über das Ende meiner Geschichte sagen?

Auch wenn es statistisch gesehen selten vorkommt, möchte ich betonen, dass falsche Beschuldigungen durchaus vorkommen. Und genau deshalb muss ich an dieser Stelle an alle appellieren, niemals einen falschen Vorwurf auszusprechen. Ihr schadet damit nicht nur nachhaltig dem zu Unrecht Beschuldigten, vor allen Dingen schadet Ihr damit der Glaubwürdigkeit ALLER echten Opfer.

WICHTIG
Solltest jemand von Euch, vielleicht Du oder jemand, den Du kennst, Opfer von sexueller Gewalt sein, wende Dich bitte nicht an mich. Ich bin nicht dazu ausgebildet, Dir die Hilfe und Unterstützung zu geben, die Du brauchst und verdienst. Suche Dir jemanden, den Du kennst, dem Du vertraust, jemanden, von dem Du weißt, dass er Dir glauben wird. Vielleicht einen Arzt oder eine Hilfseinrichtung in Deiner Nähe.
Aber hol sie Dir, die Hilfe, denn **Du bist nicht selbst schuld!**
Tut es!

Hilfetelefon des Bundesamtes für Familie
und zivilgesellschaftliche Aufgaben
Gewalt gegen Frauen
Tel. 08000 116 016

Weißer Ring
Für Opfer (m/w) von (sexueller) Gewalt
Tel. 116 006

Frauenhelpline gegen Gewalt Österreich
Tel. 0800 222 555

Pro Juventute Schweiz
Beratung und Hilfe für Jugendliche
Tel. 147

Danksagung

Allen voran möchte ich meinen zwei wundervollen Jungs danken. Nicht unbedingt für ihre Unterstützung an diesem Buch – mit ihren Wutanfällen, ihren großen und kleinen Wehwehchen, ihrem Kuschelbedürfnis, ihren Tanzeinlagen und Kreativausbrüchen haben sie mich mehr abgehalten als mir geholfen. ANTON, EMIL. Manchmal, wenn ich Euch beim Schlafen zusehe, möchte ich weinen vor Glück und Dankbarkeit, dass Ihr mich gefunden habt. Danke, dass es Euch gibt, Ihr gebt meinem Leben die Berechtigung, nach der ich immer gesucht habe. Ich liebe Euch so sehr, dass es wehtut – und das ist etwas Gutes!

Die Wetten stehen gut, dass Femke das furchtbarste Lektorat war, das sie jemals machen musste. ALEX, ich danke Dir von Herzen für Deine unerschütterliche Geduld (bis auf den kleinen Wackler, aber ich sag Dir, der hat mir Feuer gemacht!) und Deine Unterstützung in allen Lebenslagen. Ich danke Dir für Dein offenes Ohr, auf das ich immer bauen kann. Du bist dabei gewesen, als Femke nur eine Idee war, hast mich während des niemals enden wollenden Schreibprozesses begleitet und bist mir bis ins Lektorat gefolgt. Du bist immer da und ich hoffe, das wird auch in Zukunft so bleiben! Ich verzeihe Dir auch die unzähligen Farbmarkierungen im Text, die mich bis heute in meine Träume verfolgen! Sie waren genau richtig, haben mir die Augen geöffnet und mir geholfen. Du bist eine großartige Lektorin!

»Schreib mir einen Thriller«, hat sie damals zu mir gesagt. Das habe ich hiermit getan und meine eigene Komfortzone weit hinter mir gelassen. ASTRID, ich danke Dir für die freie Hand, die ich bei meinem Jugendthriller hatte, und für die Chance, das Buch zu schreiben, das ich immer schreiben wollte, mich aber nie getraut habe. Es ist sogar noch ein wenig krasser geworden als gedacht und ich hoffe, Du bereust Deine Entscheidung nicht. Dennoch versichere ich Dir, dass Du mich damit sehr glücklich gemacht hast. Ich hätte das Buch nirgendwo anders als beim Drachenmond Verlag herausbringen wollen! Danke!

Ich wusste, dass er gut ist, immerhin habe ich Augen im Kopf. Aber ein guter Coverdesigner muss mehr können, als ein Buch zu gestalten. Er muss den Kern der Geschichte begreifen, einfangen und an die Oberfläche bringen. Noch immer bin ich absolut fassungslos darüber, wie Du anhand meines ziemlich wirren Briefings genau das geschafft hast, ALEX. Ich liebe das Cover so sehr und bin Dir unendlich dankbar, dass Du verstanden hast, was diese Geschichte verlangte!

Es war eine ziemlich schwere Angelegenheit, die richtige Illustratorin für dieses Buch zu finden. Denn die Bilder, sie sollten anders sein, düster, die Stimmung der Geschichte einfangen und verstärken. NIKI, ich liebe Deine Illustrationen, mir hat die Arbeit mit Dir viel Spaß gemacht und niemand sonst hätte es besser machen können als Du! Danke!

Schaut mal bei ihr vorbei!
https://www.instagram.com/vielfarbigtattoo/

ANNE, Du hast etwas getan, was noch nie zuvor jemand gemacht hat: Du hast mir Dein Buch gewidmet! Ich bin auch jetzt noch unglaublich gerührt und glücklich! Aber das schönste Geschenk ist Deine Freundschaft. Du hast mein Leben bereichert und ich bin dankbar, Dich an meiner Seite zu wissen!

INA, ich sag nur Autoren-Therapiecouch! Du bist ein wundervoller, lustiger und talentierter Mensch mit einem offenen Geist und einem scharfen Verstand. Ich bin sehr froh, Dich zu kennen!

MARIE und DIRK, danke für die Nacht am Rhein 2017! Sie hat mir unheimlich gutgetan, mir Kraft und auch ein wenig Lebensfreude zurückgegeben und ich werde sie niemals vergessen!

Lange Zeit habe ich mich gegen externe Testleser gesträubt, nun bin ich froh, Euch zu haben. INA von Ina's Little Bakery, TANJA von tanjas.bookish.view (Instagram) und DIRK (der berühmte Autor) – ich danke Euch für Eure Zeit, Euer Feedback und Eure Ehrlichkeit. Das alles hat mir geholfen, einige Dinge ins rechte Licht zu rücken!

Vorsorglich möchte ich meinem BLOGGERTEAM danken, obwohl ich noch nicht weiß, wer Ihr sein werdet. Aber eins könnt Ihr Euch sicher sein: Ich habe Euch aus einem Grund ausgewählt. Weil ich Euch schätze, Euch vertraue und dankbar bin für Eure Blogarbeit, die ganz ohne persönliche Verrisse, unsachliche Gemeinheiten und Diffamierung auskommt! Von Herzen Danke für Eure Unterstützung!

MICHAELA, schnell bist Du zu einer Verbündeten geworden, und das nicht nur im Kampf gegen den Fehlerteufel in meinem Manuskript. Ich danke Dir dafür und für Dein Feedback, das mich schlichtweg aus den Socken gehauen hat!

Während ich dies schreibe, ist der Buchsatz noch nicht fertig, aber ich bin mir sicher, dass MARLENA es ganz wundervoll machen wird. Weil Du es einfach kannst und ein feinfühliger Mensch bist! Vielen Dank für Deine Kreativität und Deine Hilfe!

Ich habe ihn als humorvollen, geduldigen und hilfsbereiten Menschen kennenlernen dürfen, was sich einmal mehr bewies, als ich ihn bat, bei Gefallen mein Buch mit einem Zitat zu veredeln. SEBASTIAN, hätte ich geahnt, dass am Ende des Tages Dein Name auf meinem Buch stehen würde, hätte ich meinem Antagonisten sicher einen anderen gegeben! Ich danke Dir sehr für Deine wunderbaren Worte über Femke!

ALEXANDER, es ist schwer mit mir, und das schon viel zu lange. Ich danke Dir für die Zeit, die Du mir gegeben hast, um dieses Projekt zu beenden und für Deinen Versuch, Verständnis für mich und meinen Beruf aufzubringen.

Lieben Dank an meine FAMILIE, den Mamas und Papas, Omas und Opas, Tanten und Onkels, Schwieger, Stief und überhaupt, für Euren Rückhalt!

Zu guter Letzt möchte ich mich bei allen Lesern und Bloggern bedanken, die das Buch bis zum Schluss durchgehalten haben, allen, die Femke, Anouk und mir auf unserem Weg gefolgt sind und uns unterstützen werden. Mille Grazie!

Kerstin Ruhkieck im September 2018

Du brauchst Lesenachschub und hast Entscheidungsschwierigkeiten, möchtest dich überraschen lassen oder wünschst Empfehlungen? Da können wir helfen!
Wir stellen für dich ganz individuell gepackte Buchpakete zusammen – unsere

Drachenpost

Du wählst, wie groß dein Paket sein soll, wir sorgen für den Rest.

Du sagst uns, welche Bücher du schon hast oder kennst und zu welchem Anlass es sein soll.
Bekommst du es zum Geburtstag #birthday
oder schenkst du es jemandem? #withlove
Belohnst du dich selber damit #mytime
oder hast du dir eine Aufmunterung verdient? #savemyday
Je mehr wir wissen, umso passender können wir dein Drachenmond-Care-Paket schnüren.
Du wirst nicht nur Bücher und Drachenmondstaubglitzer vorfinden, sondern auch Beigaben, die deine Seele streicheln. Was genau das sein wird, bleibt unser Geheimnis …

Die Wahrscheinlichkeit ist groß,
dass sich das ein oder andere signierte Exemplar in deiner Box befinden wird. :)

Wir liefern die Box in einer Umverpackung, damit der schöne Karton heil bei dir ankommt und als Geschenk nicht schon verrät, worum es sich handelt.

Lisan bringt das kleinste Drachenpaket zu dir, wobei *klein* bei Drachen ja relativ ist. € 49,90
Djiwar schleppt dir in ihren Klauen einen seitenstarken Gruß aus der Drachenhöhle bis vor die Tür. € 74,90
Xorjum hütet dein Paket wie seinen persönlichen Schatz und sorgt dafür, dass es heil bei dir ankommt – und wenn er sich den Weg freibrennt! € 99,90

Zu bestellen unter www.drachenmond.de